帶孩子看懂文章、學會文法

打造英文閱讀力

親子共學專家 周昱葳（葳姐） 著

7 篇短文 **34** 個文法重點 **5** 篇爸媽實作

從閱讀短文學習文法概念

前言　培養孩子獨立閱讀的能力

從前年開始在臉書分享親子英語共學心得與經驗，並設立了 LINE 群組後，每天都有不少爸媽詢問葳姐關於孩子學習英文的問題，在各場演講家長提出的問題中，就屬閱讀相關的問題最多！孩子較年幼的爸媽問的多半是繪本的問題，而因為孩子年幼，通常問題多半是爸媽如何閱讀繪本，然後再讀給孩子聽，等到孩子年紀漸長，卻慢慢發現，要讓孩子獨立閱讀英文書時，卻出現很多問題。

首先，孩子只看圖不看文字；再者，即使孩子願意一字一句地讀，卻往往被文法句型困住了，主要是因為中英文本來就存在著一些差異，例如：中文的動詞沒有時態的區別，只要加上時間副詞即可;但英文卻存在著不同時態的變化，如果都是規則變化也就罷了，偏偏又有很多動詞時態是不規則變化。

孩子從嬰兒時期只喝流質的ㄋㄟㄋㄟ，到副食品，再到跟大人吃同樣食物的進化過程，似乎一切都循序漸進，且順理成章，但從繪本進階到「哈利波特」卻不是那麼自然而然的過程，要培養閱讀力，絕對不是一蹴可幾，不過如果不及早培養孩子獨立閱讀英文書的能力，從各方面來說，對於孩子的整體英文實力養成都不是件好事。這本書除了分享我訓練孩子獨立閱讀的經驗，也用了幾篇文章做為示範，讓各位父母了解一開始時應做什麼準備、以及如何改寫文章讓孩子嘗試獨立閱讀。

或許有爸媽會覺得自己英文不好做不到…事實上，由於我們針對的是剛開始獨立閱讀的孩子，所以挑選的文章都是比較簡單的（請不要一開始就要讓孩子看難度太高的書），使用的單字與文法結構都相對單純。看過的書越多，就會發現，其實經常使用的文法句型也不過就那幾個，例如：專有名詞、動詞時態、名詞單複數…等等！只要掌握重點，就可以輕易讓孩子跨出閱讀的第一步。

在這本書中我用了七篇文章做了改寫示範，相信在閱讀的過程中，您會發現孩子一次比一次更進步，透過練習這七篇文章的閱讀，也順利建立起孩子的文法力，包括形容詞子句、分詞構句、假設語氣…等等，學會了這些文法，對於各種讀本就可以順利攻克了！而後有五篇文章讓爸媽親身體驗，試試看自己把文章「簡化」，也順便印證孩子在前面七篇文章所學！希望這本書能順利幫助爸媽帶領孩子走出獨立閱讀的第一步，而後孩子在這條英文學習的道路上會走得更久更穩更開心！

推薦序

親子英語共學：閱讀篇

對於孩子的教育，我們一直認為：身教重於言教。

還記得四年前，跟太太一同開始提升兩個孩子的英文實力！透過親子英語共學，在不補習、以規律而有計畫的養成孩子學習英文的好習慣後，我們深深覺得這樣一套模式是具體可行的，因此也有了陸續五本書的出版，希望能將我們的經驗分享給更多爸媽。

當時就有一些家長們提出疑問：爸媽每天辛苦工作，回到家都沒有「電力」了，哪還有時間跟孩子一起親子英語共讀呢？我必須說，這真的只是一個藉口。現在每天通勤於台北新竹的我，還是會撥空跟孩子一起共學英文，只是方式有所不同：出差時候透過視訊跟孩子用英文對話，睡前跟孩子來個英文小測驗…等等。

簡而言之，我們的親子英語共學不因爸爸的工作繁忙而改變，讓孩子體會父母的用心，將英文融入生活中，不再是硬梆梆的學科！

前五本書說了會話、單字，很多爸媽更殷切期盼的是如何培養孩子的英文閱讀力，畢竟沒有英文閱讀力，孩子不容易感受到英文對他的實用性，加上各種考試裡越來越冗長的閱讀測驗，如果沒有平常日積月累的英文閱讀力，屆時孩子又如何「應戰」呢？

現在兩個孩子都已經能獨立閱讀英文小說，享受用英文獲取知識的樂趣；但回想幾年前，讓孩子看英文短文，孩子卻每一句都卡住讀不下去的經驗，所以現在，在看到其他家長在陪伴孩子英文閱讀時所遇到的問題，我們太感同身受了！當時我們也想出一些方法，循序漸進引導孩子跨出閱讀的第一步，事後也證明這樣的方法很成功！

Waverly（葳姐）把過去那段訓練孩子獨立閱讀的歷程寫下來，包括各種方法，以及我們在每篇文章中注意到的文法障礙，想辦法讓孩子突破，就能讓孩子輕鬆走上獨立英文閱讀的這條路！相信這本書的出版能夠讓更多爸媽不必走冤枉路，早日培養孩子英文閱讀力，才能在聽說讀寫各方面更提升，具備更強的競爭力！

李存忠

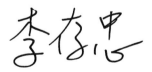

使用說明　如何使用此書，進行親子英文共讀？

步驟 1 觀察孩子閱讀英文書所花的時間、孩子的能力與程度，透過藍思網站 (p. 240) 來選擇符合程度與興趣的英文書籍。

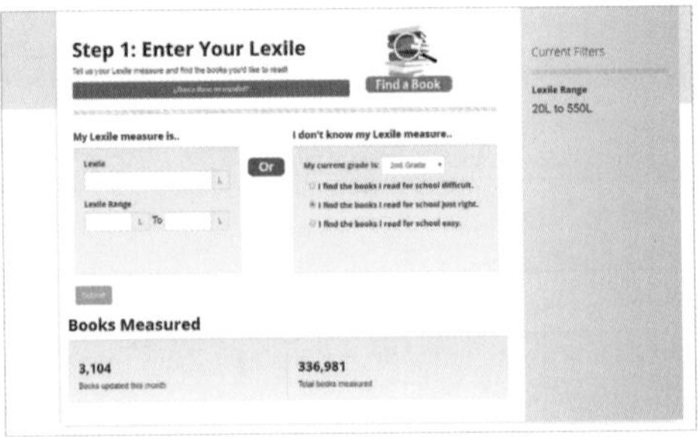

步驟 2 使用本書還原式的文法教學，在孩子閱讀卡關時，提供必要的語意與文法的幫助。

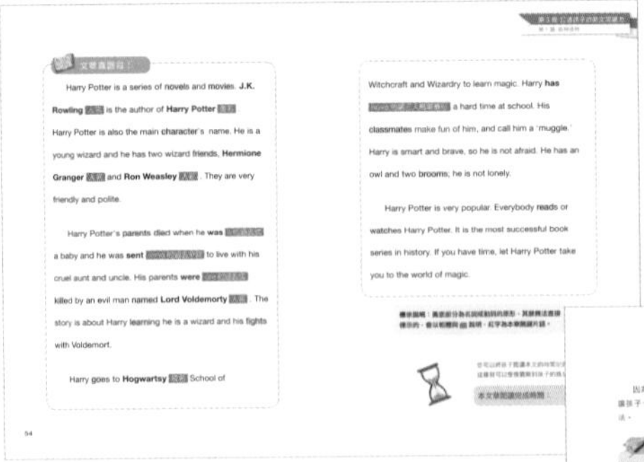

◀ 還原式文法教學

▶ 文法教學

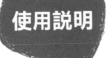

步驟 3 爸媽練習時間，現在爸媽自己也來做個練習，看你能否把動詞和名詞還原，用筆標示出原形，無法簡單還原的，就請寫下簡單的說明（如：人名、hide 的過去分詞）。下次碰到新的文章，您也能如法炮製，幫助孩子順利讀懂喔！

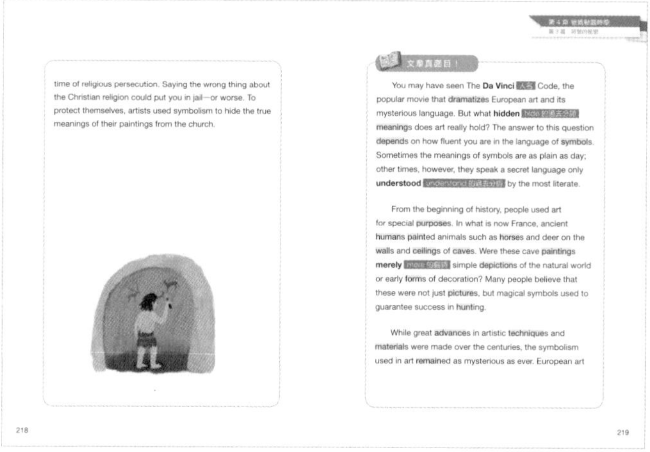

time of religious persecution. Saying the wrong thing about the Christian religion could put you in jail—or worse. To protect themselves, artists used symbolism to hide the true meanings of their paintings from the church.

218

文章真面目！

You may have seen The **Da Vinci** 人名 Code, the popular movie that dramatizes European art and its mysterious language. But what **hidden** hide 的過去分詞 meanings does art really hold? The answer to this question depends on how fluent you are in the language of symbols. Sometimes the meanings of symbols are as plain as day; other times, however, they speak a secret language only **understood** understand 的過去分詞 by the most literate.

From the beginning of history, people used art for special purposes. In what is now France, ancient humans painted animals such as horses and deer on the walls and ceilings of caves. Were these cave paintings **merely** mere 的副詞 simple depictions of the natural world or early forms of decoration? Many people believe that these were not just pictures, but magical symbols used to guarantee success in hunting.

While great advances in artistic techniques and materials were made over the centuries, the symbolism used in art remained as mysterious as ever. European art

219

▲ 爸媽練習時間

步驟 4 為孩子設定讀書計畫，進而達成學習目標。

請見 p. 250。

Contents

Chapter 3
第三章

打造孩子的英文閱讀力

Chapter 4 第四章 爸媽動腦時間

Chapter 5
第五章

如何為孩子選擇適合的書籍

Chapter 1

英文閱讀力的重要

A
B
C

「文字不耐症」是網路世代的普遍現象

您有多久沒有讀完一本完整的書呢？網路時代，新型態社群媒體的形成（例如：Facebook、Instagram、Twitter），讓人們的「文字不耐症」越來越嚴重。只要是超過 10 行的字，就可能會「有看沒有懂」；即便是 10 行內的字，如果沒有圖片，也是草草看過。

大人如此，更別說是小孩！他們從一出生就面臨影音時代，看影片玩電腦或手機遊戲可以安靜很久，但是如果給他／她一本書，卻往往不到 3 分鐘，就昏昏欲睡或是不耐煩。

學校借閱率最高的書為漫畫書

我在孩子學校的圖書館擔任志工，您知道國小與國中的圖書館最熱門、借閱率最高的是什麼書嗎？《科學實驗王》！是的！就是翻譯自韓國，用漫畫來解釋說明自然科學的漫畫書。其它很好看、很經典、很精采的書，多半都安安靜靜躺在架上，唯有《科學實驗王》，即便已經被借閱到需要補補貼貼才能

讓人勉強翻閱，但還是有很多孩子喜歡看這本書！

小學如此，我倒不驚訝；但如果連國中的圖書館都是如此，我們的閱讀教育真的有很大的問題！中文如此，更遑論英文！

或許有人認為，如果漫畫或繪本能引起孩子的求知慾，又有何不可？當孩子小的時候，用漫畫或繪本引起孩子學習的興趣當然沒有什麼不好；但是當孩子漸漸長大，必須接受人生各種挑戰的時候，只能看圖片卻無法看懂文字的「文字不耐症」，就會對他的人生產生很大的影響。

閱讀文字書的重要性

❶ 考試作答

孩子首當其衝要面臨的挑戰就是考試。幾乎沒有一份考卷的圖片多過文字（請參考「全國中小學題庫網」），如果孩子不能適應閱讀長篇文章，又如何在限時的考試當中取得好成績呢？更別提上高中、大學，甚至出國留學，所有教科書幾乎都是長篇文字，如果無法閱讀「長篇大論」，一關又一關的升學關卡又怎能突破呢？！

全國中小學題庫網

❷ 看懂文件

再者，將來出了社會，許多要處理的文件都是文字多於圖片。即使孩子從事的是美術方面的工作，他還是要看得懂契約。生活中處處皆可見契約：雇傭契約、租賃契約……等等；理解各種法規守則、使用說明書等等，才能在社會上生存啊！我們不需要孩子成為文學家或評論家，但至少要有基本的閱讀力，日後才能在社會上生存！

中文如此，英文亦然！很多父母在孩子還小的時候，會買很多繪本 (picture book) 給孩子看或是唸給孩子聽；甚至有爸媽抱怨，孩子一定要父母唸給他／她聽，如果叫孩子自己看，他們就不願意閱讀！如果出現這樣的狀況，爸媽一定要有警覺，表示孩子連繪本那樣以圖片為主的書都不願意看，患有「文字不耐症」的可能性很高！這樣的孩子或許是平常已經習慣了會動的 3D 媒體，例如：卡通影片、動畫、電腦遊戲，因此對於靜態的書籍失去興趣與耐性。

小學低年級的孩子看英文繪本很平常；但如果到了中高年級，甚至國中以上，還是只能看英文繪本，爸媽應該就要緊張了，因為孩子們人生中第一次大考：國中會考，已經不遠了！

國中會考

國中會考的英文分成閱讀與聽力兩份試卷。其中閱讀試卷真的就是考孩子的閱讀能力。想要知道國中會考的題目長什麼樣？ 請參考右邊 QR code。

國中會考
題目範例

所謂的閱讀能力，主要是測試幾個面向：

- 這是實際發生的或是虛擬幻想的故事？
- 問題與解決方案：文章裡指出或暗示哪些問題？解決方案有哪些？
- 主要中心主旨以及佐證中心主旨的細項說明
- 辨識寫作風格
- 理解文章設定場景
- 文章中的因果關係

所有的英文閱讀題目考的方向不外乎以上這幾種。

例 國中教育會考英語科題目

25. What is this reading for?
    (A) Telling people rules about hospital visits.
    (B) Getting people to stand up and speak for doctors.
    (C) Telling people how to find a good doctor for themselves.
    (D) Getting doctors to share their experience in saving lives.

26. What does this problem mean in the reading?
    (A) Doctors' long working hours.
    (B) Doctors' problems with nurses.
    (C) Doctors do not see enough people a day.
    (D) Doctors are not paid enough for their work.

※ 題目已經過改寫

第 25 題：What is this reading for? 這是「主要中心主旨」(main idea) 的問題。

第 26 題：What does this problem mean in the reading? 這是問題與解決方案的題型。

對孩子而言更具挑戰的是：考試是有時間限制的，不僅是比答案是否正確，更是比速度！所以閱讀力還必須包括「速讀」！因此，孩子的英文閱讀力若未能及早培養，等到將來面臨考試壓力時想要趕上，那種鋪天蓋地而來的壓力，不論是孩子本身，還是父母或老師也都會很痛苦吧！

如果知道是遲早要面對的事情，為什麼不及早開始準備呢？！在適當時機（最晚不要晚於小學高年級），一定要讓孩子戒斷對繪本或漫畫的依賴，而讓孩子開始熟悉有大量文字的讀本。並不是說繪本與漫畫是不好的讀物，而是不能讓孩子的能力縮減到只能閱讀繪本與漫畫！

一開始，孩子一定會感到不適應，即便主題是孩子喜歡的讀本，看到密密麻麻的文字還是可能會而感到不耐、不想讀；這時候，如果父母也跟著孩子放棄，那孩子就永遠沒有養成閱讀力的可能。

美國孩子的閱讀進程

我們來看看美國小孩在母語閱讀上的進程是怎樣的：

❶ **幼稚園的孩子**：即使是母語，因為年紀較小，還是以圖片居多。

I see the clouds.

I see the flowers.

❷ **美國小二**：字數增多，但仍約有 50% 是圖片。

Robert Fulton and the Steamboat

Robert Fulton was born in Pennsylvania in 1765. He learned how to draw as a child and showed a strong interest in inventions. At the age of 23, Fulton moved to England, where he invented many different kinds of machines. He also became interested in canals, which are paths of water for boats to travel through.

Fulton later moved to France, where he designed and built a steamboat. A steamboat is a large boat that is powered by steam, which makes the paddlewheels move. When Fulton returned to the U.S., he established the world's first steamboat service on the Hudson River in New York.

The first steamboat trip in 1807 took 32 hours to cover 150 miles.

Do You Know?
While living in France, Robert Fulton also designed a submarine, which is a boat that can go underwater.

Early steamboats moved at about five miles an hour, the same speed as a person walks.

❷ 美國小四：字數更多，約 80% 都是文字。

Butterflies can fly up to 30 miles an hour, and up to 50 miles a day.

Butterflies have bright colors and are active during the day; moths have less bright colors and are active at night.

In the fall, monarch butterflies fly over 2,000 miles from Canada to Mexico, where they spend the winter.

The Life Cycle of Butterflies

The life of most butterflies can be divided into four separate stages:

The Egg

Butterfly eggs have hard shells for protection and are lined with wax to prevent them from drying out. The eggs are attached by the female butterfly to a leaf or stem, usually near a food source suitable for catepillars. Females usually produce between 100 and 200 eggs.

The Larva

The butteryfly larva, or catepillar, spends the majority of its time searching for and eating food. This is the feeding and growth stage of the butterfly. Most catepillars feed on plant leaves, but some eat other insects and larvae. As the caterpillar grows, it sheds its skin several times so it can fit on its growing body.

The Pupa

The pupa or chrysalis is the stage of transformation. Some catepillars spin cocoons to protect the pupa, but most do not. Most of the larva' s tissues are broken down inside the pupa to build the structures of the adult butterfly. Large amounts of nutrients are required to build the butterfly's wings.

The Imago

The imago is the colorful adult butterfly that you see throughout the spring and summer. When the butterfly emerges from the pupa, it waits for its wings to dry, and then takes off into the air. These adults find their mates and lay more eggs. The adult butterflies also migrate or find new places to live.

❷ 美國小五 / 小六：通篇皆文字。

Mary had liked to look at her mother from a distance and she had thought her very pretty, but as she knew very little of her she could scarcely have been expected to love her or to miss her very much when she was gone. She did not miss her at all, in fact, and as she was a self-absorbed child she gave her entire thought to herself, as she had always done. If she had been older she would no doubt have been very anxious at being left alone in the world, but she was very young, and as she had always been taken care of, she supposed she always would be. What she thought was that she would like to know if she was going to nice people, who would be polite to her and give her her own way as her Ayah and the other native servants had done.

She knew that she was not going to stay at the English clergyman's house where she was taken at first. She did not want to stay. The English clergyman was poor and he had five children nearly all the same age and they wore shabby clothes and were always quarreling and snatching toys from each other. Mary hated their untidy bungalow and was so disagreeable to them that after the first day or two nobody would play with her. By the second day they had given her a nickname which made her furious.

It was Basil who thought of it first. Basil was a little boy with impudent blue eyes and a turned-up nose, and Mary hated him. She was playing by herself under a tree, just as she had been playing the day the cholera broke out. She was making heaps of earth and paths for a garden and Basil came and stood near to watch her. Presently he got rather interested and suddenly made a suggestion.

“Why don't you put a heap of stones there and pretend it is a rockery?” he said. “There in the middle,” and he leaned over her to point.

“Go away!” cried Mary. “I don’t want boys. Go away!”

For a moment Basil looked angry, and then he began to tease. He was always teasing his sisters. He danced round and round her and made faces and sang and laughed.

“Mistress Mary, quite contrary,
How does your garden grow?
With silver bells, and cockle shells,
And marigolds all in a row.”

註：以上讀本文字以美國小學的課外補充教材的規格重新撰寫，圖片出自 Shutterstock.com

台灣學生合理的英文閱讀程度

如果說，對美國孩子而言，因為英文是母語，所以到小五小六可以看密密麻麻的一堆文字是輕而易舉，那我們把標準降低，低兩個年級好了，例如：台灣的小五小六生英文閱讀力應該要約當美國小三小四生，但往往我們會發現，台灣的國中生很多可能都還停留在約當美國幼稚園的閱讀程度。

千里之行，始於足下。閱讀力的養成不是一蹴可幾。只要您跟著我們的腳步，一定可以順利讓孩子在日常生活中一點一滴培養英文閱讀力。當孩子可以自主閱讀時，就好像插上翅膀，海闊天空！

下一章，我們就要來談談，如何讓孩子順利地從繪本過渡到章節書再到小說，這其中有一個很關鍵的東西叫「橋樑書」！

Chapter 2

如何從繪本進階到章節書

A
B
C

第1節 父母如何幫孩子建立閱讀習慣

從親子共讀進階到獨立閱讀

近幾年在許多老師與教育專家的推動下，讀繪本給孩子聽已經成為幼兒啟蒙教育的一部分。這些知名老師與教育專家包括：廖彩杏老師、汪培珽老師、吳敏蘭老師、小熊媽…等等，有心的父母通常會在孩子年幼時就開始讀繪本給孩子聽，最早可能從一出生就開始，最晚或許到孩子國小低年級時還會這麼做。這樣的風潮也帶動許多專門講繪本的工作室、小型活動，或是線上直播。如果不知道應該如何選擇英文繪本，這些老師之前出過的書上，推薦的繪本清單都蠻值得家長試試看喔！

然而，另一方面，您覺得一直到幾歲孩子還會願意依偎在您懷裡聽您唸繪本呢？總有一天，孩子會長大。以前是餵孩子吃東西，遲早我們還是要教孩子學會自己拿湯匙筷子自己吃東西的。生活習慣如此，閱讀習慣又何嘗不是呢？

孩子飲食習慣的養成

習慣被餵養的孩子，一開始必然不習慣自己吃東西。爸媽不妨回頭想一想，當初是如何幫助孩子從母奶／配方奶，再到副食品，最後再與成人吃一樣的食物呢？

食物　**全母奶／配方奶→碾成糊狀的副食品→一般食品**

餵食方式　**用奶瓶餵→用湯匙餵→把食物都放在碗裡讓孩子自己拿筷子湯匙吃→讓孩子自己學習夾放桌上的菜吃**

孩子閱讀習慣的養成

閱讀習慣的養成也是一樣的。

讀物　**繪本→章節書→小說**

閱讀方式　**家長唸繪本給孩子聽→孩子自己讀繪本→家長陪伴孩子讀章節書→孩子讀小說**

這兩者唯一不同在於，有些孩子在特定年齡會不想要父母餵食，而要「奪回」吃東西的主動權（雖然常常會把食物打翻或是整個臉都是食物漬，所以才要穿圍兜），但卻鮮少有孩子在特定年齡會主動想要自己看更艱深的書……這是因為人會肚子餓，吃東西是天性；但不看書其實也不會怎樣，現代孩子的娛樂可多著呢！比起我們小時候，現在的孩子有電視、電影、還有平板、手機等等各式動畫與遊戲，說實在的，也不能怪孩子不看書了……只是閱讀是需要培養的習慣，如果沒有在小時候養成，長大以後就跟閱讀更

絕緣了。因此，身為父母的重責大任就是在孩子小的時候為他們養成終身受用的良好習慣！

具備閱讀力為何如此重要？

不論是實體書或電子書，都會需要有「閱讀」的技巧。並不是每個字都懂就代表會閱讀。閱讀障礙 (dyslexia) 並不在我們本書討論的範圍。更多人其實有的是「文字不耐症」，因為習慣影音媒體而失去閱讀長篇文字的耐性與能力。

❶ 許多成人也有文字不耐症

之前因為開設某個電子學習系統的線上共讀班，我為了讓家長能夠了解如何操作這套系統，特別做了一個十分詳細的使用手冊，把每個畫面都複製下來，逐一解釋操作順序。但還是有很多家長還沒看就來問我要下載什麼軟體，以及如何登入；甚至有媽

媽覺得很不好意思地說，她就是沒有辦法看完 50 幾頁的說明書。後來，我把使用手冊改成一個實際示範操作的影片，果然，來詢問如何使用與登入的爸媽就變少了！

❷ 文字不耐症其實是社會問題

我認為「文字不耐症」已經不是下一個世代的問題，而是我們整個社會的問題。從小就要讓孩子做「閱讀訓練」，也就是用眼睛閱讀文字，並且轉化成具有實質意義的知識或哲理，這從來就不是一蹴可幾。小的時候沒有養成，長大後就更不可能具備這樣的能力。不管是中英文書皆然。小的時候沒看過《三國演義》，長大後就只能從《三國志》手遊去認識劉備、張飛、關雲長。

❸ 考試作答

姑且不論閱讀對於心靈的滋養，最現實的一面就是人生中大大小小無法逃避的考試。考試永遠就是一長串文字讓你去分析、作答。國中會考，60 分鐘要看 9 篇英文文章，完成 41 道選擇題。如果不習慣看長篇文章的孩子，可能一拿到試卷就放棄了，因為她／他連作答說明都懶得看或看不懂！

戰國策有云：「父母之愛子，則為之計深遠。」這句話在「甄嬛傳」裡也出現過，意思是「父母如果愛子女，一定會為孩子做長期的打算」。因此，您現在已經知道孩子將在 15 歲時迎接人生第一場決定性的考試，這場考試又需要長篇閱讀的技巧，你怎麼還能放任孩子停留在只具備閱讀繪本的能力呢？！

可從繪本進階到讀本的三大指標：

那什麼時候應該讓孩子脫離繪本呢？繪本有很多種樣式。有些繪本 99% 都是圖，只有 1% 是文字。如果超過一半都是文字，就是讀本而非繪本。

以下有幾個指標：

1. 買回家或是從圖書館借來的繪本，孩子往往翻一翻，不到一小時就看完。
2. 孩子已經可以自行把繪本正確無誤地唸出來。
3. 孩子可以把繪本的內容用自己的話重新敘述一遍（中英文皆可）。

如果以上都符合，那請盡快讓孩子進入讀本的世界。

選擇章節書的要訣

章節書 (chapter book) 也就是一個長篇故事分章節來敍述。即便是章節書，也會有文字多與文字少的差異。

1. 一開始不要選通篇都是文字而沒有插圖的書，這樣對孩子而言，壓力太大。
2. 如果讀本中有很多單字孩子不認得，有部分插圖還可以幫助孩子想像與猜單字意思。
3. 應該用漸進式的方式，先選圖文各半的讀本，而後慢慢降低插圖的比重，然後全部是文字。

推薦給孩子的章節書

舉例來說，知名澳洲女作家 Sally Rippin 為她患有閱讀障礙的兒子所創作的《Billie B Brown》跟《Hey Jack》就是很不錯的章節書。作為從繪本過渡到章節書的橋樑書而言，這套書符合以下特點：

1. 每本只有四個章節

2. 每頁不超過 10 行

3. 每行不超過 6 個字

4. 圖畫至少占一半以上

5. 每本大約 40~50 頁，輕薄短小

6. 內容環繞在小學生的生活情境

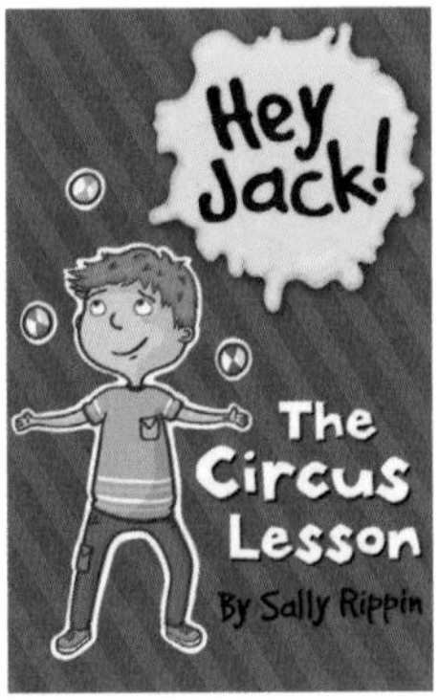

非常適合做為入門的章節書。在為孩子挑選其它入門的章節書時，也不妨以此標準來考量。待孩子習慣入門等級的章節書後，再慢慢選擇章節較多、頁數較多、文字較多的章節書。例如：Scholastic 出版社有一套 Branches 系列就是蠻不錯的初級章節書喔。

其中的《Dragon Masters》更是十分受孩子歡迎的魔幻故事，我家的小學生（當時一個低年級，一個中年級）可謂「一試成主顧」，一直追問最新一集何時出版，比追「科學實驗王」還熱衷！

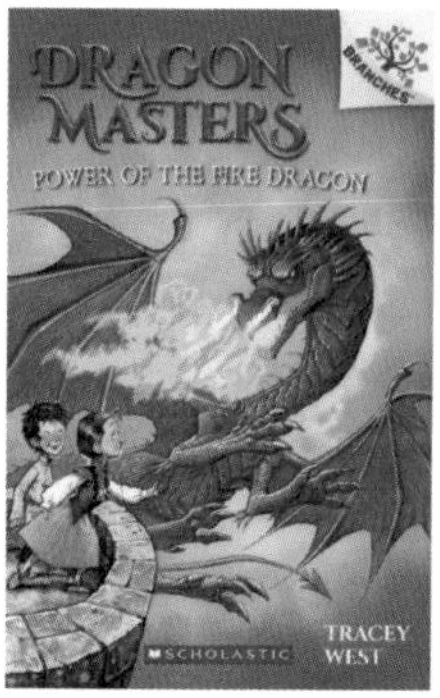

再更進階的話，就能讀很多非常著名的讀本小說了，例如：知名兒童作家 Ron Roy 所寫的兒童版偵探小說《Calendar Mysteries》、《A to Z Mysteries》！

幫孩子建立閱讀習慣的要訣

跟繪本時代不同，這個時期的孩子需要的不是爸媽唸給她／他聽，而是嘗試自己閱讀書籍。但是爸媽還是肩負著引導孩子建立閱讀習慣的重責大任！

因為是章節書，透過章節的分段，就已經規劃好閱讀的段落。可是對於剛要脫離繪本的孩子而言，即使是薄薄一本，也會像是中國古代的章回小說。我記得國中的時候，老師用一個方法讓我們在一個暑假內完成了閱讀章回小說的不可能任務。

❶ 把書本內容量化

老師讓我們先選一本章回小說，我當時選的是《三國演義》，一共有 120 回，老師讓我們把章回數除以整個暑假的日數，暑假有兩個月，一共是 60 天，那麼我一天要看 2 回（120/60）。先在目錄頁寫上每個章回必須完成的日期，當天完成後就在該章回上打個勾，表示讀完，不知不覺中，我竟然在一個暑假裡把羅貫中的原版《三國演義》讀完了（不是改寫的兒童版喔）！從此以後，每次我告訴別人我把 120 回的《三國演義》讀完，總是得到「景仰」的目光！

這個讀書排程的方式非常適合章節書，就好像我們的章回小說一樣。當然一般的童書沒那麼多回，所以也可以用【天數 / 章回數】，一開始，可以幫孩子訂計畫，每天或每週讀一章，讀完後做個記號。等孩子讀完整本書，他會非常有成就感！甚至，家長可以跟孩子比賽，看誰最先把書讀完！

❷ 爸媽先以身作則

在閱讀的過程中，孩子一定會有想要找人討論的時候，所以家長如果時間上許可，也可以自己先把書讀過，這樣可以增加很多親子討論的話題喔！ 又因為是給兒童看的，所以用字遣詞都會比較簡單，不會出現像 TIME 雜誌那種深奧難懂的單字。

內容上，很多章節書並不比大人的小說無聊，相反地，還可以透過這些童書去了解孩子心理。例如，前面提到的《Billie B Brown》，就有很多情境是在實際生活中會發生的。比如說，孩子可能會因一時方便而撒個小謊，書裡面把孩子的心情描述地很生動，爸媽也可以透過這個故事來理解為什麼孩子要說謊，以及故事最後的結局：書中的家長與老師是如何處理孩子的說謊行為，這個也是親子教養的一部份喔！

❸ 驗收孩子的閱讀收穫

如果爸媽已經讀過，就可以跟孩子討論書籍的內容。現在很多的章節童書都會在最後面附上一些啟發思考的問題喔。

如果沒有時間讀過，有些章節書的每個章節都會有標題，爸媽也可以透過標題來大致了解該章節的梗概，並且請孩子說說那個章節的大意。或是爸媽也可以扮演出題者的角色，隨便翻一頁試著問問看孩子知不知道是什麼意思！

❹ 找出孩子有興趣的書

一本好的章節書絕對會讓孩子「欲罷不能」。明明規定孩子一週看完一個章節，但他可能一天就讀完了，還一直往下讀！試著去找出這樣的好書讓孩子入門，帶領他進入章節書的天堂。當孩子發現，學英文竟然可以用在閱讀故事上，他就會覺得英文是有用的，就會更認真的學習喔。

第2節 十大孩子常見閱讀困擾

即便每個單字都認得，卻不見得理解句子的意思，或是雖然會查字典，卻不知道該查哪些字，而其他的字卻怎麼查也查不到（因為字典只會收錄英文單字原形），所以要協助孩子進入獨立閱讀，就是給他一支釣竿，教他如何釣魚，而不是直接丟魚給他吃。

以下是孩子最常遇到的十大困擾，在此我們只做大致的介紹與基本解法，更詳細完整的説明會在下一章的示範文章裡。先讓孩子有個基本解題能力，之後透過大量閱讀就能見招拆招，累積更多英文實力了！

❶ 名詞的困擾

每個單字都有它所屬的詞性，知道它的詞性才能知道該放在句子的什麼位置。

名詞就是**關於「人/動物」、「事」、「時」、「地」、「物」**的字。

例 **actress（女演員）→ 人**

例 **age（年齡）→ 事**

例 **afternoon（下午）→ 時**

例 **America（美國）→ 地**

例 **airplane（飛機）→ 物**

查字典時最容易遇到的困擾就是名詞會有單複數之不同，一般字典只會列出**單數形**以及**特殊不規則變化的單複數名詞**，以下是最基本的拆解法：

基本拆解法

通常**加 s/es** 的都是**複數名詞**，因此如果字典裡查不到，試著**把 s/es 去掉再查**，就能查到了！

❷ 專有名詞的困擾

專有名詞就是**指特定的人或地或公司 / 企業 / 品牌、月份與星期、節日、歷史事件**等等的單字，**第一個字母要大寫**，所以很容易辨識。但孩子一開始學習閱讀的時候，並不知道那樣的單字屬於專有名詞，可能會在字典裡查了老半天卻查不到，例如：Bentley（賓利汽車），這是一家車廠的品牌，一般字典裡不會有，如果孩子查不到是正常的。

但是不是所有第一個字母大寫的專有名詞都不在字典上呢？那倒不一定呢！其實很多專有名詞也很常見，也是在國中小 1200 單字的範圍內，以下為其中一些範例，孩子還是要學習記住喔！

例 **America （美國）**

例 **April（四月）**

例 **August（八月）**

例 **Christmas （聖誕節）**

例 **December（十二月）**

例 **French（法國的）**

例 **Tuesday（星期二）**

❸ 動詞的困擾

動詞就是**描述動作或是狀態**的單字。

Ⓐ 大致可分成兩種：

1. 描述狀態：be 動詞。

例 am、is、are、was、were。

2. 描述動作：動作動詞。

例 agree（同意）、appear（出現）、bake（烘焙）。

動詞會依照不同時態分成現在分詞、過去式以及不同人稱單複數而不同，但是一般字典也只會列出原形動詞。

基本拆解法

1. **一般原形動詞加上 ing 就會變成現在分詞或是動名詞**，如果查不到該單字時，試著**把 ing 去掉**，通常就能查到了！

2. **一般原形動詞加 d/ed 就會變成過去式 / 過去分詞**，如果查不到該單字時，試著**把 d/ed 去掉**，通常就能查到了！

至於該字到底是過去式還是過去分詞，就看動詞前面有沒有 **has/have/had，如果有的話，就屬於分詞**。

3. **如果遇到第三人稱單數，動詞後面就會加 s 或 es**，如果字典查不到，請試著**把 s/es 去掉**後再查，通常就能查到了！

❹ 形容詞的困擾

形容詞是**形容名詞**的單字。

例 another（另一個）、bad（壞的）、careful（仔細的）

形容詞有比較級與最高級的變化，一般字典只會列出形容詞原形。

基本拆解法

1. **如果是 er 結尾的形容詞，多半是比較級，把 er 去掉再查**，就能查到該形容詞的意思。
2. **如果是 est 結尾的形容詞，多半是最高級，把 est 去掉再查**，就能查到該形容詞的意思。

❺ 副詞的困擾

副詞就是**修飾 / 強化動詞**的單字。

例 **finally（最後地）、once（一次地）、really（真地）**

副詞也有比較級與最高級的變化，一般字典只會列出副詞原形，甚至只會列出形容詞，副詞就要自己想辦法辨識出來了。

基本拆解法

1. **一般副詞多為 ly 結尾，因此比較級就會以 lier 結尾，最高級就會以 liest 結尾。**因此如果字典查不到，就可以試著**把比較級 / 最高級副詞還原成原形**。

2. **如果連原形都查不到，就可以試著把 ly 去掉，就會是形容詞。**雖然詞性不同，但意思是相同的。例 quick（快速的）是形容詞，quickly（快速地）是副詞。如果查不到 quickly，查 quick，就知道是形容詞「快速的」意思，那轉成副詞就是「快速地」意思。

❻ 所有格的困擾

所有格就是表示**「○○的」的**單字。

通常我們會在名詞或名字後面加上 ’s，表示某某的。

例 Tom（湯姆）➔ Tom’s（湯姆的）

例 people（人民）➔ people’s（人民的）

例 the teacher（老師）➔ the teacher’s（老師的）

孩子若是不知道這樣的變化，可能就會一直查 people’s 或是 teacher’s 這樣的單字而查不出其義。

基本拆解法

把 ’s 去掉，只查前面的單字，就可以查出意思囉！

❼ 特定片語的困擾

有些 2 個字以上的句型或是片語在一些較簡單的字典上是查不到的。即便是把兩個字分開查，也不知道其義，這只能靠著多看多記，所以說大量閱讀是英文實力養成的不二法門啊！

例 **There is/are/was/were...** 有…

這是台灣學生最常見的文法困擾，常常會被寫成 has/have/had 的句子，但實際上是錯的。

there 是「那裡」，後面的 be 動詞是「是」的意思，兩個字串起來就是：那裡是…，好像沒什麼道理啊？是的，當這兩個字合起來的時候就是「有」的意思。

例 **There is a dog.** 有一隻狗。

例 **There are some students.** 有一些學生。

以上句子看起來怪怪的，是因為通常 there is/are/were 的句型中後面都會有一個**地方副詞片語**來做進一步說明「什麼東西在哪裡」的『狀態』。

例 **There is a dog in the park.**
公園裡有一隻狗。

➔ 常常被寫成 The park has a dog.（X）

例 **There are some students in the classroom.**
教室裡有一群學生。

➔ 常被寫成 The classroom has some students.（X）

為什麼中文都是「有」，英文卻不能用 has/have/had 呢？

因為 there is/are/was/were 代表的是一種狀態的描述，只是翻成中文時用我們的語法是「有」。

has/have/had 才是真正的「擁有」的含意。

❽ 找不到主詞的祈使句困擾

【主詞 + 動詞】是一個句子最基本的組成，因此孩子們大多知道閱讀時怎麼去找出該句的主詞與動詞，但有一種句子是只有動詞卻**找不到主詞**，讓人無法理解到底是誰做了什麼。這種句子就叫**祈使句**！

例 Sit down. 坐下

例 Stand up. 站起來

祈使句其實並非沒有主詞，只是**主詞 you 被省略**了。

基本拆解法

如果看到沒有主詞的句子，且以原形動詞為首，必然是祈使句，可以在前面加上 you，就能理解該句的意思了！

❾ 縮寫的困擾

英文文章裡有很多縮寫，有時就像閱讀簡體中文一樣，看不懂時會感到困擾。其實**縮寫**不外乎跟 **be 動詞**和**助動詞**有關，而且有時縮寫後留下尾巴，很容易就看得出原本指的是什麼。

基本拆解法

1. n't 通常就是【助動詞 + not】

2. 're 或 'm 通常就是【主詞加 be 動詞的縮寫】

3. 'll 通常就是【主詞 + will 的縮寫】

常見縮寫如下：

例 don't = do not

例 can't = can not

例 You're=You are

例 I'm=I am

例 We're=We are

例 You'll=You will

⑩ 找不到主詞與連接詞的困擾

當一個句子裡有兩個句子以上，這兩個句子要稱為「子句」。**子句間必須有連接詞相連，不然就會違背英文文法的基本原則：一個句子只能有一個主詞與一個動詞！**

然而，有一種句型叫做**分詞構句**，往往會把子句裡的主詞與連接詞刪光光，因此孩子乍看之下，往往很難理解到底這個沒頭沒尾的句子到底在說什麼！

基本還原法

但是對付這樣的句子也有一個**基本的還原法**：

1. 主詞一定是另一個子句裡的主詞。

2. 動詞則還原成跟另一個子句的時態一致。

3. 連接詞則視前後文，選一個表時間、原因等的連接詞。

只要能夠還原主詞與連接詞，孩子就比較容易理解該句。

關於分詞構句的更多詳細解釋，請參考第 3 章第 6 篇 Walt Disney 這篇示範文章喔！

Chapter 3

打造孩子的英文閱讀力

A
B
C

1

Harry Potter

哈利波特

文章讀一讀

文章朗讀 01

Harry Potter is a series of novels and movies. J.K. Rowling is the author of Harry Potter. Harry Potter is also the main character's name. He is a young wizard and he has two wizard friends, Hermione Granger and Ron Weasley. They are very friendly and polite.

Harry Potter's parents died when he was a baby. After that, he lived with his cruel aunt and uncle. An evil man named Lord Voldemort killed his parents. The story is about Harry learning he is a wizard and his fights with Voldemort.

Harry goes to Hogwarts School of Witchcraft and Wizardry to learn magic. Harry has a hard time at school. His classmates make fun of him and call him a 'muggle.' Harry is smart and brave, so he is not afraid. He has an owl and two brooms; he is not lonely.

Harry Potter is very popular. Everybody reads or watches Harry Potter. It is the most successful book series in history. If you have time, let Harry Potter take you to the world of magic.

文章真面目！

Harry Potter is a series of novels and movies. **J.K. Rowling** 人名 is the author of **Harry Potter** 書名 . Harry Potter is also the main character's name. He is a young wizard and he has two wizard friends, **Hermione Granger** 人名 and **Ron Weasley** 人名 . They are very friendly and polite.

Harry Potter's parents died when he **was** is 的過去式 a baby and he was **sent** send 的過去分詞 to live with his cruel aunt and uncle. His parents **were** are 的過去式 killed by an evil man named **Lord Voldemorty** 人名 . The story is about Harry learning he is a wizard and his fights with Voldemort.

Harry goes to **Hogwartsy** 校名 School of

Witchcraft and Wizardry to learn magic. Harry **has** have 的第三人稱單數形 a hard time at school. His classmates make fun of him, and call him a 'muggle.' Harry is smart and brave, so he is not afraid. He has an owl and two brooms; he is not lonely.

Harry Potter is very popular. Everybody reads or watches Harry Potter. It is the most successful book series in history. If you have time, let Harry Potter take you to the world of magic.

標示說明：黃底部分為名詞或動詞的原形，其餘無法直接標示的，會以粗體與 ■ 說明，紅字為本章關鍵片語。

您可以將孩子閱讀本文的時間記錄於下，這樣就可以慢慢觀察到孩子的進步！

本文章閱讀完成時間：

因為孩子可以藉由查字典而知道單字的意思，所以另一個會讓孩子卡住點的就是文法。現在就讓我們來瞭解本篇出現的文法。

重要文法與句型 1

名詞單複數

例 **Harry Potter is a series of novels and movies.**

英文裡的名詞會因為單數或複數而長得不同，中文就沒有這樣的差異。中文裡的「小說」，一部小說是「小說」，很多部小說還是「小說」；英文裡的 novel（小說），一部小說是 a novel，很多部小說是 many novels ！

所以看到字尾有 s 的字，就要先懷疑是不是名詞的複數。但是並非每個 s 結尾的字都是複數名詞，也並非不是 s 結尾的字就不是複數名詞喔！（我知道看到這裡，你應該覺得頭昏腦脹，沒關係，我們先不用把那麼龐大的名詞單複數規則都背起來，先知道**「單數名詞字尾加 s 就成了複數名詞」**這樣就好，下次在文章裡碰到其他單複數變形，我們再多記住其他規則就好！）

牛刀小試 1

現在請把這些單字從單數改成複數（答案都在文章裡）。

單數	複數
❶ novel	
❷ movie	
❸ friend	
❹ broom	

重要文法與句型 2

動詞單複數變化

不只名詞有單複數的變化，動詞也有喔！列舉本篇中幾個**單複數動詞**變化的例子。

例 They are very friendly and polite.

例 Harry has a hard time at school.

例 His classmates make fun of him.

在這幾個句子當中，我們看到同樣是現在式的時態，**但動詞卻跟著前面主詞單複數而變化**，可以歸納出下面幾個規則（當然，還有許多其他的規則，但是我們一時片刻記不了那麼多，就請孩子先記住本篇文章裡出現的文法邏輯吧！）

A 第三人稱（he / she / it 與人名或事物名）的 be 動詞是 is

例 Harry Potter is a series of novels and movies.

例 It is the most successful book series in history.

B 第三人稱複數 (they) 與第二人稱 you（單複數同形）的 be 動詞是 are

例 They are very friendly and polite.

例 You are very kind...

C have 這個動詞跟 be 動詞有點像，單複數變化不太規則

➜ 第三人稱單數用 has，其他人稱單複數（包括第三人稱複數）用 have

例 Harry has a hard time at school.

D 第三人稱單數動詞是在原形動詞後面加上 s 或 es

➜ **「第三人稱」+「單數」這個關鍵字很重要**，如果不是（例如：第三人稱複數或是第一第二人稱單數或是第一第二人稱複數）就不適用本規則，請用原形動詞！

➜ 當**動詞字尾是 ch/sh/s/x/z/o** 這幾個字時，要加 **es**，其他加 **s**。

例 **Everybody reads or watches Harry Potter.**

例 **He goes to Hogwarts School of Witchcraft and Wizardry to learn magic.**

因為第三人稱單數現在式動詞很難記，我們把不同字尾的單字各舉一個例子來幫助孩子記憶。

原形動詞	**第三人稱單數現在式動詞**
watch	watches
wash	washes
guess	guesses
fix	fixes
buzz	buzzes
go	goes

牛刀小試 2

讓我們來試試看，在現在式的句子裡，什麼樣的動詞是正確的！

❶ They ____ very friendly and polite.

(A) am (B) are (C) is

❷ It ____ the most successful book series in history.

(A) am (B) are (C) is

❸ If you ____ time, you can read the book.

(A) has (B) have (C) had

❹ He ____ a young wizard.

(A) am (B) are (C) is

❺ The story ____ about Harry Potter.

(A) am (B) are (C) is

❻ He ____ to Hogwarts School of Witchcraft and Wizardry to learn magic.

(A) go (B) goes (C) gos

❼ His classmates ____ fun of him.

(A) make (B) makes (C) makeses

重要文法與句型 3

動詞過去式變化

在這篇文章中，多數都是現在式動詞，但還是有一些是過去式語態。對習慣閱讀中文的人來說，動詞會隨著時間不同而改變，實在是個很難理解的概念。但英文的語法就是這樣，不過其實透過時態的改變，馬上就能讓人理解事件到底是何時發生。

『她去公園找你』→ 是現在去？還是之前去了？其實看不出來。但英文就不一樣了。

例 **“She went to the park to look for you.”**

➜ 很清楚地，她是之前去的，現在或許已經不在現場了。

例 **“She goes to the park to look for you.”**

➜ 她現在去公園找你，所以應該還在公園或是在路上。

因此，英文時態雖然麻煩，但其實能避免許多誤會呢！就像以下的句子：

例 **Harry Potter's parents died when he was a baby.**

➜ 哈利波特的父母在他很小的時候就逝世了。

例 **His parents were killed by an evil man.**

➜ 他的父母被一位邪惡的男子所殺了。

英文動詞的時態變化跟單複數動詞一樣，會受到人稱與單複數而不同。從本篇文章的句子中，可以學習到的規則有：

Ⓐ be 動詞的現在式與過去式：

其實就是一個蘿蔔一個坑，都遵循固定的規則。

be 動詞的現在式	be 動詞的過去式
am	was
are	were
is	was

其中，am 跟 is 還共用 was 呢！

要怎麼記住呢？

were 的字尾是 re，配對的是 are（同樣字尾是 re）

am 和 is 共用 was，因為 was 取 am 的 a 跟 is 的 s 組成！

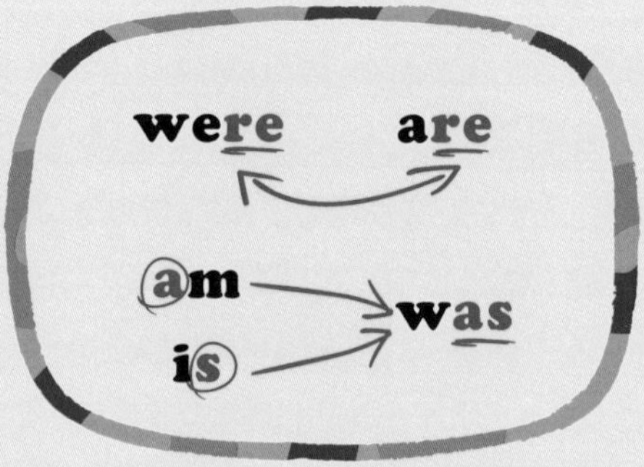

B 一般動詞改成過去式最簡單的方式就是在動詞原形後面加上 d 或 ed。通常加 ed，當字尾是 e 的時候，就不用重複 e，直接加上 d 即可。

現在式動詞	過去式動詞
die	died
kill	killed

牛刀小試 3

請將以下句子改成過去式。

❶ Harry Potter is a series of novels and movies.

➔ Harry Potter ________ a series of novels and movies.

❷ They are very friendly and polite.

➔ They ________ very friendly and polite.

❸ It is the most successful book series in history.

➔ It ________ the most successful book series in history.

重要文法與句型 4

被動語態

例 he was sent to live with his cruel aunt and uncle.

例 His parents were killed by an evil man.

在中文裡，被動語態很簡單，只要加上一個「被」字就完成了，

例 **送去→「被」送去**

例 **殺→「被」殺**

英文裡被動語態的麻煩之處除了要**加上相對應的 be 動詞，不同人稱 X 單數 / 複數動詞 X 各種時態的不同可能性，還要將原本的動詞轉成過去分詞型態。**（請參考 p. 68 的圖）

A Be-V + P.P. ＝被…（被動式語態）

光是動詞轉換成過去分詞就可以再另開一章節好好說明，

➜ 在這篇文章中出現的過去分詞算是相對單純，大多數的過去分詞跟過去式是一樣的！

例如：

動詞原形	動詞過去式	動詞過去分詞
send	sent	sent
kill	killed	killed
die	died	died
watch	watched	watched
read	read	read

➜ 還有一類動詞，**語態並不會讓它變身，但讀音卻不同。**

例如：read 這個字

那我們要如何區分呢？從讀音上可以區分。

例 read 當原形動詞時，讀 [rid]，當過去式與過去分詞時讀 [rɛd]。

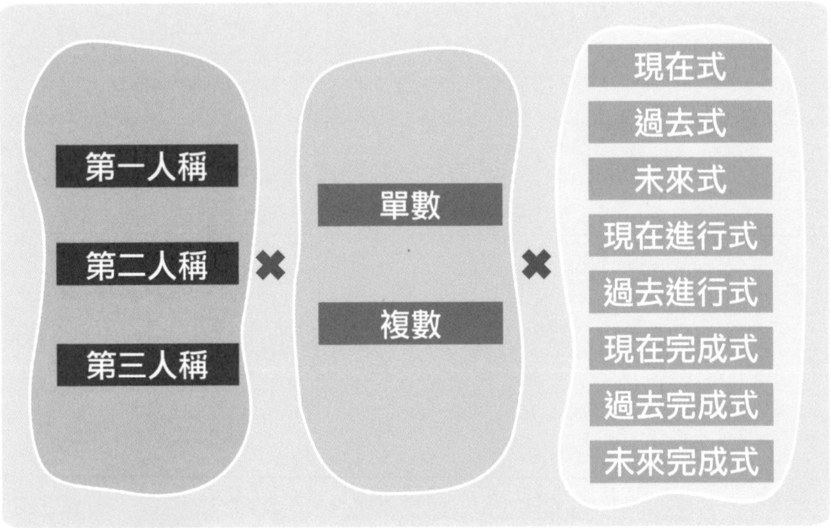

牛刀小試 4

請將以下句子改寫成被動語態。

❶ An evil man killed his parents.

____

❷ Everybody reads or watches Harry Potter.

____

關鍵片語及句型

make fun of 取笑、捉弄

英文裡有些單字雖然每個字都不難，但組合起來卻未必能夠理解，這就是片語！有點像我們的成語。有時可以從單字的意思去猜，但有時卻又可能截然不同。像這樣的片語也可能變成孩子閱讀的障礙。有些字典會列出單字的相關片語，有些沒有。對爸媽而言，最方便的就是問谷歌大師 (Google) ！在本篇文章中，有個慣用片語，如果孩子們記起來，會很有用喔！

make fun of 取笑、捉弄

make	fun	of
做	樂趣	…的

如果從單字上來看，很難猜得到其實是有點不太好的意思，意指『捉弄別人』。

例 His classmates make fun of him.
班上同學捉弄他。

照樣造句，可以這麼說：

例 It is bad to make fun of your classmates.
捉弄同學很不好。

例 Don't make fun of me. 不要捉弄我。

牛刀小試

請孩子用 make fun of 造句練習。

❶ ______________________________

❷ ______________________________

❸ ______________________________

你讀懂了嗎？

最後，我們要確認孩子到底有沒有自己讀懂這篇文章，爸媽可以考考孩子喔！

❶ Who is the author of Harry Potter?

❷ How did Harry's parents die?

❸ What is the Harry Potter story about?

文章中譯

《哈利波特》是一系列的小說和電影。J.K. 羅琳是《哈利波特》的作者。哈利波特也是主角的名字。他是個年輕的巫師，他有兩個巫師朋友— 妙麗格蘭傑和榮恩衛斯理。他們都很友善、有禮貌。

哈利波特的父母在他很小的時候就逝世了，而他被送至他惡毒的阿姨和叔叔家同居。他的父母親被一個名為佛地魔的邪惡男人所殺害。這是關於哈利領悟自己是巫師，並與佛地魔奮戰的故事。

哈利到霍格華滋學習魔法。哈利在學校的日子不好過。班上同學取笑他，稱他為「麻瓜」。哈利很聰明和勇敢，所以他並不害怕。而且他有一隻貓頭鷹和兩支掃把，他並不孤單。

《哈利波特》很受歡迎。每個人都讀或看《哈利波特》。它是歷史上最成功的系列書。如果你有時間，讓《哈利波特》帶你進入魔法的世界吧。

2

Dodgeball

躲避球

文章讀一讀

文章朗讀 02

Dodgeball is a popular sport in American schools. The game is suitable for both children and adults to play. People can play dodgeball on a playground or other similar space. The number of players can vary from two people to many people.

The object of dodgeball is to throw the ball and hit players on the opposing team. The two teams take turns throwing and catching the ball. They have to hit players on the opposing team to remove them from the game. If they can catch a ball, they get a player back. Whichever team has the most players in the end wins!

Dodgeball is very easy to play, and it is exciting and fun. If you want to develop your aiming skills and your strength, play dodgeball!

文章真面目！

Dodgeball is a popular sport in American schools. The game is suitable for both **children** child 的複數 and adults to play. People can play dodgeball on a playground or any other similar space. The number of players can vary from two people to many people.

The object of dodgeball is to throw the ball and hit players on the **opposing** oppose 的現在分詞 team. The two teams take turns throwing and catching the ball.

They have to hit players on the opposing team to remove them from the game. If they can catch a ball, they get a player back. Whichever team has the most players in the end wins!

Dodgeball is very easy to play, and it is exciting and fun. If you want to develop your aiming skills and your strength, play dodgeball!

標示說明：黃底部分為名詞或動詞的原形，其餘無法直接標示的，會以粗體與 ■ 說明，紅字為本章關鍵片語。

您可以將孩子閱讀本文的時間記錄於下，
這樣就可以慢慢觀察到孩子的進步！

本文章閱讀完成時間：

重要文法與句型 1

一山難容二虎：第二動詞的變身

一個句子裡只能有一個動詞，如果出現兩個以上的動詞就會需要連接詞，或者後面的動詞就必須「變身」。

變身有兩種方式：

Ⓐ 一種是變成現在分詞或是動名詞：就是在動詞後面加上 ing。

Ⓑ 另一種就是在第二動詞前面加上 to，變成不定詞。be 動詞也是喔！

例如，我們在文中看到的

例 **The two teams take turns throwing and catching the ball.**

➜ take 後面的 throw 和 catch，加了 ing，這是變身方式 A。

例 **If you want to develop your aiming skills and your strength, play dodgeball!**

➜ want 後面的 develop 前面加上 to，這是變身方式 B。

牛刀小試 1

請把左邊的句子改成正確的句子

原句	改正
❶ They take turns throw balls.	
❷ I want develop my aiming skills.	
❸ She loves read books.	
❹ He was sent live with his relatives.	

咦，為什麼第 2 題跟第 4 題不能用現在分詞（動名詞）呢？

這又牽涉到另一個複雜的議題：

重要文法與句型 1

Ⓒ 有些動詞後面就是只能接不定詞 (to + V)；有些動詞則是接了不定詞或現在分詞（動名詞）會有不同的含意；有些動詞則是只能接現在分詞 / 動名詞 (Ving)。

為了避免混淆，我們就先以這篇文章中看到的動詞來說好了。

➜ want（想要），我**想要**做…後面要接**不定詞**，因為有「預期」、「期待」、「稍後」或是「未來可以做」…的涵義。

➜ 被動語態裡的第二個動詞則是要視**還原成主動語態**時是**不定詞**還是**現在分詞**（動名詞）而定。

例 **He was sent to live with his relatives.**

還原成主動語態就是

➜ They sent him to live with his relatives.

因此改成被動語態後，還是接不定詞。

重要文法與句型 2

名詞單複數不規則變化

在上一篇我們提到了名詞單複數的文法，試試看，在這篇文章中你發現了哪些名詞單複數的變化！

牛刀小試 2

單數	複數
❶ school	
❷ child	
❸ adult	
❹ place	
❺ player	
❻ rule	
❼ ball	
❽ team	
❾ skill	

注意到了沒？多數都符合我們在第一篇文章當中提到的名詞單複數變化，只有第 2 題 child，複數卻是 children！

這類不規則複數 (irregular plurals) 變化真的就只能靠多看多記了！

以下是常見的「後面沒有 s」的複數！

單數	複數
man 男人	men
woman 女人	women
child 小孩	children
foot 腳	feet
tooth 牙齒	teeth
goose 鵝	geese
mouse 老鼠	mice

重要文法與句型 3

疑問詞 + ever = 無論…

在這篇文章中，有一個單字 whichever，字數少一點的字典可能查不到；但孩子只要記住這個複合字的規則，就算字典裡查不到，也可以猜出單字的意思喔！

who	**+**	**ever**	**=**	**whoever** 無論是誰
what	**+**	**ever**	**=**	**whatever** 無論是什麼
which	**+**	**ever**	**=**	**whichever** 無論是哪一個
where	**+**	**ever**	**=**	**wherever** 無論是哪裡
when	**+**	**ever**	**=**	**whenever** 無論何時

可以跟孩子動動腦筋，舉一反三，
想想還有哪些類似的複合字！

參考答案：

how + ever = however 無論如何、然而

➜ 這類的複合字要把它視為**第三人稱單數**，因此後面接的動詞也要是**搭配第三人稱單數的動詞**喔！

例 **Whichever team has the most players at the end wins!**

重要文法與句型 4

助動詞 + 原形動詞

先看看這幾個例句：

例 People can play dodgeball on a playground or other similar place.

例 The number of players can vary from two people to many people.

例 If they can catch a ball, they get a player back.

在這篇文章中，孩子會看到很多次 can 這個字，查字典的話就應該知道，can 是「能夠」、「可以」的意思，詞性是助動詞。

助動詞是什麼呢？**助動詞**顧名思義就是**幫助動詞**。那要怎麼幫呢？在前面我們提到動詞的各式變化時，孩子是不是覺得頭昏腦脹，連我們大人可能都覺得腦袋快爆炸了呢！

Ⓐ **不過只要看到助動詞，後面的動詞一定是原形動詞，**
我們再也不用煩惱要把動詞轉換成什麼樣子了！

Ⓑ **跟 can 一組的助動詞還有 could（can 的過去式）、dare（敢）、may（可能）、might（may 的過去式）、must（一定、必須）、will（將…）、would（請求）、should（應該）、have to（必須 =must）…等等。**
這些單字的後面都要接原形動詞喔！

例 They have to hit players on the opposing team to remove them from the game.

牛刀小試 4

看看以下句子是否正確，正確打 O，錯誤打 X。

_____ ❶ I can speak English.

_____ ❷ He will goes to America tomorrow.

_____ ❸ She has to finish her homework by ten o'clock.

_____ ❹ How dare you stealing my money?

_____ ❺ He should went to bed before 11:00.

重要文法與句型 5

動詞單複數變化（複習）

在上一篇文章中，我們學到了，動詞會根據主詞單複數而有不同變化。

現在就透過本篇文章來複習一下喔！

牛刀小試 5

請填入適當的動詞

❶ Dodgeball ________ （be 動詞現在式）a popular sport in American schools.

❷ The game ________ （be 動詞現在式）suitable for both children and adults to play.

❸ The object of dodgeball ________ （be 動詞現在式）to throw the ball and hit players on the opposing team.

❹ If they can catch a ball, they ________ （get 現在式）a player back.

❺ Whichever team ________ （have 現在式）the most players at the end ________ （win 現在式）!

❻ Dodgeball ________ （be 動詞現在式）very easy to play.

關鍵片語及句型

in the end 最後

這是一個副詞片語，意思是「最後」、「最終」，跟 finally 意思一樣。

例 **Whichever team has the most players in the end wins!**

照樣造句，可以這麼說

例 **In the end, we didn't take the train.**
最後我們沒有搭上火車。

例 **He failed the test in the end.** 他最終考試失敗。

牛刀小試

請孩子用 in the end 造句練習

❶ ______________________________

❷ ______________________________

❸ ______________________________

你讀懂了嗎？

最後，我們要確認孩子到底有沒有自己讀懂這篇文章，爸媽可以考考孩子喔！

❶ Where can people play dodgeball?

❷ What are the rules of dodgeball?

❸ What is the lowest number of people required to play dodgeball?

文章中譯

躲避球是美國學校熱門的球類運動。躲避球遊戲適合小孩，也適合大人玩。人們可以在操場或其他類似的地方玩躲避球。球員可以從兩人到很多人不等。

躲避球的目標是丟球並砸中敵隊球員。兩隊輪流丟球和接球。他們必須丟敵隊球員，將對方的球員從遊戲中淘汰。如果他們接到球，他們就可以救回一個球員。最後有最多的球員的隊伍，即贏得比賽。

躲避球很容易玩，而且很刺激和有趣。如果你想要培養你的瞄準能力和力氣，就玩躲避球吧！

3

Superheroes
超級英雄

文章讀一讀

文章朗讀 03

When superheroes are mentioned, most people think first of Superman. “The Man of Steel” first appeared in 1938 and was followed in later years by Superwoman, Batman, Spiderman and many others.

All superheroes have special abilities. These abilities can be truly superhuman, like Superman flying or seeing through walls. They can also be talents that the heroes perfect, like Spiderman’s ability to climb walls and shoot webs.

Most superheroes are only part-time heroes. That is, they also live ordinary lives. To keep people from knowing their secret identities, they wear costumes which are usually skin-tight and brightly colored.

文章真面目！

When superheroes super + hero are mentioned, most people think first of **Superman** super + man .
"The Man of Steel" first appeared in 1938 and was followed in later years by **Superwoman** super + woman , **Batman** bat + man , **Spiderman** spider + man and many others.

All superheroes have special **abilities** ability 的複數形 .
These abilities can be truly **superhuman** super + human , like Superman flying or seeing through walls.

They can also be talents that the heroes **perfect**, like Spiderman's ability to climb walls and shoot webs.

Most superheroes are only **part-time** part + time heroes. That is, they also live ordinary **lives** life 的複數形 . To keep people from knowing their secret **identities** identity 的複數形 , they wear costumes which are usually **skin-tight** skin + tight and brightly colored.

標示說明：黃底部分為名詞或動詞的原形，其餘無法直接標示的，會以粗體與 ■ 說明，紅字為本章關鍵片語。

您可以將孩子閱讀本文的時間記錄於下，
這樣就可以慢慢觀察到孩子的進步！

本文章閱讀完成時間：

重要文法與句型 1

複合字

　　英文裡有很多複合字，兩個單字合成一個單字，遇到比較長的單字時，可以試試看把單字拆解，把單字意思組合，就可以八九不離十猜對單字的意思喔！

例如，我們在文中看到的：

例 super（超級的）+ hero（英雄）= superhero 超級英雄

例 bat（蝙蝠） + man（人）= Batman 蝙蝠俠

例 part（部分的）+ time（時間）= part-time 兼職的

牛刀小試 1

請把 (A) 跟 (B) 組合成一個單字 (C) ，並說出該字的意思。

題號	(A)	(B)	(C)
❶	super	market	
❷	police	man	
❸	police	woman	
❹	sales	man	
❺	post	man	
❻	book	store	
❼	home	work	
❽	data	base	
❾	full	time	
❿	news	paper	

重要文法與句型 2

認識子句：

我們都知道**句子** (sentence) 就是**有主詞有動詞**的句子。但是就像「大腸包小腸」，**句子裡的句子就叫做子句** (clause)。

子句可分成兩種：獨立子句 (main clause 或 coordinate clause) 與從屬子句 (subordinate clause)。讓我們來認識一下吧！

Ⓐ 獨立子句本身就是個包含主詞、動詞的完整句子。

Ⓑ 獨立子句之間，通常會用連結詞 and, or, but, so 串聯。

例 **After dinner <u>I clear the table</u> and <u>Mom does the dishes.</u>**

I clear the table：獨立子句 1　Mom does the dishes.：獨立子句 2

Ⓒ 把從屬子句單獨拉出來看的時候，會覺得「言猶未盡」。

例 **<u>When superheroes are mentioned</u>,**

When superheroes are mentioned：從屬子句

most people think first of Superman.
獨立子句

在這個句子裡，從屬子句「當提到超級英雄」，是不是好像有什麼沒講完，無法下個句點呢？由此可判斷 When superheroes are mentioned 為從屬子句。

D 從屬子句又分成三種：名詞子句、副詞子句與形容詞子句。

1. **名詞子句**通常**接在**獨立子句裡**動詞的後面**，**作為受詞**。

例 I don't know if it is going to rain.
獨立子句　從屬子句（名詞子句）

我不知道會不會下雨。

2. **副詞子句通常與時間相關。**

例 When superheroes are mentioned,
從屬子句（副詞子句）

most people think first of Superman.
獨立子句

什麼時候大部分的人第一個想到超人？「當提到超級英雄時」這個從屬子句就說明了時間。

3. 形容詞子句，通常用來修飾獨立子句中的名詞。

例 **They can also be talents**
獨立子句

that the heroes perfect, like....
從屬子句（形容詞子句：形容 talents）

例 **They wear costumes which are usually skin-tight and brightly colored.**
從屬子句（形容詞子句：形容 costumes）

這是這篇文章裡出現的形容詞子句喔！

Q：但是，為什麼**形容詞子句的開頭**有 **that, which** 這些不同的字呢？

A：這類的字叫做**關係代名詞** (relative pronoun)，會因為要去形容的名詞類別而有所不同；所以形容詞子句又可稱為**關係子句** (relative clause)，意思就是有包含關係代名詞的子句。

- 如果**前面的名詞是「人」**，要用 who。
- 如果**前面的名詞是「事物」或「動物」**，要用 which。
- 如果你**分不清楚「他 / 她 / 它」是「人」、「事物」還是「動物」**，用 that 就萬無一失了！
- 還有其他關係代名詞，例如：whose（所有格），whom（受格），我們先講這篇文章裡出現的 **that** 跟 which，**之後碰到以這兩個字開始的子句，就知道是形容詞子句喔！**

牛刀小試 2

請填入適當的關係代名詞

❶ I didn't like the color of the bag ________ (who/which) was on sale.

❷ The people ________ (who/which) want to buy our house called again.

❸ She often wears the sweater ________ (who/that) her mother gave her.

❹ He is a man ________ (who/which) has the courage to stand up for his beliefs.

❺ The woman ________ (who/which) lives next door is a lawyer.

重要文法與句型 3-1

名詞單複數變化：子音 + y 結尾的單字

在前幾篇文章中，我們學到一些名詞單複數形的變化，試試看應用在這篇文章中，你可以還原多少名詞單數形喔！

牛刀小試 3-1

單數	複數
	❶ superheroes
	❷ years
	❸ abilities
	❹ talents
	❺ heroes
	❻ walls
	❼ webs
	❽ lives
	❾ identities
	❿ costumes

重要文法與句型 3-2

有沒有發現，這些題目大都合乎我們之前講的【單數名詞 +s/es】就變成複數，只有 ability 跟 identity 的複數卻是 abilities 跟 identities？以及 life 的複數是 lives？

以下重新幫大家整理名詞單複數變化的規則：

Ⓐ 大多數名詞單數 + s/es 變成複數。

Ⓑ 遇到【子音 + y 結尾】的單字，要去 y 改成 ies。

例 baby → babies

例 candy → candies

如果不是的話，直接加 s 即可。

子音有哪些呢？比起記憶所有子音，從母音去記憶反而更容易些！（畢竟只有五個母音）

Ⓒ 只要 y 前面是 a/e/i/o/u（【母音 + y 結尾】的單字），直接加 s 即可，其它一律去掉 y 加上 ies。

例 day → days

例 key → keys

例 boy → boys

例 guy → guys

【註：沒有單字是以 iy 結尾】

另一個字 life 的複數形也長得不太一樣了，變成 lives？

是的，單字結尾是 f 或是 fe 的名詞單複數規則如下。

Ⓓ 只要單字結尾是 f 或是 fe，請去掉 f/fe 加上 ves。

例 half → halves

例 wife → wives

牛刀小試 3-2

請把這些 y 結尾的單數名詞，變成複數。

單數	複數
❶ birthday	
❷ holiday	
❸ way	
❹ monkey	
❺ turkey	
❻ cowboy	
❼ toy	
❽ joy	

牛刀小試 3-3

請把這些 f 或 fe 結尾的單數名詞，變成複數。

單數	複數
❶ leaf	
❷ loaf	
❸ self	
❹ wolf	
❺ shelf	
❻ thief	
❼ housewife	
❽ knife	

重要文法與句型 4

被動語態（複習）

在前面幾篇我們講到被動語態，就是

【be 動詞 + 過去分詞】。

原形動詞要如何**改成過去分詞，通常是後面加 d/ed**，我們就從這篇文章來複習一下這個規則吧！

牛刀小試 4

原形動詞	過去分詞
❶ mention	
❷ follow	
❸ color	

重要文法與句型 5

助動詞＋原形動詞（複習）

只要有助動詞 can, could, must... 等等（上一篇文章有提過），後面要接原形動詞。

牛刀小試 5

❶ These abilities can ____________ (are/be) truly superhuman.

❷ The abilities can also ____________ (are/be) special talents.

關鍵片語及句型

keep A from B 讓 A 無法做 B / 不讓 A 接近 B

這個片語中的 A 和 B 都必須是名詞。

例 To keep people (A) from knowing their secret identities (B), they wear costumes which are usually skin-tight and brightly colored.

照樣造句，可以這麼說

例 The rain keeps us (A) from going out (B).

這場雨讓我們無法出門。

例 People get flu shots to keep themselves (A) from getting the flu (B).

人們打流感疫苗避免染上流感。

牛刀小試

請孩子用 keep... from... 練習造句。

❶ ________________________________

❷ ________________________________

❸ ________________________________

你讀懂了嗎？

最後，我們要確認孩子到底有沒有自己讀懂這篇文章，爸媽可以考考孩子喔！

❶ Please list three superheroes from the article.

❷ What are Superman's special abilities?

❸ Are most superheroes full-time heroes?

文章中譯

一提到超級英雄，多數人首先會想到超人。這位「鋼鐵般的人」於 1938 年現世，女超人、蝙蝠俠、蜘蛛人等隨後接踵而至。

所有超級英雄都擁有特殊的能力。他們的能力有可能真的超乎常人，如超人會飛還有看穿牆壁，但也有可能是英雄們必須精益求精的特殊天分，如蜘蛛人必須練習爬牆和射網。

超級英雄大多只是「兼差」的英雄。也就是說，他們也過著正常人的生活。為了不讓別人知道他們隱藏的身分，他們通常會穿緊身且色彩鮮豔的服裝。

NOTE

4

Shaved Ice
剉冰

文章讀一讀

文章朗讀 04

Summer is here again and the weather is hot! Everyone is looking for ways to cool off. Some turn on the AC, and others go to the beach. Here's an easier, and more delicious way to fight the heat. You can do what people around the world have done for ages: enjoy some sweet and tasty shaved ice!

Flavored ice has been eaten for centuries in many places around the world. The earliest records show it in China, Egypt, Persia and Rome. Some say that Marco Polo brought the idea from China to Italy, where it later became Italian ice.

Now shaved ice is popular almost everywhere and with nearly everyone. Taiwan's shaved ice isn't like most other ices, which get their flavor from the syrups that are added. Instead, the flavor comes from the toppings. From pudding and sweetened milk to fruit and beans and even raw egg yolks, there's a wide variety of ice topping choices in Taiwan.

As we can see, different people like their ice in different ways. People's tastes also change with the times. In the past, people were more likely to choose sweeter, higher calorie toppings. But now more and more people are thinking about their weight when they enjoy ice. For this reason they may choose less sweet, but healthier toppings. However, one thing has stayed the same: people love to eat ice!

文章真面目！

Summer is here again and the weather is hot! Everyone is looking for ways to cool off. Some turn on the AC, and others go to the beach. **Here's** =here is an **easier** easy 的比較級 , and more delicious way to fight the heat. You can do what people around the world have done for ages: enjoy some sweet and tasty shaved ice!

Flavored ice has been **eaten** eat 的現在完成式 for **centuries** century 的複數 in many places around the world. The **earliest** early 的最高級 records show it in **China** 國名 , **Egypt** 國名 , **Persia** 國名 and **Rome** 國名 .

Some say that **Marco Polo** 人名 **brought** bring 的過去式 the idea from China to **Italy** 國名 , where it later **became** become 的過去式 Italian ice.

Now shaved ice is popular almost everywhere and with nearly everyone. **Taiwan**'s 台灣 shaved ice **isn't** = is not like most other ices, which get their flavor from the syrups are added. Instead, the flavor comes from the toppings. From pudding and sweetened milk to fruit and beans and even raw egg yolks, **there's** = there is a wide variety of ice topping choices in Taiwan.

As we can see, different people like their ice in different ways. People's tastes also change with the times. In the past, people were more likely to choose sweeter, higher calorie toppings, but now more and more people are thinking about their weight when they enjoy ice. For this reason they may choose less sweet, but **healthier** healthy 的比較級 toppings. However, one thing has stayed the same: people love to eat ice!

標示說明：黃底部分為名詞或動詞的原形，其餘無法直接標示的，會以粗體與 ■ 說明，紅字為本章關鍵片語。

您可以將孩子閱讀本文的時間記錄於下，
這樣就可以慢慢觀察到孩子的進步！

本文章閱讀完成時間：

重要文法與句型 1

縮寫

英文裡有很多縮寫（雖然正式的官方文件中並不會使用縮寫），所以想要理解大多數的文章，就必須知道縮寫到底代表什麼。

Ⓐ 通常縮寫會發生在【主詞 + be 動詞】。

例 here is = here's

例 it is = it's

Ⓑ 或是【be 動詞 + 否定詞】。

例 is not = isn't

話說回來，用縮寫好像也沒省下幾個字呢，發明縮寫的人會不會也太懶惰了一點？哈哈。

牛刀小試 1

請還原成縮寫前的樣子

❶ I'm → ______

❷ they're → ______

❸ aren't → ______

❹ wasn't → ______

❺ she's → ______

重要文法與句型 2

形容詞比較級

中文裡面我們會說：

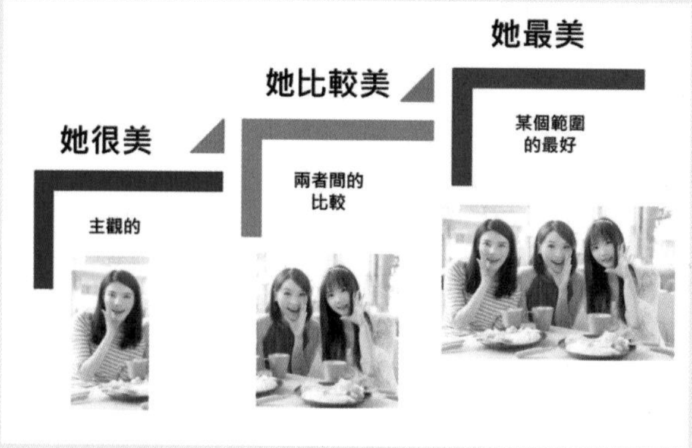

英文裡面也有一樣的句子。只是中文會用副詞（例如：很、比較、最）去強調形容詞（美），英文則是把形容詞做變化來代表不同程度與等級。

這個叫做比較級（comparative form）

例 **easy** 容易的 ➔ **easier** 較容易的、更容易的

例 **delicious** 美味的 ➔ **more delicious** 更美味的

例 **likely** 可能的 ➔ **more likely** 更可能的

為什麼其中一個比較級是一個字，另一個比較級卻變成兩個字呢？

Ⓐ 如果是單音節的形容詞，就直接把形容詞變身

➜ 字尾是 e，直接加 r。

例 wise 智慧的 ➜ wiser 更有智慧的。

➜ 字尾是短母音 + 子音，重複字尾再加 er。

例 big 大的 ➜ bigger 更大的。

➜ 其他：一律加 er。

例 small 小的 ➜ smaller 更小的。

Ⓑ 當形容詞的字尾是 y，為單音節與雙音節時，形容詞也要變身喔

➜ 形容詞去掉 y + ier。

例 easy 容易的 ➜ easier 更容易的。

Ⓒ 非符合以上條件的形容詞，在前面加 more 。

➜ 例 handsome 帥氣的 ➜ more handsome 更帥氣的。

Ⓓ 還有一些不規則變化，我們先不談，遇到再來學習就好喔！（這樣才不會一下子塞爆腦袋，呵呵呵！）

牛刀小試 2

請填入比較級形容詞（以下皆為國中小 1200 字，請務必多練習）。

形容詞原形	形容詞比較級
❶ afraid	
❷ angry	
❸ beautiful	
❹ big	
❺ bright	
❻ busy	
❼ careful	
❽ cheap	
❾ clear	
❿ cloudy	
⓫ cold	
⓬ comfortable	
⓭ convenient	
⓮ correct	
⓯ crazy	
⓰ cute	
⓱ dangerous	

⑱ delicious	
⑲ different	
⑳ difficult	
㉑ dirty	
㉒ dry	
㉓ early	
㉔ easy	
㉕ elegant	
㉖ excellent	
㉗ expensive	
㉘ famous	
㉙ fast	
㉚ fat	
㉛ few	
㉜ friendly	
㉝ funny	
㉞ handsome	
㉟ happy	
㊱ healthy	
㊲ helpful	
㊳ high	
㊴ honest	
㊵ hot	

41 hungry	
42 important	
43 interesting	
44 large	
45 lazy	
46 light	
47 loud	
48 lovely	
49 low	
50 lucky	
51 mad	
52 modern	
53 new	
54 old	
55 polite	
56 poor	
57 popular	
58 pretty	
59 proud	
60 quiet	
61 rich	

62 sad	
63 safe	
64 serious	
65 slim	
66 slow	
67 sore	
68 straight	
69 strong	
70 strange	
71 sweet	
72 tall	
73 terrible	
74 thick	
75 thin	
76 tidy	
77 weak	
78 wise	
79 yummy	
80 young	

練習了這 80 題，會不會覺得長一點的形容詞單字要變成比較級，反而比較容易 (easier) 呢？

重要文法與句型 3

現在進行式 (the present continuous tense)

現在進行式代表「當下正在進行的動作或狀態」，因此一定跟 now 有關，**如果該句無法加上 now，就不能用現在進行式！**

Ⓐ 現在進行式 =【be 動詞 + 動詞 ing】

例 **Everyone is looking for ways to cool off.**

➜ 句中雖然沒有 now，但是使用現在進行式就代表正在進行，本句話指「每個人正在尋找方法降溫」。（look for 為「尋找」）

例 **Now more and more people are thinking about their weight when they enjoy ice.**

➜ 這個句子中本身有 now，所以使用現在進行式是正確的。

但並非每個動詞都可以用現在進行式，要視使用現在進行式時說不說得通！

牛刀小試 3

請把句子改成最適合的時態。

❶ Everyone looks for ways to cool off now.

____

❷ Mom cooks dinner now.

____

❸ Right now, I wait for my parents to pick me up.

____

❹ He drives to work now.

____

❺ We play hide-and-seek in the park now.

____

重要文法與句型 4

現在完成式

現在進行式代表**當下正在進行的動作或狀態**（某個時間點），**現在完成式**代表**從過去到現在某段時間裡的動作或狀態**（某段時間）。在這篇文章中，剛好有現在完成式，我們就來說說這個時態吧！

A 只要看到 have/has + 過去分詞 (past participle)，就代表現在完成式 (the present perfect tense)。

例 You can do what people around the world have done for ages.

例 Flavored ice has been eaten for centuries in many places around the world.

例 However, one thing has stayed the same: people love to eat ice!

以上都是現在完成式的句子。

現在完成式代表從過去到現在持續做的動作或是狀態，由底線部分所代表的時間可以看出來。如果現在已經沒有這個動作或狀態，就不能用現在完成式。

例 **You can do what people around the world have done <u>for ages</u>.**

表示世界上的人們 (people around the world) 已經享受甜美的剉冰很久的時間了 (for ages)，如果人們現在已經不再 enjoy some sweet and tasty shaved ice，那就不能用現在完成式，而要用過去式了！如果這件事情只有發生在現在，不發生在以前，那麼就只能用現在式，也不能用現在完成式喔！

牛刀小試 4

把下列句子從現在式改成現在完成式

❶ Everyone looks for ways to cool off.

____

❷ Shaved ice is popular almost everywhere.

____

❸ Dodgeball is a popular sport in American schools.

____

❹ Mom cooks dinner.

____

❺ The rain stops.

____

重要文法與句型 5

助動詞 + 原形動詞 (複習)

只要有助動詞 can, could, must... 等等（上一篇文章有提過），後面就要接原形動詞。

牛刀小試 5

請找出本文中有【助動詞 + 原形動詞】的句子，寫在下面：

❶ ______________________________

❷ ______________________________

❸ ______________________________

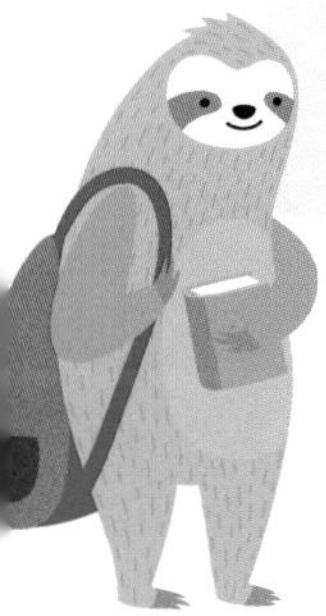

關鍵片語及句型

look for 尋找

例 **Everyone is looking for ways to cool off.**

照樣造句，可以這麼説

例 **He is looking for his dog.** 他正在找他的狗。

例 **I am looking for my sister in the park.**
我在公園裡找我的姐姐。

牛刀小試

請孩子用 look for... 造句練習

❶ ______________________________

❷ ______________________________

❸ ______________________________

你讀懂了嗎？

最後，我們要確認孩子到底有沒有自己讀懂這篇文章，爸媽可以考考孩子喔！

❶ List three places where flavored ice has been eaten for centuries.

❷ How is Taiwan's shaved ice different from most other ices?

❸ What are ways to cool off in the summer?

文章中譯

夏天又來了，天氣很熱！每個人都在找方法涼快一下。有些人會開空調，有些則去海灘。這裡有個更容易、更美味的方式來對抗暑氣！你可以做千古以來全世界人們會做的事情：享受滋味甜美的剉冰！

幾世紀以來全世界各地都吃各種口味的剉冰。最早紀錄出現在中國、埃及、波斯和羅馬。有些人說馬可波羅把這個點子從中國帶到義大利，而後變成義大利冰。

現在幾乎在每個地方每個人都喜歡剉冰。台灣的剉冰跟大部分其它地方的剉冰不同，其他地方的重點在於淋醬，而台灣剉冰的重點在於不同的配料。從布丁到煉乳及水果、豆類，甚至生蛋黃，台灣剉冰配料種類非常多。

正如我們所見，不同的人們喜歡的剉冰也有所不同。隨著時間人們也會改變他們的喜好。在過去幾年，人們更可能喜歡較甜、較高卡洛里的配料。但是現在，越來越多人在享受吃冰時也會想到他們的體重。因此它們選擇較少糖份、但卻更健康的配料。然而，有件事是不變的：大家都愛吃冰！

NOTE

5

Eat Breakfast, Stay Healthy

吃早餐保持健康

文章讀一讀

文章朗讀 05

A new study has shown that teenagers who eat breakfast and exercise every day are healthier than teens who don't eat breakfast. This study followed the diets, weight and exercise habits of 2,216 American teenagers over five years. The study found that the teenagers who ate breakfast every day weighed less than those who didn't. The average weight of those who didn't often eat breakfast was 2.3 kilograms more than those who did.

In a telephone interview, the professor in charge of the study said, "In the study, we found that the participants who often ate breakfast, and especially those who ate it every day, were healthier than those who didn't. They also exercised more often, and ate healthier food."

文章真面目！

A new study has **shown** show的過去分詞 that teenagers who eat breakfast and exercise every day are **healthier** healthy的比較級 than teens who don't eat breakfast. This study followed the diets, weight and exercise habits of 2,216 American teenagers over five years. The study **found** find的過去式 that the teenagers who **ate** eat的過去式 breakfast every day weighed less than those who didn't = did not . The average weight of those who didn't often eat breakfast was 2.3 kilograms more than those who did.

In a telephone interview, the professor in charge of the study **said** say的過去式 , "In the study, we found that the participants who often ate breakfast, and especially those who ate it every day, were healthier than those who didn't. They also exercised more often, and ate healthier food."

標示説明：黃底部分為名詞或動詞的原形，其餘無法直接標示的，會以粗體與 ■ 説明，紅字為本章關鍵片語。

您可以將孩子閱讀本文的時間記錄於下，
這樣就可以慢慢觀察到孩子的進步！

本文章閱讀完成時間：

重要文法與句型 1

動詞過去式 - 不規則變化

在第一篇文章中，我們提到過動詞的過去式變化規則，除了 be 動詞不規則變化 (was/were)，大多數的動詞過去式只要在原形動詞後面加 d 或是 ed 即可。

但，你以為英文真的就這麼簡單嗎？嘿嘿嘿！連形容詞、副詞的比較級都有不規則變化了，動詞怎麼可能沒有不規則變化呢 ?!

不過沒關係，對於動詞過去式不規則變化，我們可以「兵來將擋、水來土淹」，每次遇到的時候，就動動腦，日子久了，腦袋中自然就會累積出不規則動詞過去式變化的清單！

例

動詞原形	過去式
find	found
eat	ate
do	did
say	said
lose	lost
sleep	slept

牛刀小試 1

請把下列句子的動詞改成正確的時態（請注意時間副詞）。

❶ The 1999 project ________ (find) that the participants who ________ (eat) three meals a day ________ (weigh) less than those who ________ (do) not.

❷ On our trip to France last month, we ________ (do) not often ________ (eat) breakfast because we ________ (are) so tired and usually ________ (wake) up late.

❸ I ________ (call) the cable company yesterday, and they ________ (say) they ________ (turn) off our cable because we ________ (do) not pay the bill.

重要文法與句型 2-1

形容詞子句（複習）

在前面的文章中我們提到過形容詞子句，在這篇文章中，又出現「滿滿的」的形容詞子句。

牛刀小試 2-1

請試著列出文章中有出現形容詞子句的句子，把形容詞子句畫線，並把其修飾的名詞圈起來。

❶ ______________________________

❷ ______________________________

❸ ______________________________

❹ ______________________________

重要文法與句型 2-2

你找到的句子中，是否有下面這兩個句子？

例 The average weight of those who didn't often eat breakfast was 2.3 kilograms more than those who did.

例 In the study, we found that the participants who often ate breakfast, and especially those who ate it every day, were healthier than those who didn't.

有沒有注意到這兩個句子形容詞子句所形容的名詞是 those，不是一般常見的名詞嗎？是的，但是另一方面 those 也可以是代名詞喔！

Ⓐ 可以把 those who 理解成 those (people) who，中間被省略了 people，這樣就可以很輕易地記住，who 後面要接的必定是複數動詞！

those who 這個句型非常好用，意思是「凡是…的人」，更常見於許多諺語。例如：

例 **God helps those who help themselves.**
天助自助者

加上 people：

➜ God helps those people who help themselves.

是不是就能明白這句後面為什麼要用複數的反身代名詞 themselves 了！

重要文法與句型 3

形容詞 / 副詞比較級 + than

在前幾篇我們有學到**形容詞比較級**，還記得嗎？

例 Here's an easier and more delicious way to fight the heat.

➜ easier / more delicious 都是形容詞比較級，指「更簡單 / 更美味的」的意思。

這邊的比較是跟一般情況比較；如果有一個確切的比較對象時，就要加上 than 這個字。

【A+be 動詞 + 形容詞比較級 + than + B】
= A 比 B 更 …/ 較…

例 Teenagers who eat breakfast and exercise every day are healthier than teens who don't eat breakfast.

(A = Teenagers who eat breakfast and exercise every day；are = be 動詞；healthier = 形容詞比較級；B = teens who don't eat breakfast)

每天吃早餐並做運動的青少年**比**不吃早餐者**較健康**。

在第四篇我們學到把**形容詞變成比較級**有幾種方法，先來複習一下：

1. 如果是單音節的形容詞，就直接把形容詞變身

1.1 字尾是 e，直接加 r。例如：wise 智慧的 ➔ wiser 更有智慧的

1.2 字尾是母音 + 子音，重複字尾再加 er。
例如 : big 大的 ➔ bigger 更大的
（提示：母音為 a/e/i/o/u）

1.3 其他：一律加 er

2. 單音節與雙音節：字尾是 y，去掉 y + ier，其他加上 more。例如：easy 容易的 ➔ easier 更容易的

3. 非符合以上條件，就在前面加 more

這裡的 healthy 健康的，剛好是 2 的規則，所以要去掉 y + ier ➔ healthier。

如果是副詞呢？**副詞**也有**比較級**喔！

副詞的比較級規則跟形容詞一樣，意思是因為多數副詞都剛好符合 2. 及 3. 的規則，所以相對簡單；像這裡提到的例句中的 fast，剛好一個字可以做形容詞與副詞使用，因此比較級也就都一樣了。

例 **She runs faster than me.** 她跑得比我快。

➜ fast 在這裡是副詞，修飾動詞 run，fast 的比較級是 faster。

副詞比較級的句型公式是：

【A + 動詞 + 副詞比較級 + than + B】
= A 比 B 更 …/ 較…

例 **The teenagers who ate breakfast every day** (A) **weighed** (動詞) **less than** (副詞比較級) **those who didn't.** (B)

每天吃早餐的青少年體重**比**不吃早餐的青少年**輕**。

說到這裡，就不得不提到形容詞與副詞比較級的不規則變化了…因為從比較級身上根本看不出原來的形容詞 / 副詞長什麼樣子。這真的也只能靠多看多記了！

形容詞與副詞比較級的不規則變化

形容詞	副詞	比較級
good 好	well	better
bad 壞	badly	worse
many 許多（可數）	much	more
much 許多（不可數）		
little 少（不可數）	little	less
*few 少（可數）	little	fewer

Ⓒ 從以上，不知道大家有沒有發現，**「多」和「少」的形容詞有分「可數」與「不可數」，但到了副詞，卻都是「不可數」了，因為副詞形容動作，本來就無法測量**，比方說，她跑得快，我沒有辦法數是一個「快」還是兩個「快」啊！

總而言之，從以上看來，反而是形容詞與副詞難記，不規則的比較級大概就只有四個字：better, worse, more, less。

最後的那個形容詞「few 少」（可數名詞形容詞）其實是規則變化，後面加 er (fewer)，把它列在這裡只是方便大家一起跟形容不可數名詞的「少」(little) 比較喔！

話說回來，剛剛那個例句的原形應該是怎樣呢？

例 **The teenagers who ate breakfast every day weighed less than those who didn't.**

→ The teenagers who ate breakfast every day weighed little.（體重輕盈）

牛刀小試 3

請將句子中的形容詞或副詞圈起來，並且根據提示進一步改成比較級。

1. Alexander speaks English well.

   ➜ 比較對象 : Elizabeth

   ____

2. People who exercise every day are usually healthy.

   ➜ 比較對象 : people who don't

   ____

3. The economy was bad and few people could afford to buy houses.

   ➜ 無比較對象的一般性比較

   ____

關鍵片語及句型

in charge of 負責

charge 是「交與某人的工作責任」，

A is in charge of B 就是「A 負責 B 這件事」。

例 **the professor in charge of the study**
負責這項研究計畫的教授

照樣造句，可以這麼說

例 **Who is in charge of the project?**
誰負責這個計劃？

例 **The teacher in charge of the class quit yesterday.**
負責這個班級的老師昨天辭職了。

牛刀小試

請孩子用 in charge of... 造句練習。

❶ ______________________________

❷ ______________________________

❸ ______________________________

你讀懂了嗎？

最後，我們要確認孩子到底有沒有自己讀懂這篇文章，爸媽可以考考孩子喔！

1. According to the article, if teenagers want to be healthier, what should they do?
2. Why do you think the study is reliable? How many teenagers were followed for how long?
3. How often should we eat breakfast if we want to be healthier?

文章中譯

一個新的研究顯示每天吃早餐並做運動的青少年比不吃早餐者來得健康。這項研究追蹤了 2216 位美國青少年的飲食、體重和運動習慣長達五年時間。研究發現每天吃早餐的青少年體重較不吃早餐的青少年輕。不常吃早餐者的平均體重比吃早餐者多了 2.3 公斤。

在一個電話訪問中，負責這項研究計畫的教授說：「研究中，我們發現常吃早餐，尤其是每天都吃早餐的參與者，比不吃早餐的人來得健康。他們也較經常運動，並吃比較健康的食物。」

6

Walt Disney—A Mouse Is Born

華特迪士尼：米老鼠的創作者

文章讀一讀

文章朗讀 06

Born in Chicago on December 5, 1901, Walter Elias Disney spent his childhood on a farm in Missouri. Inspired by the animals around him, the young Walt began to draw at an early age, selling sketches to his neighbors when he was just seven. The Disneys next lived in Kansas City, where his father ran a paper route, returning to Chicago in 1917 when his father invested in a jelly factory there. During high school, Walt took night classes at the Chicago Art Institute and drew cartoons for the school paper.

At the age of 16, Walt dropped out of school to serve in World War I. Rejected by the Army because he was underage, he joined the Red Cross and drove an ambulance in France. After the war, Walt returned to Kansas City to pursue a career as a cartoonist. He soon became interested in the new field of animation, and founded the Laugh-O-Gram Studio to create animated cartoons.

Unfortunately, the studio soon went bankrupt, and Walt decided to try his luck in Hollywood. With $250 in capital, he started the Disney Brothers Cartoon Studio with his brother Roy in 1923. His first employees included Ub Iwerks, who became Walt's lifelong collaborator, and Lillian Bounds, who became his wife.

When Walt and Ub's first creation, Oswald the Lucky Rabbit, was stolen by the studio that distributed it, they decided to create their own character. Walt came up with a cheerful mouse named Mortimer, but Lillian thought Mickey sounded better. The premiere of *The Jazz Singer*—the world's first "talkie"—provided him with his eureka moment. Walt decided to give Mickey Mouse a voice, and the famous rodent has been talking ever since.

文章真面目！

Born bear 的過去分詞 in **Chicago** 地名：芝加哥 on December 5, 1901, **Walter Elias Disney** 人名 **spent** spend 的過去式 his childhood on a farm in **Missouri** 地名. **Inspired** inspire 的過去分詞 by the animals around him, the young **Walt** 人名 **began** begin 的過去式 to draw at an early age, selling sketches to his neighbors when he was just seven. The Disneys next lived in **Kansas City** 地名, where his father **ran** run 的過去式 a paper route, returning to Chicago in 1917 when his father invested in a jelly factory there. During high school, Walt **took** take 的過去式 night classes at the **Chicago Art Institute** 校名 and **drew** draw 的過去式 cartoons for the school paper.

At the age of 16, Walt dropped out of school to serve in **World War I** 戰爭名 . **Rejected** reject的過去分詞 by the Army because he was underage, he joined the **Red Cross** 機構名 and **drove** drive的過去式 an ambulance in **France** 國名 . After the war, Walt returned to Kansas City to pursue a career as a cartoonist. He soon became interested in the new field of animation, and founded the **Laugh-O-Gram Studio** 工作室名稱 to create animated cartoons.

Unfortunately, the studio soon **went** go的過去式 bankrupt, and Walt decided to try his luck in Hollywood. With $250 in capital, he started the **Disney Brothers Cartoon Studio** 工作室名稱 with his brother **Roy** 人名 in 1923. His first employees included **Ub Iwerks** 人名 , who became Walt's lifelong collaborator, and **Lillian Bounds** 人名 , who became his wife.

When Walt and Ub's first creation, **Oswald the Lucky Rabbit** 電影名 , was **stolen** steal 的過去分詞 by the studio that distributed it, they decided to create their own character. Walt **came** come 的過去式 up with a cheerful mouse named **Mortimer** 人名 , but Lillian thought **Mickey** 人名 sounded **better** good 的比較級 . The premiere of ***The Jazz Singer*** 電影名 —the world's first "talkie"—provided him with his eureka moment. Walt decided to give Mickey Mouse a voice, and the famous rodent has been **talking** talk 的現在完成式 ever since.

標示說明：黃底部分為名詞或動詞的原形，其餘無法直接標示的，會以粗體與 ■ 說明，紅字為本章關鍵片語。

您可以將孩子閱讀本文的時間記錄於下，
這樣就可以慢慢觀察到孩子的進步！

本文章閱讀完成時間：

重要文法與句型 1

專有名詞 (proper nouns)

在這篇文章中，我們看到很多字不是在句子最前面，但第一個字母卻大寫。為什麼呢？因為它們是「專有名詞」！

只要是跟國家、城市、地區、人物、以及語言的名字有關，就屬於**專有名詞**，無論它處在句子裡的哪個位置，永遠都要將**第一個字母大寫**喔！

Ⓐ 地名

➜ 國家：America、France、Japan

➜ 美國各州：Missouri、California、Florida

➜ 城市：Chicago、Kansas City

➜ 地區：Hollywood

Ⓑ 人名：Walter Elias Disney、Walt、Roy、Ub Iwerks、Lillian Bounds、Mortimer、Mickey

Ⓒ 機構：Chicago Art Institute、Army、Red Cross、Laugh-O-Gram Studio、Disney Brothers Cartoon Studio（**前面要加 the**）

Ⓓ 事名：World War I

Ⓔ 物名：Oswald the Lucky Rabbit、The Jazz Singer

牛刀小試 1

請試著找出下列句子中專有名詞的錯誤並改正。

❶ Born in the chicago on December 5, 1901, walter elias disney spent his childhood on a farm in the missouri.

❷ Walt took night classes at the chicago art institute and drew cartoons for the school paper.

❸ At the age of 16, Walt dropped out of school to serve in world war I.

❹ Walt decided to try his luck in hollywood.

❺ He started the disney brothers cartoon studio with his brother roy in 1923.

❻ Walt came up with a cheerful mouse named mortimer, but lillian thought mickey sounded better.

❼ Walt decided to give mickey mouse a voice.

重要文法與句型 2

分詞構句

英文當兩個子句的主詞一樣時，我們又有一個方法可以偷懶少寫幾個字喔。

那就是**分－詞－構－句！**

顧名思義，既然是「分詞」，就一定跟分詞有關。

英文中有**兩種分詞**，一種是**現在分詞**，另一種是**過去分詞**。

Ⓐ 現在分詞用在**現在進行式**，句型公式是

【動詞＋現在分詞】

例 return ➔ returning

Ⓑ 過去分詞出現在 (1) 被動語態及 (2) 完成式，下列是過去分詞會出現的場景：

1. 被動語態，句型公式是

【be 動詞＋過去分詞＝被…】

例 **Walt and Ub's first creation, Oswald the Lucky Rabbit, was stolen by the studio that distributed it.**

➔ stolen 是 steal 的過去分詞

2. **現在 / 過去完成式，句型公式是**

【has/have/had + 過去分詞 = 已經…】

例 The famous rodent has been talking ever since.

➜ been 是所有 be 動詞的過去分詞

C 當子句中出現分詞，並且兩個子句的主詞是一樣的，就可以嘗試進行分詞構句，把句子縮得更短。這麼做有兩個好處：

1. 少寫 / 打一點字（發明英文的人應該是個懶鬼）
2. 句型更有變化，文章看起來更「高深」：因為讀者要想一下才會知道被省略的連結詞跟 be 動詞是什麼！

怎麼把流水帳般的長句變成分詞構句呢？以下為三個步驟。

Step 1 有連接詞的子句，**去掉連接詞**

Step 2 把上述子句的**主詞**、**be 動詞都去掉**

Step 3 如果上述子句不是 be 動詞，就把動詞改成現在分詞

連接詢　主詞　be 動詞

例 After Walter Elias Disney was born in Chicago on December 5, 1901,

子句 1

Walter Elias Disney spent his childhood on a farm in Missouri.

子句 2

首先，這兩個子句的主詞都是 Walter Elias Disney，分詞構句的機會來了！

Step 1 有連接詞的子句是子句 1，因此我們按照上述的步驟，刪連結詞。

Step 2 刪主詞、刪 be 動詞，就改造成下面的句子：

例 **Born in Chicago on December 5, 1901, Walter Elias Disney spent his childhood on a farm in Missouri.**

是不是跟本篇文章第一句相同呢！瞬間就可以少寫 5 個字：After、Walter、Elias、Disney、was ！

所以，只要**看到過去分詞 / 現在分詞在句首**的，便要聯想到這是**分詞構句**的作法，並且在腦袋中還原「囉嗦版」的原句，就可以理解文意了！

牛刀小試 2

請將下列分詞構句句子還原成完整的子句：有連接詞、主詞、動詞

❶ Inspired by the animals around him, the young Walt began to draw at an early age.

____

____

❷ Rejected by the Army because he was underage, he joined the Red Cross and drove an ambulance in France.

____

____

分詞構句
教學

落落長講了一大堆，你是不是還是有聽沒有懂？沒關係，葳姐現在就仔細地解說這兩句。

1. 例 **Inspired by the animals around him, the young Walt began to draw at an early age.**

Ⓐ **首先還原主詞與 be 動詞，這也是最容易的步驟**，由於另一個子句的主詞是 the young Walt（年輕的華特），所以我們把它複製到分詞構句的子句中。

例 **The young Walt inspired by the animals around**
② 主詞：複製過來
him, the young Walt began to draw at an early age.
① 主詞：已有

Ⓑ **再來還原動詞：因為句首是過去分詞，可以想見被省略的是一個 be 動詞**；另一個子句的動詞是過去式，所以我們也要用 be 動詞過去式，主詞 the young Walt 是單數第三人稱，因此要用 was。

例 **The young Walt was inspired by the animals**
② be 動詞過去式
around him, the young Walt began to draw at
①過去式：已有
an early age.

Ⓒ 最後，連接詞要用哪一種呢？因為另一句中間有 began to...（開始…），通常在表達上，多半都是：「在…之後，…開始…」；因此我們可以用 after 這個連接詞。

例 After / the young Walt was inspired by the animals around him, the young Walt began to draw at an early age.

看懂了嗎？再來一題試試。

2. 例 Rejected by the Army because he was underage, he joined the Red Cross and drove an ambulance in France.

Ⓐ 為了避免被 because 這個連接詞誤導，我們可以暫時忽略它。

這句話變成：

例 Rejected by the Army, he joined the Red Cross and drove an ambulance in France.

B 分詞構句主詞相同，動詞跟另一個子句的時態一致。

He was rejected by the Army, he joined the Red
②主詞：複製過來，動詞：加 was　①主詞動詞：已有
Cross and drove an ambulance in France.

C 連接詞要用哪一個呢？我們來想一下兩句話的意思，是有先後順序的，先是被軍隊拒絕，然後加入紅十字會。所以連接詞應該是 After。

After he was rejected by the Army because he was underage, he joined the Red Cross and drove an ambulance in France.

這樣有比較理解了嗎？

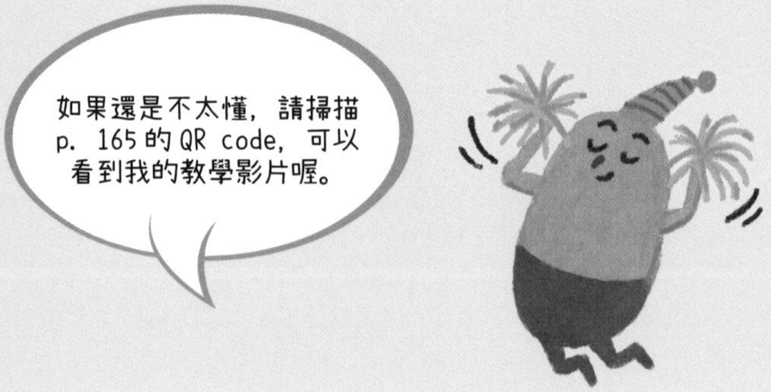
如果還是不太懂，請掃描 p. 165 的 QR code，可以看到我的教學影片喔。

重要文法與句型 3

動詞過去式 / 過去分詞的不規則變化

在前幾篇我們陸陸續續看到動詞過去式，有些規規矩矩地加上 d 或 ed 即可；有些偏偏愛搞怪，就一定要不規則變化，也只能靠多看多記了！

在這篇文章中，我們有提到分詞構句會運用到過去分詞。**過去分詞其實就是過去式的延伸。**同樣地，**過去式也分成兩類：一類很規規矩矩按原則來；一類又是不規則變化**，尤其，更痛苦的是，**有些過去分詞跟過去式或是原形一樣，有些又硬是要完全不一樣。**

唯一不敗法門就是「多看多記」！

所以從今天開始，只要讀英文文章時，一定要特別注意動詞的變化，看久了就它就會變成你的好朋友，不管怎麼變，你都認得出來了！

例如：本文中出現的單字。

動詞原形	過去式	過去分詞
spend	spent	spent
begin	began	begun
run	ran	run
take	took	taken
draw	drew	drawn
drive	drove	driven
become	became	become
go	went	gone
steal	stole	stolen
come	came	come
think	thought	thought

牛刀小試 3

請寫出下列動詞的過去式與過去分詞。

動詞原形	過去式	過去分詞
❶ make		
❷ has/have		
❸ is/am		
❹ are		
❺ throw		
❻ catch		
❼ keep		
❽ wear		
❾ fight		
❿ do		
⓫ eat		
⓬ bring		
⓭ show		
⓮ find		
⓯ found（建立）		

關鍵片語及句型

come up with 想出（辦法）

例 Walt came up with a cheerful mouse named Mortimer.
華特想出一隻開心的老鼠，取名為莫迪默。

照樣造句，可以這麼説

例 He came up with a new idea for the marketing campaign.
他想到一個行銷活動的新點子。

例 She came up with a new recipe for fried chicken.
她想出了一道新的炸雞食譜。

牛刀小試

請孩子用 come up with... 造句練習

❶ ______________________________

❷ ______________________________

❸ ______________________________

你讀懂了嗎？

最後，我們要確認孩子到底有沒有自己讀懂這篇文章，爸媽可以考考孩子喔！

1. According to the article, when did Walter Elias Disney begin to draw and sell sketches to his neighbors?
2. Why was Walt rejected by the Army?
3. Who named the famous Micky Mouse?

文章中譯

1901年12月五日，華特伊利亞斯迪士尼出生於芝加哥，童年都在密蘇里州的農場上度過。受到生活周遭動物的啟發，華特在很小的時候便開始畫圖，年僅七歲就把他的素描畫賣給鄰居。迪士尼一家人之後搬到堪薩斯市，華特的父親在那以送報維生。1917年搬回芝加哥，因為當時華特的父親在那投資一間果醬工廠。高中時期，華特在芝加哥藝術學院就讀夜間部，同時間幫校刊畫漫畫。

16歲那年，華特輟學，準備要從軍投入一次大戰。陸軍以不足齡為由拒絕他之後，他加入紅十字會，到法國駕駛救護車。戰爭結束後，華特回到堪薩斯市想以漫畫家為業。不久後，他對動畫這個新領域產生興趣，於是成立 Laugh-O-Gram 工作室從事卡通影片的創作。

不幸地，這工作室沒多久後即宣告破產，於是華特決定到好萊塢碰碰運氣。帶著250元資金，華特和他的哥哥洛伊於1923年創立迪士尼兄弟卡通工作室。他最初的雇員中，有後來成為他終身工作夥伴的厄伯艾沃克，以及成為他妻子的莉蓮邦茲。

當華特和厄伯的第一個創作《奧斯華幸運兔》被負責發行的片廠搶走後，他們決定自行創作卡通人物。華特想出一隻開心的老鼠，取名為莫迪默，不過莉蓮認為米奇比較好聽。世界首部有聲電影《爵士歌手》的首映會讓華特靈機一動，他決定賦予米老鼠一個聲音，之後這隻知名的齧齒動物的話從此沒停過。

7

Global Warming Causing Sea Level Rise

全球暖化導致海平面上升

文章讀一讀

文章朗讀 07

It's an amazing fact that if all the ice in Greenland, a vast island in the Arctic Circle, were to melt, enough water would pour into the ocean to raise sea levels by at least seven meters. If even a significant percentage of that ice melted, it would put major coastal cities all over the planet underwater and force hundreds of millions of people to flee and leave their homes behind forever. And that's not counting the world's largest ice sheet in Antarctica. If the Antarctic ice sheet melted, most of the world's cities would have to be completely abandoned. That means London, Tokyo, New York and Taipei would no longer exist. And life as we know it would be changed forever.

Scientists used to think that our ice sheets would remain stable over the coming centuries even with the rising temperatures caused by man-made global warming. But more recent studies have revealed that the pace at which glaciers in Greenland and Antarctica are sliding into the oceans has increased rapidly in recent decades. According to researchers, this is caused by

the loss of floating ice shelves along the coasts. These ice shelves act like a cork in a bottle, keeping glaciers from flowing into the sea. As they disappear due to warming sea water, ice from the interior flows out at a much faster rate. That, in turn, contributes to a rise in sea levels, and puts coastal areas around the world at risk of flooding.

文章真面目！

It's =It is an **amazing** amaze 的形容詞 fact that if all the ice in **Greenland** 國名 , a vast island in the **Arctic Circle** 地區名 , were to melt, enough water would pour into the ocean to raise sea levels by at least seven meters. If even a significant percentage of that ice melted, it would put major coastal **cities** city 的複數 all over the planet underwater and force hundreds of millions of people to flee and leave their homes behind forever. And that's not counting the world's largest ice sheet in **Antarctica** 地區名 . If the Antarctic ice sheet melted, most of the world's cities would have to be completely abandoned. That means **London** 地名 , **Tokyo** 地名 , **New York** 地名 and **Taipei** 地名 would no longer exist. And life as we know it would be changed forever.

Scientists used to think that our ice sheets would remain stable over the **coming** come 的現在分詞 centuries even with the **rising** rise 的現在分詞 temperatures caused by man-**made** make 的過去分詞 global warming.

But more recent **studies** study 的複數 have revealed that the pace at which glaciers in Greenland and Antarctica are **sliding** slide 的現在分詞 into the oceans has increased rapidly in recent decades. According to researchers, this is caused by the loss of floating ice **shelves** shelf 的複數 along the coasts. These ice shelves act like a cork in a bottle, keeping glaciers from flowing into the sea. As they disappear due to warming sea water, ice from the interior flows out at a much faster rate. That, in turn, contributes to a rise in sea levels, and puts coastal areas around the world at risk of flooding.

標示說明：黃底部分為名詞或動詞的原形，其餘無法直接標示的，會以粗體與 ■ 說明，紅字為本章關鍵片語。

您可以將孩子閱讀本文的時間記錄於下，
這樣就可以慢慢觀察到孩子的進步！

本文章閱讀完成時間：

重要文法與句型 1

情緒動詞轉形容詞

動詞變成形容詞有兩種方式：一種是加 ing，變成現在分詞，另一種是加上 ed 或是不規則型態的過去分詞變化。

例 She is a working woman. 她是個職業婦女

➜ work（動詞）工作，加上 ing， 變成形容詞就是「工作的」，形容後面的名詞 woman，工作的女人，就是職業婦女啦。

例 This is a handmade cake. 這是個手作蛋糕

➜ make（動詞）製作，變成過去分詞 made，就是「被…製作的」，handmade 就是手作的 (made by hand)，用來修飾後面的名詞 cake。

有一類動詞叫做情緒動詞，例如：surprise（使驚訝）、excite（使興奮）、interest（使感興趣）…等等，轉變成形容詞的時候，如果變錯，會讓整個意思都改變喔！

A 可以這麼來想，如果是要形容事物，通常用 ing 的形容詞，中文翻譯要記「令人…的」；如果是要表達人的情緒感覺，通常用 d/ed 或不規則之過去分詞 ，中文翻譯要記「感到…的」。

例

動詞	現在分詞 （令人…的）	過去分詞 （感到…的）
amaze 使吃驚	amazing 令人吃驚的	amazed 感到吃驚的
surprise 使驚訝	surprising 令人驚訝的	surprised 感到驚訝的
excite 使興奮	exciting 令人興奮的	excited 感到興奮的
interest 使…有興趣	interesting 令人有興趣的	interested 感到有興趣的

牛刀小試 1

請選出正確的形容詞。

❶ 他覺得很無聊。He feels boring/bored.

❷ 她受到驚嚇。She is scaring/scared.

❸ 我覺得好累。I feel tiring/tired.

❹ 這故事好感人。The story is touching/touched.

❺ 我覺得好尷尬。I feel embarrassing/embarrassed.

surprised
（感到驚訝的）

重要文法與句型 2

假設語氣：與現在事實相反

為什麼單數名詞後面會接複數動詞呢？例如：...all the **ice** were to melt...

ice 不是單數不可數名詞嗎？為什麼會接 were 呢？難道是作者打錯字嗎？

因為有 were，我們就要適當地懷疑是不是「假設」語態。

Ⓐ 如果句子前面有個連接詞 if，另一個子句又有過去式助動詞，那麼我們就可以很肯定地判斷：這就是假設語氣喔！

例 **If all the ice in Greenland were to melt, lots of water would pour into the ocean.**

完全符合上面所說，因此這句話的意思是「如果格陵蘭所有的冰都融化了，將有許多水灌入海洋。」

但實際上格陵蘭所有的冰**並沒有**融化，未來全部融化的機率也微乎其微。所以這只是一個假設性的說法！

就好像女人總愛問老公：「如果我跟你媽同時掉進海裡，你會救誰？」

英文就應該這樣説

例 **If your Mom and I were to fall into the sea, who would you rescue?**

B 假設語氣是條件句 (conditional clause) 的其中一種，光是假設語氣又可分成很多種：

1. 與現在事實相反

【If + 主詞 + 過去式動詞 /were…, 主詞 + 過去式助動詞 (would/should/could) + 原形動詞…】

若現在的事實為：

➜ She is not Korean, so she cannot speak Korean.
她不是韓國人，所以她不會講韓文。

這句話改成假設語氣就會是：

➜ If she were Korean, she could speak Korean.
如果她是韓國人，她就會講韓文。

2. 與過去事實相反

【If + 主詞 + had + 過去分詞…,
主詞 + 過去式助動詞 + have + 過去分詞…】

若過去的事實為：

➜ **I didn't have enough money, so I couldn't buy the apartment.**
我（過去）錢不夠，所以我無法買那公寓。

這句話改成假設語氣就會是：

➜ **If I had had enough money, I would have bought the apartment.**
假如我（當時）有足夠的錢，我就會把那公寓買下來。

3. 未來不可能發生

【(Even) If + 主詞 + were to + 原形動詞…，
主詞 + 過去式助動詞 + 原形動詞…】

假設語氣：

➜ **If the sun were to rise in the west, I would trust him.**
如果太陽從西邊出來，我就相信他。

這句話代表的事實為：

➜ **The sun always rises in the east, so I don't trust him.**
太陽總是從東邊上升，所以我才不相信他。

實際上太陽不可能從西邊出來，所以意思是：我絕不可能相信他。 I never trust him!

那麼，我們回過頭來看本篇文章中的這一句

例 **If all the ice in Greenland were to melt, enough water would pour into the ocean to raise sea levels by at least seven meters.**

你覺得作者在這裡的意思是第 1 種（與現在事實相反）還是第 3 種（未來不可能發生）呢？

➜ 答案是第 3 種，未來不可能發生。

作者認為格陵蘭的冰再怎樣也不可能全部融化，所以這件事情就跟太陽從西邊出來是一樣的，因此作者是用 all the ice were to melt，而不是 all the ice melted。

而文中另一個句子則是第 1 種

例 **If even a significant percentage of that ice melted, it would put major coastal cities all over the planet underwater...**

➜ 代表與現在事實相反，但並非不可能，因為這裡的冰只有相當大比例，而非全部融化 (a significant percentage of that ice)，這是有可能的，只是與現在不符而已。

當然，假設語氣還有很多種使用的情景與方式，我們先記住這三種最基本的，日後看到其他句子也可以舉一反三喔！

牛刀小試 2

請判斷以下句子是否屬於假設語氣，並且回答問題。

❶ If the Antarctic ice sheet melted, most of the world's cities would have to be completely abandoned.

(1) 是 / 否 假設語氣

(2) 根據上述句子，請問現在南極冰原 (Antarctic) 融化了嗎？

❷ If I were you, I would not reject her.

(1) 是 / 否 假設語氣

(2) 根據上述句子，請問她是否被拒絕了？

❸ If it had rained, the floor would have been wet.

(1) 是 / 否 假設語氣

(2) 根據上述句子，請問有下雨嗎？是現在還是之前呢？

❹ If she were to marry him, I would give them $1 million!

(1) 是 / 否 假設語氣

(2) 根據上述句子，請問她會跟他結婚嗎？

❺ If I had not left the company, I would have been promoted to VP.

(1) 是 / 否 假設語氣

(2) 根據上述句子，請問我有辭職嗎？

重要文法與句型 3

形容詞最高級

在前幾篇我們學過形容詞比較級

【A + be 動詞 + 形容詞比較級 .】

➜ 跟一般平均狀況相比、無特定比較對象的相比。

【A + be 動詞 + 形容詞比較級 + than + B.】

➜ 跟 B 比起來，A 比較⋯。

除了比較級，還有一個**最高級**。

Ⓐ 形容詞最高級的句型和形容詞比較級很像。

【A + be 動詞 + the + 形容詞最高級 .】

➜ 無特定範圍的最高級。

【A + be 動詞 + the + 形容詞最高級 among/of/in B.】

➜ 在 B 裡，A 是最⋯的！

B 或是把 A 變成所有格，那麼形容詞最高級前面就不用加 the。

例 **That is the largest ice sheet in the world**
A
in Antarctica.
B

這是南極那塊世界最大的冰原

in Antarctica 在這裡是指冰原的位置，形容詞最高級的範圍是 in the world 全世界。

因為怕混淆，所以可以把範圍改成所有格，放在形容詞最高級的前面，同時也省略 in。

從這樣

The Antarctic ice sheet is **the largest** ice sheet **in the world.**

變成這樣

The Antarctic ice sheet is the world's **largest** ice sheet.

世界最大的冰原是南極冰原。

Ⓒ 形容詞最高級 (superlative form)，跟比較級的變化規則差不多，只不過把 er 變成 est。

➜ 如果是單音節的形容詞，就直接把形容詞變身

1. 字尾是 e，直接加 st。例如：wise 智慧的 ➜ wisest 最有智慧的
2. 字尾是短母音 + 子音，重複字尾再加 est。例如 : big 大的 ➜ biggest 更大的
3. 其他：一律加 est

➜ 單音節與雙音節 : 字尾是 y，去掉 y+iest，其他加上 most。例如：easy 容易的 ➜ easiest 最容易的

➜ 非符合以上條件，就在前面加 most

還有一些不規則變化，我們先不談，遇到再來學習就好喔！

牛刀小試 3

請寫出以下形容詞的比較級和最高級（以下皆為國中小 1200 字，請務必多練習）。

形容詞原形	形容詞比較級	形容詞最高級
❶ afraid		
❷ angry		
❸ beautiful		
❹ big		
❺ bright		
❻ busy		
❼ careful		
❽ cheaper		
❾ clear		
❿ cloudy		
⓫ cold		
⓬ comfortable		
⓭ convenient		
⓮ correct		
⓯ crazy		
⓰ cute		
⓱ dangerous		
⓲ delicious		

⑲ different		
⑳ difficult		
㉑ dirty		
㉒ dry		
㉓ early		
㉔ easy		
㉕ efficient		
㉖ excellent		
㉗ expensive		
㉘ famous		
㉙ fast		
㉚ fat		
㉛ few		
㉜ friendly		
㉝ funny		
㉞ handsome		
㉟ happy		
㊱ healthy		
㊲ helpful		
㊳ high		
㊴ honest		
㊵ hot		

41 hungry		
42 important		
43 interesting		
44 large		
45 lazy		
46 light		
47 loud		
48 lovely		
49 low		
50 lucky		
51 mad		
52 modern		
53 new		
54 old		
55 polite		
56 poor		
57 popular		
58 pretty		
59 proud		
60 quiet		
61 rich		
62 sad		

63 safe		
64 serious		
65 slim		
66 slow		
67 sore		
68 straight		
69 strong		
70 strange		
71 sweet		
72 tall		
73 terrible		
74 thick		
75 thin		
76 tidy		
77 weak		
78 wise		
79 yummy		
80 young		

關鍵片語及句型

due to 由於…（後面接名詞）=because of

例 **As they disappear due to warming sea water, ice from the interior flows out at a much faster rate.**

一旦它們因海水溫度升高而消失，內陸的冰就會以遠高於以往的速度流出。

照樣造句，可以這麼說

例 **The accident was due to poor visibility.**
這起意外肇因於視線不良

例 **The game was postponed due to bad weather.**
由於天候不佳，比賽延遲舉行。

牛刀小試

請孩子用 due to... 造句練習

❶ ______________________________

❷ ______________________________

❸ ______________________________

你讀懂了嗎？

最後，我們要確認孩子到底有沒有自己讀懂這篇文章，爸媽可以考考孩子喔！

1. Where are the glaciers mentioned in the article?
2. What would happen if the Antarctic ice sheet melted?
3. What is the cause of rising temperatures?

文章中譯

這是一個驚人的事實：如果格陵蘭——北極圈裡一座面積廣大的島——所有的冰都融化了，灌入海洋的水量，將足以讓海平面上升至少七公尺。甚至只要有相當比例的冰融化，就可能讓全球各地重要沿海城市沒入水中，迫使數億民眾永遠逃離家園。而這還沒把南極那塊世界最大的冰原計算在內。萬一南極冰原解凍了，世界絕大部分的城市勢必完全遭到離棄，那表示倫敦、東京、紐約和台北將不復存在，而我們所知的生活也將永遠改變。

科學家過去認為，即使人為全球暖化造成氣溫上升，我們的冰原在未來幾世紀都還是能保持穩定。但近年來的研究卻顯示，格陵蘭和南極冰河滑落海洋的速度，在近二、三十年來迅速加快。研究人員指出，這是在沿岸漂浮的冰架崩解所致。這些冰架的作用就像瓶中的軟木塞，能阻止冰河流進大海。一旦冰架因海水溫度升高而消失，內陸的冰就會以遠高於以往的速度流出，繼而造成海平面升高，讓世界各地沿海地區陷入水患之危。

NOTE

Chapter 4

爸媽動腦時間

A
B
C

1

Facebook

臉書

前面 7 篇文章中，我們已經示範了如何改造文章，以幫助孩子邁出獨立閱讀的第一步，接下來爸媽們可以嘗試自己來改寫文章。

文章讀一讀

文章朗讀 08

Mark Zuckerberg, co-founder and CEO of social networking site Facebook, is revolutionizing the way people connect. At just 26, Zuckerberg is the world's youngest billionaire, and should Facebook go public, his wealth would skyrocket. Despite his youth, Zuckerberg was ranked No. 1 on *Vanity Fair*'s recent list of the most influential people of the Information Age.

While Google and Apple were famously started in garages, the idea for Facebook was hatched in a Harvard dorm. Inspiration likely came from the student directory published by Phillips Exeter Academy, the elite boarding school Zuckerberg attended for two years. It included headshots alongside students' personal information, and was commonly called the "Face Book." At Harvard, Zuckerberg and his friends adapted the concept and put it online in early 2004. At first limited to Harvard students, the site quickly spread to other schools. Now, six short years later, Facebook has become the second most popular site on the Internet (after Google), with over 500 million registered users.

These days, the influence and impact of Facebook is beyond dispute. Ordinary people everywhere, both young and old, log in to announce major events like births, marriages, breakups and promotions, as well as trivial information like what they had for breakfast that day, or what happened at school or work. We have Mark Zuckerberg to thank for this current trend of sharing (or over-sharing as the case may be). So, perhaps the most appropriate question now is, what will he come up with next?

文章真面目！

Mark Zuckerberg 人名 , co-founder and CEO of social networking site **Facebook** 公司名 , is **revolutionizing** revolutionize 的現在進行式 the way people connect. At just 26, Zuckerberg is the world's youngest billionaire, and should Facebook go public, his wealth would skyrocket. Despite his youth, Zuckerberg was ranked No. 1 on **Vanity Fair**'s 雜誌名 recent list of the most influential people of the Information Age.

While **Google** 公司名 and **Apple** 公司名 were famously started in garages, the idea for Facebook was hatched in a **Harvard** 大學名 dorm. Inspiration likely came from the student directory published by **Phillips Exeter Academy** 學院名 , the elite boarding school Zuckerberg attended for two years. It included headshots alongside students' personal information, and was commonly called the "Face Book." At Harvard, Zuckerberg and his friends adapted the concept and put it online in early 2004. At first limited to Harvard students, the site quickly spread to other schools. Now, six short years later, Facebook has become the second most popular site on the Internet (after Google), with over 500 million registered users.

These days, the influence and impact of Facebook is beyond dispute. Ordinary people everywhere, both young and old, log in to announce major events like births, marriages, breakups and promotions, as well as trivial information like what they had for breakfast that day, or what happened at school or work. We have Mark Zuckerberg to thank for this current trend of **sharing** share的動名詞 (or over-sharing as the case may be). So, perhaps the most appropriate question now is, what will he come up with next?

文章中譯

社群網站臉書的共同創辦人和執行長馬克祖克柏，也徹底改變人們聯繫的方式。年僅26歲，祖克柏已經是全球最年輕的億萬富翁，如果臉書股票上市，他的財富更將一飛沖天。儘管還這麼年輕，祖克柏已經榮登《浮華世界》雜誌最近評選的資訊時代最具影響力人士第一名。

眾所皆知，Google及蘋果公司都是在車庫裡誕生的，臉書的概念則是在哈佛宿舍裡孵化出來，靈感可能來自菲立普艾克瑟特學院出版的學生名冊——祖克柏曾在那所菁英寄宿學校兩年。名冊中除了學生的個人資訊，還有每個人的大頭照，因此常被稱為「臉書」。就讀於哈佛時，祖克柏和友人應用了這個概念，在2004年初放上網路，一開始僅限哈佛學生使用，但隨即快速擴展至其他學校。如今，短短六年後，臉書已成為網際網路第二受歡迎的網站（僅次於 Google），註冊會員人數超過五億。

如今，臉書的影響力和衝擊毋庸置疑。全球各地的老百姓，不分老少，都登入臉書宣布大事，例如生小孩、結婚、分手和升遷等，還有瑣碎的小事，例如他們那天早餐吃什麼，學校或公司發生了什麼等。我們要感謝祖克柏創造了這股分享的趨勢（或許有點過度分享），因此，或許現在最適合的問題是，他接下來會想出什麼點子？

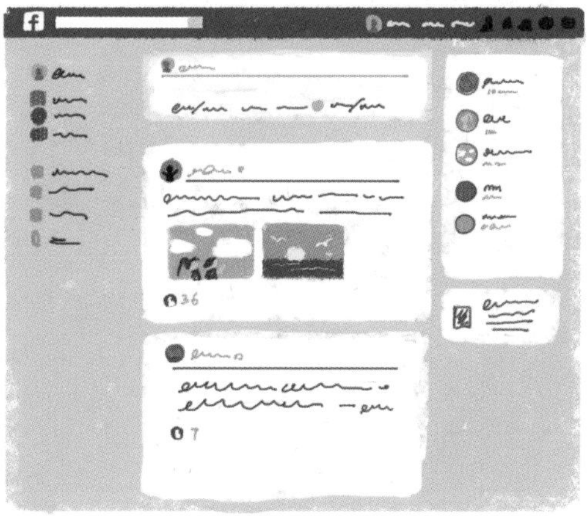

2

The Disappearing Ice

消失的冰

文章讀一讀

文章朗讀 09

If present warming trends continue, the Arctic sea ice will totally disappear during the summer months within the next few decades. And in Greenland, there's so much runoff that it's creating lakes on the ice sheets. Because the lakes are darker in color than the ice they cover, they soak up the sun's heat and make the ice dissolve even faster. Even worse, this water seeps to the bottom of glaciers, where it acts as a lubricant, causing them to slide into the sea even faster. All of this contributes to shrinking ice sheets and rising sea levels. And you'd be naive to think this is just a problem at the ends of the earth. Everywhere you go, the ice is disappearing. Over in Africa, majestic Mt. Kilimanjaro, famous for its beautiful ice cap, is about to lose its white crown forever. While over in the Himalayas, the glaciers are threatening to melt away too.

Today's rising ocean levels not only threaten the residents of coastal cities, but also indigenous peoples like those living on small Pacific islands. As ocean levels rise, their homes will be the first to go under. And indigenous peoples living on small farms in highland areas or river deltas depend upon glacial melt water to grow crops and wash their clothes. When the glaciers melt away, many of the poorest people of Peru and Chile, Pakistan and India, will lose their water supplies. And this is the greatest tragedy of all: the problems caused by melting ice will have the greatest impact on the people with the smallest carbon footprint.

文章真面目！

If present warming trends continue, the Arctic sea ice will totally disappear during the summer months within the next few decades. And in Greenland, there's so much runoff that it's **creating** create 的現在分詞 lakes on the ice sheets. Because the lakes are darker in color than the ice they cover, they soak up the sun's heat and make the ice dissolve even faster. Even **worse** bad 的比較級 , this water seeps to the bottom of glaciers, where it acts as a lubricant, **causing** cause 的現在分詞 them to slide into the sea even faster. All of this contributes to shrinking ice sheets and rising sea levels. And **you'd** =you would be naive to think this is just a problem at the ends of the earth. Everywhere you go, the ice is disappearing. Over in **Africa** 洲名 , majestic **Mt.** mountain「山脈」的縮寫 **Kilimanjaro** 山名 **,** famous for its beautiful ice cap, is about to lose its white crown forever. While over in the **Himalayas** 山名 , the glaciers are threatening to melt away too.

Today's rising ocean levels not only threaten the residents of coastal cities, but also indigenous peoples like those **living** live 的現在分詞 on small Pacific islands. As ocean levels rise, their homes will be the first to go under. And indigenous peoples living on small farms in highland areas or river deltas depend upon glacial melt water to grow crops and wash their clothes. When the glaciers melt away, many of the poorest people of **Peru** 國名 and **Chile** 國名 , **Pakistan** 國名 and **India** 國名 , will lose their water **supplies** supply 的複數 . And this is the **greatest** great 的最高級 tragedy of all: the problems caused by melting ice will have the greatest impact on the people with the **smallest** small 的最高級 carbon footprint.

文章中譯

如果現今的暖化趨勢持續下去，未來二、三十年內，北極海冰將在夏季完全消失，而在格陵蘭，融化的水已經多到在冰原上形成湖泊。因為湖泊的顏色比所覆蓋的冰來得深，湖泊會吸收太陽的熱量，讓冰融得更快。更糟的是，這些水會向冰河底部滲漏，在那裡形成潤滑劑的作用，致使冰河更迅速地滑入海中。以上種種都會促成冰原萎縮、海平面上升。如果你以為這只是地球南北極的問題，那你就太天真了。無論你走到哪裡，冰都在消失中。在非洲，以美麗的冰帽聞名、高峻雄偉的吉力馬札羅山，就快要永遠失去它雪白的王冠了。而在喜馬拉雅山脈，冰河也有融盡之虞。

現在海平面上升的情況不僅威脅沿海城市的居民，也危及世居太平洋小島等地的原住民。當海平面上升，他們的家園將會首當其衝沒入水中。住在高地或河流三角洲以小農地維生的原住民，皆仰賴冰河的融水來種植農作和洗滌衣物，一旦冰河融化殆盡，秘魯、智利、巴基斯坦和印度等地許多最貧窮的百姓將失去他們的供水。而最大的悲劇莫過於：受融冰問題衝擊最烈的，將是製造最少碳足跡的人。

3

The Secret Language of Symbols

符號的秘密

文章讀一讀

文章朗讀 10

You may have seen *The Da Vinci Code*, the popular movie that dramatizes European art and its mysterious language. But what hidden meanings does art really hold? The answer to this question depends on how fluent you are in the language of symbols. Sometimes the meanings of symbols are as plain as day; other times, however, they speak a secret language only understood by the most literate.

From the beginning of history, people used art for special purposes. In what is now France, ancient humans painted animals such as horses and deer on the walls and ceilings of caves. Were these cave paintings merely simple depictions of the natural world or early forms of decoration? Many people believe that these were not just pictures, but magical symbols used to guarantee success in hunting.

While great advances in artistic techniques and materials were made over the centuries, the symbolism used in art remained as mysterious as ever. European art reached a peak during the Renaissance. From the 14th to the 17th centuries, great advances were made in both science and art. The Renaissance, however, was also a time of religious persecution. Saying the wrong thing about the Christian religion could put you in jail—or worse. To protect themselves, artists used symbolism to hide the true meanings of their paintings from the church.

文章真面目！

You may have seen The **Da Vinci** 人名 Code, the popular movie that dramatizes European art and its mysterious language. But what **hidden** hide 的過去分詞 meanings does art really hold? The answer to this question depends on how fluent you are in the language of symbols. Sometimes the meanings of symbols are as plain as day; other times, however, they speak a secret language only **understood** understand 的過去分詞 by the most literate.

From the beginning of history, people used art for special purposes. In what is now France, ancient humans painted animals such as horses and deer on the walls and ceilings of caves. Were these cave paintings **merely** mere 的副詞 simple depictions of the natural world or early forms of decoration? Many people believe that these were not just pictures, but magical symbols used to guarantee success in hunting.

While great advances in artistic techniques and materials were made over the centuries, the symbolism used in art remained as mysterious as ever. European art reached a peak during the **Renaissance** 歷史名詞 . From the 14th to the 17th centuries, great advances were made in both science and art.

The Renaissance, however, was also a time of religious persecution. Saying the wrong thing about the Christian religion could put you in jail—or worse. To protect **themselves** themself 的複數 , artists used symbolism to hide the true meanings of their paintings from the Church.

文章中譯

你也許已看過《達文西密碼》，這部人氣電影將歐洲藝術及其神祕語言生動地描繪出來。不過藝術真正隱含的意義究竟為何？此問題的答案端看你的符號語言有多流利。有時候，符號的意義顯而易見，不過有時傳達的是一種只有最博學的人才懂的祕密語言。

有史以來，人類就為特殊目的而使用藝術。在現今的法國，古代人在洞穴的壁面和壁頂上繪製馬和鹿等動物。這些洞穴壁畫只是單純描繪自然界，或者是早期的裝潢形式嗎？許多人認為這些不只是圖畫而已，而是用來確保狩獵成功的魔法符號。

數世紀以來，藝術技巧與素材雖然已經有重大進步，但藝術所使用的符號依然神祕如昔。歐洲藝術在文藝復興時期達到顛峰。從十四世紀到十七世紀，科學與藝術都有長足的進步，不過，文藝復興時期同時也是宗教迫害時期。說基督教的不是，可能會入獄甚至更糟。為了保護自己，藝術家運用象徵符號來隱藏畫作的真實意涵，以免教會看出。

4

Starbucks
星巴克

文章讀一讀

文章朗讀 11

Howard Schultz grew up poor in the 1950s in a housing project in Brooklyn. When his father broke his leg at work, he received no benefits, and the family became even poorer. “I saw the fracturing of the American dream firsthand at the age of seven,” recalls Howard. A football scholarship served as his exit visa, and he became the first college graduate in his family.

While working at a kitchenware company, Howard became curious about a small coffee bean retailer that was ordering large numbers of coffeemakers, so he decided to fly to Seattle and pay it a visit. “I stepped inside and saw what looked like a temple for the worship of coffee,” he remembers. The store, which was founded in 1971 by three aging hippies, was called Starbucks, after the coffee-drinking first mate in *Moby-Dick*. Howard convinced the owners to hire him as a manager, and moved his family to Seattle.

On a trip to Italy in 1983, Howard had his first café latte, and his eureka moment: Starbucks needed to expand from selling beans to serving exotic coffees in an inviting environment. But the owners didn’t agree, so he left to open his own café. When Starbucks was put up for sale in 1987, Howard bought it and combined the two businesses.

Another turning point came when his father passed away. Not wanting his employees to be treated like his father had been, he began providing full benefits, including health insurance for part-time workers. This may be expensive, but Howard can afford it—he's now worth over a billion dollars, and Starbucks is the largest coffee chain in the world.

文章真面目！

Howard Schultz 人名 **grew** grow 的過去式 up poor in the 1950s in a **housing** house 的動名詞 project in **Brooklyn** 地名 . When his father **broke** break 的過去式 his leg at work, he received no benefits, and the family **became** become 的過去式 even poorer. "I **saw** see 的過去式 the **fracturing** fracture 的動名詞 of the American dream firsthand at the age of seven," recalls Howard. A football scholarship served as his exit visa, and he became the first college graduate in his family.

While working at a kitchenware company, Howard became curious about a small coffee bean retailer that was ordering large numbers of coffeemakers, so he decided to fly to **Seattle** 地名 and pay it a visit. "I stepped inside and saw what looked like a temple for the worship of coffee," he remembers. The store, which was founded in 1971 by three **aging** age 的現在分詞 **hippies** hippy 的複數 , was called **Starbucks** 商店名 , after the coffee-drinking first mate in ***Moby-Dick*** 書名 . Howard convinced the owners to hire him as a manager, and moved his family to Seattle.

On a trip to Italy in 1983, Howard **had** have 的過去式 his first café latte, and his eureka moment: Starbucks needed to expand from selling beans to **serving** serve 的現在分詞 exotic coffees in an **inviting** invite 的現在分詞 environment. But the owners didn't agree, so he **left** leave 的過去式 to open his own café. When Starbucks was put up for sale in 1987, Howard **bought** buy 的過去式 it and combined the two businesses.

Another turning point **came** come 的過去式 when his father passed away. Not wanting his employees to be treated like his father had been, he began **providing** provide 的動名詞 full benefits, **including** include 的現在分詞 health insurance for part-time workers. This may be expensive, but Howard can afford it—**he's** = he is now worth over a billion dollars, and Starbucks is the **largest** large 的最高級 coffee chain in the world.

文章中譯

霍華舒茲在 1950 年代的布魯克林國宅長大。他的父親在工作時摔斷腿，卻沒有得到任何公司福利的補償金，於是一家人變得更窮困。「我七歲時親眼見到美國夢碎，」霍華回憶道。一筆美式足球獎學金讓他得以脫離貧窮，他也成為家裡第一個大學畢業生。

在一家廚具公司工作時，霍華對一家訂購大量咖啡機的小型咖啡豆零售商感到好奇，於是決定飛往西雅圖拜訪。「我踏進去，看到裡面宛如一座膜拜咖啡的廟宇。」他回憶道。那家店是三位年長的嬉皮於 1971 年成立的，店名叫星巴克，出自《白鯨記》中那位愛喝咖啡的大副名字。霍華說服老闆們聘請他擔任經理，並舉家遷至西雅圖。

1983 年到義大利旅遊時，霍華喝到生平第一杯拿鐵，他靈機一動：星巴克必須拓展生意，從只賣咖啡豆擴展成一個提供異國風味咖啡的誘人環境。但老闆們不同意，所以他離開公司，開了自己的咖啡館。1987 年星巴克頂讓出售時，霍華把它買下來，將兩家公司合而為一。

另一個轉折點在他父親過世時到來。他不希望員工受到父親以往那般的對待，於是開始提供完整的福利，包括為兼職員工提供醫療保險。這或許要花大筆費用，但霍華付得起，他現在身價超過十億美元，星巴克也成了全球規模最大的咖啡連鎖店。

5

Post-it Notes

便利貼

文章讀一讀

文章朗讀 12

You've probably never heard of Art Fry or Spencer Silver. But you've definitely heard of, and used, their famous invention. What is it? Possibly the most important office supply product since the paperclip!

Art Fry loved to build things as a child, so it was natural that he study engineering in college. In 1953, while still an undergraduate in Chemical Engineering at the University of Minnesota, he found a job as a new product development researcher at 3M—then known as Minnesota Mining & Manufacturing.

Spencer Silver followed a similar path, joining 3M's Central Research Labs as a chemist in 1966 after studying organic chemistry at the University of Colorado. In 1968, while trying to invent a better adhesive for tape, Silver came up with something truly revolutionary—a reusable adhesive that was sticky enough to hold sheets of paper together, but not sticky enough to make them tear when you pulled them apart. The only thing was, he'd invented a solution without a problem.

Until, that is, Art Fry learned about Silver's new adhesive at a company seminar five years later. Fry enjoyed singing at church, but he had a problem—the pieces of paper he used to mark his place often fell out when he opened his hymn book. One day, while sitting through a boring sermon, he had his eureka moment: he could use Silver's adhesive to make a bookmark that would stay in place without damaging the pages.

When Fry passed out these bookmarks to his coworkers, they began using them to write notes on, and the Post-it was born. Introduced in the U.S. in 1980, and Canada and Europe a year later, Post-its can now be found stuck to computers, desks and doors in offices and homes all over the world.

文章真面目！

You've =You have probably never heard of **Art Fry** 人名 or **Spencer Silver** 人名 . But you've definitely heard of, and used, their famous invention. What is it? **Possibly** possible 的副詞 the most important office supply product since the paperclip!

Art Fry loved to build things as a child, so[1] it was natural that he study engineering in college. In 1953, while still an undergraduate in Chemical Engineering at the University of **Minnesota** 州名 , he found a job as a new product development researcher at **3M** 公司名稱 —then known as Minnesota **Mining** mine 的動名詞 & **Manufacturing** manufacture 的動名詞 **.**

Spencer Silver followed a similar path, joining 3M's Central Research Labs as a chemist in 1966 after studying organic chemistry at the University of **Colorado** 州名 . In 1968, while trying to invent a better adhesive for tape, Silver came up with something **truly** true 的副詞 revolutionary—a reusable adhesive that was sticky enough to hold sheets of paper together, but not sticky enough to make them tear when you pulled them apart. The only thing was, **he'd** =he had invented a solution without a problem.

註：這是一個句型：**【It is natural that S+(should)+ 原形動詞…】**在這個句子裡，省略的 study 前面的 should，所以雖然 he 是第三人稱單數，但還是應該用原形動詞 study.

Until, that is, Art Fry learned about Silver's new adhesive at a company seminar five years later. Fry enjoyed singing at church, but he had a problem—the pieces of paper he used to mark his place often **fell** fall 的過去式 out when he opened his hymn book. One day, while sitting through a **boring** bore 的形容詞 sermon, he had his eureka moment: he could use Silver's adhesive to make a bookmark that would stay in place without **damaging** damage 的現在分詞 the pages.

When Fry passed out these bookmarks to his coworkers, they began **using** use 的現在分詞 them to write notes on, and the Post-it was **born** bear 的過去分詞 . Introduced in the U.S. in 1980, and Canada and Europe a year later, Post-its can now be found **stuck** stick 的過去分詞 to computers, desks and doors in offices and homes all over the world.

文章中譯

你可能從來沒聽過亞瑟傅萊或史賓瑟席佛，可是你一定聽過、也用過他們著名的發明。是什麼呢？那可能是繼迴紋針之後最重要的辦公用品喔！

亞瑟傅萊從小就喜歡做東西，所以上大學很自然就念工程系。1953 年，當他還是明尼蘇達大學化工系的學生時，他就在 3M 找到了新產品研發人員的工作，當時那家公司不叫 3M，而是明尼蘇達礦業與製造公司。

史賓瑟席佛從業的過程也類似，他從科羅拉多大學有機化學系畢業後，於 1966 年加入 3M 中央研究實驗室擔任化學研究員。1968 年，席佛正試著發明一種較好的膠帶黏膠，他想出了非常革命性的發明—可重複使用、讓紙張黏在一起，但撕下來卻不會把紙撕破的黏膠。只是，他發明了解決方法，但卻沒有問題好對付。

一直到五年後，亞瑟傅萊在一場公司的研討會得知席佛的新黏膠。傅萊喜歡在教會唱詩歌，可是他有個困擾—每次打開詩歌集，他用來標示位置的紙片就會掉下來。有一天，聽著無聊的佈道時，他突然靈光一現：他可以用席佛的黏膠來做一種可以固定位置、卻不會弄傷書頁的書籤。

當傅萊將這種書籤發給同事時，他們開始在上頭寫筆記，於是便利貼就誕生了。便利貼 1980 年在美國上市，隔年引進加拿大和歐洲，現在世界各地公司和住家的電腦、書桌和門上都可見到它的蹤跡。

Chapter 5

如何為孩子選擇適合的書籍

A
B
C

第1節 程度比對

如何為孩子選擇符合程度的英文讀本呢？如果孩子才剛學會基礎英文，就馬上讓他看厚厚的一本《哈利波特》，我想孩子一定跟爸媽抗爭到底…，甚至會壞了英文閱讀的胃口。就好像剛滿六個月的孩子，才剛開始餵食副食品，就馬上餵他吃螃蟹，很有可能會生病。

但是反過來，如果孩子英文程度已經很不錯，卻還老是喜歡看圖多字少的繪本，這樣也很難進步，更遑論日後上考場的那一天，英文閱讀測驗可沒有那麼簡單！

想不想 vs 能不能

因此，在選擇適合孩子的英文讀物時，要考慮兩個因素：「想不想」跟「能不能」，分別代表孩子想不想讀這本書，以及孩子能不能讀這本書。

所以，我們可以綜合孩子的年齡（想不想）與英文程度（能不能）來判斷；心智年齡太低的讀本，即便英文淺顯易懂適合英文程度初階的孩子，可是孩子覺得沒興趣不想讀；反之，心智年齡與孩子相符，但孩子英文程度卻還不到可以閱讀的能力，孩子又很容易放棄。

如果您去查看英文讀本的資料，多半都會有適讀年齡與閱讀能力等級，我們可以從這兩點去為孩子選書。

例如：以 January Joker（Calendar Mysteries 的第一集）為例，Amazon 的此書頁面上就有以下資料。

Product details

- 適讀年齡 ← **Age Range:** 6 - 9 years
- 適讀年級 ← **Grade Level:** 1 - 4
- 藍思閱讀分級 ← **Lexile Measure:** 550L (What's this?)
- **Paperback:** 96 pages
- **Publisher:** Random House Books for Young Readers; Calendar Mysteries, No. 1 edition
- **Language:** English
- **ISBN-10:** 9780375856617

可以很清楚看出書籍適合的年齡、年級，「藍思閱讀分級」是什麼，我們等下會提到。

適讀年齡：內容是否能讓孩子感興趣

現在的孩子比較早熟，小學五六年級就可以讀《修煉》甚至金庸小說，對照同等心智年齡的英文小說，應該要可以讀《哈利波特》了，但是固然《哈利波特》的內容足以吸引小五小六的孩子，多數的小五小六孩子卻因為英文程度不夠，而對《哈利波特》望之卻步，當然，現在因為《哈利波特》有中文翻譯，所以孩子都看中文版，看完中文版就懶得看英文版了。

反之，小五小六的孩子，若是給他符合他英文程度的繪本，例如：*The Very Hungry Caterpillar* 或是 *Brown Brown Bear* 或是 *The Biscuit*，就算英文都懂，孩子也是興趣缺缺吧。

很多國外書商在兒童書專區，都會把書按照年齡區分。例如：Book Depository 的童書區 (Children's Book) 就把童書分成：

Books for Age 0-2

Books for Age 3-5

Books for Age 6-8

Books for Age 9-11

Teen & Young Adult

通常前後兩個級距都是在可以考慮的範圍，但是跳級距可能就不適合了。例如：孩子現在 7 歲，可以選 Age 6-8，或是 Age 3-5，但若是選到 Age 0-2，除了孩子不感興趣，就英文程度的訓練也實在太「放水」了。

閱讀能力：孩子是否具備足夠的能力閱讀此書

藍思閱讀分級 (Lexile)

目前有許多衡量閱讀能力的指標，最常見的應該就是**藍思閱讀分級 (Lexile)**，它是由 MetaMetrics 這家公司開發，運用他們研究出來的架構，**對每本書的閱讀程度打分數**，例如：500L，同時，孩子如果也知道自己的藍思閱讀程度，就可以把孩子的閱讀能力跟書本做配對。

如果不知道孩子的程度呢？藍思網站有一個簡單的對照，可以依照孩子的年級與孩子對於學校課本（這裡是以美國孩子而言）的難易感受度來做大略的判斷。例如：小學六年級的孩子，如果覺得課本的文字很難，那他的藍思閱讀程度 (Lexile Range) 應該落在 410L~890L，如果他覺得剛剛好，那他的藍思閱讀程度大約是 690L~1160L，如果他覺得太簡單，那他的藍思閱讀程度大約是 960L~1500L。

有興趣了解的爸媽可以到這個網頁用下拉式清單試試看：https://fab.lexile.com/

藍思網站

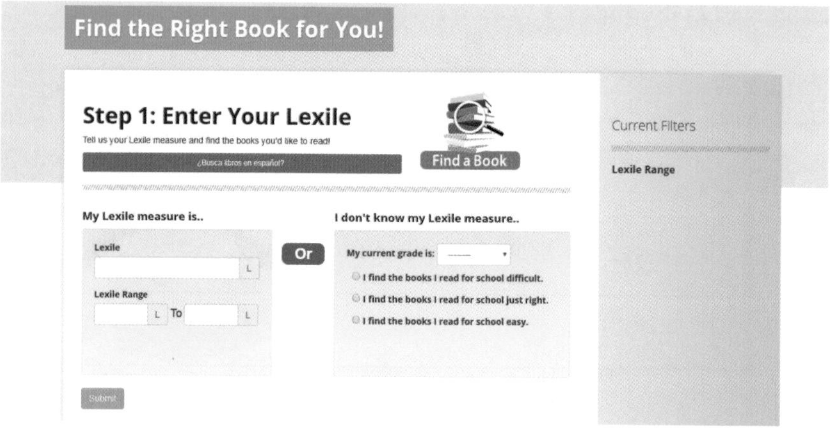

❶ 美國各年級學生對應的閱讀程度

你可以根據上面的方法，查出自己孩子的閱讀程度。我們根據藍思閱讀分級網站，簡單列出美國各年級學生對應的閱讀程度。

年級	閱讀程度略低	閱讀程度中等	閱讀程度略高
小一	BR400L to BR70L	BR270L to 300L	100L to 900L
小二	BR330L to 220L	20L to 550L	350L to 1100L
小三	BR60L to 460L	260L to 760L	560L to 1200L
小四	180L to 670L	470L to 950L	750L to 1300L
小五	330L to 810L	610L to 1080L	880L to 1400L
小六	410L to 890L	690L to 1160L	960L to 1500L
國一	480L to 960L	760L to 1240L	1040L to 1600L
國二	540L to 1020L	820L to 1300L	1100L to 1700L
國三	590L to 1080L	880L to 1350L	1150L to 1730L

美國學生年級對應藍思閱讀分級

剛剛有提到《哈利波特》，它的第一集藍思閱讀程度也不過880L，所以美國小五小六生已經可以讀這本書！由此可見，一本書的難度和厚薄無關。

❷ 台灣學生對應的藍思閱讀程度

若是套用到非母語的我們，那又應該如何評測呢？我覺得可以把年級降個一兩級，例如：小五 (5th grade) 的孩子，就請選小三 (3rd grade)，它的閱讀程度 (range) 是 260L to 760L，因此不要選低於 260L 的書；如果孩子對於該書的興趣濃厚，即使到 760L 也是可以讓孩子試試看的！

❸ 查詢各書的藍思閱讀等級

那麼，我們應該要如何知道該書的藍思閱讀等級呢？通常書籍資料會有（請見 p. 237），如果沒有的話，也可以到剛剛那個網址去查詢，只要輸入書名或是 ISBN，就會告訴你該書的藍思閱讀等級喔！

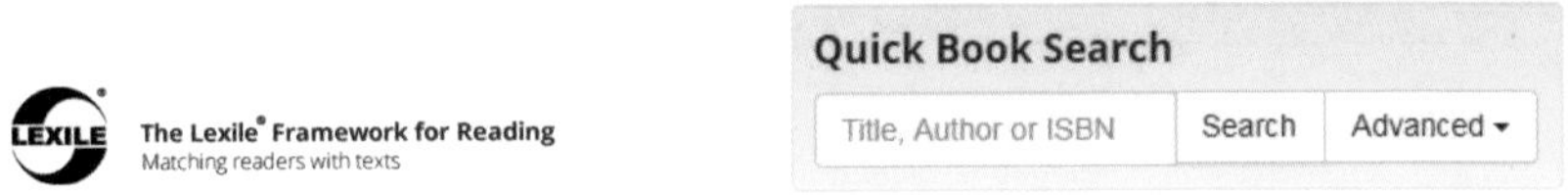

❹ 根據孩子的興趣與程度提供建議書單

另外很方便的是，這個網站也可以針對孩子的興趣與程度，直接提供建議書單，查詢方式如下：

Step 1 選擇年級，例如我的孩子是 4 年級，但母語非英語，所以大約小 2 級，下拉點選 2nd Grade，閱讀程度一般的孩子，會選擇 I find the books I read for school just right. 再按 submit（提交）。

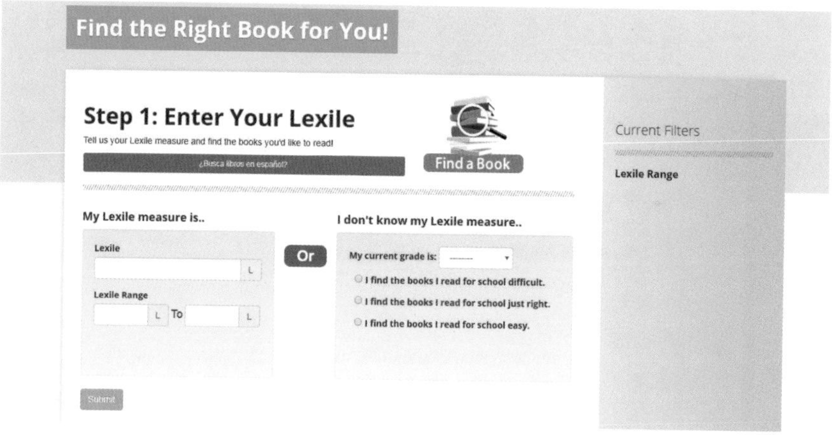

Step 2 右上角可看到孩子的閱讀程度為 20L to 550L，然後可以根據孩子的興趣來選擇書種。

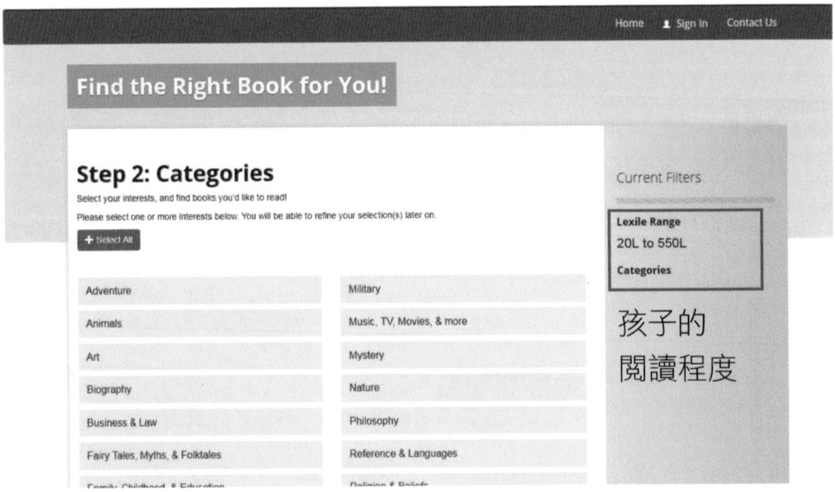

Step 3 我為孩子挑選 Adventure（冒險）、Food & Home（美食與居家）、Nature（大自然）這三類，它就自動幫我挑選出符合孩子程度與興趣的 1554 本書！很方便吧。

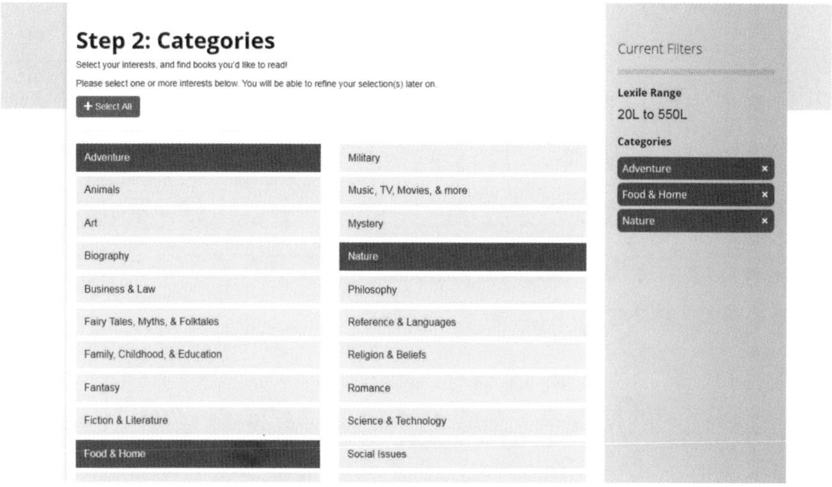

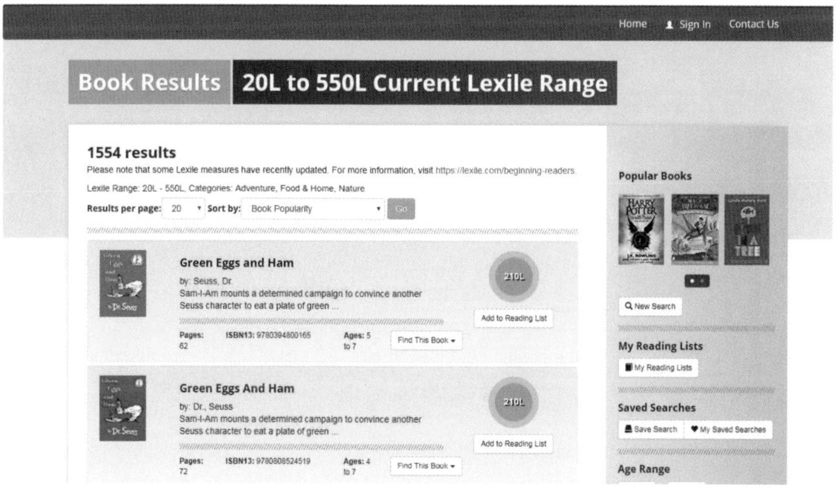

第2節 興趣為最大動機

五根指頭原則

美國有個推動閱讀的公益協會 (Reading Rockets) 曾提出一個「五根指頭原則」 (Five Finger Rule)：某一頁中，孩子每看到一個自己不懂或不確定的字，就按下一根指頭，如果讀該頁時，孩子按下了 5 根指頭，就代表這本書不適合孩子；如果還是覺得不太確定，可以再試試另一頁。

這個原則的前提是，該書必須是孩子喜歡的。如果一開始孩子就不喜歡這本書，連讀都不想讀，那無論該書有多簡單，孩子也不會願意讀。所以，孩子的興趣還是最重要的因素。

在實證上，我覺得應該要有所修正。五根指頭原則固然是個簡單的方式去選書，但孩子的興趣卻是不可忽略的重大因素，完全可以推翻五根指頭原則！

我兒子是個樂高迷，他在小二的時候就試著自己查字典「啃」完一本樂高百科，一頁都是滿滿查字典的痕跡，甚至很多單字的中文他也不會寫，還得用注音呢！

所以，學習興趣成就學習動機。

葳姐兒子《樂高百科》
上密密麻麻的查字典痕跡

觀察孩子感興趣的題材

我們平常可以多觀察孩子愛看的中文書大概是哪些題材，再根據這些題材取選書。例如：男生通常愛看偵探、冒險、科幻類，就可以朝這個方向去選；女生則通常喜歡公主系列。不過，這也不是絕對的。有些書固然標榜是冒險科幻，但因為寫得太生動，男女都很喜歡呢！

並非每個孩子都喜歡看故事書，如果是這樣的孩子，或許可以為他挑選 non-fiction（非故事類）的書，例如：講述科學知識、歷史、地理等等的書籍，或是教科書之類的，也很不錯喔！特別是，很多教科書，由於題材跟孩子在學校上課學習的主題相似，孩子會覺得新鮮，想了解同樣的題材，想知道美國孩子跟他們學的有沒有不同，因此也是引導孩子進入英文閱讀的好素材呢！

請幫孩子找出他們熱愛的書

很多爸媽問葳姐，為什麼孩子就是不想讀？我只能說，大概就是沒有遇到真正熱愛的書吧！

要先有閱讀習慣，才有可能會想閱讀英文書

還有一個原因，如果孩子連中文書都不讀，更別提要讓孩子讀英文書了！閱讀是一種習慣；如果連母語的書籍都不想讀，更何況是孩子不熟悉的外國語。除非孩子是在美國學校或是歐洲學校，那樣的孩子一開始就是以英文為母語來學習，所以孩子愛看英文書，甚於中文書反而是正常的。但以一般孩子而言，要先有中文書的閱讀習慣，才有可能喜歡閱讀英文書。

因此，如果無論怎麼做孩子就是不喜歡英文書，請想想看，是不是連中文書孩子都不愛看呢？！那麼我們就回過頭來，先建立孩子閱讀中文書的習慣，再按照這本書的方式陪孩子養成閱讀英文書的習慣。這樣，我們就能培養一個中英文俱通的雙語孩子了。

第3節 訂定讀書計畫

訂定讀書計畫的重要性

買了一本書回來，一定要馬上讀完嗎？當孩子還沒有建立英文書的閱讀習慣時，我覺得要讓孩子一拿到書就廢寢忘食地讀完是不可能的。

一開始的時候一定要訂定一個讀書計畫，讓孩子按照這個計劃慢慢完成這本書，完成後孩子就會很有成就感，對自己的英文閱讀能力也有了信心，就能跨出英文閱讀的第一步。之後讓孩子閱讀其他的英文讀本時，我們就可以說：之前那本〇〇〇都讀完了，這本也可以的！

如果沒有讀書計畫，孩子就會有空時翻個兩三頁，然後就束之高閣，那就永遠不會有讀完的一天！

如何訂定讀書計畫？

如何訂定讀書計畫？ 如果是章節書，可以依照章節來訂定；如果不是章節書，可以依照頁數來訂。例如：第一週讀完第一章，或是第一天讀完第一頁。

以下是我孩子讀 Calendar Mysteries 的時候，我為他訂的讀書計畫：

閱讀時程	Chapter
Week 1: 4/1~4/8	1. The Silent Visitor 2. An Egg Hunt 3. Hissing and Buzzing
Week 2: 4/9~4/16	4. What's in Mr. Pocket's Pocket? 5. Raccoon Clues
Week 3: 4/17~4/24	6. Snakes Eat Eggs, Too 7. Swan Surprise
Week 4: 4/25~4/31	8. Lucy's Brilliant Idea 9. Happy Swans, Hungry Kids

大意
正是春天時節，這四個孩子在找復活節彩蛋。他們到處找，找到好多蛋。但很快地被發現有些蛋並沒有藏好。那些蛋不見了！誰偷走了復活節彩蛋？

Facebook 葳姐親子英語共學 LINE@ @wvg9424n

因為 Calendar Mysteries 每一本書都不厚，不到 100 頁，我的規劃是每個月讀完一本，剛好配合該套書每本代表每個月的某個特別節日，例如上面這本 April Adventure，就是以四月份的愚人節為故事重點。如果一本書要在一個月內讀完，那麼分攤到每週就大約是 3-4 個章節，每個章節如果再分攤到每日，其實孩子一天不過讀個 3-4 頁，一點都不難達成！

以下是一個簡單的公式，讓您為孩子訂讀書計畫：

【總頁數 ÷ 日數 = 每天應完成的頁數】

如果是章節小說，通常我們的閱讀習慣都是以某一個段落為結束點，所以就以每天應完成的頁數來回推，例如：一個章節是 10 頁左右，每天應完成頁數是 3 頁，那麼就把計畫表改成每五日完成一個章節。

既然訂了計畫，就一定要落實。不可以讓孩子三天打魚兩天曬網，這樣就永遠沒有養成習慣的可能。當孩子已經養成英文閱讀習慣，即使沒有訂定讀書計畫，孩子還是會自動拿書起來看，到那時，爸媽在孩子英文閱讀習慣養成的這條路上就大功告成啦！

解答

第 1 篇 Harry Potter 哈利波特

p.57 牛刀小試 1

單數	複數
❶ novel	novels
❷ movie	movies
❸ friend	friends
❹ broom	brooms

p.61 牛刀小試 2

1.(B) 2.(C) 3.(B) 4.(C) 5.(C) 6.(B) 7.(A)

p.65 牛刀小試 3

1. was 2. were 3. was

p.68 牛刀小試 4

1. His parents were killed by an evil man.
2. Harry Potter is read or watched by everybody

p.70 請用 make fun of 造句（參考答案）

1. It is mean to make fun of other people.
2. Why do you always make fun of me?
3. My brother makes fun of me every day.

你讀懂了嗎？（參考答案）

1. J.K. Rowling is the author of Harry Potter.
2. His parents were killed by Lord Voldemort.
3. The story is about Harry learning he is a wizard and his fights with Voldemort.

第 2 篇 Dodgeball 躲避球

p.77 牛刀小試 1

1. They take turns throwing balls. 或是 They take turns to throw balls.
2. I want to develop my aiming skills.
3. She loves reading books. 或是 She loves to read books.
4. He was sent to live with his relatives.

p.79 牛刀小試 2

單數	複數
❶ school	schools
❷ child	children
❸ adult	adults
❹ place	places
❺ player	players
❻ rule	rules
❼ ball	balls
❽ team	teams
❾ skill	skills

p.84 牛刀小試 4

1. O 2. X (go) 3. O 4. X (steal) 5. X (go)

p.86 牛刀小試 5

1. is 2. is 3. is 4. get 5. has, wins 6. is

p.87 請用 in the end 造句（參考答案）

1. In the end, we decided to order a pizza.
2. Everything turned out well in the end.
3. In the end, Michael went to Harvard.

p.88 你讀懂了嗎？（參考答案）

1. People can play dodgeball on a playground or other similar space.
2. The two teams take turns throwing and catching the ball. They have to hit players on the opposing team to remove them from the game. If they can catch a ball, they get a player back. Whichever team has the most players in the end wins!
3. Two people

第 3 篇 Superheroes 超級英雄

p.95 牛刀小試 1

1. super（超級的） + market（市場）= supermarket 超級市場
2. police（警方） + man（人）= policeman 警察
3. police（警方） +woman（女人）= policewoman 女警
4. sales（銷售）+ man（人）= salesman 銷售員
5. post（郵局）+ man（人）= postman 郵差
6. book（書籍）+ store（商店）= bookstore 書店
7. home（家庭）+ work（工作）= homework 家庭作業
8. data（資料）+ base（基礎）= database 資料庫
9. full（全部的）+ time（時間）= full-time 全職的
10. news（新聞） + paper（紙）= newspaper 報紙

p.100 牛刀小試 2

1. which 2. who 3. that 4. who 5. who

p.101 牛刀小試 3-1

單數	複數
❶ superhero	superheroes
❷ year	years
❸ ability	abilities
❹ talent	talents
❺ hero	heroes
❻ wall	walls
❼ web	webs
❽ life	lives
❾ identity	identities
❿ costume	costumes

p.104 牛刀小試 3-2

單數	複數
❶ birthday	birthdays
❷ holiday	holidays
❸ way	ways
❹ monkey	monkeys
❺ turkey	turkeys
❻ cowboy	cowboys
❼ toy	toys
❽ joy	joys

p.105 牛刀小試 3-3

單數	複數
❶ leaf	leaves
❷ loaf	loaves
❸ self	selves
❹ wolf	wolves
❺ shelf	shelves
❻ thief	thieves
❼ housewife	housewives
❽ knife	knives

p.106 牛刀小試 4

原形動詞	過去分詞
❶ mention	mentioned
❷ follow	followed
❸ color	colored

p.107 牛刀小試 5

1. be 2. be

p.109 請用 keep... from... 造句（參考答案）

1. My cold kept me from going to the gym.
2. The noise kept Lisa from sleeping well.
3. The umbrella kept Henry from getting wet.

你讀懂了嗎？（參考答案）

1. Superman, Superwoman, Batman, Spiderman
2. Superman can fly and see through walls.
3. Most superheroes are only part-time heroes.

第 4 篇 Shaved Ice 剉冰

p.119 牛刀小試 1

1. I'm = I am
2. they're = they are
3. aren't = are not
4. wasn't = was not
5. she's = she is 或 she has

p.122 牛刀小試 2

形容詞原形	形容詞比較級
❶ afraid	more afraid
❷ angry	angrier
❸ beautiful	more beautiful
❹ big	bigger
❺ bright	brighter
❻ busy	busier
❼ careful	more careful
❽ cheap	cheaper
❾ clear	[1]clearer 或是 more clear
❿ cloudy	cloudier

[1]clearer 或是 more clear 都可以，跟發音有關，美國人覺得 clearer 很難發得清楚，因此 more clear 比較普遍。

⑪ cold	colder
⑫ comfortable	more comfortable
⑬ convenient	more convenient
⑭ correct	more correct
⑮ crazy	crazier
⑯ cute	cuter
⑰ dangerous	more dangerous
⑱ delicious	more delicious
⑲ different	more different
⑳ difficult	more difficult
㉑ dirty	dirtier
㉒ dry	drier
㉓ early	earlier
㉔ easy	easier
㉕ elegant	more elegant
㉖ excellent	more excellent
㉗ expensive	more expensive
㉘ famous	more famous
㉙ fast	faster
㉚ fat	fatter
㉛ few	fewer
㉜ friendly	friendlier
㉝ funny	funnier
㉞ handsome	more handsome
㉟ happy	happier
㊱ healthy	healthier

㊲ helpful	more helpful
㊳ high	higher
㊴ honest	more honest
㊵ hot	hotter
㊶ hungry	hungrier
㊷ important	more important
㊸ interesting	more interesting
㊹ large	larger
㊺ lazy	lazier
㊻ light	lighter
㊼ loud	louder
㊽ lovely	lovelier
㊾ low	lower
㊿ lucky	luckier
51 mad	madder
52 modern	more modern
53 new	newer
54 old	older
55 polite	politer
56 poor	poorer
57 popular	more popular
58 pretty	prettier
59 proud	prouder
60 quiet	quieter
61 rich	richer
62 sad	sadder

63 safe	safer
64 serious	more serious
65 slim	slimmer
66 slow	slower
67 sore	sorer
68 straight	straighter
69 strong	stronger
70 strange	stranger
71 sweet	sweeter
72 tall	taller
73 terrible	more terrible
74 thick	thicker
75 thin	thinner
76 tidy	tidier
77 weak	weaker
78 wise	wiser
79 yummy	yummier
80 young	younger

p.127 牛刀小試 3

1. Everyone is looking for ways to cool off now.
2. Mom is cooking dinner now.
3. Right now, I am waiting for my parents to pick me up.
4. He is driving to work now.
5. We are playing hide-and-seek in the park now.

p.130 牛刀小試 4

1. Everyone has looked for ways to cool off.
2. Shaved ice has been popular almost everywhere.
3. Dodgeball has been a popular sport in American schools.
4. Mom has cooked dinner.
5. The rain has stopped.

p.131 牛刀小試 5

1. You can do what people around the world have done for ages: enjoy some sweet and tasty shaved ice!
2. As we can see, different people like their ice in different ways.
3. For this reason they may choose less sweet, healthier toppings.

p.132 請用 look for... 造句（參考答案）

1. Mom is looking for her blue dress.
2. My brother is looking for his baseball bat.
3. I am looking for my water bottle.

p.133 你讀懂了嗎？（參考答案）

1. China, Egypt, Persia, Rome.
2. The flavor comes from the toppings.
3. Turn on the AC, go to the beach and eat shaved ice!

第 5 篇 Eat Breakfast, Stay Healthy 吃早餐保持健康

p.142 牛刀小試 1

1. The 1999 study found that the participants who ate three meals a day weighed less than those who did not.

2. On our trip to France last month, we did not often eat（有陷阱喔，因為助動詞後面要接原形動詞）breakfast because we were so tired from traveling and usually woke up late.
3. I called the cable company yesterday, and they said they turned off our cable because we did not pay the bill.

p.143 牛刀小試 2-1

1. A new study has shown that teenagers who eat breakfast and exercise every day are healthier than teens who don't eat breakfast.
2. The study found that the teenagers who ate breakfast every day weighed less than those who didn't.
3. The average weight of those who didn't often eat breakfast was 2.3 kilograms more than those who did.
4. In the study, we found that the participants who often ate breakfast, and especially those who ate it every day, were healthier than those who didn't.

p.150 牛刀小試 3

1. Alexander speaks English well.
   well 為副詞。
   Alexander speaks English better than Elizabeth.
2. People who exercise every day are usually healthy.
   usually 為副詞，healthy 為形容詞。
   People who exercise every day are usually healthier than those who don't.
3. The economy was bad and few people could afford to buy houses.
   bad、few 為形容詞。
   The economy was worse and fewer people could afford to buy houses.

p.152 請用 in charge of... 造句（參考答案）

1. Who is in charge of the marketing department?
2. Robert is in charge of hiring new employees.
3. The teacher put Tom in charge of collecting everyone's homework.

你讀懂了嗎？（參考答案）

1. They should eat breakfast and exercise every day.
2. The study followed the diets, weight and exercise habits of 2,216 American teenagers for five years.
3. We should eat breakfast every day.

第 6 篇 Walt Disney—A Mouse Is Born 華特迪士尼：米老鼠的創造者

p.161 牛刀小試 1

1. Born in ~~the~~ Chicago on December 5, 1901, Walter Elias Disney spent his childhood on a farm in ~~the~~ Missouri.
2. Walt took night classes at the Chicago Art Institute and drew cartoons for the school paper.
3. At the age of 16, Walt dropped out of school to serve in World War I.
4. Walt decided to try his luck in Hollywood.
5. He started the Disney Brothers Cartoon Studio with his brother Roy in 1923.
6. Walt came up with a cheerful mouse named Mortimer, but Lillian thought Mickey sounded better.
7. Walt decided to give Mickey Mouse a voice.

p.165 牛刀小試 2

1. After the young Walt was inspired by the animals around him, the young Walt began to draw at an early age.

2. After he was rejected by the Army because he was underage, he joined the Red Cross and drove an ambulance in France.

p.171 牛刀小試 3

動詞原形	過去式	過去分詞
❶ make	made	made
❷ has/have	had	had
❸ is/am	was	been
❹ are	were	been
❺ throw	threw	thrown
❻ catch	caught	caught
❼ keep	kept	kept
❽ wear	wore	worn
❾ fight	fought	fought
❿ do	did	done
⓫ eat	ate	eaten
⓬ bring	brought	brought
⓭ show	showed	shown
⓮ find	found	found
⓯ [2]found（建立）	founded	founded

[2]found（建立）跟 find 的過去式長得一樣，但是意思不同喔，而且 found 的過去式與過去分詞是屬於規則變化的一派。

p.173 請用 come up with... 造句（參考答案）

1. Elizabeth is always coming up with good ideas.
2. The business came up with a new way to attract customers.
3. Is that the best excuse you can come up with?

你讀懂了嗎？（參考答案）

1. When he was seven years old.
2. Because he was underage.
3. Walt's wife Lillian.

第 7 篇 Global Warming Causing Sea Level Rise 全球暖化導致海平面上升

p.183 牛刀小試 1

1. 他覺得很無聊。He feels boring/bored.
2. 她受到驚嚇。She is scaring/scared.
3. 我覺得好累。I feel tiring/tired.
4. 這故事好感人。 The story is touching/touched.
5. 我覺得好尷尬。I feel embarrassing/embarrassed.

p.189 牛刀小試 2

1. (1) 是假設語氣。(2) 沒有。
2. (1) 是假設語氣。(2) 被拒絕了。
3. (1) 是假設語氣。(2) 之前並沒有下雨。
4. (1) 是假設語氣。(2) 說話者認為他們絕對不會結婚。
5. (1) 是假設語氣。(2) 過去已經辭職了。

p.194 牛刀小試 3

形容詞原形	形容詞比較級	形容詞最高級
❶ afraid	more afraid	most afraid
❷ angry	angrier	angriest
❸ beautiful	more beautiful	most beautiful
❹ big	bigger	biggest
❺ bright	brighter	brightest

❻ busy	busier	busiest
❼ careful	more careful	most careful
❽ cheap	cheaper	cheapest
❾ clear	clearer	clearest
❿ cloudy	cloudier	cloudiest
⓫ cold	colder	coldest
⓬ comfortable	more comfortable	most comfortable
⓭ convenient	more convenient	most convenient
⓮ correct	more correct	most correct
⓯ crazy	crazier	craziest
⓰ cute	cuter	cutest
⓱ dangerous	more dangerous	most dangerous
⓲ delicious	more delicious	most delicious
⓳ different	more different	most different
⓴ difficult	more difficult	most difficult
21 dirty	dirtier	dirtiest
22 dry	drier	driest
23 early	earlier	earliest
24 easy	easier	easiest
25 efficient	more efficient	most efficient
26 excellent	more excellent	most excellent
27 expensive	more expensive	most expensive
28 famous	more famous	most famous
29 fast	faster	fastest
30 fat	fatter	fattest
31 few	fewer	fewest

㉜ friendly	friendlier	friendliest
㉝ funny	funnier	funniest
㉞ handsome	more handsome	most handsome
㉟ happy	happier	happiest
㊱ healthy	healthier	healthiest
㊲ helpful	more helpful	most helpful
㊳ high	higher	highest
㊴ honest	more honest	most honest
㊵ hot	hotter	hottest
㊶ hungry	hungrier	hungriest
㊷ important	more important	most important
㊸ interesting	more interesting	most interesting
㊹ large	larger	largest
㊺ lazy	lazier	laziest
㊻ light	lighter	lightest
㊼ loud	louder	loudest
㊽ lovely	lovelier	loveliest
㊾ low	lower	lowest
㊿ lucky	luckier	luckiest
51 mad	madder	maddest
52 modern	more modern	most modern
53 new	newer	newest
54 old	older	oldest
55 polite	politer	politest
56 poor	poorer	poorest

57 popular	more popular	most popular
58 pretty	prettier	prettiest
59 proud	prouder	proudest
60 quiet	quieter	quietest
61 rich	richer	richest
62 sad	sadder	saddest
63 safe	safer	safest
64 serious	more serious	most serious
65 slim	slimmer	slimmest
66 slow	slower	slowest
67 sore	sorer	sorest
68 straight	straighter	straightest
69 strong	stronger	strongest
70 strange	stranger	strangest
71 sweet	sweeter	sweetest
72 tall	taller	tallest
73 terrible	more terrible	most terrible
74 thick	thicker	thickest
75 thin	thinner	thinnest
76 tidy	tidier	tidiest
77 weak	weaker	weakest
78 wise	wiser	wisest
79 yummy	yummier	yummiest
80 young	younger	youngest

p.199 請用 due to... 造句練習（參考答案）

1. The event was cancelled due to rain.
2. The patient's death was due to heart attack.
3. Due to injury, the player was removed from the game.

p.199 你讀懂了嗎？（參考答案）

1. In Greenland and Antarctica.
2. Most of the world's cities would have to be completely abandoned.
3. Man-made global warming

打造英文閱讀力：帶孩子看懂文章、學會文法 / 周昱葳作. -- 初版. -- 臺北市：日月文化, 2019.07
面；　公分. -- (EZ叢書館)
ISBN 978-986-248-817-1(平裝)

1. 英語　2. 讀本

805.18　　108007978

EZ 叢書館

打造英文閱讀力：帶孩子看懂文章、學會文法

作者：周昱葳（葳姐）
英文撰文：Judd Piggott
總審訂：Judd Piggott
企劃主編：潘亭軒
校對：潘亭軒、李厚恩
繪者：Aling
封面設計：謝捲子
版型設計：蕭彥伶
內頁排版：簡單瑛設
錄音後製：純粹錄音後製有限公司
錄音員：Jacob Roth

發行人：洪祺祥
副總經理：洪偉傑
副總編輯：曹仲堯
法律顧問：建大法律事務所
財務顧問：高威會計師事務所
出版：日月文化出版股份有限公司
製作：EZ 叢書館
地址：臺北市信義路三段151號8樓
電話：(02)2708-5509
傳真：(02)2708-6157
客服信箱：service@heliopolis.com.tw
網址：www.heliopolis.com.tw
郵撥帳號：19716071日月文化出版股份有限公司

總經銷：聯合發行股份有限公司
電話：(02)2917-8022
傳真：(02)2915-7212
印刷：中原造像股份有限公司
初版一刷：2019 年 7 月
初版三刷　2019 年 8 月
定價：420元
ISBN：978-986-248-817-1

全書音檔下載　http://t.cn/AiNSNnTO

陳水逢著

日本近代史

臺灣商務印書館發行

謹以此書獻給

岫廬師在天之靈

自序

古人有云：「讀歷史可以明盛衰之理，究天人之變」，誠然，歷史不但是一個民族或國家興亡盛衰事蹟的記錄，同時也是一面明鏡。歷史的透視，雖然不能產生「放諸四海而皆準，百世以俟聖人而不惑」的絕對眞理，但我們從歷史所記載的事實中，可以尋繹出民族或國家許多治亂交替的關係與人事消長的道理。何況要把握現實，創造新的歷史，必須借鑑於過去的歷史，尤須借鑑於接近現在的近代歷史。

自古以來，中國與日本在地理上、歷史上、政治上、文化上、經濟上的關係之密切，乃是盡人皆知的事實。中日兩國在彼此之勢力場內距離最近，彼此之交互作用也最爲密切。中日兩國的合作提携，爲奠定亞洲安寧和平的絕對必要條件，此亦爲盡人所知的事實，無待吾人費辭贅述。然而不幸的是日本自十九世紀後半葉的明治維新之後，竟以近代化的逐步完成而忘掉其文化本源，抱着暴富戶的褊狹民族主義意識，傲視亞洲，並以亞洲強國自居而藐視中國，在軍閥的興風作浪之下，進行一連串的侵華戰爭，降及二十世紀四十年代之初又掀起了太平洋戰爭的滔天大禍，終於導致日本帝國的衰亡。

日本過去爲併呑我國，對我一切，洞悉無餘，故能放心大膽以謀我，即在今日，日本爲應付國際變故，因此，對我國的一切亦詳爲研究，知之甚稔。反觀我國有不少人對於與我國有切身利害關係的東鄰日本，大都冷淡、模糊、輕視，甚且盲目排斥反對。其輕視日本的程度，以爲日本的一切都是中國的遺承，還在夢想日本借去的一頂破傘至今尙有大用，事事擺起「大國民」的架子，於是隨時碰壁，事事吃虧。古諺有云：「人之相知，貴相知心」，又云：「知己知彼，百戰百勝」。關於中日關係，我們若與日本爲敵，則應詳察敵情，始能克敵致果；若與日本爲友，則應互相認識，始能共謀生存發展。何況我國與日本，一衣帶水，毗鄰爲國，而又同種同文，我們若誠欲把握住日本現存的國家的文化正體，以及其今後的趨向，則非瞭解其歷史文化的底蘊不可。蓋今日的一切文化傳統，乃往昔的一切勞效的累積，何況不知今日的日本，明日的日本亦難於察知，同樣不熟悉過去的日本，亦斷無從瞭解今日的日本。自一九七〇年代以還，太平洋已邁進新時代，中、日、韓三國唇齒相依，爲亞洲地區共同維持和平與安全的友邦，三個國家合則同蒙其利，分則各受其害，因此，我們對日本近百年來順利地完成近代化建設的經過，實應予以鄭重的研究與瞭解。

筆者對於中日文化關係史及日本政治文化史探討研究有年，曾經寫過幾種有關日本政治史及文化史的著作，二十多年前曾在中國文化大學擔任過日本政府與政治的講席，民國五十五年應聘前往星洲南洋大學講授日本史、日本近代史及東亞史（中、日、韓等三國歷史文化）。由於學生大多數不諳日文，且又缺乏適當的中文參考書籍，而歐美人士所寫的日本史、日本近代史，又未必適合東方人的胃口，因此，乃自編講稿講授，以便學生作筆記。現在坊間有關日本歷史文化方面的參考書籍並不多見，雖有五、六種，但都着重於古代迄近世部分而略於近代的歷史發展，甚且有以日本近代史僅限於德川幕府時代的史實者，以致國內一般讀者或大專學生，想瞭解近百年來的日本歷史文化的演變而苦於無適當的參考書籍可閱讀，筆者有鑑於此，久想撰寫一部日本近代史籍，以供同好者參考，乃於民國五十七年二月間曾出版日本近代史約七十萬言，惟現已絕版多年。

日本近百年來，曾經經歷過兩次大變革。近年來日本出版事業的發達冠於全球任何國家，因此，有關日本近代史方面的資料書籍，不勝枚舉，而日本在這一百多年來的發展，在各方面，諸如政治、外交、社會、文化、經濟、思想等方面，皆有驚人的進步及轉變，因此，撰寫日本近代史所涉及的困難頗爲繁多，著者學識淺陋，雖於寫稿時，曾參考羣書，惟以參考資料浩繁，故於摭拾歸納之際，較費思索，而魯魚豖亥之處尤多。

這本書是由十八、九年前出版的舊著删改而成，其體裁雖然顧及到時間年代的順序，但主要還是以某項問題爲重點，就自一八六八年以迄第二次世界大戰結束爲止的日本近代歷史文化的動態經過，用通俗的方法加以解敍，以闡明日本近代史的全貌。「寫而然後知不足」，由於筆者過去所受的學術訓練，都着重於政治科學及公法學，在史學的根柢上，缺少基礎，所以本書的體例內容，在專業的歷史學者看來，必然地會感覺得蕪雜零亂，但國內學者過去在日本史——尤其是日本近代史方面尚缺乏有系統的分析與研究，更缺乏這方面的著作的刊行，在拋磚引玉的意義上，本書的問世，當亦有其必要。一個寫作的人，都希望能寫出一部理想的書，但這言之容易，行之則難。著者雖儘量客觀地根據史料究明分析東鄰日本近百年多來長足發展的眞相，但著者學識譾陋，能力有限，致本書內容疏咎謬誤，掛一漏萬之處所在多有，付印匆促，手民之誤尤多，尚祈碩彥先進，不吝珠玉，惠賜指正商榷，更所感幸。本書在撰寫期間，承蒙內子林素英女士幫助謄繕，勤勞之處，併此誌謝。

今年七月爲恩師雲五先生百齡誕辰，筆者深受岫廬師教誨啓導幾達二十年。岫師一生對文化學術界及教育界的貢獻，儘人皆知，功在社會國家。爲感念追懷其一生對中華文化之維護、發揚及貢獻，筆者除偕同邱學長創煥、徐學長有守、周學長道濟等先生和交通部連部長永平先生洽商，承蒙惠允發行王雲五紀念郵票外，特以此書獻給岫廬師在天之靈，以紀念其百齡誕辰。

中華民國七十六年五月廿五日　陳水逢建昌謹識於臺北

日本近代史 目錄

第一章 緒論

第一節 日本歷史文化的特徵

文化的內涵是什麼？這是一個不容易解答的問題，蓋學者之間對於文化的涵義，言人人殊。文化的接觸原是人類進步的標識，在古代西方，希臘文化學自埃及，羅馬文化學自希臘，阿拉伯文化學自羅馬帝國，中世紀的歐洲文化則學自阿拉伯，文藝復興時代的歐洲文化則學自拜占庭，而其結果往往青出於藍。日本上古及中古的歷史文化因受到中國文化的陶薰影響，而使日本由草莽野蠻狀態走上統一集權的國家，雖降及近代經明治維新，因融滙吸收歐美文明，使日本步上近代化國家之途，而在各種物質文明方面遠勝於中國，但在精神文化方面，日本迄今仍然深受中國傳統文化的薰染影響。

按文化（Culture）與文明（Civilization）常被人誤爲一物，混淆不清，或把文化當作文明，或把文明當作文化，例如英國人類學家泰勒（Edward, B. Tylor）在其「原始文化」（Primitive Culture, 1871）一書中給予文化以一意義云：「文化或文明，依民族誌上廣義的說，是一整體，包括人在社會中所習得的知識、信仰、道德、法律、風俗以及任何其他的能力與習慣」。依此一定義而言，文化與文明二辭是一而二，二而一的東西。其實這兩者是有異同和分野的，按人類爲了共同生存的需要，而有一切創造和發明，無論在精神方面或物質方面的成就，都稱之爲文明；及其影響到人類生活時，就稱之爲文化；其不受影響的，便稱之爲化外。中外的大多數學者在文化與文明二辭之間立一分際，即認爲文明是指文化中較高的階段而言，誠如錢穆先生所云：「文明偏在外，屬於物質方面，文化偏在內，屬於精神方面，故文明可以向外傳播、向外接受，文化則必由其羣體內精神積業而產生。……文化可以產出文明，文明卻不一定能產出文化」（氏著：「中國文化史導論弁言」）。文化一詞在中國卽所謂「文治教化」之意，如說苑指武云：「凡武之興，爲不服也，文化不改然後加誅」，又文王融三月三日曲水詩序云：「設神理以異俗，敷文化以柔遠」。至於文明一詞，易乾文言云：「見龍在田，天下文明」，疏云：「陽氣在田，始生萬物，故天下有文章而光明也」。從本質上的內涵而言，文化可以包括文明，然文明不能代表文化。蓋人類社會由野蠻而至文明，其努力所得的成績表現於各方面者爲科學、宗教、道德、藝術、法律、風俗、習慣等，其綜合體則謂之文化。因此，文化可說是一種整全的複合體（A Complex Whole），它所包括的除有形的物質東西，如汽車、宮室、衣服、食物外，亦包括無形的精神東西，如宗教、道德、哲學、知識、藝術等。魏勒教授（Prof. Willey）說過：「文化是複雜的總體，包括物質、知識、信仰、藝術、道德、法律、風俗以及人類在社會所得的一切能力與習慣」。（註一）由此可知，所謂文明，大都是指物質應用方面的東西，而文化則因其根據源於歷史及環境的產物，除物質方面之外，尚包含有精神作用。是故所謂文化所具有的特性，它不僅具有傳播性和同化力，同時又可由模仿學習取得。所以文化固爲精神活動的產物，但人類的精神活動卻時常受到環境的影響。

日本文化爲東方文化的支流，而所謂東方文化大都是淵源於中國及印度，故日本文化和中國文化及印度文化有着共同面，且受其莫大影響乃無可否認的事實。誠如曾任駐日大使的美國學者賴世和博士（Dr. E.D. Reischauer）所說：「正如北歐諸國文化爲地中海文化的支脈一樣，日本文化是中國文化的支流」，（註二）而日儒如安藤正次氏、中村久四郎博士、內藤虎次郎博士、西村眞次博士，以及木宮泰彥氏等莫不承認中國文化對於日本影響最大，且爲日本文化之所淵源。（註三）

儘管戰前日本史學家僞造史實，誇稱日本開國歷史超過二千六百年，（註四）但嚴格說來，日本歷史不過是從二千年前左右才開始的。根據考古學家及人類學家從日本已出土的古代遺跡的分析來看，日本古代歷史文化的演進階段係循所謂先土器時代（亦稱無土器時代）、繩文式土器時代、彌生式土器時代，以及古墳文化時代的次序發展，但先土器時代因屬於一種舊石器時代末期的文化，其文化內容的情況迄今尚不大清楚，它和繩文式文化時代，在歷史學上稱爲「先史時代」（Pre-Historic Age），彌生式文化時代則稱爲「原史時代」（Proto-Historic Age），而該文化時代的後期，約當西曆紀元前後，同時有關當時的歷史文化，已經稍爲可以從文獻史料上獲得其概況，因此日本的歷史時代正確言之，不過是從二千年前左右才開始的。

在這二千年的歷史演進過程中，日本歷史文化究竟具有何種特徵或特質，我們若從世界史的觀點來看，不難描出日本歷史文化在其演進發展過程中，所顯露出來的特性。玆將此特性概略地分述於下：

㈠日本史有一種連綿性——在日本歷史演進過程中，其國土、民族、統治者的所謂國家構成的要素，從開國以來到今天，連綿一貫而無任何顯著的變更或斷絕。固然日本的國勢在近代，因軍閥黷武主義膨脹結果曾伸延到朝鮮半島、臺灣、庫頁島南半部、西伯利亞、中國大陸以及南洋諸島等地區，但爲時不久，以武力奪取來的屬地又完璧歸趙。此外，日本的本土，在近世先後曾被蒙古大軍侵襲過二次（第一次爲一二七四年，第二次爲一二八一年），又於二十世紀五〇年代中期被盟軍佔領過，但這些外力的介入對於日本國土的完整或日本民族的生存，並未發生任何致命性的傷害，甚至於統治日本的皇室制度仍然予以保留，雖然今天日本的天皇已非「現人神」（卽活神），但在形式上，仍然由天皇氏一族嫡系出任全國最高統治者或統治的象徵，凡此種種皆足以證明日本歷史文化具有一貫的連綿性。

就其文化面而言，自古以來的神道教觀念雖因戰敗，民主主義勢力的伸展而被否定其以往國教的地位，但目前在日本農村，神社仍然成爲村落的生活中心，以神社爲中心的各種慶典或信仰，皆係傳承曩昔的傳統。公元五、六世紀傳入日本的佛敎或寺院，其深植民間，影響日本國民日常生活之鉅，直到如今有甚於神道教之於日本國民。

再就政治或社會制度而言，其連綿性亦甚顯著。例如今日內閣各省的名稱以及各省長官之稱曰大臣，亦恆都沿襲古代的名稱。甚至於今日最足以表現日本文化特徵的能樂、茶道、插花、連歌、山水墨畫，以及民間傳統、日常用語甚至於衣食住等日常的風俗習慣，皆直接傳自室町時代（一三三五—一五七三年）並受了中古時代的間接影響，而沒有顯著的改變。凡此種種都表示了日本歷史文化具有一貫的連綿性。

㈡日本史有吸收攝取外國文化的功能——就日本歷史文化發展的過程而言，攝取外國文化爲日本文化演進的一大要素，倘無外國文化的影響於日本，則今日日本文化可能尚處在低開發的狀態，乃可以斷言的事實。公元前三世紀左右中國文化的傳入日本，促進了彌生式文化的產生而使彼土人民知農耕並使用金屬器具。其後自公元一世紀至六世紀之間，日本的部落酋長以及大和朝廷無不汲汲於攝取輸入光輝燦爛的中國文化。隋唐之世，日本宮廷大量派遣使節團及留學生（僧）前來中國大陸輸入漢唐文化、律令政制以及藝術，因而建立了律令制度的文化，所以在日本的中古時代文化，完全攝取了唐代的文化，而與日本固有文化相融合，產生了所謂「和魂漢才」的日本「國風文化」，這是史家誰也不能否認的事實。趙宋興起後，日宋公家之間雖無正式官方的往來，但商人及僧侶間的私人往來，又使日本文化注入了宋朝文化的精髓，尤其是彼鎌倉時代（一一八〇－一三三三年）的新興佛敎的禪宗，便是其顯例。元明之世輸入日本的中國文化，亦爲以禪宗爲中心的文化。學問、文化固然脫離不了禪宗，卽使藝術及風俗亦與寺院及僧侶不可隔開，抑有甚者，日廷的正式遣明使亦由禪宗僧侶擔任。因此，在中世時代對於日本武家文化的形成，舉凡衣食住等物質生活或武士的精神生活等受到宋元明等時代的中國文化影響之大，堪與隋唐文化對日本中古時代的影響相比美。至於清朝之世，中國文化對於日本江戶時代（一六〇三－一八六七年）的學問、宗敎、風俗的影響，固不待言，卽使當江戶時代儒家諸派的發達，以及日本國學的興起，亦莫不直接或間接地受到清朝當時中國文化的影響。

自江戶時代末期——卽十九世紀後半葉以來，於明治初年開花的歐洲文明之攝取，其熱誠渴求的態度不亞於中古時代的攝取隋唐文化。當時不但派遣大量留學生分赴歐美各國，並聘用許多外國敎師及技術人員來日本。在民刑法方面則取範法德的法典，軍事方面，陸軍則師範德國陸軍，海軍則以英國海軍爲範本，學制則混用美、法、德等國的學制。之後繼續吸收模仿，在短短幾十年之間竟使日本由近代化而步上世界强國之林的高度工業化國家。第二次世界大戰後，在政治體制及社會生活方面，英美式的自由民主主義思想更深入於民間各階層。

由上所述，可知日本自開國以來，迄於今日，日本文化皆在吸收攝取外國文化的過程中，採長補短，去腐更新，以促進發展日本的歷史文化。

㈢日本史具有同化性及中和性——日本歷史，從其黎明期開始，便一直吸收攝取外來文化，惟這種外來文化一旦輸入後，便與日本的古有文化渾然融和而形成新的日本文化。由於日本歷史具有同化中和外來文化的功能，因之自古以來並無積極性的社會革命。在二千年的日本歷史演進過程中，公元七世紀中葉的大化革新是日本歷史上最初的政治與社會的革命，它雖然使日本走上中央集權國家之途，使豪族氏上所擁有的土地人民悉歸中央，但對於從前氏族時代的豪族輩則仍然以食封、位田、職田、功田等名目賜給土地人民，並未根本剝奪其生存權。至於田制、租稅制雖曰取範隋唐令制，但亦有不少部分仍然襲用日本固有的習慣。抑有甚者，隋唐文化輸入之後，經過一段歲月，降及公元十世紀及十一世紀，完全被日本固有文化、傳統所吸攝融合而產生了一種日本特有的攝關政治、物語文學、和歌文學以及別具日本風格的佛教文化。

鎌倉時代日本新佛教的興隆，亦爲同化作用的另一種顯例。此時的新佛教可說完全脫離中國甚至於印度佛教的精神，而形成日本化的佛教。例如親鸞闡揚悪人正機之說，力陳救濟貧弱者，又如日蓮宗排擊其他佛教諸宗，爲國家的興廢而力唱法華經的功德，脫卻以往的觀念的或知識的佛教範疇，而植其根基於一般社會大衆；再如神佛同體之說，將外來的佛與原有的神打成一片，使其共存不悖，由此而產生了山王一實神道、兩部習合神道、法華神道等。

江戶時代初葉林羅山、藤原惺窩等的朱子學派尚未能樹立日本化的獨立學問，但後來由於太平盛世的賜惠，學者輩出，而逐漸走向日本化的學問。至於如新井白石的語學、史學，以及水戶學派的史學等雖遵循朱子學，但其精神則儘量使之導向擴大變成日本化，餘如折衷漢唐的訓詁以及宋明之義理的折衷學派，亦因研究日本純粹的事物爲對象的國家觀念的興起，而終於走上日本化之途。

再就明治維新而言，它與大化革新可算是日本古今的兩大政治革命，但如同大化革新雖取範隋唐文化而又以復古主義爲信條一樣，明治維新雖亦取範西洋文明，但卻又含有神武創業的復古精神。明治維新結果，彼德川氏一族雖被剝奪其政權之座，但第十五代將軍德川慶喜卻久居貴族院議長的國家要職。昔日的統治階級雖喪失士族之祿，但大多仍然蟠踞明治維新政府的要津而領受金祿公債，形成新的特權階級。至如英美式的自由民主思想在明治維新初期雖然聲勢大振，但不久之後又被國權主義及國家主義思想所壓服。因此，所謂明治維新之取範於歐美者，亦僅限於形而下的物質文明，其形而上的一面仍然貫徹固守東方古來的道德文化及日本固有的精神。申言之，所謂明治維新，不外乎是「藝術機械文明則取範泰西，惟道德仁義則固守東方固有精神」的一種不徹底的政治的、經濟的及社會的改革。

綜上所述，可知二千年來的日本歷史文化的變遷演進，日本文化無時無刻地不在融合攝取東西方文化的精髓，去腐更新，採長補短，而形成合乎日本國情及時代潮流的日本特有文化。

第二節　明治維新以前的日本政治社會概況

日本的實施立憲政治，走上近代化國家之途，係始於公元一八六八年的明治維新，在此以前的日本，其中央政府，乃於天皇之下另有掌握軍政實權的幕府將軍，在地方則有若干大小諸侯受制於將軍，故可稱爲「封建的幕府政治」。至於此封建制度則係胚胎於公元七世紀中葉以來藤原氏外戚政治的專政，成熟於公元十二世紀末葉源氏武家政治開創幕府於鎌倉。按幕府乃將軍的政廳，其後經室町幕府、織田信長及豐臣秀吉時代而至德川幕府，此六百多年的封建制度組織遂完成其根深蒂固牢不可破的勢力。茲將其政治社會型態的特色，概述於下：

㈠代表的君主政治——日本的君主國體，爲日本有史以來不變的政治原則，自公元六四五年模倣隋唐文化，實行「大化革新」以後，天皇爲國家的主君而居於最高統治權的地位，並親理國家政事。然而自公元九世紀末葉藤原氏出任「攝關」之職以後，天皇便已失去其實權，迨至鎌倉幕府以後，除後醍醐天皇於元弘年間（一三三一——一三三三年）一度親政（史稱「建武中興」之治）外，國家統治的權能，殆完全歸於握有實權的征夷大將軍的幕府。在這一段幕府政治期間，天皇雖不親執國家政柄，然而將軍的出任征夷大將軍之職，形式上例須依天皇頒發的「將軍宣下」的方式以確認之，在一般人的心目中，將軍的一切政權的行使，都頂着天皇的名義，換言之，他乃是日本天皇的世襲的代表。餘如官位的予奪、僧官的特許、榮譽的頒佈等，亦仍然爲天皇專屬的大權，並於諮詢幕府意見後行之，就這種型態而言，將軍彷彿是天皇的一個世襲的攝政。

㈡複合式的聯邦國家——自公元十二世紀末葉至十九世紀後半葉的明治維新以前，將軍雖然掌握國政的實權，但將軍並非直接支配全國。將軍之下，除其直轄地的「天領」外，（註五）全國分爲若干藩（德川幕府末年全國有三百六十七位諸侯），而各藩自身殆皆具有小國家之觀。將軍的權力，除其直轄地之外，不能直接達於人民，而須假手各藩主的轉達。雖然外交、宣戰、媾和、鑄幣、驛郵等權統一於幕府，然各藩主有自己的領土、軍備、刑罰、裁判、警察、課稅等統治實權，實行專制政治。幕府唯監督其大政，並警惕其藩政的紊亂而已，倘遇有某藩的藩政惡劣萬分時，將軍始得將該藩主的地位撤銷。申言之，當時日本的國家，並非如現代統一制的國家，而是由多數類似國家的統治團體所組成的複合式的聯邦國家。當時日本的藩主的「采地」，和現代聯邦國家的「邦」的最大差別便是後者可以參預中央政府的政治，而前者則無此項權能。

㈢封建的國家——日本在幕府政治時代，幕府與各藩的統治組織型態，以及幕府與各藩的關係，乃建立在封建制度基礎之上。申言之，幕府乃以「土地所有權之擁有」與「個人的忠誠」爲基礎，除天皇不計外，將軍是全國最高的大地主。這種封建制度的特質，可歸納爲二點：其一爲上下屬的追隨爲個人的君臣主從的關係；其二是統治權伴着土地領有，即土地的領主有統治領內人民的權能是。將軍在天皇之下，以全國最高領主的資格，除有幕府直隸臣屬的「旗本」外，（註六）全國的藩主皆爲其陪臣，藩主一方爲將軍的臣下，對將軍負有忠勤的義務，一方亦各有其自己的陪臣。將軍有整個國家土地的最高領有權，對諸侯則以土地分封之。將軍在自己的轄地內對其人民有統治之權外，對各藩的諸侯則僅能課以貢獻的義務，餘如倘諸侯絕嗣或有反忠勤的義務或藩政紊亂之時，才有斷絕其家名及沒收其土地的權能。至於各諸侯在各自的封地內，則有第二次的領有權，此領有權更包含將其土地再分封其自己臣下的權，以土地收入的一部分課徵爲年貢之權，以及對領內人民統治之權等。因此幕府與各藩的關係，如封主與封臣的關係。

㈣階級的國家——階級特權的保持，也是幕府基礎之一。日本在幕府時代的統治組織，其社會係以階級的特權爲基礎。人民的階級有公卿（又稱廷臣）、諸侯、武士及町人百姓之分。公卿乃直隸於天皇的朝臣，居於士民之上，雖受幕府監督而非幕府的臣下，他只對天皇服務而與大將軍及各領主並無直接的隸屬關係。武士或直隸於將軍，或臣隸於諸侯，或更爲此等的臣隸。武士在江戶時代以後，已成爲社會的支配者、人羣的儀表階級，無論在精神與物質方面，實力都很雄厚。尤其是德川家康承襲了豐臣秀吉所創立的身分固定政策，將士農工商的身分的釘子，加以更強固的壓力來完成並且把由英雄崇拜的感情所釀成的武士身分的尊貴意識，作了一個充分的利用，給武士以支配階級的地位與榮譽，列爲社會的上層。他們享有參與政權及兵役的特權，對於主君則負有忠勤奉公的義務。事實上，武士階級除享有政治上的特權外對町人百姓還握有生殺予奪的特權，町人百姓如有觸忤，武士們可將之格殺勿論。町人係指營商的人而言，百姓則指農人而言，他們位居武士之下，不得參與政治及兵役，這兩種人是平民階級，以營利經商及農耕等爲職。至於平民以下，尚有「穢多」、「非人」等賤民階級。「穢多」之名，起於平安時代，原爲指屠夫一類，專以屠殺牛馬，剝取其皮爲業者而言，且有時亦指行笞刑時的執杖者、行斬首刑的執刀槍者，及看守監獄者而言。在江戶時代，凡屠殺牛馬、製煉獸皮者同屬「穢多」，其他如竹片細工、製造燈心及兒童玩具弓矢等亦爲「穢多」所獨佔。「非人」是靠布施爲生的乞丐。賤民階級不得與平民同居，或進入平民的房舍，或與平民同席，更不能與平民通婚。卽在犯罪禁獄之時，亦分別居室。穢多和非人之屬於賤民階級的形成，完全是爲了職業上的低微，而非由於種族的歧視或戰爭的結果。他們也是當時日本國民的一分子，在法律上雖和其他階級一樣享有獨立人格之權，但幾乎沒有被當作具有人類的價值，他們只能忍受最卑賤的職業，精神生活毫不能發揚，無異於蜷伏在地下的蟲豸。德川幕府末期，穢多因曾協助征伐長州藩有功，而廢除穢多之名，後至明治初年，穢多和非人更完全予以解放。然事實上，這一羣賤民階級，直至第二次世界大戰後的今日猶未能受到完全的解放，無論在婚嫁、職業、居住，以至於服飾都仍受到若干的差別待遇，而遭受深重的壓迫。

以上階級的差別，原則上皆爲先天的，其間不許有所混淆。公卿雖可以爲武士，但這祇是特殊的例外，其他階級決不能爲公卿。武士在社會上爲儀表階級，享盡了所有的榮譽與特權，而武士之中除了兼營農耕的鄉士外，亦不得擬爲平民之輩。農民及商人除了獲得幕府及諸侯的特許外，不許稱字帶刀，即練習武藝，亦以與身分不相稱，而在被禁止之列。

若將德川幕府時代社會階級的系統以圖表區劃之則如下所示：

社會
- 上層階級
  - 天子……禁中樣
  - 諸侯……公方樣、大名樣
  - 卿大夫……旗本、官位之諸物頭
  - 士……諸旗本、無官之輩

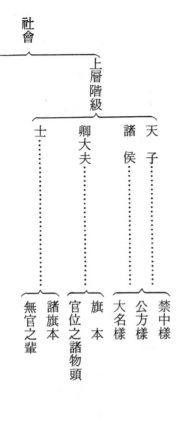

下層階級……（士）諸國內的諸侍（即武士）
　　　　　　（農）耕作人—百姓
　　　　　　（工）諸賤人｝町人
　　　　　　（商）商賣人
賤民階級……穢多
　　　　　　非人

(五)軍國監察政治的國家——德川幕府的政治，從其本質言，是一種徹底的軍國主義，經常在發佈戒嚴令之中。社會上的統治階層，由征夷大將軍以至各藩主（諸侯）皆以養兵練卒爲本職，其從臣係軍官與士兵。所謂文官雖非絕無，但以軍人而兼管民政者居多，幕府自幕閣，（註七）下至臨時派遣的使者，皆必附有監察人員，稱曰「目付」（即耳目之意），例如老中（註八）組織幕閣，其閣內設「大目付」，町奉行所（註九）有町奉行的「目付」，奉將軍之命赴地方辦理公務者謂之上使，亦必隨有「目付」。此外幕府爲糾明各國政治的得失，民間的困苦，每三年派遣巡檢使監，分赴各國監察之。抑有甚者，幕府又飭令當時巡迴各國賣藝的香具師（藝人）咸須負祕密偵探之任，在諸國風聞的雜說不問善惡，皆須亟速上聞。在民間不問都鄙皆有「五人組」的組織，厲行比鄰探察之法，使一般人民共負告發隱匿基督徒及浪人的義務，此外更在市井中布置「隱目付」（即密探）以監視人民。

第三節　德川幕府衰亡的原因

幕府為一種畸形的政治制度。德川家康以不世之才，於公元一六〇三年承襲織田信長、豐臣秀吉二氏統一全國之後，受朝廷敕封為征夷大將軍，開設幕府於江戶（今之東京），完成近世封建制度的組織，以期傳之永世。其對朝廷則設種種制度抑制皇室，（註一〇）使其與政治完全脫離，其對諸侯或用懷柔誘導之術，或用牽制政策使他們無法獨立強大，並公佈武家法度，（註一一）扣留諸侯的妻子於江戶作為人質，更設「參覲交替」，（註一二）及「工役賦課」之制等，（註一三）又禁止諸侯建造五百石以上的軍艦，凡此種種，其目的在於削弱諸侯的財力、武力，務使其服事幕府，聽從幕府；其對浪人則採取嚴厲壓制政策，或則把他們放逐，或則禁止錄用，並實行嚴密的戶口調查限制其居住，絕對禁止所謂「處士之橫議」。在二百六十餘年的德川政權之下，其政治措施，對內則採取「民可使由之，不可使知之」的獨裁專制統治態度，並未賦予一般人民以任何政治及經濟上的自由權利，完全採取愚民政策，以高度壓迫手段來榨取民脂民膏；對外關係，則採取閉關自守的鎖國政策，（註一四）妄自尊大，與外國不相往來，使日本國民茫然於外國的文明智識，以利統治階層的宰割並繼續推行其專制政治。德川家康的種種設施和政策，在其生前，已有偉大的成就；繼而二代將軍秀忠、三代將軍家光，繼續經營締造，德川幕府的集權制度，遂臻健全而完善。德川幕府初期的政治發展，乃是德川時代的重要過程，史稱此時代為「三代之治」，是德川二百餘年治平盛世的基礎，也是往後明治維新的社會基礎。但德川家康之如此慎密的計劃措施，因其子孫耽於享樂，結果其幕府的命運，亦不過傳至十五代卽告崩潰，究其原因不外乎下列幾點因素所促成：

㈠幕府本身政治腐敗與財政困難——德川幕府的封建組織與以前鎌倉及室町幕府的封建組織在基礎上有所差異。卽德川時代的諸侯，除一部分「親藩」及「譜代大名」（註一五）外，其餘均係在豐臣秀吉時代與德川氏並列的大名（稱爲「外樣大名」），因此，德川氏得天下之後，爲欲抑制諸「大名」，乃設有如上所述的種種方法加以抑制；另方面，對於自身亦能堅持理性，律己處事，對於臣下嚴求保持剛健的風儀諸事，尤重加注意。

德川氏雖然以武力維繫封建制度，間亦有幾位將軍或執政推行文治主義（又稱儒臣政治），以緩和諸侯的怨咀，但統治策術的實力主義及武家主義，卻始終不變。因之，當幕府失去其威力時，反抗勢力自必乘隙而起。德川幕府自第五代將軍綱吉，隨着社會的發展，生活奢侈豪華，因之漸失初期的克勤克儉氣象，政治遂有弛緩的傾向。其後雖有第八代將軍吉宗的中興卽「享保改革」，第十一代將軍家齊的「寬政之治」，第十二代將軍家慶的「天保改革」等的革新政治，其中尤以天保十二年（一八四一年）開始的「天保改革」乃是爲了肅正人心，恢復幕府舊勢力而實施的改革，以獎勵文武、匡正風俗、勵行節約等財政、經濟、社會人口政策爲首，並仿習歐美砲術，以圖恢復幕府的威信暨強化幕府的國防能力。然而由於積弊已深，秕政百出，綱紀紊亂，士風頹廢，風俗淫靡，賄賂成風，兼之年年荒歉，米價暴漲，小民苦於飢渴，而官吏漠視不救，致改革績效不彰。在這種情況下，加上歐美勢力的突然襲來，遂使幕府的破綻，逐漸暴露而出。

日本的武士階級，自從鎌倉幕府創立以來，逐漸居於獨佔地主的地位。但鎌倉時代的武士，原則上是士着於地方，養育一班譜代的家子郎黨，統帥自耕農民，親自耕種領地並不脫離生產。然則到了德川時代，由於工商業發達，農村疲弊，以土地爲基礎的武士社會，在經濟上亦逐漸陷於不利地位。其結果是武士對於農工商，尤其對於商民失去威嚴與壓力。抑有甚者，各地諸侯所重視的人材爲長於理財之士，而一般旗本以下的武士，迫於生計，且不得不從事低賤的工作，此種情勢的最後發展爲武士在社會中已喪失一切中心地位的條件，陷於被淘汰的慘境，故在政治上亦完全顚倒主客的關係。至於此等失去社會地位的下級武士，復希望社會發生變動，以爲轉換其命運的機會，亦爲他日明治維新倒幕運動，武士活動最有力的重要原因。

政治腐敗之後，財政自亦日陷於困難恐慌的狀態，諸侯輩在「參覲交替」制下，往來於本藩與江戶之間過着雙重消費的生活，此外他們又須協助幕府營建土木工程而負擔額外的開銷，在鎖國政策下，僅有的一些對外貿易，又爲幕府所獨佔，因之諸侯們的財政日漸窮困，在這種情況下，各諸侯整理財政的應急策不外爲：①令農民增加納稅，②借取或尅扣藩臣一部分俸祿，③向官商借貸以敷衍一時，④發行「藩札」等種種剜肉補瘡之策。（註一六）結果諸侯被迫賣官鬻爵以爲生計，而他們的家臣陪臣，則祕密兼營小差，於是或從事於筆耕，或是向批發商招攬一些工作，糊燈籠雨傘，削煙袋管，編織細工等家庭手工業，藉資餬口。至於依存土地而從事生產的農民，除了因資本勢力的發展，自然成爲經濟上的落伍者外，且爲武士用途所資仰，所以也受武士貧窮的經濟影響，更爲窮困。在這種情況下，那些陷於絕境的武士的最後出路，唯有流爲浪士或無賴之徒，四出浪遊，其善良分子則投身於農民階級，或充當苦工作短工以維持生活，而農民輩則因爲不堪生活的重壓，往往出諸積極的反抗運動。凡此種種，實爲封建制度崩潰因素中的最大者。

㈡外國勢力的來襲——德川幕府初期，對外國本來採取開國進取方針，後來第三代將軍德川家光在寬永年十六年（一六三九）以宗教問題爲主因禁止外人渡日，厲行鎖國主義政策，其後二百餘年，除於九州長崎的出島與中國及荷蘭實行貿易外，對外幾乎完全處於與世界隔絕的孤立狀態之中。在鎖國政策之下，日本固然得有充分機會，從容消化東方文化的精華，並醞釀產生出純粹日本風格的文化，但亦因之而徒使日本近代化的起點——明治維新延遲二百年始出現。

當幕府採行鎖國主義之初，歐洲的葡萄牙亦因國勢漸衰而喪失東方貿易的霸權，英國亦以國內戰亂不已無力於東方的貿易經營，故日本舉國尙得以相安無事。然自十七世紀初葉之後，世界的形勢一變，歐洲各國爭相競營東方貿易，於是北方的俄國，來自東方的美國，來自南方的英、法、荷等國着着向日本進迫。幕府昧於宇內大勢，固守其鎖國政策如舊，是時荷蘭雖屢以友誼的態度勸告幕府當局從速開國，與外國往來，但德川幕府始終以「祖宗之法」不可違背爲理由，竟婉拒之。

大凡墨守舊例故格的人，往往把一時的權宜制度，誤認爲千萬年至計。德川幕府雖眷戀所謂「祖法」的鎖國主義政策而不肯與歐美各國開港通商，然諸國的通商要求並不因而作罷，且更因此引起各國以武力壓迫的機運，早在元祿年間（一七〇四—一七一〇年）俄國勢力便已伸展至千島羣島、國後島，而至北海道，俄國又於伊奴庫克的航海學校命日本的漂流民教授日語，有覬覦日本北疆之志，寬政四年（一七九二年）西伯利亞總督派陸軍中尉拉克斯曼（Adam Kirilovich Laksman）前來北海道松前藩的根室，送還日本的漂流民二人，並要求通商，文化元年（一八〇四年）俄國又派國務顧問官李查諾夫（Nikolai Petroviick

Rezanov）爲特派全權大使率軍艦兩艘至長崎，要求通商，爲幕府所拒絕。幕府乃令諸侯速出兵警衛沿海，倘俄艦再來，給與食料薪水促其速去，倘不聽者則擊退之，此次攘夷令，稱爲「文化令」（按於文化三年，即一八〇六年頒發）。文化三、四年間（一八〇六—一八〇七年）俄國曾一再派人侵犯庫頁、擇捉等島，掠劫焚燒，迫害日人，並揚言日本如不接受通商要求，即將大舉進犯。然在此形勢下，日本朝野對俄國的攘夷論，亦極盛一時，幕府一面派遣幕臣近藤重藏、間宮林藏等赴北海道調查，同時把北海道劃爲直轄地，積極在那裏佈置海防，江戶近海的防禦亦予加嚴。文化八年（一八一一年）六月間，俄國海軍少將柯樂林（Vassiliv Michaelovitich Golovnin）等八人至千島羣島測量，在國後島登陸，被日軍捕禁兩年有餘，翌年（一八一三年），俄船再來千島羣島，携日本漂流民而來，要求與柯樂林等交換，幕府未應。俄艦於洋中迫獲箱館的商船，捕其船主高田屋嘉兵衞而去，以爲報復。嘉兵衞於堪察加學俄語，研究其國情，並告以日本的不允通商，實爲國法所限。文化十年（一八一三年）嘉兵衞偕俄國船長李可德（Philip Recard）至國後島，且代李可德向當局交涉，謂往年的侵掠擇捉、樺太，皆匪徒所爲，非出於俄國政府之意。俄國已懲罰匪徒，今後絕無再侵犯邊境之事，於是柯樂林等八人始被釋放歸國，柯氏並於一八一六年出版「日本幽囚記」，此書係柯氏被幽禁時的日記，對當時的日本國情分析得頗爲得體，出版不久被翻譯成好幾種外國語文，廣爲流傳，使西歐各國增進了對日本的認識。此後俄國因內部多故，無力南窺，故日本遂有四十餘年，沒有俄患。

但俄患稍戢之際，英國勢力自西而來，文化五年（一八〇八年）八月有英國東洋艦隊將軍伯魯（Pellow）率所屬的軍艦費頓（Phaeton）號，因追捕荷蘭船隻而闖入長崎，當時長崎奉行松平康英見其懸掛荷蘭國旗，竟命檢使和兩名荷蘭人前往迎接，荷人卽爲英軍所捕。該船艦在長崎搜索，並以所捕荷人換取食物飲料之後，揚長而去，長崎奉行曾因此引咎切腹而死。文化十年（一八一三年）六月復有英艦二艘，懸掛荷蘭旗，駛入長崎，聲稱奉巴達維亞總督之命，要求接收出島上的荷蘭商館，後因知悉日人爲了東洋艦隊的費頓號事件憤怒痛恨英人的情形，才自動退去。降及文政元年（一八一八年）復有英國商船兄弟號(brothers) 兩艘，駛至浦賀要求通商。文政七年（一八二四年）又有兩艘英國捕鯨船，駛至水戶藩領常陸大津濱，其船員登陸，要求通商，與水戶藩的警備兵發生衝突。同年又有英國船停泊薩摩領寶島，射殺水牛並與島民發生流血衝突。

由於以上歷次外船的掠奪騷擾事件的刺激，日本朝野，發生了強烈的排外風潮，其形勢爲鎖國政策以來未曾有過的激烈。文政八年（一八二五年）二月，幕府頒佈所謂「文政異國船驅逐令」，命令各藩，如遇有外國船隻迫近日本，可以不待命令，卽予擊退，其有強迫登岸者，則可扣留或拘捕，此爲幕府的第二次攘夷令。自此時起，日本朝野之間，對於外國人，皆採取徹底的排外主義。迨至一八四〇年（天保十一年）發生中英鴉片戰爭，英國戰勝清廷，而其船隻亦隨着出沒於東方海面，幕府恐怕因砲擊英艦而引起英國的問責征伐，於是在天保十三年（一八四二年）廢止「文政異國船驅逐令」，此卽所謂「天保和緩令」。

自「天保和緩令」頒佈之後，英、俄兩國分由南北兩路向東前進，日本的藩籬，從此大門洞開。但是當時日本朝野之間，排外之風，仍佔優勢。是時與日本二百年來從未間斷邦交的荷蘭，乃於弘化元年（一八四四年）七月派海軍上校柯布斯 (H.H.F. Coops) 爲特使前來日本，呈遞國王威廉二世親署的國書，勸導日本開國通商，書中略謂「貴國欲保持幸福之國土，不受戰爭之禍而致荒廢，則惟有弛緩禁止外國人的法令，以大國聞名的清廷，尚不足以敵英國，若日本欲與外國交戰，定必蹈中國覆轍，況蒸汽船發明之後，萬國如比鄰，鎖國等於自殺，幸再三熟慮，開除禁令」云云，但德川幕府，雖明知日本的力量不足與外國抗拮，仍不接納其請，反謂「祖宗萬世之法」礙難變更。

自荷蘭國王遣使勸告日本開國之後，形勢急轉直下，脆弱不堪的鎖國主義政策，在以美國為首的西方列強武力壓迫之下，終於崩潰，且因禍得福。日本近代歷史的發展，且由此獲致了較中國為幸運的機會。當一八四〇年代，美國於一八四八年發現加里福尼亞州金礦後，開始西部的開拓經營，有遠大眼光的總統費爾穆（M. Fillmore）感覺到美國人欲爭取太平洋的霸權，不能沒有輪船的停泊所。況且美國的捕鯨業已移至北太平洋而接近日本近海，（註一七）美國的捕鯨船在海上遭遇風難時，大多漂流至日本北海道附近，為函館的日本官吏所拘捕羈押，然後再遞解到長崎引渡給荷蘭人，因此美國需要覓找一個捕鯨船避難港，又因中國開國與外國往來，中美間直接通航貿易，（註一八）需要在太平洋上設置貯煤所，依當日捕鯨船的需要，美國所理想添煤加水的停泊站，是琉球羣島和小笠原羣島，故日本開國，於美國實屬必要。先是弘化三年（一八四六年）閏五月美國東印度艦隊司令海軍准將畢德（James Biddle）奉命率艦兩艘至浦賀，要求開港通商，卒無結果停留十餘日而去。經過這次交涉後，美國政府深悟日本非以武力，無法強迫其就範，遂決定採取砲艦政策解決之。嘉永六年（一八五三年）美國總統費爾穆派當時美國海軍中首屈一指的硬漢東印度艦隊司令官柏里（Matthew Calbraith Perry，時年五十有八）率軍艦四艘士兵五百六十人，於七月八日駛入日本的湍賀港（在今之橫濱港之南），並致日本天皇國書，（註一九）要求開國通商，此實為幕府屈服於外人勢力的一大關鍵。柏里行前，費爾穆總統曾指示三事，（註二〇）令其相機進行。時幕府由老中阿部正弘輔政，適逢第十二代將軍家慶逝世，幕府祕其喪，詐稱將軍臥病，不便議商大事，雖然接受國書，但告知柏里明年來長崎再議。

一八五四年（安政元年）二月十一日，柏里爲聽取日本的回答再率艦七艘士兵二千人前來浦賀，並直駛神奈川，威脅江戶，幕府迫於情勢，乃於是年三月卅一日與之簽訂所謂「日美親善和約」十二條，（註二二）此卽所謂「神奈川條約」或「安政和親條約」，開下田、箱館兩港口與美國通商，並准許美人上岸遊覽，美國官吏得駐在下田。該條約實爲日本與歐美各國締結開埠條約的嚆矢，其歷史意義非常重大。該條約於一八五五年二月廿一日在下田完成批准交換手續正式生效。當幕府的老中阿部正弘，一改前例，開始徵求各地大名及朝廷關於「神奈川條約」的意見，因而引起開國與攘夷的對立，影響內政的爭論，亦自此開始。

依「日美親善和約」第十一條的規定，美國得在日本設置領事，因此美國乃於安政三年（一八五六年）八月調派駐中國寧波領事哈里斯(Townsend Harris)爲駐日總領事，他利用當時英法聯軍所造成的國際局勢，強迫德川幕府締結通商條約，終在安政五年（一八五八年）七月廿九日議定了「日美修好通商條約」十四條、貿易章程六條，此一條約又名「下田追加條約」。（註二三）

上述條約，日本損失最大的是關稅協定與領事裁判權（卽治外法權）二項。關稅自主本是一個國家神聖的主權，決不能與外國相共；領事裁判權，雖與外人有爭訟時，外國領事往往袒護其國人，外人犯罪，可徇情而使之漏網，都屬極不妥當，但當時日本的德川幕府一則昧於國際情事不諳國際公法，再則逼於美國的軍艦砲威，竟與之簽訂。

在美國於一八五四年以武力屈服日本與之締結神奈川條約後，俄國亦援例要求締結日俄條約，是年八月俄皇派遠東艦隊司令長官蒲智健(Euphimins Putiatine)率軍艦四艘來日駛入長崎港口要劃分兩國國界，並允通商。翌年卽公元一八五五年二月七日德川幕府又在俄艦砲威下與之簽訂了「日俄親善條約」，規定開放箱館、下田、長崎三港，並承認千島在擇捉以南皆爲日領，庫頁島則雙方共有，日俄兩國皆享有領事裁判權。一八五六年十二月七日在下田交換批准書而正式生效。日本與美國締約之年，正是克里米亞戰爭(The Crimean War)進行之際，英國和法國經常派出遠東艦隊聯合砲轟堪察加半島的軍港，偵察俄艦動靜，而英國爲了艦隊需要在日本海岸寄碇，故於一八五五年九月由東印度支那艦隊司令長官史塔林 (Sir James Stirling) 率領軍艦四艘入長崎，幕府於一八五四年十月十四日與之締結「日英協定」七條，允許開放箱館、長崎兩港。此一八五四年之日英協定乃出自史塔林司令官之獨斷，並非英國政府之本意，從英國之立場而言，此一協定不外乎是克里米亞戰爭的副產品而已。（註一三）蓋當時史塔林率艦來日之目的旨在要求日本應嚴守中立不可提供港口給俄國軍艦停泊，惟當時英國致幕府之文書日文誤譯爲對俄國從事作戰之英法艦隊日本應提供港灣供寄船及補充糧食燃料等，致幕府不明眞相竟與英國簽訂協定。（註一四）此「日英協定」後於一八五五年十月九日經英國政府之追認，在長崎交換批准書而正式生效。抑有甚者，當英、美、俄三國與日本締約後，當時荷蘭係在日本鎖國期間唯一與日本保持良好邦交的西歐國家，亦趁機援例要求締約。先是安政元年（一八五四年）七月六日，荷蘭駐長崎出島的商務館長寇帝斯 (Jan Herdrih Donker Curtius)奉本國政府訓令，向幕府交涉條約，要求與美俄等國獲得同等待遇，因之於次年十二月（一八五六年一月三十日）簽訂了「日荷親善條約」。該條約內容和以上諸約大致相同。荷蘭於締結條約後，其國王乃贈艦一艘（後來稱爲「觀光丸」）給日本，此爲德川幕府所擁有的第一艘蒸汽船。荷蘭並派軍官數名前來長崎，德川幕府則選拔俊髦年青人三十二名到長崎學習之，此卽日後日本海軍的端緒。

上述美日通商條約成立後，荷、俄、英、法諸國亦要求援例增加條約，自安政六年（一八五九年）七月至九月先後與幕府締結通商條約。（註二五）這些條約，卽後來所稱的安政六年五國條約。這種種外邦的強迫開港通商的一連串刺激，對於在鎖國政策下閉關自守了二百十五年的日本而言，頓時掀起了朝野上下的不安，與內部的必然的革新機運相拍合，而加速了德川政權的崩潰。申言之，以鎖國爲最大的支柱之一而勉強支持的封建經濟與其上部構造，由於開埠，便宛如密封箱中的木乃伊，突然暴露接觸到外間的空氣一般，而急速地開始分解。在此值得一提的，厥爲當德川幕府準備簽訂日美通商條約之前，堀田正睦（老中）親自赴京都請求天皇批准，卒未成功。以往幕府對於國事，向未奏請朝廷而獨自專斷，此次因美艦逼迫而不得不訂約，因此請求勅准，其原意固想將責任推諉給朝廷，但同時卽等於表示幕府自動放棄此一專決權。

㈢尊王倒幕思想的勃興——如前所述，德川政權的崩潰，內則由於自身政治腐敗，財政困難，外則由於歐美諸國武力經濟的壓迫所致。但在此環境下所產生的尊王倒幕思想，實爲直接推翻幕府的根本的原動力。按日本的尊王思想，在建國之初，既極濃厚，尤以奈良時代尊王思想的發達，至有視天皇爲神之概，降及中世紀武家政治時代，尊王思想雖極衰退，實亦僅表面上一時潛隱而已，自北畠親房著「神皇正統記」（南北朝時代，一三三九年完成，一三四三年修訂）起，日本人的「尊皇」觀念，又開始復蘇，它經過反動「國學者」如本居宣長等的宣傳，至「大日本史」脫稿時，若干失意的知識分子，已因不滿德川幕府政治，因而產生「尊皇倒幕」的思想。兼以在德川時代，一切事情皆以德川氏為本位，幕府為萬能，國民但知有武將而不知有皇室，但後來由於國史的研究，神道的隆興，儒家思想的開拓等，尤其是明末朱舜水等到了日本後，大談宋儒尊君之學，申說王霸之別，不但水戶藩主感受甚深，即連一般國民亦逐漸知道最大的忠義並非是為德川氏效力，而是在於尊崇皇室，蓋德川氏為了自己的利益所鼓吹的忠義的精神，迨日本的歷史既明，則人們知道忠義並非應向其君發，而是應向其君的君發才是忠義的本質，於是自大義名分上持尊王斥霸之論者，（註二六）遂造成一種擁護朝廷的思想，隱然與幕府相對抗。抑有甚者，水戶藩主德川光圀編纂「大日本史」，將朱子的倫理綱常、大義名分、王霸正閏的學說，直接用以解釋日本的史實，提倡世界以日本為中心，在日本則以皇室為中心的尊王論，此對江戶季世尊王論的勃興實具有啟發的作用。當時「尊王」對於外樣大名不生何等興趣，中間如受德川氏欺壓的長州、薩摩兩藩，卻滿足倒幕的行為。於是那些自稱為倒幕「志士」者，在兩藩的鼓勵支持下，與京都的窮困的公卿聯合起來，豎起倒幕的大纛。

德川幕府末季外力的刺激，乃促成尊王倒幕思想具體運動化的一大原因，當時的日本自第三代將軍德川家光確定鎖國政策以來，幾於除了日本，不知宇內尚有其他國家，僅僅聞名者不過中國、荷蘭與朝鮮等幾個國家，至若印度不過用「天竺」這一個名稱，想像作天空之外的幻國。在內憂外患交迫之下，全國朝野受到了莫大的刺激，貨幣貶值，國民的經濟生活亦到達了山窮水盡的境地。此時幕府為籌劃軍備及解救財政的困難，把重要的商業都市如江戶、大阪、京都、長崎等劃歸幕府直接管理，生野、佐渡、足尾等諸礦山亦歸幕府經營管理，貨幣鑄造權亦專屬幕府，另方面各領主及藩主對於農奴亦極盡苛斂壓榨能事。在這種情況之下，德川政權基礎的封建體制，開始發生動搖。因此，一般憂國之士，鑑於國家獨立之日趨沒落危殆，皆認爲非銳意於改革政治，充實國力，不足拯救國家於滅亡之危。惟就手段方法論之，最初則尙有「尊王攘夷論」與「佐幕開國論」之分，前者意欲充實國力於開國之前，後者則意欲開國後再作國力的充實。然而時勢推移的急激，與尊王攘夷論者的期待相反，即不待其目的達到之時，業已演至不能不開國之勢。因此，在此時尊攘論與開國論間，在努力於充實國力的觀點上，所見漸趨於一致。然而尊攘論者，更進而認爲改革政治，充實國力，應自統一朝廷與幕府對立之二元的勢力，打破現狀的基礎工作做起，遂以外交問題爲藉口，展開猛烈的倒幕運動。故此時的尊攘論者，殆由「尊王攘夷論」者，一變而爲「尊王討幕論」者，或「王政復古論」者。他方佐幕開國論者，對此運動初時雖加以預防牽制與阻止，但爲整個國家民族的福利計，亦痛感王政復古的必要。加以目覩幕府的無能爲力，遂逐漸放棄其佐幕的主張，而與尊王攘夷論相合流，共同高舉討幕的旗幟。演變結果，終有慶應三年（一八六七年）十月十四日第十五代將軍德川慶喜無條件的「大政奉還」之舉。

自中世紀以來創立的武家幕府政治至此結束，政權復歸於皇室。自源賴朝於天曆元年（一一八四年）開創鎌倉幕府實施武家政治以來，至德川幕府的第十五代將軍德川慶喜奉還大政於朝廷爲止，凡六百七十六年，自德川家康任征夷大將軍以來，凡二百六十五年，而日本亦從此開始步入近代國家之途發展。德川慶喜之揚棄小我，以國家民族之利爲重，在緊要關頭，能犧牲小我，共謀國是，此種胸襟，對於往後日本新國家的肇造，實有不朽之貢獻。

註釋

註一：Davis Burnes, An Introduction to Sociology, p. 157.

註二：Edward O. Reischaur, Japan-Past and Present, p. 6.

註三：參閱安藤正次著：「日本新文化史」，中村久四郎著：「近世中國之對於日本文化勢力之影響」，內藤虎次郎著：「增訂日本文化史研究」，西村眞次著：「日本文化論考」、「日本文化概論」、「日本人究竟做了些什麼」，木宮泰彥著：「日華文化交流史」。

註四：戰前日本史家認定日本開國第一代帝王神武天皇即位之年爲公元前六六〇年，因此，日本曾於昭和十六年盛大舉行所謂「開國二千六百年」紀念。

註五：德川幕府的領地與時俱增，享保年間（一七一六—一七三五年）的調查約六八〇萬石（其中四二〇萬石爲天領，二六〇萬石爲旗本、知行所之地），明治維新當初的調查約七〇六萬石（其中四〇〇萬石爲天領，三〇六萬石爲旗本、知行所之地）。當時，日本全國土地共約三一〇五萬石（天保年間——一八三〇—一八四三年的調查），故幕府領地已佔全國土地百分之廿五強。

註六：凡直隸於幕府的臣屬，有所領一萬石以下五百石以上，而能拜謁將軍的武士，稱曰「旗本」，至一萬石以上者稱曰「大名」，其中不得拜謁將軍者，稱曰「御家人」（即直屬將軍的下級武士）。

註七：幕閣爲輔佐將軍的最高幕僚機構，其原名稱爲「御用部屋」（辦公廳之意）設老中三數人，多由德川氏系之諸侯中擢用，此卽世稱之爲「幕閣」。

註八：老中爲幕府的執政官，處理幕府政務，管轄各地大名（諸侯）及其領地，相當現在的國務大臣。

註九：町奉行所係地方治安機關，類似巡檢司。

註一〇：德川幕府控制皇室的手段，乃元和元年（一六一五年）七月十七日頒佈的所謂「禁中及公家諸法度」，全文十七條，規定天皇須修習藝；親王、大臣的位次，應依照大臣、親王、攝家前大臣、諸親王、清華前大臣的次序；養子以同姓爲限；改元時應用中國年號，天皇以下，各有一定的服制；武家官位，另成系統，不納入公家（文官）官位之內；公家不得濫授官位；攝關大臣須從攝家中遴選有才力者充任之，而有才能之人任其位者，雖年老亦不能辭去；門跡（門跡即指寺院地位資格的代名詞，凡親王居住的寺院稱宮門跡，攝家子弟所住的寺院稱攝家門跡）以下僧侶的出家，亦須遵守一定的法式，根據這些規定，自天皇以至公卿，皆在幕府統制之列，而以前朝廷所依爲唯一生命的官位授受典禮儀式，也受制於幕府。此外幕府又於京都設一「所司代」（等於將軍的行營主任）做爲控制朝廷的機關。所司代的權力，不但及於一般朝政，甚至還干涉皇室內部的事務。德川秀忠任將軍時代，於元和六年（一六二〇年）使其女和子納入宮中，趁被册立爲後水尾天皇的中宮機會，竟於宮中設立所謂「御附武家」的官職，擔任財用警衛主任，因此，朝廷在實際上又受到更進一步的監視。

註一一：所謂武家法度，即德川時代各諸侯共守的憲章，最初的文獻是「元和令」。德川幕府對於諸侯的統制，在大阪之戰（一六一四年十一月）以前，多用懷柔誘導之術，少用壓制政策，但大阪會戰德川氏大捷之後，便積極發展獨裁專制的統治，其具體方法則爲元和元年（一六一六年）七月七日由第二代將軍秀忠所頒佈的「元和令」。該令由僧人崇傳所起草，共十三條，其要旨爲：①武士應專習文武弓馬之道。②禁止聚斂遊俠。③凡違背法度者，不可隱置於諸國。④諸國大名、小名、食祿人員、依附士卒，如有叛逆或殺人者，概須逐出。⑤不得隱匿本國以外的他國人士。⑥各國的居城，修繕必先經呈准，至新築城池，列爲厲禁。⑦如發現鄰邦有往來黨徒，圖謀不軌者，應速報告。⑧不可私締婚姻。⑨諸大名參覲儀式，凡十二萬石以上者，扈從不得超過廿騎。⑩衣服等級，不可混亂。⑪雜人不可擅自乘輿。⑫諸國侍從，須慎擇儉約之人。⑬國主應擇練達政務者任用之。

註一二：寬永十二年（一六三五年）德川家光修改武家法度時，樹立嚴格的「參覲交替」制，即把全國的大名分成二部分，一部分就國，一部分留置江戶，輪流參覲，以一年爲期，期滿交替，每年四月爲交替期。至寬永十九年（一六四三年）復改六月、八月爲譜代大名交替期，並定關東諸藩，在國在府各半年。參覲交替制確定後，遂使散在全國各地的諸大名，皆被牽制於江戶，他們要在那裏備置住宅，妻子亦要留爲人質，而幕府即在保存封建制度政治形式下，實現了中央集權制。由於各大名每隔一年，須在江戶留住一年，形成了二重性的生活負擔，且道路往來，所費甚鉅，因此使大名財力被削弱，而在經濟上增加了莫大的威脅。

註一三：幕府於興建皇城及江戸、駿府、大阪、二條、伏見、名古屋、高田、彥根、長濱、篠山、龜山等諸城時，命諸侯助役，以削弱諸侯的財力，使其服事幕府，聽順幕府。

註一四：德川幕府的採取「鎖國政策」，其原因爲政治的而非經濟的，即因與外人通商而傳來的宗教，易使各「諸侯」及人民與外人接近，而使幕府的統治陷於困境。

註一五：親藩——親藩即爲德川家康的直系後代，而其中又有尾張、紀伊、水戸三家者，稱爲「御三家」，他們都是家康之子而封藩者，這三家最有權威，以後對於江戸幕府政治的演變，皆曾居於舉足輕重的地位。

譜代大名——譜代大名爲關原之戰（一六〇〇年六月至十月）以前即屬德川氏的大名——即德川氏的支族而列爲臣下者，以及德川氏祖先以來臣屬之諸家而言。

註一六：藩札——即由各藩發行的一種貨幣。

註一七：美國自於公元一八二四年與俄國締結美俄漁業條約以來，在太平洋上獲得了捕鯨事業的權益，自此約簽定廿年之後，已擁有一千五百艘的捕鯨船，並有三萬五千名從業人員。

註一八：美國於公元一八四四年與清廷簽定「望廈條約」以後，不但與中國之間有直接通商貿易，且佔中國對外貿易額的百分之五十。

註一九：柏里所携美國總統費爾穆致日本天皇的國書，其內容略謂：「美國願與日本互相親睦，實行貿易，並嚴禁本國人民干涉敎法政治。現在世界之大勢已變，日本應即時實行順應時勢之改革，取消鎖國政策。並願以一定之期間爲通商之試驗期。此外希望救恤美國之避難漁民，並指定地點，准許美國船購買燃料食糧等」。

註二〇：嘉永六年（一八五三年）美國總統費爾穆指示柏里三事，其內容爲：①關於永久保護美國漂流難民之生命財產事項，謀與日本成立協定。②要求日本開放一港或數港，以便美國船舶獲得燃料、淡水、食物等供給，以及便於修理船舶及從事貿易。③倘日本的鎖國排斥態度，依然不予改變，不妨臨時應變，施以強硬手段。

註二一：一八五四年三月締結的「日美親善和約」全文如下：

第一條：日本與美國無地域人種之別，締結人民永世相親之好。
第二條：日本開放下田、箱館兩港，准許美艦碇泊，就地購買糧食煤炭等航行上缺乏之物品。下田港於條約簽訂後即行開放，箱館於來年三月開放。
第三條：美船漂泊於日本海岸時，須本互助之誼，護送漂流民及其所持物品至下田或箱館，交由美國人。關於護送漂流民之費用，兩國彼此均不取償。
第四條：對於漂民或渡來之人民，應予以他國同樣善遇之，不得無故監禁，但須服從正直的法度。
第五條：美國人或他國人留居於下田或箱館者，與華人及荷人之留居長崎者同等待遇，不得加以監禁或侮辱。下田港十島周圍七里以內，可以自由往來，箱館另定之。
第六條：如尚有其他所需，由雙方另訂之（此即爲日後要求締結通商條約之張本）。
第七條：美船駛入以上二港時，准以金錢或貨物換取需要品，但須依照日本政府之規則辦理，且美船所交貨物爲日本人所不喜而須退還時，須接受之。
第八條：糧食煤炭等航行物品之購求，須由當地官員辦理，不得私自交易。
第九條：日本政府目前所未允許美國人者，將來允許他國人時，須同樣允許美國人，關於此等事務之交涉，彼時不得藉故延宕。
第十條：美船除遇暴風雨者外，祇許停泊於下田、箱館兩港。
第十一條：兩國政府在簽訂十八個月後，如認爲有必要時，視其情形之如何，美國得派官吏駐紮下田。
第十二條：本條約簽訂後兩國均須堅守勿違，美國將其通過國會後，致書日本大君（指德川將軍），自訂約日起十八個月後，交換兩國元首批准的文書。

註二二：下田追加條約之要點爲：①交換公使領事，並承認其駐留權（第一條），②開放江戶、大阪兩市，神奈川、長崎、兵庫、新潟、箱館五港口准許外人永久居留從事貿易（第三條），③自由貿易之制定，則日本政府不得干涉美日兩國人之直接買賣，米麥禁止出口，銅若有剩餘歸政府公營，軍用品絕對禁止賣給民間，禁止鴉片之輸入，犯者科以罪刑（第二條、第四條），④貿易章程，則關稅規定除酒等外，輸出入均值百抽五（第五條），⑤設定領事裁判權（第六條），⑥居留上述五港口之外人原則以十四里範圍內爲私人遊覽地區（第七條）。

註二三：P.E. Eckel, The Crimean War and Japan. The Far Eastern Quarterly, Vol. III, No. 2, Feb. 1949, pp. 109 ff.

註二四：石井孝著：「日本開國史」一三〇頁。

註二五：日和（荷蘭）通商條約係於安政五年（一八五八年）七月十日簽訂，全文十條，外有貿易章程七則；日英通商條約係一八五八年七月十八日簽訂，全文廿四條，外有貿易章程七則；日俄通商條約係一八五八年七月十一日成立，全文十七條，外有貿易章程六則；日法通商條約係一八五八年九月三日成立，全文廿二條，外有貿易章程六則。至於各條約的主要內容皆相同，其要點爲：①在江戶設公使，在各開港地設領事，公使及領事均可自由作內地旅行。②於下田、函館之外，更開設下列各港，神奈川、長崎、新潟、江戶、兵庫、大阪。③允許自由貿易。④承認領事裁判權。

註二六：日本尊王思想的最初開拓者爲藤原惺窩，傳接其思想的有林羅山、德川光圀，其後繼起的尊王斥霸思想的倡導者爲熊澤蕃山、山鹿素行、貝原益軒、山崎暗齋等，其後受此思想影響，以會澤正志、齊藤田車湖等爲中心的「水戶學派」，實爲後日勤王運動的淵源。此外如竹內式部、山縣大貳、高山正之、浦生平君、直木保臣、吉田松陰等均爲後日尊王思想的指導者。（關於尊王思想的淵源發展詳閱渡邊幾治郎著：「一般史」第一篇第二章一）

第二章　明治維新

——中央統一政權的確立及其建制

第一節　德川政權的衰亡與大政奉還

前已述及，在日本明治維新前的「尊王攘夷」思想，是由外力的壓迫逼出來的。當嘉永六年（一八五三年）美國東印度艦隊司令柏里率艦來浦賀強迫日本開國時，老中首座阿部正弘打破了先例，向朝廷及各地諸侯徵求關於「開國」的意見。但是「開國」與「攘夷」兩派意見對立頗難決定。惟幕府因逼於外來的武力，卒之與美、英、法、荷、俄等國締結親善條約並通商條約，但亦因之而招來幕府內部的紛爭。蓋當時第十三代將軍家定時年三十歲，體弱多病，又乏子嗣，勢須另覓繼嗣。對此一問題，尊王攘夷派（又稱革新派）主張迎立水戶藩的德川齊昭的第七子一橋慶喜（時年二十一歲），並取得阿部正弘的同意；佐幕攘夷派（卽守舊派）主張迎立將軍家定堂兄弟紀州家的慶福（時年十三歲，其父紀州藩主齊順為第十二代將軍家慶之弟）。尊王攘夷派以德川齊昭為中心，反對幕府締結條約，反對擁立慶福，並紛紛入京，在朝臣之間醞釀反對空氣。安政四年（一八五七年）六月阿部正弘以疾終，乃由井伊直弼繼之執政自任大老。井伊與水戶家宿有嫌怨，因之力主迎立慶福為將軍，這便是第十四代將軍家茂。

井伊直弼當政後獨斷專行，於安政五年（一八五八年）六月至九月，先後與美、英、法、俄、荷等國簽訂通商條約，井伊本身係一位不亞於將軍及德川齊昭的攘夷排外主義者，他之甘願和上述諸國簽約，並非其進步的思想，而是一則想藉修約以挽回日漸危殆的幕府獨裁權力，一則其高壓手段已失去了諸侯及人民的支持，而已無力抵抗外來的力量等原因有以致之。（註一）此外他爲了重建德川幕府的威信，不惜採用高壓手段，於安政六年（一八五九年）多大興「安政大獄」，對於當時加入反幕集團的久邇宮朝彥親王、鷹司政通、近衛忠熙、三條實美等多數公卿或免其官職，或令其薙髮使之遠離皇室，同時對於水戶齊昭、土佐容堂、尾張慶恕、越前慶永等諸藩主，則科以罪名，幽禁於別邸，頒佈全國戒嚴令，施行空前的恐怖政治，逮捕吉田松陰、橋本左內、賴三樹八郎、梁川星巖、日下部三次、藤井尚弼、兼田伊織、梅田雲濱、三國大學、小林安民等勤王志士數十人，或處以死刑，或分處徙流，株連者五十餘人。當時全國有爲之青年俊秀之士，咸爲井伊大老一網打盡。（註二）幕府的這項垂死前的掙扎，並未能收到預期的效果，德川政權也僅延續了不到十年而亡。而這批在士族與庶民中間，形成的智識階層，實爲日後明治維新變革的原動力。

德川幕府的這種暴戾手段，雖然暫時能夠懾服反幕派，但亦因此而招來了反幕派的直接行動。以攘夷倒幕爲口號的勤王志士和對於反對封建制度的不平人士，以京都爲策動反幕府根據地，到處暗中糾合同志，圖謀革命，以推翻德川幕府。當時的一般百姓，因開國通商後，物價騰貴，經濟混亂而使生活陷入困難，而武士階級亦因現實生活，日益窮困，在生活的壓迫下他們對於引夷狄（歐美國家）進入日本的幕府產生了憎惡，因之紛紛加入反幕派以反對德川政權。在這種民怨詛咒下，萬延元年（一八六〇年）三月三日的「櫻田門之變」，井伊大老爲水戶藩士天狗黨（註三）志士有村治左衛門狙擊殞命。抑有甚者，攘夷派的實際行動產生了薩摩藩主島津久光的備士在神奈川附近之生麥村殺傷三位英人的所謂「生麥事件」(註四)(文久二年——一八六二年七月廿六日),繼之文久三年(一八六三年)五月十日又有「長美法荷之戰」,(註五)翌元治元年(一八六四年)八月英、美、法、荷四國聯合艦隊攻擊下關砲臺。(註六)

井伊被刺後,幕府的行政由安藤信正及久世廣周賡續主持,他倆策謀重建體制,然此時全國形勢大變,尊王攘夷之論風起雲湧,薩摩、長州、土佐等外藩公然從事反幕府的政治活動。因此,安藤信正為謀求與反幕派協調,取銷井伊的嚴峻手段,同時,為了緩和諸侯反對幕府的空氣,乃策動所謂「公武合體運動」,強迫朝廷以皇妹和宮降嫁於將軍家茂,但這事的結果,對尊王攘夷派更引起了刺激與憤慨,紛紛指責安藤,蓋和宮當時已十有五歲,且早已和栖川宮熾仁親王(時年六歲)訂婚,並已擇日出嫁,因之,當安藤等向朝廷乞請時,孝明天皇並未准許,然幕府以此次連婚的成否關係幕府命運甚鉅,因此乃轉向九條家的島田右近及和宮的生母觀行院及和宮之母兄橋本實麗求救脅迫,終於獲得朝廷的勅許。(註七)但促使孝明天皇承諾和宮降嫁於將軍家茂最有力的進言人是岩倉具視。安藤這種倒行逆施的蠻橫手段,招致衆怒,因之於文久二年(一八六二年)正月十五日,安藤信正於登城途中,在阪下門外為水戶的浪士平山兵介刺傷,此則世所稱的「阪下門之變」。安藤所受只是擦傷,他雖自此離開老中地位,但幕府的威信卻已在浪士的橫行面前,喪盡光彩。

上述薩、長、土三藩對於「公武合體運動」亦予以支持,冀能藉此以改革幕府政治,其中以薩摩藩主島津久光最為積極。蓋他雖屬攘夷主義派,但其目的乃在於保護舊有封建秩序。因此,他對改革幕政,不遺餘力,除親自至江戶提出京都方面所提的三大改革案外,(註八)並在京都郊外伏見的旅宿寺田屋斬殺其本藩的急進反幕志士有馬新七等七人，此一事件世稱之爲「寺田屋之變」。

正當薩摩藩主島津久光極力斡旋「公武合體運動」之際，長州藩的下級武士和浪士卻熱狂地奔走於尊王運動。尤其是吉田松陰門下的高杉晉作、久坂玄瑞、桂小五郎（木戶孝允）等長州藩士，成了中心人物游說於公卿之間，由是攘夷討幕派的勢力，充塞於京都。因此，朝廷乃命令幕府以一八六三年四月爲期，開始實行攘夷，並賜攘夷寶刀於將軍。幕府不得已，接受朝命，定於五月十日爲實行攘夷的期限，但長州藩擁有下關海峽，因之於一八六三年三月五日，對通過下關海峽的美、法、荷三國船舶加以轟砲，長州藩終被三國艦船聯合反擊打敗，當時的公武合體政治中心勢力的薩摩藩，對於長州藩的行動，甚表反對，卒之與佐幕派的會津藩將長州藩勢力逐出京都。長州藩自京都被逐後，爲挽回其頹勢，眞木和泉、來島又兵衞、久阪玄瑞等武裝上京論派藩士乃於元治元年（一八六四年）六月舉兵上京，以武力要求革新朝政，終被薩摩、會津、桑名的藩兵擊敗，未達目的而返，此卽所謂「禁門之變」，又稱「蛤御門之變」。文久期的長州藩尊王攘夷派志士眞木和泉、久坂玄瑞、來島又兵衞等皆自殺而死。「禁門之變」戰事雖僅一天，惟京都市民受害甚大，火災延續多日，燒燬房屋達二萬八千幢，二條、三條、四條之河邊，擠滿難民，大津、山科道上逃難者途爲之塞。當長州藩出兵進犯京都時，幕府遂乘機向朝廷力爭征討長州，是年七月二十三日朝廷遂徇幕議，以長州在「禁門之變」時向皇宮發砲罪之不可恕而下詔征伐長州藩，此卽所謂「第一次征伐長州之役」。幕府於拜詔之翌日命中國、四國、九州地區的二十一藩準備出京。是年八月二十一藩的十五萬軍隊齊集於長州藩邊境。是時長州同時遭受美英法荷四國聯合艦隊的砲擊，長州藩在此內外的夾攻下，在藩保守派的堅持下暫時屈服於幕府的軍門，以圖喘息，但不久高杉晉作、井上聞多（馨）、伊藤俊輔（博文）等留英革新派分子當權，勵新圖治，採用洋式兵制，對幕府採取強硬的態度，於是幕府又再起討伐長州之軍。

時局發展至此，公武合體派的勢力，又佔了優勢，遂使搖搖欲墜的幕府，稍露轉機。然幕府因法國公使羅修 (Roches Léon) 表示願意協助統一日本，幕府的實力派官吏等想藉法國的援助，以圖恢復幕府權力，因此不但斷行再討長州之舉，並且對薩摩派等大加排斥，以圖控制朝廷。至此薩摩藩乃覺悟德川幕府的狡猾，慶應二年（一八六六年）正月二十一日薩摩的小松帶刀、西鄉隆盛與長州的木戶孝允在土佐藩士坂本龍馬及中岡愼太郎兩人斡旋奔走之下。祕密締結「薩長同盟」，以謀共同抗幕，並締結盟約六條，相誓曰：「倘長、幕間發生戰爭時薩摩應立卽出兵確保京阪，並對朝廷調解與長州之間的誤解，今後爲回復皇威，薩長兩藩宜應協力」云云。時幕府雖已發動第二次征討長州藩，但因薩摩藩已不聽命，而使幕府作戰不利，兼以將軍家茂在出征途次，於是年七月病死於大阪城（時年二十一歲，十三歲時出任將軍），由慶喜繼任爲德川最後一代的將軍，幕府遂藉口撤兵，八月由勅令而停戰，所謂「第二次征討長州之役」，至此遂告失敗。而此次長州征討之失敗，業已決定德川幕府的命運。

德川幕府自第二次討伐長州失敗後，遂暴露其弱點。將軍慶喜雖曾拒絕英國公使渥爾可克(Sir R. Alcock) 提議幕府與雄藩組織聯合政權，但卻在法國公使羅修的指導下勵行改革幕政，招聘法國軍官以建設近代化的軍隊，向法國貸款六百萬美元，購買船艦、兵器（以北海道的礦山利權爲債務擔保），創辦日法合辦的公司，使之獨佔生意貿易，委託法國建築鐵路並於幕府分設陸軍、海軍、會計、內政、外交五局，使以前合議的老中，分別專任各局的總裁，由首席老中總攬一切（此爲日本內閣制的濫觴）。但因法國外相之更替而未能成功，倘德川幕府的這些改革計劃成功，則毫無疑問的日本已成爲法國的半殖民地屬國。（註九）但日本國民在此賣國計劃成功以前，即已推翻幕府。當德川幕府專心於改革幕政時，反幕派陣營中的薩摩、長州、藝州等三強藩締結所謂「薩長藝三藩同盟」。決心以武力來討伐幕府，一方面擬定新政府的計劃，另方面奏請討幕詔旨。

先是於一八六六年十二月二十九日，一向採取壓抑倒幕派的孝明天皇以三十六歲的壯年患痘瘡疾而病亡，由年僅十四歲半的年輕無知的皇太子睦仁踐祚，是爲明治天皇。孝明天皇之死，據說是倒幕派所毒殺，其主導者爲岩倉具視。蓋岩倉早在一八六二年九月當和宮下嫁問題發生時，便已有岩倉企圖謀殺天皇的謠言。（註一〇）孝明天皇之去世，對於倒幕派極爲有利，以前因倒幕而被追放的親王、公卿們公然可以恢復政治活動，他們挾持年輕無知的新君來排除幕府的勢力。因此朝廷乃於慶應三年（一八六七年）十月十四日下討幕之宣旨於薩長兩藩，詔旨曰：「詔，源慶喜藉累世之威，恃闔族之強，妄賊害忠良，數次棄絕王命，矯先帝之詔而不懼，擠萬民於溝壑而不顧，罪惡所至，神州將傾覆，朕今爲民之父母，是賊不討，何以上對先帝之靈，下報萬民之深讎。是朕之所深憂憤，而有萬不獲已之苦衷也。汝宜體朕心，殄戮賊臣慶喜，以速奏回天之偉勳，而措生靈山嶽之安。此朕所願也，其勿懈怠」。此一密詔據說是岩倉具視部下的國學者玉松操所撰，既無格式，又無天皇的親筆，也無公卿的聯署，確是詔書中的異例。同時朝廷又下征討會、桑兩藩之詔令曰：「會津中將（松平容保）、桑名中將（松平定信）二人久滯在輦下，助幕賊之暴，其罪不輕，仰速加誅戮」。以上兩詔均祕密下降，故朝廷公卿少有知悉者。

土佐藩目睹討幕派的勢力日益壯大，對幕府尚具同情，冀以和平手段來收拾這種局勢。先是土佐藩士後藤象二郎於一八六七年二月和其政敵土佐勤皇黨派的坂本龍馬（時已脫離土佐藩）擬定所謂「船中八策」八項目，其要旨不外乎是「奉還政權於朝廷」，「設上下議政局，萬機決於公論」等。（註一一）是年七月後藤回到土佐向藩主山內豐信報告「船中八策」內容，山內聽取之後，認爲在薩長兩藩實行討幕前，使德川幕府奉還大政於朝廷，而可避免滅亡，此乃恩義兩全良策，於是罷免和薩長締結武力討幕的大目付軍務總裁板垣退助，委命後藤代表土佐藩努力斡旋大政奉還運動。後藤象二郎受命後往訪薩派的實力人士西鄉隆盛及小松帶刀，求其合作共同勸促幕府奉還大政，時薩長武力解決派在藩內頗具實力，後藤的建議不爲所納，但他們亦相約不妨害後藤的和平運動工作，後藤在無可奈何之下於是年（一八六七年）十月三日偕同同藩藩士福岡孝悌、神山羣廉等二人向德川幕府的老中板倉勝靜致送「奉還大政」的意見書，勸德川慶喜贊襄王政一新的大業。這種建議無異是青天霹靂，朝野上下，均掀起了議論。德川幕府對於這個問題亦議論紛紜，未能獲得一致意見。但將軍慶喜，向受水戶學派思想的薰陶，大義名分，嚴格分明，其本身根本上富有王政復古的意識，況幕政演變至此，他更深察時勢民心之所趨，知道幕府政治絕難長久維持，遂於朝廷下詔討幕那一天——慶應三年（一八六七年）十月十四日上表奉還政權於朝廷，其上表文曰：「臣慶喜謹考皇國時運之沿革，昔王綱解紐，相家執政，自保平之亂，政權移於武門。及至祖宗，更蒙寵眷，迄今二百餘年，子孫相受。臣奉其職，政刑失當不少。其至今日之形勢，畢竟薄德所致，不勝慚懼，況當今外國之交際日盛，朝政苟不出於一途，則綱紀難立。苟改從舊例，奉歸政權於朝廷，廣令天下盡公議，萬機仰諸聖斷，同心協力，其保護皇國，則庶幾能與萬邦並立。臣慶喜之所以盡忠於國家者，止此一事耳，今後如有所見，當隨時上奏，傳達諸侯，謹此奏聞」。

幸因德川慶喜上表奉還大政而避免了一場戰禍，但上表奉還大政之後，諸藩的意見甚爲紛歧，廟議亦不一致，其中輔佐中川宮朝彥親王、攝政二條齊敬及其他多數的朝臣均眷戀「公武合體」的政體，因此，當紀州藩士三浦休太郎訪攝政二條齊敬詢朝廷之意見時，攝政答稱：「大政奉還之事，恐不致許可」，但討幕的小松帶刀、後藤象二郎等夜訪二條家，謂若不許慶喜的奉還大政，必會演成全國的大亂。因此，是月十五日召慶喜參內，許其奉還政權，賜詔曰：「祖宗以來，委以國政，屬望甚殷。方今考察宇內形勢，奏請奉還大政之舉，實俱明見。今後仍望與天下同心協力，維持皇國，奉安宸襟」。朝廷准許德川慶喜奉還大政，二百六十餘年來的德川幕府霸業，至此遂告結束，政權形式上復歸於皇室。

綜觀上述，可知明治維新的原動力爲當時幾個強藩的下級武士。他們鑒於外患頻仍，國事日非，而幕政當局又缺乏振作改革的決心，於是聯合了朝廷的公卿、諸藩的上層，和社會的中間階層的商人、地主等，擴大陣線，造成形勢，迫使德川將軍意識到大勢已去，而不得不就範。結果，遂有不流血的「大政奉還」之舉。德川慶喜奉還大政，考其本意無非想藉此消弭討幕派舉兵的口實，實際上是一種捨名義而保存實力的苦肉計。倘從政治過程（Political Process）以鑒衡之，在本質上，「大政奉還」，不能算是政權的和平轉移，蓋德川慶喜及其親藩諸侯在奉還大政之後，還企圖抵抗朝廷，而不願將其領地放棄，後來經過鳥羽、伏見之役，在勤王派武力的鎮壓被擊敗後，才眞正地完成全國統一的局面，而「王政復古」亦纔成爲事實。就當時日本的歷史發展來說，不論尊王—攘夷—倒幕，或尊皇—攘夷—擁幕，有何種理論上的差別，其眞正的目的，是日本民族避免外族的欺凌，建立一個中央集權的統一政府。明治維新的歷史任務，在當時參加維新者看來，是「王政復古」，但事實上，卻是全國的統一。只有國家的統一，日本民族在強有力的中央集權政府之下，才能建立民族自由的國家。鑑諸以往歷史上的無數實例，當知，沒有統一的民族，沒有強有力的中央政府，永無建國之望。世界史上類似日本明治維新的還有普魯士的統一北德意志，與薩丁尼亞的統一意大利。在世界史上，日、普、意三國的統一國家，係以皇室為中心，而英、法的統一運動，卻各曾殺死國王，由於這種關係，明治維新後，當日本統治階層在自由民權運動派的督促下，不得不頒佈憲法，採取君主立憲政體時，遂採取普魯士式的君主大權在握的立憲政治，在日本近代史上，明治維新所扮演的角色及意義，在政治上為前述的王政復古，但在社會上則為摧毀了封建制度，而在經濟上為產業革命，使日本從此逐漸步上了國家主義的道路，而奠定其日後雄霸東亞的基礎。

關於鳥羽、伏見之役的經過，先是在慶喜奉還大政後，薩摩藩等討幕派心猶未足，極欲一戰以消滅德川氏的基礎，方為快意，他們的進兵討幕的計劃，照舊進行，是年（一八六七年）十一月二十三日薩摩藩兵三千人在藩主島津茂久及藩士西鄉隆盛的率領下入京，與滯居京都的薩摩藩兵會合，十一月二十五日長州藩的第一陣一千二百人（主要是奇兵隊）、大砲七門、軍艦七艘在家老毛利內匠指揮下駛出三田尻港宿營於西宮，繼之第二陣長州藩兵一千三百人亦在陸路的尾道待機，而安藝藩兵亦在御手洗港和第一陣的長州藩兵會合開往京都。當時在京都方面的佐幕派兵力，計幕府兵五千人、會津藩兵三千人、桑名藩兵一千五百名，因在松平慶永的勸促下遠居大阪城，使兩方之衝突，得以緩和下來。但幕府方面，自認為其在諸藩之中仍具相當勢力，維新政府必可授以高位而重用之，惟事實上，在寺島宗則及伊藤博文的策謀下，新政府不但命其辭官並命其直接交還領地，（註一二）同時所有與幕府有關者悉被擯斥於新政府之外，凡此種種，皆引起不平。因此他們在憤激之餘，不顧慶喜的勸阻，為排除薩長派絕對主義勢力，遂於慶應四年（

是年九月改元明治，一八六八年）正月二日幕府海軍在兵庫冲向薩摩的平運丸砲擊，終於引起了戰端，翌日幕府軍亦從陸路由鳥羽、伏見向京都進軍，引起了所謂「鳥羽、伏見之戰」（又稱「戊辰之役」），結果幕府軍敗退，此即日本歷史上德川幕府派以武力反對王政復古的最後的內戰。

鳥羽伏見的戰端啟開後，朝廷於當日（三日）命有栖川宮熾仁親王爲東征大總督，分三路進攻江戶。當時幕府軍一萬五千名，討幕軍只有五千名，兩軍勢力懸殊，討幕軍之所以能戰勝，主要原因是幕府軍的軍事指揮與裝備落伍且德川慶喜等首腦部的態度曖昧不堅，致士氣不振有以致之。因此，當舊幕臣山岡鐵太郎與西鄉隆盛（時任征討大總督府參謀）會見，乞以寬大條件處分幕府，西鄉許之，德川慶喜遂不戰而降，蟄居於水戶。當討幕軍迫近江戶時，江戶幕府內部有人提出假法國的援助與討幕軍一戰之議，惟舊幕府陸軍總裁勝海舟力說民心已去，將無能爲力。同時英國公使柏克士(H.S.Parkes)亦表示以武力討伐已表恭順的慶喜有背人道，倘在江戶引起戰鬥則將對於橫濱的治安及貿易有重大影響，向日本朝廷暗示內亂情勢不可再續，結果成立妥協。是年四月十一日以保全慶喜生命及維持德川氏的有償爲條件，江戶和平開城。

江戶開城後，朝廷沒收德川氏的領地，並赦免慶喜的死罪，另封駿府七十萬石給田安龜之助（慶喜無嗣，因此朝廷乃於一八六八年閏四月二十九日決定以田安龜之助爲德川氏的繼承人—即德川家達）。將軍德川慶喜雖然屈服，但大部分幕府舊臣及關東以北諸藩，不服新政府而各自據地謀叛。當時最著者有大鳥圭介、天野八郎等組織彰義隊二千餘人據上野山的寬永寺反抗；仙臺藩、會津藩及庄內藩則糾合東北各藩組織「奧羽越列藩同盟」抵抗官軍；海軍副總裁榎本武揚則佔據北海道箱館稱曰：「蝦夷島共和國」自任總裁，下置海軍、陸軍、開拓等諸奉行以反抗朝廷。榎本成立政權後，當時與日本有關係的各國皆承認其爲事實上的政權，這也是日本史上僅有的「共和國政府」。不過這些佐幕的殘餘勢力，降及明治二年（一八六九年）五月皆告敉平，德川政權至此遂完全覆滅。

上述自鳥羽伏見之戰至明治二年五月榎本投降爲止的一年多戰爭，對於明治維新的結果，起了極大的影響。倘若沒有這一年多的戰爭而僅是由大政奉還到王政復古的不流血變革的話，則幕府勢力必然仍舊很強韌地存在；國家統一的速度也要緩慢得多。抑有甚者，在此一戰爭中，失敗了的東北諸藩固不必說，卽屬於勝利的政府方面的各藩亦因付出龐大戰費而疲憊不堪，這種情形加速促成了各藩之解體的主要原因。

有人說：「明治維新在不流血的和平氣氛下所完成的」，但這只是德川將軍或大名輩的不流血而已，事實上，經過一年有半日本全土的大內亂，犧牲了數千人的鮮血和生命，纔把根深蒂固的二百六十餘年的德川幕府政權打倒，而樹立天皇親裁的天皇政權。回溯德川幕府二百六十餘年的霸業，迄至王政復古的轉變，明治維新在日本近代化的過程上，實在是有非常重大的歷史意義。蓋明治維新不但使日本贏得了民族獨立，（註一三）亦使日本從封建社會走向資本主義之途發展。誠如　國父孫中山先生說：「美國獨立後以一百四十三年的時間躍居世界第一強國，日本明治維新後五十年而到達富強，只相當於美國所用時間的三分之一。」（註一四）

第二節　明治維新政權的確立及其職制

德川慶喜奉還大政之後，朝廷方面爲決定國是，乃命諸大名上京，參議國是。前藩主的德川慶勝（尾張）、松平慶永（越前）、山內豐信（土佐）、伊達宗城（宇和島）、鍋島直正（佐賀）以及島津久光（薩摩）等皆特蒙召命。但諸大名雖以公元一八六七年十一月爲上京期限，卻多依違觀望，而少有奮勇共赴國事者，尤其是德川氏的親藩及譜代大名等之中，拜辭朝廷召命者續有其人。因此，欲會集全國的諸大名以決定至公至平的國是之聖旨，始終無法貫徹，而將軍的執權，舊態依然，政局一時之間頗呈暗雲低迷之勢。

當此之際，以岩倉具視爲中心的公卿及薩長兩雄藩的運動，着着進行，其活躍之狀頗爲顯著，奏請宸斷以一八六七年十二月九日爲期，斷行王政復古。在此之前日的廟議，赦免了三條實美等公卿及長州藩主毛利敬親父子並其支族等之罪，恢復官職，並准於入京。朝廷於是如期發佈「王政復古」宣言，其要旨爲「德川內府，請奉還往時委任之大政，且辭其將軍之職，今乃斷然允其所請。自癸丑之後，遇未曾有之困難，先帝頻年憂勞，衆所庶知。故叡慮決定大譲，立王政復古，挽回國威之基，自今攝關與幕府，皆令廢絕，先假置總裁、議定、參與三職，以宰理萬機。百事基於神武肇國之旨。無論縉紳武弁堂上地下之別，皆竭其公議，與天下共同其休戚，是叡慮之所繫也。皆宜勉勵，洗其驕怠之行習，誠意盡忠，以奉於公，以報於國」。

該項宣言，乃維新政府推行新政的根本方針。依照王政復古的意義，維新政府的組織，廢除原有的關白、攝政，及征夷大將軍的官職，新設總裁、議定、參與等三官職，以爲臨時的官制。關於新政府的人選，總裁由有栖川宮熾仁親王擔任，總裁設總裁局，除總裁外尚有副總裁、顧問、輔弼等三役，由三條實美、岩倉具視爲副總裁，木戶孝允、大久保利通、小松淸廉、後藤象二郎等四人爲顧問，中山忠能及正親町三條實愛爲輔弼。至於議定共十人，計仁和寺宮嘉彰親王、山階宮晃親王、中山忠能、正親町三條實美、中御門經之、島津茂久、德川慶勝、淺野茂勳、松平慶永、山內豐信，參與共二十人，其中大原重德、萬里小路博房、長谷信篤、岩倉具視、橋本實梁等五人係公卿，另由長州、肥前、土佐、熊本、薩摩等五藩各選派藩士三人充之，如小松帶刀、西鄉隆盛、大久保利通係薩摩藩士，木戶孝允、廣澤眞臣係長州藩士，後藤象二郎、福岡孝悌係土佐藩士，副島種臣、大隈重信係肥前藩士，橫井小楠係熊本藩士，由利公正係越前藩士。

明治維新政府在發表「王政復古」宣言後，國內的佐幕派殘餘勢力仍然根深蒂固，尤其是法國公使自始便站在幕府一邊支持德川政權的存在。一八六八年一月十日德川慶喜甚至與英法美荷意普等六國代表會見，要求各國不要干涉日本內政，德川幕府仍然爲合法的日本政府，願意承擔外交履行條約義務，各國代表竟准允之。新政府在當時最急迫的要事，便是要獲得外國的支持，至少也要使外國保持中立，因此，在鳥羽伏見之戰開始七日後的一八六八年二月八日天皇派東久世通禧爲勅使前往兵庫，向英、法、意、普魯士、荷蘭諸國使節通告新政府願意繼承德川幕府和各國所締結的條約，採取和睦親善的外交政策，其通告詔文曰：

「日本國天皇告諸外國帝王及其使人，嚮者將軍德川慶喜請歸政權也，制允之，內外政事親裁之，乃曰從前條約雖用大君名稱，自今而後當換以天皇稱，而諸國交換之職，專命有司等，各國公使諒知斯旨。

慶應四年正月十日」

明治天皇除遣使通告各國使節外，並於一八六八年二月八日公佈外交基本方針。公告中云：「以往日本之對外國的禮儀，因幕府之失錯而至於今日，而今情勢一變……幕府所締結條約，衡酌利害得失之後諒會有所修改……至於與外國交際之儀節將遵循萬國公法進行」。（註一五）

德川氏奉還大政後，當時政權雖歸朝廷，名義上由天皇親政，但薩長兩雄藩擅恣驕橫的態度，顯然有變成德川氏第二，蔑視王政復古之慮，於是朝廷爲牽制壓抑此兩雄藩的跋扈，並爲防止人心之浮動，乃採納越前藩士由利公正及土佐藩士福岡孝悌等以議會主義（列藩會議主義）爲主旨的國是大本「五條盟約」，其文如下：

五條盟約

一、廣興列侯會議，萬機決於公論。

二、文武一途，下及庶民，使各遂其志，令人心不倦。

三、上下一心，盛行經綸。

四，求知識於世界，以振皇基。

五、限期徵士，以讓賢才。

此一盟約的基本精神，欲把天皇與大名同列一席以共商國家大事，因此，遭受重視王政復古之形式的公卿的反對，致不爲朝廷所採納。於是乃由長州藩士木戸孝允删改，將盟約改爲誓文，把基本精神重點改爲由天皇率領公卿、諸侯、百官而宣誓神前方式，終獲採納。於是乃於慶應四年（一八六八年）三月十四日，由明治天皇率領公卿諸侯百官在紫宸殿祭告天地神祇，由大納言三條實美代天皇宣讀五條誓文，且誓曰：「勅意宏遠，曷勝銘感，竊以今日之急務，萬世之基礎，皆不出此，臣等謹奉叡旨，誓黽勉從事，冀安宸衷。」此誓文世人稱爲「五條誓文」，此後政府所推行的國是綱領，以及朝廷的各種政治措施，悉以此誓文爲準繩，國民亦尊奉之。此「五條誓文」論者有謂係日本憲法的雛型、日本民主主義的出發點。倘從其本質而言，它可說是一種打破封建獨裁制度，確立資本民主制度的宣言書。抑有甚者，其第一條的「廣興會議，萬機決於公論」，在第二次世界大戰後，被解釋爲明治維新是奠立於民主主義原理的證據，（註一六）而更有人於此求取第二次世界大戰後民主化的出發點。（註一七）事實上，此五條誓文雖符合當時民心之要求，但尚不足以言現代民主政治，充其量只是順應世界大勢，重開國家前途的趨勢而已。除了五條誓文之外，另方面維新政府亦於同年（一八六八年）三月十五日發表統治人民方針之所謂「五榜之揭札」。（註一八）

經木戶孝允斟酌刪改排定的明治國是「五條誓文」爲：

一、廣興會議，萬機決於公論。

二、上下一心，共展經綸。

三、文武一途，下及庶民，各遂其志，以使人心不倦。

四、破除舊來陋習，一切基諸天地之公道。

五、廣求智識於世界，大振皇基。

五條誓文公佈後，又對國民宣佈「宸翰」，它的內容說得更具體更動人，其文曰：

「朕以幼弱，猝紹大統，爾來，何以對立萬國，奉事列祖，夙夜戰懼，惟恐隕越。竊考中葉以來，朝政日衰，武家專權，貌爲推尊朝廷，實則敬而遠之。爲億兆之父母，絕不知赤子之情，遂致爲億兆之君者，亦只擁虛名耳。爲是之故，今日朝廷之尊重，雖似倍於古昔，而朝威倍衰，上下相離，恰如霄壤。以此形勢，何以君臨天下哉？今膺朝政一新之時，天下億兆，有一人不得其所，皆朕之罪。則今日之事，朕自勞其筋骨，苦其心志，立於艱難之先，纘古列祖之鴻緒，勤求治績，庶幾不溺天職，無忝爲億兆之君。往昔列祖，親裁百機，有不臣者，自將征之，朝廷之政，總貴簡易，非如彼之徒然尊重。故君臣相親，上下相愛，德澤洽於天下，國威揚於海外也。然近來宇內大開，當各國爭雄四方之時，獨我邦疏世界之形勢，固守舊習，不謀一新之効。朕若徒安居九重之中，偷一日之安，忘百年之憂，恐遂受各國之凌辱，上辱列聖，下苦億兆。故朕今與百官諸侯相誓，欲繼述列祖之偉業，不問一身艱難辛苦，親經營四方，安撫汝億兆，遂開拓萬里之波濤，宣佈國威於四方，欲置天下於富兵之安。汝億兆慣於舊來之陋習，不知神州之危。朕一舉足，則非常驚懼，生種種之疑惑，萬口紛紛，不合朕志，此時不特使朕失君道而已，從而使失列祖之天下也。汝億兆其善體朕志，相率去私見，採公議，助朕業而保全神州，使列聖之神靈，得以安慰，幸甚幸甚。」

在發佈「五條誓文」同日，維新政府又公佈五種禁令，規定結黨、強訴、逃散，及信仰基督教爲人民永久遵守的禁令，並禁止人民不得離開本籍地，限制壓迫政治活動。前述大政奉還後設定的總裁、參與、議定三職，旋於一八六八年閏四月二十一日被廢止，另設太政官，並採倣美國聯邦憲法，分七官掌理立法、行政、司法，使三權鼎立，並公佈政體書，將國是「五條誓文」制度化。該政體書由副島種臣及福岡孝悌所起草，其內容除根據「令議解」、「職原抄」等日本古典外，主要係根據福澤諭吉的「西洋事情」及美國人 Bridgeman所著的日譯本「聯邦志略」，以及孟德斯鳩的「三權分立」等爲準則，做爲新政府政治運營的法度。誠如藤井甚太郎氏所云：「此政體書之根本旨意在於三權分立，乃以使誓文之主旨能夠巧妙地被運用爲目的之憲法」，（註一九）而穗積八束氏亦云：「所謂五條誓文卽此也，此誓文實爲明治維新第一之憲章，後來之帝國憲法實奠基於此」。（註二〇）

政體書要旨爲：

一、天下之權力，悉歸太政官，使無政令出於二途之患，太政官之權力分爲立法、行政、司法三權，使無偏重之患。

一、立法官不得兼任行政官，行政官不得兼任立法官，但如臨時都府巡察使及駐外國使節得以立法官兼攝之。

一、雖非親王公卿諸侯其得晉升爲一等官者，蓋所以親親敬大臣也；雖藩士庶人，設徵士之法，其能晉升至二等官者，所以貴賢也。

一、各府各藩各縣皆出貢士以任議員之職，其所以設立議事之制者乃在推行輿論公議也。

一、設立官等之制者，所以知其職任之輕重，使各自不敢輕舉妄動也。

一、僕從之儀，親王公卿諸侯皆得隨從帶刀之士六人，小者三人，以下之官員得隨從帶刀之士二人，小者一人，蓋所以除尊重之風以革上下隔絕之弊者也。

一、在職官吏不得在家與人私議政事，若有抱議面謁者須申之於官，經公議而決論之。

一、諸官應以四年交替，用公選投票之法。但今後初次交替時，留其一半延長二年而交代，使其不致斷續，若其人衆望所歸難於去任者，得再延長數年。

一、諸官以下之農工商各階層貢獻之制者，所以補政府之經費以嚴軍備，用以保護人民安寧，是故有位官者亦應貢其秩祿官給三十分之一。

一、各府各藩各縣其施行政令應仰遵五條誓文為其唯一準繩，切勿私授爵位，切勿私鑄通寶，切勿雇用外國人，切勿與鄰邦或外國人訂立盟約，此種種皆所以弄小權，而侵犯大權以紊亂政體者也。

事實上，這一政體書所表現的政權的形態，係一種列藩同盟的政權，同時也是自純粹封建體制急速地轉移到絕對主義體制的過渡性政權。（註二一）該政體書雖然把重點放在輿論政治的實現，其中尤以採取官吏公選制，誠為一革命性大改革，惟所遺憾者，乃是這一改革因以封建的遺物「藩」組織體為前提，承認大名、武士的存在，而忽視一般庶民大衆，是故其費盡力量所完成的民主主義大變革，亦無異是築於沙灘上的樓閣，毫無牢固根基。（註二二）政體書公佈後，明治新政府採用的是立法、行政、司法三權分立主義的精神，既如前述，其官制則設太政官為行政首長（即總理大臣），其下設議政、行政、神祇、會計、軍務、外交、刑法等七官，其中議政官為立法機構，刑法官掌司法，其他五官則掌行政。議政官分上下二局，上局以由皇族、公卿、諸侯及由藩士中任命的議定、參與組織之，而下局則以各藩所推薦的貢士組織之。下局以下議所充之，為受上局之命審議國務的機關，其議長則由屬於行政官的弁事兼任之，此外行政官之長的輔相的三條實美及岩倉具視又兼任上局議員，因此，自始便開了行政、立法兩種人員互相兼任之道。下局因貢士的議論多涉空疏，不能收到預期的效果，明治元年（一八六八年）九月遂一時中止議政之制，嗣後改為「貢士對策所」，旋又於明治二年（一八六九年）二月改為「公議所」。至於上局亦於設立後不久即被廢止。

太政官——立法權——議政官（上局下局）
　　　　——行政權——行政、神祇、會計、軍務、外國五官
　　　　——司法權——刑法官

依照政體書內容所示，新政府的採取美國三權分立制度意味，極為濃厚，但在實際上，以當時的環境而論，要實行三權分立制及選舉官吏，自然不容易，是故規定的官吏互選辦法僅於明治二年（一八六九年）五月舉行過一次——即由三等官以上的上級官吏互選輔相、議定、參與，嗣後以公選容易產生共和政治之慮為理由，有反對者，因之此後並未繼續舉行。

慶應四年（一八六八年）八月，明治天皇按照新的儀式，舉行即位典禮，同年九月八日改元為明治元年，並定今後一元一世之制。此外於是年七月十七日改稱江戶為東京，為振奮民心，一新政治，乃於明治元年九月二十日行幸東京，並採納江藤新平的建議於翌年三月正式遷都東京，且以此地為日本之國都。同年（一八六八年）十月二十八日為加強新政府對於藩的統制，乃頒勅召開公議所會議，由大小各藩及各公立學校選出一人為公議人代替貢士，討論國是，改革政制，登用人才。公議所會議制度，泰半係直接抄襲外國，與日本國情不盡吻合，殊少建樹。抑有甚者，其組織形體的內容限定於特權階級，不能充分反映民意，致使民間草莽懷有雄圖大才者的言路被壅塞，其鬱悶心情無從發洩，尤其是對於明治政府懷抱不平之士，動輒揭竿而起，採取直接破壞行動，迫使政府於明治二年（一八六九年）三月十八日設置待詔局以為正義直諫之府，接受一般大衆的建白進言。

前述根據政體書制定的官制，施行未久，旋於明治二年七月又進行改革，蓋以萬機公論爲號召的人們，目睹立法部門盡爲官吏所佔據而表示不滿。朝廷乃採太寶的古訓，（註二三）以調和近代主義和復古主義，實行祭政一致的政治體制，設神祇官（其地位與太政官相等）與太政官，太政官下設左大臣、右大臣、大納言、參議等職，至於中央政府原設的各官，現則改稱爲民部、大藏（財政）、兵部、刑部（明治四年開始改稱爲司法）、宮內、外務等六省，另有大學校（相等於教育部）、彈正臺（最高檢查機構）。各省長官稱曰卿、次官稱曰大輔，出任大輔以上的官員親王、公卿共七名，薩、長、土、肥等四藩出身的舊藩士七名，舊藩主人物只有松平慶永一人而已，這一現象顯示了舊藩勢力逐漸自中央政界失去勢力的一斑。這次官制改革的結果，樹立了以太政官爲首的純粹的集權行政機構，因之，政體書所宣言的三權分立主義的精神，至此完全被抹殺殆盡。此項改革中，前所設立的公議所被稱爲集議院，直隸於太政官之下，待詔局原爲廣收民意的機關，此時亦被縮小權限範圍，改稱待詔院。集議院的議員係由各藩及府縣的知事自正權大參事中選任之，以四年爲任期，每二年改選半數，它係爲應答諮詢並上陳意見的機關。同年八月更將待詔院併於集議院，使人民的建白直接向集議院提出之。惟集議院自明治四年（一八七一年）「廢藩置縣」之後，已失去其勢力的基礎根據，在制度上雖一時尚保留其名稱，然自明治四年以後，開會中絕，祇成爲受理人民建白書的機關，最後於明治六年（一八七三年）六月被廢止。

「廢藩置縣」後，卽明治四年（一八七一年）七月，明治維新政府的官制，又再度改革。這次改革的重點爲：①廢除神祇官，改設神祇省，使之直隸於太政官之下；②廢除左右大臣及大納言，另置太政大臣以輔弼天皇，總裁庶政，③太政官分爲正院、左院及右院，正院相當於以往的太政官，由太政大臣、納言

明治初年官制變遷表

〔一〕一八六八（明治一）年二月

- 天皇—總裁職—議定職—參與職（三職）
  - 徵士、貢士
  - （八局）總裁局、神祇事務局、內國事務局、外國事務局、軍防事務局、會計事務局、刑法事務局、制度事務局

〔二〕一八六八（明治一）年閏四月（政體書）

- 天皇—太政官
  - 議政官（立法）
    - 上局：議定（親王、公卿、諸侯）、參與（公卿、諸侯、藩士、庶人）、史官、筆生
    - 下局：議長（弁事兼任）、議員（貢士）
    - →公議所（一八六八、十二）→集議院（一八六九、七）
  - （行政）
    - 行政官（輔相、弁事、權弁事、史官等）
    - 神祇官（知官事、副知官事、判官事、權判官事等）
    - 會計官（知官事、副知官事、判官事、權判官事等）
    - 軍務官（知官事、副知官事、判官事、權判官事等）
    - 外國官（知官事、副知官事、判官事、權判官事等）
    - 〔民部官……一八六九（明治二）年四月設置〕
  - 刑法官（……一八六九（明治二）年四月設置）（司法）
    - 府（知府事、判府事）
    - 藩（諸侯）
    - 縣（知縣事、判縣事）

〔三〕一八六九（明治二）年七月

- 天皇
  - 神祇官（伯、大副等）
  - 太政官：左大臣、右大臣、大納言、參議
    - 民部省（卿、大輔等）
    - 大藏省（卿、大輔等）
    - 兵部省（卿、大輔等）
    - 刑部省（卿、大輔等）
    - 宮內省（卿、大輔等）
    - 外務省（卿、大輔等）
    - 府（知事、大參事等）
    - 藩（知事、大參事）
    - 縣（知事、大參事）
    - 開拓使（長官、次官）
    - 按察使（長官、次官）
  - ○待詔院
  - ○集議院（長官、次官等）
  - ○大學校（別當、大監等）
  - ○彈正臺（尹、大弼等）
  - ○宣教使

〔四〕一八七一（明治四）年七月（太政官職制）

- 天皇—正院：太政大臣、納言（不久便廢止，左、右大臣）、參議
  - 左院（議長、議員、書記）→元老院
  - 右院（諸省長官、次官）
    - 神祇省（卿、輔）→教部省（八月起）
    - 大藏省（卿、輔）
    - 工部省（卿、輔）
    - 兵部省（卿、輔）
    - 司法省（卿、輔）
    - 宮內省（卿、輔）
    - 外務省（卿、輔）
    - 文部省（卿、輔）
    - 府（知事、參事）
    - 縣（縣令、參事）
    - 開拓使（長官、次官）

及參議等構成之，而成爲庶政中樞的最高機關。左院相當於後來的元老院，係議事機關，由官選議員組織之，爲審議行政上的利害的機關，它可說是各省的連絡機關。上述的左院，其形式爲議事機關，然一則其議員爲政府任命的官吏，再則當時政府裏頭薩長兩藩的勢力異常强大，其他勢力幾乎不能侵入，故左院亦毫無從而牽制政府的實力。充其量不過是受政府之命，以當法案起草審議之任而已。

自此次改革以後，太政官制雖曾有明治六年五月，明治八年四月，明治十三年二月及明治十四年十月的數次修改，但降至明治八年四月的制度改革時，廢除了太政官的左右兩院，設元老院及大審院。元老院由華族、官吏與有功勳學識者之被勅任爲議員者組織之，擔任法詔的審議立案。並受理關於立法的請願案件，其性質雖爲官吏的合議體，但究竟因其爲合議機關，對政府尚保有某種程度獨立的地位，故可稱爲代表民選議會設置前的立法機關。至於大審院的設置，不但取代了從前行政機關的司法省的最高裁判所地位，同時亦成爲日本往後司法權獨立的基礎。

綜上所述，吾人不難窺出明治維新的中央政治制度的運用，自始卽徘徊於復古主義、進步思想與藩閥主義三者之間，然而由於藩閥勢力自始卽在維新政府中佔據要津，因此，在以後的日本政治演變過程中，一直居於優勢，直至第二次世界大戰結束爲止，薩摩、長州兩雄藩把持政柄的藩閥政治色彩始見消滅。

第三節　版籍奉還與廢藩置縣——中央集權體制的形成

如前所述，推動王政復古的力量，卽明治維新的領導骨幹，一爲朝廷中以岩倉具視爲中心的急進派公卿，一爲共同聯合倒幕的薩長土三藩以及尊王派的肥前、尾張、越前、安藝各藩志士。這些勢力在明治初年的國是會議中分成保守與急進兩派。一主文治，一主武治，且以各藩爲背景的藩閥，互相對立，爭權奪利，形勢甚爲複雜，此時全國早已平定，中央政府的組織，亦粗具規模，但各地諸藩仍擁有版籍及武力。（註二四）此時除舊幕府直轄地的天領移歸朝廷支配，將其分爲府縣，設地方官以管轄者外，爲安撫並取得各藩之協力，一般地的統治權，仍由各藩所分佔，他們各自爲政，對中央政府的政令，陽奉陰違，封建制度色彩，仍極濃厚，形成府縣藩制三治並立的局面。因此，朝廷並未舉統一之實，王政維新的大業未能貫徹。

當時文治派的長州藩士木戶孝允，目睹此情，認爲要鞏固新政府基礎，非削弱諸藩的勢力不可，乃先於慶應四年（一八六八年）二月先向三條實美、岩倉具視提出意見書申述諸藩應將土地人民還納朝廷，繼之向藩主毛利敬親進言，獲其許諾。嗣乃與薩摩藩士大久保利通、土佐藩士板垣退助相謀策動，於明治二年（一八六九年）正月二十四日由薩摩的島津忠義、長州的毛利敬親、肥前的鍋島直正、土佐的山內豐範四位藩主，聯名上表，請還封土人民。島津忠義、毛利敬親、鍋島直正、山內豐範四人的奏書云：

「臣某等頓首再拜。謹案：朝廷一日不可失者，大體也。一日不可假者，大權也。天祖始開國建基，皇統一系，萬世無窮，普天率土，莫非其有，莫非其臣，是爲大體。且與且奪，以爵祿而維持羣下，尺土不能私有，一民不得私攘，是爲大權。在昔，朝廷統馭海內，莫非由此。聖躬親政，故名實並立，天下無事也。中葉以降，綱維一弛，弄權爭柄者，接踵於朝，自私其民，自攘其土者半天下，遂成搏噬攘奪之勢。朝廷無可守之體，無可秉之權，不能制馭之。姦雄迭乘，弱肉強食，其大者併十數州，其小者猶養士數千，所謂幕府者，擅頒其土地人民於所私，以扶植其權勢。於是，朝廷徒擁虛器，至仰其鼻息以爲喜戚。橫流之極，浩浩滔天者，凡六百有餘年。雖然，其間往往假天下之名爵，以蔽其私有土地人民之迹，是固由於君臣大義，上下名分，亙萬古而不能拔也。方今大政維新，親總萬機，實千載之機。有其名者，不可無其實。欲舉其實，則莫如以明大義正名分爲先。嚮者，德川氏之起也，世家舊族半天下，依而興家者亦多。而其土地人民，不問其是否授諸朝廷，因襲既久，至於今日。世或謂：『是祖先從鋒鏑萬死之中，艱難辛苦而締造之也。』吁，是何異於擁兵入官庫、奪其財貨，而曰『是冒死而得之者哉』？竊庫者，人知其爲賊。至於攘奪土地人民者，天下莫怪之，甚哉名分之紊亂也。今欲求丕新之治，宜對大體之所在，大權之所繫，毫不可假。抑臣等所居者，卽天子之土，臣等所牧者，卽天子之民，安可私有哉？今謹收其版籍而獻之。願朝廷善爲處置，其可與者與之，其可奪者奪之。凡列藩封土，更宜下詔令，從新改定。自制度、典型、軍旅之政，以至戎服、機械之制，皆出朝廷，使天下事無大小，皆歸於一。然後，名實相符，始足與海外各國並立，是朝廷今日之急務，又臣子之責也。故臣等不肖不顧譾陋，敢獻鄙衷。天日之明，幸賜覽察。臣等誠恐誠惶，頓首再拜。」

這篇成爲歷史上重要文獻的內容，儘管文辭動人，但卻令人覺得有一個暗示，那就是，在「願朝廷善爲處置，其可與者與之，其可奪者奪之，」的條件下，四大強藩的心意，希望於收回全國版籍後，再封與他們。

朝廷對此四雄藩的動向，極其愼重的向上局會議以及上述四藩的重臣諮詢奉還後的處置，結果乃於是年六月十七日優詔四藩，使檢其版籍奉上。自是之後一週之內，由於此四藩乃各藩的盟主，故其他有二百六十二藩之藩主雖不瞭解此舉實質，惟因想到效法實力者薩長土肥所爲卽可以獲得生命安全，遂皆紛紛追隨奉還版籍，（註二五）其中有少數尙有問題者，中央政府卽強制執行之，因此至翌年之初，全國土地皆奉還朝廷。當時新政府之兵力尙不足以打倒舊勢力，因之當各藩藩主宣言奉還版籍後，朝廷卽將他們列爲華族（貴族），並命爲藩知事，在形式上爲天皇的地方長官，與府縣知事並立，執掌藩政，以其舊封收入十分之一爲俸祿，餘之十分之九則充士卒之俸祿及藩政費用，至於各藩的臣隸則改稱爲士族或卒族。至此日本全國的土地人民皆直隸於朝廷，全國分爲八府、二十六縣、二百六十二藩，而近代日本中央集權政府，至此遂告實現。版籍奉還之得以成功固然歸功於木戶孝允的奔走斡旋，以及四雄藩的率先示範，有以致之，但在另方面，當時各藩財政，困窮不堪，他們藉此下場，亦爲實行版籍奉還的重要內在因素。（註二六）

雖然版籍奉還之後，在形式上全國已趨於統一，藩知事已非封建諸侯（大名），而是由中央政府所任命的一個地方官而已，但事實上，藩知事對藩民的關係，依然保存着一種領主對領民的關係，領民仍然尊稱知事爲「殿樣」，眞正的庶政刷新，還須有待於另一次更徹底的改革，而廢除「藩知事」實爲刻不容緩的急務，因此，二年以後再有廢藩置縣之舉。

關於廢藩的經過，最初倡導者爲丹波龜岡藩知事松平信正、上總菊間藩知事水野忠敬、河內狹山藩知事北條氏恭等人，他們曾於明治二年（一八六九年）七月上表辭職，但朝廷並未立卽批准，是年十二月北條氏恭復與上野吉井藩知事吉井信謹，上表請辭，至此朝廷乃准所請。將此二藩廢止，一藩改爲岩鼻縣，另一藩則合併於堺縣，翌三年（一八七〇年）七月盛岡藩知事南部利恭亦上表請辭獲准，將其藩改爲盛岡縣，邇後諸藩知事上表請辭者，接踵而至，長岡、多慶津、龍岡、大溝、津和野等的諸藩皆被廢止。至此廢藩的機運漸臻成熟。於是明治四年（一八七一年）七月七日西鄉隆盛、大久保利通、木戶孝允、山縣有朋、井上馨等諸人在木戶孝允邸開祕密會議，商討廢藩置縣事宜，並將具體方案向左大臣三條實美及大納言岩倉具視建言。三條實美隨卽上奏以仰宸斷，明治天皇加以採納，並於明治四年（一八七一年）七月十四日的早上，勅命在東京的七十六藩知事召集於御前傳下免官的詔旨，並由三條實美宣讀廢藩置縣詔勅。詔書原文云：「朕惟更始之際，欲內保障億兆之安，外與萬國對峙，宜使名實相符，政令歸一。朕曩昔聽納諸藩奉還版籍之議，新命知藩事，使各奉其職，然因襲數百年之久，或有其名而未舉其實，又何能保億兆民安與萬國對峙耶，朕深慨之。今更廢藩為縣，是務去冗就簡，除有名無實之弊，庶無政令多岐之憂，汝羣臣等，其體朕意！」（註二七）同時限令舊藩主於同年九月以前，遷往東京居住。此時計有二百六十三藩，皆廢而改為縣，與舊設的縣府，共為三府（東京、京都、大阪）、三百零一縣，在實行「廢藩置縣」之前，朝廷為恐一般藩主的反對，乃先於是年三月由薩、長、土三藩選派步兵九大隊及砲兵六中隊共一萬名兵士前來東京做為「御親兵」（御林軍，卽後來的近衛兵），並頒佈「暴動戒嚴」，以防止大名的反對，因此，廢藩置縣亦可說是在朝廷顯示武威之下完成的。同年（一八七一年）十一月進行府縣的撤廢合併，結果成為三府七十二縣（明治二十二年又改為三府四十三縣），改縣知事為縣令，頒佈縣治條例及事務章程。嗣後於明治十九年（一八八六年）一月設北海道廳，旋又於明治二十一年（一八八八年）十二月三日修改為一道三府四十三縣。

廢藩置縣乃近代日本史上的劃時代大事，其重要性遠在大政奉還和版籍奉還之上，蓋由於這次改革，日本全國有統一的地方制度，各地方亦皆爲天皇所任命的地方官的管轄區域，而近代日本不但有中央集權的新政府，並在名實兩方面皆有安定的基礎。至此朝廷全收土地兵民之權，王政維新之實始告實現。而日本之天皇制絕對主義國家，至是肇其基礎。

第四節　文明開化運動——社會改革與士族的處理

明治新政府於政治改革告一段落後，關於一般的社會改革，亦皆百廢俱舉，銳意進行，一時所有社會、經濟、郵電、文化等各方面的陋俗弊政，無不除舊布新。這種改革，當時稱曰「文明開化運動」。玆將各種改革的大要及士族處理的情形分別列述於下，以明概要。

(甲)社會改革

㈠關於社會方面——德川時代嚴格區分四民的階級，實行不平等的待遇，已如前述。維新後在所謂「一君萬民」的標榜下，人民的階級特權制度，逐漸被打破。先是於公卿諸侯之外，提拔各藩藩士，列爲朝官之例，並設「徵士」、「貢士」之制，以徵用藩士，在版籍奉還的同時，廢除從來的公卿諸侯之稱而改爲「華族」，另有士族、卒族、平民（農、工、商）等，總稱之爲四民。同年（一八六九年）十二月復廢除中下「大夫士」以下之稱，改稱爲「士族」與「卒」，後更廢卒而併於「士族」。此之所謂中下「大夫士」，卽舊幕府及各藩的武士。降及明治五年（一八七二年）一月又廢「卒」，把以往列於「卒」籍者中的上級者編入士族，而列於「卒」籍者中之下級者編入平民。

明治二年（一八六九年）農工商等亦於士被編入士族及卒族之際被稱曰「庶民」或「庶人」，准許庶民有居住、遷徙、旅行、職業、財產等自由。明治四年（一八七一年）「廢藩置縣」之時，既解士族的常職，許其從事於農工商業，平民亦與士族同樣享有就任文武官職的機會。是故日本國民之得有從事公務的機會，自此始得實現。復以明治五年（一八七二年）十二月實行徵兵制度與全國皆兵主義，至此以往士族獨佔服務軍役之制亦完全被廢除。明治六年一月根據新兵制法，設置了六個鎭臺（東京、大阪、仙臺、熊本、名古屋、廣島）又依照規定，組織鎭守軍，計平日常備軍爲三萬一千二百人，戰時作戰部隊爲四萬三百人，此爲當時兵制的概要。

另方面，庶民抬頭的情形爲明治三年（一八七〇年）九月准許庶民稱「姓氏」，同年十二月二十四日，禁止庶民的携帶雙刀，明治四年（一八七一年）四月准許平民乘馬，同年八月九日准許武士散髮廢刀、貴族平民可通婚，同年八月十七日令地方官戒飭士族廢除武斷鄉曲的陋習，同年八月十八日准許平民穿馬袴燕尾服，同年八月二十八日廢除「穢多」、「非人」（註二八）之稱，悉編入平民籍。明治五年（一八七二年）四月廢止大庄屋、庄屋、名主、年寄之稱，同年八月禁止草分、平百姓、水呑等之「農」的階層制，同年十月二日頒禁買賣人口之令。至此，明治時代華族、士族、平民之制始告完成。根據明治六年（一八七三年）的調查，日本全人口三千三百二十九萬零八百餘人之中平民佔百分之九十三點四、士族佔百分之五點六、華族及其他神官僧尼等各佔百分之零點零八。（註二九）明治五年十月二日設置警察，同年十一月九日廢太陰曆頒行太陽曆。明治六年一月准許貴族平民間互相繼嗣養子，嗣於翌年在東京置警視廳，逐步整備警察制度，其特徵除了做爲取締反抗新政府稱之爲「百姓一揆」的民衆之司法警察外，尚兼備取締人民日常生活的行政警察的性質。明治五年二月七日禁止復讎決鬥，同年三月准許人民與外國人結婚，明治七年（一八七四年）特將僧侶歸入平民之制，翌年（一八七五年）二月十三日令平民稱姓氏，明治九年（一八七六年）三月二十八日禁止所有人民携帶武器。

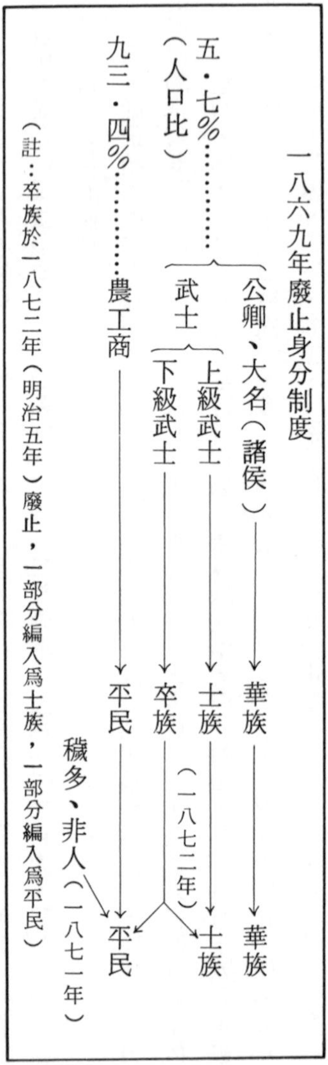

上述明治初年所確立的「四民平等」精神，迨至明治十七年（一八八四年）新設公侯伯子男的五爵位，稱之爲華族，並頒布華族令，承認爵位世襲特權，開始依功勳列爲華族之制，往後明治憲法制定後，更使華族有列入貴族院的特權，始被破壞，以致階級的特權制又死灰復燃。

㈡關於經濟方面——明治維新後，新政府汲汲於自歐美移殖近代化工業設備，以促進日本經濟發展，其主要方針則爲「殖產興業」，而具體設施則有明治元年（一八六八年）五月設置商法司，准許人民的職業自由，繼之翌年改爲通商司，並於主要港口設置通商會社及滙款會社。明治四年設置造幣局，公佈「新貨條例」，採取圓爲貨幣單位，同年九月撤廢耕地限制，十二月免除住宅的地稅。明治五年（一八七二年）六月頒布土地自由買賣令及其規則，十一月倣效美國的組織公佈「國立銀行條例」，並於東京、橫濱、大阪等地設立國立銀行。明治九年修改銀行條例，以公債證書爲基礎發行銀行紙幣，廢止正貨之兌換，因此銀行業務好轉，迄明治十二年全國有一五三所國立銀行。明治五年准許田畑之自由買賣，確認地主、自耕農之土地所有權。明治六年（一八七三年）二月廢止以往全國市街武家免除地租的規定，三月公佈舊藩債務淸償辦法，七月修改地租，十二月准許武士中家祿未滿一百石者將家祿奉還政府。

明治六年七月所公佈的「地租改正條例」後，隨卽着手進行修改地租，在往後七年之內完成此項工作。新舊地租差別之要點如下：

舊地租	新地租
由石高制度以計算地租	基於法定地價以計算地租
免稅率乃承繼德川時代之制度	租率一律定爲地價的百分之三
繳納現物（實物）	繳納貨幣
主要課稅對象爲耕作者	主要課稅對象爲交付地劵的土地所有人
備註：新地租附加地租的三分之一供做村的辦公費	

(三)關於交通制度方面——明治二年一月廢除關所，聲明交通自由的原則。（註三〇）在伊藤博文及大

隈重信等策劃下，向英國借債一百萬英鎊於明治三年（一八七〇年）着手建設東京橫濱間的鐵路共十八英里，至明治五年（一八七二年）始行開通。在民間方面由華族出資經營於明治十五年（一八八二年）成立日本鐵道會社，而於明治二十四年（一八九一年）完成東京青森間的鐵路。其餘山陽、大阪、伊予、兩毛、水戶等的私設鐵道會社相繼成立，迨至明治二十四年底全日本的鐵道公營線，共五五一英里，私營線共一、一六五英里。私營鐵道迄明治卅九年（一九〇六年）因頒發鐵道國有法而幾乎全部收歸國營。

海運方面，先是明治三年（一八七〇年）設立了通商司掌管的公私合辦的回漕會社，嗣後設立回漕處理所、日本郵便蒸汽船會社，但這些在不久之後卽被岩崎彌太郎的三菱汽船會社所取替。到了明治八年（一八七五年）所有船隻十八艘全部由三菱承購。三菱係土佐藩的「物產掛」（按掛係課、科之意，在此卽指管理物產的官吏而言）岩崎彌太郎利用土佐藩的汽船爲嚆矢，廢藩後由岩崎買下而自己經營。明治七年（一八七四年）所謂的「征臺之役」一手承擔軍事的輸送，獲得鉅大利益，甚且無償的由政府獲得十三艘輪船。在明治十年（一八七七年）之後，在政府的扶助下，把外國汽船會社從日本近海驅逐，確立了日本海運業的支配權。後來和以農商務卿大輔品川彌二郎及三井組爲背景的半官半民的共同運輸會社（一八八二年創設）激烈競爭，終於在明治十八年（一八八五年）合併兩者而成立日本郵船會社。日本郵船會社後經第一次世界大戰而急速地發展，成爲日本最大的海運公司。另外在明治十七年以住友組爲中心的大阪商船會社，亦乘第一次世界大戰而大爲發展，成爲日本第二大的海運公司。

(四)郵便電信方面——明治新政府於明治四年（一八七一年）採納前島密的建議，取範歐美的郵便制度設立驛遞局開始官營的郵便事業，展開三都（東京—京都—大阪）間的郵便業務，並逐漸普及於全國。

新政府於明治六年和美國締結郵便交換條約，明治十年（一八七七年）參加國際郵便條約。當新政府開展郵便制度時，自德川時代便從事郵漕業務的「定飛脚問屋」的業務遂被取代，因而掀起反對郵便制度運動，嗣後改組成立股份組織的運送公司「陸運會社」，掌握了陸上運輸的獨佔權，迄明治八年重新改組發展爲「內國直通會社」。

關於電信事業，新政府招聘英國技師爲顧問，於明治二年開始東京與橫濱之間的電信，到了明治十一年（一八七八年）准許民間使用，使日本內外通信業務大爲發達，後來對於政治上及軍事上的電信之往來克盡了莫大的功能。

㈤關於教育方面——明治元年（一八六八年）九月設置「皇學所」及「漢學所」，明治四年（一八七一年）設置文部省以統轄教育行政，同年十二月撤廢對基督教的禁令及「宗門帳」（註三二）的制度，廢除盲人佔有的官制。明治五年四月准許僧侶食肉娶妻及蓄髮，八月頒佈全國學制，採取西洋的近代學校制度，開展初等教育義務制的國民教育，爲了貫徹新的教育制度，新政府發表了政府聲明，稱讚新教育制度的進步性，同時批評幕藩教育制度和儒教的不良影響。明治六年（一八七三年）一月廢止僧侶的爵位並准許僧侶還俗。

㈠士族的處理

就士族的處理情形而言，在廢藩之後，舊藩主位列華族，仍不失爲特權階級，其舊日在財政上的虧空，或濫發的紙幣，一概不必負責，完全由政府負責辦理善後，因此華族雖失去土地人民，但仍能安渡其悠閒的生活，而不必愁於衣食住等問題。

反觀那般平日養尊處優的武士，因奉還版籍及廢藩的結果，兼以實行全國皆兵的徵兵制度，因此他們的境遇頗爲艱難。他們過去曾經長期地支配封建社會，地位重要，人數衆多，約四十萬戶，爲數約二百萬人，而現在則不但威權崩潰，並且生活亦瀕臨絕境。新政府的救濟辦法是給予資金，獎勵他們農耕營商，以幫助他們解決生活問題，此辦法稱曰：「士族授產」。但自施行徵兵制度之後，武士完全失業，問題更形嚴重，因此政府遂於明治六年（一八七三年）十二月頒佈「家祿奉還規則」，以爲救濟士族的對策。其辦法是凡家祿未滿一百石的武士，將家祿奉還者，若其家祿是世襲的給予六年的米額，若是一代的則給予四年的米額，但所有這些應給的米額，按每位武士以往所應領的祿米爲準據，以現金折算後，一半付以現款，一半付以所謂「秩祿公債」。在這種辦法之下，當時政府對家祿的支出每年約佔國家收入的百分之三十，所付出的金額，若按當時米價每石四圓八角折算，每年應支付三千四百五十餘萬圓（其中有一千六百餘圓爲公債），但實際向政府請領者只有二千二百六十五萬圓，究其原因實由於許多士族已從事公職，（註三二）而那些舊祿爲數有限，或因戰爭的結果而蒙上賊軍之名者，便放棄權利。（註三三）

明治九年（一八七六年）八月，政府將所有華族、士族的俸祿一律廢止，另發行一種「金祿公債」制，以爲代償，並分爲永世、終身、年限三種，利息及支給方法等設有等差。金祿分卅六等，年限由五年至三十五年，利息每年由五分至七分，明治十一年（一八七八年）九月並准許自由讓售。當時持有家祿的華族、士族人數共爲三十一萬三千餘人，約佔士祿總數的四分之三，其每年的祿額總數爲一億七千四百五十餘萬圓。此一金額佔明治元年至八年六月的七年半的稅金收入總數的百分之六十。（註三四）但若平均計算，每人的公債額實約五百八十圓，其年利則只有四十圓。這區區數目，當然不能使武士單靠利息以解決生活問題。當時的生活費每人每月約須五圓至七圓，下級士族自無法生活，因此，自准許自由讓售後，當時許多武士便將其公債抛售，轉入高利貸者及商人之手，他們將之運用，轉化爲資本，形成了日本資本主義的基礎的一環。另一方面，有不少武士因將公債抛售運用，因而致富者，後來日本資本家多爲武士出身，卽導源於此。

舊日士族在政府採取的救濟政策下，固然有飛揚跋扈，出將入相者，但亦有窮途落魄者，政府對於那些沒落士族則徵用爲開拓北海道的屯田兵，以資救濟。但部分沒落士族，他們在失意之餘，往往在國內一連串掀起了多次的叛亂，據說士族有的因窮困而有淪爲乞丐者，有的則其夫行乞街頭，其妻病狂，亦多有操賤業者，如淪爲洋車夫、作妓館龜奴等，至於全家自殺者，亦時有所聞。（註三五）

第五節　反動不平分子的叛亂與西南之役

自明治四年（一八七一年）七月廢藩置縣起，至明治十年（一八七七年）三月西南之役止，約六年之間的日本，可以說完全是反革新的騷動時代。明治維新前夕，不滿現狀的人們，把未來的希望寄托於倒幕和尊王。但當幕府倒亡，王政復古，明治新政府建立後所實行的一連串的庶政改革，諸如徵兵令的頒佈、解散藩兵、廢除武士階級的特權等，極度地刺激了士族的感情，他們因爲懷恨改革的急激而陰謀顚覆政府。至於農民則因地租改正後（註三六）不但未減輕負擔，多數佃農情況反而更壞，促使更加貧窮化，同時一連串的近代化政策，諸如徵兵、陽曆、學制、電報等的採行，亦引起了保守的農民種種誤會，尤其是徵兵告示中的「血稅」一詞，（註三七）更使全國的農民心情惶惶不安，馴至一令一詔，皆視爲猛虎苛政而反對之。

正當全國農民處於「血稅」的恐惶中之際，那些因驟然修改地租而憤恚的鄉士、豪農階級，與失祿失職而感不平的多數士族們，便乘機煽動，到處作亂反抗維新政府，而「西南之役」則爲士族叛亂的終止。自明治四年（一八七一年）之廢藩後至明治七年之間，以騷亂（一揆）形態，展開空前的規模性反抗，與絕對天皇制展開鬥爭。（註三八）

先就士族們的反抗運動而言，明治二年（一八六九年）二月政府要員橫井小楠（時任參與）之被刺，同年九月又有新軍組織者及徵兵令的實行者兵部大輔大村益郎的遭難。明治三年（一八七〇年）山口縣發生軍隊叛亂事件，同年七月米澤藩士雲井龍雄因募集三千餘人同志企圖恢復封建，結果被處死刑，同年十一月至翌年（一八七一年）三月間，又發生了愛宕事件，若干上層貴族及武士糾合徒衆，企圖推翻維新政府，將明治天皇遷還京都，實行攘夷，這一事件牽涉範圍頗廣，除自殺及被處死刑者外，單是繫獄者則有四千餘人。明治四年（一八七一年）十二月華族外山光輔，因爲結合舊藩士族圖謀不軌，事洩就逮，結果奉令自殺，同月舊久留米藩士小河眞文、水野正名等因與外山光輔等通謀，企圖舉兵，事發被斬。餘如明治元年（一八六八年）土佐藩兵殺傷法國人事件、襲擊英國使館事件等，皆爲不滿維新政府的士族對付外國人的一種直接行動。

至於農民的騷擾事件（日人稱爲「農民一揆」），在次數上，明治年間較之幕府時代反而增加。光是明治二年（一八六九年）在岐阜、岩手、滋賀、島根、羣島、宮崎等各府縣則有四十三起農民騷動案件發生，以後連年有騷動的事件。今將其較著者略述於下：

明治四年（一八七一年）——九月下旬高松縣讚岐農民拒絕舊藩知事松平賴聰歸京，反對廢藩置縣，結黨作亂；十月中旬，播磨國神東神西兩郡農民五六千人，反對廢穢多之稱，憤將其列於平民，乃襲擊縣署戕殺縣官；十二月高知縣下吾川、高岡、土佐三郡農民，誤解徵兵令，信謠言，而發生暴動；十二月十二日岡山縣下備前之農民數千人，反對廢藩置縣並減輕租稅，乃結黨迫襲縣署。

明治五年（一八七二年）——三月信濃越後農民，不滿新政，發起暴動；四月敦賀大分的農民憤怒政府修改曆法及徵兵等事，集衆騷亂，結果被處以流徒之刑者達二萬七千九百餘人；八月二十八日山梨縣民嘯聚強訴租法事，被處流徒以下之刑者，達三千七百人。

明治六年（一八七三年）——一月豐後國小民等反對廢藩置縣作亂；二月秋田縣仙北郡小民，為減低地租事掀起暴動；三月越前國的農民羣起作亂；四月壹岐國農民等，不悅新政而作亂；四月福岡縣怡土郡農民誤解徵兵令而發動騷動；六月三日，北條縣農民，以徵兵令有「血稅」字樣，為流言所惑，蜂起作亂；六月二十日福岡縣下農民三十萬人乘旱災羣起擾亂，燒燬官署並殺傷官吏，事後處分，首謀斬三人、絞三人、徒刑八十六人、杖一萬三千人、笞五萬二千五百十九人、罰款十一萬六千六百餘人；六月二十九日鳥取、島根兩縣農民一萬一千餘人發生騷動；八月十七日白川縣天草郡農民四百餘人，誤解太政官之告諭血稅文義，結黨集亂；八月中旬長崎縣平戶島農民，因反對徵兵及地劵而擾動；十月下旬名東縣民一萬六千餘人掀起擾亂。

明治七年（一八七四年）——二月宮崎縣日向國士族農民等五千餘人，爲田稅折現及繳納期限事，嘯聚襲擊縣署；四月若松縣猪苗代附近農民，因諸藩貸款處分事，發生騷擾；九月九日酒田縣羽前國田川郡農民數百人，因憤苛捐雜稅而蜂起；九月十日秋田縣平鹿郡民，誤解徵兵令中「血稅」一語爲榨取莊丁鮮血而起來暴動反抗。

明治八年（一八七五年）末至明治九年鳥取、茨城、愛知、三重、和歌山、岐阜等諸縣發生農民大暴動，此係空前絕後的所謂「大一揆」，町村役場、學校、縣署、裁判所、兵營、官吏等殆無一不受襲擊。

在另一方面，明治初期的中央政府，內部派系林立，互相傾軋，尤其是把持政權的薩長兩藩，到了後來，逐漸專橫腐化，因此，其餘諸藩藩士及對廢藩不滿的舊士族，乃提出「打倒藩閥，改革內政」的口號，以期顚覆薩長政府，不安空氣，彌滿全國。當時政府內部當權之士，關於對外對內的政策問題，分成了急進（武治）和漸進（文治）兩派。急進派人物爲西鄉隆盛、板垣退助、副島種臣、江藤新平等，而漸進派人物爲岩倉具視、木戶孝允、大久保利通、大隈重信等。他們所爭論的問題爲對朝鮮政策，前者唱「征韓論」（註三九）擬舉兵征韓，藉以轉移人民視線，乘機改革內政，其意不外爲失意武士鳴不平，欲藉此壓迫政府，圖獲出路。因此，此一擬議，獲得了政府一部分人士及反對藩閥分子的支持，終在閣議中通過。

此「征韓論」，後因甫自歐遊歸國的漸進派人士岩倉具視等大表反對，奏請明治天皇頒諭：「整理國政，培養民力」的勅旨，遂被強迫壓止。征韓之議既被打消，於是西鄉隆盛爲首的武治派人士聯袂於明治六年（一八七三年）辭職下野，政府權力遂落入文治派的木戶孝允與大久保利通之手。嗣木戶與大久保因征伐臺灣問題意見相左，因而辭職下野。是時政局不穩，兼以民權運動勃起，因之不滿藩閥政府情緒，日益高漲。政府當局爲緩和西鄉隆盛的情感，明治天皇於西鄉辭職後，立卽在小御所召見近衞局長陸軍少將篠原國幹等，下達詔勅云：「西鄉正三位因病之申請，確如辭呈所述。可免參議、近衞都督之職，大將之職依舊保留。西鄉本爲國家依靠之柱石，此意始終不渝。爾等不可生疑，務必一如既往，奉公守職」。此外政府當局又於明治八年（一八七五年）一月十日召開所謂「大阪會議」，（註四〇）以商討採用立憲制度問題。當時輿論對於政府的讓步雖然表示滿意，但國內不安的情勢，仍然不易消滅，致自明治七年至十年（一八七四—一八七七年）之間，先後有「佐賀之亂」、「神風連之亂」、「秋月之亂」以及「西南之役」的武裝革命發生。

所謂「佐賀之亂」係明治新政府建立後的第一次大規模的士族之亂，其首領爲前任參議江藤新平。江藤自征韓論失敗後，乃掛冠歸佐賀故里，時舊佐賀藩士中，頗有主張征韓，與期望恢復封建舊制者，這批征韓黨之人乃奉江藤爲盟主，慫恿他舉兵起事。江藤矚目四顧，鹿兒島的西鄉、土佐的板垣以及各地士族不平的空氣瀰滿三島。自計以爲率先發難，必獲全疆之響應，遂與佐賀藩士島義勇（曾任秋田縣令，係佐賀的所謂「憂國黨」領袖）等在舊藩校弘道館設置「征韓先鋒請願事務所」，糾合徒衆三千餘人，企圖以武力消清政府內部的非征韓派，強迫政府實施征韓政策。（註四一）江藤等於明治七年二月十六日舉兵，政府立卽命嘉彰親王爲征討總督往討之，卒於三月初敉平叛亂，江藤及島義勇等十一人被處梟首的首刑，其餘受處刑者達一百三十六人。江藤等的失敗，更加刺激西南士族的叛亂。

所謂「神風連之亂」，係於明治九年（一八七六年）十月發生於熊本的暴動。當時仍緬懷尊王攘夷思想的舊士族輩，以大田伴雄爲中心，組織敬神黨（神風連），反對政府的革新政策，結果於十月廿四日約二百名神風連志士襲擊兵營及縣署，殺戕熊本鎮臺司令長官種田政明少將及縣令安岡良亮。後終被鎮臺兵所鎮服，但以後發生的秋月、荻之亂則係受其誘導者也。

所謂「秋月之亂」乃福岡縣的舊秋月藩士族輩，以宮崎車之助及今村百八郎爲中心，組織主張假藉對外侵略（卽征韓），以發揚國威的集團，他們提倡征韓論。當聞悉神風連之亂時，於同年十月二十七日結集四百多位志士，前往山口縣與長州藩士前原一誠（曾任維新政府的參議、兵部大輔，後以與木戶孝允不合而罷官歸還故里批評時政）合流，不久被小倉鎮臺兵所敉平，宮崎等自盡，餘衆盡被縛捕。

所謂「荻之亂」，係長州荻士族的暴亂，其領導人物爲前述的前原一誠，這些士族每每亦私藏鎗器、彈藥，不行秩祿處分及改正地租，亦不採用太陽曆，完全不服從中央政府的政令，於明治九年十月糾合五百餘人掀起暴動，終被廣島鎮臺兵所敉平。

至於「西南之役」，係西鄉隆盛自明治六年征韓論失敗下野後，歸還故里鹿兒島興辦私校，教育鄉里青年，他們對時政不滿，不服從中央命令，儼然自成一封建的獨立國（日人稱之爲「西鄉王國」）。當時進入該塾求學的學生，多爲舊武士出身仰慕西鄉之名來歸的反政府分子，所以該校名爲學校，實際儼如政府的敵對陣營。當明治九年（一八七六年）十月熊本發生「神風連之亂」時，該塾學生頗受刺激，一時羣情激昂，有欲訴諸直接行動徵象。政府乃派遣警官十餘人前來偵察動靜，該塾學生以爲此舉乃政府派人來謀殺西鄉，遂於明治十年（一八七七年）二月十五日擁西鄉起兵以靖君側爲名反抗政府包圍熊本鎮臺，當時兵力有一萬二千人，連九州各地方新參加的士族共計四萬人。（註四二）該役歷時八個月，政府幾乎傾全國之師，設大本營於福岡，任栖川宮熾仁親王爲征討總督，以陸軍中將山縣有朋、海軍中將川村純義爲參軍，分道進剿，熊本城守將谷干城經五旬之死守之後，始突圍而與城外的官兵取得連絡。西鄉之兵雖衆，但終於不敵官軍，是年九月西鄉被圍於鹿兒島城上，戰敗自殺，戰爭乃告終結。此役官軍出兵六萬餘人，死傷達四分之一（戰死者六千二百人），薩軍從戰者四萬餘人，死亡達二分之一，消耗經費四千餘萬圓。此爲明治維新以後的唯一最大規模的內亂，而西南之役的結束，則意味着明治維新的主體勢力的倒幕派的政治生命之終結。（註四三）明治十一年（一八七八年）八月因西南之役恩賞的不公平，引起了近衛砲兵第一大隊之亂，他們乃集合荻城下的不平士族五百餘人，在士兵三添卯之助及小島萬吉指揮下於八月二十三日揭舉「殉國軍」大纛，反對新政府的改正地租及徵兵政策，同月暴亂不久之後，即被廣島鎮臺司令長官三浦梧棲陸軍少將所敉平。

西南之役官軍與薩軍之動員人數及死傷人數如下表：

	官軍	薩軍
動員人數	六〇、八三一人	四萬餘人
海軍	軍艦十一，運送船四四，兵員二、二〇〇	
死傷人數	一六、〇九五人	二萬餘人（又處刑者二、七六四人）
消耗彈藥	大砲七三、七〇〇發，槍彈三、四八九萬餘發	不詳
軍費	四一、五六七、七二六圓	不詳

上述舊士族所掀起的一連串叛亂，實因他們對當時政府的歐化政策、對韓政策、廢止家族，以及推行

社會改革等諸政策，極爲厭惡所致。但在擾攘中，當時規模最大的叛亂，當推「西南之役」，又稱「西南戰爭」。如前所述西鄉自明治六年（一八七三年）因征韓論失敗，辭去參議之職，返歸故里鹿兒島，即與同鄉志士桐野剩秋、篠原國幹、村田新八（此三人皆仕於維新政府，因西鄉之下野而聯袂下野）等興辦私校，教育鄉里青年。此一私校分爲兩類，一稱銃隊學校，由篠原國幹負責，一稱砲隊學校，由村田新八主持，學課除了專門戰術外，並由當時的碩學今藤勇輔每隔一天講授春秋左氏傳及四書。除本校外，縣內各地有分校一百三十六所，一切學校人事悉由縣令大山綱良一手任命，絕對禁用外縣人士。此外在鶴嶺社外設立幼年學校，其經費則由西鄉隆盛的賞典祿（二千石）充之，故又稱「賞典學校」，教師有英國人及荷蘭人，另於吉野村設立開墾社，稱曰「吉野開墾社」，由學生自己開墾原野，一面修習學業，一面種植五穀、粟、甘藷等。西鄉的私校之最大特色厥爲其軍事組織，其第一大隊的士兵二百六十餘名於西南之役後，進兵東京會同前述殉國軍，除砲轟大藏卿的官邸外，並計劃和近衞步兵隊協同燒燬皇宮，後因計劃洩漏，而被壓服，據說在「西南之役」發生時，東京及大阪的兩鎮臺砲兵，熊本鎮臺的步兵，以及宇都宮分營的步兵等亦曾動搖，蠢蠢欲動。

就當時明治初期日本朝野的情況而言，「西南之役」之所以發生，乃反對西化的頑固派，在西鄉隆盛的領導下，企圖以武力靖君側改造政府，之所以如此，實因他們缺乏以言論或別的民主方式來糾正政府當局的錯誤之遠見。西鄉隆盛不能算是一位明智的政治家，他不想出賣士族，不惜丟官，放棄榮華權位和士族大衆站在一起，最後走上覆亡的悲劇道路，當然不足爲訓，但至今他在某些日人的心目中卻仍有着很大的聲望。造成西鄉一派的訴諸武力以解決國事，明治新政府亦應肩負大部分的責任。蓋西鄉一派的行爲雖有背反歷史的要求，但他們個人那種潔身自愛，律己甚嚴，與典型武士的生活，恰與大久保利通、伊藤博文、井上馨等輩之奢侈貪汚相對照。明治新政府初期的貪汚腐化，雖然根源於過去的陋習，並將變爲黑格爾（Hegal）所說的「如嬰孩時代的鞋子」，但它的拋除，絕非短時間所能奏效實現的。

自西南戰爭以後，有組織的武士團勢力完全消滅，日本以後，再未發生內亂，明治維新的基礎，從此鞏固。惟此役之後，政府威信雖已確定，然反對的力量，依然存在。但從前誤認天下大事，只有兵力最爲厲害可靠，足以奪取政權的士族及失意政客，皆知以武力與政府抗爭的不利，深深地領悟到武力成功的前提，是在人民大衆的需要，在時代的要求。因此咸惕然自警，引爲龜鑑，遂放棄以武力奪取政權的念頭，把反政府方式改變轉向於民主運動，以言論貫徹其主義來對抗政府，也爲着此一原因，板垣退助繼西鄉隆盛，成爲時代的指導者，而大勢所趨，終於啟開了以後自由民權運動，以及政黨政治的先河。

第六節　近代文化的萌芽

前已述及，文化的接觸原是人類進步的標幟，它和文明有其不同的內涵。通常所謂「文明」乃指人類社會開化的狀態，大都是指物質應用的東西，而「文化」則因其根據源於歷史及環境的產物，指物質方面之外，尙包含有精神作用，它可以說是一個綜合體，它包括人類進化的一切思想、制度與生活。是故文化所具有的特性，它不僅具有傳播性和同化力，同時又可由模倣學習取得。

自中古時代以來輸入日本的中國文化，曾在日本人細心的咀嚼消化之下開花結果，使日本在西風東漸以前，一直沐浴於中國文化的薰陶。但文化的發達到了某種程度，便臻爛熟，就要發生停滯委頓的現象，如欲打破這種衰微不振頹勢，便需要創造新環境，亦卽需要新的刺激。迨及德川時代末季，受了歐美諸國的壓迫，和尊皇佐幕，開國攘夷等紛爭不已，激盪人心，刺激了一般人民的情緒，趨於緊張，因此對於文化的影響亦甚大，如西洋學術文明輸入後，國體思想及政體思想的發達等都稍有可觀，但其效果的擴大，卻在明治維新以後的事，而發展的結果，卻培植了日本人的「和魂洋才」的民族意識，進而積極地攝取吸收歐美的物質文明。但是日本於明治維新後在吸收導入歐美的先進物質文明時，避開了歐洲的指導思想，而創立了自己的近代化指導思想——卽「東洋精神，西洋技術」，申言之，「學問技術採於彼，仁義道德存於我」，把日本近代化的諸多因素納入了日本獨特的「絕對主義天皇制」的框框內加以運用，以歐美的社會和文化爲範例，努力移植科學、技術、法律和政治制度、教育制度以及資本主義產業組織等。

明治維新初期的民權論大師福澤諭吉在「西洋事情」一書（慶應二年，一八六六年出版）中，稱讚西歐的進步政治爲之「文明政治」，極力鼓吹日本應以西洋文明爲目標而加以移植，用以建設日本的新文化。此一論調，後來又在明治八年（一八七五年）出版的「文明論之概略」一書，加以闡揚。「西洋事情」一書後來成爲朝野談西洋文明，說開國必要者的參考書，卽維新政府的新政令，多出於該書的暗示。

明治新政府成立後，繼承了德川時代末季所持的開化政策，確立「開國和親」的國是，對西洋文化的攝取不遺餘力，爲了獎勵洋學，除了招聘外國教師，派遣海外留學生外，復翻譯刊行歐美的學術著作或啟蒙書籍。於是西洋文明之攝取，文明開化在廢藩置縣後數年間成爲流行語，並及於民衆的風俗，但當時民智未開，民間文化水準尙極爲低落，因之不能期望由下層民間啟導的文化運動，所以文明開化亦如同殖產

興業一樣，完全由政府的獎勵政策加以推行。難怪日儒稱這種文明開化運動爲之「自上推行的近代化」。（註四四）

明治二年（一八六九年）把東京的昌平校改爲大學校，最初係官立學校，以復古主義爲前提的國學研究爲中心，另外輔之以專教洋學的開成、醫學的二校爲兩翼的一種綜合大學形態。但這種綜合大學在創辦一年後便崩潰，開成、醫學之二校改爲大學南校、大學東校，前者專門教授洋學，後者教授醫學，國學於是衰退而洋學開始抬頭，不旋踵發展成爲西洋式的 University，降及明治十年（一八七七年）改爲東京大學（Tokyo University）（見次頁），成爲一所擁有文、理、法、醫四個學部的綜合大學。這一種現象，不僅學校教育如此，同時廣泛地表現了政府的文化政策，係由復古主義急速地轉向文明開化的開明主義之途發展。

當我們翻開明治初期移植西洋文化的系譜來看時，最爲耀目顯著者厥爲英、美系的資本主義文化。此蓋因自德川時代末季的開港和外國通商貿易後，與英、美兩國的接觸最爲密切，因此，英、美的資本主義文化，對於處在資本主義形成期的年輕的日本而言，乃最爲適當的模仿對象，並加以吸攝之。當時雖然早已和德國發生邦交，但在文化方面的交涉卻不能與英、美等量齊觀，學術方面，則只有醫學的移植模仿而已，但政府在國體觀念方面自始則着重德國式的國權富國強兵思想，是以當時自英美輸入了布爾喬亞的自由主義思想，自德國則學習了官僚的國權思想，自法國所學得的是法學——尤其是其急進的民權思想，並聘請法國學者波亞索那（Boissonade）來日本參預法典編纂工作，此外盧梭、孟德斯鳩等民權派革命思想家的著作亦被譯爲日文，而予日本民權思想及憲政運動的發達以莫大助益。（註四五）凡此種種，可知明治初期雖自西洋各國輸入了思想、文化，但做爲文明開化的指導理論者，仍然是英美系的自由主義、功利主義以及關於東京大學的沿革如下表所示：

洋學所（安政二年）——蕃書調所（安政三年）——洋書調所（文久二年）——開成所（文久三年）——大學南校（明治二年）——南校（明治四年）——第一大學區第一番中學（五年）——東京開成學校

醫學所——（大病院所屬）（明治元年）
軍陣病院——大病院
→ 醫學校兼病院（明治二年）——大學東校——東校（三年）——第一大學區醫學校（五年）

精得館——長崎醫學校

→ 東京醫學校（七年）

東京開成學校、東京醫學校 → 東京大學（明治十年）

明法寮（屬司法省）——東京法學校

工學校（屬工部省）（五年）——工部大學校（十年）

農事修學場（內務省勸業寮）——駒場農學校
樹木試驗場（內務省地理局）——東京山林學校
→ 東京農林學校（農商務省）（十九年）

東京大學、東京法學校、工部大學校、東京農林學校 →（十年）帝國大學（明治十九年）——東京帝國大學（明治三十年）

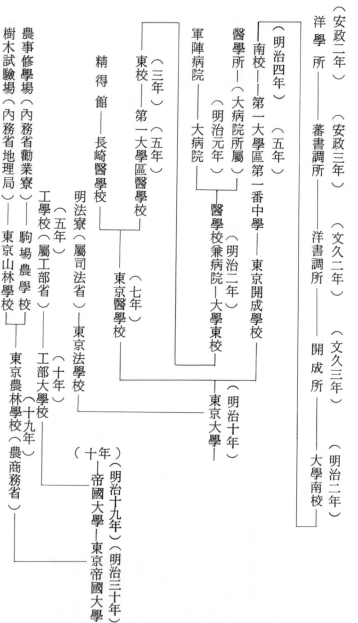

合理主義的思想。但擔負這種汲汲於吸攝輸入歐美文化的責任者，與彼英美不同，並非發自國民普遍的內心，而是由少數官僚和知識分子如森有禮、西村茂樹、津田眞道、中村正直、西周、加藤弘之、箕作秋坪、箕作麟祥、福澤諭吉、杉亨二、神田孝平、中江兆民等以及由政府當局由上利用政治力量加以推進，因之難免帶有啟蒙專制的色調。

明治初期的文明開化，若從近代社會的建設歷程以觀之，自抽象的哲學思想以至於實用技術等皆加以吸收移植。在這種西洋文化的吸攝過程中，日本已邁進了近代黎明的啟蒙思想的時代。藉由此一文明開化而使日本能夠完成了近代文化的肇始，但由於其速度頗爲急激，因之與舊有封建社會所遺留下來的保守思想傳統文化形成一顯著對比，傳統的東西悉被認爲是舊弊、因循、姑息而受到排斥。但在此歐美文化輸入過程中，儒家思想尚佔有其光耀的地位，蓋因儒家的教養係中古時代以來一千多年的傳統，一直支配着一般日本國民的思想及社會規範，即使站在文明開化先鋒的洋學者，亦都出身於儒家之門，因此，當時對於西洋的思想及學問的攝取，仍然以儒家的理念爲基礎。所以在明治初年，並不因文明開化而有過徹底或過激的思想革命，或近代化革命。當時所謂文明開化，當然是邁向近代社會建設期的資本主義之展望，因此，其重點亦即爲西洋的科學精神及物質文明的移植。

自明治四年（一八七一年）廢藩置縣確立中央集權政府之後，政府除積極展開「富國強兵，殖產興業」政策外，在文化政策方面亦帶有積極性，而產生了所謂「文明開化的時代」，而擔負這一文明開化政策的重責者，則爲文部省。

文部省係創始於明治四年，由明治三年設置的大學校所演化來的，它是全國文教行政的樞軸，初任負責人爲江藤新平，繼之者爲大木喬任，他們爲了推行近代化教育，乃設置編輯局，大量廣泛地從事教科書、字典、百科全書等的編纂及翻譯，因此，在創設伊始，文部省便已打出開明的政策。代表如此積極性政策者，厥爲明治五年（一八七二年）八月公佈的學制，此一學制可說是已表明了劃時代的教育方針，（註四六）其主旨在於採用法國式的學區制度，將全國分爲八個「大學區」，每區置一大學，每一「大學區」分爲卅二個「中學區」，每區設一中學；每一「中學區」分爲二百十個「小學區」，每區設一小學。預計全國設置八所大學，二六五所中學，五三、七六〇所小學（昭和四十年——一九六五年五月日本全國小學總數爲二六、六一五所）。若以當時的人口爲準，則每六百人則有一所小學，且採用強制的義務教育主義，命令各府縣強迫實行。由於小學的設施，經營費用悉由村民負擔，因此在各地方掀起了反對學校的騷亂，甚至有搗毀小學之建築者。此學制公佈後的翌年，全國有公立小學八千所，私立小學四千五百所，公佈後第六年全國小學總數超過二萬所。（註四七）此一新學制雖然太過理想，不合實情。徒增人民及國庫之負擔，若以教育政策而言，雖未能謂爲成功，但對於國民生活的啟蒙及文明開化的功用卻負有重大的使命。蓋政府當局期望此一教育制度能做爲移植西洋文化的窗口，且其教育內容重點則放在爲促進殖產興業之實用之學，但自明治十年（一八七七年）以還，隨着近代思想的傳入，個人的自由權利及參政權的要求，促使自由民權運動急激發展，使得維新政府當局恐懼因而失去政權。他們認爲此一危機，實係導源於期待以學校教育爲輸入西洋文化的窗口有以致之，因此，乃把教育的目標轉向於傳統價值的溫存以及武力的強化。於是自明治十九年（一八八六年）由當時文部大臣森有禮進行改革，頒佈學校令，以帝國大學爲學校制度的頂點，乃把教育的任務轉換爲「扶翼天壤無窮之皇運」的皇化國家主義教育爲其最高目標，用以培養服務國家的國民。

上述明治五年頒布的義務教育制度的推行，係自上而下的啟蒙政策。當時與此並行，在民間亦有了啟蒙運動的興起。其一爲基督教的傳教，另一爲新聞事業的發達。

對於基督教，明治初年仍繼承德川時代的禁壓政策，但當岩倉具視等一行自歐美考察回來後，認爲爲了修改條約必須撤除對於基督教的禁止，後來廟議通過，乃於明治六年（一八七三年）命令撤除設在全國各地的禁止基督教牌示，從此基督教逐漸流傳日本，隨着基督教的傳佈，外來的傳教師除傳教外，又從事設立學校、救貧、醫療等文化或社會運動，遂使基督教有西洋文化代表者之觀。當時新教各派乃紛紛派遣優秀的傳教師來日傳教，因之自明治五年（一八七二年）前後，在橫濱、東京、神戶、大阪等大都市設立教會，連士族及智識層人士亦有信教及傳教者，如中村正直、新島襄，則屬中心人物。明治九年（一八七六年）一月，海老名禪正、金森通倫、橫井時雄、德富蘇峯等卅五位青年集於熊本郊外的花岡山，發表信奉基督教的宣誓。明治八年（一八七五年）新島襄在京都設立同志社，實施基督教教育，橫井時雄、海老名禪正、德富蘇峯等（原在熊本英學校修讀者），皆投奔來歸，餘如橫濱修文館、熊本英學校、青山學院、明治學院等亦皆係外人傳教師所設的傳教學校（Mission School）。當時基督教除了對於西洋文化的輸入，曾經提供重要的貢獻外，其教義中的博愛人道主義、社會主義、人格平等等觀念，也引起了知識分子和青年階層深厚的共鳴。

次就新聞雜誌而言，它對於西洋文化的介紹及普及，以及國民近代化的思想啟蒙貢獻最大。新聞報紙的移植日本肇始於德川幕府末季，尤其是幕府所辦開成所的洋學者輩，如柳河春三等卽爲其佼佼者。文久二年（一八六二年）幕府的洋書調所的「巴達維亞新聞」、「六合叢談」以及元治元年（一八六四年）岸田吟香在橫濱刊行的「新聞紙」（宋版印刷，每月刊行兩次）等，實爲日本報紙的嚆矢。明治元年（一八六八年）政府在京都發行「太政官日誌」，在江戶發行「鎭將府日誌」，刊登政府的布告、命令、任命等事項，此卽今日所謂的「官報」的濫觴。明治初年，以東京爲中心的洋學者或戲曲者仍然兼攝記者職務而活躍，或撰述內外消息，或撰文評論時局，當時其內容雖然簡樸，但就出現了言論機關而言，在日本近代社會的創始期係值得特筆讚美的記事。尤其是當時的發行人或記者，多屬幕府系之士，因此對於薩長藩閥政府每能堅守批評立場，且富於新文化敎養，因此，自能負起輿論指導的地位。當然他們的批評性言論難免與政府的專制化有所衝突，終於帶來了言論危機現象，但此亦足以表現當時的新聞雜誌對於文明開化的進步，具有極其重大貢獻。

新聞及雜誌最先並無明顯區別。明治三年（一八七〇年）發行的「橫濱每日新聞」（由神奈川縣令井關盛良所刊行）係第一份日刊新聞，繼之者有「郵便報知新聞」（中心人物爲栗本鋤雲、矢野文雄、犬養毅、尾崎行雄等青年記者）、「新聞雜誌」（木戶孝允）、「日新眞事誌」（英人布拉克所刊行），明治五、六年之頃，新聞雜誌的發展頗爲顯著，不僅東京爲然，卽使各地方亦出現了地方性新聞。抑有甚者，官憲新聞的對峙，亦開始產生。尤其是明治十年代的自由民權運動，以新聞爲武器而採行言論攻勢，民權派志士同時又是新聞從業員，兩者之間的關係，極爲密切。又文學亦以此新聞爲媒介舞臺而大受大衆歡迎。因此，新聞報紙對於日本近代文化的發達，可說是盡了最大貢獻。當時新聞記者之中，以福地源一郎（東京日日新聞）、成島柳北（朝野新聞）等較爲著名。雜誌除了柳河春三的「西洋雜誌」（一八六七年）

爲先驅外，明治七年（一八七四年）有明六社發刊的「明六雜誌」、慶應義塾的「民間雜誌」、共存同衆社的「共存雜誌」等先後刊行，民權派則有海老原穆的「評論新聞」、林正明的「近時評論」，文學雜誌則有服部誠一的「東京新誌」、成島柳北的「花月新誌」等。刊行「明六雜誌」的明六社乃福澤諭吉、西周、加藤弘之、津田眞道、中村正直、神田孝平、西村茂樹、杉亨二等洋學者的集團，該社的社員殆爲舊幕府人士，因此，其言論多少帶有批評薩長政府的色彩。上述言論報導的新聞雜誌的發刊，對於介紹西洋文化給日本人，大有貢獻。不過就明六社的成員言，他們大都是當時社會的領導階層，彼等過分媚外崇洋的思想言行，從日常生活習慣，以及國家的侵略作風，無不徹底模仿下去；一方面直接影響新政府的政策，同時對於當時的日本青年，發生鼓舞誘導的作用。因此，使青年們也盲目地孕育崇拜西洋人的功利主義，舉國上下都是夢想「海外雄風」，以致使日本提早軍國主義的實現，他們實應負部分責任。

由於西洋文化不斷地湧入，最初僅限於幾個大城市的文明開化，後來透過新聞、雜誌、劇曲、錦繪等爲媒介。逐漸地浸入普及於日本全國各角落，因之對於日本國民生活予以很大影響，其中衣食住與生活文化的變貌，已感染了西洋色彩。此一色彩以東京爲中心，後來被稱之爲「明治風」。首先政府於明治四年（一八七一年）命令散髮和廢刀，從此散髮幾乎成了新思想的象徵。洋服（西裝）早已在慶應三年（一八六七年）被軍隊所採用，而民間亦逐漸流行，結果明治五年（一八七二年）十月政府規定以洋服爲正服及禮服，舊式禮服只限於祭祀時穿着，於是從官吏、警察、教員等公的生活，到庶民私的生活，洋服均已通用。（註四八）食物方面，亦表現出西洋風氣，一向嫌惡的牛肉，現在也流行起來，東京市場牛肉店到處皆是。洋燈、煤氣燈，代替了提燈和蠟燭，馬車、人力車、火車代替了轎子和馬。洋式建築亦已出現，除了東京築地的築地旅館（一八六八年）、東京爲替（滙兌）會社（一八六九年）、第一國立銀行（一八七二年）、三井組本店（一八七四年）等洋式磚造建築物外，在東京銀座街一帶，迄明治五、六年（一八七二、七三）之頃，紅磚的洋樓並立了起來。（註四九）

這種生活文化的近代化，亦終於波及於制度方面的革新。明治五年（一八七二年）十一月頒發改曆之詔，廢除了一向慣用的太陰曆而採用了太陽曆，並於是年十二月三日折算爲明治六年一月一日，過去的一日十二刻制，亦改爲一日廿四小時制，並且採用一週七日的制度。從此日本的曆日與西洋完全一致。此外每週星期六下午、星期日、或祭日的休息，亦皆爲文明開化之下的產物。

上述明治初期的所謂「文明開化」，實際上只是一種流於表面上的、形而下的事物的革新，而忽視了西洋文化根本精神的闡明。因此，對於舊有文化，時有無謀無慮的破壞與蔑視。例如否定舊有風習，廢佛毀釋，拆除各地城廟的城樓，採伐具有長久歷史和美的價值之東海道和吉野山櫻樹等，皆因迷惑眼前的實利，而把傳統文化的遺產加以破壞的一大明徵。這種盲從衝動的措施，使許多美術品流落海外，帶來了德川時代二百餘年的鎖國之間形成的種種藝術的衰微。

第七節　明治維新的本質與斷限

日本近代史的發展，有人把它比作「東方的彗星」，說它「像彗星一般地躍登歷史舞臺，又像彗星一般地消失了」。（註五〇）此實緣於日本自一八六八年明治維新開始的一連串自強近代化運動，能照預期的迅速發展成功，然降及昭和初年軍閥竊取政權後，很快地使日本因發動一連串對外侵略而使日本在短短七十餘年所累積的國力幾乎全毀，迨及第二次世界大戰後，日本又能迅速復興之故。

前已述及，明治維新是十九世紀後半葉在一個亞洲的封建國家裏發生的一場巨大的政治、社會及經濟變革運動。明治維新在本質上，一方面是變革幕藩體制（破舊），一方面是扶植資本主義（立新）。日本參預維新之士在這場鬥爭中，不但推翻了長達二百六十多年的德川幕府的統治，同時抗拒了西方列強的侵略，勝利地獲得了民族獨立，發展資本主義經濟。

明治維新既然是日本走上近代化資本主義國家發展的里程碑，然則明治維新的斷限如何？關於明治維新有廣狹兩義。狹義的明治維新乃特指歷史事件，此乃無可爭議的，其完成可說是終止於明治十年的西南之役。至於廣義的明治維新係指一系列事件所構成的歷史過程，它究竟始於何時，終於何時？日本學者之間對此問題意見紛云。（註五一）不管如何分歧，但經過了明治維新，日本從封建社會轉變為資本主義社會，卻是不爭的事實。從這一觀點言，這個轉變過程的起始點應該是一八五三年的「黑船來航」，而其終點便是一八九四年中日甲午之戰的爆發及日英新約的簽訂。蓋「黑船來航」，日本被迫不得不放棄閉關自守而開國，其意義恰如第一次鴉片戰爭之於中國，日本遂被納入世界資本主義體系，而日本的封建經濟進一步地崩潰，一個轉向資本主義發展的革新勢力逐漸形成。至於「日英通商航海條約」的簽訂為一八九四年七月十六日，此後不到十天中日甲午之戰爆發。這個條約使日本一掃三十年的汚辱，則身於國際友誼伙伴中。（註五二）從此日本由被壓迫民族轉變為壓迫他國民族，且由於日英新約的簽定，日本的國際地位亦有所改變，德川幕府末年與歐美列強所簽訂的不平等條約的廢除也只是時間性的尾聲（按不平等條約的完全廢除在一九一一年）。

從一八五三年的黑船來航至一八九四年的日英通商航海條約的簽訂之四十一年的歷史過程，可把其劃分爲三個階段，第一階段爲一八五三年至一八六八年，其主要內容爲攘夷倒幕；第二階段爲一八六九年至一八七七年，其主要內容可概括爲破舊；第三階段爲一八七八年至一八九四年，其主要內容可概括爲立新。此三個階段涵蓋了日本從封建主義轉化爲資本主義的全部過程。

明治維新與公元六四五年的大化革新，是日本歷史發展的兩大里程碑。無論從日本民族發展或推動日本社會進步來說，明治維新的意義都超過了大化革新。有人指稱明治維新是民族革命，（註五三）不問其眞實性如何，但明治維新卻使日本贏得了民族獨立，建立近代化的民族國家，蓋明治維新從國內情形來看，它使日本從封建體制走向資本主義體制，從封建民族發展爲資本主義民族。從對外關係而言，明治維新斷行結果，廢除了不平等條約，並贏得了自身的富強，而富強是民族獨立的基礎。

在明治維新運動過程中，一批代表新興資產階級和資產階級化貴族利益的啟蒙思想家，如西周、福澤諭吉、西村茂樹、加藤弘之、中村正直等人，積極宣傳歐美文化，以歐美文化爲目標，另一批出身下級武士的資產階級或出身資產階級化的貴族，他們是推動日本近代化的傑出領導者又是親自實現日本歐化的實行家，如岩倉具視、木戶孝允、大久保利通、伊藤博文、山縣有朋、井上馨和西園寺公望等，他們雖然出身經歷不同，但對實現日本近代化的目標上，則完全贊同「脫亞入歐」的西歐化方針，並在國內積極開展了政治、軍事、經濟、文化等全面歐化的移植運動，大量地移植引進了英、美、法、荷等先進國家的各種政治與經濟制度和先進的科學技術與文化教育。在「殖產興業、富國強兵」及「文明開化」的口號下，參照歐美經驗，結合日本國情之需要，採取一系列的巨大而果敢的革新措施，制訂出日本式的立憲議會制度、官營保護企業制度、金融貨幣制度、交通運輸制度、常備兵制度，以及國產品使用獎勵制度等，尤其對日本經濟的近代化措施特別具體釐定，在工商業、農林水產、貿易、畜牧、金融及交通產業等，作全面實施改革，（註五四）其目的在於「脫亞入歐」，俾使日本早日進入近代資本主義國家之林。

註　釋

註　一：井上清著：「日本の歷史」（中）八八頁。

註　二：井伊直弼所發動的「安政大獄」經緯詳閱小西四郎編纂：「明治維新」七二—七五頁，池田敬正等著：「明治維新史」第二章第五節。

註　三：安政大獄之後，水戶藩內部分為穩健派與激烈派，前者主張遵從朝命，而激烈派則有天狗黨的組織，他們與薩摩藩士共同密謀刺殺井伊，並圖以薩摩之兵，控制京都，借勅命改革幕府。「櫻田門之變」狙殺井伊直弼之有村治左衛門係薩摩的浪士。

註　四：日本的攘夷運動，自文久元年（一八六一年），頻頻發生殺傷外人，襲擊英國使館事件。文久二年（一八六二年）五月有護衛英國使館的松本藩藩士伊藤軍兵衛不小心誤入英國使館，英方頓取強硬態度，派守備衛護使館，兩方正當交涉之際，於是年八月廿一日薩摩藩主島津久光在四百餘名衛士護衛下由江戶回國，在行經神奈川附近的「生麥」途次，其仗儀隊為四名英人衝撞，其侍從武士當時將李查遜等三位英人（男）斬殺於馬前（按日本在封建時代諸侯外出仗儀極為隆重，一般百姓，皆須伏道郊迎，如有衝撞，格殺勿論）。時駐橫濱的外國人聞悉此事大為激憤，強求外交官採取強硬措置，於是英國領事乃企圖動員當時入港中的英、法、荷的海軍士兵以逮捕島津久光。英國代理公使認為事態嚴重，除了阻止橫濱英國領事的行動外，向幕府當局提出嚴重抗議，在本國政府訓令下，於橫濱內港結集十二艘英國軍艦做為後盾，要求幕府嚴懲兇手，並要求薩摩藩向被害者致送二萬五千英鎊的慰問金，另向幕府索求賠償十萬英鎊。在軍艦砲威的壓服下，幕府於一八六三年五月九日以十萬英鎊賠償了事，此一事件史稱「生麥事件」。

註五：文久三年（一八六三年）上半年京都尊王攘夷派的勢力極盛，朝廷中亦全爲激烈派的少壯公卿所支配，將軍德川家茂在尊王攘夷派的壓力下趨赴京都謁見天皇。是年三月孝明天皇行幸賀茂神社祈禱，德川家茂、慶喜隨侍前往，天皇問以何日實行攘夷，家茂答以五月十日。是時英國對「生麥事件」的賠償一事一再催迫，但朝廷則命幕府拒絕賠款要求，幕府進退維谷，最後在四月間先承認賠款，而後議處兇手。當時盛傳浪士們將襲擊外人集居的橫濱，各國紛紛提出警衛的要求，幕府只有允許各國可以派遣軍隊擔任警備，嗣後便開外國駐兵橫濱之例。正當幕府對外國處處委曲求全之際，尊王攘夷派的長州藩於一八六三年六月廿五日及七月初，先後對駛過下關海峽的美、法、荷三國船隻開砲。於是在同年七月中旬由美國軍艦懷俄明號及法國軍艦兩艘前來下關報復，擊沈長州藩的蒸汽艦兩艘，另重傷一艘，法國兵二百五十名上岸破壞砲臺，並燒焚民家二十餘戶，嗣後美、英、法、荷四國又在美國公使領導下，於一八六三年七月廿五日一齊向幕府抗議，要求懲處長州藩。這一事件史稱「長美法荷之戰」。

註六：前述「生麥事件」及「長美荷法之戰」後，文久三年（一八六三年）六月以英國爲中心與美法荷三國代表決定遠征日本下關（馬關）計劃，幕府當局對此一擧鼓掌稱快，認爲可使長州藩屈服而削弱尊王攘夷派的聲勢。元治元年（一八六四年）九月五日，美英法荷四國聯合艦隊以十七艘軍艦大砲二百八十八座，士兵五千十四名，另英國輸送船三艘開始軍事行動，轟擊下關砲臺，翌六日二千餘名陸戰隊上陸，打毀砲臺並奪去備砲，三日後各處砲臺紛紛陷落。結果由幕府及長州藩與外國公使交涉賠款三百萬圓（做爲不燒毀下關街及戰費的報酬）爲講和的條件，並恢復外船通航下關海峽的自由，不得再建砲臺，於九月十四日和議成立。這一次行動，使得居於尊王攘夷派領導地位的長州藩，亦認識了外國船堅砲利之厲害，並覺悟了夷勢不可侮。

註七：鳥巢通明著：「明治維新」一一四頁。

註八：所謂京都方面所提出的三大改革案爲：①將軍入京。②以沿海各諸侯爲幕府五大臣，並由彼五大臣執掌對外政策。③以一橋慶喜爲將軍輔佐，松平慶永爲幕府大老。

註九：井上清著：「日本の歷史」（中）一〇九頁。

註一〇：讀賣新聞社編：「日本の歷史」⑽明治維新一五二—一五三頁，池田敬正等著：「明治維新史」第六章第三節之⑶。

註一一：坂本龍馬所擬定的「船中八策」內容爲：①奉還天下政權於朝廷，政令宜出諸朝廷。②設上下議政局，置議員參贊萬機，萬機宜決諸公議。③有才幹之公卿、諸侯及天下之人才應供備爲顧問，賜予官爵，向來有名無實之官職悉宜消除。④外國之交際應廣取於公議，確立至當之規約。⑤折衷古來之律令，重新選定無窮之大典。⑥宜擴張海軍。⑦設置御親兵，以司守衛帝都。⑧宜與外國交涉金銀貨物之平均貿易。

註一二：當時新政府不但使德川慶喜辭去內大臣之職並要他奉還四百萬石的領地。

註一三：英儒 W.G. Beasley 在其「The Meiji Restoration」一書中稱明治維新既非資產階級革命，亦非絕對主義，而是民族革命。

註一四：胡漢民編：「總理全集」第三集二五五頁。

註一五：參閱大日本外交文書第一卷第一册二七七—二七八頁。

註一六：服部之總著：「近代日本の成立」二四四頁。

註一七：讀賣新聞社編：「日本の歷史」⑽明治維新一七二—一七三頁。

註一八：一八六八年三月十五日維新政府所發表的「五榜之揭札」爲①應遵守五倫之道。②禁止組織徒黨、強訴及逃散。③禁止基督教。④遵從萬國公法和外國交涉，並禁止對外國人加以暴行。⑤禁止自鄉村逃脫。以上第一至第三條乃蹈襲德川時代之舊禁，由此可知維新政府尚帶有封建性的支配民衆之觀念，亦可證明新政府尚未完全脫離封建的保守主義的色彩。

註一九：藤井甚太郎著：「日本憲法制定史」五九頁。

註二〇：穗積八束著：「憲法制度の由來」。

註二一：遠山茂樹著：「明治維新」二三一頁。

註二二：野村秀雄編著：「明治大正史」第六卷政治篇一六頁。

註二三：文武天皇大寶元年（公元七〇一年，唐中宗嗣聖十八年）由刑部親王藤原不比等完成律六卷令十一卷，是爲太寶律令。

依此律令中央政府的組織有神祇、太政兩官，中務、式部、治部、民部、兵部、刑部、大藏、宮內等八省。——關於太寶令的古制詳閱拙著：「中國文化之東漸與唐代政教對日本王朝時代的影響」第二編第二章第一節第二款第一目。

註二四：「版」即版圖，乃領地（土地），「籍」即戶籍，乃人民。

註二五：參閱加田哲二著：「社會史」九五－九七頁。

註二六：甘友蘭編：「日本通史」（下）三七六頁。

註二七：加田哲二前揭書一〇一頁：新聞資料研究所編：「資料日本近代史」第四章明治四年一三頁。

註二八：按當時穢多有二十八萬三百十一人，非人有三萬三千四百八十人，皮作等雜種七萬九千九十五人，合計卅八萬二千八百六十六人（參閱加田哲二著：「社會史」一二一頁）。

註二九：鳥巢通明著：「明治維新」二〇九頁。

註三〇：「太政官日誌」明治六年，第八號。

註三一：宗門帳又稱寺證書，此係德川幕府時代在實行鎖國政策後，爲嚴禁基督敎流傳於日本國內，乃令全國人民皆須向某一定的寺院，請求登記，隸屬於一定的寺院，信奉一定的宗派，並使每一佛寺均須作成改宗人口名冊或入寺的證書。這種制度又稱爲「寺院制度」。

註三二：明治初年中央地方官廳官吏中士族大致佔百分之八十以上，明治十三年（一八八〇年）還有百分之七十四，約佔全體士族四十萬戶之一成。

註三三：吉田東伍著：「維新史八講」二六〇頁。

註三四：讀賣新聞社編：「日本の歷史」⑽明治維新二〇二頁。

註三五：參閱大內兵衛、高橋正雄、土屋喬雄合著：「日本資本主義研究」上卷一四一頁及二一六頁：「原敬日記」明治十六年十月廿二日條。

註三六：明治新政府爲了鞏固其基礎，首要工作自是安定財政。在維新之初，最大的歲入是承襲過去年貢（田租）的地租，最大的歲出是士族的家祿與陸海軍的軍費。因此爲了安定財政起見，政府乃毅然實行地租改正。關於地租改正最大的措施則爲明治六年七月頒佈而於明治八年實施的「地租改正條例」。此一改正令是將從前以收穫量爲標準的納稅辦法，改爲以地價爲標準徵稅。其要點爲：①舊年貢以土地的收穫量爲基標，水田納米，旱田納農產品或折現金，新地租一律按土地的價格繳納現金。②稅率訂爲地價的百分之三，另徵附加地租三分之一的地方公費，豐年不增，凶年不減。③舊年貢係徵自直接經營農耕者，新地租係徵自土地所有權者。在實施地租改正條例後，政府徵收的租稅固然較之德川時代爲少，而耕作人亦減少了百分之二。其情形如下表所示：

	國家	地主	耕作人
德川時代	三七%	二八%	三五%
地租改正條例	三四%	三四%	三二%

由上表可知，新地租制實行後，獲利的只有地主階層，至一般的耕作人並未因此減輕負擔，因此農民對之大表不滿，全國各地曾經發生了多次農民暴動及抗租事件。新政府對此頗感棘手，終於在明治十年將從前百分之三的徵收額，減爲百分之二·五。

註三七：王政復古後，爲建立中央統一集權國家必須將兵馬大權收歸天皇，明治三年（一八七〇年）三月山縣有朋及西鄉從道自歐洲考察兵制歸來，於同年十月頒布詔令飭命海軍取範英國式、陸軍取範法國式，以統一兵制，並於翌年二月從薩、長、土等三藩徵調一萬名兵卒爲親兵（明治五年改稱近衛兵）。廢藩置縣之後，復選要衝之地設置鎮守區，使此等親兵分駐爲常備兵。然後於明治五年（一八七二年）十一月廿八日頒發太政官告諭，翌年一月十日頒發徵兵令，不拘士族或平民，年達二十歲之男子，除一部分而外，均須編入兵權。

前述太政官告諭中有云：「天地間一事一物，無不有稅以充國用。凡爲人者皆不可不盡心竭力以求報國，西人稱之爲血稅……」此一「血稅」名詞當時一般農民不明眞相，誤爲新政府眞的要榨取農民的血液來供國家之用。當時曾謠傳：「所謂血稅者係榨血之意。藉徵兵令徵調青年，使其倒弔，把其血讓給西洋人飲喝。橫濱的夷人所飲之葡萄酒，實即爲日本青年的血液。餘如紅毛布、紅軍服或紅軍帽亦皆以血所染成的」。因此，人人恐惶，掀起了暴動，日人稱這種暴動爲之「血稅一揆」。

註三八：明治四年的騷亂（一揆）廿四件（其中廢藩前三件），明治五年十六件，明治六年卌六件，明治七年十三件，上述各年度的騷亂事件，肇事者達一萬人以上之大騷動有十一件，其中的六件集中於明治六年。尤其是反對徵兵制及學校制度之數萬人的騷動在中國、四國、九州連續發生。反對徵兵的騷動共有十五件。這些騷亂中之最大者，厥爲明治六年六月發生於九州福岡縣嘉麻、穗波兩郡三十萬人一連九天的騷動。這是因米價高漲而感苦惱的一般升斗小民的騷亂，他們除向米店、酒店、醬油店、放高利貸者及富豪之家示威搗毀四千家，並襲擊學校及官署數十所，最後連縣署亦被燒毀。

註三九：所謂「征韓論」的鬥爭，係起於明治四年（一八七一年）。原來在文化八年（一八一一年）將軍德川家齊就職時，改朝鮮使節節儀，迎之於對馬，拒其入國，自此以後，遂不復往來。明治維新後朝廷以宗重正爲修信史，赴朝鮮告以王政復古，並求修好，時朝鮮國王李熙之父大院君執國柄，採取鎖國政策，只認清廷爲君主爲皇帝，見日本國書中有「大日本皇帝」、「奉勅」等語，因此不悅而拒絕不受，又令全國中，凡有人與日人往來者處死刑。宗重正未能完成使命，失敗而歸日本。明治三年日本又遣外務權少丞吉岡弘毅赴韓詰問遲不答覆之罪，仍不得要領而還。因此，日本國內遂有「征韓論」的發生。明治五年又遣外務大丞花島義賀等至朝鮮，要求通好，朝鮮仍不與理會，因之征韓論更盛。時日本中央政界人士分爲文治、武治兩派。文治派（漸進派）的重要分子岩倉具視等主張修明內政，充實國力，再進而與列強並駕齊驅；武治派（急進派）人士西鄉隆盛等則主張發揚國威於國外，兩派時起傾軋，明治六年朝廷有征韓論之議，西鄉隆盛等武治派皆主張贊同之。是年九月岩倉具視、木戶孝允、大久保利通、伊藤博文等一行外遊返國（明治四年十二月出國），這時征韓論之紛爭，正等待他們來表示意見。岩倉等考察歐美各國之政情國力，略知其文明概況，認爲內政改革爲日本國家的急務，力斥在國力未足之前舉兵征韓於日本不利。但西鄉等卻堅決主張出兵征韓，相持不決。太政大臣三條實美不能裁決，託病不入朝，岩倉等亦提出辭表，後來西鄉隆盛亦託疾辭職，明治天皇勅諭允許之。西鄉提出辭表之翌日副島種臣、後藤象二郎、江藤新平、板垣退助等各參議聯袂辭官，與西鄉有直接關係的文武官員，幾全部引退。此即世所稱的「征韓論」。

註四〇：明治八年（一八七五年）一月十日掌握政府實權的大久保利通（薩派）由伊藤博文、井上馨二人從中斡旋，邀請木戶孝允及領導民權運動的板垣退助，在大阪舉行會談，商討有關開設民選議會事，是即所謂「大阪會議」。會中通過：①爲防止政府少數人專擅政府大權，設立元老院，以愼重立法事業，作爲他日開國會的準備。②爲鞏固審判的基礎，確保司法權的獨立，實行改善司法部，設立大審院。③召開地方官會議，使民情上達，以樹立憲法之基。④爲鞏固聖上親裁之體制，且爲避免行政之混淆，應使參議與本省卿分離，以參議在內閣任輔弼君主之責，而以省卿掌握行政事務。

根據大阪會議決定，木戶與板垣，又復任參議。同年四月頒發詔書，設元老院及大審院，召集地方官會議，積極準備立憲政體。復以內閣分離問題，即立法、行政、司法三權鼎立問題，板垣與太政大臣三條實美意見不合，板垣又辭去參議之職，使大阪會議所策劃的大久保、木戶、板垣三人合作之事，功敗垂成（參閱拙著：「日本政黨史」一三—一四頁）。

註四一：參閱讀賣新聞社編：「日本の歷史」⑽明治維新二五七頁；峯岸米造著：「日本近世百年史」一四八—一四九頁。

註四二：薩軍於明治十年二月十四日發鹿兒島，沿途有黨徒參加，全國各地亦有響應。那些參加者和響應者的分子很複雜，有的是頑固的保守派，有的是開明的民權主義者，他們一致地在西鄉旗幟下團結起來。其情形如下表：

黨名	所在地	首魁	主張	鎭定時日	出兵人數
學校黨	熊本	池邊吉十郎	反對歐化	十月十六日	
民權黨	熊本	平川惟一	自由民權	八月十七日	二、五〇〇
龍口隊	熊本	中津大四郎		八月十八日	
人吉隊	人吉	那須拙速		六月四日	一五〇
飫肥黨	飫肥	伊東直記		九月廿四日	八〇〇
佐土原黨	日向	島津啓二郎		九月廿四日	四〇〇
延岡黨	日向	藁谷英孝		八月十四日	一、〇〇〇
高鍋黨	日向	武藤東四郎		九月廿四日	一、二〇〇
福島黨	日向	坂田諸潔		九月廿四日	

都城黨	日向	東胤正		九月廿四日	
中津隊	豐後	增田宋太郎		九月廿四日	一五〇
報國隊	豐後	田島武馬		八月十七日	四〇〇
福岡黨	筑前	越智彥四郎	改造政府	四月五日	
忠國軍	長門	町田梅之進		六月二日	
愛媛黨	愛媛	飯岡貞幹	國粹	二月	
自助社	淡路州本	井上高格		未發	
岡山黨	岡山	松山岩三郎	民權	未發	
鳥取黨	鳥取	託間謹郎		未發	
今井黨	因州	今井鐵太郎		未發	
小林黨	松山	小林信親		未發	
彥根黨	彥根	大東義徹		二月廿三日被捕	
板橋黨	東京	板橋盛興		四月被捕	
青森黨	盛岡	眞田太古		五月十三日被捕	
秋田黨	秋田	跡部達二		四月五日被捕	
青年黨	庄內	石川靜正		未發	
鷲尾黨	大阪	有馬純雄		二月被捕	
鷲尾黨	東京	海老原穆	（辦報宣傳）	二月被捕	
鷲尾黨	東京	島本仲道		三月被捕	
鷲尾黨	東京	小室信夫		二月被捕	

註四三：遠山茂樹著：「明治維新」三三五頁。

註四四：參閱井上清著：「日本の歷史」（中）一五八—一六〇頁。

註四五：在明治十年前後，日本人刊行譯述中有關於憲政運動的書籍，茲列表如下：

書　名	著　者	出　版　時　間
交道起源	瓜生三寅	明治元年
英政如何	鈴木唯一	明治元年
萬國公法	丁韙良（美人）	慶應元年開成所繙刻漢文版
開知新篇	橋爪貫一	
佛蘭西憲法	文部省	
和蘭議員選擧法	文部省	
合衆國政治小學	瓜生三寅	
眞政大意	加藤弘之	
米政攝要	鍋島直彬	
英政沿革論	長沼熊太郎	
通俗西洋政治談	中金正衡	
上木自由之論	小幡篤次郎	
自主之權	廣津弘信	
性法略	神田孟恪	
米國律例	何禮之	
萬國政體起原	天香主人	
政學提要	林正明	
政治略論	林正明	

萬國政談	林正明	明治六年
泰西新論	林正明	明治六年
英國憲法	林正明譯	明治六年
合衆國憲法	林正明譯	明治六年
共和政治	基勒特著中村正直譯	明治六年
英國史	大島貞益譯	明治七年
國際法	烏爾斯著箕作麟祥譯	明治六年
國體新論	加藤弘之	明治七年
律例精義	塔蘭勃特著鈴木唯一譯	明治八年
萬國政體	穆勒著永峯秀樹譯	明治八年
代議政體	穆勒著永峯秀樹譯	明治八年
萬國議院章程	林正明譯	明治八年
泰西政學	村田正明譯	明治八年
英國政治概略	埃摩司著安百繁成譯	明治九年
佛蘭西法律書	洛比埃柯拉爾著箕作麟祥譯	明治八年
國法汎論	布恩超理著加藤弘之譯	明治九年
外國交際公法	馬丁著福地源一郎譯	明治九年
佛蘭西公法	黑川誠一郎譯	明治九年
萬法精理	孟德斯鳩著何禮之譯	明治九年
民約論	盧騷著服部德譯	明治十年
羅馬律要	小野梓譯	明治十年

利學　穆勒著西周譯

佛國革命史　河津祐之譯　明治十一年

英國政典　烏利克司著平井政譯　明治十年

佛國政典　德拉克兹著大井憲太郎譯

英國議院典例　琴麥著小池靖一譯

英國議院論　布爾姆著渡邊恆吉譯

佛國五法學要　田中耕造

法律一般　馬場辰猪　明治十一年

上述各譯本的出版，使日本思想界放一異彩。例如，孟德斯鳩的作品，有木戸孝允序文云：「學者苟就此書而求法理之妙用焉，其所以與元氣相流發，其所以上與邦土風俗相變更，其所以與人事有爲相動息者，森然具中，有幹有條，足以盡治體之本末焉。」又在各種思潮中，分爲三派：一爲英國的功利主義，福澤唱之，後成爲改進黨的主義；二爲法國的自由主義，中江兆民、大井憲太郎等唱之，後成爲自由黨的主義；三爲德國的國家主義，加藤弘之唱之，後成爲帝政黨及保守主義者的主義。

註四六：明治五年頒佈的「學制」中，曾言明：「學問爲立身之本」，並以「邑無不學之戸，家無不學之人」爲其理想。

註四七：學制公佈後到了明治十二年（一八七九年）公私立學校達二萬八千所，敎員人數計有七萬一千人。而明治十一年的就學率達百分之四十一點三，惟女子的就學率只達百分之廿三點五。

註四八：洋服的普及於一般國民，遲至明治末年，甚至於大正年代始告實現。

註四九：關於明治初年日本洋化生活的演變經過詳閱小西四郎編纂：「明治維新」二四四—二五〇頁及二六三—二八〇頁。福澤諭吉曾著有「萬國地理訓蒙」、「萬國商賣往來」等書，對於世界各國的物產、交通、制度及風俗之介紹不遺餘力，這一類書可以說是明治政府之有關文明開化政策的說明書，甚至可以說是宣傳書。

註五〇：井上清著：「日本の歴史」第卅七章及淺田光輝、小山弘建著：「日本帝國主義史」序言。

註五一：關於廣義的明治維新之起始及終結時間，日本學者之間意見紛云，莫衷一是。例如田中彰便舉出有關明治維新開始期的兩種說法及結束期的七種說法。關於開始期，一是天保說，一是開國說，採取前說者強調「內因」的決定性作用，甚或認爲明治維新本質上是天保改革（一八四一年）的繼續。持後說者則認爲應當充分估計西方資本主義入侵所引起的變化。有關「結束期」的七種說法是：①一八七一年（廢藩置縣），②一八七三年（頒佈地租改正條例及徵兵令等），③一八七七年（平定西南之役），④一八七九年（改琉球藩爲沖繩縣），⑤一八八一年（明治十四年政變），⑥一八八四年（自由民權運動被鎮壓而結束），⑦一八八九年或一八九〇年（頒佈明治憲法或成立帝國議會），這七種說法之中，以②③⑥⑦四種爲主，即所謂明治四年說、明治十年說、明治十七年說、明治二十二年說。（參閱田中彰著：「明治維新」（小學館出版「日本歷史」第二十四卷，一九七六年）。

註五二：日本外交年表並主要文書上卷，文書一五二頁。

註五三：英儒 W.G. Beasley: The Meiji Restoration 一書稱云：「明治維新既非資產階級革命，亦非絕對主義，而是民族革命」。

註五四：參閱通商產業研究社：「商工政策史」第九卷，一七一頁及「商工政策史」第三卷三頁。（昭和卅七年）

第三章　日本近代化國家體制的確立

第一節　自由民權運動的萌芽

日本在德川幕府時代，原是一個閉關自守的國家，神權思想是極其濃厚的。它之所以能夠有民主自由民權思想的產生與發展，步上了近代化的民主政治的途徑，可以說完全是受了時代思潮的一種激盪而逐漸成長的。

如前所述，明治維新王政復古之後，薩長土肥四藩的下級士族，自恃有功維新，藉其雄厚的兵力，壓迫其他諸藩，把持政權（參閱附表）實施寡頭政治，各方之士，頗多不滿，擾亂紛起，物議騷然，而民間輿論也漸趨沸騰。當維新政府埋首於改革政體之際，民間亦逐漸受到歐美思想的感染。其時民間知識分子已受歐美自由民權思想的洗禮，法國的自由啟蒙思想，和英國的功利主義學說，盛行一時，成了時髦品。思潮所及到明治十四年（一八八一年），流傳於日本的外來思想，除了上述兩種之外，尚有德國國權派思想和美國基督教派思想。（註一）這些新思想的輸入，再加上人民不滿舊藩閥政府及官僚專制的思想的蓬勃，終於發展為樹立立憲政府開設國會的自由民權運動，並促成了政黨的出現。

明治十年左右藩閥政府高級官吏出身別一覽表

藩籍	人口		敕任官			奏任官		
	人數	百分比（%）	人數	百分比（%）	每一人與縣民人口數之比	人數	百分比（%）	每一人與縣民人口數之比
薩摩	五六〇、二〇〇		一八		三一、一二三	二四七		二、二六八
長州	八二七、五〇〇		一三		六八、九五八	三四五		二、三九六
土佐	五二四、五〇〇		七		七四、九二八	一一三		四、六八三
佐賀	五〇六、六〇〇		七		七二、三七一	九六		五、二七七
小計	二、四一八、九〇〇	七・五	四四	六五・五	五四、九七五	八〇〇	三七・五	三、〇二三
其他	二九、五七一、八〇〇	九二・五	二三	三四・五	一、二八五、六九五	一、三三六	六二・五	二二、三〇〇
全國統計	三一、九九〇、八〇〇	一〇〇	六七	一〇〇	四七七、四七四	二、一三六	一〇〇	一五、〇四七

在民間人士紛紛接受外來思想之際，當時日本民權思想大師出身於中津藩下士之家的福澤諭吉，爲團結糾合智識分子，在東京三田地方創立慶應義塾，鼓吹英國式的功利主義自由民權思想。他強調個人主義，對於當時的日本，是非常適合的。福澤氏爲國富派的代表人物，他曾遊歷美、法、英、荷、德、俄、葡等國，主張「實踐重於空談，實力造成眞理」，反對中央集權而力唱地方自治之利，該派多以當時英國進步黨及美國共和黨的政綱主義爲準則繩範。（註二）另方面，一批熱中於仕途的國權派學者如加藤弘之、入

江太郎、神田孝平等則以開成所（東京大學前身）爲中心，迎合新政府的中央集權統一主義，力唱國家至高及國權主義思想，相互對峙。這兩派不但是日本政黨的先驅，也是後來自由主義政黨和國權主義政黨分野的端緒。（註三）

本來明治維新王政復古之後，日本人民渴望新政府能掃除過去武家政治的弊害，樹立英國式君主立憲政制，由國會多數黨組織政府，實行責任內閣制，以保障人民的合法權益。可是明治維新後，中央政府採取太政官制，政府要津均由薩長土肥四雄藩所佔據，未能廣開仕途，無法實行責任政治。這種政府乃是把以往屬於所謂「武士特權階級政權」，另外換上了一批「第二特權階級」來接替而已。（註四）因此，一部分對新政府不滿的士民志士，便集黨爲亂，反抗政府，誠如戴季陶先生所說：「同是一樣的武士，受了王政復古，廢藩置縣的洗禮以後，也有得意的，也有倒霉的，得意的武士固然飛揚跋扈，出將入相，那失意的武士，而又硬骨稜稜，不甘落伍的人，也就是免不了要做草大王了」。（註五）前一章所述佐賀之亂，神風連之亂、荻之亂、秋月之亂，以及西南之役等，便是在這種情況之下，所發生的反抗運動。關於日本自由民權運動的興起，遠在明治維新前，卽已萌芽。明治新政府成立之初，首先標榜尊重公議輿論，繼之在廢藩以前，復設立公議所、待詔局、集議院等，廣使一般人民得以開陳意見，凡此種種皆爲自由民權運動的端緒。是時自由民權運動雖被藩閥政府所壓制，沒有成功，但是民權運動的浪潮，卻方興未艾。自從明治六年（一八七三年）征韓論紛爭後，急進派和漸進派之爭，變成了在野派與在朝派之爭。在野派高唱自由民權主義，和政府相對抗，使當時消沉一時的民權運動再度復蘇。在自由民權運動反抗政府勢力陣營中，板垣退助自征韓論失敗後，便糾合同志林有造、副島種臣、片岡健吉、後藤象二郎、江藤新平及留學英國的古澤滋和小寶信夫等自由主義分子，於明治七年（一八七四年）一月十二日組織「愛國公黨」，以便和政府作政治鬥爭。愛國公黨的本誓（黨綱）強調三點：「①天之生斯民，賦予一定不可動的通義權理。……非人力所可移奪」。所謂「通義權理」，依其解釋，卽「愛君愛國之道」。②遵守天皇的五誓文。③目的在於人民取得自主自由。愛國公黨不但是日本最初的政黨，以及自由黨的起源和政友會的遠祖，也是日本第一次誕生的具有時代精神的政治團體，並且也是自由民權運動的具體進展的出發點。

愛國公黨的成立，雖然是日本初期自由民權運動的開端，然而在實質上並不能說是人民向政府爭取主權（人民主權）的一種運動。它是一種政治性俱樂部，充其量只是一種「名望家政黨」，尙未具備現代大衆政黨的形態。其黨綱所表現的乃是天賦人權與王政復古兩種思想的調和。蓋當時維新不久，一般民智尙未發達到要求行使民權的程度，當時的日本還缺乏可供建立眞正自由民權運動的社會基礎。就其本質而言，愛國公黨的成立殆爲被排斥於政權之外的土肥兩藩失意政客的不平與外來思想結合，假藉自由民權運動爲手段，對在朝的薩長藩閥專權的抗議，（註六）同時也是因征韓論失敗而被排拒於政權之外的土、肥兩藩人士，用以打倒政府內部薩長兩藩人士的優超地位的一種手段。愛國公黨成立後不久，除西鄉隆盛外，其餘前四參議板垣退助、副島種臣、江藤新平、後藤象二郎，以及岡本健三郎、小寶信夫、由利公正、古澤滋、片岡健吉等於同年一月十八日向政府提出「民選議院設立建白書」，並公開刊載於當時最稱完善的報紙「日新眞事誌」，擴大宣傳，以喚起一般仁人志士的共鳴。

建白書之全文如下：

「臣等伏察，方今政權之所歸，上不在帝室，下不在人民，而獨歸有司耳。夫有司，上非不曰尊帝室，而帝室漸失其尊榮；下非不云保人民，而政令百端，朝出暮改，政刑成於私情，賞罰出自愛憎，言路壅蔽，困苦無告。夫如是欲事天下之治安，雖三尺童子，猶知其不可。若因循不改，恐致國家土崩之勢。臣等愛國之情，不能自已，乃講求振救之道，以爲惟在於張天下之公議耳；欲張天下之公議，在立民選議院耳。斯則有司之權，有所限制，而庶幾上下安全，蒙其幸福歟！請詳陳之：

夫人民對於政府而有納稅之義務者，乃以政府之事，有許人民與知其可否之權理。是天下之通論，而又無待臣等之喋喋贅述者也。故臣等竊願有司亦不抵抗是理。今拒立民選議院之議者，曰：『我民不學無智，未進於開明之域，使今日立民選議院，毋乃太早？』臣等以爲：若果眞如所云，則急使其學且智以進於開明之域之道，卽立民選議院耳。何則？今日欲使我人民學且智以進於開明之域者，先就其通義，保護其權理，非使之起自尊自重與天下共憂樂之氣象不可。欲起自尊自重與天下共憂樂之氣象，則在於使之與聞天下事。夫如是，人民猶安其固陋，而自甘不學無智者，未之有也。而今待其學且智以自進於開明之域，是殆待百年河清之類也。甚至有謂：『今遽立民選議院，是不過集天下之愚。』噫！何其自傲太甚，而視其人民蔑如耶?!有司中，固有智功過人者，然安知今世學問有識之人，亦有過諸人者乎？蓋天下之人，不可如是蔑視也。若可蔑視者，則有司亦未嘗非其中之一人！然則，均是不學無智者矣。僅以有司之專裁，與申張人民之輿論公議，其賢愚不肖，果如何耶？臣等謂：『有司之智，視維新以前，必有進步者』，何則，蓋人之智識，必從其用，而始進步也。故曰：『立民選議院，是卽使人民學且智以急進於開明之域之道也。』

且夫政府之職，宜奉其以爲目的者，在使人民而得進步耳。故草昧之世，野蠻之俗，其民勇猛暴悍，而不知所從。方是時，政府之職，固在使其知所從耳。今我國既非草昧，而我人民之順從，既又過甚。然則，今日宜以爲我政府之目的者，在立民選議院，使我人民起其敢爲之氣，辨知分任天下之義務，參與天下之事，然後擧國之人皆能同心也。

夫政府之強，何以致之？以天下人民，皆同心也，臣等不必遠引往事以證之。卽就去歲十月政府之變革而驗之，岌岌乎其危哉！我政府之孤立也。何也？去歲十月政府之變革，天下人民以之爲休戚者無幾。不啻不以之爲休戚而已，天下人民茫然不知者，十居八九，唯驚軍隊之解散耳。今民選議院一立，則政府與人民之間，情實融通，相合爲一體，國始可以強，政府始可以固。

臣等既就天下之大理而究之，就我國今日之勢而證之，就政府之職而論之，及就去歲十月政府之變革而驗之，臣等自信臣等之說愈篤。竊謂：今日維持及振起天下之道，唯在立民選議院，而張天下之公議而已。如其方法等之議，臣等玆不言，蓋非十數張紙所能盡也。但臣等竊聞，今日有司藉持重之說，事多務因循，目世之言改革者爲『輕率進步』，拒之以『尙早』二字。臣等請又辨之。

夫『輕率進步』云者，固非臣等之所能解。若以事出倉卒，爲輕率進步乎？則民選議院，所以鄭重其事者也。若以各部不和，變更之際，事失本末緩急之序，彼此設施不相洽，爲輕率之進步乎？此國無定律，有司任意放行故也。有斯二者，則適足證明非設立民選議院不可也。夫進步者，天下之至美事也。事事物物，非進步不可。然則，有司必不能以進步二字罪之，其所以罪者，必止於輕率二字，然輕率二字，與民選議院不相關涉者也。至對於設立民選議院，諭以『尙早』二字，臣等非特不解，且與臣等之見正相反耳。何則，今日立民選議院，尚恐待長久之歲月，而後始期其十分完備。臣等唯其設立之晚是懼！故曰：『臣等唯見其反對耳。』

有司之說又云：『今日歐美各國之議院，非一朝一夕而設立，其以進步之漸而致之也。故我今日不得俄然摹倣之。』夫以進步之漸而致之者，豈獨議院哉？凡自學問、技藝、機械等，莫不皆然。然彼積數百年之久而致之者，蓋前無成規，皆以自己之經驗發明故也。今我擇取其成規，何企不可及耶？若我自待發明蒸氣之理，然後我始得用蒸氣機械；待發明電氣之理，然後我得架設電線，則政府無可下手之事矣。

臣等所以辯論今日我國民選議院之不可不設立，與夫今日人民進步之程度，堪立斯院者；非與有司爲難，使其無所藉口以拒有志也。乃以立此議院，實欲伸張天下之公論，樹立人民之通義權利，鼓舞天下之元氣，上下親近，君臣相愛，維持振起我帝國，保護人民之安全幸福也。請幸採擇之！」

當時自由民權運動的有力理論家大井憲太郎曾撰文擁護建白書。建白書主要內容在於痛斥有司專政之弊，主張應讓豪商及豪農層人士參與政治，建議設立民選議院，實行責任內閣制的君主立憲議會政治，但岩倉、大久保、木戶等政府當局推三托四，並未允納。何以板垣等民權論者提倡與尊王論有所矛盾的民選議院論乎？其原因蓋因他們鑑於美國之所以獨立，實因英國未予以完全的參政權有以致之，同時認爲法國革命之所以發生，實因帝室當局未能實行公論政治，由民選議院的多數黨領袖出任宰相，替國王擔負行政上的責任使然。（註七）

愛國公黨成立的目的，是要擴張民權，設立民選議會。當它成立之際，正值自由民權思想盛行於日本，愛國公黨的結社利用此機會高舉「天賦人權論」的旗幟，故聲勢極爲隆盛。當時一般年輕黨員，滿懷熱血，目覩藩閥政府專權擅恣，心中無人的態度，憤慨之餘，言行難免過於急激，終於發生了謀刺當時右大臣「岩倉具視事件」和「佐賀之亂」，兼以世人亦多誤解，在政府嚴峻壓迫下，於明治七年（一八七四年）三月被迫解散。惟板垣等人呼籲創設民選議院的影響所及，全國各地，聞風響應，海內翕然雲從，異口同聲痛論設立民選議院爲刻不容緩之事，是時木戶孝允等政府當局者遂於明治七年五月二日頒佈「議院憲法案」，規定每年召開地方長官會議以代替民選議院，藉以緩和民論。地方長官會議商討地方及租稅等事件，但採用與否取決於天皇。

愛國公黨解散後，板垣歸還土佐故里與同志片岡健吉、林有造、谷重喜等從事地方自治組織政社工作，於明治七年（一八七四年）四月創立「立志社」，社裏設有學舍、商局及法律研究所，講授民權主義、國民平等及天賦人權論，以指導鄉里子弟，致力於政治運動。立志社成立目的，在使三千餘萬人民「盡平等，無貴賤之別，當享受其一定之權利，以保生命，保自主，勉職業，長福祉，爲不羈獨立之人民。」此種權利，「威權不能奪，富貴不能壓」。但人民欲保有那權利，必先自治。板垣除日夜講解自由民權學說等思想之外，或把法國革命情形編成童話謳歌於街頭巷尾，或把俄國虛無黨的悲劇撰成小說向大衆宣傳，並奉盧梭的社會契約說、邊沁的功利主義學說爲金科玉律，鍛鍊灌輸一般年輕社員的自由主義思想精神。立志社結社後影響所及，土佐各地政社紛紛相繼成立，（註八）它之成立實爲後來愛國社的起源，且爲自由民權運動的中心。立志社由於封建色彩甚濃，社員限於土佐人士，且其資金依賴豪農的支持，因此，成立不久則因資金困難而自動解散。

一般人民對民權的爭取，既日呈高潮，有志之士更謀集中結社的力量，走上實際行動的途徑，板垣爲了促進結社力量的發展，謀求統一合作起見，乃於明治八年（一八七五年）二月在大阪召開全國同志大會，參加者四十餘人。二月廿二日聯合廿餘個社團，再度成立「愛國社」的組織，並設總部於東京，各縣設有分社，規定每年召集全國代表大會一次。其組織實較之愛國公黨更加接近近代政黨的性格。

「愛國社」的目的，依公佈的「合議書」，是如此：

「我輩結此社之主意，以愛國之至情不能自止也。夫愛國者，須先愛其身，推人人各愛其身之通義，可互相交際親睦。其相交際親睦者，必先集合同志開會議。今開此會議，互相研究協議，以伸張各自自主之權利，盡人之本分之義務，小則保全一身一家，大則維持天下國家之道，終以增天皇陛下之尊榮福祉，欲使我帝國與歐美諸國相對峙對立。」

閱完此一「合議書」，我們知道「愛國社」在理論上似乎比「立志社」更爲貧乏。本那貧乏的主張而結合的人，「絕無富豪縉紳之徒，僅爲一劍單身赤誠許國之士。」（「自由黨史」）同時這些人參加板垣的旗下，其目的不在民權，而在於推翻政府。

明治十年（一八七七年）西南之役後，政府遂以此爲藉口，對自由民權運動嚴加壓迫。當時板垣的幕僚人員林有造、岡本健三郎等人因與武治派的陸奧宗光（薩派）互相策應，企圖顚覆政府，事機不密洩漏，皆被捕入獄。政府派遂乘機利用，對自由民權派任意加上罪名，以便把他們一網打盡。愛國社經過這一次的摧殘打擊後，不但該社的組織隨之解體，連其社員多人亦被處刑犧牲。

愛國社的組織屢次受到政府的嚴厲取締，自由民權運動的狂瀾，亦屢次受到政府的蹂躪摧殘，但一般志士並不因失敗而灰心，反而再接再厲，前仆後繼，勇往邁進。降及明治十一年（一八七八年）春天，各地來東京活動的志士日益增加，板垣鑒於形勢的有利，徹底覺悟藩閥政府的獨裁專擅態度，無法改變，遂決心恢復愛國社組織，是年四月以立志社爲盟主，在大阪集會企圖再興愛國社，派人至全國各地遊說宣傳，號召各地志士參加。同年九月在大阪召開愛國社第一次全國代表大會，通過愛國社再興會議書十二條並設立本社於大阪。此會議書，竟成爲全國人民自由民權運動的導火線，同時也是上層社會的自由民權勢力由土佐轉變爲全國性運動的契機。（註九）該社再興後，勢力比以前更爲強大，翌年（一八七九年）三月和十一月先後召開第二次及第三次大會，據說第二次大會時到會的有全國十八縣廿一支社代表，第三次召開大會時赴會者數十人，並散發「就開設國會之願望告國內諸階層民衆書」，喚起民衆的支持。明治十三年（一八八〇年）三月，該社再在大阪召開第四次大會，更改社名稱爲「國會期成同盟」，當時到會的有全國二府廿二縣代表，帶有八萬七千餘人之簽名，同年十一月在東京召開第五次大會時，再將名稱更改爲「大日本國會期成同盟」，加盟者達十三萬餘人，並通過「遭難者扶助法」，當時簽名於該法的六十四名代表之中有平民卅三名，（註一〇）此即說明了原由士族和反對政府派所發起的自由民權運動，這時已經擁有一般民衆的基礎了。

綜上所言，可知歐美的自由民權思想自明治維新初輸入日本後，先爲舊士族的智識階級所接受，繼之逐漸蔓延於一般國民階層之間。甚至連軍隊士兵亦有受自由民權思想之感染者，軍部爲了取締士兵乃於明治十四年設置憲兵科以壓制士兵及人民，並於明治十五年（一八八二年）一月頒佈「軍人勅諭」，強迫軍人絕對服從天皇及其代理人的長官。政府雖然屢次對民權運動加以壓迫，但降及明治十二、三年間自由民權開設國會運動的浪潮，已遍滿全國，各地志士實行請願者紛紛結社，並推舉代表携帶請願書上京，這種情形，顯示出民意潮流的堅定，迄明治十三年（一八八〇年）初爲止的一年間，各地的請願運動共有五十四件，（註一一）又據「東京日報」明治十三年八月的報導，全國各地未被開設國會運動浪潮所感染者，只有京都及三重的一、二縣而已。（註一二）

由於民權運動的潮流，在當時既爲一般民衆所渴求，大勢所趨，政府在遏阻無效之後，爲迎合民心，緩和民怨，遂不得不主張立憲和開設國會。明治十四年（一八八一年）明治天皇就立憲問題向各參議徵詢意見，此實爲絕對主義勢力對於自由民權運動痛感不能阻遏之餘的最初對策。（註一三）旋由伊藤博文、山縣有朋、井上馨、黑田清隆、寺島宗則、西鄉從道、山田顯義等參議聯名上奏，在原則上承認了立憲的主張，其要點如下：①儘快宣佈開設國會的預定日期。②倘民間有逞私議，煽動躁急事變者，應處以國法。③憲法的標準爲建國的源流，切勿使皇室大權墮落。④改組元老院，其中一部分議員應由府縣的士族中選任之，將來國會成立時，元老院改爲上院，代表穩健的意見，以對急進的下院，保持均衡。

各參議對於立憲的基本原則，意見雖略一致，惟對於設立國會的日期問題於討論之際，意見分成兩派，除大隈重信主張立卽成立國會外，其他各參議都主張暫採不定期限之說。是時適發生北海道官有物標售問題，（註一四）大隈頗反對其事，同時輿論亦爲之沸騰。大隈呼籲卽時成立國會的主張，（註一五）與反對北海道官有物標售的意見，均觸薩長政府人士之忌，尤其痛恨大隈挾輿論以自重。抑有甚者，當時正謠傳大隈與民間福澤諭吉一派民權論者，互相勾結，企圖推翻薩長政府，震動了政府當局，伊藤博文遂乘機與岩倉具視提携合作，排除大隈一派於政府之外，組織以薩長爲中心的政府，此卽所謂「明治十四年的政變」。此次政變，固純爲藩閥內部政權的爭奪，但大隈幃幄制憲，因之而有明治廿二年（一八八九年）制定憲法及開設國會的決定，在日本自由民權運動史上及憲政史上，可謂功不可滅。

大隈被排斥之後，政府關於國會問題，爲緩和自由民權運動起見，遂於明治十四年（一八八一年）十一月十二日頒發於明治廿三年（一八九〇年）開設國會的詔勅。至於大隈退出廟堂下野後，乃轉而興學，創辦早稻田大學，當他初創時，世人與政府人士把其視如西鄉隆盛私校之類，而頗有存戒心者。政府橫加壓迫，或威脅學生父兄不准子弟入學，或妨害教員，其脅迫的情狀幾不可想像。（註一六）大隈退官後，當時在政府擔任職務的土佐、肥前兩藩人士，幾乎全部隨大隈之後辭職，其中有日後在日本政府政壇活躍一時的人物如尾崎行雄、犬養毅、島田三郎、矢野文雄等。自此次政變後，政府大權完全由薩長兩派所控制，至於土肥兩派下野後，卽與板垣並駕齊驅，正式組織政黨，以便和政府對抗。日本政治從此躍進一新紀元，而日本的政黨也如雨後春筍，紛紛成立。

第二節　三大政黨的出現及其挫折

如前所述，日本自明治初年以來，則已有若干政治結社的存在，其較著者如以促進設立民選議院爲目的的愛國公黨，土佐的立志社、愛國社、國會期盛同盟會等，以及其他嚶鳴社、交詢社、嶽洋社、有信社、回天社等團體，均先後於東京及其他各地開始活動。（註一七）然而這些團體轉化爲以奪取政權爲目標，公然組織而爲政黨，則係「明治十四年的政變」以後的事。蓋薩長藩閥政府鑒於板垣退助等領導下的「國會期成運動」，以及大隈重信領導下的反對北海道開拓使賄賣與建議儘速設立民選議院運動，形勢漸對政府不利，因此爲緩和輿論民怨，曾頒詔以明治廿三年（一八九〇年）爲國會創設之期，此開設國會行憲的詔書，給予進行組織政社人士以莫大的鼓勵，於是在野的各政社團體乃一轉其促進設立民選議院的運動，急速地從事於政黨的組織，以備將來參加立憲政治的運用。因此，當時政黨的產生乃時勢所必然的結果。

明治十四年政變發生後開設國會與組織政黨的發展，一日千里，同年十月廿九日先有板垣退助領導的自由黨的組成，該黨係以法國式的自由主義爲基礎，主張主權在民，標榜自由，係傾向於急進的團體，其主要地盤在一般鄉村地帶，當時不滿現狀的舊士族及窮困的貧農階層，皆支持自由黨。嗣後屬於自由黨系的大阪立憲政黨（明治十五年二月成立）及九州改進黨（明治十五年三月成立），亦相繼出現。繼自由黨之後，另一派自由民權人士在大隈重信領導下於明治十五年（一八八二年）三月十六日成立「立憲改進黨」。改進黨亦標榜自由，其政治主張，在於「依順正當之手段而改良之，以着實之方法而進行之」，是採取英國式的政治理論及制度，其主要地盤在都市，（註一八）其組織分子係以中產階層的智識人士爲基礎，雖然較之自由黨有漸進主義的傾向，但是其基本立場仍然堅持民權主義，與自由黨同爲反政府黨，在反對藩閥政府的鬥爭中，兩黨的目標是一致的。自由黨與改進黨，後來演變而成爲明治、大正、昭和三個時代日本政黨史上的兩大系統——政友會與民政黨。自由、改進兩黨，咸以爭取自由民權，實行責任內閣制以打倒藩閥政府爲對象，以在野黨的立場，抨擊政府。

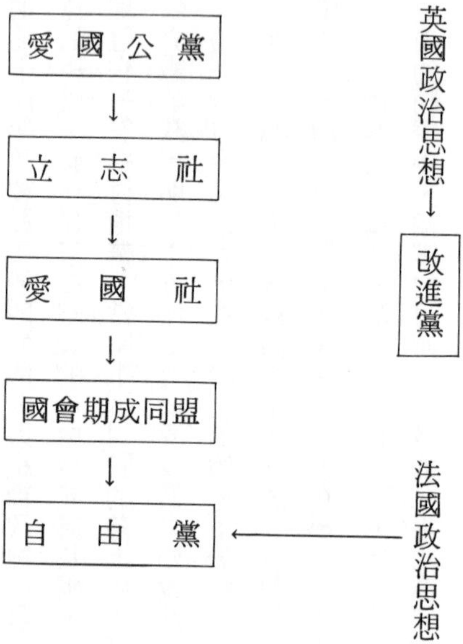

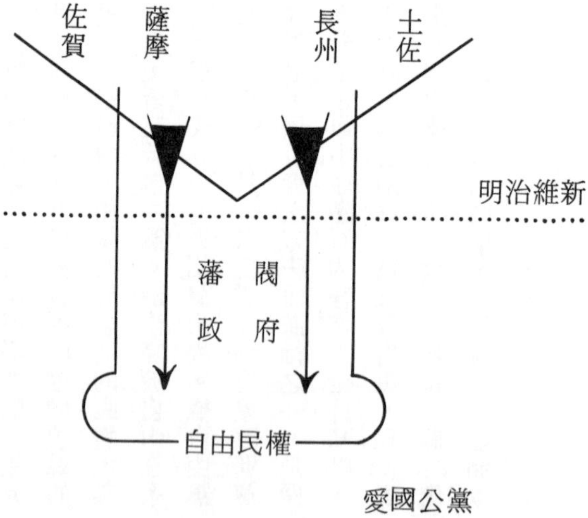

自由、改進兩大民間政黨相繼成立後，政府見勢不佳，原本仇視政黨的伊藤博文等薩長政府主要人物，既決定開設國會，自不能置之不顧，遂利用政府的機密費，嗾使其走狗福地源一郎、丸山作樂、永野寅次郎等新聞界人士，於明治十五年（一八八二年）三月十八日，組織御用政黨「立憲帝政黨」，（註一九）

旨在實現伊藤博文、井上馨等對抗民間政黨的計劃。該黨以古事記及日本書紀爲典據，與民黨的自由民權主義針鋒相對，互相論戰。黨員多屬舊士族、神官、僧侶、漢學者、官吏、奸商之輩。該黨的政治主張是絕對擁護天皇的權力，反對普選制度，事實上，只是藩閥政府的應聲蟲而已，它雖然是薩長政府的御用政黨，且直接間接受到政府的支持援助，但其黨勢始終不能與自由改進兩大民黨匹敵，互爭勢力。當時除了上述自由、改進、帝政三大黨之外，全國各地尚有許多小政黨紛紛出現，總數不下數十個，惟這些小政黨或間接或直接分別以三大政黨爲依歸，殊少獨立的政治立場。（註二〇）

由於自由、改進、帝政三大黨的先後成立，日本近代政治演進過程中的政黨發展，至此已漸具基礎規模。自由、改進兩黨雖然同爲主張自由民權的反政府黨，而兩黨的主張亦無多大差別，但在實質上，卻有矛盾存在，故後來兩黨的關係，不免互相排斥傾軋。所謂實質上的矛盾，實由於兩黨構成分子不同有以致之。當時自由黨的黨員若非屬於不得志於明治新政府的士族，便是久受封建專制政治剝削的農民，他們多屬骨氣稜稜，憤世憂民，春秋鼎盛，不惜犧牲生命，不怕牢獄之災的無產者，標榜自由平等，喜歡與平民接近，喜歡代表平民說話，同情貧苦階層，不事空洞的學問，注重實踐，與富人學者輩格格不相入。當時一般有產者和學者多視自由黨爲暴力團體，不願與之接近，反之，自由黨員亦視他們爲保守頑固的舊勢力。至於改進黨的黨員，除了失意政客外，多屬能文善辯之士，或在社會上有地位名望的市民，或縣議會議員和中等階層的人士。故其分子多屬有產階級的學者和富人，這些人的性格，着實穩健，好學深思。由於兩黨在本質上，有這樣的差別，故自由黨黨員難免有敝衣破帽，不嫻禮貌之嫌，反之改進黨黨員則西裝筆挺，擅於演講。改進黨因有鄉愿之徒及老奸巨滑之輩，不顧信義，唯利是圖，所以較之自由黨缺乏活力及熱忱。兩黨在本質上，既有如此的差別，於是各有各的黨風，互相排斥，改進黨則嘲笑自由黨徒不學無術，言行粗暴，自由黨則攻擊改進黨毫無氣力，唯利是圖，陰險刻薄，彼此傾軋，互不相容。這種風氣，幾乎變成一種傳統，演變的結果，後來皆爲藩閥、財閥及軍閥所利用。

至於就當時三黨的發展情形來看，在思想方面，它們三個政黨正好代表了三種外國思想：自由黨崇尚史濱沙的理論，接受法國共和主義的革命思想，主張主權在民論；改進黨則推崇密爾的理論，取法英國功利派的立憲君主主義政治思想；帝政黨則受了德國國權派國家主義思想的影響。除了上述三派的思想外，尚有片山潛、德富蘇峯、安部磯雄、西川光次郎等人的美國基督教派思想，這些思想以後在日本政治社會文化等各方面，皆發生單一的或交流的支配作用。

在政治主張方面，自由黨鼓吹法國式的民約憲法、共和政治、自由平等、主權在民之說，積極提倡一院制國會及實施普選。其運動方針，頗操之過急，有非一氣呵成不可的作風，故世人稱爲「壯士黨」。自由黨的理論家有植木枝盛、田中耕造、中江篤介等人。改進黨在政治上採取漸進主義，主張英國式的兩院制國會及限制選舉，主張主權在於君民之間的國會，並標榜折衷性的君民融合的國會主權論。因其政治上的運動方針採取漸進的改革，比較溫和穩健，故世人多稱爲「紳士黨」。該黨的主要理論家爲矢野文雄、小野梓等。帝政黨受了德國國家主義思想的影響，極端擁護絕對君權，主張主權在天皇（這種主權觀念與布丹及霍布士等人的君主主權論相同），在政制方面，反對自由改進兩黨的地方自治而主張中央集權。

再就三大政黨的社會基礎及地方勢力的分野而言，三黨因其構成分子之異，而各有不同。自由黨繼承愛國公黨、立志社和愛國社的傳統，故在精神方面富有平等自由的熱忱，容易和羣衆接近，兼之這三個結社的根據地在鄉村地區，故其力量亦偏重在鄉村，在全國各地均能發生影響。改進黨多屬有產者和智識分子，兼之思想行動比較穩健，中產階層社會人士多樂意與之接近，故在城市佔有優勢，在農村的潛力則反而不如自由黨。由於自由黨在農村具有深厚勢力，而改進黨在都市佔優勢，因之有人詠稱自由黨為地方黨、地主黨，改進黨為都會黨、資本黨。至於帝政黨因其黨員多屬官吏或有志於仕途的腐儒，故與大衆脫離，根本談不上社會基礎，除政界及一部分漢學家外，別無其他勢力可言。（參閱下表）

黨名	創立年代	重要領導人物	崇奉思想	階層基礎
自由黨	明治十四年（一八八一年）十月二十九日	總理：板垣退助 副總理：中島信行 常議員： 後藤象二郎　馬場辰豬 末廣重恭　竹內綱	法國式急進民權主義	士族 商業資本家 農民 （鄉村）
立憲改進黨	明治十五年（一八八二年）四月十六日	總理：大隈重信 掌事： 小野梓 牟田口元學 春木義彰	英國式穩健主義	地主 農業資本家 都市智識階級 （都市）

立憲帝政黨	明治十五年（一八八二年）三月十八日	福地源一郎 丸山作樂	國家主義 政府御用政黨	神官、僧侶 官學出身學者 免職官吏

自由、改進兩黨成立以後，除在各自的機關報上宣傳外，爲擴張黨勢，遂遊說地方，明治十五年（一八八二年）三月上旬自由黨總理板垣退助，率領黨員前往各縣遊說，大受民衆歡迎。由於民黨勢力的日益強壯，故民黨與政府間的鬥爭，日益劇烈。政府爲了熄滅民黨的政治運動，除於明治十四年十月十二日頒佈開設國會詔書外，並於翌年三月十五日派伊藤博文、西園寺公望、伊東巳代治、平田東助等赴歐洲考察憲政，以示政府對於行憲正在積極進行，意欲藉此安定民心，平熄民怨。但是人民對於藩閥政府的反感，並未終止，甚且愈演愈烈，打倒藩閥的自由民權運動有火上加油，席捲全國趨勢，其勢力已滲入農村。藩閥政府鑑於民黨勃興，民權思潮洶湧澎湃，乃千方百計阻撓民黨勢力的擴張，覺悟到祇恃賴機關報紙及帝政黨的力量，難於對付民黨，遂不惜假藉維持治安之名改用法律及警察力量爲應戰手段，遂於明治十五年六月修改集會條例，（註二一）同時又制定請願令，限制政黨的集會結社。次年（一八八三年）四月又修改新聞紙條例，對各報社施以愈來愈多的壓迫。當板垣於遊說途中，四月六日道經岐阜時，突遭一小學教員相原尚褧狙擊，而猶高呼「板垣雖死，自由不死」（註二二）不已，其慷慨激昂的精神，天下爲之震撼。這一句話給日本的民權運動史，放一光彩。板垣人望頗高，民黨對政府這種卑鄙行爲，憤怒異常，各地騷動事件，不斷發生，自明治十五年至十九年（一八八六年）的五年之間，自由黨員的反政府事件，前後不下

十餘件，（註二三）使政黨的發展，出於常軌。板垣於受刺傷痊癒後，偕後藤象二郎赴歐洲外遊，自由黨內部因領導乏人而動搖，兼以自由改進兩大民黨不能通力合作，操戈反目，致民黨漸趨於沒落。

緣板垣的外遊事件，據說係出自政府的收買懷柔政策，蓋明治十五年三月，伊藤博文等因準備制憲，奉派赴歐洲考察，是時板垣亦藉口準備開設國會，欲前往歐美考察，乃由政府負擔外遊費用，考察返國後卽參加政府陣營。（註二四）改進黨藉機大加攻擊，指責自由黨已被金錢所誘而爲政府所賄買。自由黨內重要人士馬場辰豬、大石正己等人爲堵塞改進黨的攻擊，力勸板垣中止外遊未果，迨同年十一月板垣首途外遊，卽憤而脫黨。事實上，板垣的外遊，確係立憲帝政黨的陰謀，彼等欲於板垣出國期間，乘機打擊民黨的活動。對於改進黨的攻擊，自由黨亦不甘示弱，展開了反三菱的運動提出大隈重信任大藏卿時，竭力支持自明治初年以來獨佔日本海運業的「三菱會社」，故大隈組織改進黨時，三菱提供政治資金，指斥改進黨一切悉由三菱財閥在幕後操縱。自由黨之所以反對三菱，主要原因乃在於受三菱壓迫的各地間屋業者等爲自由黨的羣衆，其次乃三菱的贊助者大隈重信的改進黨，係自由黨的宿敵。兩黨互相攻訐，歷時年餘，結果兩敗俱傷，滿身瘡痍，使壁上觀的藩閥政府，坐收漁翁之利，刀未染血，而達成消滅克服民黨的目的。迨明治十六年（一八八三年）政府修訂出版集會條例後，對民黨運動的壓迫，更變本加厲，政黨運動，一片消沉。

明治十六年八月，伊藤等自歐洲返國，時木戶孝允已死，政府實權操之於伊藤一人，他素對政黨持「超然主義」的態度，鑑於民黨既已凋謝，御用政黨自無存在的意義，乃於是年九月廿日通知與帝政黨斷絕關係，帝政黨不能自主，乃告解散。明治十七年（一八八四年）十月廿九日自由黨亦於立黨三週年紀念日宣佈解散。當時板垣對同志們所發表「解黨的演說」如下：

「漢之老將馬援，跨馬在鞍上顧盼，以示其猶可用，實可謂矍鑠的健翁。余今在解黨後的宴會中，敢先壯士作一場之演說，是亦欲問全場諸君表示余尚可用也。（喝采）抑余盡力國事，達數十年……雖盡言論、勞心思、蕩盡財產、傷害肉體，余未曾絲毫自屈撓，經百難千苦，愈大有作為（大喝采）。……余在解黨事畢後，將別諸君，暫歸鄉里。……然死生無常，旦夕不可計，強健如余，亦曷足恃？人言死而後已。故余倘不幸而死，乞諸君將余墳墓，湮滅於秋草茫茫之中。彼無寸功者，妄建宏大墓碑，恰如死後為『石碑競爭會』，有何所取！萬勿使余墓受都下埋葬場之汚風。（大笑大喝采）余所以如斯，是望天下之志士，對余孤墳，感白楊肅肅之秋，發動慷慨之心，有益於世道人心。（大喝采）若使到我三千五百餘萬人衆，完全得到自由幸福，然後不妨開始為余建相當之碑，是可謂余與民同憂樂，死而後已也。（大喝采）嗚呼！余雖解黨，精神與肉體之強健活潑，比彼老馬援，越過萬倍。咄咄諸君！勿以解黨之故，疑余之心事！」

這悲壯的演說者板垣於同年十一月六日離大阪，翌午返高知，果然高臥城南新田的草廬，靜觀天下之勢。至於高橋基一，則於同月七日，向元老院呈「國會期限縮短建白書」。但沉痛的建白，所得到的回答，是剝奪出版權。

至於改進黨亦因內部的不統一，曾一度引起解黨問題，迨及明治十七年十二月廿一日大隈重信等的宣佈脫黨，改進黨至此，雖由沼間守一、尾崎行雄、箕浦勝人等繼續領導，但事實上，已經形同解體，而以上各黨解散之後，差不多有六年時間，日本沒有政黨的活動，此實為明治時代日本政黨的萎縮時期。

自是厥後，政潮頗呈平穩，政府亦以伊藤博文為中心，專事努力於改革政制，以及創設內閣制度，（註二五）然到了明治二十年（一八八七年）趨於萎縮的諸政黨，隨着制憲與開設國會期間之迫近，兼以是年五月「條約改正」之問題發生，（註二六）故反對政府的運動又漸呈蓬勃氣象。前自由黨首領後藤象二郎邀集自由黨及改進黨的領袖犬養毅、尾崎行雄及星亨等人，發動大同團結運動，意圖推翻政府，爭取言論自由，全國各地風起雲湧，一致響應，當時會集於東京的壯士（或稱有志者）達二千人以上。政府對於這次大同團結運動，仍出於一味壓制的態度，遂於同年十二月廿五日發佈保安條例，民黨人士被驅出東京都門三里之外者計有五百七十人，其中有自由黨的片岡健吉、竹內綱、中江篤介、星亨、中島信行及改進黨的尾崎行雄等人。（註二七）這些被逐的人士後來於憲法頒佈之時，均行赦免。

保安條例頒佈之後，大同團結運動的氣勢，並不因此而絲毫消滅，且愈益擴大運動及於其他各地，政府不能不再謀對付之策，不得已乃邀請大隈重信入閣出任外務大臣。後藤象二郎任遞信大臣（板垣未入閣）以為緩和情勢的手段。大同團結運動因首領後藤的入閣，致無疾而終。自是政局始得平復，繼續維持至憲法頒佈之時。此一發自當時知識分子的大同團結運動，雖缺乏來自下層的民衆基礎，但卻帶有強烈的國權主義色彩。（註二八）

第三節　中央集權制的礎石——明治憲法的制定

憲法係一國的根本大典，日本的憲政運動，在明治維新的初期，即已有之。如明治元年（一八六八年）二月十四日發佈的「五條誓文」曾有「廣興會議，萬機決於公論」，此卽明治憲法之所從出。

明治九年（一八七六年）九月七日明治天皇詔勅元老院議長有栖川宮熾仁親王負責，並以元老院議官柳元前光、福羽美靜、中島信行，細川潤次郎等人爲委員，在元老院內設置「國憲取調委員會」以起草憲法。該委員會成立後，卽從事調查資料，除翻譯英、美、法、德、普、巴比利亞、比、荷、西、葡等國的憲法條文外，並搜集各國憲法論的要旨，以資參考。當元老院的憲法草案漸趨於成立之際（卽明治十二年末）。民間自由民權派人士從事於憲法草案的制定運動者亦大有人在。如在「慶應義塾」內福澤諭吉主持的憲法起草會，曾制定憲法草案呈之於政府，世稱之爲「私擬憲法」，（註二九）餘如共存同衆社、交詢社、嚶鳴社、郵便報知新聞等，亦爲私人的研究制定憲法的組織。（註三〇）植木枝盛亦撰有「東洋大日本國國憲法」，從人民主權的立場，強調保障基本人權，並賦予人民有不服從、抵抗權及革命權。

元老院鑑於民間之士制定憲法草案的盛況，亦加緊工作，於明治十三年（一八八〇年）十二月底將憲法草案完成，世稱之爲「元老院憲法」，由當時的議長大木喬任呈奏明治天皇。其內容共計九篇，合附錄爲八十七條，該草案的基本精神乃取範於英國式的憲法，諸如：①帝室費用每年由議會議決，以法律公佈。②皇帝、元老院及代議士院共同行使立法之權。③對君主稱皇帝而不稱天皇。④兩院彈劾大臣在大審院行之。凡此種種，在在顯示出係取範於英國的憲法精神，故極爲伊藤博文所反對。政府旋於明治十五年（一八八二年）三月派伊藤博文率山崎直胤、河島醇、平田東助、吉田正春、三好退藏、岩倉具定、廣橋賢光、伊東巳代治及西園寺公望等，赴歐洲考察憲政制度，俾作起草憲法的參考。當時政府除了授給伊藤以調查考察憲法的要領外，（註三一）復令其就當時嶄新憲法論所出的德國憲法論相比較，以制定日本所需要的憲法。伊藤等抵歐後，大部分時間留在德意志就柯乃斯德（Heinrich Hermann Friedrich Rudolf von Geneist, 1816-1895）、史泰恩（Loveng von Stein, 1815-1890）及穆濟（Albert Mosse, 1846-1925）等學者，對普魯士、德意志帝國、巴比利亞及其他所謂德意志系的憲法作充分的調查研究，對於英國憲法則以英國主義，國君有王位而無統治權，若欲採行此主義，卽非王政復古爲由而未着重研究。（註三二）伊藤等在歐洲滯留一年又半，然後返國從事憲法起草工作。上述三位德國學者中，以史泰恩影響伊藤最深，而維新政府的要員如天皇侍從藤波忠言、黑田清隆、海江田信義、谷干城等赴歐洲訪問時，亦均就學於史氏。對明治初年日本上層人士思想影響最大者，除了吉田松陰外，史泰恩氏亦爲重要之一位。

伊藤歸國時，岩倉具視及木戶孝允已死，政府實權歸之於伊藤，而制憲的工作也不得不以伊藤爲中心，伊藤首先於宮中設立一制度取調局，以從事於憲法及各種制度之制定，並任井上毅、伊東巳代治，及金子堅太郎等爲助手，（註三三）在金澤之夏島，祕密着手起草，不與任何人往來，雖是閣員，亦絲毫不能預聞，至對於當時主張民權的各方面的呼籲，則更是充耳不聞。從事草擬憲法工作的井上毅是紫演會的首領，擅於漢學，對於日本的古文，更有深刻的研究，金子堅太郎曾在歐美留學，對於西方的文物典章極爲熟識，伊東巳代治是一個典型的官僚，實際上，編纂憲法的也是由井上毅等三人主持其事。蓋因伊藤當時身任內閣總理大臣，無暇顧及字句的研究，他僅是提示大綱原則，由井上毅等三人編纂和研究字句。井上毅起草憲法、皇室典範，伊東巳代治起草議院法，金子堅太郎起草衆議院議員選舉法及貴族令。（註三四）

伊藤在起草憲法之際，另方面又着手改革制度，明治十七年（一八八四年）七月七日公佈華族令，翌年十二月廿二日設立內閣制。華族本係版籍奉還後，各諸侯被賜的族稱，華族令規定公侯伯子男等五爵，以前的華族則根據其家世、經歷，分別授爵，爵位係世襲制。原則上公卿以家格，舊大名以石高（封祿）定爵位，此外維新的功勳亦都被列爲華族而授以爵位，（註三五）例如伊藤博文、黑田清隆、井上馨、西鄉從道、松方正義、大山巖等皆授以伯爵之位。當時授爵的新華族百名之中，舊薩摩藩出身者爲廿五名，舊長州藩出身者爲廿三名，兩藩合計超過半數，因此，新華族可說是藩閥貴族。華族令制定的目的是使最高級的官僚軍人列爲貴族，以提高其對於國民的威權，而爲皇室建立屏藩，強化貴族社會，使之對抗自由民權的攻勢，其最明顯者厥爲在國會中設立貴族院，以這些華族充任貴族院議員。（註三六）

伊藤博文等所起的憲法草案共七章七十六條，先後歷四載，於明治廿一年（一八八八年）三月告竣，四月祕密呈奉明治天皇欽定，四月廿八日爲了審議憲法草案起見，特設樞密院爲審查機關，由伊藤自任議長，邀集國家元勳及學識者由天皇親臨之下開會審議憲法的草案，該項審議工作於是年五月八日開始，經過多次的會議，至十二月十七日完竣。在正式公佈以前，因對外極端祕密，故外間鮮少知其任何一條的內容，樞密院的顧問官和書記都不許把草案攜出會議室外。會議室設在東宮中，所以任何顧問官若對某章某節，須特別研究時，則非留在宮中不可，憲法草案審議完竣後，由明治天皇於明治廿二年（一八八九年）二月十一日紀元節頒佈，名曰：「大日本帝國憲法」（俗稱明治憲法），並於翌年十一月一日，正式發生效用。在頒佈憲法的同日又頒佈皇室典範、議院法、衆議院議員選舉法、貴族院令及會計法等重要法令。

明治廿二年二月十一日頒佈明治憲法的儀式乃按古代的規定，爲「大化革新」後所未有的盛典，它象徵「明治王朝」的創立和隆盛。

明治廿二年二月十一日上午十時半，明治天皇穿大元帥的軍服，與穿西洋禮服的皇后，朝百官於「鳳凰之間」。在各國外交官、外國人民及新聞記者們參加的儀式中，由三條內大臣恭呈發佈憲法的詔勅，明治天皇朗讀云：

「朕以國家之隆昌與臣民之慶福，為中心之欣榮。朕依承自祖宗之大權，對現在及將來臣民，宣佈此不磨之大典。

惟我祖我宗，依我臣民祖先之協力輔翼，肇造我帝國，以垂於無窮。此乃我神聖祖宗之威德，與臣民之忠實勇武，愛國殉公，以貽此光輝國史之成跡也。朕，回想我臣民，即祖宗之忠良臣民之子孫，其奉體朕意，將順朕事，相與和衷協同，益宣揚我帝國之光榮於中外，鞏固祖宗之遺業於永久，同此希望，堪分此負擔，固無疑也。」

接着，樞密院議長伊藤博文捧呈「帝國憲法」，明治天皇以之授與內閣總理大臣黑田清隆，黑田清隆跪而拜受。同時奏「君之代」樂，殿外發聲震天地的禮砲。「不磨之大典」，由之結束。

與憲法同時頒佈的，是一道大赦令。它掃除過去政爭所引起的仇恨；自明治十五年以來，因民權運動而投獄的志士們，均無條件恢復自由；被斥為「亂臣賊子」領袖的西鄉隆盛，追贈正三位；有功於王政復古的藤田誠之進、佐久間修理、吉田寅次郎，追贈正四位；岩倉具視追贈太政大臣，島津久光、大久保利通追贈右大臣，毛利敬親、山內豐信追贈從一位，鍋島直正、木戶孝允追贈從二位，並遣勅使祭他們的墓，表示維新大功告成。至於全國八十歲以上的男女，則賜金，以示愛民敬老之意。全國人民，沐浴在欣樂的空氣中，尤以帝都的慶祝，更為熱烈。

大日本帝國憲法，共分七章七十六條，此一憲法的頒佈雖為藩閥勢力向自由民權派讓步的產物，（註三七）但究其實際，那是絕對帝政的建立，其於自由民權運動的目標，可說是背道而馳的，難怪有人稱它爲「憲政的帝國主義」（Constitutional Imperialism），蓋就其來歷和實質而言，或就其理論與事實而言，它都是帝國主義，但是它曾經受着，正在受着，和繼續受着憲政原素（Constitutional element）的陶冶。事實上，伊藤等那些制憲者並沒有深切瞭解代議制度的原理，更沒有留下發展民主制度的大道，所以誰也不能否認明治憲法，在最初便是爲了寡頭的藩閥政府的專制政治而設的。這部在藩閥獨裁政府的政治演進中產生的明治憲法，其結果顯示出幾種特質（實質上的），卽：①由萬世一系的天皇永遠不滅地統治日本國土。②皇室的一切事情均在國會審議之外，亦卽徹底的皇室自律主義。③非政黨內閣制的國務大臣制。④樞密院爲天皇最高的諮詢機關。⑤貴族院及衆議院兩院享有同等權限。⑥外交宣戰媾和爲天皇的專有權。⑦統帥權的獨立。⑧議會對於立法權及預算權只有限度的權限。⑨不成文承認少數元老的存在。⑩內大臣府的存在。在這幾種特質之下，議會只能在這種限制之下稍作自己的主張，完全不承認政黨內閣制。其中妨礙議會政治最大者，除少數元老外，要算樞密院爲最大。樞密院的成立本係專爲審議憲法草案的機關，與行政不發生關係，但後來重要的法案均須經過該院審查同意，幾成慣例，因此，它成了藩閥的大本營，民主政治的障礙物。它之存在的最大目的，乃在於牽制實行明治憲法而產生的政黨內閣，（註三八）後來民政黨若槻禮次郎內閣於昭和二年（一九二七年）四月，因臺灣銀行救濟問題，被樞密院反對，無法繼續再幹而垮臺。這是日本近代政治史上，樞密院倒閣的唯一例子。

與憲法同日頒佈的皇室典範，可說是皇室的家法，但在第二次世界大戰前的舊國體中，它是日本國家基本法之一，皇室典範的主要內容是關於皇位繼承、踐祚、卽位、攝政，及皇族等事項。這個皇室典範，自公佈起，施行將近六十年，迄第二次世界大戰後的昭和廿二年（一九四七年）五月，日本國憲法（即新憲法）施行時，始另制新皇室典範，以適應新憲法。抑有甚者，在明治憲法頒佈以前，皇室事務和一般國務是全無分別的，皇室財產和國家財產，也是混在一起。及至明治十八年（一八八五年）改革官制，始以宮內大臣立於內閣之外，單獨管理皇室事務，開皇室事務獨立之端。及至憲法頒佈置皇室事務於議會權限之外，於是皇室事務與一般事務完全分開。關於皇室之財產，截至明治卅三年（一九〇〇年）為止，已有皇室所有林野三六五萬町步，當時的國有林野為一、二〇〇萬町步，而民間（包括町村公產）林野為七〇〇萬町步，（註三九）由此統計數字，可知天皇不僅是全國最高統治者，也是全國最大的封建地主。

第四節　地方自治制度的確立及其他建制

明治維新政府成立之初，中央政權雖已復歸於天皇，但在地方則尚繼續維持原來幕府時代封建制度的狀態。明治元年（一八六八年）發佈的政體書，把地方區劃分為府、縣、藩三種，府縣為朝廷直轄之地，置知府事及知縣事掌管官吏，並掌地方的一般行政。各藩領內的行政、兵備、裁判等則尚均任藩主的統轄，世稱此為「三治制度」。明治二年六月實行「版籍奉還」之後，改任諸藩主為知藩事，自此以後，全國土地始悉歸於朝廷所直轄，而封建制度於焉消滅。及至明治四年（一八七一年）七月的實行「廢藩置縣」，復免知藩事之職，同年十一月制定府縣官制合全國府縣與各藩，成三府七十二縣，改知縣事為縣令，頒佈縣治條例及事務章程。

府縣以下的下級地方行政區域，維新後亦暫依幕府時代的舊慣，自明治四年七月「廢藩置縣」後，頒佈戶籍法，為劃一全國的地方制度，乃於府縣之下分為大小區，每區置區長及副區長。及至明治十一年（一八七八年）七月頒佈「郡區町村編制法」、「府縣令規則」，及「地方稅規則」之所謂三新法後，府縣以下的地方區域，始益顯明，而地方自治制的基礎亦告確立。依照此三法的規定，地方區劃係在府縣之下設郡、區、町、村。郡設郡長，區設區長，町村各設戶長，戶長公選。區、町、村各設區、町、村會，議決有關公共事業的費用。明治十六、十七年（一八八三、一八八四年）山縣有朋任內務卿，欲根本改革地方制度，乃命村田保、大森鐘一、清浦奎吾及德籍顧問穆濟、羅埃士禮（Carl Friedrich Herman Roesler, 1834-1894）等人重加研究。並循穆濟的建議設置地方制度編纂委員會，由穆濟起草市、町村制的原案，經元老院的議決後，於明治廿一年（一八八八年）四月公佈市制、町村制，繼之於明治廿三年（一八九〇年）五月復公佈府縣制、郡制。至是地方自治制與明治憲法成為表裏一體的帶有濃厚的普魯士系的官僚色彩，（註四〇）惟因自治的範圍狹小，地方團體遂置在由中央政府所派遣的府縣知事強烈監督之下。關於明治廿一年及廿三年公佈的法制的內容，依市制及町村制，則從來的區及町村，或據其原有的區域，或經分合廢置的手續，均成為最低級地方公共團體的市或町村。且在市町村不設國家的行政官廳而由中央委任市町村長以當處理國家的行政任務，依府縣制及郡制，則府縣在為國家之地方行政區域同時，兼為上級地方公共團體，郡亦在為國家的地方行政區域，同時兼為中級地方公共團體。故在此時的地方公共團體分為「府縣」、「郡」、「町村」的三級制，與「府縣」、「市」的二級制兩種，並使其對各自所轄地域內的地方行政有自治權。然而事實上，地方自治體的主要職責，厥為代替中央政府執行徵兵、徵稅及學校等事務。

又關於府縣的廢合，曾有各種各樣的沿革。但到了明治廿二年（一八八九年），則確定為三府四十三縣，相沿以迄於第二次世界大戰後之今天。

除了地方自治制之外，在國會正式成立以前，政府方面，尚有許多創制及改革，以為踏入憲政時的準備，茲特擇要說明如下：

㈠創立內閣制——明治十八年（一八八五年）十二月正式廢止太政官，設置內閣，純倣德國內閣形式，主其事者卽為伊藤博文，而他卽被任為第一任內閣總理，此外九位國務大臣，幾全為薩長二藩人物，（註四一）當時他對於改制的理由辯稱：「這種改組可使每個國務大臣，各對天皇直接擔負一部分責任。各大臣之上置以總理，所以此次變動，既可使各大臣各展其所長與肩膺重任，更可保持內閣之統一，而免除不必要的糾紛與散亂也」。（註四二）事實上，此內閣制係法律上的機構，而非憲法上的機構，蓋它的存在係依據明治廿二年（一八八九年）的內閣官制勅令而運營其職權，在明治憲法上對它並無片言隻字的提及。

㈡改革文官制度——在維新運動中，官吏的更動非常頻繁，幾皆援用私人，致引起一部分被摒棄於政權之外人士的反對。伊藤乘此時機大加改革，藉以鞏固自己的勢力，培植自己的黨羽。制訂「文官任用令」、「文官分限令」等，規定以後官吏的任用或升降，須經考試委員的考核，初次考取合格人員，非經試用，不得正式補缺，嗣後晉升，概須比照年齡、品格、能力、體力及考績等條件而定。

㈢設置樞密院——明治廿一年（一八八八年）四月三十日下詔設立樞密院做為天皇的最高諮詢機關，其詔文曰：「朕察有遴選元勛及練達之士，諮詢國務，以倚其啟沃之必要。設樞密院，以為朕之至高顧問之府」。此樞密院的制度係倣英國的 Privy Council 者。樞密院在國會開設之前（一八八八年至一八八九〇年八月），權限較大，有權審議憲法、解釋憲法，及審議預算、重要勅令、法律草案、與外國交涉之條約等。迨及一八九〇年國會開設後，經修改官制，規定須俟諮詢而後議。但該院利用職權，隱然形成內閣及國會的太上院，時常和執政當局發生齟齬。樞密院不僅可掣肘內閣，且其力量還可制壓議會，因為議會不能直接質問該院。

㈣確立地方議會——明治十一年（一八七八年），天皇下詔命設立府縣會，越二年（一八八〇年）又令各市、町、村均設立議會。在一八八八年至一八九〇年間，政府又頒佈許多命令，成為地方政府的全部法規。因此，在取得當地行政長官的同意，各地方議會有管理財務之權，至於村町以上的行政長官悉由中央政府委任。地方議會的設立，使人民得熟練議會立法的功用與手續，奠植了日後全國議會的基礎。

㈤軍制及警察的改革——明治十一年（一八七八年）公佈「軍人訓戒」，十二月使陸軍省參謀局獨立，並重新設置獨立於政府的參謀本部。此即為所謂「統帥權之獨立」，以後逐漸加強，終於成為軍國主義化的重要支柱。明治廿一年（一八八八年）廢止鎮臺制，模倣近代德意志的軍團制，改為戰略單位的師團，其兵力明治廿三年（一八九〇年）合近衛師團共為七個師團，連一萬名北海道屯田兵，憲兵六隊，兵力共為五萬三千名現役，預備役及後備役共計二十萬三千名。海軍在明治十九年（一八八六年）全國分為五海區軍，明治廿三年（一八九〇年）設置橫須賀、吳、佐世保等三鎮守府，共有廿五艘軍艦（總噸數為五萬一千噸）及十艘水雷艇。為了取締士兵的死罪並民主主義或反軍國主義思想的宣傳，於明治十四年（一八八一年）創設憲兵隊，明治十五年頒佈「軍人勅諭」做為士兵嚴守的軍人道德的準則。自明治四年廢藩置縣以還，天皇制政府最大的努力厥為軍隊的建立。

明治六年（一八七三年）對於各府縣的警察制度加以刷新，在東京設置警視廳，明治八年（一八七五年）設巡查以代從前的邏卒、捕亡。自明治廿二年（一八八九年）至翌年對警察制度，又大加改革，減少以往的警察本署、分署數目，而多設警察官的派出所及駐在所，把警察力的配置分散於全國各角落。當時全國約有派出所或駐在所，共計達一萬一千四百所，（註四三）卽使在深山之村落亦設有中央集權之警察網。

㈥編纂法典——日本的法律本來借自中古時代的中國隋唐的律令法（如太寶、養老律令），後來雖因封建制度的實行而稍有變化，但仍本中國法律的原則，就是德川幕府所頒佈關於諸藩關係的法令，中國法的色彩，仍頗濃厚。卽使維新政府於明治三年（一八七〇年）最初制定的「新律綱領」，亦係參照日本古代法典及中國明清兩代刑法。此「新律綱領」，於明治六年（一八七三年）修訂稱爲「改訂律例」，此外明治五年又頒行「監獄則」，其主要內容亦是以中國法制爲依據。但是政府當局的有識之輩，痛感有制定西洋法系近代法的必要，因之，明治三年在太政官制度局的中辨江藤新平乃命箕作麟祥翻譯法國民法 (Code Civil Napolion)，並擬以此作爲日本的民法而加以實行。明治六年聘法國法學家波索納得 (G. E. Boissonadede Fontarabl, 1825-1910) 爲顧問，（註四四）使其起草刑法與民法，至明治十三年（一八八〇年完成「刑法」及「治罪法」，並於明治十五年付諸施行。（註四五）此刑法確認了「罪刑法定主義」精神，而治罪法除規定由檢查及律師參預的「當事者主義」及「上訴制度」之外，又確立了審判公開的原則，奠定了日本刑事法則的近代化基礎。

明治憲法頒佈後，法典的編纂，更爲積極。在憲法頒佈的同時，裁判所構成法亦公佈。該法規定，裁判所分爲區裁判所、地方裁判所、控訴院、大審院。並且規定其各自的組織與管轄。同時又公佈了代替「

治罪法」的「刑事訴訟法」。同時政府又擬刑法改正案，先交民間研究，後經兩院協贊，至明治四十年四月公佈，翌年十月一日實施，它就是現在的「刑法」。

前述明治三年曾企圖以法國的民法做爲日本民法而施行之議未獲實現後，由司法卿大木喬任取代江藤新平以主宰民法編纂工作，仍以法國民法爲藍本，滲入日本的習慣法，於明治廿三年（一八九〇年）公佈，並定自明治廿六年（一八九三年）一月一日起施行。該民法共分五篇——卽人事篇、財產篇、財產取得篇、債權擔保篇，及證據篇等，全文一千七百條，但因該法係以法國民法爲範本，與日本家族制度不合，因之遭受朝野人士反對，穗積八束甚至撰一「民法出則忠孝亡」的論文，加以反對，結果延期施行，於是政府另派梅謙次郎（一八六〇—一九一〇年）、穗積陳重（一八五六—一九二六年）、富井政章（一八五八—一九三五年）等三位學者爲委員，重新起草民法。他們三人奉命後卽以德國民法典的第一草案（der Erste Entivury des deutschen Bürgerlichen Gereyfudes) 爲範本，完成總則、物權、債權、親族、相續（繼承）等五篇，共一千一百餘條的民法草案，前三篇於明治廿九年（一八九六年），後二篇於明治卅一年（一八九八年）分別公佈，並同於明治卅一年七月十六日開始施行。此一民法的內容，置重於家族制度的維持，強調戶主握有一家的統轄權，並且側重於戶主的繼承，這是此一民法的特色。此外民事訴訟法亦於明治廿四年（一八九一年）起施行。而刑事訴訟法則於明治廿三年施行。

至於商法則由德國學者羅埃士禮起草，並經梅謙次郎、岡野敬次郎等加以修改，於明治卅二年（一八九九年）公佈實施。（註四六）由此可知，日本降至明治三十年代，其主要法典已經完成，而日本亦開始成爲西洋法系的法治國了。

以上已把日本近代國家體制的確立經過，一一加以敍述。而明治維新事業的完成，則有待於近代國家體制的確立，因此若從社會文化的觀點來說，明治維新具有近代革命的原動力，其於近代日本文明的推進，有似歐洲文藝復興，再就國家權勢的轉移形態來說，明治維新是具有政治革命的意義。雖然明治維新還沒有具備成熟的政治革命的條件，且其發展，亦非眞正的出自近代的思想，但它卻啟開了封建日本邁進近代日本的端緒。

綜括言之，日本在步上近代化國家的過程中，自一八五三年美國東印度艦隊司令柏里率艦來日開始，至一八六七年德川慶喜奉還大政爲止的十五年間，可稱爲改造本期，自此迄一八九〇年國會開設爲止約廿年間，可稱爲改造後期。而明治維新前後經過四十年的苦心經營，始到達其目的。從此日本才眞正步上了近代化國家之途。

註釋

註一：參閱拙著：「日本政黨史」七－八頁及「戰前日本政黨史」一一－一四頁。

註二：今中次麿著：「日本政治史大綱」二九九頁。

註三：林田龜太郎著：「日本政黨史」上卷七頁。

註四：林田龜太郎前揭書上卷八頁。

註五：戴季陶著：「日本論」五〇頁。

註六：矢內原忠雄編：「現代日本小史」上卷一九頁。

註七：參閱三宅雄二著：「明治思想小史」二二－二三頁。

註八：參閱拙著：「戰前日本政黨史」二二－二四頁。

註　九：鈴木安藏著：「自由民權、憲法發佈」三三一頁。
註一〇：鈴木安藏著前揭書九二頁。
註一一：奈良本臣也、前田一郎著：「近代國家の成立」（京大日本史）六九頁。
註一二：服部之總著：「明治の革命」一四頁。
註一三：鈴木安藏著：「日本憲政史」五一頁。
註一四：北海道官有物標售問題係發生於明治十四年（一八八一年），即北海道開拓使黑田清隆，將官有物以極低廉之價讓給薩摩派的五代友厚經營，此一事不但大隈重信反對甚烈，同時輿論亦爲之沸騰（詳閱伊藤痴遊著：「隠れたる事實明治裏面史」續編一四一―一六六頁）。
註一五：大隈重信於明治十四年（一八八一年）三月提出憲法意見書，建議成立國會，其內容要旨爲：①須公佈國會開設之年月日。②政府須察考國人的輿望，以任用顯官。③分離政黨（務）官與永久官。④須以宸裁制定憲法。⑤須於明治十五年末選舉議員制定憲法，十六年年初開設議會。⑥須定施政的主義，實行英國式的政黨內閣制。
註一六：松枝保二著：「大隈侯昔日譚」二七一頁。
註一七：參閱拙著：「戰前日本政黨史」一五―三七頁。
註一八：參閱拙著：前揭書四四―五七頁。
註一九：參閱拙著：前揭書五七―六〇頁。
註二〇：參閱拙著：前揭書六四―六五頁。
註二一：集會條例，本是於明治十三年（一八八〇年）四月頒佈的，那是當時爲了取締民權運動的法律，此集會條例與新聞紙條例（明治八年公佈，以後於明治十六年及二十年再三補充）及明治二年（一八六九年）頒佈的出版條例，被稱爲「明治三大惡法」。
註二二：明治十五年（一八八二年）二月板垣爲鼓吹自由民權運動，以擴展自由的聲勢，赴各地遊說，是年四月六日在歧阜金華山麓的神道教中教院出席演講會時，爲一信仰勤王愛國思想受政府及帝政黨一派的誣妄宣傳所迷惑的小學校教員相原尚駭所刺傷，板垣於被刺時高呼「板垣雖死，自由不死」。自由黨乃以此爲口號，到處煽動，全國青年多被激起義憤，並高唱「自由」以與藩閥政府的權力相抗拮。惟這次事件，對於以後自由黨的發展是一種打擊，蓋板垣於傷癒後出國考察歐美政制，逾年返國後，思想發生變化，變得比以前來得穩健，改採和緩的立場，勸告黨員注重休養民力，循漸進程序改革，不贊成一切激烈運動。

註二三：當時由於自由黨急進分子直接行動所引起的暴動，有所謂「福島事件」、「高田事件」（以上爲明治十五年所發生）、「加波山事件」、「飯田事件」、「秩父暴動」、「群馬事件」（以上爲明治十七年所發生）、「名古屋事件」（明治十八年發生）、「靜岡事件」（明治十九年發生），以上諸暴動事件詳閱「民權自由黨史」及伊藤痴遊著：「隱れたる事實明治裏面史」續編二二〇—三五七頁。

註二四：伊藤痴遊著前揭書一九〇頁。

註二五：戰前日本的內閣制度係明治十八年（一八八五年）之官制改革始採用者。在此之前係實行「太政官制」，此次官制改革，廢太政大臣、左右大臣、參議、各省卿等的官職，而新制內閣總理，及外務、內務、大藏、陸軍、海軍、司法、文部、農商務、遞信等各大臣，並由該項大臣合而組織內閣。此次改革的要點，即在使各省長官爲直接輔弼大政的國務大臣，並以內閣總理大臣爲其管理，而以其全體組織合議制的內閣。明治憲法制定以後，憲法上對內閣制雖未更行明加規定，然事實上，則尚維持其制度而無所變更。

註二六：自明治維新以來，歷任執政因與外國交涉修正條約問題，久不能獲致圓滿解決，已成爲政治上的難關。是時外務大臣井上馨因極端提出歐化主義，曾擬具幾近屈辱的談判條件以修改不平等條約，事機不密，條件洩漏外間，招來了輿論的反抗，故其條約改正案，亦未能實行而掛冠他去，由大隈重信繼任其職。此即所謂「條約改正問題」。

註二七：當時被命退出東京都門三里以外者有林有造、中島信行、尾崎行雄、星亨、島本仲道（以上爲三年）、片岡健吉、竹內綱、中江篤介、吉田正春、阪崎斌、横山又吉、林包明、山際七司（以上爲二年）等十八名。

註二八：竹內理三著：「詳說日本史」三一三頁。

註二九：當時參預「私擬憲法」起草之人，多爲政府的官吏，如矢野文雄爲太政官的統計院幹事，中上川彥次郎爲外務省的大書記官，尾崎行雄及犬養毅為太政官統計院書記官，且均為慶應塾出身之士。至於此項「私擬憲法」草案完成後，乃由福澤諭吉呈交於黑田清隆參議。

註三〇：關於共存同眾社等的研究憲法情形詳閱鈴木安藏著：「憲法の歴史研究」第二編第三章民間における憲法諸理論。

註三一：伊藤博文奉派赴歐洲時，政府授予的憲法調查要領為：①對於歐洲各君主立憲國之憲法，須尋找其淵源，考其沿革，視其現行之實況，以研究其利害得失之所在。②皇室之各種特權。③宮室與皇族財產。④內閣之組織，以及關於立法行政司法外交等事之職權。⑤內閣大臣責任法。⑥內閣大臣與上下兩院間議員之諸關係。⑦內閣之事務辦理手續。⑧上下兩院的組織、權限，並其事務辦理之手續。⑨人民之權利義務。⑩貴族制度及特權。⑪上下兩院之關閉會及解散並延會。⑫關於上院及下院的皇室特權，並上下院特權之爭議。⑬上下院的自由政論，並上下兩院間所存的關係。⑭議事規則，議案的提出並各種議案。⑮由皇室待遇上下兩院的議員。⑯上下兩院議定會計預算及查覆決算之方法。⑰上下兩院之司法權，並兩院議員之資格及其選舉法。⑱各種請願及行政裁判。⑲法律與行政規則之分界。⑳各省與上下兩院間存在的諸種關係。㉑各省之組織及權限。㉒司法官之進退黜陟。㉓各省與地方官關係。㉔諸官的責任及進退。㉕諸官的養老特典。㉖地方制度。

註三二：德國自一八七〇年戰勝法國後，創建新德意志帝國，由鐵血宰相俾斯麥輔翼皇帝威廉第一，有撼動歐洲之勢。而此德意志帝國又在世界立憲君主國家中君權最強者，因此當時日本政府的廟議遂決定派伊藤博文等赴德從事憲法的調查研究。

註三三：伊藤博文自稱：「英憲之精神，國王有王位但卻無統治權，若欲行此主義，即非王政復古，我皇室有七百餘年間舉所有之統治大權為霸府所掠奪，然皇位皇統連綿不絕，王政復古即所謂統治大權之復古。吾等深信覆滅統治大權之幕府而即以之附與民眾，使皇室依然失其統治權而如霸府存在之時，則非為得日本臣民之心，況其與我國體不相符合乎！」（平塚篤著：「伊藤博文祕錄」二二七頁。）

註三四：井上毅、伊東巳代治、金子堅太郎等參預制憲事宜之情形，由井上毅擔任起草憲法及皇室典範，伊東巳代治擔任起草議院法，金子堅太郎擔任起草眾議院議員選舉法、貴族院令及會計法。

註三五：華族令制定後，除於明治十七年授爵外，明治二十年再實行第二次授爵，這次在實業界和學術界著有功勳者，亦列入華族。自由民權運動派健將大隈重信、後藤象二郎，及板垣退助等皆在明治二十年授受伯爵。其中板垣早在明治十七年時便已授予，因拒受，但在明治二十年時始接受，自明治二十年之後，屢有授爵之舉。關於華族的數目，當華族令制定時，約為五百戶，至昭和十六年（一九四一年）其數目達九百五十餘戶，第二次大戰後，完全廢除華族之制度。

註三六：參閱井上清著：「日本の歷史」（中）一九七頁。

註三七：參閱矢內原忠雄編：「現代日本小史」上卷八九頁。

註三八：參閱拙著：「日本文明開化史略」二一五—二一六頁及「日本政黨史」五三頁。

註三九：井上清前揭書（中）二一七頁。

註四〇：坂本太郎編：「日本史」四八一頁。

註四一：日本內閣制度創立後的第一次內閣人物及其派系情形如下：

總理	伊藤博文	伯爵	長州
外務	井上馨	伯爵	長州
內務	山縣有朋	伯爵	長州
大藏	松方正義	伯爵	薩摩
陸軍	大山巖	伯爵	薩摩
海軍	西鄉從道	伯爵	薩摩
司法	山田顯義	伯爵	長州
文部	森有禮	子爵	薩摩
農商務	谷干城	子爵	土佐
遞信	榎本武揚	子爵	幕臣

註四二：伊藤博文著：「日本帝國憲法釋編」英譯文（一八九九年）九九頁。

註四三：關於明治初的警察制度改革的經緯詳閱岩波書店：「日本歷史」近代④二三—三四頁。

註四四：波索納得氏原係法國巴黎大學教授，於明治六年（一八七三年）至日本，在日本滯留廿餘年，對日本的立法事業，曾有極大的貢獻。

註四五：明治十五年施行的刑法及治罪法，在明治憲法制定後曾加以修改。治罪法於明治廿三年（一八九〇年）被「舊刑事訴訟法」所取替，繼之於大正十一年（一九二二年）再加修訂而稱曰：「新刑事訴訟法」。刑法則於明治四十年（一九〇七年）被「新刑法」替代。

註四六：關於明治卅一年七月十六日施行的商法，分爲總則、會社、商行爲、手形（支票）、海商等五篇，將近八百條。後來因隨着經濟的發展而屢有修改，第一次爲明治四十四年，第二次修改爲昭和七年，第三次爲昭和十三年。

第四章　日本近代政治的演進

——政黨政治的興衰

第一節　政黨的再生

明治廿二年（一八八九年）二月十一日頒佈「大日本帝國憲法」後，民黨方面準備在卽將來臨的國會選舉中，有所作爲，政府亦加強陣容，以便對付。此時民黨方面的大同團結運動，自從後藤象二郎於明治廿二年（一八八九年）三月入閣爲官後，便告瓦解。從事政黨運動的人物，分成許多小派系，互相鬥爭，內訌甚烈。那時民黨各派欲在卽將來臨的選舉中爭取勝利，大家深感有進行改組政黨，復興統一黨務活動的必要。板垣遂挺身而出，向各方面遊說，結果於明治廿三年（一八九〇年）五月聯合大同俱樂部、自由黨及愛國公黨三派組織庚寅俱樂部，準備在卽將來臨的選舉戰大顯身手，是年七月一日依照上年頒佈的憲法及選舉法，舉行第一屆衆議院議員選舉。由於政府標榜超然主義，且恐初次行憲給外人以不佳的印象，未干涉選舉，故民黨間彼此競選雖然劇烈，但尙能公平無私。當選各派的分野計庚寅俱樂部一〇五席，改進自由黨廿三席，保守派（官吏派）十八席，自由黨十七席，中立分子八十七席，未詳三席。（註一）

當時的選舉採用小選舉區制，人口每十三萬人選出衆議員一名，故有一人區二百十四，兩人區四十二，須年納直接國稅十五圓以上（平均約相當二町田的地租），年滿廿五歲以上的男子並在編製選舉人名冊前，在選區住滿一年以上始有選舉權，至於被選舉權須年滿卅歲以上的有選舉權者，由於選舉權有財產條件限制，故第一屆總選舉時，全國人口三千九百三十八萬二千一百人（北海道、小笠原、沖繩除外）之中，有選舉權者只有四十五萬零三百六十五人，約佔全人口的百分之一點一四，（註二）在這些有權者中，其百分之九十七爲土地所有者，其餘百分之三爲因納所得稅超過十五元者，（註三）這種限制選舉制度的結果，必然使選舉權侷限於有產者，並且容易促成政黨傾向布爾喬亞化，議會開設後各政黨以地主爲基礎的一大原因則在此。抑有甚者，三百名衆議院議員之中士族佔一〇九名，（註四）平民雖佔有一九一名，但若以全國人口士族與平民的比例而言，士族的當選率高於平民。這些議員之中多數人雖然是昔日自由民權運動的鬥士，但他們之中的大部分已非富於革命鬥志的民主主義者，他們爲爭奪大臣或高級官吏職位，希望政府能給予利權，事實上，他們儘是些地主及地方布爾喬亞利益的代表。

選舉後，在野派在九州進步黨的提倡下組成進步派的大聯合，企圖實現責任內閣制。藩閥政府，爲阻止此一現象，突然於是年七月廿五日頒佈並施行「集會及結社法」。此一政社法的目的有二：一是加强十年前爲鎭壓自由民權運動所制定的集會條例的罰則，對於政社的連合與支部的設置、屋外的政談集會、議會開會中距離議院三里以內的學校的運動會等皆須特別許可，嚴禁屋外集會及遊行外，賦予內務大臣有結社禁止權，並賦予警官對集會有解散權，同時政社不得在其規約規定議員負有報告議會中的發言或表決事項的義務，以阻止議員與議會外的民衆之間的連繫；二是除了政治集會及結社之外的一切集會或結社，皆在警察任意的支配監視之下，其目的在於禁止佃農及勞工的運動。（註五）由於「集會及政社法」的制定，使日本的軍人、警察官、官公私立的學校教員及學生、未成年及女子，皆不得參加政談集會，亦不得參加結社，凡此種種，皆在阻止民權運動的發展，由於政府自始即採取禁止人民積極參加政治活動，致使日本的民主政治及政黨政治，不能在合理的情況下，獲得發展的機運。

由於當選第一屆國會的衆議員之大多數，都熱衷於利權，故選舉後民黨之間傾軋之風，還是不息，要想實現政治理想，尚須加強政黨的復興運動，才能構成政黨政治的健全基礎。明治廿三年九月十五日經板垣退助及中江兆民等的努力斡旋，在野黨各派除改進黨外，聯合成立一新政黨——立憲自由黨，這是日本政黨再生的開端。翌年三月與國民自由黨合併，（註六）而恢復自由黨黨名。至於改進黨自大隈去後四分五裂，及至眼見自由黨的團結，黨員乃摒棄成見，組織議員團稱曰：「議員集會所」，降及明治廿九年（一八九六年）改組爲進步黨，並推大隈重信爲黨魁。

國會開設後再生的自由、進步兩大民黨的性格與從前自由民權運動時期大有改變，此時兩大民黨的指導人物，雖然仍是當年自由民權運動的中堅分子，但是兩黨的社會基礎，已由舊時的士族層逐漸擴及於地主及資產階級，其性格亦逐漸變爲有產階級政黨。當時有產階級雖然對政府嘖有煩言，但政府對於地主有產階級仍然採取保護政策，有產階級想利用民黨來要挾政府，但民黨對於有產階級的這種不左不右，既左既右的態度難以容忍信任，這種因由逐漸形成後來兩大民黨不得不與政府妥協的契機。

第二節　初期議會時代的政治

明治廿二年（一八八九年）三月明治憲法公佈之後，在日本政治史上，具有重大意義的第一屆帝國議會於明治廿三年（一八九〇年）七月一日第一次衆議院議員選舉後，在同年十一月廿九日召集。伊藤博文及東久世通禧分別被任爲貴族院正副議長。自由黨的中島信行及大成會（政府黨）的津田眞道分別當選爲衆議院正副議長。是時首相爲長州閥的山縣有朋。因民黨的自由、進步兩黨以其超過半數的議席（共佔一七一席）。在「節省政費，休養民力」的口號下始終聯合反對政府，對政府所提出的修改條約、陸海軍預算、教育方針及振興殖產問題，處處加以掣肘，政府與在野黨的衝突隨之而起。因此迫得山縣內閣由和土佐派有親善關係的農相陸奧宗光出面，以收買手段賄賂自由黨土佐派的一部分議員，才獲得渡過危機。山縣這種卑劣手段，招來了若干閣員不滿，迫得山縣內閣於明治廿四年（一八九一年）五月六日總辭。而議員之中的自由黨員如林有造、片岡健吉、植木枝盛等廿八名亦不齒於黨員的卑恥行爲而脫黨，最有節操的自由黨員中江兆民於憤激之餘痛斥國會爲「無血蟲的陳列場」而辭去議員。（註七）

第一屆議會之後，自由黨於明治廿四年（一八九一年）十月的自由黨大會修改黨則規定：「代議政體的政黨，宜以代議士爲中心」，「站在代議士與選民之間，由外加以妨害，或使選民干涉代議士的舉動，有違代議政體之本旨」，把代議士與選民的連帶關係加以切斷，因此，自由黨已變成和民衆脫離的代議士黨。第二屆帝國會議在薩閥松方正義內閣執政下，於明治廿四年十一月廿一日召開，民黨仍然與政府爲難，否決了海軍費及鐵路公債案，迫得海軍大臣樺山資紀向衆議院議員暴言曰：「到現在爲止，海軍並未做過任何一件有辱國權有玷名譽的事情。儘管有人罵斥現政府爲薩長政府或某某政府，但保護國家的安寧，以及保護四千萬國民的生命者，豈非政府乎？」（註八）此一演說卽世所稱的「蠻勇演說」，政府於是年十二月廿五日解散衆議院，這是日本議會政治史上的第一次解散衆議院。衆議院解散後，在翌年（一八九二年）二月的總選舉中，內相品川彌二郎及次官白根專一竟出動全國警察干涉民黨候選人，並動用公帑，大事賄選，支持吏黨候選人，結果招來全國到處發生搗亂事件，政府竟出動軍隊鎮壓，造成死亡廿五人，負傷三百八十八人，全國譁然。（註九）但是結果，勝利仍歸於民黨，品川內相備受各方指責，掛冠而去。據說這次大選前，明治天皇曾向松方首相促其注意，不要使上屆的議員再度當選，而選出忠良的議員，並給予干涉選舉的資金，因此在投票時，警察威脅選民，告以倘投民黨之票者便是背棄天皇的逆賊，將把其投入監獄。（註一〇）同年五月間召開第三屆國會，民間黨派一致團結，提出「內閣不信任案」，迫使松方內閣瓦解，支持政府的吏黨議員在品川彌二郎、西鄉從道的指導下於同年六月廿日組織標榜國家主義的「國民協會」，投奔傘下的議員有七十餘名之多。

明治廿五年二月大選時因選舉干涉而傷亡人數表

	死亡者	負傷者
全國	二五	三八八
高知	一〇	六六
佐賀	八	九二
福岡	三	六五
石川	二	二四
熊本	一	三七

松方內閣垮臺後，由伊藤博文繼起組織所謂「元勳內閣」，此一內閣壽命歷四年之久，經中日甲午之戰、第四至第九屆國會。元勳內閣不僅爲自由改進兩黨所反對，且亦未獲得國民協會的積極援助。政府與議會之間因預算而發生爭執，在第四屆議會（明治廿五年十一月廿五日召開）中也發生過。但伊藤利用日皇詔諭，抑壓議會使其停會，暫停議會的機能。當時的政府常用這種措置，以抵制議會。伊藤利用日皇詔諭，壓服議會，破壞立憲政治，爲後世開惡例，頗招致輿論非議。而內閣同僚對伊藤的蠻橫作風，亦怨聲四起，伊藤乃乘機更換法務、海軍兩省大臣，設置海軍整理委員會、臨時造鋼事業委員會、貨幣制度委員會，並修改各省官制，銳意改革，勵精圖治，惟所收效果微不足道，各方不滿之聲，甚囂塵上。明治廿六年（一八九三年）十一月廿八日舉行第五屆議會時，國民黨又提出內閣不信任案，伊藤卽解散衆議院。嗣後第六屆國會於明治廿七年五月十六日召開，在野派聯合提出彈劾內閣上奏案，政府於六月二日以「衆議院未體諒政府之意，妄亂放言壯語，以責難政府措置，此誠恐有破壞國家百年大計之慮」爲由下令解散衆議院。溯自國會開設以還，四年之間，解散三次衆議院，議會與政府，儼如仇敵，究其原因，蓋由於維新以後，藩閥政治專制過甚，民黨積怨太深，乃藉立法機關以爲報復之工具。（註一一）

伊藤內閣濫施解散權，不僅激起了民黨各派的憤懣，連貴族院反政府的議員們，以內閣未公佈解散理由爲名，集會華族會館，他們推舉子爵谷干城、男爵渡邊清爲委員，訪問首相伊藤，因伊藤態度傲慢，引起大家的憤怒，乃有明治廿七年一月廿四日公爵二條基弘、公爵近衞篤麿等卅八人連署的忠告書，促伊藤內閣的反省。惟時逢發生中日甲午之戰，各政黨在所謂「政治休戰」(political truce) 之下，忍氣吞聲採取所謂舉國一致體制，藩閥與民黨間之抗爭，暫告中止。

中日甲午之戰因明治廿八年（一八九五年）三月簽訂馬關條約而告結束。但此次戰爭不僅提高了日本在國際上的地位，且其國勢亦突飛猛進，正當戰爭方酣之間，日本國內因在所謂「舉國一致團結對外」口號之下，一切紛爭盡熄。但迄至戰事結束後，民黨與藩閥間之政爭，又死灰復燃，同時中日戰爭後的犒賞方針，輕文重武，許多軍人佔據政府要津，把持政權，干預政治，造成日後軍權壓服政權的趨勢。當中日馬關條約締結後，因三國干涉日本歸還遼東半島問題，政府與民黨之間又起齟齬，引起全國普遍的反對運動。但民黨亦知道只主張推翻政府，仍不能解決遼東半島歸還問題，又想和政府妥協而分擔政權較為有利。至於藩閥政府亦覺悟到，面對甲午戰爭後的國家經營，民黨的力量是不可漠視的，因之不能不放棄其壟斷政權與超然主義。伊藤遂採用拉攏手段和自由黨携手，並懷柔籠絡國民協會，安穩地通過明治廿八年（一八九五年）十二月召開的第九屆國會。其後松方正義繼伊藤博文之後，組織第二次松方內閣時亦拉攏進步黨。從此開端，日本的議會政治逐漸轉向政黨政治之途邁進。惟藩閥勢力仍然依恃其元老身分，經常對於天皇任命繼任閣揆擁有絕對的影響力量。因此政黨政治在其確立前難免經過許多曲折，不過從此數年後，政黨內閣終告出現。

明治卅一年（一八九八年）五月十四日召開第十二屆國會時，自由、進步兩大民黨又聯合反對第三次伊藤內閣因整軍而提出的增徵地租法案，政府乃解散衆議院。於是憤怒的自由進步兩黨乃摒棄成見，於是年六月廿一日實行會併，成立憲政黨對抗伊藤內閣。當憲政黨成立時，薩長藩閥政府覩狀大為狼狽，極為震駭，曾舉行御前會議，討論對策。席上伊藤力陳民心的趨向及時代的推移，超然主義已不能維持，擬組織一個「官黨」以對抗民黨，俾便維持藩閥政權，最後不獲山縣有朋等元老的支持，伊藤一氣之下，竟辭去首相及一切勳爵。（註一二）伊藤與山縣的對立早在中日甲午之戰後便已開始，換言之，自那時起藩閥政府內部以伊藤為首的文官的優越權（hegemony），因戰爭而逐漸轉移到以山縣為首的武官手裏。以薩長伊藤為中心的文官藩閥官僚政府，已崩其一角，代之而登場者為以薩長為中心的軍閥政治，以往視政黨為「放火者、強盜、自由黨」的藩閥政府頭目伊藤，當其欲與政黨妥協時，山縣突而起來，把他視為「徒黨之依靠」而加以輕侮反對。被山縣系的報紙罵斥譏之為「亂臣賊子」的伊藤博文究竟是一位識時務知進退的人物，當其抱負主張遭受反對後，乃上表辭職，並推舉板垣、大隈二人組織內閣，此卽所謂「隈板內閣」，也是日本政治史上的最初政黨內閣。這個內閣除陸海軍大臣二人外，閣員全體由憲政黨員擔任，惟不幸的是此內閣竟因閣員的分配問題，發生內訌，致他們的抱負與理想並沒有能夠實現，組閣未滿五個月卽告崩潰。結果憲政黨又拆夥，舊自由黨取名憲政黨，舊進步黨系卽組織憲政本黨，互相對峙。隈板內閣垮臺後，政權又落於藩閥手中，由仇視政黨的山縣有朋再度組織薩長閥的超然內閣——第二次山縣內閣。山縣雖仇視政黨，但他深知背棄漠視政黨，則無從運營議會政治，因此不惜移樽就教，降低條件，商請憲政黨與之合作。因而能渡過第十三、四兩屆國會。

憲政黨系譜圖

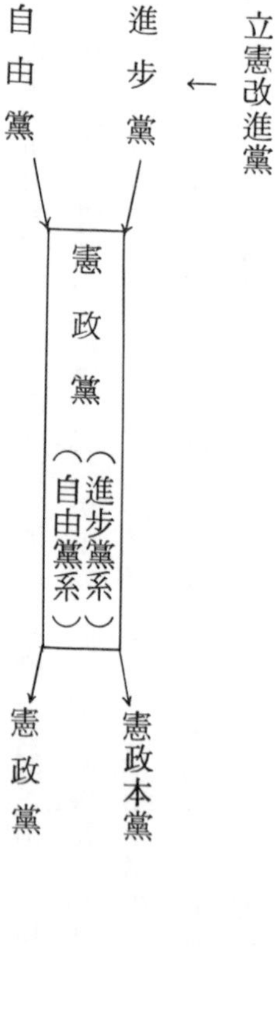

日本史上第一次政黨內閣，雖然爲時只有四個月餘，但對於往後日本政黨政治的運營，不無貢獻。因爲自此以後，一般藩軍閥官僚，已知道單靠軍閥勢力，並非萬全之策。因此，乃羣起從事政黨運動，其中最積極且最先出而組黨者卽爲伊藤博文，同時政黨在日本國內引起了大家的重視，播下了日後大正時代日本政黨政治的種子。

以上所言，乃初期議會時代的政治概況。依照上舉概況，民黨政爭的特徵，爲把自由民權運動時代的政治鬥爭形態，移於議會政治上，繼續發展。這時代民黨的口號是「休養民力，刷新外交」，及因明治廿一年（一八八八年）保安條例所引起的「言論、出版、結社自由」等三大口號，凡此皆爲自由民權運動後期的政治主張。這時民黨的每一項主張，若以現在的眼光來衡量，其內容雖然未免令人有空洞無實之感，但民黨在帝國議會就政府預算加以削減，以修改條約的問題來督促政府展開對政府的攻擊，多少有具體的步驟，內容亦比較實在。除了這些事情之外，政府與民黨間多年不息的情感上的強烈對立，亦爲這一時期政府和民黨鬥爭的另一原因，不過政黨人士因太過於熱中政權，而致不惜節操與藩閥提携，而藩閥亦不惜移樽就敎遷就政黨，藉以維持其政權，這種現象尤其自中日甲午之戰後，更爲顯著。對於這種現象，我們可以加以一種解釋，那就是經過將近十年的議會政治經驗，政黨因有資本家的後援，其政治力量，已強化到令藩閥官僚不能忽視其力量，不得不有時出來妥協。換言之，這亦可說是政黨政治力量強化的反映；另方面政黨亦曉得藩閥官僚得天皇眷寵，非政黨的力量可以抵擋，只有與之合作妥協，藉以消滅官僚仇視政黨的心理。不管兩者妥協的動機眞相如何，在那種提携妥協中，藩閥是主體發動，政黨是從屬協助，處於被動地位，最後的現象，政黨不過是藩軍閥用爲遂行政權的工具而已。儘管如此，惟當時的政黨領導人物，雖然間或有人中了政府計謀而受賄，但大部分尚能保持純潔的性格和人格的信賴關係，站在國民代表的立場，傳達民意，不屈服藩閥的彈壓干涉。至如後來政黨政客甘爲藩軍閥官僚走狗之事，他們尤不屑爲。

第三節　明治時代後期的政治

自中日甲午戰爭迄明治卅三年（一九〇〇年）的五年間，日本國勢大增，國際地位提高，外交關係日趨複雜，國政進入非常重大時代。限板內閣瓦解之後，憲政黨分裂爲憲政黨（舊自由黨系）及憲政本黨（舊進步黨系）。舊自由黨系的憲政黨在山縣內閣的移樽就教下，與之合作，而政府又以國民協會爲基礎組織帝國黨（明治卅二年七月五日），以爲政府之與黨，（註一三）因此，與政府站在反對地位者，只剩下大限一系的憲政本黨。

伊藤博文辭去首相及爵位後，曾遊歷中國，於明治卅三年五月間返國，深知欲求立憲政治的圓滑進行，非親自組織政黨，伸入勢力於民間不可。於是在是年九月十五日以憲政黨爲基礎成立「立憲政友會」，西園寺公望、尾崎行雄、松田正久、原敬等人均加入，其中有舊自由黨系、舊改進黨系以及實業界人士。（註一四）政友會的出現，使伊藤完成其組黨的宿願，該會的成立就伊藤本身而言，其出任在野黨的黨首乃是一種讓步，至於就憲政黨而言，實可說是向官僚出賣自身。夫以擁有五十萬黨員，擁有廿餘年歷史的憲政黨，今竟無條件以獻於多年宿敵的藩閥遺老，故當時黨員之中有深爲痛惜，濺血淚以爭其不可者，惟衆議已決，亦無可奈何。

如前所述，軍閥勢力自中日甲午之戰倖勝清朝之後，聲威日盛，逐漸凌駕文官官僚之上，當政友會成立之際，山縣的勢力已羽毛豐足，他不但與伊藤不睦，素來憎惡政黨極力反對伊藤親組政黨。迨至政友會成立，山縣殊為不悅，因即於九月廿六日提請辭職。十月九日由伊藤繼起組織第一次政友會內閣（第四次伊藤內閣），亦即日本政治史上的第二次政黨內閣。它不僅是日本最初的單獨政黨內閣，也是日本政治史上由元老親自出而組閣的最後一次內閣。山縣下野後，處處為難伊藤，策動貴族院否決政府的各種稅案，而伊藤終於不堪其擾亂，乃於明治卅五年（一九〇二年）五月二日呈表辭職。第四次伊藤內閣垮臺後的政治，完全是政友會與官僚的妥協時代。

立憲政友會系譜圖

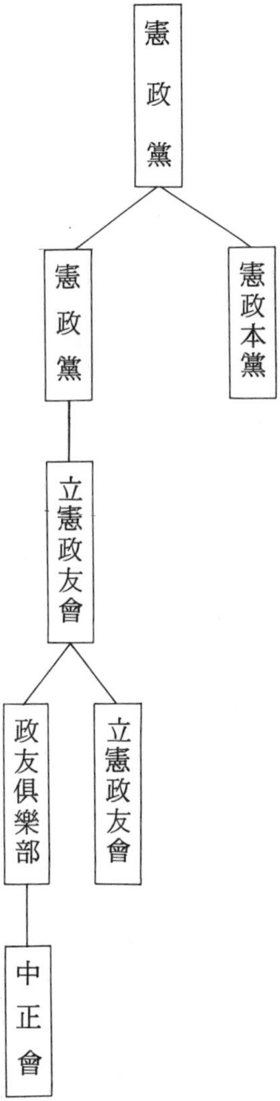

第四次伊藤內閣垮臺後，繼起者為長州軍閥桂太郎的超然內閣。此內閣係由山縣在幕後操縱，故世譏稱之為「小山縣內閣」，且其閣員多為二流的各省次官級人物，故又有「二流內閣」或「次官內閣」的詠

稱。當時政友會在衆議院尙擁有多數的勢力，其力量足以左右爲難內閣，桂太郎在山縣有朋的援助扶持並代爲拉攏政友會的支持下，勉強地渡過第十六屆至第十八屆的兩屆國會。及明治卅七年（一九〇四年）日俄之戰起，政爭暫告中止，桂內閣竟得以維持政權達四年又七月之久，此爲日本自內閣制創立以來任期最長內閣。日本在日俄戰爭之前，曾以抵抗俄國爲目的，於明治卅五年（一九〇二年）一月三十日和英國簽訂所謂「日英同盟條約」，以孤立俄國在歐洲的勢力。

日俄戰爭後，日本的內政外交，深受歐美民權思潮的影響，在政治方面，因爲社會主義運動與勞工運動的興起，過去藩閥與民黨的對立，已轉向資產階級與勞工階級的對立。政黨之間，除了政策的對立外，又有了以思想爲背景的階級政黨的對立，政爭愈演愈烈。一度休戰的民黨與藩閥的抗爭，日俄之戰後再度掀起，尤以人民對樸資茅斯條約的反感，更助長民黨攻擊政府的聲勢，且桂內閣在日俄開戰以前解散第十九屆國會，未得各黨派的諒解，對桂氏的蠻橫態度大加指責，是以政府完全在民黨的包圍之中。在四面楚歌之下桂太郎自然難以承當未來的大局，乃於明治卅八年（一九〇五年）十二月廿三日奏請辭職，並奏薦政友會總裁西園寺公望爲後繼首相。

第一次西園寺內閣於明治卅九年（一九〇六年）一月七日成立，這是政友會第二次組織內閣。但桂氏之所以推薦西園寺，除以感謝其當締結日俄樸資茅斯條約之際爲自己辯護外，最重要者乃欲請其繼承他的政策，故西園寺組閣之際，並未和政友會幹部商談，而直接求助於伊藤及山縣兩人，閣員人選亦多仰承二人意旨，毫無主見，純粹黨員入閣者，只有內相原敬及司法相松田正久，餘咸爲閥族官僚的直系或亞系。換言之，西園寺內閣並非純粹的政友會內閣，而是政友會與大同俱樂部（舊自由黨人和帝國黨合併組成）

所支持的官僚內閣。在政策方面，西園寺亦應桂太郎之要求，承襲了前內閣政策，以示蕭規曹隨。西園寺組閣二年有半，在任期內成績平凡，無特殊建樹，惟西園寺於第廿二屆議會閉幕後，毅然放棄承襲桂氏遺策的態度，堅持自己的見解，實行政友會的獨立政策。西園寺對於滿洲政策主張開放軍政，冀圖抑制日本軍事勢力在滿洲之擴張，其具體政策卽爲創立南滿鐵路會社，但他此種對藩軍閥的挑戰行動，引起軍閥們的强烈反擊，降及明治四十一年（一九〇八年）七月四日，因政府財政困難，元老對內閣不滿，兼以久已不接近政權的進步黨爲擴張黨勢起見，暗中與官僚派及實業團體呼應夾攻政府，因此以「疾病」爲由提出辭職，奏薦桂太郎爲後繼首相，是卽第一次桂園交替，自此以後至大正二年（一九一三年）二月七日桂氏組織第三次桂內閣爲止，其間閣揆一職，由桂氏移到西園寺之手，再由西園寺移於桂氏，如此經過數次授受，政局總算得保持平衡，這就是日本近代政治史上所稱的「桂園交替時代」。

在此期間，日本曾於明治四十三年（一九一〇年）八月廿二日迫使韓國與之簽訂「合併條約」，將韓國併入了日本版圖。而當朝鮮尚未合併於日本之前，曾任韓國統監的伊藤博文於明治四十二年（一九〇九年）十月廿六日奉使訪俄途次哈爾濱車站時，爲韓國志士安重根刺殺。明治四十五年（一九一二年）七月三十日，一代英主明治大帝晏駕，太子踐祚改元大正，明治時代於焉終幕。大正元年（一九一二年）八月廿一日召開的第廿九屆國會在所謂擧國一致悲哀的氣氛下，全體一致通過第二次西園寺內閣所提出的出葬費。但埋葬竣事後，政界風雲又告日急，終於掀起了所謂「大正政變」。

這一時期的日本政治的特色，乃是形成明治的初期政權的所謂「元老」，（註一五）已停止親自出面擔負政權，以天皇最高顧問身分推薦首相候補人選，居於內閣的幕後操縱，對於國家重要政治的決定享有强大發言權，致使政府的重大政策的推行事先須徵求元老輩的諒解與同意，形成了日本政治史上畸型的「元老政治」，其干預政府的施策，簡直形同太上政府。

第四節　大正時代的政治

在「桂園交替時代」期間，第二次西園寺內閣於明治四十四年（一九一一年）八月卅日成立。他對於國父孫中山先生所領導的一九一一年的中國國民革命採取不干涉的態度，因而增加了極力支持清朝，排擊國民革命黨的山縣一派的不滿。當時整個日本朝野人士，只有犬養毅所領導的立憲國民黨敢明目張膽地支持中國國民黨。第二次西園寺內閣之與黨政友會在衆議院擁有過半數議席，爰決心整理財政，不但延請日銀總裁山本達雄爲藏相，且根據緊縮方針，編製大正二年（一九一三年）度預算。山本達雄的入閣引起了世人的注目，蓋日本自創立內閣制以來，財界、資本家的代表參加內閣，這是第一次，（註一六）第二次西園寺內閣的財政政策使第二次桂內閣留下來的陸軍計劃增設二師團及海軍擴建八八艦隊的方案落空，尤其是西園寺與海相齋藤實有約；對海軍增設艦隊計劃不加改變，而對陸軍增兵一節，則不表同意，因此，陸相上原勇作乃憤而利用所謂「幃幄上奏」（註一七）方式拜謁大正天皇單獨提出辭呈。嗣陸軍在山縣有朋的控制下，不推出繼任陸相人選，實行所謂「陸軍罷工」，結果西園寺內閣被迫垮臺。這次西園寺與山縣一派軍閥的鬥爭，日本史家稱爲「大正政變」。這次政變，事實上，乃政黨對日俄之戰後日漸增加聲勢的軍閥勢力的挑戰，亦表示明治末期以來政黨與軍閥妥協政治的境界。

陸軍逼迫西園寺內閣垮臺後，一時輿論譁然，紛紛指責軍閥官僚專橫跋扈，使後繼內閣難於決定，松方正義、平田東助、山本權兵衞、寺內正毅等均不敢出面組閣，嗣經各元老先後舉行十一次會議，始議決由山縣嫡系的桂太郎三度組閣。桂氏欣然承諾以「余若不出，國民將如何」（註一八）的姿態着手組織內閣。是時海相齋藤實拒絕留任，桂氏乃奏請日皇詔勅，迫使齋藤實就範。桂氏這種動輒請頒詔勅，挾天子以令諸侯的舉動，刺激人心過甚。各方紛紛嚴詞抨擊，大正時代有名的「第一次護憲運動」，遂湧現了高潮，護憲運動有兩大口號，卽「打倒閥族」、「擁護憲政」。當時領導這種運動的兩大中心，是政友會和國民黨。它們糾合了無所屬的人士及新聞記者組織了「憲政擁護聯合會」，展開空前的「擁護憲政，打破閥族」的國民運動，並提出彈劾政府決議案。此一護憲運動在大正元年末至二年初的那一段時間，進行極爲猛烈，那時它不但是政黨對藩閥的鬥爭，而且擴大爲打倒藩閥的大規模全國性民衆運動。新聞界的「萬朝報」及「東京朝日新聞」率先仗義執言，支持此項運動，而大資本家的俱樂部的交詢社亦援助犬養毅及尾崎行雄。被當時一般民衆頌稱爲「護憲之神」的尾崎行雄（政友會）及犬養毅（國民黨）曾在「護憲國民大會」席上痛斥桂太郎的暴橫，其中尾崎曾把桂太郎罵作袁世凱，諭之爲王莽、董卓，（註一九）大會並通過決議：「閥族的橫暴跋扈現已到達極點，憲政的危機刻正迫在眉睫；吾人堅決排斥妥協，根絕閥族，以期擁護憲政」。而全國新聞雜誌記者代表四百多名亦於大正二年（一九一三年）二月五日召開大會宣言「擁護憲政，打倒桂內閣，一掃閥族」。護憲運動，如火如荼，迫向政府，其風暴從此一瞬息間普及全國。當時護憲派的諸新聞，警告此一民衆運動不應爲政黨的私欲所利用，繼續監視政黨的言行，以維護憲政運動的眞正目的。

桂氏目覩護憲派聲勢之大，恐慌之餘乃步伊藤舊路，企圖以國民黨、中央俱樂部及無所屬議員爲基礎組織政黨，並於大正二年二月七日發佈組織「立憲同志會」宣言，以便對付牽制民黨。抑有甚者，在大正元年（一九一二年）十二月廿四日召開的第卅屆國會中，桂氏三度下令休會，民衆聞悉，憤憤不滿，數萬羣衆，包圍國會，政府動員二千名警察及三小隊憲兵鎮壓，釀成流血事件，騷動波及京都、廣島、大阪、神戶、兵庫等地。桂氏猶擬再作困獸之鬥，欲解散國會，後因衆議院議長大岡育造勸告謂倘解散國會，則必發生內亂，桂氏見大勢已去，乃於大正二年二月十一日掛冠他去，其組閣壽命只有五十三天，這是日本政治史上最短命的內閣。這一幕就是「第一次護憲運動」。這次護憲運動的一大特徵是布爾喬亞階級，不假藉元老、藩閥的力量，而直接推動政治。「大正政變」在進步的新聞雜誌的指導下，民衆運動扮演了主角，這在日本歷史上可說是劃時代的偉舉，不寧惟是，「大正政變」可說是首尾一貫的民主鬥爭，輿論的推翻桂內閣的呼聲，打勝了天皇支持桂內閣的詔勅。（註二〇）

護憲運動告一段落之後，政友會忽然再與藩閥結合，而有薩派的海軍元老山本權兵衞中間主義內閣的出現。山本內閣之重要閣員有多位係政友會黨員，因此，其內閣在任期內，因有政友會支持，故勵精圖治、整理稅收、改革人事制度，建功殊勳，尤其是擴大對陸海軍大臣任用的範圍，不限於現役，修改爲包括預備役的將官亦可起用，（註二一）這便等於使軍國主義稍退卻了一步，以及修改文官任用令，包括警視總監及內務省警保局長在內的高級官吏，內閣可以自由任用等事，獲得輿論喝采。此外山本內閣還斷然實施縮小樞密院的規模，當時樞密院議長山縣有朋堅決反對，但山本聲言若不同意將奏請免職全部樞密院顧問官（全部廿五名），頑强的山縣終於在山本的決心和輿論聲討下屈服，這也是薩閥壓服長州閥的壯舉。山本內閣雖有若干作為，但終在大正三年（一九一四年）二月廿四日，在山縣系官僚的策動牽制下，受到國會衆貴兩院的責難取鬧而垮臺。日本的軍閥政客之中，陸軍的桂太郎政治生命最後受制於海軍，而海軍的山本權兵衞則被以山縣為中心的陸軍所拖垮，此實淵於軍閥官僚的爭權奪利。惟這兩派軍閥的受到挫折，在野黨及屬於背後策動的國民反藩運動力量，確有莫大功勞。而大正初年的政治，因陸海軍軍閥的中堅代表人物，一舉而被打倒，故自此以後，以武官藩閥為唯一是賴的文官派政客，只好轉變態度，而終於加入政黨陣營，使日本在大正年間有一段期間的政黨政治時代。

山本辭職後，三月十三日大隈重信受命組織第二次大隈內閣，因其閣員人選悉由三菱財閥快婿同志會總理加藤高明全權處理，故世人譏稱第二次大隈內閣為之「三菱內閣」。抑有甚者，大隈組閣的最大使命乃山縣有朋所期望的征伐政友會及解決懸案已久的陸軍增師問題，故在本質上是元老軍閥的傀儡內閣。惟大隈自明治四十年（一九〇七年）一月辭掉憲政本黨總理後，雖自政界退休，從事教育及社會事業，但常乘輿論趨勢，批評時政，故世人對其頗為同情，兼之於第二次內閣成立翌日卽把海軍大頭目山本權兵衞及長老齋藤實編入預備役，遮斷山本等與海軍的直接關係，因之大快人心，一般民衆對大隈內閣頗為擁護支持，卽使多數黨的政友會亦不敢妄加為難，故組閣後所召開的三次臨時議會（第卅二、卅三、卅四等三屆）因有國民輿論的支持而得以順利渡過。由於大隈重信頗得人望，故其出而組織第二次內閣雖曰出自山本、井上等元老的奏薦，然倘從歷史的觀點來看，其出而組閣無寧說是出自民衆的奏薦。

大正三年（一九一四年）八月第一次世界大戰發生，日本以日英同盟關係，於是對德宣戰。參戰的理由據日帝詔書說：「我們很不願意，但又不得不如此，就是我們雖然這樣地熱烈期望和平，但我們不得不向德宣戰，特別是在新朝伊始，國喪未終的時候」，而加藤高明外相亦在國會宣稱：「日本並不是要捲入這次的漩渦，但是他不應當背棄與英國的同盟，而爲鞏固其基礎起見，不得不促成東方的永久和平，以保障兩同盟國的特殊利益」。日本果眞爲保障亞洲和平而參戰乎?非也，誠如加藤外相所招認，其目的無非在於保障其特殊利益。在對德宣戰期間召開的三屆臨時國會，均順利渡過，迨至是年十二月卅五屆國會開會時，政府方案無法通過，乃解散衆議院。翌年（一九一五年）三月舉行大選，政府與黨同志會獲勝。但因當時日本政府曾用嚴厲手段強迫袁世凱接受廿一條條約問題，英、美各國向日本提出抗議，中國掀起抗日運動狂潮，到處貼「毋忘國恥」的標語。因之，日本國內朝野對大隈的行動一致表示不滿，在野黨固然策動倒閣運動，而貴族院亦策謀倒閣。第卅七屆議會召開時，貴族院否決預算案，大隈處境困難，終在大正五年（一九一六年）十月四日掛冠下野。（註二二）

大隈去後，由寺內正毅繼起組織超然內閣。時世界大戰行將結束，中日關係漸趨緊張，俄國發生革命，遠東局勢千鈞一髮，在所謂舉國一致團結對外的口號下，使政局安定了一個時期，而政府因之安穩地渡過第卅九屆及四十屆的兩屆會議。不意同年因受世界大戰影響，米價昂貴，人民生活困苦，發生了「米騷動事件」，暴動頻起，全國一道三府四十三縣之中，除青森、岩手、秋田及沖繩四縣之外，皆有蜂起事件，情形較嚴重者卅六個市、一百廿九個町（鎭）、一百四十五個村，出動軍隊之處凡十七縣一〇七個市町村，其兵力約五萬人，參加民衆達一千萬人之多。（註二三）寺內內閣在四面楚歌之下，只得於大正七年（一九一八年）八月忍痛下野。當時米騷動事件的思想背景，乃是由吉野造作、大山郁夫、長谷川如是閑等自由主義派學者所鼓吹的「德謨克拉西」（democracy）思潮所引起的必然結果。

寺內內閣垮臺後，中間勢力漸趨消滅，政黨勢力遂得興起，因之大正七年九月乃有原敬政友會內閣的成立。原內閣實爲日本最初的純政黨內閣。（註二四）日本自原敬內閣起至昭和七年（一九三二年）五月犬養毅內閣瓦解爲止，共十三代內閣，其間雖出過軍閥官僚內閣，但因政黨皆不爲威武所屈，仗義執言，批評指責軍閥官僚輩的蠻橫作風，故這一段期間，可說是政黨政治較爲健全的時期，至少政黨在國家政治的發言權，較具分量。

原敬出身平民且爲衆議院議員，既非貴族，亦非軍人，而日本平民出身的首相，當以原敬爲嚆矢。其爲人忠誠勤敏，組閣時的表現，頗有政治家風度，故不僅極受人民歡迎，連憲政會及國民黨亦忘掉曩昔的仇恨，一致歡呼政黨內閣的出現，並祝福立憲政治的光輝前途。原敬內閣的出現，雖然是政黨在政治鬥爭中的一大勝利，但當時的人民大衆，對於民主政治及政黨政治的眞諦尙缺乏認識。惟當時的日本資本家階級爲了保持自己的利益，鑒於藩閥勢力的式微而政黨力量的抬頭，乃改變輕視政黨的作風，逐漸表示與政黨接近，以求政黨內閣來維護它們的利益。同時在政黨方面的人士，則認爲倘欲在帝國議會獲得過半數議席俾便獲得政治權力，則非要有充分的資金不可。因此，迫得政黨自然而然地與資本家階級及地主階級互相勾結，而政黨的這種作風，雖然能夠幫助政黨獲得政權，然亦因此，而使政黨爲利權所誘而屢有大規模的腐化行爲發生，終於導致軍閥主義的抬頭，而使政黨陷入破滅之途。

原敬內閣成立後，即着手充實國防，振興教育，奬勵產業及整頓交通機構。大正八年（一九一九年）第四十一屆國會閉幕後，原敬爲削弱官僚與軍閥的勢力，改革各種制度，殖民地長官改爲文官制。同年六月巴黎和約成立，世界竟見和平，日本因山東等問題，外交上千頭萬緖，兼之以思想界因威爾遜總統的民主主義及俄國革命的影響，勞工問題及社會運動，前仆後繼，使內閣杌隉不安。關於社會主義運動在日本開始萌芽，雖然可追溯至明治十五年（一八八二年）五月成立的東洋社會黨，但因缺乏羣衆基礎，不能稱之爲眞正的社會主義政黨。以後社會主義運動逐漸深植勢力於勞農大衆之間，這種運動在第一次世界大戰（一九一四—一九一八年）後以成立工會及農會的形式益趨積極，進而發展到要求廢除限制選舉權的納稅條件而實行普選的運動。在這種國內民主運動社會運動澎湃起伏的環境下，原敬千方百計，擴張黨勢，並與軍閥結托操縱國會，一意孤行，阻止普選，彈壓言論，在野黨殊爲不悅，原敬亦因之於一九二一年十一月四日被一狹隘的國家主義青年兇手中岡良友所刺殺。原敬雖然不惜與軍閥相謀以壓迫在野黨，但究竟不失爲平民宰相的本性，例如當他瀕死時，推薦高橋是清爲後繼首相，遺囑不受勳爵，葬儀從儉，不失爲平民作風。

原敬死後，高橋內閣於同年（一九二一年）十一月十三日成立，所有原內閣的閣員全部留任，故可視爲原內閣的延續。高橋內閣時代，日本在國勢方面，頗爲不振，如日本和俄國的大連會議沒有結果，英日同盟被英國破棄，侵略山東和西伯利亞的行動被迫撤退，凡此皆是外交上的挫折。大正十一年（一九二二年）六月十二日高橋內閣因內閣部分閣員不合作而垮臺。高橋去後，繼之者爲由貴族院研究會爲基礎的加藤友三郎的官僚內閣。這一超然內閣出現，使官僚政治捲土重來，成爲政黨政治發展的絆腳石，加藤組閣一年，因無政黨爲背景，毫無表現，翌年（一九二三年）八月，加藤病逝，內閣隨之垮臺。

加藤內閣垮臺後，繼之者的第二次山本權兵衞內閣，及清浦奎吾內閣皆爲超然的官僚內閣。尤其是清浦首相，時年逾七十，爲人優柔寡斷，毫無主見，其組閣工作悉由貴族院的研究會安排，故衆議院各黨派大表反對，譏之爲「特權階級內閣」，而報紙輿論亦譏之爲「日本憲政史上性質最壞內閣」。（註二五）於是憲政會、政友會及革新俱樂部等三個在野黨乃於大正十三年（一九二四年）一月下旬舉行「三派領袖協議會」，決定推翻清浦內閣以確立政黨內閣。此時全國各地亦紛紛舉行演說會，展開了第二次護憲運動。由於時勢所趨，第二次護憲運動聲勢浩大，軍閥不敢攖其銳鋒。元老西園寺公望乃推薦號稱苦節十年的憲政會總裁加藤高明於是年六月十一日繼清浦之後組閣。這是日本政黨憑自己的力量，造成國會內多數的議席，而爭取得政權的最初記錄，也是第二次世界大戰前，日本民主政治發展的頂點，與已往仰承政府與元老的鼻息，而形成在國會內獲居多數派的情形迥然不同，自加藤高明內閣至昭和七年（一九三二年）犬養毅內閣的五．一五事件爲止，一直保持由衆議院多數黨組閣的所謂「憲政常道」的習慣。這一段時間雖然可算是第二次世界大戰前日本政黨政治的黃金時代，但在其背後有一不能否認事實，卽爲政黨的生存大半係依賴三井、三菱等大財閥的資金支持。抑有甚者護憲運動的所以能成功，實有賴於國民大衆的積極支持。但惜乎好景不常，終因政黨自身的不健全與腐化，又將政權轉落到軍閥官僚手中，而導成亞洲不幸的悲劇。

護憲三派內閣，因三派的主義政策，向多鑿枘，迨登臺後，因利權關係，不免互相傾軋。此一內閣任內最大表現則爲大正十四年（一九二五年）三月廿九日第五十屆議會通過了普選法案，使選民從三百卅四萬人，增加至一千四百一十五萬人（一九二四年十二月統計），廿五歲以上男子人口一百人約廿五人享有選舉權。普選法的通過，使日本的民主政治前進一步，但政府鑑於當時社會運動的風潮日益熾烈，爲防止勞農大衆利用普選做爲革命性的武器，乃於是年五月十二日頒佈了「治安維持法」，其內容雖爲禁止對於變革國體，或否認私有財產制等一切結社及運動，違者處於十年以下徒刑，但由於該法的存在，日後在日本歷史上僅有的一些自由主義的言論與和平運動，皆被當局利用設法加以彈壓。故該法與明治十三年（一八八〇年）的「集會條例」、明治廿三年（一八九〇年）的「集會及結社法」，以及明治卅三年（一九〇〇年）的「治安警察法」等可說是一脈相承。抑有甚者，該法後來竟成爲法西斯主義者，利用爲鎮壓迫害民主主義的工具，這也是當初提案的人們，始料之所未及。原來「治安維持法」的制度，並非內閣主動，而是樞密院鑒於普選法制定之後，勞動階級的政治勢力必然會加強，爲了未雨綢繆，以及日本在當時不得不與俄國恢復正常外交，倘恢復日俄國交之後，則在國際共產黨的援助之下，日本的社會主義及共產主義運動必然有所加強，而危害到日本的社會大衆的安寧，因此，乃向內閣提議而有此一法案的制定。（註二六）當時反對此一「治安維持法」者在衆議院只有革新俱樂部的十五名議員，貴族院議員則只有一人反對。（註二七）

第五十屆議會終了後，護憲目的已達到，故三派協調之局亦宣告破裂，經過種種波折變化，在大正十四年（一九二五年）七月由加藤高明的憲政會單獨組織第二次加藤內閣。大正十五年（一九二六年）一月加藤逝世，由若槻禮次郎出任憲政會總裁，並於同月卅日拜命組閣，閣員全部留任。若槻機敏多智，其所施設，一秉加藤遺規，儘量與政友本黨聯絡，穩然地通過稅制整理案。但嗣後因地方制度改革案等問題，政府、政黨，及政治家互相揭發敵黨的陰私，以圖討好國民，國會成爲爭奪政權的場所，致各黨的信用，掃地殆盡，給議會政治染上汚點，是以刷新政治，改革政黨運動如火如荼，先後有後藤新平的提倡新政治運動，以及近衞文麿的倡議改革貴族院，政界響應，可惜都是曇花一現，未能持久。大正十五年（一九二六年）十二月廿五日大正天皇病逝，皇太子裕仁踐祚，改元昭和，大正時代於焉告終。當昭和二年（一九二七年）第五十二屆國會召集期間，若槻首相爲維持政黨信譽及自己的政權，曾邀請政友會田中義一總裁、政友本黨床次竹二郎總裁會談，結果三黨黨首一致同意以「當昭和新帝政治之始，期政治臻於公平明朗，望各約束本黨黨員，愼重言論，以獲得國民加重對政黨及議會的信賴」，終算順利渡過。迨至二年二月第五十二屆國會閉幕後，財界混亂，同月十八日臺灣銀行因震災及營業不振之故，負債達八億九千萬日圓被迫休業，金融恐慌，若槻內閣以財界形勢危急，無暇召開臨時國會，請詔旨頒發緊急勅令，撥二億日圓以救濟臺灣銀行，當提出樞密院審查時，該院竟以違憲爲由而否決之，若槻內閣遂於四月二十日辭職。這是日本政治史上樞密院空前絕後的倒閣記錄。

綜括上述，可知日本政治經過大正過渡時期而進入於昭和年代，已逐漸呈顯現代政治規模，政權移轉的形勢自護憲三派內閣而後，一改以往超然內閣的故步，而進爲政黨內閣制度。

第五節　昭和時代初期的政治——法西斯勢力的抬頭

若槻內閣在樞密院策動的倒閣運動下垮臺之後，於同月廿日由我國皆聞其名的田中義一拜相組閣。田中爲長州軍閥紅人，具有日本傳統思想，爲陸軍中的翹楚人物，當其充任校官時代卽已嶄露鋒芒頭角；對於中國革命素主干涉。任參謀次長時，凡中國的軍閥多得其提携贊助，以妨害中國的統一。大正七年（一九一八年）任原敬內閣陸相時，以主持出兵西伯利亞功賜男爵得列華族。曾呑沒出兵的大批機密費入私囊，與同鄉的財閥久原房之助及政客政友會幹事長森恪結納，繼承長州閥的衣鉢，投身政界。（註二八）

田中內閣爲原敬內閣以來的純政友會內閣，它的使命乃以對金恐慌的緊急對策與對華政策爲使命，故敦請夙孚財界衆望的耆宿高橋是清擔任藏相，頗受各方好評。田中內閣成立之後卽於（昭和二年）五月三日召開臨時國會（第五十三屆國會），通過五億日圓的日本銀行特別融資曁損失補償法及二億日圓的臺灣銀行救濟案，用以安定財政。當時早在田中內閣成立之前，卽醞釀合併的憲政會與政友本黨，在第五十三屆國會閉幕後，幾經策劃妥協，於六月一日組織「立憲民政黨」（簡稱民政黨），推濱口雄幸出任總裁。此後政友會、民政黨兩大政黨爲爭奪政權而反覆重演政爭，因而發生了一連串政治舞弊案，引起一般民衆對政黨的不信任，終於引致軍閥直接干與政治的機運。

昭和二年（一九二七年）十二月召開第五十四屆國會，這是限制選舉制度的最後一次選舉。翌年（一九二八年）一月廿一日第五十四屆國會復會之後，民政黨提出不信任案，政府乃解散議會，二月廿一日舉行第一次普選，政府不惜甘冒輿論指責，利用警察壓迫反對黨，並發表聲明中傷民政黨，（註二九）處處給與黨以方便，甚至半公開的賄選。民政黨自亦不甘示弱，一方面遍發宣言與遊行演說，組織選舉廓清會，以監視政府行動，另方面亦以收買誘拐選民手段爭取選民票，大選形同混亂，徒然使政黨政治的腐化情形更加表面化。在這次選舉中最特殊的現象是安部磯雄、河上丈太郎、西尾末廣、水谷長三郎、山本宣治等八位社會主義政黨黨員當選爲議員，這不僅是日本政治史上，首次社會主義政黨當選衆議院議員的記錄，同時他們從此有了政治發言權的法定地位。這次選舉結果，政友會與民政黨相差僅一席（二一七席對二一六席），（註三〇）造成小黨派操縱國會的怪現象，致引起一般國民對政黨的不信任，田中以一個軍人半途出家做政客，政治經驗不足，動輒得咎，而且顢頇蠻幹，在任期內外交內政秕政續出，其對華交涉及取締社會主義思想的對策招來了輿論不滿與攻擊。（註三一）抑有甚者，田中內閣對於日軍謀炸張作霖的皇姑屯事件（一九二八年六月三日），對禍首採取寬容處理態度，不但貽給軍人以一種錯誤觀念，卽凡是可以影響國際關係的陰謀，事成則爲國家的英雄功臣，如果不成則歸之於國家負擔，去實行的人，反正可以不受制裁，終於造成昭和軍閥囂張跋扈的氣焰。當時碩存的元老西園寺公望極端不滿，對田中責備甚苛，而昭和天皇亦對之表示不快，田中自知事態嚴重，已失去天皇信任，認爲千瘡百孔的內閣，至是已無可彌縫，乃於七月二日奏呈辭表下臺。

田中在位時箝制民論，人民憤憤不平，聲名狼藉。他始則借助樞密院及軍部力量以及議會主義手段打倒若槻內閣，而由自己繼起組閣，但最後自己亦不免因宮廷及元老軍部的不信任而垮臺，此誠或「天作孽猶可違，自作孽不可活」的因果報應乎？抑有甚者，他擬定了聞名於世的所謂「田中奏摺」（卽對華政策綱領），爲日本軍閥描出了一幅侵華步驟藍圖，其不得善終而亡（罹狹心症暴斃），眞可謂「惡貫滿盈，天理昭昭」，此蓋非其逆天行道應得的報應乎？

田中政友會內閣垮臺後，根據「憲政常道」原則，元老西園寺公望立卽奏薦民黨領袖濱口雄幸組閣。濱口於昭和四年（一九二九年）七月二日入宮覲見後八小時內，卽完成組閣工作，確爲日本憲政史上罕有的記錄。在日本政治史上，其組閣的迅速亦只有昭和卅五年（一九六〇年）第一次池田勇人於六小時內完成組閣工作堪與匹比。濱口內閣成立後，至昭和六年（一九三一年）四月下臺爲止，其間閣僚僅更換文相一人其餘原班人馬維持至最後，這是戰前日本政壇上罕有的記錄。濱口內閣可說是金融資本主義的傀儡，標榜官僚統制的消極政策，經濟發生恐慌，失業激增，人心沉滯，思想偏極，而政府又公佈減低公務人員薪津，輿論沸騰，嗣因各方一致反對，始收回成命。此時適有賣勳事件、松島遊廓區事件、五私營鐵路舞弊事件、山梨事件、東京市大疑獄事件等所謂「昭和五大疑獄」事件發生，（註三二）若干政府大員、財界巨頭，均被逮捕起訴，實爲戰前日本司法史上未曾有的醜聞。

政黨這種不自爭氣，代表資本階級利益，甚且與之勾結發生連結的貪汚醜聞，遂使政黨政治腐敗無能的眞面目暴露無遺。在令人難以滿意之下，一般人民爲了解脫困境，只有期望於奇蹟的出現。但這種奇蹟政黨本身已無能發揮，於是以當年軍官爲主體的所謂國家維新運動遂應運而生，以推翻政黨政治爲口號，造成軍閥控制政權的所謂武斷政治局面的出現。在這種民心思變的情況下，由軍閥所策動的一連串政、財界要人的謀殺事件，如五・一五事件及二・二六事件等，雖能完成人民所期望的推翻政黨政治，但日本亦因此由軍閥控制政治，對內則壓迫解散一切政黨活動，對外則發動全面性侵華戰爭，最後導致自殺性的太平洋戰爭，使國家淪陷滅亡的深淵，這豈非日本近代史的一大悲劇乎？始作俑者豈非政黨乎？

日本自昭和天皇踐祚後，世界經濟恐慌波及日本，政府的緊縮財政政策，不但無法恢復國內經濟的景氣，反而導致生產過剩，輸出減退，物價暴落，幣値增高。在恐慌的侵襲下，中小資本企業首先遭到犧牲，勞工負荷加重，資本額少的公司企業，接踵倒閉。截至昭和五年，倒閉的中小企業就有八二二家之多，而昭和五年至七年的失業人數約有三百萬人左右。農村方面繭價慘跌，蔬菜水果滯銷，米價暴跌，在穀賤傷農的情況下，形成了前所未聞的豐年饑饉。結果佃農爭議及勞工爭議事件，日見增多，過激思想氾濫，擴大社會的不安。在國家經濟不景氣情況下，政黨幹部不但無法打開恐慌的僵局，甚且利用機會貪贓枉法，不但代表資本階級利益而活動，甚且與資本家互相勾結，漠視一般勞農大衆及一般人民的生活，而政黨對資本家的關照，尤甚於藩閥官僚，或以獎勵金補助金等方式由國庫支出巨款，支付財閥，或以免繳營業稅與所得稅方式來救濟財閥。凡此種種弊端秕政，不僅為人民所詬病，並因之而引起極端分子的不滿，結果不但導致軍國主義者反抗政黨以期改造政界風氣，濱口首相亦因之於昭和五年（一九三〇年）十一月十日被革新團體青年所刺傷，旋於翌年四月十三日內閣總辭，翌十四日民政黨魁若槻禮次郎奉命組織第二次若槻內閣。

若槻內閣任內，昭和六年（一九三一年）九月東北事變發生，中日關係一髮千鈞，內閣雖決定不擴大方針，惟進駐東北日軍藐視中央方針，膽大妄為，致事件逐漸擴展，不可收拾。時民政黨內部有主張舉國一致的內閣，以對抗軍閥者，後因意見不一，兼以發生所謂「財閥搶購外滙事件」，（註三三）致一般輿論及軍部指責政府與財閥勾結圖利，若槻內閣遂於十二月十一日悄然引退。世人咸稱此為「金融政變」。

繼若槻禮次郎之後，犬養毅於昭和六年十二月十三日組成犬養毅內閣。其時軍人醉心法西斯主義，跋扈飛揚，氣焰萬丈。在狂風暴雨中，犬養的被推出任舵手，真是受命於危難之中。犬養內閣成立後，當日即公佈禁止黃金出口，採取通貨膨脹政策，以挽救經濟不景氣。此一措施，一度奏效，財界稍復元氣，但這種情形不過是一時的現象而已，蓋當時的不景氣依然未恢復，且國內購買力減弱，輸出力不但不振，反而減退，致物價低落，最後的結果，人民依然被不景氣所困擾，這種情形，政府一方面招致了人民的不滿，另方面，予以反對黨以乘時煽動的機會。翌年（一九三二年）一月發生「一・二八上海事件」，犬養首相雖然力圖恢復中日間的和平，但始終因軍部的作梗阻礙而未果。結果是年五月十五日爆發了空前震世的「五・一五事件」，一隊陸海軍青年軍官由一位現役海軍中尉率領，白晝侵入首相官邸，槍殺犬養首相，於是犬養內閣瓦解。這一幕有名的海軍五・一五事件，和其後昭和十一年（一九三六年）陸軍的「二・二六事件」先後輝映於日本史乘。自加藤高明內閣至犬養毅內閣之五、一五事件為止，一直保持由衆議院多數黨組閣的所謂「憲政常道」的習慣，這一段時間雖然可算是第二次世界大戰前日本政黨政治的黃金時代，但在其背後有一不能否認的事實，卽政黨之所以能生存大半係依賴三井、三菱等大財閥的支持，然護憲運動之所以能成功，則有賴於國民大衆的積極支持。

五・一五事件的結果，海軍大將齋藤實繼起組織所謂「舉國一致內閣」，自此以後，日本政治由政黨政治，而轉入軍國主義的政治之途。其後廣田弘毅、近衞文麿、林銑十郎、平沼騏一郎、阿部信行、米內光政等先後組閣，但若非軍閥內閣，便是受軍閥控制的傀儡內閣，其中近衞曾以貴族身分二度組閣，曾努力以謀中、日局勢的緩和，但始終受制於軍閥，致使中日間和平解決糾紛之途，終被阻塞。事實上，在昭和十五年（一九四〇年）日本紀念所謂「神武開國二千六百年」時，納粹帝國已經在日本成立。（註三四）明和十五年六月，日本全國已彌漫了所謂「新體制運動」，翌年十月所有政黨解散，而成立了所謂一國一黨的國民組織的「大政翼贊會」，至此具有六十餘年歷史的日本政黨，遂告消滅，而日本近代政治史上的政黨政治，最後竟以這樣悲劇落幕，甚為可嘆！（註三五）

第三次近衞文麿內閣於昭和十六年（一九四一年）十月十六日退場，繼之由軍閥梟雄東條英機於十月十八日拜相組閣，東條一身除首相外又兼內相、陸相及軍需相，可謂在日本政治史上，往無前例，後無來者，被稱為「戰爭內閣」。果然不錯，東條上臺後，終在是年十二月八日偷襲珍珠港，掀開了太平洋戰爭，迨至昭和二十年（一九四五年）八月十五日招來了城下之盟的無條件投降。東條在任內的蠻橫獨裁作風，可與德國的希特勒比美。蓋他曾云：「為政之道不在多言，對老百姓儘管明明是紅的，你偏要說他是白

的，而且這樣去硬幹，放心，老百姓會跟着你走的，這就是我的政治哲學」。（註三六）

東條爲遂行其獨裁政治，除首相兼陸相及參謀總長外，禁止民間一切批評政府的言行，其最具體的表現，即制定修正戰時特別刑法，對計劃或運動倒閣者處以嚴罰。並對攻擊軍部及政府者設「國政變亂罪」專條處置。這等措施等於是東條內閣穿上了防彈馬甲，而完成了獨裁專制的幕府政治。東條內閣的獨裁作風招致皇族重臣及一般國民的不滿，而天皇對東條亦不再絕對的信任，因之乃於昭和十九年（一九四四年）七月十八日垮臺。繼之者爲陸軍大將小磯國昭內閣，小磯內閣也是戰爭內閣，翌年（一九四五年）四月五日小磯內閣退場，以近衞文麿爲首的重臣一致推薦鈴木貫太郎大將組閣。鈴木貫太郎爲日本軍國最後一位宰相，他的內閣結束了太平洋戰爭，也結束了日本帝國的政權，「天祐之大日本帝國主義」，於焉終幕。自明治維新以來，日本的先知先覺及日本人民慘淡經營締造的大日本帝國，在一批狂熱的軍部法西斯主義分子的導演下，終被摧毀，過去以軍威輝煌誇耀的日本歷史，至此揷入了悲慘的一頁。

憑心而論，日本政黨政治的所以中途夭逝，終被軍閥黷武主義者輩所消滅，固然由於在明治憲法制定後，沒有適當的政治風土來培養一般國民的民主精神，但在本質上，明治憲法本身便不承認政黨政治的合法或合理性。至於在日本近代史演進過程中，日本法西斯軍國主義的形成及發展，固然另有經濟的、社會的及歷史文化的種種因素使然，但明治憲法的存在，其統帥權獨立的規定，及陸海軍大臣握有帷幄上奏權，使軍國主義，獲得憲法的肯定，不寧惟是，更使之正當化、制度化、恆久化，竟使軍國主義的罪行被認爲是「國家的合法正當權利」，而且透過憲法上的機關，使這種欺騙、壓迫和侵略的行爲，變成了日本國家組織的一種機能，政治制度上的一種作用，經過憲法的正當化之後，日本軍國主義便獲得法律的保障與鼓勵，而出現了全面和系統的侵略行動。（註三七）在這種氣氛之下，所萌芽茁長出來的非憲法上的以政黨為基礎的責任內閣的將無法存在，乃理所當然之事。何況議會政治或政黨政治，是軍國獨裁主義的剋物，所以戰前的日本的政黨政治，自昭和七年（一九三二年）五・一五事件發生後，日本便轉入軍國主義政治之途，結果，不但結束了日本帝國的命運，而軍國主義的形成及其崩潰，乃與明治憲法相始終。

註釋

註一：參閱拙著：「日本政黨史」五三頁。

註二：野村秀雄編：「明治大正史」第六卷政治篇二四頁。

註三：井上清著：「日本の歷史」（下）一〇頁。

註四：讀賣新聞社編：「日本の歷史」⑾明治の日本八三頁。

註五：井上清前揭書（下）一〇－一一頁。

註六：當立憲自由黨成立時，因其趣意書中有「使自由之大義，循改進之方案」，表示願與改進黨組織統一戰線，因此原舊自由黨系的人士數十名，乃脫離立憲自由黨，而與九州及各地的國權派結合組織了「國民自由黨」，宣稱「反對個人的自由主義，而站在國家的自由主義」。國民自由黨的成立，儘管在黨名採用「自由」兩字，但事實上是一種純粹的國權主義的在野黨。

註七：井上清前揭書（下）一四頁；讀賣新聞社前揭書八四頁。

註八：讀賣新聞社前揭書八五頁。

註九：參閱拙著前揭書五六－五七頁。

註一〇：井上清前揭書（下）一四頁。

註一一：拙著前揭書六一頁。

註一二：參閱拙著前揭書七〇頁。

註一三：參閱拙著前揭書七五—七六頁。

註一四：關於政友會成立的經緯始末詳閱拙著前揭書七八—八一頁。

註一五：所謂元老乃指由天皇頒授元勳優遇或接受匡輔大政詔勅者。在日本近代史上享有此榮耀者有黑田清隆（明治廿二年十一月一日至卅三年八月廿五日）、伊藤博文（明治廿二年十一月一日至四十二年十月廿六日）、山縣有朋（明治廿四年五月六日至大正十一年二月一日）、松方正義（明治卅一年一月十二日至大正十三年七月二日）、井上馨（明治卅四年二月十八日至大正四年九月一日）、西鄉從道（未有詔勅，但享有元老待遇，至明治卅五年七月十八日止）、大山巖（大正元年八月十三日至大正五年十二月十日）、桂太郎（明治四十四年八月三十日至大正二年十月十日）及西園寺公望（大正元年十二月廿一日至昭和十五年十二月廿四日）等九人。

註一六：笠信太郎編：「日本の百年」一一九頁。

註一七：帷幄上奏——依照日本明治憲法第十一條規定，陸海軍統帥事項係屬於天皇之大權，得不經內閣之輔弼，陸軍由參謀總長，海軍由軍令部總長分別掌管。關於作戰用兵，軍部可直接上奏，並逕向天皇負責，與內閣完全分立。此即所謂軍隊統帥權的獨立，其目的在於便於統帥專斷。至於內閣中陸、海軍大臣，其職掌在閣員身分主管軍事行政，關於陸海軍編制及常備兵額等（明治憲法第十二條規定的編制事項），可以不必透過內閣而直接上奏於天皇，習慣上稱爲「帷幄上奏」。陸海軍大臣直接上奏權的最好根據，莫過於明治廿二年（一八八九年）的內閣官制，該官制第七條規定：「凡事之屬於軍機軍令宜上奏者，除依勅旨下付內閣以外，得由陸軍大臣報告內閣總理大臣」。於是明治憲法中所規定的許多大權，名義上雖由國務大臣任輔弼之責，但實際上完全爲軍部所操縱，內閣絲毫不能過問。

註一八：前島省三著：「日本政黨政治の史的分析」二二六頁。

註一九：參閱拙著：「戰前日本政黨史」一八八—一九二頁。

註二〇：井上清前揭書（下）一〇六頁。

註二一：山本權內閣所修改的陸海軍大臣任用資格，直至昭和十一年（一九三六年）二・二六事件後，廣田弘毅內閣時代，始又恢復以現役爲限的制度。廣田弘毅亦因此一改制在第二次世界大戰結束後的盟軍東京裁判席上，而被判處絞首刑。

註二二：關於大隈內閣的情形參閱拙著前揭書二〇一—二一〇頁。

註二三：米騷動事件參閱前島省三前揭書二七六頁；井上清前揭書（下）一三五—一三八頁；井上清、鈴木政四著：「日本近代史」（下）七頁；讀賣新聞社編：「日本の歷史」⑿世界と日本，九一—九四頁；拙著前揭書一一六—一一七頁。

註二四：原敬政友會內閣的閣員，除陸海軍及外務三相外，均由政友會黨員出任。當時的外相內田康哉，雖非政友會黨員，但從來則對政友會表示好意而援助之。至陸、海兩相，因內閣官制的限制，不能由政黨黨員充任，故原敬內閣，可稱爲日本最初的純政黨內閣。

註二五：參閱大正十三年一月七日及八日的朝日新聞社論。

註二六：井上清前揭書（下）一五八頁。

註二七：讀賣新聞社前揭書⑿一三四頁。

註二八：參閱井上清著：「日本政治腐敗史」一三一—一三七頁。

註二九：參閱昭和三年（一九二八年）三月二十日的大阪朝日新聞。

註三〇：昭和三年二月廿一日日本首次普選的結果如下表所示：

黨派別	候選人數	當選人數	解散時人數	增（十）減（一）	得票數
政友黨	三四二	二一七	一九〇	二七（十）	四、二四四、三八五
民政黨	三四二	二一六	二一九	三（一）	四、二五六、〇一〇
實業同志會	三一	四	〇	四（一）	一六六、二五〇
革新黨	一五	三	〇	三（一）	八一、三二四
勞動農民黨	四〇	二	〇	二（十）	一九三、〇二七
日本勞農黨	一二	一	〇	一（十）	八五、〇九九

社會民眾黨	一七	四	〇	四（十）	一二〇、〇四四
日本農民黨	一四	〇	六	〇	四七、九八八
地方無產黨	六	一	八	一（十）	四六、〇八六
中立派	一四六	一八	三六	一八（一）	六二五、九八三
合計	九六五	四六六	四五九		九、八六六、一九六

註三一：參閱拙著：「日本政黨史」一三八頁。

註三二：昭和五大疑獄事件參閱拙著前揭書一四七—一四八頁。

註三三：所謂「財閥搶購外滙事件」是因昭和六年（一九三一年）九月二十日英國停止金本位制度，日本經濟界人士預測日本政府必將再度採取黃金出口的政策，但藏相井上準之助聲明絕無其事。其時在野黨政友會曾在是年十一月十日的議員總會中公然決議必須再禁止黃金出口，攻擊井上藏相的財政政策。因此日本經濟界受到影響紛紛搶購外滙，結果僅在昭和六年十、十二兩個月流出的現貨達二億八千一百五十萬元，在昭和五年金解禁前，日本銀行保有現貨達十億元以上，及昭和六年十二月若槻內閣倒臺時僅剩下四億元，國家損失達六億元之巨。

註三四：笠信太郎編：「日本の百年」一三六頁。

註三五：第二次世界大戰前日本政黨解黨的經過詳閱拙著「戰前日本政黨史」四〇〇—四〇七頁。

註三六：細川護貞著：「情報天皇に達せず」上卷一七八頁。

註三七：參閱孔秋泉編著：「日本政治行爲」四四—四五頁。

戰前日本保守黨離合集散表

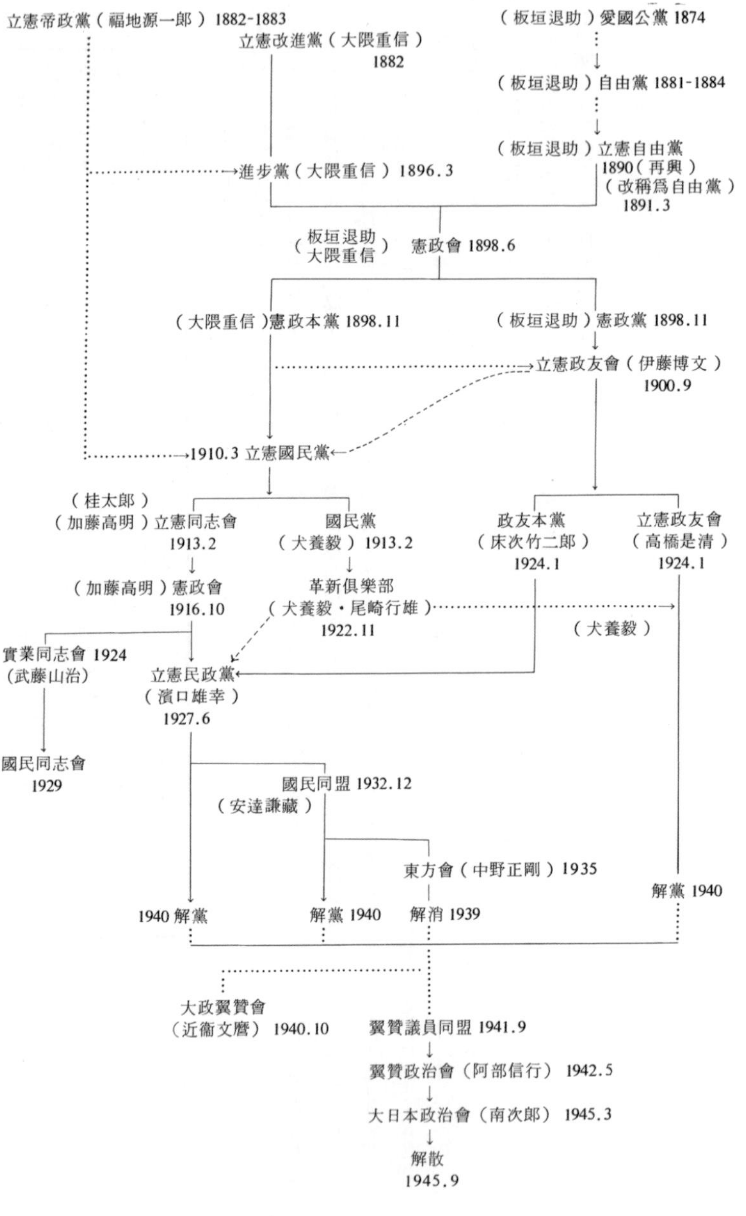

戰前日本社會主義政黨離合集散表

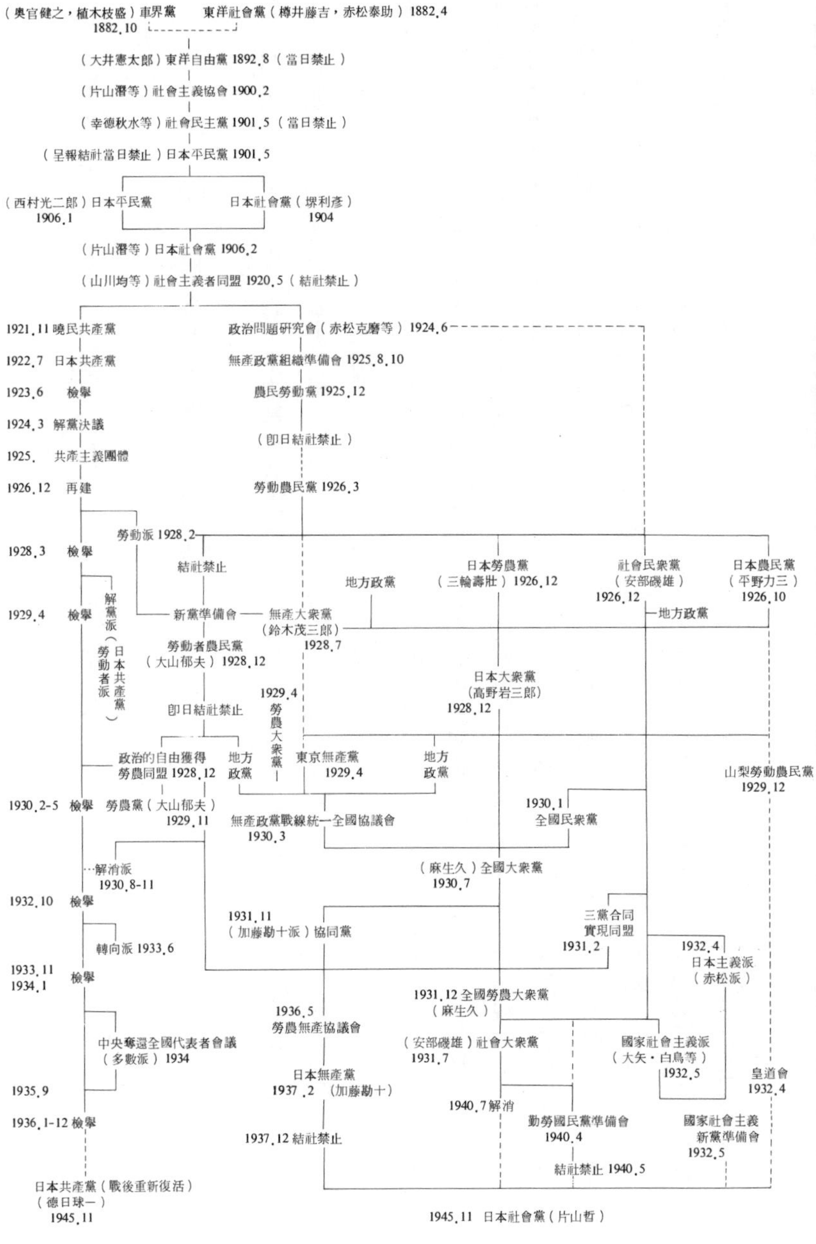
（奧宮健之，植木枝盛）車界黨 1882.10
東洋社會黨（樽井藤吉，赤松泰助）1882.4
（大井憲太郎）東洋自由黨 1892.8（當日禁止）
（片山潛等）社會主義協會 1900.2
（幸德秋水等）社會民主黨 1901.5（當日禁止）
（呈報結社當日禁止）日本平民黨 1901.5
（西村光二郎）日本平民黨 1906.1
日本社會黨（堺利彥）1904
（片山潛等）日本社會黨 1906.2
（山川均等）社會主義者同盟 1920.5（結社禁止）
1921.11 曉民共產黨
1922.7 日本共產黨
1923.6 檢舉
1924.3 解黨決議
1925. 共產主義團體
1926.12 再建
1928.3 檢舉
1929.4 檢舉
1930.2-5 檢舉
1932.10 檢舉
1933.11
1934.1 檢舉
1935.9
1936.1-12 檢舉
日本共產黨（戰後重新復活）
（德日球一）
1945.11
政治問題研究會（赤松克麿等）1924.6
無產政黨組織準備會 1925.8.10
農民勞動黨 1925.12
（即日結社禁止）
勞動農民黨 1926.3
勞動派 1928.2
結社禁止
解黨派（日本共產黨勞動者派）
新黨準備會
無產大衆黨（鈴木茂三郎）1928.7
地方政黨
日本勞農黨（三輪壽壯）1926.12
社會民衆黨（安部磯雄）1926.12
日本農民黨（平野力三）1926.10
地方政黨
勞動者農民黨（大山郁夫）1928.12
即日結社禁止
1929.4 勞農大衆黨
日本大衆黨（高野岩三郎）1928.12
政治的自由獲得勞農同盟 1928.12
地方政黨
東京無產黨 1929.4
地方政黨
山梨勞動農民黨 1929.12
勞農黨（大山郁夫）1929.11
無產政黨戰線統一全國協議會 1930.3
1930.1 全國民衆黨
…解消派 1930.8-11
（麻生久）全國大衆黨 1930.7
轉向派 1933.6
1931.11（加藤勘十派）協同黨
三黨合同實現同盟 1931.2
1932.4 日本主義派（赤松派）
1931.12 全國勞農大衆黨（麻生久）
中央奪還全國代表者會議（多數派）1934
1936.5 勞農無產協議會
（安部磯雄）社會大衆黨 1931.7
國家社會主義派（大矢・白鳥等）1932.5
日本無產黨 1937.2（加藤勘十）
皇道會 1932.4
1940.7 解消
勤勞國民黨準備會 1940.4
國家社會主義新黨準備會 1932.5
1937.12 結社禁止
結社禁止 1940.5
1945.11 日本社會黨（片山哲）

第五章　日本近代化國家的成長

第一節　日本近代外交的推進

日本自德川幕府爲防止外患，禁止基督敎傳佈，並預防外樣大名與外國勢力勾結，以便鞏固其萬年政權，第三代將軍德川家光於寬永十三年（一六三六年）頒佈所謂「寬永鎖國令」以還，直至嘉永六年（一八五三年）開國爲止，閉關自守凡兩世紀有餘，已如前述。當德川幕府末季，西人勢力澎湃東來之際，久已酣睡於鎖國好夢的日本，在外來的武力威脅下，遂由排外的攘夷論，轉爲對外修好。

明治維新之後，新政府更將德川幕府末期的外交關係，加以明確的宣佈，明治元年閏四月廿一日（一八六八年六月十一日），除於太政官設置主持外國事務之職制的外國官外，並向外國通告天皇親政曰：「日本天皇，告諸外國帝王及其臣人。嚮者，將軍德川慶喜，請歸政權也，判允之，內外政事親裁之。乃曰，從前條約，雖用大君名稱，自今而後，當換以天皇稱。而各國交接之職，專命有司等。各國公使，諒知斯旨」。同日明告國內的「開國國是」詔文中亦宣示以後處理一切外交問題。完全遵照萬國公法（即國際公法）處理。當時駐日外交使節因在法國公使羅修（Roches Léon，時任外交使節團團長）影響下，對維新政府遲遲不予承認，及明治元年閏四月一日（一八六八年五月廿二日）英國公使柏克士(Harry Smith Parkes)

向明治天皇呈遞維多利亞女王親署之信任狀（即國書）之後，翌年（一八六九年）一月四日法、意、荷三國公使亦向明治天皇呈遞國書。迨至明治二年（一八六九年）末明治新政府始受各國承認。（註一）

當明治維新之初，歐洲列強各因本身有事，兼之鑒於先前英法兩國對印度及中國所作的武力侵略，引起印度人及中國人的強烈反抗及排斥，因此，歐洲列強對於日本的態度，轉趨和緩，以避免引起日人的惡感及排斥。在這種幸運之下，日本不但得以不受列強欺侮干涉，順利地完成了「王政復古」，同時明治政府的所謂「國權主義」的外交政策，亦獲得了相當程度的成功。

明治二年七月八日（一八六九年八月十五日）改革官制時於太政官設置外務省，分置卿、大輔、少輔、大丞、權大丞、少丞、權少丞等之職，負責對外事務，明治二年閏十月二日（一八七〇年十一月廿四日）頒佈公使駐箚制度，於外務省置大辦務使（特命全權大使）、中辦務使（辦理公使）、少辦務使（代理公使）等駐外使節官員，同時派少辦務使鮫島尚信（薩藩士）駐箚法國（同時兼駐英、德公使），少辦務使森有禮（薩藩士）駐箚美國，這是日本駐外使節的嚆矢。明治六年（一八七三年）撤除明治維新初年禁止基督教的牌示，以示日本「開國和親」的誠意。

由於明治維新政府自成立之初，即銳意整頓德川幕府末期以來積弊已深的不振外交，因此在明治新政府成立最初十年間，日本與各國各地區的外交問題，大致上皆能順利獲得解決。這些外交問題的解決，若按年次的序列言之，則明治元年（一八六八年）的試圖調整日韓關係，明治四年（一八七一年）派使節團赴歐洲交涉修改條約，同年與中國簽訂修好條約，明治四年至十二年（一八七一——一八七九年）解決琉球問題，明治五年至七年（一八七二——一八七四年）的日俄關係的調整，明治七年（一八七四年）解決臺灣問題，翌年（一八七五年）解決小笠原羣島歸屬問題等，皆爲較爲顯著的事例。茲將其經過分述如下：

㈠日韓關係的調整——明治維新之前四百年間的日韓關係，完全以對馬島領主宗氏爲媒介，尤其在德川幕府時代一切對朝鮮的國交由宗氏負全責。致在德川幕府末季，迭次要求直接與朝鮮締訂邦交，始終未獲結果，迨至明治元年（一八六八年）明治新政府以宗重正爲修信使將王政復古通知朝鮮政府，並要求「開國通商」。時朝鮮國王李熙之父大院君（是應）執國柄，採取閉關自守政策，拒斥不理，並令全國中，凡韓人與日人往來者處死刑。宗重正未能完成使命，失敗而歸。明治三年（一八七〇年）及明治五年（一八七二年）副島種臣任外務卿，日本先後再遣使臣兩次要求通好，朝鮮仍不與理會，閉關益嚴。於是日本輿情主張用武力對付朝鮮使其覺醒，後來遂有所謂「征朝論」的發生。嗣征韓派失敗下野，但明治政府並未放棄謀使朝鮮開埠通商的政策，認爲如不使用威嚇手段，難以達成目的，乃托名測量，出動軍艦雲揚號於明治八年（一八七五年）九月，駛至江華島附近，以小艇向塩河溯航，爲江華草芝鎭砲兵猛烈轟擊而退。翌歲丙子（一八七六年）正月，日本以陸軍中將黑田清隆爲全權大臣，議官井上馨爲副使，率領軍艦六艘赴韓查問雲揚號砲擊案，並仿效美國故技，以武力威迫朝鮮與之簽訂所謂「江華條約」（又稱「日韓修好條規」）十二條，其主要內容爲：①朝鮮爲自主之邦，與日本國保有平等之權，彼此相互待以同等之禮。②朝鮮國政府得派使臣至日本，直接與日本外交當局商議有關兩國事項。③朝鮮開放釜山、元山、仁川三港通商。④日本得在朝鮮首都駐紮公使，在通商港常駐領事。⑤承認滯居朝鮮的日本國民的治外法權。⑥日本人得自由測量朝鮮國之海岸，以安定航路。⑦准許日本人在指定港口，租地造屋，並得租借朝鮮人民之住宅。（註二）多年來，原屬中國之屬邦的朝鮮，因此條約的承認「朝鮮爲自主之邦」，此舉無異於正式否認了中國在朝鮮的宗主權，自此朝鮮逐漸脫離了中國，而中日之間，亦就伏下了衝突的禍根。

㈡派遣使節團赴歐美交涉修改條約——德川幕府末季，日本在外國武力威迫下所簽訂的所謂「安政和親」條約，對日本而言，實屬不平等條約，蓋它承認了外人在日本的治外法權和喪失了關稅的自主權。因此，自德川幕府末季起至明治維新政府成立後，修改條約一直成了日本政府的重要問題。明治政府成立後，根據安政五年（一八五八年）日美通商條約第十二條「一年以前通告得舉行條約談判」之規定，於明治五年（一八七二年）正月提出通告，要求修改條約。明治四年十一月日本政府為準備談判修改條約並考察歐美文物制度起見，派右大臣岩倉具視為特命全權大使偕同木戶孝允、大久保利通、山口尚芳、伊藤博文（以上四人為全權副使）、東久世通禧、佐佐木高行、山田顯義、福地源一郎等四十七人，組織調查考察團，赴歐美考察，同時並有五十四名年輕華士族之子弟留學生及五名女學生同行。（註三）岩倉具視等一行之交涉條約工作雖未獲成功，但此為明治時代修改條約運動的嚆矢。自此以後，修改不平等條約，一直延續了四十餘年之久，至明治四十四年（一九一一年）始獲成功。

㈢中日修好條約——中日修好條約，日本發動於明治三年（一八七〇年）。中日之間自日本有信史以前已有往來，其後日本時有入貢往來之事。但自豐臣秀吉於文祿元年（一五九二年）出兵侵略朝鮮以來，中日邦交，遂告中斷。及至德川幕府末季，與歐美各國締結條約時，已有人主張應與中國正式恢復國交，惜乎並未實現。明治維新之後，日本鑒於居留日本的中國人日益增加，同時日人滯留上海者亦為數不少，愈痛感有締結條約，恢復邦交必要，故於明治三年（一八七〇年）七月遣外務權大丞柳原前光（全權大臣）、權少丞花房義質及文書權正郭永亨等至天津，和清廷通商大臣成林、兩江總督曾國藩、直隸總督李鴻章等會談，要求通好，次年七月日本再派大藏卿伊達宗城爲欽差全權大臣至中國，和清廷全權代表李鴻章正式談判，九月十三日因日方讓步而談判完成，兩國全權在天津山西會館簽訂了修好條規十八條、通商章程卅二款及海關稅則等。過去三百餘年兩國斷絕的邦交，至此始告恢復。該項條約，在日本外交史上具有劃時代的意義，蓋此係基於兩國平等互惠原則下和外國所締訂的最初平等條約。此項條約之內容的特色爲：①採取對等的邦交。②中日兩國皆承認對方的治外法權。③禁止鴉片輸入日本。④兩國締結通好之後，倘有第三國侮辱締約國之任何一方時，締約國應互助以敦厚友誼。

㈣琉球問題——琉球自明朝洪武五年（一三七二年），即已屬中國，但自德川時代薩摩藩主島津義久於慶長十四年（一六〇九年，明萬曆卅七年）出兵征討琉球，置爲屬領以還，變成了兩屬地位。此後琉球又分別和美國（一八五四年）、法國（一八五五年）及荷蘭（一八五九年）分別訂立條約。明治政府廢藩置縣後，日本竟將琉球置爲一藩，並封其國王尚泰爲藩王，位列一等官賜金三萬元，並賜東京藩邸。但此爲日本政府的片面獨斷行爲，並未獲得對琉球擁有宗主權的清廷之同意。明治四年（一八七一年）以琉球八重山群島居民六十六人漂流臺灣恆春附近，其中五十四人被臺灣土著所殺。日本以此事告之清朝，清朝答以「臺灣生蕃乃化外之民，清朝難負其責」，終導致明治七年（一八七四年）所謂「臺灣遠征事件」的發生。翌年六月日本乘進攻臺灣勝利之役，派內務大丞松田道之赴琉球，令其不得向中國朝貢或受册封，至明治十二年（一八七九年，清光緒五年）三月進而廢琉球藩改爲沖繩縣，並將藩王尚泰列爲華族，命其居住東京。對於此舉，清朝雖然向日本抗議，但最後如同泥牛入大海自然了結。

㈤日俄關係的調整——日俄國境，自嘉永六年（一八五三年）七月俄國大使浦將（Putiatine, Euphimius)偕東西伯利亞總督牟拉梅約夫 (Muraviev, Nikolai, Nikolaievitch, Amurskiy)來日要求劃界以來，一直成爲爭執懸案。安政元年（一八五四年）簽訂的「日俄修好條約」中，曾暫時協定，千島羣島分爲兩部分，擇捉以南由日本佔領，得撫以北由俄國佔領，庫頁島則爲日俄兩國人民雜居之地。中俄瑷琿條約後，俄國曾企圖佔領庫頁島，文久二年正月（一八六二年二月）日本派竹內下野守、松平石見守、京極能登守等赴俄交涉，向俄國提議以北緯五十度爲南北分界線，但俄國堅持以四十八度爲分界線，結果未獲成果，迨至明治維新之後，日本政府曾央託美國前國務卿施瓦德 (Sewad, William, Henry) 斡旋調節，亦未獲結果。（註四）嗣至明治六年（一八七三年）日本政府遂留心開拓北海道並設開拓使於此。（註五）是年五月開拓次官黑田清隆曾至庫頁島視察，認爲該島並無地利價值，上奏主張放棄而舉全力從事北海道開拓。明治七年（一八七四年）一月明治政府採納黑田的主張，並在黑田推薦下派海軍中將榎本武揚爲特命全權大使，至俄交涉，是年八月俄國政府外務省亞洲局長史德姆荷(Stremukhoo)與之談判，翌年五月七日締結千島與庫頁島交換條約八條，其主要內容爲：①庫頁島全部歸俄國，日俄兩國以宗谷海峽爲國界。千島羣島爲日本國土，以占守海峽爲兩國國界。②俄國付銀元九萬三千八百七十七圓給日本，做爲日本在庫頁島所有營造物之代償。③俄國承認日人在鄂霍茨克海及堪察加海的漁業權。

㈥解決臺灣問題——臺灣爲中國屬地，但日本垂涎已久，當德川幕府時代，該地已被薩摩藩列爲南進目標。明治維新後，明治四年（一八七一年，同治十年）十一月琉球宮古、八重山兩島島民六十六人漂流至臺灣恆春附近八瑤灣，其中五十四人被牡丹蕃人所殺，另有松大等十二人經楊友旺的救助，由鳳山縣轉送臺灣府。翌年正月，福州巡撫王凱泰派人給與米鹽並「照例加償物件」，送返琉球。日本人素來對臺灣抱有野心，翌年七月鹿兒島縣參事大山綱良及熊本鎭臺鹿兒島兵營長陸軍少校樺山資紀等主張出兵討伐，當時外務卿副島種臣亦有意出兵征討臺灣土著，期以宣揚國威，並轉移國內士族不平之氣氛於海外，但因不悉臺灣是否屬中國領土而躊躇不決。明治六年（一八七三年），副島種臣至中國交換明治四年九月締訂的中日修好條約批准書，乃派其隨員一等祕書柳原前光向總理衙門問以臺灣蕃族殺害日本國民之琉球民事件，當時總理衙門答以琉球爲中國藩屬，臺灣生蕃係化外之民，拒絕過問。副島以爲清廷對生蕃化外之民不加理會，歸國後極烈主張出兵臺灣，嗣因征韓論之爭論，副島下野致其主張未獲實現。明治六年三月又發生日本小田縣漂流民四人爲臺灣生蕃殺害事件，益促成日本出兵臺灣之動機。翌年（一八七四年）四月日廷置臺灣蕃地事務局以參議大隈重信爲長官，並令陸軍中將西鄉從道爲臺灣蕃地事務總督，陸軍少將谷干城及海軍少將赤松則良爲參軍，率兵三千六百餘人出發征臺，並有英美籍顧問李仙得（Charles, W. Le Gendre）、海軍少校卡賽爾（Lieut Comnundes Cassel）及海軍上尉華遜（Lieut Wassone）等人參加。日本之出兵征臺，事前英美俄均提出反對，但西鄉置之不理，繼續前進，卒於在是年五月廿二日登陸恆春，捕殺牡丹社蕃酋，降服諸蕃，並計劃久屯佔領臺灣。嗣因美英積極干涉，日本乃派大久保利通爲全權使節赴北京交涉，並經英國駐北京公使魏德（Sir Thomas F. Wade）之斡旋，大久保乃與清廷代表李鴻章談判，結果日本撤兵，清廷給予撫卹及軍費共計五十萬兩，是役日本出兵三千六百餘人之中，死者計五百七十三人，內陣亡十二人，負傷者十二人，病死者五百六十一人。（註六）當時日本爲征臺所花費的軍費三六一萬八千餘圓，另有購船費七七一萬圓。

(七)小笠原羣島的歸屬——據日人自稱，小笠原羣島係文祿二年（一五九三年）豐臣秀吉攻韓時，由信濃地方的小笠原貞賴所發現的。（註七）但其後並未加以開拓。文政十年（一八二七年）英艦 Blorsom 號艦長穆智 (Bee Chey William Frederich) 在該島掛上英國國旗，嘉永六年（一八五三年）柏里提督之部下亦在該島設置官吏，並使八丈島人民前往開拓，那時有美國人廿七名、英國人十七名、法國人四名居住在該羣島的三個主要島上。明治初年，該羣島之歸屬發生了問題，迨至明治八年（一八七五年）美國承認了日本在該羣島的主權，其後遂歸於東京府管轄。

第二節　修改不平等條約的奮鬥

如前所述，明治維新初之政府諸要人，以德川幕府末季和外國所訂「安政和親」條約，有承認領事裁判權、限制海關稅率，以及租借地等條款，亟欲廢除之。這些條約（德川幕府一共和歐美十一個國家締約），皆屬不平等條約，其內容對於日本領土與主權的完整有所損害，英法兩國爲了保護自己僑民權益，在橫濱駐屯有陸海軍，俄國則藉口在遠東水域爲了海軍行動方便，獲得了長崎之稻佐做爲碇泊地，北海道的渡島七重村有三百萬坪以上之德國人的貸與地，長崎之高島炭坑利權則屬英荷兩國人所有。德川幕府及諸藩向外國購買武器而尚未償還之外債四百萬圓，亦完全由明治新政府負債償還，（註八）凡此種種問題，皆迫得新政府不得不早日與歐美重新檢討修改以往幕府和它們簽訂之條約。故明治元年（一八六八年）政府對外宣言：「舊幕府締結之條約中，有損及日本之權利者，應改訂之」，但各國以日本尚非一現代化的國家爲藉口，皆未予以承認。抑有甚者，明治政府本身與挪威、瑞典、西班牙等國家所締定的條約，較之昔日德川幕府與外國所簽訂的條約更爲複雜。

爲了修改這些有損害日本主權的條約，明治四年（一八七一年）十月曾派岩倉具視等一行四十七人，赴歐美交涉修改條約並考察泰西制度，結果未獲成功而還，已如前述。事實上，日本與歐英各國交涉修改條約的歷史，至明治廿七年（一八九四年）爲止，實在是充滿了失望與苦悶。（註九）岩倉具視等一行先至美國，交涉甚久，大久保利通及伊藤博文曾一度返國請示，但美國毫無修約之意。嗣後岩倉等一行轉赴歐洲，至英、法、比、荷、德、丹麥、瑞士、意、奧、瑞典等國，既未達成修改條約之目的，反受歐美人所嘲笑，明治六年（一八七三年）九月歸國。他們雖然鍛羽失望而歸，但卻獲得了一種教訓，即欲修改不平等條約，至要者必須增進文明及充實國力之外，別無他途。

岩倉等一行歸國後，鑒於宇內形勢，主張先整理內治，養精蓄銳，徐圖外征，因此反對征韓論，終於導致西南戰爭之爆發，政府忙於解決內政問題，致修改條約之事，暫被擱置。西南戰爭結束後，征韓派（武治派，又稱大陸派）下野，由歐美考察歸來的內治派（文治派）接替並掌握政府權力，因此，文治派所採取的外交政策當然捨棄積極政策而傾於內治整理主義。就國內建設而言，自此開始迄中日甲午之戰爲止可謂日本的「國力貯蓄時代」。（註一〇）

西南戰爭結束後，政府復開始進行對外修約工作。當時美國駐日公使賓漢（John A. Bingham）鑑於英國駐日公使柏克士（Harry S. Parkes）剛愎自用，處處表現其獨自特別作風，因此，乃協助外務卿寺島宗則迫使柏克士調往北京，因此，明治九年（一八七六年）外務卿寺島宗則乃訓令駐美公使吉田清成與美國交涉修改稅法，於是吉田公使便與美國政府在華盛頓進行談判，一切交涉皆祕密進行，結果於明治十一年

（一八七八年）七月廿五日成立「日美現存條約中，爲修改個別條文以期增商兩國通商之約書」，並於翌年（一八七九年）四月八日交涉本文成效。當此條約發表後，意、俄兩國雖表贊意，但英、德兩國卻以此項條約在談判時嚴守祕密有違通則而反對並妨害其實行。時適有英商哈德禮 (John Hartley)祕密輸鴉片至日本，爲橫濱稅關發現，駐橫濱的英國領事竟裁定該英商若納輸入稅便可無罪。日本大爲憤慨，知僅修改稅法，不足以保障國權，遂主張關稅權與治外法權均應修改，方足以免除不平等條約之弊害，舉國皆反對寺島宗則修改關稅之主張。明治十二年（一八七九年）九月寺島辭職，井上馨繼任外務卿，井上鑒於寺島的失敗，乃試圖同時收回一部分的治外法權及關稅權，擬就不平等條約的修正案，親自與各國駐日公使在東京談判了廿八次，至明治十九年（一八八六年）五月各國始有承認之意。（註一一）井上對於修改條約，曾盡了最大努力，爲促進修約順利，並得富國強兵，乃主張厲行歐化政策。不但參加世界紅十字會同盟，且參加萬國戰時公約同盟，並於一八八二年（明治十五年）在東京日比谷建立一座美奐美侖洋房，名曰：「鹿鳴館」，一時洋式社交如宴會、跳舞、音樂等頗爲流行。馴至家庭內亦着洋裝，改用洋式禮節，達官顯臣之私邸，則通宵舞會，有的人將頭髮燙彎而詡爲做洋人，有的人無故脫籍申請歸爲英國人，有的人主張移入西洋人的種子來改良日本人種，（註一二）在日本文化史上出現了所謂「鹿鳴館文化時代」。井上此一政策，引起守舊主義者的反對，兼以其恢復司法權自主的代價乃任用外人裁判官以處理外人涉嫌的民事訴訟，且承認外人有雜居日本國內之權利，凡此種種，引起輿論界的羣起反對，因之，井上遂於明治廿年（一八八七年）九月十七日辭去外相之職，而修改條約之事，又再告失敗。此時內閣總理大臣伊藤博文鑑於輿論之不利政府，乃辭去宮內大臣兼職而自兼外相，發佈條例，箝制輿論，並飭令在東京的自由民權派志士五百七十人退出東京都三里之外。

明治廿一年（一八八八年）二月一日大隈重信繼任外相，他放棄向來之連合會議方式，改採個別交涉的辦法，與各條約國公使分別談判，使事態的進展有利。明治廿一年十一月卅日與墨西哥締結對等條約。翌年（一八八九年）二月廿日與美國簽訂「日美和親通商航海條約」，六月八日復與德俄締結修改條約，此一連串的締約均在祕密中進行。明治廿二年（一八八九年）四月十九日英國倫敦時報（London Times）洩漏此一談判內容，謂司法談判中，大理院推事有任用外籍法官等事，且關於賦予外國人在內地雜居權，准許土地所有權，舊租界（居留地）領事裁判權之存續，舊態依然，以致日本輿論界羣起反對，攻訐謂此舉違反憲法，政府內部亦起反對之議。是年十月十六日閣議決定中止修改條約的談判，會後大隈驅車返抵外務省門前爲右翼團體玄洋社的志士來島恆喜饗以炸彈一枚，僅炸斷一條大腿並未殞命，此即所謂「霞關爆炸事件」，大隈旋即於十一月十四日辭職，而修改條約工作復告中斷。大隈去後，由青木周藏繼任，鑑於歷次談判之失敗，乃循下列原則，繼續與各國折衝，即「六年後恢復日本法權稅權，除了開放內地外，至於有關任用外籍法官、預約法典，及外人土地所有權一概不加接受」，此一方案較以往任何一案皆爲強硬。明治廿三年（一八九〇年）九月居住橫濱的外人二百七十三名決議反對撤廢治外法權，但英國保守黨政府對此提案頗表善意，蓋「當時英國在遠東與俄國之對立與年俱深，尤以一八九一年春俄國發表西伯利亞鐵路建設計劃後，益使英國焦急。英國是因爲控制了從歐洲通向遠東最重要的交通路線——地中海與印度洋，所以能保持其在遠東的優越地位，西伯利亞鐵路的興建，將使英國在遠東交通的獨佔大爲減色。英國爲想利用日本充當對付俄國的前哨，於是打算接近日本，這種情況，無疑的有利於青木的對英交涉」。

（註一三）明治廿四年（一八九一年）三月，日英之間已議定了平等條約草案，準備簽字，但恰巧在這個時候，是年五月十一日發生了俄國皇太子遇刺的所謂「大津事件」（又稱湖南事件，湖南者即琵琶湖之南），（註一四）青木引咎辭職，由是修改條約之事，又告流產。

明治廿五年（一八九二年）八月陸奧宗光（註一五）繼榎本武揚出任外相（榎本係繼青木之後），他堅持日本人與外國人同受日本法官在日本國裁判所接受裁判原則，重新擬訂通商條約，並以青木周藏爲駐德國公使兼駐英國公使，使之與英國外相金巴禮（Kimberly John Wodehouse）交涉談判。英國首先同意，於明治廿七年（一八九四年）七月十六日簽訂「日英新條約」（又稱日英通商航海條約）廿二條。該條約雖以互相對等原則爲基礎，對於旅行、住居、通商、航海、宗教等採取互惠主義，治外法權亦撤銷，但尚未能達成完全的關稅自主權的目的。日英新條約簽訂後數日，中日甲午之戰爆發，結果日本僥倖打勝。日本乘戰勝虛譽，再進行與各國交涉，皆得順利，先後與美、意、祕魯、俄、丹麥、德、瑞典、挪威、比利時、荷蘭、瑞士、葡萄牙、西班牙、法、奧等十五國家締結平等條約。明治卅年（一八九七年）十二月舊約完全廢棄，新約自明治卅二年（一八九九年）七月（奧、法二國爲八月）施行。這些條約中，治外法權雖完全廢除，但仍然規定關稅率須與對方國家協力商定，所謂「關稅自主權」問題，尚未解決。降及明治四十一年（一九〇八年）第二次桂內閣的外相小村壽太郎，繼續交涉條約修改，收回關稅自立。是時日本又在日俄之戰打敗俄國，因之國際地位提高，而使修約談判，不久即告成功。明治四十四年（一九一一年）八月，日本與列強皆簽訂完全平等的條約（註一六）。此一修改不平等條約的奮鬥，自安政五年（一八五八年）至此凡四十有二年，始告全部實現。

日本修改不平等條約一覽表

不平等條約	條約名稱	日美修好通商條約	日本荷蘭修好通商航海條約	日俄修好通商條約
不平等條約	簽約日期	一八五八年七月二十九日	一八五八年八月十八日	一八五八年八月十九日
不平等條約	實施日期	一八五九年七月四日	一八五九年七月四日	一八五九年七月一日
平等條約・法權的收回	條約名稱	日美通商航海條約	日荷通商航海條約	日俄通商航海條約
平等條約・法權的收回	簽訂日期	一八九四年十一月二十二日	一八九六年九月八日	一八九五年六月八日
平等條約・法權的收回	公佈日期	一八九五年三月二十四日	一八九七年九月十五日	一八九五年九月十一日
平等條約・法權的收回	實施日期	一八九九年七月十七日	一八九九年七月十七日	一八九九年七月十七日
平等條約・稅權的收回	條約名稱	日美通商航海條約	日荷通商暫定書	
平等條約・稅權的收回	簽訂日期	一九一一年二月二十一日	一九一一年六月二十八日	
平等條約・稅權的收回	公佈日期	一九一一年四月四日	一九一一年七月十五日	
平等條約・稅權的收回	實施日期	一九一一年七月十一日	一九一一年七月二十七日	
備考			一九一二年簽訂本條約（一九一三年十月九日公佈實施）。	因日俄戰爭而失效。

日英修好通商條約	一八五八年八月二十六日		日英通商航海條約	一八九四年七月十六日	一八九四年八月二十七日	一八九九年七月十七日	日英間通商航海條約	一九一一年四月三日	一九一一年五月六日	一九一一年七月十七日	
日法修好通商條約	一八五八年十月九日	一八五八年八月十五日	日法通商航海條約	一八九六年八月四日	一八九八年三月三十日	一八九九年八月四日	日法通商航海條約	一九一一年八月十九日	一九一二年二月二十九日	一九一二年二月二十九日	
日本葡萄牙修好通商條約	一八六○年八月三日		日葡通商航海條約	一八九七年一月二十六日	一八九七年十月二十九日	一八九九年七月十七日					因葡國發生革命而失效，一九三二年三月二十三日又簽訂通商航海議定書。
日本普魯士修好通商條約	一八六一年一月二十四日	一八六三年十一月十二日									一八六九年一月十日因簽訂日德修好條約而失效

日本瑞士修好通商及航海條約	一八六四年二月六日	一八六四年二月六日	日本及瑞士修好居住通商條約	一八九六年十一月十日	一八九七年九月十七日	一八九九年七月十日	日本及瑞士間居住通商條約	一九一一年六月二十一日	一九一一年十二月二十一日	一九一一年十二月二十一日
日本比利時修好通商及航海條約	一八六六年八月一日	一八六七年一月一日	日比通商航海條約	一八九六年六月二十二日	一八九六年十二月二十八日	一八九九年七月十七日	日比兩國通商暫定書	一九一一年七月八日	一九一一年七月十五日（公告）	一九一一年七月十七日
日本意大利修好通商條約	一八六六年八月二十五日	一八六七年一月一日	日意通商航海條約	一八九四年十二月一日	一八九五年八月十六日	一八九九年七月十七日	日意間通商暫定書	一九一一年七月十二日	一九一一年七月十五日	一九一一年七月十七日

一九二四年簽訂本條約（一九二五年六月三日公佈實施）。

一九一二年十一月二十五日簽訂本條約（一九一三年六月十八日公佈實施）。

日本丹麥修好通商及航海條約	一八六七年一月十二日	一八六七年七月一日	日丹通商航海條約	一八九五年十月十九日	一八九六年五月十六日	一八九九年七月十七日	日本及丹麥間通商暫定書	一九一一年一月三日	一九一一年七月十五日	一九一一年七月十七日	一九一二年二月十九日簽訂本條約（一九一二年五月七日公佈實施）。
大日本國瑞典國條約書	一八六八年十一月十一日	一八六九年六月十日	日本瑞典通商航海條約	一八九六年五月二日	一八九七年五月二十五日	一八九九年七月十七日	日本國及瑞典國間通商航海條約	一九一一年五月十九日	一九一一年七月十五日	一九一一年七月十七日	一九〇五年十月瑞典挪威聯合而解除。
							日本挪威通商航海條約	一九一一年六月十六日	一九一一年七月十五日	一九一一年七月十七日	
大日本國西班牙國修約書	一八六八年十一月十二日	一八六九年五月一日	日西修好交通條約	一八九七年一月二日	一八九七年七月十八日	一八九九年七月十七日	日本國及西班牙國間修好通商條約	一九一一年五月十五日	一九一五年七月十一日	一九一五年七月二十日	

日本國德意志北部聯邦修好通商航海條約	一八六九年二月二十日	一八六九年二月二十日	日德通商航海條約	一八九六年四月四日	一八九六年四月十九日		日德通商航海條約	一九一一年六月二十四日	一九一一年七月十五日	一九一五年七月十五日	
日本奧地利條約書	一八六九年十月十八日	一八六九年十月十八日	日奧通商航海條約	一八九七年十二月五日	一八九八年九月十日	一八九九年八月四日	日本及奧國間第一次暫定書	一九一一年八月三日	一九一一年八月四日公告	一九一一年八月五日	
大日本國布哇國條約書	一八七一年八月十八日	一八七一年八月十八日									被美國合併而失效。
日本祕魯和親貿易航海假條約	一八七三年八月二十一日	一八七三年八月二十一日	日本國及祕魯共和國間通商航海條約	一八九五年三月二十日	一八九七年一月九日	一八九九年七月十七日					

第三節　中日甲午之戰及其影響——日本帝國主義的萌芽

日本自明治維新，迄明治十一、二年（一八七八、一八七九年）之頃，解決了其國界問題之後，逐漸步上帝國主義之途發展，並努力於擴展殖民地。前述之吞併琉球、征討臺灣生蕃，以及砲轟朝鮮江華島等事件，便是日本軍事性帝國主義向外侵略的前奏曲。

明治九年（一八七六年，清光緒二年）二月日本與朝鮮簽訂「江華條約」，片面承認朝鮮的獨立自主，而置清朝於不顧，自此即已啓開日後中日紛爭之端緒。事實上，朝鮮問題是明治初年以來，日本與清廷外交上爭執的中心點，也是日本大陸侵略政策（北進政策）的試金石。（註一七）江華條約之後，美、英、德、俄、意、法、奧、比等國相繼援日本之例，要求最惠國待遇之通商，朝鮮國內遂起黨爭。明治十五年（一八八二年）七月二十三日，朝鮮發生「壬午之兵變」（又稱「第一次京城兵變」），日本乘機又壓迫朝鮮簽訂所謂「濟物浦條約」六條，除賠償五十萬圓外，復允許日本駐兵京城（漢城），保護使館，由是日本兵遂得公然進駐朝鮮半島，而日本在朝鮮的勢力，頓形膨脹。所謂「壬午之兵變」，即當時朝鮮政界分爲兩派：一爲守舊黨（又稱事大黨），奉朝鮮王之生父大院君李是應爲首，主張守舊，標榜排外主義及親清政策；另一派爲獨立黨（又稱開化黨或新黨），主張維新開國，親近日本，以王妃閔氏及其族人、左議政朴圭壽等爲首要人物，時閔氏一族掌握朝政大權，其黨徒金玉均、徐光範等醉心日本文化制度，聘日本陸軍工兵中尉掘本禮造爲教官代爲訓練軍隊。明治十五年兵曹判書閔謙鎬兼攝宣惠廳提督掌握財政實權，剋扣軍餉，引起不滿閔氏兵士的譁變，七月二十三日大院君乘機煽動，終於與京城內外無賴之民合同舉事暴動，刺殺閔謙鎬、金輔鉉（京畿觀察使）、閔昌植（吏判參事），並入昌德宮搜殺閔妃，惟閔妃早已聞風出逃，又縱兵襲日本使館，殺死日本教官六人，殺傷者五人，日使花房義質偕武官陸軍上尉水野勝敦遁逃仁川，經英國測量船「飛魚號」(Flying Fish) 艦長李察上尉 (Lieut-captain Richard J. Hoskyn) 護送於七月二十九日安返日本。日本隨即於八月十日訓令花房返任，並派兵護衛入朝鮮。清廷恐日韓搆兵，遣道員馬建忠、廣東水師提督吳長慶、北洋水師提督丁汝昌等率兵至朝鮮，執大院君同歸，拘禁於保定。（註一八）是年八月三十日朝鮮與日本議和，訂定「濟物浦條約」。

壬午之變以後，清廷鑒於朝鮮國事日非，乃設總理衙門於韓京，由吳長慶率兵三千駐守，負責監視朝鮮國君及日本公使，受李鴻章節制。吳長慶性情寬厚好客，後來其幕賓中產生了袁世凱及張謇。那時閔妃仍專權如昔，韓廷臣僚公開分為主張依附日本的「獨立黨」及親近清廷的「事大黨」兩派，他們互相排斥形同水火。明治十七年（一八八四年，清光緒十年）冬，日人乘清朝有事於「中法戰爭」，無力顧及朝鮮，由日本駐韓公使竹添進一郎嗾使獨立黨領袖金玉均、朴泳孝、洪英植等謀除事大黨諸要。明治十七年十二月四日獨立黨於京城郵政局開幕紀念日舉兵殺傷事大黨領袖閔泳翊，並殺死閔臺鎬、趙寧夏、韓圭稷、李祖淵、尹泰駿、閔泳穆等大臣，日本公使以保護王宮為名，率兵百餘名，劫持國王，此一變亂史稱「甲申之變」（又稱「第二次京城之變」）。當時清廷駐韓提督吳兆有偕總兵張光前、營務處袁世凱率兵二千多名助事大黨，入王宮平亂，日軍敗退，死傷甚多。日本使館為事大黨所焚，日僑被殺者四十餘人。是役洪英植被殺，朴泳孝、金玉均等化裝日兵偕日本公使逃亡日本（註一九）。至此政府大權悉歸事大黨之手。「甲申之變」是朝鮮青年的愛國運動，惜不察時局，圖之過急，遂引狼入室，而陷入日本帝國主義的陰謀。此一事件世稱為「金玉均之亂」。

事變之後，清廷派會辦北洋事宜都察院左副都御史吳大澂至朝鮮辦理善後，日本政府亦派外務卿井上馨為全權大使，偕同陸軍中將高島鞆之助，海軍少將樺山資紀率兵至朝鮮交涉，與韓國全權大臣左議政金宏集談判，於翌年（一八八五年，清光緒十一年）一月九日訂立「漢城條約」五條，賠款十三萬圓，並謝罪懲兇。漢城條約告成後，日人並不滿足，又以中國兵助事大黨殺日僑爲由，遣宮內卿伊藤博文爲全權大臣、農商務卿西鄉從道爲副使、仁禮景範、井上毅、伊東巳代治、野津道貫等爲隨員至天津，與李鴻章交涉。明治十八年（一八八五年，清光緒十一年）四月十八日簽訂「天津條約」三條，其大意爲：①訂約後四個月內中日兩國軍隊均退出朝鮮。②今後中日兩國均不得派員任朝鮮的軍事教官。③將來朝鮮若有變亂重大事件發生，中日兩國或一國派兵時應預先互相行文知照，迨事變平定後即時撤兵，不得藉口留防。

天津條約的簽訂，日本雖未能即刻取得對朝鮮的保護國地位，但清廷已喪失在朝鮮的特有權益，已非朝鮮的宗主國。抑有甚者，日本既在朝鮮獲得與中國同等地位，且因中國對朝鮮事情更爲關切，而日本仇視中國亦愈深刻，終於種下了日後中日兩國在朝鮮武裝衝突的禍根。自此以後，日本更加積極地充實軍備，以期一舉擊敗中國，奪取朝鮮，以爲其北進政策奠定礎基，而清廷則命袁世凱爲朝鮮通商事務全權委員，留駐漢城，監視日人的行動。惟朝鮮國內經過兩次「京城之變」後，朝鮮人反日之情緒日益熾盛，終在明治二十二年（一八八九年）九月發生了所謂「防穀令事件」，並於明治二十七年（一八九四年）三月刺殺國奸金玉均。

「防穀令事件」肇因於明治二十六年（一八九三年）秋朝鮮饑荒，因之咸鏡道監司趙秉式突然頒發「防穀令」，（註二〇）禁止由元山運米至日本。依據一八八三年（明治十六年）三月所訂「日韓通商章程」三十七款規定，韓如禁穀物出口，應先一月通知日方。趙秉式未遑通告日方，致使日商略受損失，日本政府乃遣派大正石己爲辦理公使赴朝鮮交涉，向茫然於事的朝鮮國王強行要求解除「防穀令」，並賠償損失十四萬圓：韓廷迫不得已，乃於翌歲（一八九四年）四月下令解除該項「防穀令」，至賠償問題，拖延數年，終於在明治三十年（一八九七年），爲日方勒索十一萬圓而去。

所謂「金玉均暗殺事件」，係獨立黨領袖之一的金玉均在「甲申之變」後逃亡日本，韓廷追緝甚緊，但金氏逃亡日本後卻與日本民間浪人策士企謀朝鮮獨立。韓廷於明治二十七年春派刺客誘殺金氏，結果於是年三月在上海被刺死。清廷以軍艦威遠號將金玉均屍體運送朝鮮，金氏的屍體曾被五馬分屍，因渠素對日本友善，因此，日人益加憤恨日本政府之柔弱無能及清廷之強霸。會朝鮮「東學黨之亂」起，中日甲午之戰遂爆發。

東學黨係由朝鮮慶尚道廣州的思想家崔濟愚所提倡的「興東學排西教」爲主旨的朝鮮沒落貴族、不平儒生和貧困農民的結合團體，初爲一純粹宗教信仰團體，後因農民不堪閔氏專政，乃轉爲一種反抗政府的亂民團體，其民族主義之盲目的表現於暴動行爲，正和清朝所發生的義和團相似。明治二十七年（一八九四年，清光緒二十年）其黨魁崔時享作亂於全羅、慶尙、忠清各道，難民附之者達六、七萬人之衆，韓廷無法剿撫，乃援壬午、甲申兩役之例，請清廷派兵協助平亂，李鴻章乃飭水師提督丁汝昌及直隸提督葉志超率兵士一千五百餘名及艦艇二艘前赴朝鮮，並電示駐日公使汪鳳藻根據天津條約第三條規定知照日本外務省。日本抓住此千載難逢良機派兵七千餘名由駐韓公使大島圭介率赴朝鮮。時東學黨亂已敉平，清軍已退至牙山，但日軍竟不尊重朝鮮意見，繼續增兵，節節進逼。當時日本國內政治已安定，爲發展經濟必須奪取中國大陸，但在此之前，必須把朝鮮佔據，因此，雖有大島公使四次電告本國政府，告以不應繼續出兵，但日本政府閣議已決定出兵朝鮮，並於六月十四日閣議一致通過由伊藤博文親筆草擬的「朝鮮內政共同改革草案」，未允大島公使之所請。六月十七日日本乃由外相陸奧宗光照會清廷駐日公使汪鳳藻，提議由日清兩國派常駐委員若干名，駐紮朝鮮共同改革朝鮮內政，清廷不予同意並據理駁斥。無如日本已蓄意用兵，交涉無效。大島圭介遂於六月二十六日壓迫朝鮮國王改革內政，並於七月二十三日秉承本國政府訓令驅逐親華的外戚閔氏，挾持大院君委以國政顧問之職，同時引兵進入王宮。日本這種蠻橫態度，引起英、美、俄等列強的公憤，出而調停，無奈日本始終無接受調停誠意，（註二一）時清廷自光緒皇帝以下之內廷要員皆持主戰論，惟李鴻章並未具作戰決心，企圖「以夷制夷」，尤其是希望與朝鮮接境的沙俄，能出面阻擋日本的北進，並注視各國的調停，致在軍事上毫未從事佈置，更形失機。

日本軍事佈置就緒後，乃逼迫朝鮮國王廢除與清廷締結的條約並驅逐清軍。明治二十七年七月二十五日日軍艦隊在牙山港外之豐島附近，砲擊清廷艦隊，中日甲午之戰（日人稱為「日清戰爭」或「明治二十七、八年之役」）於焉揭幕。七月二十八日總理衙門照會各國公使，聲明日軍首先挑釁，同日撤回駐日使領館。同年八月一日遂下宣戰之詔。同日日皇亦下詔宣戰，（註二二）英俄法德等國相繼宣佈中立。開戰結果，清廷因未作軍事準備而告大敗，是時，清廷盼俄英出面調停，均無所成，最後由美國斡旋，由清廷派尚書銜總理衙門大臣戶部左侍郎張蔭桓、頭品頂戴兵部右侍郎署湖南巡撫邵友濂赴日商談，惟日本尚無媾和誠意，明治二十八年（一八九五年）正月，藉口張、邵權力不足，予以拒絕，聲名須另擇有名望的大員充任。此時歐洲各國，對日本的驕橫和野心，已多不滿。清廷不得已，改命李鴻章為頭等全權大臣前往。明治二十八年（一八九五年，光緒二十一年）三月二十三日（陽曆四月十七日），李鴻章在日人的威嚇下終於與伊藤博文在日本下關簽訂媾和條約十一款、議定專款三款、另約三款。此即世所稱的「馬關條約」，其要點如下：①中國承認朝鮮為獨立自主國家，並廢除朝貢。②中國割遼東半島、臺灣及澎湖列島與日本。③賠償日軍軍費庫秤銀二萬萬兩，分作八次交清。④中日兩國過去條約一律作廢，另以中國與歐洲各國現行條約爲準，訂立通商行船及陸路通商章程。⑤開沙市、重慶、蘇州、杭州、長沙爲商埠，並允許日本設立領事。⑥日本臣民在中國通商口岸，得自由從事各種製造工業。各種機器僅繳納入口稅，得自由裝運入口，日本人在中國內地製造之貨物，其一切課稅，均照日本輸入貨物之例辦理，享受一切優待豁免。⑦日軍暫駐威海衛，保證條約實行。

中日甲午之戰，乃日本帝國主義發動侵華戰爭的序幕，是在天皇制主導之下的侵略戰爭。當清廷把臺灣割讓日本時，康有爲等一千三百餘名文人學士曾連名反對，但清廷以臺灣爲化外之地而置之不顧。自此以後，日本便在臺灣建立最早的海外殖民地，爲奠基建設爲其南進基地，乃於臺灣置軍政文武合一的武官總督。抑有甚者，日本自臺灣取得爲促進其工業化所必須的低廉的原料，並把臺灣開拓爲商品販賣市場，斷行土地調查，在政府保護名義下，臺灣土著人民的土地被日本資本家所收奪。不寧如是，日本的絕對主義作風，假藉其暴力的軍事、警察權，不僅以臺灣的產品產物來彌補日本落後性資本主義的不足，並利用苛酷的勞動條件榨取壓迫臺灣人，用以發達提供日本資本主義的超額利潤。（註二三）

馬關條約簽定後，即明治二十八年（清光緒二十一年）四月二十三日，俄國聯合德、法兩國訓令其駐日公使向日本勸告放棄佔有遼東半島，（註二四）其理由是日本佔有遼東半島不僅足以危害中國首都之安全，同時將使朝鮮獨立徒具空名，並將妨礙遠東永久的和平。（註二五）俄國爲預防萬一日本不服而轉向自己報復起見，乃結集艦隊於亞洲諸港口，並在東部西伯利亞總督管轄下，合現役集兵五萬，嚴陣以待。（註二六）蓋當時俄國對朝鮮問題關心已久，而對於中日戰爭之發展亦早已注意，其所以聯合德法兩國對日提出干涉，一則日本之佔有遼東半島，勢將妨礙俄國將來之遠東政策，再則恐日本以遼東半島爲跳板吞併東北進而侵犯西伯利亞。日本政府接獲三國通告後，當於四月廿四日舉行御前會議，伊藤博文曾提出下列三種辦法：①縱然增加新的敵國，亦應斷然拒絕三國之勸告。②招請列國會議商討遼東半島問題之處理。③接受三國勸告交還遼東半島。經決議採取第二策，並懇請聯合英、美、意三國以對付俄、德、法，當時意大利是想幫助日本的，但終因英國堅決反對，日本遂於是年五月十日決定聽從勸告，把遼東半島退還中國，不過另外向清廷要求代價白銀三千萬兩。此一幕退還遼東半島，世稱之爲「三國干涉」(Triple intervention)。

甲午之戰後，日本不但已達到了驅逐中國獨覇朝鮮的目的，開闢了向中國作經濟侵略的途徑，亦使日本奠定了其大陸政策的基礎並在東亞強國的地位，同時列強業已認識了它已具有近代國家的實力。這次豐碩的勝利之果，不但促使日本資本主義發達，並使日本國內經濟飛躍地發展，而資本主義發展的結果，遂使資本家的力量驟然增強，因之在政治上使資本家與政黨互相聯合起來，而增加其發言權，結果在資本家支援之下，政黨的勢力亦大爲增強，而有明治三十一年（一八九八年）第一次政黨內閣的產生。另一方面，政黨深切知道，如無軍部和官僚的支持援助，資本家的利益絕難保持，在這種狼狽爲奸，互相利用的情形之下，於是官僚、軍部、財閥、政黨四者協力，向中國大陸去發展，因而與俄國的遠東政策發生正面衝突，終於引起了日俄戰爭。

甲午戰爭雖然給日本帶來了豐碩的勝利之果，但其對外的關係，不但沒有弛緩其向來不止的緊張感，反而增加了其內心恐怖情緒。蓋日本既欲取代中國在亞洲的強國地位，不但必須徹底抑壓中國的復仇，同時對於日漸東漸的歐洲列強勢力，日本亦不得不時時提高警覺以應付之。甲午之戰後所召開的帝國議會中，第二次伊藤內閣所提出的明治二十九年（一八九六年）度預算案，其着眼點完全置於擴大軍備，即為反映當時日本心情的最好例證，此一擴軍計劃，不僅獲得議會的贊同，以後一再擴大，並且積極實施，其情形為，中日戰爭勃發時陸軍只有七個師團，但到明治三十六年（一九〇三年）則增為十三個師團，又海軍自明治二十九年（一八九六年）至明治三十六年（一九〇三年）的十年間，擬造軍艦達一〇三艘，其中包括戰艦四艘，巡洋艦十一艘，合計一五三、〇〇〇噸（這些計劃大抵在明治三十五年完成），但在甲午之戰時，日本軍艦總數祇有六一、三〇〇噸，觀此可見擴軍的飛躍進步。至於從國家歲出預算中軍事費所佔的比率來看，明治二十三年（一八九〇年）軍費佔百分之二九・五一，明治二十六年（一八九三）即甲午戰爭的前年，軍費佔百分之三二，明治二十九年（一八九六年）軍費佔百分之四八・一八，但到了明治三十年（一八九七年）則升至百分之五五・六，凡此即表示甲午之戰後日本對於國際形勢的不安，及其擴軍野心的熾烈。（註二七）事實上，甲午之戰，使日本由一個自被歐美諸國所壓迫的國家，進而與歐美列強並列，而對朝鮮、中國加以壓迫的霸權國家，同時亦使日本變成一個擁有殖民地的帝國，替歐美列國瓜分中國，榨取中國啓開大道，抑有甚者，由於戰勝結果，使日本國民在榮耀的錯覺下，蔑視中國人及朝鮮人，而予日本國民以支配民族之傲慢的錯誤觀念。（註二八）尤其是自清廷所獲得的三億六千萬圓賠款之大部分用之於擴充軍備（參閱附圖），使日本從此以後逐漸步上軍事性帝國主義之途發展，影響所至，後來竟一連串進行對外侵略戰爭。

中日甲午之戰是中國近代史的一個轉捩點。假如滿清不失敗，則反動的滿清政權或許可以維持一個比較長久的時期。同時一個自上而下的變法維新局面可能在中國出現，然而滿清終於敗給彈丸島國的日本，並且與日本簽訂了屈辱的和約。至於甲午戰爭滿清失敗的原因不一而足，而清廷之脫離和壓制人民羣衆，正是重要的原因之一。這次戰爭不能在民主基礎上取得全國民衆的擁護，不能發揮全民族的羣衆的戰鬥力量，因此也就未能轉變爲統一的對外民族戰爭。其次就中日兩國當時的政治情形來比較，在滿清方面，朝政腐敗，負實際責任的李鴻章，掌北洋軍政數十年，對於日本軍情民心知之甚稔，然而未及早向朝廷坦率分析言明敵我之實力，虛張聲勢，致使廷臣錯估滿清軍備士氣，確可以與日本一戰，況且他又與其他王公大臣，積不能容，前線官兵，咸驕橫無度，或恐怖畏死，致敵人未至，即望風先逃，全無打硬仗，拚死命，寧死不退，寧肯犧牲不投降的精神。至於日本則舉國一致朝野同心，前線士兵，忠君愛國的思想極深，咸欲以戰勝中國而開展國運，故作戰勇敢，前仆後繼，視死如歸，因此終能戰勝清朝。我人雖無以春秋大義，責備當權之士，但甲午之役戰敗責任，李鴻章實難辭其咎錯。

中日甲午之戰日本對賠款之用途分配表

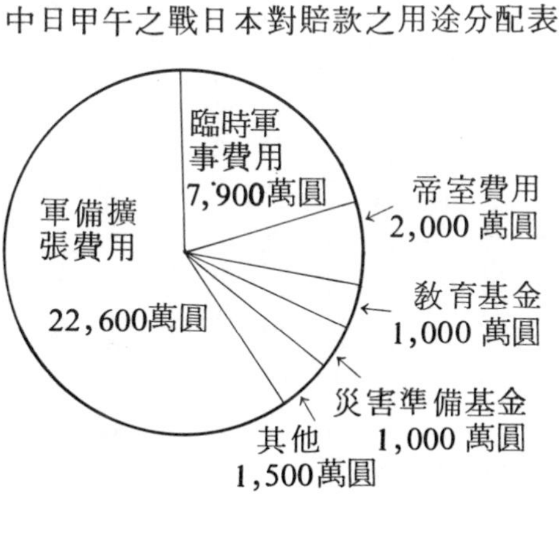

至於甲午之戰，對於中國帶來了不幸，先就其直接影響而言，除賠款二萬萬三千萬兩外，不僅承認朝鮮獨立，割讓臺澎給日本，且允許日本在中國通商口岸從事各種製造工業，更是對於中國國民經濟的最大致命傷；至於間接的影響則更有大於此者，蓋中國素來號稱大國，漢唐清初固不庸討論，即自道光以降，雖漸缺實力，但卻尚有虛聲，前此之中英、中法幾次之戰爭，中國雖亦失敗，但尚可諉爲一部分的戰爭，

未足衡量全局，獨至此次戰爭，中國幾乎傾海陸兩方的軍力，竟敗於東方彈丸蕞爾小國的日本，至此西方列強發現清廷是一隻「睡獅」，清廷政治的脆弱完全暴露，因之爭先恐後地向中國掠奪利權，遂有劃分勢力範圍，瓜分中國的企圖。先是在中日甲午之戰後，李鴻章等極力主張聯俄，以爲「中俄聯合，庶可以制東西兩洋」，慈禧太后亦傾心俄國，於是聯俄制日遂成爲清廷的外交政策中心。此時俄國洞悉清廷之心理，乃以協同防禦日本的報復爲藉口，誘使清廷於明治二十九年（一八九六年，光緒二十二年）五月與之締結「中俄攻守同盟條約」六條，獲得在滿洲建築鐵路，開設銀行，以暗中鞏固其侵略的基礎，接着俄國又於明治三十一年（一八九八年，光緒二十四年）三月迫使清廷與之締結「旅順大連租借條約」九條，向清廷租得旅順大連二十五年，取得哈爾濱至大連的鐵道建築權以及牛莊沿海至鴨綠江的鐵道建築權。德國於明治三十年（一八九七年，光緒二十三年）十一月以傳教師二人在山東鉅野縣被殺爲藉口，佔領膠州灣，迫得清廷與之締結「膠州灣租借條約」，租得膠州灣九十九年，並取得山東境內鐵道礦山權及全省開辦企業優先權，法國亦於明治三十二年（一八九九年，光緒二十五年）十一月以法國士官二人教士一人在廣州灣遂溪縣地方被殺爲由，迫使清廷與之締結「廣州灣租借條約」五條，取得廣州灣九十九年的租借權以及附近鐵道的建築權。此外英國亦於明治三十一年（一八九八年）六月與清廷締結「威海衛租借條約」四條，獲得威海衛九十九年的租借權。當各國齊向中國提出要求時，日、意兩國亦欲援均勢之例，日本於明治三十一年（一八九八年）四月二十六日訓令駐清廷公使要求北京總理衙門以公文申明福建省沿海一帶永不租借或割讓他國。清廷對此隨即備文承認之，而日本對中國之侵略，不僅在朝鮮滿洲，且更引伸至長江以南，而儼然以福建省爲其勢力範圍。至於意大利雖亟欲在中國沿岸獲得一海軍根據地，而於明治三十二年

（一八九九年）一月向清廷要求租借於福建舟山間之三門灣，但終因國際間的牽制，不得暢行其志。

上述十九世紀末年英俄德法日諸國對於中國侵迫的情勢，儼如十九世紀初列強對非洲的瓜分。它們在中國劃分許多勢力範圍，或直接強迫清廷認可，或間接由列強擅自協商。中國國勢固然陷於危殆，而列強之利害衝突亦在潛伏。斯時之中國問題，亦在列強疑難之間，將不知所底止。同時美國到了十九世紀末葉，內部之開發已經完成，而資本主義勢力日益膨脹，門羅主義的外交，遂一變爲擴張主義的國是。兼以美國斯時已合併檀香山及取得菲律賓羣島，其進一步之發展自在經濟落後而擁有廣土人衆的中國。然是時俄德法英日諸國均已捷足先登，所謂勢力範圍，先後劃分殆盡，處此情勢之下，美國大有無所插足其間之感。美國於是表示大方，藉口爲謀求世界公共之和平，於一八九九年（光緒二十五年，明治三十二年）八月至十一月由國務卿海約翰（John Hay）向列強發表所謂「門戶開放」政策。（註二九）此政策雖使中國倖免被歐洲列強所瓜分，但其終極中國仍然成爲列強共管的世界公共市場，中國受到列強壓迫的情勢，依然未有減輕，一直至民國三十四年（一九四五年）八月中旬抗日戰爭勝利，第二次世界大戰結束後，列強在中國的特權，始一掃而盡。

總而言之，清廷甲午戰爭失敗的第一個重大結果，便是中國的國際地位一落千丈，殖民地化的危機愈益嚴重。正是那時，國際資本主義已經結束了自由競爭的階段，而走上獨佔的階段，列強爲了保障各自的投資利益和市場利益，便在中國領土內展開了猛烈的劃定勢力範圍的鬥爭。可是人爲刀俎，我爲魚肉，錦繡神州，幾無一處乾淨土了。在中國近代史上，這的確是一段極黑暗的時期，偃蹇的國運，確是危險萬狀的。

第四節　日英同盟與日俄戰爭——日本帝國主義的形成

中日甲午之戰後，中國的宗主權力從朝鮮退出，而使日本滿足了控制朝鮮的慾望，但由於列強紛紛在中國劃定勢力範圍，遂使中國瀕臨瓜分的局面，幸得因美國「門戶開放」政策而免被瓜分，已如前述。當時日本因俄國聯合德法出面干涉退還遼東半島，此中屈辱，日本耿耿於懷，無日能忘。另方面，自從日本退還遼東半島後，俄國自身對於滿洲的侵略，更加積極，並有佔據滿洲以謀朝鮮之勢。而對俄國的野心，日本當然不能視而無覩，為防止俄國勢力伸入朝鮮，乃不惜使用種種外交手段，以達獨佔朝鮮之目的。而所謂「外交手段」，分析之不乎是「日俄協商」及「日英同盟」。

先言「日俄協商」，當日本正處心積慮，以謀排斥俄國勢力伸入朝鮮之際，中國發生了「義和團之亂」，引起八國聯軍的事件，俄國以保護鐵道為名，乘機進兵東北，作軍事的佔領。亂平之後，俄國不但不守約撤兵，（註三〇）乃欲乘機與清廷締結特別條約，以期掌握滿洲的實權，先後迫清廷與之訂立二次密約，將滿洲門戶封鎖，置於俄國保護之下，嗣因各國反對而使密約終不獲成立。

俄國脅迫清廷與之訂立二次密約，雖均未獲成立，然而俄國對於滿洲的野心，已引起了各國的不安，而以英日兩國為尤甚。日本自明治維新以後，其對外發展的目標，首在朝鮮滿洲，今見俄國有據滿洲以爭朝鮮之勢，當然坐臥不安，就英國而言，英俄勢力處處衝突，歷數世紀如此，今見俄國勢力不僅囊括滿洲，且對於西藏大有活動，（註三一）同時聞悉日俄有接近之勢，如此使英國在遠東之勢力產生動搖。當時日本的政府與軍部之間對付俄國的政策分成兩派：一派是所謂「妥協派」（又稱韓滿交換主義派），以元老伊藤博文、井上馨、谷干城、尾崎行雄等爲中心，主張容許俄國南下，承認俄國支配滿洲，其條件則爲俄國承認日本在朝鮮的優越權；另一派是所謂「強硬派」（又稱日英同盟論者），以山縣有朋、桂太郎、青木周藏、小村壽太郎、加藤高明、林董等爲中心，主張聯合英國，以實力阻止俄國南下。事實上，日俄妥協是鑑於日本自身經濟軍事力量的不足，主張對俄戰爭暫時持重，強硬派是加速對俄戰爭的戰線，這兩派代表似係對立，但究其實際只不過是一個政策的緩急之分。伊藤博文及井上馨等之所以力主與俄國妥協的理由，是認爲日俄兩國本無宿怨，若能顧及相互利害之間謀求妥協，將不難維持永久之邦交。伊藤爲爭取日俄妥協之成功，曾託井上馨之快婿都築馨與駐日俄國公使伊士伏爾斯基 (Izvolski Alexander Petrovitcho) 折衝交涉。結果擬定一項日俄提携的方案，其內容是「在日俄共同保護之下使韓國永久中立」，後因洩漏消息，日本駐韓公使林權助及外相小村壽太郎（原任駐清廷公使，於一九〇一年九月二十一日出任外相），以「如韓國永久獨立，則將來一旦有事，日本將無法出兵而只能坐視俄國在滿洲跳梁跋扈，」加以反對，因此，未獲成功，但伊藤並不灰心，再接再厲，於明治三十四年（一九〇一年）九月前往美國參加耶魯大學創校二百週年紀念並接受名譽法學博士之便，於是年十一月下旬抵達俄京，和俄國外相談商韓滿問題，結果鎩羽而歸。

當伊藤博文猶在俄國奔走之間，桂太郎內閣已經在暗中積極展開日英同盟的談判。如前所述，英國爲了遂行遠東政策，極欲與日本締盟，由是英日兩國的對俄方針，遂不期然而然地趨於一致。明治三十五年（一九〇二年）一月三十日在小村壽太郎外相與英國外相蘭斯拉溫(Lansdowne, Henry Charles Keith Petty-

Fitzmore）妥協之下，英日兩國以抵抗俄國爲目的，由日本駐英公使林董與英國外相蘭斯拉溫在倫敦締結第一次「日英同盟條約」六條（是年二月十一日在東京及倫敦同時公開發表），其內容如下：

一、兩締約國承認中韓兩國之獨立，當聲明於此兩國，全然不爲侵略的趨向所制。兩國互相承認各自在中國保有之特別利益，及日本在韓國享有政治、商業及工業上之特權。若因他國之侵略行爲，致締約之國利益受侵害，或因中韓兩國有騷擾發生而被侵迫致締約國之利益及締約國人民之生命財產受侵害時，兩締約國爲擁護該利益起見，各得執行必要之措置。

二、兩締約國若一方因保護利益而與乙國交戰之時，他一方之締約國須遵守嚴正中立，並努力阻止第三國加入乙國與同盟國交戰。

三、上記戰鬥中，若他一國或數國，對於同盟國交戰時，同盟國當予援助，協同戰鬥，其媾和亦須經兩國之互相同意。

四、兩締國無論何方，若不經他一方協議，不得與他國締結妨害上記利益之別約。

五、英國或日本，若認爲上記利益，迫於危殆之時，兩國政府互相竭全力通告，不得隔閡。

六、本協約自簽訂之日起，五年間有效，若第五年期滿時之十二個月以前，兩締約國皆不照會廢約，則本協約以締盟國一方表明廢約意思之日起，仍繼續一年間有效力，但此一年間期滿時，若締約國一方在交戰中，則本同盟之效力，必須繼續至媾和成立之時。

日英同盟之成立，在事前嚴守祕密，所以當日英同盟條約公佈時，俄國大爲震驚。本來在日英同盟訂立之前，日本原有意與俄國妥協，因此乃有前述一九〇一年元老伊藤博文的俄京之行，建議由日俄兩國將滿洲與朝鮮平分秋色，即俄國在滿洲之行動，日本在朝鮮之行動，各不干涉，可是當時俄國野心太大，既要求日本承認華北爲俄國勢力範圍，同時又要日本在朝鮮的行動，只限於工商業方面，這種苛刻的要求，顯然表示俄國不以取得滿洲爲足，且對華北與朝鮮懷有野心，這當然與日本的利益衝突是日本所不能接受的，因此迫得日本只有接近英國，企圖由英國在歐洲來牽制俄國之背後，這在英國而言，亦想藉日本來牽制俄國之向太平洋的發展。以當時的局勢而論，俄國未能與日本妥協，確保在滿洲的特殊地位，實爲失策，這種錯誤是由於俄國野心過大，而低估了日本的決心與實力。

日英同盟條約的精神，雖以保障中韓兩國獨立爲名，其實日英兩國恐中韓兩國的利益爲俄國所獨佔，因而締結同盟抵禦之。該同盟發表後，各國多表歡迎，尤其是美國，亦想利用日本來牽制俄國的向太平洋伸展勢力。俄國亦知道日英同盟係對己而發，因此對於滿洲的野心亦暫時和緩，然爲對抗日英同盟起見，於同年三月十九日，和法國發表共同宣言，將俄法同盟關係擴展至遠東方面。該共同宣言曰：「俄法兩同盟國政府，以保持遠東現狀及全局之和平爲目的，對於一九〇二年一月三十日之日英同盟協約，確信其以保全中韓兩國獨立，及商業上兩國門戶開放爲基礎，與俄法兩國政府平日所主張之諸原則，不相違異，聞之，實深喜悅。但俄法兩國爲尊重以上諸原則，亦思於遠東各地保護兩國之特別利益，如有第三國有侵略行動，或因諸國發生內亂，致遭危害或侵犯兩國之利益時，則兩國政府不得不謀保護之方法，而採取共同行動」。此舉乃俄國企圖以法國從背後來牽制英國。當時的國際局勢，俄國誘致法國以牽制英國，而英國則暗中助桀爲虐，支援日本。

日本因日英同盟訂立使國際地位大爲提高，且因爲得有英國的保障，不懼第三國的干涉，乃決心對俄一戰。此時，欲避免日俄的正面衝突，只有俄國自滿洲退兵，但這不是當時野心熾烈的俄國所能採取的，蓋俄國既拒不撤兵於日英同盟之前，而乃撤兵於日英同盟之後，未免在外交上太示軟弱。何況這又不是一向在外交持強硬態度的俄國所能做到，於是戰爭遂無法避免。

俄國除發表俄法同盟在歐洲的效力，亦適用於遠東之外，同時又於一九〇二年三月二十六日與清廷簽訂滿洲撤兵條約（又稱東三省交收條約），約定以六個月爲一期，共分三期將俄軍完全撤出滿洲，明治三十五年（一九〇二年，光緒二十八年）十月二日爲俄軍第一期撤兵期限，屆期俄軍如約撤退。但至明治三十六年（一九〇三年，光緒二十九年）四月二日第二期應撤之期，俄兵不但不撤，反將軍隊轉移於韓國北部，採伐森林，同時又向清廷提出了許多無理要求，（註三二）欲將滿洲之門戶閉鎖而置於其保護之下，獨佔利益。當時清廷拒絕俄國之要求，英美日三國亦以俄國違反「門戶開放」原則，而提出抗議。俄國乃一面改向清廷提出新建議，（註三三）一面又轉向韓國要求租借龍岩浦（鴨綠江之出口，位於新義州附近），強築砲臺、望樓，其欲侵略滿韓之野心，灼然可見。

當時日本政府的態度，尚存望與俄國妥協，因之乃於明治卅六年（一九〇三年）四月二十三日在京都山縣有朋之別邸無隣庵召開所謂「四重臣會談」，即元老伊藤博文、山縣有朋及桂太郎首相與小村壽太郎外相，會中決定對俄方針爲：①俄國如不履行交還滿洲條約，不自滿洲撤兵時，我國當向俄國抗議。②對朝鮮問題，應使俄國承認我國之優先權，一步亦不能讓與俄國。③對滿洲問題承認俄國之優先權，以此爲機會根本解決朝鮮問題。（註三四）並於六月二十三日奏請召開御前會議，出席者除伊藤博文、山縣有朋、大山巖、松方正義、井上馨諸元老外，尚有首相桂太郎、外相小村壽太郎、陸相寺內正毅、海相山本權兵衛等，經決議：①俄國若違約不撤退滿洲駐軍，尤其是遼東之兵時，應利用此機會解決迄今尚未能解決的韓國問題。②為解決此問題，韓國不論有任何情事，雖其一部分之地亦不能讓與俄國。③反之，在滿洲以俄國已佔有優勢之位置，我帝國多少予以讓步。④談判應在東京為之。（註三五）

正當當局謀與俄國談判之際，民間方面，以近衛篤麿公爵及頭山滿等為中心的「對俄同志會」（明治三十六年八月九日成立），主張強硬對付俄國，支持政府決策，其中以東京帝大教授高井政章、金井延、寺尾亨、中村進午、高橋作衛、小野塚喜平次、戶水寬人等所謂「七博士的建言」，最引人耳目。他們曾於明治三十六年（一九〇三年）六月連名上書桂太郎首相並訪問元老大臣，痛論滿洲問題，其建言大意為：「太凡天下大事，一成一敗，間不容髮，能乘機則可轉禍為福，失機則轉福為禍，外交之事尤然。然回顧七八年來，遠東外交之事實，往往逸失機宜，如歸還遼東半島之際，不使其保留不割讓之條件，實為逸失最必要之機，而不能不謂為惹起今日東北問題之原因。……今日倘若未能解決滿洲問題則朝鮮必陷入危境，若朝鮮陷入危境，則日本之防禦無法可得。……滿韓交換係出自姑息政策，根本解決滿洲之歸還，應樹立以最後決心保持遠東之永久和平的大計劃」。（註三六）抑有甚者，神鞭知常、長谷川芳之助等則於是年（一九〇三年）十二月十六日，向宮內呈遞一篇意見書，痛論時局，促請天皇下詔向俄國宣戰。當時只有少數社會主義的分子如內村鑑三、河上清、堺利彥、片山潛、木下尚江、安部磯雄、西川光次郎、幸德秋水等，利用「萬朝報」、「平民新聞」、「聖書之研究」等作反戰論調，谷干城及尾崎行雄等則提倡避戰論，而資本家階層內部亦有持避戰論者，但並不足以影響大局。上述「對俄同志會」於日俄戰爭發生後，便歸消滅解散。

上述一九〇三年六月二十三日御前會議所決定對俄方針之後，乃草成協約草案，於七月二十六日電令駐俄公使栗野愼一郎與俄國交涉，幾經交涉談判，至翌年（一九〇四年）二月，因兩方各執己見，不能求得妥協，（註三七）而在此期間，雙方皆積極作軍事準備，互相欲以武力屈服對方，是年一月底，有一大警報傳抵日本參謀本部云：「俄國參謀總長及陸軍大臣已作作戰計劃之方案，遠東總督亦已決意開戰，惟正等待江海增援艦隊之東來援助，西伯利亞第三軍團的編制亦已完成，因旅順之要塞尚未竣工，因之才遷延戰爭之日期」，二月三日又有重大之牒報云：「俄國之旅順軍隊已出動，且其行方未明」，於是參謀總長大山巖大爲驚慌，乃急遽謁見明治天皇報告上情，二月四日下午召開御前會議，會中毫無異議，一致議決採取自由行動，向俄國宣戰。（註三八）於是在二月五日，對俄斷絕國交，六日，日本艦隊自佐世保軍港出發，八日夜半襲擊旅順的俄國艦隊，十日日皇下詔對俄宣戰，同日俄國亦對日本表示宣戰。

當日俄戰爭爆發後，日本國內朝野之士，皆抱悲觀態度，不敢懷有戰勝之奢望者。例如樞密院議長伊藤博文，當金子堅太郎前往美國借外債時，曾聲淚俱下激勵曰：「此次戰爭，無論陸軍海軍，或大藏省，無人敢以確信日本必定勝利。在於決定此一戰爭前，余曾向陸海軍當局者探聞，亦未有任何一人有戰勝之信心。但若果聽其自然，不加理會，則俄國必然逐漸佔領滿洲，侵入朝鮮，而終至脅迫我國家之安全。事已至此，惟有賭國運而打仗之外，別無他途，成功與否，已在所不計。如余伊藤博文者，余之榮位、顯爵、生命、財產皆陛下之所賜。今日係賭國運而戰爭之秋，因此，余已決心把生命、財產、顯爵、榮位完全奉呈陛下。願君和博文互相握手，以擔當此難局。余伊藤早已決心，倘若我陸軍敗於滿洲，海軍沉於對馬海峽，而俄國海陸之軍迫近我國時，必身先士卒發鎗砲，由山陰道望九州海岸，在博文生命尚存之一刻。

必盡所能以防阻俄軍，務使敵兵不讓其踏上我國土。余聞悉，昔日元寇之役，北條時宗曾身入卒伍與敵人戰鬥，其妻亦至九州，煮粥以犒士兵，余在萬一危急之時，亦決命內荆煮粥犒賞士兵。余已有此決心，閣下亦應有此決心，成功與否不作計較，爲國家利益，履行大任」。（註三九）蓋當時日本國力尚極爲脆弱，所能用於戰爭之船隻只有三、四十萬噸，鐵道幹線之運輸量的最高效率，一日只能運輸十四列車，而用之於日俄之戰的戰費總額十九億八千六百萬圓之中，約有八億圓乃向英美舉債。當時全國爲應付此一戰爭，先後動員兵力一〇八萬八千人，連農家的牲畜及牛車亦皆被徵用。

日俄戰爭開始後，各國次第宣告中立，清廷亦於一九〇四年二月十三日向日俄二國通電表示採取局外中立的態度。一九〇四年二月十五日，日本政府復牒清廷，表示必與俄國同一尊重中國的中立，並強調日俄以干戈相見，乃爲保護日本應有的權勢及利益起見，本無侵略宗旨，日本政府於戰事結束後，毫無佔領大清國土地之意。俄國的態度則始終蠻橫，復牒表示，滿洲地方不在局外之例，遼西係滿洲境，難承認其爲局外。（註四〇）

自明治三十七年（一九〇四年）二月十日日俄戰爭開始，以至翌年（一九〇五年）五月二十八日日本海大戰由二十九艘軍艦組成的俄國波羅德海艦隊被擊潰爲止，歷時凡一年有餘。俄國海陸軍雖敗於日本，但其所用的兵力，尚未及全兵力的十分之一，單在哈爾濱尚駐有四十七萬大軍及一千五百六十門大砲，（註四一）惟因國內社會發生不穩現象，皇帝叔父薛爾繼（Sergius Alexandrovitch）大公被殺，因此俄帝不願繼續打戰，而日本當時在財政上已臨於捉襟見肘之境，軍隊因戰爭而死亡之軍人四萬三千一百十九人，十七萬人以上受傷，二十二萬人以上臥病，其中有六萬三千六百零一人病死，事實上，日本已損失了總兵力的百分之四十以上。（註四二）因此終於在一九〇五年六月上旬接受美國羅斯福總統(President Theodor Roosevelt)的調停勸告，雙方停戰，派遣全權使節議和於美國新漢普舍州 (New Hampshire State)的樸資茅斯 (Portsmouth)軍港。一九〇五年八月十日第一次和議席上，日本全權小村壽太郎外相提出十二條件，要求俄國賠款十五億圓，讓與庫頁島及附近島嶼，俄國放棄在滿洲利益，限期撤兵，僅保留滿洲橫貫鐵路的工商業利益，並承認日本在朝鮮之優越的利益，將旅順大連租借權，旅順至哈爾濱的中東鐵路經營權悉讓與日本。（註四三）但俄皇表示不割寸土，不償寸金，蓋俄國認爲渠並非被征服國家，所失者皆羈縻之地，無動安危，和議幾至破裂。日本所期望者固多，但已無繼續作戰的自信，終在美國的勸告壓力下於一九〇五年九月五日簽訂了「樸資茅斯條約」十五條、附約二條，其重要內容如下：

一、俄國政府承認日本在韓國之政治軍事經濟上均有卓絕之利益。

二、除遼東半島租借權所及之地域不計外，所有在滿洲日俄兩國軍隊全數撤退，交還中國接收。撤兵期限，不得逾十八個月之限。

三、俄國政府以中國政府之允許，將旅順、大連灣之一切權利，轉移於日本政府。

四、俄國政府允將長春至旅順口之鐵路一切支路，以及附屬之一切權利財產，以中國政府允許者，均移讓與日本政府。

五、俄國政府應准日本國臣民，有至日本海、鄂霍次克海、伯令海之俄國所屬沿岸一帶，經營漁業之權。

六、俄國允將庫頁島南部及其附近一切島嶼，永遠讓與日本。

七、兩國可留置守備兵，保護滿洲各自之鐵道路線，至於守備兵人數，每一公里不得超過十五人。

八、俄國付給日本二千萬圓的所謂俘虜給養費。

上項和約成立，日俄戰爭，正式宣告結果。日本以由該和約所產生的中日間滿洲新關係，不可不從速協定，乃派外相小村壽太郎爲全權代表前來北京與清廷全權大臣奕劻、瞿鴻禨、袁世凱等會談，結果於明治三十八年（一九〇五年，光緒三十一年）十二月十日簽訂「中日滿洲善後協約」正約三款、附約十二款，承認日本在樸資茅斯和約中所獲的權利。其主要內容如下：

一、中國政府承認日俄媾和條約第五條及第六條，俄國讓與日本之各項（第五條係讓與旅順、大連，第六條係讓與長春至旅順之鐵路）。

二、中國政府應允諾，俟日俄兩國軍隊撤退後，從速將下開各地方，中國自行開埠通商：奉天省內之鳳凰城、瀋陽、新民屯、鐵嶺、通江子、法庫門，吉林省之長春、吉林、哈爾濱、琿春、三姓，黑龍江省內之齊齊哈爾、海拉爾、璦琿、滿洲里。

三、俄國允將護路兵撤退時，日本國政府允即一律照辦。

四、日本政府在滿洲里地方佔領或佔用之中國公私產業，在撤兵時，悉還中國官民接受。

五、中國政府允將由安東至奉天省城所築之行軍鐵路，仍由日本政府繼續經營，改爲轉運各國工商貨物。自此路改良竣工之日起以十五年爲限，屆期估價售與中國。

六、在安東、奉天省城、營口，中國允劃定日本租界。

七、中國政府允許設一中日木材公司，在鴨綠江右岸地方，採伐木材。

八、滿韓交界陸路通商，彼此按照相待最惠國之例辦理。

上項協約及附約成立後，日本對於南滿洲的侵略，便已有了條約上的根據，於是在明治三十九年（一九〇六年，光緒三十二年）六月設立南滿鐵道株式會社，以爲侵略南滿洲的經濟大本營，同年八月復在大連設「關東都督府」，掌管旅順、大連的政務。

當樸資茅斯會議時，清廷曾派代表參加，極力拒絕日俄有關損害中國權益的規定，但事實上卻毫無補救，因而乃有上述「中日滿洲善後協約」的簽訂。韓國也遣人旁聽，暗中策謀獨立，但亦未能發生效果。

日俄兩帝國主義者的爭權戰爭並非在交戰國的國土上進行，而是把中國的滿洲當作了他們的「修羅道場」。清廷當時保土無力，護民無方，祇好忍痛把遼河以東的廣大土地，闢爲兩強演武爭霸的戰場，遼河以西保持中立；承認日俄兩國在自己領土內作戰，從這一點觀之，不難想像當時中國國勢的衰弱，國際地位的低危，是到了如何悲慘的地步。於是遼河以東的三百多萬戶中國居民，都拋家棄產，各地逃生，便開始了「跑毛子」慘劇。俄國毛子野蠻成性，尤其是在遼東的三十萬白毛子，到處姦淫搶掠，槍殺逃難的中國人。於是激起民憤，自動的組織小型武裝復仇隊，從事反俄助日，隨地遊擊，打擊俄軍。俄軍受中國復仇隊之遊擊大傷腦筋，等俄軍首山之戰，一敗塗地後，便由奉天向長春至哈爾濱，再分三路退卻回國。退卻路程即有二千里長，七、八十里寬，所經之處，村莊毀壞，雞犬不留。中國百姓來不及避入高粱地內的，便都被殺。在日俄兩大帝國主義者爭霸之慘禍下，中國無辜百姓死亡七十多萬人，可謂不幸至極。

日俄戰爭既爲遠東的一場大戰，對於遠東局勢及日本在國內外地位之影響自然很重大。日俄戰爭在日本近代史上，甚至於在世界近代史上，具有無比的意義，它是日、俄兩個帝國主義國家爲了支配朝鮮、滿洲而發生的東方國家與西方國家所發生的帝國主義戰爭。也是世界上有色人種第一次戰勝白種人，大為增加世界有色人種的信心與勇氣。蓋自產業革命以來，白色人種雖然建立了不少強國，但白色人種並非天生超越人種。有色人種國家，倘能改善政治、普及教育、提倡科學、振興工業，建設國防諸端，善自努力，同樣地亦可以成為富強的國家。在這次日俄戰爭，俄國失敗後，西方白色人種之間遂提出了所謂「黃禍論」，他們白色人以為倘讓日本與中國眞誠合作，完成黃種人大聯盟，以東方黃種人之衆，則歐洲的白種人便會遭受蹂躪。蓋在西方白種人的心目中，它反映着幾百年來潛伏在他們心底的，是當年對蒙古鐵騎的恐懼，其實當蒙古的鐵騎縱橫於亞歐大陸之際，當時的亞洲黃種人（包括中國人、日本人）與歐洲的白種人卻面對着同樣的命運。因此，沒有理由把當年的蒙古人的暴行全部轉嫁於亞洲黃種人的頭上，尤其是中國人頭上，而日本人之中，除了軍閥及一部分甘為軍閥做走狗者外，亦非全部日本人都是好侵略別人的。遺憾的是在日俄戰爭時，白種人所捏造的所謂「黃禍論」，在二十世紀的七十年代又由歐洲白種人再度提出。其實今天全人類所面臨的危禍，既非「黃禍」，亦非「白禍」，而是想奴役支配全人類的「赤禍」，我人要問的是誰造成今日橫溢全世的「赤禍」？這種「赤禍」的蔓延應由誰來負責？是黃種人，抑或是白種人？

日俄戰爭結束後在樸資茅斯和會中，俄國全權代表財政大臣魏德（S.Y.Witte）在媾和會議中，運用其靈活的外交手腕，祇將滿蒙和朝鮮越俎代庖的送給日本為禮，而本身對戰勝國的日本未賠一文錢；同時，反利用戰場上的失敗，招來國際間對俄國的有利局面。蓋因在日俄戰爭之前，英國小心防阻俄國，遂暗助日本，煽動鷸蚌相爭的日俄戰爭，但日俄戰爭之後，英國不但未能漁翁得利，反而吃了日本大虧。於是再公開的扶持俄國，冀圖其能發揮和日本抗衡的實力。美國也爲了其在遠東的將來利益，打如意算盤，所以乃硬充日俄兩國之調停人，聯合英國，爲了維持亞洲的均勢，用高壓手段，縮減日本的過分要求。當時祇有歐洲的德國幸災樂禍，因爲俄國勢力之衰退，已解除了斯拉夫對東部國境的威脅。

在這次日俄戰爭中，日本雖未能獲得豐碩的果實，但其對於日本的影響之大，甚於中日甲午之戰，而日本在此一役不但已奠定了軍國主義的礎石，且將俄國在遠東的地位，迫處於保守狀態，而時常感受日本大陸政策北進的壓力。此項日俄之戰對於日本的影響歸納之約有下列數端：①日本由被壓迫的國家而變爲壓迫他國的國家，並步入世界帝國主義之林。②大陸政策的初步成功，使日本資本主義得以活躍的發展。日本在中國大陸的經營，以滿鐵爲中心，大膽地大規模地推進。近代工業發展所不可缺的煤鐵礦等原料，在中國大陸上獲得供應，使其軍需工業與普通工業異常發達，在亞洲及南洋市場上，日本得與先進資本主義國家並駕競爭。③日本在朝鮮滿洲以及整個東亞方面佔優勢，國際地位提高，結果對英美法等國家給予威脅，因而發生矛盾與衝突。④中日戰爭後，日本軍部次第干預國政，日俄戰爭後，軍部更強橫干政，迫使一般文人接納其黷武主義而使日本走上軍國主義之途發展。⑤日本以彈丸小國，一戰克服亞洲強國的清朝，再戰打敗歐洲強國的俄國，民族自尊心與自大心提高，從此日本活躍進取，但因而產生了輕視漢民族與東亞諸民族的錯誤的優越感，使日本從此與中國以及其他民族發生一連串的衝突。

在這裏我人須明瞭的是「日俄之役」，日本雖僥倖勝利，但並非是絕對的勝利，因爲它的國力已消耗了大半，倘若當時的日本當局依一部分國民的意志，繼續作戰，（註四四）則日本可能會招來悲慘的下場。幸而當時當政之士能「知己知彼」，接受美國總統老羅斯福的和平請帖。戰勝俄國後的日本，它不僅是東亞的強國，而且是世界的強國。迨及明治四十三年（一九一〇年）正式合併朝鮮時（詳後），它的發展，已達於最高峯。申言之，日本民族由於完成明治維新的鴻業，演出爲亞洲各弱小民族所羨慕的喜劇，可是日本自日俄之役後，其侵略的雄心野望仍未消戢，當時日本民族前途的目標有二：第一、以關東州爲根據地繼續「北進」，與蘇俄鬥爭；第二、逐漸以臺灣爲根據地而南進，與歐美列強爭奪南洋羣島。但無論選擇那一條路走，正在發展的日本資本主義，卻必須侵略中國。蓋因侵略中國愈成功，則日本資本主義的生產力，由於商品之固定大市場的獲得，愈加發展，亦即愈有實力完成「南進」的圖謀，（註四五）爲了確保培植「南進的資本」，日本乃一連串的違反國際正義，在一批熱衷於所謂「昭和維新」的瘋狂軍人的導演下，一步一步地侵略中國，並在國內發動了多次的謀殺阻礙其侵華政策的和平派的軍、政、財界等要人。

第五節　日俄戰爭後的日本外交動向

日本在日俄之戰僥倖戰勝歐洲強國俄國後，鑑於英美當時對自己的冷淡態度，深知今後阻礙其侵略滿洲朝鮮的敵人，繼俄國之後的必是英美兩國，因此便亟想和俄國言歸舊好，採取共同對付英美的行動。在俄國方面來說，因爲戰後的國內革命風潮大作，形勢不穩，財政困難，多賴法國援助，當然亦願和日本恢復邦交，減少日本對其壓力。當時俄國首相魏德於一九〇六年初，因財政困難去職，是年五月由曾任駐日公使的史德利賓（Stalypin）繼任首相之職。他瞭解遠東情勢，在外交方面，採取協調政策，和英國訂立協定，並希望在遠東與日本維持和平。當時日本的內閣，是明治三十九年（一九〇六年）一月繼任的西園寺公望內閣，外相是前駐英大使林董，林董善於抓取時機，主張對俄妥協。加上俄國前任首相魏德的好友，國際聞名的英國記者狄郎（Dillon），在一九〇七年初，因俄方之授意，在英國雜誌上發表文章，主張日俄急速妥協。日本駐俄大使本野一郎，促請日本外務省注意狄郎文章，林董自然贊成，而元老伊藤博文及山縣有朋亦極力支持，林董於是命本野與俄方進行談判，終在是年六月十日簽訂了「滿洲鐵路聯運協約」；七月三十日，本野一郎又和俄國外相伊士伏爾斯基（Izvolski）簽訂「第一次日俄協約」，此協定內容共二條：

一、兩締約國約定尊重彼此現有領土之完整。又兩締約國間，以抄本交換兩國與中國現行諸條約及契約所生之一切權利（但限於不違反機會均等主義之權利），及一九〇五年九月樸資茅斯條約，與日俄間締結諸特殊條約，所生之一切權利，相約互相尊重之。

二、兩締約國家承認中國之獨立與領土之完整，及各國在華商工業之機會均等主義，並相約各用其所有之和平方法，以扶助及防護現狀之存續，及對上述主義之尊重。

這一篇協約，事實上是日本公開承認俄國在蒙古和滿洲以外的中國邊境地方，享有特殊權益；而俄國也決不阻撓日本在朝鮮的發展。但日俄兩國覺得這一協約，意猶未足，另簽訂了一項「日俄密約」，劃分兩國的勢力範圍，對中國的主權，加以莫大的損害。密約共有四條：

一、斟酌在滿洲的權利，及政治的與經濟的活動之自然趨勢，並想要避免競爭所產生的曲折，日本保證不在本約補償條款所定的界線以北，為日本國家，或為日本臣民的，或他國臣民的利益，尋求任何鐵路或電線建築權，並且保證不阻撓俄國政府在這區域內尋求同類建築權的行動；在俄國方面，爲同樣的和平慾望所感，也保證不爲國家或本國或他國臣民的利益，在上文所說之界線以南，尋求任何鐵路或電線的建築權，並且保證不阻撓日本政府，在這區域內尋求同類建築權的行動。中東鐵路公司根據一八九六年八月二十八日和一八九八年六月二十五日的鐵路建築合同所得之權利及特惠，對於本約兩款所定界線以南之一鐵路，依然有效。

二、俄國承認日本與韓國間依現行條約協定爲基礎的共同政治關係，此種條約及協定之抄本，已由日本國政府致送俄國政府，保證不加干涉且不阻撓此種關係之繼續發展。在日本方面，保證給與俄國政府、領事、人民、商務、工業及航業，在韓國享最惠國之一切權利，至最後條約締結時爲止。

三、日本國政府承認俄國在外蒙古之特殊利益，保證禁止可以妨害此種利益之任何交涉。

四、兩締約國對本約嚴守祕密。此外還有一補償條款，議定所謂南北滿的界限如下：從俄國與朝鮮邊界極西北端起，畫一直線到琿春，從琿春畫一直線到必爾滕湖（即鏡泊湖）的極北端，再由此畫直線到秀水甸子；從此地起，沿松花江到嫩江口止；於是沿着嫩江與洮兒河交流之點，再沿着洮兒河到此河橫過東徑一百二十度止。

這一個密約，不但奠定了日俄兩國瓜分滿洲的基礎，亦彼此同意；日本對韓國，俄國對外蒙的自由處置。自是以後，十數年間，日俄兩國平靜無事。

一九〇九年秋季，美國誘致英、法、德等國銀行團，在美國國務卿諾克士（Knox）主持下擬訂「滿洲鐵路中立計劃」，並祕密進行架設抵制中東鐵路的錦瑷鐵路並行線，後因事機不密而洩，於是日俄兩國爲了實行獨佔侵略陰謀，聯合打消美方計劃，更爲了抵制美國並加強聯防，乃於一九一〇年七月四日，又簽訂「第二次日俄協約」，條約三條，其全文如後：

日俄兩國政府，茲因眞實維持一九〇七年七月三十日協約所含之主義，且爲擴張該協約之效力，以確保遠東和平，同意以下列條款補充該協約：

一、兩締約國以發展列國之交通及商業爲目的，相約互爲友誼的協力，以便改良各自在滿洲所築鐵路及整理此項鐵路之聯結，並不得爲一切於實行此項目的有害之競爭。

二、兩締約國，尊重現時日俄二國所締定之條約，和日俄與中國所締結之一切條約及其他協約，以維持滿洲之現狀。

三、如有侵害上述現狀性質之事件發生時，兩締約國爲協商維持該現狀必要措施，隨時互相商議。

第二次日俄協約締結後，即通告英法德各國，並在同年七月十一日公佈。這次協約的性質，恰如第一次日英同盟的性質，如滿洲有第三國干涉時，日俄兩國當可立即成立攻守同盟。此次協約一如前次，兩國另外訂有密約六條，「第二次日俄密約」全文六條爲：

一、俄國與日本承認一九〇七年密約附屬條款所劃定兩國在滿洲特殊利益範圍之分界線爲疆界。

二、締約國保證互相注意在其上述範圍內之特殊利益，因此彼此承認各自範圍內之權利，必要時採取保護此種利益之措置。

三、兩締約國各自保證，不以任何方法阻礙他締約國在其範圍內鞏固及發展特殊利益。

四、兩締約國各自保證禁止在他締約國滿洲特殊利益範圍內之一切政治活動，更經諒解，俄國不在日本範圍內及日本不在俄國範圍內，覓取足以損害彼此特殊利益之任何特惠及讓與權，俄日兩國政府尊重本日所訂公開協定之第二條所述根據條約及其他協定所獲得各自範圍內之一切權利。

五、為保證互相約定之工作，兩締約國對於一切與彼此滿洲特殊利益範圍有共同關係之事，應隨時和衷誠意商議之。

六、兩締約國對本約嚴守祕密。

第二次日俄協約及密約，簡言之，不外乎彼此承認各自取得在利益範圍內，可以自由軍事行動。有了這個防甲彈的保證，日本可以大膽地合併朝鮮，而俄國也可放心侵略伊犁和外蒙古，而無所顧忌。所以在一九一〇年八月二十二日，日本即合併了朝鮮（詳下節），而俄國亦在一九一一年春天，唆使外蒙古獨立，訂了俄蒙條約。之後，日俄兩國又接連締結第三次（一九一二年）和第四次（一九一六年）協約，每一次的協約，都加深了對中國的侵略工作，附訂密約裏，更明白規定地採取對外蒙古的大膽侵略行動。

上述日俄協約公佈後，西歐列強英、法、德及美國皆予以承認，惟清廷外務部接獲日俄兩國駐北京公使面交協約時，再三躊躇，不敢提出抗議，竟於宣統二年六月十五日（一九一〇年七月二十一日），向日俄兩國公使提出如下照會：「此協約日俄既相約重視中日、中俄、日俄各約，則於一九〇五年日俄和約所承認中國在滿洲主權，顧全列國機會均等，並贊同中國設法振興滿洲工商實業各節，及光緒三十一年中日議訂滿洲條約開放滿洲主權，均相符合，且更確定。中國政府自應按日俄和約之宗旨，實行中日條約之主義，凡關於中國主權內之行動，各國之機會均等及開發滿洲之工商實業等，益當切實維持，期於大局，均有裨益。並通知各國駐北京公使，同時，又電駐外各使臣，轉告各國外交當局」。清廷所表示的態度，竟如此卑屈軟弱，人爲刀俎，我爲魚肉，身不由自主，豈奈霸道強鄰何？

俄國自從和日本在滿蒙平分秋色後，得以放心來自亞洲方面的威脅壓力，而把兵力集中到西歐，專心對付世仇的德國。尼古拉二世善能把握英法恐懼德國的心理弱點，促成三國聯合；然後用外交孤立德國，用軍事向柏林施以壓力。這種輕舉妄動終於釀成了一九一四年慘絕人寰的第一次世界大戰。

日本利用一九〇二年一月三十日簽訂的「日英同盟」（第一次），以英國爲靠山而使日本敢於對俄作戰。在一九〇四年二月，日俄開戰，日本竟告大捷，使俄國國力聲威大受打擊，而英國亦可減輕對俄國之戒心，但是俄國在戰前則已和德國接近，而德國的勢力在日俄戰爭期間卻突形加大。英國爲了保持國際均勢，必需拉住俄國，以便抵抗德國。惟又因有「日英同盟」關係，英國不能爲了俄國而犧牲日本，必需使日俄言歸於好，並使日本對俄國所提的講和條件，不必過於苛刻。若要日本不提苛刻條件，英國必需使日本有安全的保障，不恐懼俄國將來的報復，所以有再度締結日英同盟的需要。在日本方面，日俄戰爭將結束之時，國力軍力財力已感不足，而俄國還在調集本國之軍隊東來，準備繼續戰爭。日本面臨如此困境，固然願意早日議和，同時爲了防備俄國之報復，自然願意和英國再結同盟。於是日英兩國乃於一九〇五年八月十二日簽訂「第二次日英同盟」。此同盟內容計序言目的三點，正約八條，其序言說：「英日兩國政府，爲欲更訂一九〇二年一月三十日兩國所締結之協定，代以新約，同意以下條款，其目的爲：①聯合維持東亞及印度全局之和平。②保全中國之獨立與領土完整。③維持兩締約國在東亞及印度之領土權利，並防衛其在上述地域之特殊利益」。至於正約八條爲：

一、上文記述兩國之權利利益，有迫於危殆之時，兩國政府互相通告，爲保護被侵略之權利利益，協同商取對付手段。

一、兩締盟國之一方，非自挑發，而受一國或數國之攻擊與侵略行動，該締盟國爲防護上文記述之領土權與特殊利益而至於交戰之時，他一方之締盟國應與援助爲協同戰鬥，媾和亦雙方合意爲之。

三、日本在韓國擁有政治上軍事上及經濟上之卓越利益，英國承認日本在韓國，爲保護及增進此類利益，有採取其認爲正當及必要之措置，以行指導管理及保護之權利，惟此項措置，須不違反各國商工業機會均等主義。

四、英國對於印度國境之安全，有特殊利益，日本國承認英國爲保衛印度屬地，在上述國境附近，有採取其認爲必要之措置之權利。

五、兩締約國無論何方，若不經他一方協議，不得與他國另結違背本協約之別約。

六、現在之日俄戰爭，英國繼續嚴守中立，若他一國或數國援助俄國與日本交戰之時，英國即援助日本，協同戰鬥，媾和亦雙方合意爲之。

七、兩締約國之一方，依本協約規定，對於他一方，出兵援助之時，其條件與其實行方法，由兩國海陸軍當局者協定之。又該當局者關於互相利益之問題，當隨時協議，不稍隔閡。

八、本協約限於不牴觸第六條之規定，自簽訂之日起，十年間有效力。若第十年期滿時之十二個月以前，兩締約國，皆無廢約之意思時，則本協約以同盟國之一方，自表示廢約意思之日起，仍繼續效力一年。但此一年間期滿時，若同盟國之一方在交戰中，則本同盟當繼續至媾和結束之時。

綜觀上述第二次日英同盟的條文，可知適用範圍擴大到印度，蓋因英國怕俄國在遠東受到挫折，或將轉而侵略中國和印度，加以俄德間之關係日趨緊密，而德皇威廉，始終是鼓勵俄皇尼古拉二世經營東方的，所以英國不能不未雨綢繆。這次同盟的性質，已由第一次同盟的防守同盟，轉爲攻守同盟。至於英國，在第二次同盟條約中，暗示支持日本侵略中國和朝鮮的政策，條文中連「韓國獨立」的文字，也削除不提。至於日本則承認英國對於印度國境等處，有必要處分的權利，其結果，成爲日本合併韓國，和英國對於雲南西藏及印度邊境等地，得爲自由處置的張本。從此，英國可以在西方專心對付德國，而日本則躋入世界強國之林，佔東亞外交之重要地位，橫行無忌，加深了日後國際局勢的紛擾。

日俄戰爭之結果，日本國威張揚於世界，而第二次日英同盟之結果，日本東方霸權之地位愈確實而鞏固，於是日本政府大定對於中國及朝鮮之侵略方策。而俄法美諸國亦對於日本之崛起強盛，大感不安與恐懼。爲了減少與日本之直接再發生衝突，俄國與日本之間，曾有數度之日俄協商及密約，已如上述。美法兩國爲了本身之利益計，亦迫得不能不暫時與日本妥協謀求和平相處之道。蓋法國，則以日本戰鬥力日漸強大，恐將於法國東亞和平事業不利，且安南領土有難保全之虞；而美國，在日俄戰爭之前，與日本之交誼最親善，惟迨及日俄戰爭後，兩國民情亦漸缺圓滿。蓋往昔，美國開放中國門戶之宣言，其主義一面提倡和平與人道主義，一面保障本國對中國之貿易利益，而反對俄國閉鎖滿洲之行動。因此其時美國之民情不期與日本契合，及日俄戰爭之後，日本之強大海軍，勃興於太平洋中，太平洋之海權將爲日本所獨佔，此將構成美國前途之大敵，又日本對於滿洲之貿易，亦逐漸驅逐美國商品於滿洲之外。美國以日本之行動，爲有違背門戶開放主義，於是日美之齟齬漸起，而美國國內排日情緒逐漸增加，甚至有舊金山禁止日童入學之舉。日美戰爭論、太平洋艦隊建設之論，次第興起。在日本方面，感於本國之工業革命尚在進行階段，國力未足，在明治維新之後不及四十年之間，便已和亞歐兩大帝國宣戰，雖傾全國國力而僥倖獲勝，但國家元氣大損，亟待恢復，暫不能多樹新敵，於是除了與俄英妥協外，又不得不謀取與美法之妥協。

前述的第二次日英同盟，不但奠立了日本的強國地位，並且可以放心在遠東實行其大陸政策。在這期間，日本的外交特別活躍，更進一步積極地和西方國家接近，互訂協約，使各國不阻礙其侵略中國的工作。日本縱橫捭闔的外交手段，不僅改變了遠東的形勢，亦影響了歐洲大局。關於日英、日俄間之合作已如上述，至於日法妥協及日美協約之情形如下：

法國早在一八八四年（光緒十年）的中法戰爭時，便很想和日本締結同盟，當時正值朝鮮甲申之變發生，日本也沒有向中國開戰的決心，所以同盟沒有實現。一九〇五年九月日俄和議成功以後，盛傳日本艦隊企圖攻佔安南之謠言，其實當時日本很想和法國接近，蓋日本政府因爲整理戰時六釐公債，擬在國外重新募集二千三百萬鎊之五釐公債，並正打算在法國市場募集一部分公債。當時的法國外相爲義和團事件時曾任法駐北京公使的畢度，他對遠東情形頗有瞭解，主張和日本加強外交關係，因此，他乃於一九〇七年三月六日向日本駐法大使栗野愼一郎，表示爲了維持遠東和平及保障各自的地位起見，日法兩國有締結一種協定的必要。嗣後日本於一九〇七年三月二十八日獲得通知，法國已准五釐借款三億法郎給日本，此一借款的成功，促進了日法邦交的融洽。一九〇七年六月十日，法國外相畢度與日本大使栗野愼一郎在巴黎簽訂「日法協約」，十七日發表，協約全文如下：「日法兩國政府，爲鞏固兩國友誼，各除去將來之誤解，締結本協約，日本國政府與法蘭西國政府，相約尊重中國之獨立，保全其領土，及在中國之各國商業臣民均等待遇主義，又兩締約國爲保全兩國在亞洲大陸相互之地位，與領土權，對於兩國所有主權保護權佔有權諸領域，接近於中國之諸地方，相約互相維持其和平安寧」。同時又宣言關於締結日本和法屬印度支那通商條約，俟後再談判，並先作如下之協約：「關於在法屬印度支那之日本臣民生命一切，以及財產之保護，得享用最惠國待遇。關於在日本帝國內之法屬印度支那人民及受保護者，亦適用同等待遇。以迄一八九六年八月四日日法簽訂之通商航海條約屆滿時爲止」。此一協約無異於日本保證不侵犯越南，因此法國總算放心。除了協定外，尚有一項未經公佈的換文，其內容顯然是規定日法兩國在中國的勢力範圍。

當日法協定公佈後，清廷鑒於此協約內容有妨礙中國主權，外務部乃於是年八月十日，向日法兩國提出照會抗議，聲稱中國領土內和平與安全之維持，乃中國自己之事，與他國毫無相干。對日法協約中與中國有關部分的條文，不予承認。同月二十三日法國代辦向外務部逕送法國政府覆照，聲述法日協約中，並無損毀或干犯中國主權之處。日本代辦亦訪晤外務部尙書呂海寰，加以解釋，日法協約事就此無了了之。

前述日俄之戰時，日本幸得美國從中斡旋調停，才算是保持戰勝地位，但日本亦因戰勝俄國後，國際地位驟然提高而威脅到美國在太平洋的安全，並破壞美國對中國的門戶開放主義政策，因此引起美國輿論對日本迭有責難。一九〇六年，美國發生排斥日本移民問題，甚至有美日戰爭的謠傳。斯時巴拿馬運河正式開工，美國大西洋艦隊訪問日本，意在示威，日本在橫濱熱烈歡迎，以求緩和美日間的惡感，然由於日本侵華行動之急激，美國始終不齒日本之所爲，所以對中國極力表示友善，首先退還庚子賠款，日本目覩中美關係的密切，漸感不安，擬與美國謀求諒解。一九〇七年春末，由日本駐美大使青木周藏，曾向美國建議締結美日條約，美國總統羅斯福原則上已表示同意，後日本以移民問題未經解決，而遭擱置。一九〇八年桂太郎再度組閣，外相小村壽太郎躭心中美將締結同盟條約以對付日本，於是舊事重提，遂在是年十一月三十日，由日本駐美大使高平小五郎和美國國務卿羅德（E. Roat）以換文方式，協定日美兩國的對華政策。該日美照會內容爲：

日美兩國政府，關於太平洋方面之政策，彼此確認左列之宣言：①兩國政府，希望獎勵太平洋兩國商業之自由平穩發達。②兩國政府之政策，其目的均以保護太平洋之現狀及中國商工業機會均等主義，不得有何等侵略之趨向。③兩國政府，決互相尊重彼此在太平洋方面的領土。④兩國政府並決心依其權限內之一切和平手段，維持中國之獨立及領土完整，及該國內列強商工業之機會均等主義，以保障列強在該國之共同利益。⑤如有侵害上述現狀及機會均等主義之事件發生時，兩國政府爲協商認爲有益之措施計，應互相交換意見。

美國雖然有意阻止日本日益擴展的國力，乃與日本交換如上之照會文件，但這一換文，實際上並無任何意義，形同具文，蓋因日本並未停止其侵華政策，而美國對於貫徹中國門戶開放的計劃，亦未罷手，結果日美依然處於衝突的狀態中。日本由於利用當時西歐各國間互相利益矛盾縫隙，與列強之間，個別締訂協約，鞏固自己在中國滿洲的特殊地位，並且由間接複雜的關係，使日俄英法竟連成一氣，而美國與中國卻被逼處於孤立的地位。

日俄戰爭後，日本利用其狡猾的外交手段，逐步地進行其侵略滿洲的政策，中國竟束手無策，美國雖然爲了維持門戶開放原則，並曾提出滿洲鐵路中立計劃，但卻遭受日俄之聯合抵制而失敗。抑有甚者，英國與日本所締結的日英同盟亦使日本敢於大膽進行其侵略伎倆。結果，日本因日俄協約和密約之成立，兩國劃分滿蒙的權利，連英美的商務，都被排斥。一般英國有識之士，深感日英同盟，只助長了日本侵略行動，在遠東市場上，日本處處阻撓排斥英國商品，因此逐漸有解盟的主張發生。惟英國政府鑒於德國日漸強盛，而德俄關係亦日益緊密，且日俄化敵爲友轉趨親密，恐懼日本和德國直接結成一氣，因此暫不得不與日本維持友好關係。當時美日關係已漸趨惡化，萬一日美兩國開戰，依第二次日英同盟，英國應遵約助日抗美，但在實際上英國卻不能與美國發生戰爭。爲了解決此一難題，英國乃向日本提議修改第二次盟約，以適應新的情勢，結果日英兩國於一九一一年七月十三日，由駐英大使加藤高明和英國外相格萊（Edward G. Grey）簽訂第三次日英同盟條約序言及本文的條文，全文如下：

「英日二國政府，於一九〇五年八月十二日，締結之英日協約以來，現因事態有重大之變遷，特改訂該協約，俾適用其變遷。茲以下列之新協約，代替以前協約。

（甲）確保東亞及印度地方全局之和平。（乙）全保中國之獨立及領土，又確保列國對於中國商工業機會均等主義，以維持列國之共同利益。（丙）保持東亞及印度地域兩締約國之領土權，並防護該地域兩締約國之特殊利益。

以前記三項爲目的，協定如下之條款：

①英日兩國，認爲前文記述之權利及利益，無論何方，有迫於危殆時，兩國政府互相竭誠通告，不稍隔閡，爲擁護被侵迫之權利及利益起見，協同商量應採取之措置。②兩締約國之一方，非自挑發，而受一國或數國之攻擊，與一國或數國之侵略行動，該締約國爲防護本協約前文記述之領土權，與特殊利益，至於開戰之時，其攻擊與侵略行動，無論發生於何方，他一方締約國，應與援助爲協同戰鬥，媾和亦雙方合意爲之。③兩締約國無論何方，非經與他一方協議，不得與他國締結妨

害本協約記述之目的之別約。④締約國之一方與第三國締結總括的仲裁條約時，限於該仲裁裁判條約有效期間，前記條約國，不負與該第三國交戰之義務。⑤兩締約國之一方，依本協約對於他一方出兵援助時，其條件及該援助之實行方法，由兩締約國陸海軍當局者協定之。該當局者關於互相利害之問題，當隨時協議，不稍有隔閡。⑥本協約自簽訂之日起實施，十年間有效力。」

第三次日英同盟的締結，表示英日關係，已遠不如以前的密切，倒是英美的關係轉趨密切，因此，在第三次日英同盟成立後，同年（一九一一年）八月三日，英美即簽訂了仲裁條約，因此，新的日英同盟，對日美戰爭並沒有拘束的作用。

總括上述，可知日本在日俄戰爭之後，利用其巧妙狡猾的外交策略，與西方列強締結種種協約，使它毫無顧忌地利用其侵略利刃，刺入滿洲的南部，依靠關東州都督府和南滿鐵道株式會社兩個機構，積極展開其侵華的大陸政策。

第六節　日本合併朝鮮

日本之企圖征服朝鮮早在公元三世紀初葉，即已萌芽，當時神功皇后曾出兵攻打朝鮮，在朝鮮半島南端建立一個所謂「日本任那府」，統治六伽耶地方，後曾被消滅。到了公元七世紀中葉，日本又想恢復從前「任那時代」的勢力，派兵往討，卒被唐軍滅於白江口而未果。自是以後中國封鎖日本勢力進出朝鮮半島直至七百餘年後的李氏朝鮮初世。

到了十四世紀中末葉，倭寇時常侵犯朝鮮沿海，一五八三年，日本武將豐臣秀吉統一全國後，先後於一五九二年三月及一五九七年正月兩度派兵攻打朝鮮，皆鍛羽而歸。迨至一八六八年日本明治維新後，因採用歐美的文明制度，國是一新，在「富國強兵，殖產興業」的一貫政策下，日本既強，竟窮兵黷武，乘歐美對韓國裹足不前的機會，遂設法獵取韓國，而有所謂「征韓論」的產生。

前述「中日甲午之戰」及「日俄之戰」，直接間接皆導因於日本之想控制朝鮮而與清廷及俄國發生利害衝突，所引起的戰爭。這兩次戰爭日本皆無往不利，因此，其侵略朝鮮的政策亦逐步進行，而終於在明治四十三年（一九一〇年）八月把朝鮮合併而成爲日本的領土，完成了一千多年來的幻夢，前述江華島事件、壬午之變、甲申之變等皆爲日本故意向朝鮮挑釁的行爲，亦爲其侵韓的進行步驟，到了明治二十六年（一八九三年）十二月竟利用東學黨亂機會以武力威迫大院君成立親日政府。（註四六）

日本對朝鮮既下吞併的決心，其外交政策，遂日益強硬，強迫清廷退出朝鮮，並以兵力相迫，結果引起了中日甲午之戰，並乘機以「遠東形勢危機，日韓兩國應『異體同心』奠定東亞和平，保障朝鮮的獨立」爲辭，於明治二十七年（一八九四年）七月二十六日強迫朝鮮與之訂定「攻守同盟條約」三條：

一、盟約之目的，爲欲謀使清國兵撤出朝鮮境外，鞏固朝鮮國的獨立自主，以增進日韓兩國之利益。

二、朝鮮對於日本兵之進退及糧食之供應，須盡力予以方便。

三、盟約待與清國復歸於好時，取銷之。

「日韓攻守同盟條約」既成立，日本以在戰後，支持朝鮮獨立爲條件，開始在朝鮮架設電線，敷設鐵道。中日甲午之戰後，日本於明治二十八年（一八九五年）十月八日嗾使親日派分子刼殺王妃閔氏，成立金宏集傀儡政府（朝鮮人稱之爲「乙未政變」），並於翌年（一八九六年）五月十四日由俄駐韓公使韋貝(Waeber Karl Ivanovitch)及日駐韓公使小村壽太郎，簽訂如下協約，以保全朝鮮之和平獨立：

一、日俄兩國代表，當隨時忠告韓皇，使以寬待其臣民。

二、日本以保護電線之故，得置二百名以內之憲兵於朝鮮境內。

三、如有事變，日本在漢城置兵二中隊，在元山置一中隊，俄國亦得置衛兵，保護外交官，惟所置不得超過日本之人數。

此一「日俄協約」簽定後，同年六月九日山縣有朋以日本特命全權公使資格赴俄祝俄皇尼古拉二世加冕典禮時，又和俄國外相魯巴諾甫(Lobanov-Rostovsky, Alexei Borisovitch)簽定所謂「山縣、魯巴諾甫協約」，其內容爲：

一、日俄兩國政府，以救濟朝鮮困難爲目的，當勸告朝鮮政府，節省一切冗費，且保其歲出入之平衡，若從事改革而須募外債，則兩國政府合意救助之。

二、朝鮮若不爲財政上及經濟上所困，得以本國人組織軍隊及警察，而維持之，務至其不藉外援而能保國內之秩序，則兩國政府皆勿干涉。

三、日本政府繼續管理其目前佔有之電信線，俄國政府則保留自漢城至其國境之架設電信線的權利，上述電信線將來得由朝鮮收買。

四、有關右舉事項，後日有須商議之事項發生時由兩國政府之代表，站在友誼的立場妥商之。

此外又有祕密條款：

一、不問內外原因，倘朝鮮之安寧秩序紊亂或有重大危險，而日俄兩國政府為共同合意以援助地方官，或為兩國臣民之安寧監督及保護電線之外，而認為有另須派遣軍隊必要時，兩帝國政府在其軍隊之間防止一切之衝突，設置不為兩國政府軍隊所佔領之空地，以確定兩國軍隊之用兵地域。

二、在朝鮮國未依本議定書公開條款第二條規定組織朝鮮人之軍隊之前，關於在朝鮮國日俄兩國設置同數軍隊權利之事項，小村、韋貝所簽定協定之效力繼續有效。又有關國王身上之安全為目的或以現存之事態或因某種特殊任務而須組織朝鮮人之一隊軍人，在其未建立之前，由日俄兩國共負此責。

山縣、魯巴諾甫協約，乃日本向俄國做一大讓步的結果而成立者，此一協約內容，日本國內輿論大為反對，但簽定此協約乃出自外相陸奧宗光的本意。但俄國之重點在滿洲且已投下大量資本，為避免與日本在朝鮮做一正面衝突，後來終於讓步，於是在明治三十一年（一八九八年）四月二十五日由日本外相西德次郎和俄國公使羅善 (Rosen, Romon Romanovitch) 簽訂了所謂「第二次日俄協定」，其內容為：

一、日俄兩國政府，確認韓國之主權及其完全獨立，不得直接干涉其內政。

二、為避免將來之誤解，若韓國將來有向日俄兩國救助之時，凡練兵教官及財務顧問官之任命，必先經日俄兩國政府互相商妥，不得以一國擅為處置。

三、俄國政府不妨害對於有關日本在韓國之商業及工業等企業之發展，並承認居留於韓國之日本臣民之擁有多數，亦不妨害日韓兩國間商業上及工業上之關係之發展。

日本與俄國屢次協商，由俄方獲得韓國的獨立，以及日本對韓國的通商方面得有特殊利益的保障，日俄兩國在滿朝間的衝突暫告緩和。但當時日本的野心，並非局限於韓國，而進一步更在於滿洲方面的「利益均霑」。但如前所述，俄國既在滿洲已投下大量資本，且其設施日益積極，自然不允許日本插足滿洲，於是日俄兩方屢次舉行談判（即所謂「日俄間之滿韓交換交涉」），雙方各不相讓，終至決裂而開戰（即一九〇四年二月十日之「日俄戰爭」）。日俄開戰後，日軍大批開入韓境，佔領許多土地，以爲「軍用地」，並於是年二月二十三日由日本駐韓公使林權助強迫韓國外交部大臣李址鎔，訂定「日韓議定書」，其內容如下：

一、日韓兩帝國，因欲保持恆久不易之親交，確立東亞之和平，今後韓國政府，當確信日本政府，凡其關於政治上的改革有所忠告，皆聽從之。

二、日本政府於韓國之獨立及其領土保全，爲確實之保障。

三、韓國若遇第三國侵害，或遇內亂，日本政府可執行臨機必要的措置，而韓國政府對於日本政府之行動，許以完全便利行事之權。日本政府欲達成此項之目的，凡軍略上之地點，皆得臨機取用。

日韓議定書，表面上雖聲言支持韓國獨立，保全韓國的領土完整，但此議定書成立之後，韓國的主權業已喪失。日俄交戰時，日人利用韓國電信，以通軍機，所有電信機關都用日本技師，拍發日文電信，並在漢城、平壤、仁川、全州、大邱、甑南浦、龍川等地，擅設郵政局。抑有甚者，在明治三十八年（一九〇五年）三月二十日，日本駐韓公使林權助，照會韓國外交部，強迫韓國讓渡通信院於日本，是月三十日迫簽韓國郵政電信事業委託日本政府管理的契約。自此以後，韓國通信事業，都由日人管理。是年七月開始，發行日本郵票，對韓人的通信，嚴加檢查，韓人已失掉了通信的自由。此外日本公使林權助又於明治三十八年五月四日，以日軍已在韓國境內地方頒佈軍令，照會韓廷遵守下列事項：①嗣後韓國政府各地方官之任免，必先通知日本司令部。②各郡守赴任時，如無司令部文憑，不予承認。③各地方礦山森林，如不經司令部認可，不許採伐。

此外日本爲控制韓國財政實權，於明治三十七年強迫韓國聘日人目賀田種太郎爲顧問，且僱用日人三十餘名，充中央金庫的主要職員，十三道各地方都設支金庫，也都由顧問派輔佐管理。自是以後，韓國全國財政權，都交日人處理。日本爲徹底鎮壓韓國民衆，於是年九月下旬派丸山重俊爲韓國警務顧問，韓國的警察權悉由日人掌握，而其地方十三道的警察事務，亦都完全移歸日人辦理。抑有甚者，日本爲消滅韓國兒童的民族意識，乃施行奴化教育，不但派幣原坦爲學部參與官，各小學校添設日語一科，各教科書都用日文編纂，而韓國史地等科，一律廢止。是年（一九〇五年）九月初旬，日本公使更逼迫韓皇，陸續召回韓國駐外各國公使，韓國的一切外交事務，都要由日本駐外國使領代辦，至此韓國名爲獨立主權國，實已淪爲日本的屬國，毫無主權獨立、領土完整可言。（註四七）

明治三十八年（一九〇五年），日俄戰爭結束後，日本派樞密院議長伊藤博文爲特派大使，於十一月初渡韓，並在十一月十八日迫韓廷簽定所謂「日韓保護條約」（又稱「乙巳保護條約」或「第二次日韓協約」），其內容爲：

一、今後韓國之對外交涉，由日本東京外務省統籌辦理，韓國臣民在外國利益，概受日本駐外使領之保護。

二、日本國政府代行韓國既往對外締結條約，嗣後韓國政府如不經日本政府之斡旋，不得締結國際性的條約。

三、韓皇以下，置日本統監一名，駐在漢城，其他各港、市場及其他必要地，置日本理事官，受統監之指揮，掌理從來日本領事之在韓事務。

四、日韓兩國間之現存的條約，除與本條約有牴觸者外，皆繼續有效。

五、日本國政府，保證韓國皇室之安寧，維持其尊嚴。

這是一個勒逼而成與含有屈辱性的協定，而使韓國完全喪失了其所以為韓國的地位。明治三十八年（一九〇五年）十二月二十一日日本以勅令公佈統監府及理事廳之官制，以伊藤博文為首任統監，代表日本政府統轄韓國的外交權及指揮駐韓日軍司令官。統監，事實上是韓國朝廷的太上皇。明治四十年（一九〇七年）六月發生所謂「海牙和會密使」事件，（註四八）伊藤博文乃迫韓皇李熙讓位，由其子李拓於一九〇七年八月十八日即皇位，同月二十三日伊藤博文迫韓廷簽定「日韓新協約」（又稱「丁未之條約」）；規定：

一、韓國政府之施政改善，受統監之指導。

二、韓國政府於法令制定及重要行政上之處分，須先經統監之承認。

三、韓國高等官吏之任免，須經統監同意，統監並得推薦日人為韓國官吏。

四、司法與行政之事務分立。

伊藤博文由多方面侵略韓國的自主與獨立以完成其全面控制，看到最後吞食的基本佈置業已完成，乃於明治四十二年（一九〇九年）六月辭卸統監之職，返國就樞密院議長之職，統監一職則由副統監曾彌荒助昇任。此時，日本內閣已經內定合併韓國，並得伊藤的同意。是年十月伊藤對於合併一事為先徵求俄國諒解，約俄國財相 Kokovtseb 會談於滿洲，十月二十四日伊藤甫抵哈爾濱車站，為韓國青年志士安重根刺殺。日本明治維新的大功臣，明治憲法的起草者，日本帝國的締造者伊藤竟死於非命，實出乎意料之外。這或許是侵略者應得的報應乎？日本既蓄意合併朝鮮，因此乃嗾使韓人李容九組織「一進會」（擁有百萬會員）與日本的政治團體提携，於明治四十二年（一九〇九年）十二月四日向日皇上疏進言合併，日本終在翌年（一九一〇年）八月二十九日迫使韓國與之簽訂「日韓合併條約」，其內容為：

一、韓皇將關於韓國之統治權，永久讓與日皇。

二、日皇受諸前條之讓與，並承諾將韓國完全合併於日本。

三、日皇使韓皇、太皇帝、皇太子並其后妃及其後裔，得以保有相應於各自地位之相當尊稱、威嚴及名譽，並為保障此事，而約以供給充分之歲費。

四、日皇約對於前條以外之韓國皇族及其後裔，使各享有相當之名譽及待遇，且供給以維持所必要之資金。

五、日皇對於有勳功之韓人，認為宜特予表彰者，授以榮爵，且給以恩金。

六、日本政府因合併之結果，全然擔荷韓國之施政，且遵守同地施行之法規，對其身體及財產予以十分保護，並圖其福利之增進。日本政府，限於忠誠尊重新制度之韓人而有相當資格者，在可能範圍以內，登用為駐韓帝國官吏。

七、本條約經兩國皇帝之裁可，自公佈日施行之。

關於日本之合併朝鮮，早就已獲得英美之默許，英國與日本有「日英同盟」條約，而美國則羅斯福總統曾調停日俄間之停戰並促成締結「樸資茅斯條約」，在此日俄和約第二條有「俄國承認日本對於韓國有政治上軍事上及經濟上之卓越利益，日本對於韓國認為有指導保護及監理之必要處置時，俄國不得阻礙或干涉」，此一規定無異是表示美國默認日本在韓國佔有絕對優越地位。餘如一九〇五年七月桂太郎首相與來日的美國陸軍部長塔虎脫（W.H.Taft）商談的密約中，日本同意美國佔有菲律賓，而美國同意日本將韓國置於保護下。此一「桂太郎、塔虎脫備忘錄」，在美國已於一九二四年（大正十三年）公開發表，但日本則遲至第二次世界大戰結束後始公開發表。（註四九）

此一合併條約公佈後，韓國領土遂淪為日本帝國之領土，而受其魚肉宰割。各國對於日本此舉，亦無一反對者，即韓國民間，雖不滿於日本此一蠻橫野舉，但以日本到處配置軍隊及憲兵警察之故，只好忍聲吞氣，不敢起而作正面反抗。合併條約公佈後，日本將韓國國號廢除，改稱朝鮮，國都漢城改為京城，頒「朝鮮總督府制」，使總督統率海陸軍，並統轄諸般政務，以陸軍大將寺內正毅為第一代總督。李氏朝鮮自太祖李成桂建國以來，傳二十七主，五百十九年遂亡。從此韓國民族在日本帝國主義者的鐵蹄下呻吟三十五年之久，直至第二次世界大戰結束後，始恢復獨立。

註釋

註　一：列國承認明治新政府的經過請參閱田保橋潔著：「明治外交史」五—八頁，清澤洌著：「外交史」現代日本文明史一六一—一六三頁。

註二：日本與朝鮮締結江華條約經過詳閱田保橋潔前揭書三七—三九頁；山邊健太郎著：「日韓併合小史」三四—三五頁。

註三：岩倉具視等一行赴歐美考察時同行五名之女學生姓名為上田貞子、吉益亮子（以上兩人為十五歲）、山川捨松（十二歲）、永井繁子（十歲）、津田梅子（八歲）。

註四：關於明治初年日本政府請託美國國務卿施瓦德斡旋調停日俄在庫頁島劃界問題之經過請參閱 William H. Seward; Travels around the World (New York, 1873) p. 58.

註五：北海道一向稱為蝦夷地，迨至明治六年，始有北海道之稱。又從此箱館才寫成函館。

註六：西南傳記上卷㈠七八二頁。

註七：小笠原羣島發現的經過參閱藤井甚太郎、森谷秀亮著：「明治時代史」（綜合日本史大系十二卷）六八〇—六八一頁；Roy, Hidemichi Akagi: Japan's Foreign Relations, 1542-1936 (Tokyo, 1936), p. 66.

註八：鳥巢通明著：「明治維新」二一八—二一九頁。

註九：大隈重信編：「開國五十年史」上卷一八六頁。

註一〇：清澤洌前揭書二一四頁。

註一一：井上馨與各國駐日公使談判修約時妥協所獲得的兩方諒解之草案內容包括：①修改條約實施五年後，將內地全面予以開放，承認外國人在日本內地有旅行、居住、營業及不動產所有權等與日本人享有同等之權利。②在內地開放之同時治外法權全部廢止。③但須在日本法院內任命外籍推事，有關外國人被告之案件，由外籍推事多數之法庭審判。④日本的法律應循歐美之原理制定。

註一二：清原貞雄著：「明治思想史」二一八頁。

註一三：井上清、鈴木正四著：「日本近代史」上卷一五五頁，竹內理三著：「詳說日本史」三二四頁。

註一四：所謂「大津事件」係俄國皇儲亞歷山大維志 (Alexandrovitch, Tsezarevitch Nikolai) 於明治二十四年（一八九一年）五月來日遊歷，是月十一日遊罷琵琶湖於經過大津市街時，突然遭受滋賀縣守山警察署巡查津田三藏（三重縣士族）刺傷。當時內閣總理大臣松方正義驚惶之餘，決定派謝罪使並以有栖川宮慶親王為特派大使，海軍中將子爵榎本武揚等隨員，前往俄國謝罪，後雖因俄國之諒解而未成行，但內相西鄉從道及外相青木周藏遂引咎辭職（大津事件經緯詳閱舊參謀本部編：「日清戰爭」二二－二六頁）。

註一五：陸奧宗光於明治十年八月西南之役時因涉嫌與西鄉隆盛通謀，經判處徒刑，繫獄有年，後於明治十六年後獲特赦。

註一六：日本與列強簽訂平等條約經過詳情請參閱森谷秀亮著：「條約改正」五六－五八頁。

註一七：服部之總、井上清、遠山茂樹、林基、松本新八郎、藤井松一、藤間生大共著：「日本歷史概說」下卷一一三頁。

註一八：壬午之變經過詳閱山邊健太郎前揭書四九－六二頁。

註一九：甲申事變之經過詳閱山邊健太郎前揭書六四－七三頁。

註二〇：所謂「防穀令」乃自甲申事變之後，日本之政治勢力在朝鮮雖大受打擊，但在經濟方面，卻因日本資本主義的侵入，而且日本商人之湧入與日人商品之充斥，仁川、釜山、元山（俗稱三港）貿易之利，幾為日人獨佔。此外日本銀行之設立及日本貨幣之流通於朝鮮，日甚一日，而物價亦為日本銀行所左右。朝鮮與日本交易之貨物，主要的是糧穀、牛皮與沙金，尤以米穀與黃豆，為日本最需之物。朝鮮唯一壓制日商的方法，僅有禁止糧穀輸出之「防穀令」，但經規定限於發生水旱災以及兵亂而見朝鮮國內食糧缺乏時，才得頒發「防穀令」，並規定在發令一個月以前，由該地長官通知日本領事轉知各港埠之日本商人。

註二一：列強調停中日之糾紛經緯詳閱清澤洌前揭書二〇－二一頁。

註二二：一八九四年八月一日清廷向日本宣戰的詔文如下：

「朝鮮為我大清藩屬，二百餘年，歲修貢職，為中外所共知。近十數年該國時多內亂，朝廷字小為懷，疊次派兵前往戡定，並派員駐紮該國都城，隨時保護。本年四月間，朝鮮又有土匪作亂，該國王請兵援助，情詞迫切，當時諭令李鴻章撥兵赴援，甫抵牙山匪徒星散。乃倭人無故派兵突入漢城，嗣又增兵萬餘，迫令朝鮮更改國政，種種要挾，難以理喻。我朝撫綏藩服，其國內政向令自理，日本與朝鮮立約，係屬與國，更無以重兵欺壓強令改政之理。各國公論，皆以日本師出無名，不合情理，勸令撤兵，和平商辦，乃竟悍然不顧，迄無成說，反更陸續添兵，朝鮮百姓及中國商民日加驚擾，是以添兵前往保護。兵行至中途，突有倭船多隻，乘我不備，在牙山口外海面開砲轟擊，傷我運船，變詐情形，殊非意料，所及該國，不遵條約，不守公法，任意鴟張，專行詭計，釁開自彼，公論照然，用特布告天下，俾曉然於朝廷辦理此事，實已仁至義盡，而倭人渝監啓釁，無理已極，勢難再予姑容，着李鴻章派出各軍迅速進剿，厚集雄師陸續進發，以拯韓民於塗炭，並着沿江沿海各將軍督撫及統兵大臣整飭戎行，遇有倭人輪船駛入各口，即行迎頭痛擊，悉數殲除，毋得稍有退縮，致干罪戾。特此通諭知之，欽此」。

同日日本明治天皇亦下宣戰詔令曰：

「保全天祐踐萬世一系之帝祚大日本國皇示汝忠實勇武之有衆，朕茲對清國宣戰，百僚有司宜體朕意，海陸對清交戰，努力以達國家之目的。苟不違反國際公法，即宜各本權能，盡一切之手段，必期萬無遺漏。惟朕即位以來，於茲二十有餘年，求文明之化於和平之治，知交鄰失和之不可，努力使各國有常篤友邦之誼。幸列國之交際逐年益加親善，詎料清國之於朝鮮事件，對我出於殊違鄰交有失信義之舉。朝鮮乃帝國首先啓發使就於列國爲伍之獨立國，而清國每稱朝鮮爲屬邦，干涉其內政，於其內亂，藉口於拯救屬邦而出兵於朝鮮。朕依明治十五年條約出兵備變，更使朝鮮永免禍亂，得保將來治安，欲以維持東洋全局之和平，先告清國，以協同從事，清國反設辭拒絕。帝國於是勸朝鮮以釐革其秕政，內堅治安之基，全獨立之權義，朝鮮雖已允諾，清國如暗計妨礙，種種託辭，緩其時機，以整飭其水陸之兵備，一旦告成，即欲以武力達其慾望。更派大兵於韓土，要擊我艦於韓海，狂妄已極。清國之計惟在使朝鮮治安之基無所歸。查朝鮮因帝國先使之與諸獨立國爲伍而獲得之地位，與爲此表示之條約，均置諸不顧，以損害帝國之權利利益，使東洋和平永無保障。就其所爲而熟揣之，其計謀所在，實可謂自始即犧牲和平以遂其非望。事既至此，朕雖始終與和平相始終，以宣揚帝國之光榮於中外，亦不得不公然宣戰。賴汝有衆之忠實勇武，而期速克和平於永遠，以全帝國之光。明治二十七年八月一日」。

註二三：中村哲著：「日本現代史大系——政治史」一二三—一二四頁。

註二四：當時駐日的俄國公使爲 Miklail Hitrrao，德國公使爲 Francois-Jules Harnand.

註二五：陸奧宗光著：「蹇蹇錄」二四二頁。

註二六：俄國與德法二國對日本提出抗議後，即着手準備軍力，以爲最後對付之策。時俄國海軍中將智爾多福統俄國太平洋艦隊，共二十九艘軍艦，約七萬三千噸，同時停泊於中日兩國各港者，同受本國政府命令，限時刻歸本港。又東部西伯利亞總督統轄之現役兵預備兵五萬人，亦全集於海參崴，以備應付萬一。

註二七：參閱矢內原忠雄編：「現代日本小史」上卷九九－一〇〇頁；讀賣新聞社編：「日本の歷史」⑾明治の日本一三九頁。

註二八：參閱井上清著：「日本の歷史」下卷三七－四〇頁。

註二九：美國發表「門戶開放」政策之經緯詳閱傅啓學編「中國外交史」一三五－一三八頁；劉彥原著：「中國外交史」二一九－二二〇頁。

註三〇：當義和團之亂初起時，俄國進兵滿洲，爲免除各國疑忌起見，俄皇曾於一九〇〇年（光緒二六年，明治三三年）八月對外宣示，一俟滿洲秩序恢復後，俄國卽行撤兵，斷無佔領滿洲之意。

註三一：光緒二二年（一八九六年，明治二九年）九月，達賴喇嘛派使節至俄國，翌年六月，第二次使節至俄國皆賜謁見，受到隆遇，俄廷諸要並煽動西藏擺脫英人勢力。

註三二：俄國於明治三六年（一九〇三年）四月二日第二期撤兵日期屆臨時，不僅不撤兵，且訓令其駐北京代理公使布蘭桑 (Plancon George) 向清廷總理外務事務慶親王提出要求七款，卽：①中國不得將滿洲之地讓與他國或租賃與他國。②自營口至北京城，中國允許俄國別架一線。③無論欲興辦何種事業，不得聘用他國人。④營口海關稅，宜歸華俄道勝銀行收儲，稅務司必用俄人，並以稅關辦理檢疫事務。⑤除營口外，不得闢爲通商口岸。⑥蒙古行政悉當仍舊。⑦北京事件以前，俄國所得利益，不得令有變更。

註三三：明治三六年四月初俄國向清廷提出要求七款，被列強反對後，於同年五月中旬俄國駐清廷大使雷薩爾 (Lessar Paoel Mikharlooitch) 由俄京返任北京時再度向慶親王提出下列新要求五款：①擴張華俄道勝銀行之營業權，凡滿洲中國經營之事業，與中俄共同事業，悉由該銀行貸給資金。②營口稅關事務，今後二十年委託華俄道勝銀行管理。③奉天吉林兩府設交涉局，由中俄兩國委員組織，關於兩省之政治軍事經濟衛生司法等事，相互協商辦理。④由北京至張家口，經庫倫達克圖之蒙古鐵道，歸華俄道勝銀行修造。⑤西藏西北部，採行中俄協同行政制度。

註三四：德富蘇峯著：「公爵桂太郎傳」坤卷一二二頁。
註三五：德富蘇峯前揭書坤卷一一八—一二九頁。
註三六：渡邊幾治郎著：「日本近世外交史」三五四—三五五頁。
註三七：關於日俄妥商在朝鮮之問題經緯詳閱拙著：「日本合併朝鮮史略」第七章第二節日俄間之滿韓交換交涉。
註三八：菊池寬著：「新日本外交」四三三—四三四頁。
註三九：菊池寬前揭書四三五—四三六頁。
註四〇：傅啓學前揭書一六七頁。
註四一：菊池寬前揭書四三八頁。
註四二：井上清著：「日本の歷史」（下）七六頁。
註四三：讀賣新聞社編：「日本の歷史」⑾明治の日本二一五頁。
註四四：由於日俄戰爭之講和條約，日本未獲取豐碩的賠款，因此資本家及財界亦反對講和，而主戰論派更是堅持繼續作戰，結果於一九〇五年九月五日發生所謂在東京日比谷之三萬羣衆集會的反對講和大會並襲擊內相之官邸。全日本各地之警察機關約有百分之七十被反對講和者所襲擊，政府乃於九月六日對東京市及府下五郡全域發佈戒嚴令。
註四五：參閱亞洲文化出版社出版：「近二十年日本秘史」一六—一七。
註四六：參閱拙著：「日本合併朝鮮史略」第五章第四節甲午改革與日本之干涉。
註四七：一九〇五年日本封鎖韓國外交之際，時韓廷駐英公使李漢膺，在接到撤消使館訓令後，在倫敦仰藥自殺，遺書中云：「國無主權，人失平等，凡關交涉，恥辱罔極，苟有血性，豈可堪忍。嗚呼！宗社其將墟矣，民族其將奴矣，苟且偷活，其辱益甚」。由此可知當時一般韓國愛國智識分子，對於亡國悲劇的感懷，是如何地悲慘。
註四八：所謂「海牙和會密使」事件，緣一九〇七年六月五日荷蘭海牙召開世界和平會議，時有韓人前議政參贊李相卨、平理院檢事李儁及駐俄公使館書記李瑋鍾奉韓皇李熙密詔，向和平會議申訴日本之野蠻行爲，呼籲各國代表同情韓國處境，譴責日本的侵略行爲，嗣因日本委員暗中活動，卒使和會拒絕韓國參加，李儁憤死，李相卨、李瑋鍾二人走美國。此一消息傳抵日本國內後，朝野大爲憤慨，責備韓皇之派密使行爲不當，迫其讓位，此即所謂「海牙和會密使」事件。

註四九：關於英美兩國默許日本合併朝鮮之內幕參閱拙著前揭書第九章第二節英美對於日本合併朝鮮的態度。

第六章　日本軍事性帝國主義力量的擴展及其崩潰

第一節　辛亥革命與日本的態度

辛亥革命是全民性的民族革命，在中國近代史上佔有極重要的地位。它不僅顚覆了腐敗頑固的滿淸政府，而且推翻了中國歷史上四千六百多年的君主政治；它不僅推翻了歷代以一個民族統治着全國各民族的因襲的政權，而且建立起一個嶄新的五族共和的民主政治，使中國開始步向近代國家轉化。倘從中國民主運動史上的意義而言，辛亥革命是第一次在中國推翻了歷史上最古老的君主政治制度，開闢了中國和亞洲民主共和國的新曙光，事實上，辛亥革命可以和法國人民衝入巴士底獄之壯擧，等量齊觀。由於辛亥革命，絕不是過去所謂的「改朝換代」，而是中國民族有史以來政治上的大改革，因此，在一九一一年武昌起義後，日本的對華政策極爲複雜，政府民間的意見固不一致，而政府內部外務省與軍部的意見也不一致，所以日本朝野對於辛亥革命表現了恐懼、反對、同情及支援等各種不同的心理與態度。辛亥革命的領導者國父孫中山先生，於一九〇五年糾合同志成立「中國同盟會」於東京，以「驅除韃虜，恢復中華，建立民國，平均地權」爲入會誓詞。這當中包含　孫中山先生所倡導的「民族、民權、民生」的三民主義，並且還正式提出「中華民國」的國號，另外在東京發刊「民報」，作爲宣傳的機關報。從此以後，革命勢力有了統一的領導，利用「民報」與梁啓超主編的保皇派之「新民叢報」作理論思想的鬥爭，正式以革命論反對立憲論。當時「民報」的主要執筆者有胡漢民、章炳麟、汪精衞等，不但在文字言論上壓倒了對方，實際上由當時形勢，一般人心對於清廷的僞立憲，亦因深感失望而贊同革命了。並且同時，在各地的革命運動，此仆彼起，不惜生命勇敢的犧牲，其中不少是優秀的青年學生，尤足激動人心的響應。由於「民報」鼓吹革命思想，日人怕得罪清廷，並且恐懼這種共和的革命思想影響到日本本身，因之在一九〇八年出版第廿五期時，竟爲日人所封閉，這是日人對於辛亥革命的第一次打擊。

一九一一年十月十日，武昌起義後，列強諸國之中以日本和中國的關係最爲密切。列強對於 孫中山先生所領導的革命黨之態度頗爲複雜，美、法兩國雖是資本主義國家，但在當時，它們對中國的貿易額遠不如英、日兩國，惟它們都是民主共和體制國家，對於辛亥革命頗表同情，尤其是美國很希望中國能建立一個美國聯邦政府式的民主國家。因此，美法兩國在列強之中是支持辛亥革命的。俄日兩國都是帝制國家，不免有兔死狗烹之感，它們的最大野心是想乘中國內部不安，企圖吞併中國的滿洲及外蒙。德國則當列強在中國境內爭奪特權時，因落後一步，常常受到英俄兩國的排擠，因此，辛亥革命時與清廷交情最是親熱，有保清反革命的行動，祕密地供給軍火給清廷以打擊革命軍，藉此向清廷勒索利益。英國在當時列強中是產業資本最發達的國家，在中國的工廠銀行最多，其對中國的貿易總額超過各資本主義國家對中國貿易額的總和，因此，中國內亂對它極爲不利，所以它對中國的體制不問是民主共和，抑或君主立憲，不甚關心，只希望中國早日恢復和平，不影響它的對華貿易就夠。它竭力主張南北議和，這種主張尤其是袁世凱上臺後爲甚，蓋它認爲南方革命軍絕難以武力統一北方。因此，英國在當時雖表示嚴守中立，但實際上卻暗中支持袁世凱，（註一）對　孫中山先生及革命黨始終採取壓制的態度。英國這種外交政策影響日本政府對華政策頗大。

辛亥革命時，日本各方對於辛亥革命的態度並不一致。民間人士頗多贊助革命黨，政府則傾向於維護清廷。當時日本正是第二次西園寺公望內閣成立不久，他曾留學法國，相當傾向於自由民主主義，但對於中國問題所知不多，因此西園寺內閣處理中國問題主要是依賴內相原敬及外相內田康哉二人，蓋原敬及內田都到過中國，尤其是內田曾出任駐華公使多年（一九〇一年—一九〇六年），對中國問題最有瞭解，同時他又與軍閥元老山縣有朋有密切關係，（註二）對華決策方面常受山縣的左右，當日本外務省接到駐漢口松村領事及駐北平伊集院（彥吉）公使報告武昌起義電報後，乃立即派遣軍艦數艘（原有四艘，後來增調至六艘）至長江下游一帶，監視革命軍的行動。蓋當時日本恐懼革命軍會危害日本在華權益，（註三）所以辛亥革命一開始，日本就有以軍事干涉中國的企圖，並圖以武器供給清廷以加強滿清之壓制革命力量。嗣後西園寺首相於明治四十四年（一九一一年）十月二十四日召開內閣會議，討論中國問題，會中決議爲了維持保護日本在華一切權益，在外交措施上應注意：①設法與俄國協調，以維護滿洲的利益。②盡量緩和中國的情感，以取得中國對日本的信任。③嚴守英日同盟的精神，以取得英國的支持。④設法與中國有利害關係的國家如法國、德國等調和步驟，並拉攏美國以作後援。（註四）由此可知，西園寺內閣對華政策的基本觀念爲：①不希望出現統一的中國。②不希望中國成爲民主共和國。③在中國革命混亂時期須確保日本在華之既得權益，固不待言；而且日本還想乘機更進一步掠取更多利權，爲此即使出動武力干涉，亦在所不惜。（註五）

上項外交措施是根據內田外相的意見而決定的，也是西園寺內閣對華政策的根本原則。其對於辛亥革命抱持「清廷是中國的正統政府，應予同情與支持」的態度。日本政府以爲清廷將會要求日本派兵援助削敉內亂，惟日本的態度是倘若列強均願日本出兵干預中國革命，則日本可立即照辦，倘若滿洲發生騷亂，則日俄兩國或將不俟各國之同意而立即出兵。明治四十四年十二月七日，日本外相內田向美國駐日大使白里安（C.P. Bryon）表示，倘中國內亂日甚，則日本或將認爲有干涉的必要。同月十八日，日本政府復向美國建議，主張維持清室，向中國南北兩方調停，建立君主立憲政體，君主與人民兩方之權利，由列強共同保障。（註六）由於美國不同意日本單獨行動，且主張靜俟中國南北和議之結果，列強應嚴守中立，英國政府對日本政府此一外交立場亦堅加反對，所以日本遲遲不敢採取行動。

但武昌起義後，日本政府一直幻想可以採用君主立憲來緩和中國的革命，因此，迄　孫中山先生於一九一二年（民國元年，大正元年）一月一日在南京就任臨時大總統時爲止，日本政府曾用盡各種手段，費盡最大苦心企圖以武力強迫中國實行君主立憲。日本在中國革命醞釀期中，其政府固然曾援助過　孫中山先生所領導的革命黨，但日本之本意只在造成中國紛亂之局面，以便於從中取利，並無意協助中國建立民主共和政體。（註七）迨武昌起義之後，各省相繼響應，中國革命運動已呈舉國一致之傾向，日本民黨之領袖多主張援助革命黨，（註八）甚至投效革命軍者頗不乏其人，爲了支援革命軍，政治性結社紛紛出現。（註九）但元老政治家則認爲應援助清室，而日本人士多數則認爲中國革命係千載難逢之良機，應利用之以擴充鞏固日本在華的利益。當時日本舉國報紙著論，主張日本應採取強硬政策，對華干涉，抑有甚者，日本之軍閥且主張乘此良機出兵佔領滿洲。

日本國內對於中國問題之意見，既不一致，而日本政府對華干涉之主張又不能獲得列強之支持，因此，乃採取兩面外交政策，一面飭令駐華公使警告袁世凱日本不能承認中國改建共和政體，一面卻應革命黨之請，派顧問至武漢助理外交及起草憲法。同時復對中國南北兩方進行借款交涉及售賣軍火。（註一〇）日本之援助革命黨並非有愛於中國之革命黨，或願助中國建立共和政體，其意圖無寧是在對袁世凱施加壓力，具有牽制作用，且使中國內亂延長，以便從中取利。當南北議和時，日本又一方面向革命黨領袖交涉，表示協助革命黨在日本保護之下於中國南部建立一共和政體，並須給予日本以若干路礦權利；另方面則與清廷交涉，要求以滿洲為日本協助清廷維持政權之酬勞。但革命黨對於日本的提議，嚴加拒絕，而日本與清廷之交涉，復因英國干涉，終歸失敗，於是日本乃不得不退守中立政策。日本軍國主義者的兩面外交政策，其目的是在扶植中國兩個彼此相對立的政治集團，要它們彼此摩擦對抗，而日本便可從中取利。

日本之對華干涉政策，在列強反對下既不能實現，於是日本乃思乘機要求列強承認其在「滿蒙」的特殊權利。軍閥元老山縣有朋遠在中日甲午之戰以前，就已強調所謂「主權線」及「利益線」，把朝鮮及滿洲劃入日本的勢力範圍以內，並向俄國提出所謂「滿韓交換問題」，終因雙方不讓步，而觸發了日俄戰爭。後來於一九〇七年及一九一〇年的兩次「日俄密約」，總算把滿蒙問題取得一個妥協，即日本承認俄國在外蒙的特殊地位，俄國默認日本在朝鮮及滿洲的優越權益。兩國以這種交換條件為基礎瓜分了滿蒙。日俄此一協商，後來雖於一九一二年七月八日，再由俄國外相及日本駐俄大使本野一郎簽訂第三次日俄密約而獲得兩國之諒解，但其他列強並不予以承認。日本就想積極把滿洲置於控制之下，因此曾派大量軍事特務人員潛入滿洲各地進行政治及軍事的祕密活動，並於大正元年（一九一二年，民國元年）七月二十三日由川島浪速與清廷肅親王善耆簽定密約誓約書。把滿洲的鐵路、礦產以及外交、軍事、行政諸權完全讓渡給日本，（註一一）以換取日本支援清廷的存立，善耆此舉不但未能挽回清廷的命運，反而助長了日本軍國主義者加速侵略中國的行動。

日本除了企圖獨佔滿洲利權外，復要求列強共同一致拖延承認中華民國政府，且以承認問題要挾中華民國保障外人在華的權益。因此，當袁世凱繼 孫中山先生之後出任大總統後，日本即於大正元年二月二十三日照會列強政府，建議各國對於承認中國共和政府問題，應採取一致行動，且應要求中華民國政府對外債及外人在華之權益，不問有否條約之根據，均應給予保障，以爲各國承認新政府的先決條件。（註一二）英、美、俄、法、德等國於接到日本之照會後，對於日本提議之原則，均予同意。美國對同爲民主共和政體的中華民國，自始即寄予同情，因而對於承認民國問題，美國始終居於主導地位。一九一二年（大正元年）二月十九日美國上下兩院通過一決議案，慶賀中國共和政府之成立，但美國政府以列強都抱觀望態度，亦未即刻加以承認，但美國輿論對中國新政府極表同情，因此至一九一三年（大正二年，民國二年）五月二日美國威爾遜總統政府始正式承認中華民國政府。（註一三）美國承認中華民國政府後，巴西、墨西哥、祕魯、古巴等國亦相繼承認。然而其他各國即以俟中國對各國在華之利益，給予正式保障後，再承認中華民國政府，並未立即採取行動。迨至同年十月十日，袁世凱在其就任總統之職位時聲明一切清廷與中國臨時政府對外締結之條約合同，均爲有效，外人在華之權益當盡力保障，日本、英國、西班牙、俄國、比利時、意大利、德國、瑞典、丹麥、荷蘭、奧大利、葡萄牙、挪威等乃相繼承認中華民國政府。（註一四）

日本在表面上雖承認中華民國政府，但在骨子裏頭卻是於心不甘。當民國二年（一九一三年）五月二日，美國承認中華民國政府後，日本遂於五月二十九日，逼迫袁世凱簽訂「中日朝鮮南滿往來運貨減稅試行辦法」，滿洲之商業遂被日人所壟斷。未幾，二次革命軍起（民國二年七月十二日），袁世凱派張勳率軍隊攻入南京，因軍隊毫無紀律，大肆殺掠，日僑三人被殺，日本政府便抓住這個難逢機會派軍艦六艘至南京示威，逼令袁氏接納下列要求：①革職張勳，並懲辦南京肇事之其他軍官。②中國政府應賠償日人損失，並向日本政府正式道歉。但袁氏以張勳忠於己，不忍撤換，對於日本之要求，始終不肯接受，而此事亦終於不了了之。

第二次革命之後，袁氏一則因恐懼日本援助南方　孫中山先生所領導的革命軍，一則爲求得日本早日承認北京政府，乃派其心腹李盛鐸及孫寶琦二人赴日本疏通，日本乃借機提出「滿蒙五鐵路建築權」的讓予以相要挾，以爲解決上述日僑三人被殺事件及承認北京政府的條件。所謂五鐵路者爲：①四平街至洮南府，②開原至海龍，③長春至洮南府，④洮南府至熱河，⑤吉林至海龍。當時袁氏方欲迫選正式總統，力圖各國承認，遂允許日方之要求，並於同年十月五日，由日本駐北京公使山座圓次郎與中國外交總長孫寶琦祕密換文，名之爲「鐵路借款修築預約辦法大綱」。日本之提出這一項惡毒的要求，乃因這五條鐵路，是把日人原已控制的南滿一線鐵路，築成一個鐵路網，使日本勢力，不但可以遍佈南滿，還可進一步侵入東蒙，並可阻止中國在滿洲西部敷設鐵路。這個鐵路網完成之後，日本在南滿的勢力，便將大爲增進，而日本侵略滿蒙的政策從此獲得進一步的成功。

由上文分析，當辛亥革命時，中國仍然在半封建、半殖民地的狀態下，日本卻企圖乘中國內亂，欲獲得在華之獨佔優越權益，當時的內閣總理西園寺公望本身是接受歐美自由民權思想薰陶的開明人物，竟不知中張正義，在日本軍部之要挾下，處處阻礙　孫中山先生領導的辛亥革命，甚且影響列強遲遲不承認中國共和政府。日本軍閥這種蠻橫態度，固然能取巧一時，但那種不知底止的慾望，使日本從此走向軍國主義之途邁進，爲其帶來了日後的隱憂。

再進一步言，何以日本那樣地懼怕中國辛亥革命之成功？其理由顯而易見，緣因日本的資本主義，早在明治時代末季，便已顯露內在的矛盾，它並未因第一次世界大戰而緩和，雖然她的輕工業，在大正三年（一九一四年）後，有迅速的發展，但卻無法轉變爲重工業，除非有挑動另一次戰爭的刺激。惟資本主義的擴大再生產，需要更大的市場，但大正七年（一九一八年）的國際客觀局勢，卻限制了日本帝國主義進一步的侵略行動野心，尤其是華盛頓裁軍會議的九國公約，使她只能於經濟侵略原則下，向外——即中國活動。這一活動，既因中國民族的統一運動而受阻止，則只有兩條捷徑可走：一是從事國內的改革，即徹底地改革農村問題，給農民以土地耕作，以容納過剩的人口；一是不顧國際信義，破壞已有條約，冒險地以武力侵略中國，而破壞　孫中山先生以及　蔣公中正所繼起領導的中國的統一運動。關於土地問題，因關涉整個統治階層（因爲它已成爲資本購買的對象物），所以當時在政治惰性限制下的政治家們，始終不敢着手，於是爲了替自己的國家的國內經濟矛盾找出路，則只有阻礙中國的統一運動。這一理念迨至二十世紀的三十年代，乃由少壯軍人在所謂「昭和維新」的口號下，積極的從事侵華戰爭，最後演變結果，終與英美發生正面衝突，而伏下了日後太平洋戰爭的禍根。

第二節　第一次世界大戰與日本的侵華行動
——山東問題與廿一條的交涉

日本自明治維新以還，經過「中日甲午戰爭」及「日俄戰爭」兩次戰役皆獲倖勝後，不但提高了日本在國際上的聲譽，同時亦使日本走上軍事性帝國主義之途發展。而在日本軍事性帝國主義演進歷程上執國家命運之牛耳者，卻是一批狂熱的軍部少壯官兵，因此，使日本在近代化過程中，所表現的國家特質是一種軍國主義的帝國，這種現象尤其是自明治時代末季以來，逐漸顯明。

日本軍部之所以能置喙干涉國政，進而操縱整個大局，實緣於其握有「帷幄上奏」大權，凡爲軍部所不同意的任何政策，可不經過內閣節制，直接上奏天皇，而天皇又非超神（聖），年深月久，難免無法駁制軍部之跋扈。蓋根據明治憲法的規定，日本天皇的大權，約可分爲三種；即皇室大權、國務大權及軍令大權。此項大權的行使，不由天皇專斷獨裁，而必須由臣僚的輔弼翼贊。例如皇室大權以宮內大臣及內大臣爲輔佐人員，國務大權由內閣爲之輔弼，至於軍令大權則以參謀總長、海軍軍令部長爲佐率人員。至大元帥府及軍事參議院，不過爲天皇之軍令大權的諮詢機關而已。按明治憲法第十一條「天皇統帥海陸軍」的規定，乃指天皇爲海陸軍大元帥親自統率海陸軍而言，是即所謂軍令大權，與國家的一般事務分開。因此，參謀本部、海軍軍令部以及元帥府與軍事參議院，均脫離內閣而獨立。這種制度淵源於軍令權與政權的劃分。所謂「軍令權」是指爲維持軍備及人民發佈命令支出國度而言，其作用與一般的行政無異，明治憲法第十二條所規定：「天皇定陸海軍之編制及常備兵額」，普通即被引爲軍政的範圍，與軍隊統帥權不同，申言之，參謀本部及海軍軍令部是掌理軍機軍略以及國防計劃，而海陸軍大臣是站在國務大臣的地位，贊翼內閣決定軍隊的編制和常備兵額，以及宣佈戒嚴和對外宣戰媾和等。

「帷幄上奏」，本限於軍令性質，是具有帷幄上奏之權能的，最初也只限於軍令機關之參謀總長及海軍軍令部長，後來始及於有關軍令之陸海軍大臣。有時上奏的範圍純然超出軍令以外，軍隊的編制以及其他屬於國防上的事務，除依勅旨特付內閣審議外，往往不付閣議，亦不經內閣總理大臣奏請，只在事後由陸海軍大臣報告內閣總理。因之許多事，往往爲內閣所不知或不贊成，而陸海軍大臣得擅自做作，使內閣啼笑皆非，莫名其妙，而陷於進退維谷窮境。儘管軍部的內部，有時也會發生衝突，但無論如何衝突，對外總是行動一致，因之能長久的保持其特殊的勢力。明乎此一意義，即不難明瞭日本軍部之所以能控制政壇，操縱內閣而使日本走上軍國的帝國主義之途的因由了。

如前所述，日本自中日甲午之戰及日俄戰爭兩次戰役打勝之後，已躋於世界強國之林，因之產生雄飛世界之野心。此後日本一面積極作軍事準備預防俄國遇機報復；一面向中國頻伸其魔掌，以冀遇機吞併中國。世人所稱的「日本的大陸政策」——即日本侵略中國的圖謀，早在明治維新後的「征韓論」，即已萌芽，迨及日俄戰爭後，更顯露其具體意識，以關東州爲根據地的日本浪人和軍人，傾全力窺伺中國的東北地方。此時尚有所謂「日本的南進政策」者，因當時南洋羣島悉爲英、美、法、荷等西方殖民主義國家所佔據，日本有識之士恐怕與歐美列強引起衝突，所以對於南進政策，尚不敢明目張膽，積極推行。迨及大正三年（一九一四年）六月二十八日，第一次世界大戰爆發，日本帝國主義者，乃乘列強均衡頓失之良機，實現其大陸政策，並佔領德國在南洋之領土，在南洋獲得了據點。

第一次世界大戰爆發，歐洲列強捲入戰爭漩渦，無暇顧及遠東，英國以和日本締結「日英同盟」之故，因此，英駐日公使葛林（Greene William Conyngham）於一九一四年八月四日訪日本外相加藤高明表示「萬一戰爭波及遠東、香港及威海衞遭受攻擊時，請日本政府予以臂助」，（註一五）嗣後葛林於八月七日又復訪加藤外相提出英國政府之備忘錄，其大意爲：「現時日本艦隊實有搜索在中國海上德艦予以破壞之必要，英國政府希望日本政府爲此活用其艦隊。此意固屬要求日本對德作戰，但英國政府認爲此係難以避免者」。（註一六）

日本自中日甲午之戰及日俄之戰獲得利益後，無時無刻不在籌劃如何向外擴展帝國威勢，英國這一要求，正給予日本帝國主義瘋狂躍進的一大良機，何況德國昔日曾幫忙俄國強迫日本退還遼東半島給清廷，日本始終耿耿於懷，一直思有報復的機會，誠如當時的首相大隈重信所云：「這次參戰固屬懲罰德國之軍國主義，同時也是基於日英同盟之義戰，也可以說是對於在甲午之戰後德國幫忙俄國之傑作的三國干涉之復讐戰」，（註一七）而加藤高明外相亦認爲「日本現時之立場並非由於同盟條約之義務而非參戰不可，因據條約上所規定的使日本參戰之事態，現時尚未發生。一爲由於英國政府之請託而顧同盟之情誼，一爲帝國藉此機會一掃德國在東亞之根據地，而收國際地位更提高一步的利益。自此兩點而言，以斷行參戰爲最得機宜之良策」。（註一八）

大隈重信首相及加藤外相既然不反對日本之參戰，於是在一九一四年八月七日夜至翌日清晨二時，一連召開四小時的閣議後，與會閣員一致決議參戰，嗣後於八月八日下午經元老會議認可。但當日本閣議決定參戰並奏請天皇裁可後，八月九日下午葛林忽向加藤外相宣稱：「日本之對德宣戰，予人以有將戰線擴大至中國大陸之印象，因而有激發中國不安之虞，希望日本限於保護海上貿易之範圍內活動。英國政府將爭取駐清公使及中國艦隊司令長官之意見後，再由閣議決定之，在此之前，望日本暫勿開始軍事行動」。（註一九）

加藤外相即表明日本之態度答云：「日本之宣戰，一則以保護海上貿易，一則以掃蕩德國之根據地，毫無威脅中國，或損及英國貿易之理。再者，日本之所願，在確立遠東和平，並無領土之慾求。日本本係應英國籲請援助而起，且其決議已奏明陛下，非有異常重大之事由將不可能變更。況民心追懷三國干涉之往事，敵愾之心漸明，現時如遲疑參戰，政治上亦將招致重大之後果，故希望英國政府不要變更八月七日之本意，明察日本之現狀，同意日本參戰之理由。」（註二〇）

英國最後雖然同意日本參戰，但要日本宣示軍事行動僅限於中國海之西南、南太平洋及東亞大陸中之德國領地。（註二一）但日本堅持戰爭區域不可能有局限，並於一九一四年八月十五日向德國發出如下之最後通牒：

「帝國政府，在目前之狀勢下欲除去遠東和平紊亂之源泉，講求保護日英同盟協約所豫期之全般利益的措置，則應以該協約之目的的永遠確保東亞之和平當做極其緊要之事，因此，茲以誠意勸告德意志帝國政府，冀望德意志政府實行左列兩項之要求：

第一、德意志艦隊應即時自日本及中國海洋方面撤退，倘無法撤退時應立即解除其武裝。

第二、德意志帝國政府應把全部膠州灣租借地以歸還中國爲目的，在公元一九一四年九月十五日爲限，無償地無條件之下交讓於日本帝國政府。

日本帝國政府對於上敍之勸告，以公元一九一四年八月二十三日正午爲止，倘未獲得德意志帝國政府無條件之應諾的回答，則帝國政府必執行其認爲所必要的行動，特此聲明。」（註二二）

日本自發出最後通牒後即開始着手動員，預計於回答期限內完成一切準備。迨至大正三年（一九一四年）八月二十三日，日本已獲悉德國毫無回答之可能，因此下詔對德宣戰。依據日英同盟，日本並無理由藉口要求參戰，（註二三）德國亦無意與日本啓釁。（註二四）但日本卻乘機利用機會，解決中日懸案，藉以擴張其在中國的權益，乃向德國宣戰。日本政府於大正三年八月二十七日令久留米第十八師團長神尾中將爲出征軍司令官，並宣言由加藤吉男海軍中將所率領的第二艦隊封鎖膠州灣。九月二日日軍登陸渤海灣山東半島北岸中國中立區之龍口，十三日佔領膠州，繼之於十月六日佔領濟南，把德國所經營的山東鐵路移歸日軍管理，並接管德國人經營的所有煤礦。十月三十日開始進攻青島要塞，十一月七日英日聯軍攻陷青島，青島既被攻下，日軍在山東省境內的對德戰爭遂告結束。這次參戰日本動員兵力約五萬名，其中直接參加攻城者約二萬九千名，德國的守備兵約五千名，戰鬥結果德軍死傷約八百名，日軍則死傷一千九百五十八名，其海軍則軍艦高千穗號及數艘掃海艇被擊沉，死傷三百四十一名。（註二五）當時參加日本軍在山東省境內對德國戰鬥的英國軍約九百名，印度軍約四百五十名。（註二六）

當日軍打敗中國山東省境內德軍時，英、俄、法三國曾三度懇請日本派軍到歐洲作戰，但日本卻以「日本帝國之軍隊係採取徵兵制度及國民皆兵主義而組織者，惟因其唯一的目的在於國防，在與國防之本質未符合之下，實未便派出帝國軍隊遠征，倘如此做則有違其組織的根本主義」（註二七）爲由拒絕之。事實上，日本對德宣戰之目的乃欲佔領德國在遠東的殖民地，並無意於參加歐洲戰場，因此，當日軍開始與山東境內的德軍戰鬥時，日本即以第一艦隊巡弋太平洋。蓋德國在遠東之根據地，除中國大陸之膠州灣外，尚領有馬里阿納、馬紹爾、加羅林、俾斯麥等羣島及新幾內亞島之一半，由英日兩海軍部協定之結果，北太平洋全部（除加拿大海岸外）悉歸日本艦隊負責掃蕩與警戒，日本乘此機會自一九一四年十月三日起至十四日止，把上述的德國在海洋之領土佔領。這些地方，以後皆成了日本的託管區，迨至第二次世界大戰日本戰敗後，始告全部喪失。

中國於歐戰發生之初，曾宣佈局外中立，並得各參戰國一致承認。及日本對德提出最後通牒，德人自知膠州灣難保，乃於一九一四年八月十九日由駐北京領使館參贊馬爾贊（Baron Maltzan）向中國外交部接洽，願將膠州灣直接歸還中國，因遭日本英國之反對，北京政府未敢接受。蓋日本於第一次世界大戰開始後，本存乘機漁利之心，並思盡力擴充日本在中國之領土與權益。當日本對德宣戰之後即令其駐華公使日置益向北京政府提出，請將山東省境黃河以南劃爲中立外區域，以便日本行軍，並要求中國撤退膠濟沿路及濰縣一帶的駐軍，北京政府不敢開罪日本，乃與日本磋商縮小中立以外之區域，並應允，若日本軍隊開出上述區域以外，而即行退出，中國亦不必令其解除武裝，至將來日軍運輸等等，苟與中立有辯護餘地，自當假與便利。（註二八）中日雙方商定中立外的區域（即戰區），係在龍口、萊州及接連膠州灣各地方，日本亦同意濰縣不在戰區內，因此，民國三年（一九一四年）九月三日，北京政府照會各國駐華公使，略謂：「本國與德日英三國同居友邦，不幸在中國境內有此意外之舉動，實屬特別情形，與一九〇四年日俄在遼東境內交戰事實相仿，惟有參照先例，不得不聲明在龍口、萊州，及接連膠州灣附近各地方爲交戰之區，本政府不負完全中立之責任，此外各處悉照策經公佈之中立條規施行」。

北京政府劃出中立外區域，給日本以攻擊膠州灣後方的方便，已係曲意遷就日本，該舉已引起德奧兩國之抗議，而日本對之猶不滿足，在龍口（距德國租借地約一百五十哩）登陸，即對戰區各縣人民大肆騷擾，儼然以戰勝國自居，九月二十六日，日本軍隊四百餘人竟佔領濰縣車站，將該縣以東之鐵路收歸日人管理。以後變本加厲，十月三日以後向西擴張管理權，迄七日竟佔領濟南，將膠濟鐵路全線悉據爲己有。日軍在未攻佔青島以前，竟先佔領戰區外的中國領土，此舉已構成了侵犯中國領土主權的行爲。夫戰爭焦點僅限於青島彈丸之地而已，今日軍反向西方距青島三百九十四公里之濟南伸張其軍事管理權，其居心可知矣。北京政府對日本之侵略行爲雖數次抗議，但日方無理取鬧竟答以「山東鐵路讓與權係根據一八九八年中蘇條約許與德國者。該公司爲德國之公司，且有中德政府直接管理之公共產業性質。按照該鐵路存立之根據與德國政府所與之特許命令及公司之支款等事實徵之，該公司實爲德國之公司。夫鐵路之爲物本絕對不可分離，故此項德國經營之鐵路雖一部分在濰縣以西，但不能因其在中立地域內即變其固有之性質。且日本政府作戰之目的，不僅在奪取青島，且在管理經營與青島不可分離之鐵路。此事之實行，本無須得中國政府之同意。」（註二九）

日本強佔膠濟鐵路後，沿路分駐日軍，路員亦漸易爲日人，並掠奪鐵路附近的礦產，其在山東的舉措，儼然以戰勝國自居，甚至在平度縣境張貼布告，對中國人民宣示新保五條，（註三〇）並要求中國撤退保護膠濟鐵路的巡警。民國四年（大正四年，一九一五年）一月七日北京政府以日軍在山東境之對德戰爭既告結束，乃正式照會英日兩國政府云：「前承允山東省之一部分作軍事行動之原因，既已不存在，日軍應即時由該區撤退」云云，（註三一）日本政府竟答以「照來照所稱，貴政府實行取消前項交戰地域之通告，

帝國軍隊之行動設施，在必要期間以內，依然存續，決不受此等取消之影響及拘束」云云。（註三二）

日本趁火打劫，在山東境內之所以能打勝德國，是頗得力於其同盟國英國的援助的，英國一向想依賴日本為其遠東的「警犬」，在大戰期間，尤其需要日本的武力鎮壓東方民族的獨立運動，所以當日本破壞中國領土主權時，英國卻充耳不聞，反而藉口英日同盟而做日本的幫兇。日本既解決青島的德軍，袁世凱要求日本撤兵但日本卻置之不理。這個時候，袁世凱一則因為實力薄弱，自知非日軍之敵，一則正在發揮對內的稱帝野心，所以也不對日本作進一步的交涉。日本眼看中國無制止日本出兵的能力，又洞悉袁世凱稱帝的陰謀，於是野心更大，對於北京政府外交部在一九一五年（民國四年）一月七日照會英日公使之聲明取消特別中立區，請求日軍撤退回國，或暫照德國租借辦法留駐青島，不惟不肯接受，竟於同年一月十八日晚由其駐華公使日置益直接向袁世凱提出二十一條亡國條件，迫令袁氏承認，並聲明中國革命黨與日本政府外之日人關係甚深，北京政府若不允日本之要求，則日本不但不能阻止中國革命黨擾亂中國，必要時或將協助革命黨推翻北京政府，以恫嚇袁氏，囑其須極端嚴守祕密，（註三三）以免發生嚴重之結果。該二十一條約實即是日本併吞中國的滅國文書，那二十一條原文如下：

第一號

日本國政府及中國政府互願維持東亞之和平，並期兩國友好善鄰之關係益加鞏固，茲議定條款如左：

第一條：中國政府允諾，日後日本政府擬向德國政府協定之所有德國關於山東省，依據條約或其他關係，對中國政府享有一切權利利益讓與等項處分，概行承認。

第二條：中國政府允諾，凡山東省內並其沿海一帶土地及各島嶼，無論何項名目，概不讓與或租借與他國。

第三條：中國政府允諾，日本國建造由煙臺或龍口接連膠濟路線之鐵路。

第四條：中國政府允諾，為外國人居住貿易起見，從速自開山東省內各主要城市作為商埠，其應開地方另行商定。

第二號

日本政府及中國政府因中國向認日本國在南滿洲及東部內蒙古享有優越地位，茲議定條款如左：

第一條：兩締約國互相約定，將旅順大連租借期限並南滿洲及安奉兩鐵路期限，均展至九十九年為期。

第二條：日本國臣民在南滿洲及東部內蒙古，為建築商工業應用之房廠，或為耕作，可得其須要土地之租借權或所有權。

第三條：日本國臣民在南滿洲及東部內蒙古任便居住往來，並經營商工業等各項生意。

第四條：中國政府允諾南滿洲及東部內蒙古各礦開採權，許與日本國臣民，至於擬開各礦，另行商訂。

第五條：中國政府應允諾於左列各項，先經日本國同意，而後辦理：①在南滿洲及東部內蒙古允准他國人建造鐵路，或為建造鐵路向他國借用款項之時。②將南滿洲及東部內蒙古各項稅課作抵，向他國借款之時。

第六條：中國政府允諾，如中國政府在南滿洲及東部內蒙古聘用政治、財政、軍事各顧問教習，必先向日本國政府商議。

第七條：中國政府允將吉長鐵路管理事宜委任日本國政府，其年限自日本的畫押之日起，以九十九年為期。

第三號

日本國政府及中國政府顧於日本國資本家與漢冶萍公司現有密切關係，且願增進兩國共通利益，茲議定條款如左：

第一條：兩締約國互相約定，俟將來相當機會，將漢冶萍公司作爲兩國合辦事業，並允如未經日本政府之同意，所有屬於該公司一切權利及產業，中國政府不得自行處分，亦不得使該公司任意處分。

第二條：中國政府允准，所有關於漢冶萍公司各礦之附近礦山，如未經該公司同意，一概不准該公司以外之人開採，並允此外凡欲措辦，無論間接直接，對該公司恐有影響之舉，必先經該公司同意。

第四號

日本國政府及中國政府爲切實保全中國領土之目的，茲訂立專款如左：

中國政府允准，所有中國沿岸港灣島嶼概不讓與或租與他國。

第五號

㈠在中國中央政府須聘用有力之日本人，充爲政治、財政、軍事等各顧問。

㈡所有在中國內地所設日本病院、寺院、學校等，概允其土地所有權。

㈢向來日中兩國屢起警察案件，致釀成轇轕之事不少，因此須將必要地方之警察，作爲日中合辦，在此等地方之警察官署，須聘用多數日本人，以資籌劃改良中國警察機關。

㈣由日本採辦一定數量之軍械（譬如在中國政府所需軍械之半數以上），或在中國設立中日合辦之軍械廠，聘用日本技師，並採買日本材料。

(五)允將接連武昌與九江南昌路線之鐵路，及南昌杭州、南昌潮州各路線鐵路之建造權，許與日本。

(六)在福建省內籌辦鐵路礦山，及整頓海口（船廠在內），如需外國資本之時，先向日本國協議。

(七)允許日本國人在中國境內有傳佈宗教之權。

上列日本所提之二十一條，概括說來，第一號各條是確定由日本承繼德國在山東的勢力範圍。第二號各條是確定日本在滿蒙的勢力及其特殊權利。第三號各條是囊括中國中部唯一重工業的漢冶萍公司。第四號是封鎖中國沿海門戶。第五號各條是干涉中國中央行政及關於軍事、交通諸權。所以這二十一條，實際上無異使中國不再是一個主權獨立的國家，而淪為日本的保護國。日本明知此項條件提出之後，必然會引起中國人民強烈的反對和其他列強的干涉。但日本之敢以如此強蠻無理，提出這許多苛刻條件，實因一則日本抓住袁世凱企圖稱帝之弱點，個人地位重於國家權益，只要日本表示支持袁氏之帝制野心，便不怕袁氏不承認日本要求；一則當時歐戰正酣，英、法、俄、德諸國，正在歐洲作生死鬥，無餘暇顧及遠東，而美國雖未參戰，但其全部注意力卻貫注於歐洲戰事之演變，對於遠東問題，難予兼顧。日本政府當局，在利令智昏之下，認為這是天祐千載難逢良機，可以打破列強在中國的均勢，造成獨霸中國的局面。

日本在二十一條交涉期間，要求恐嚇袁世凱嚴守祕密，上述的二十一條文是寫在一張印有大無畏艦與機關槍之紙上，因此，袁氏恐怕發生更嚴重之事件，竟如日本所囑，絕對保守祕密。但是儘管日本和袁世凱祕密交涉，而英美各國早有所聞，即向日本質問全案內容。日本做賊心虛，隱去第五號及其他重要各條，而以比較次要的十一條答覆英美，當時英國倫敦泰晤士報竟於一九一五年二月十二日發表社論，以日本之提議爲有理，諷勸中國接受。事實上，這是一部分英國姑息主義者與日本狼狽爲奸的作法。

日本提出二十一條一事，被外國記者探悉發表後，中國舉國輿論譁然，激起全國一致的反感與抗拒的情緒，在全國重要城市甚至波及於東南亞的華僑掀起日貨排斥運動，各地人民奔走呼號，紛起攻擊，馮國璋等十九省將軍咸通電反對，中國留日學生紛紛集合抗議或罷課返國。但日本在日英同盟掩護之下，迫袁世凱非承認全部要求不可，惟袁氏乃不敢貿然答應日本之要求。但袁氏又因以預備稱帝之故，將有待日本之援助，始終採取委曲求全之態度，乃令外交總長陸徵祥、次長曹汝霖與日本駐華公使日置益等慢慢逐條磋商，費時四月，以待列強出面干涉。日本頗有不耐煩之意，爲使中國迅速屈服，一面於一九一五年三月十一日派海軍艦隊駛集福州、厦門、吳淞、大沽各重要港埠示威，一面增兵南滿（南滿日兵換防原應在四月底，但日本提前於三月初舉行）及山東天津等處。四月二十六日，日方提出日本修正後之條款，謂係最後之讓步，要袁世凱政府同意。此一修正案凡二十四條，其原文如下：

第一號前文：

日本國政府及中國政府互願維持東亞全局之和平，並期將現存兩國友好善鄰之關係益加鞏固，茲議定條款如左：

第一款（與原條文相同）

第二款（改爲換文）：中國政府聲明，凡在山東省內並其沿海一帶土地及各島嶼，無論何項名目，概不讓與或租與別國。

第三款（與原條文相同）

第四款（與原條文相同）

（附屬換文）：所有應開地點及章程，由中國政府自擬，與日本公使預先妥商協定。

第二號前文：

日本國政府及中國政府爲發展彼此在南滿洲及東部內蒙古之經濟關係起見，議定條款如左：

第一款（與原條文相同）

（附屬文）：旅順大連租借期至民國八十六年，即西曆一千九百九十七年爲滿期。南滿鐵路交還期至民國九十一年，即西曆二千零二年爲滿期，其原合同第十二款所載開車之日起，三十六年後，中國政府可給價收回一節勿庸置議。安奉鐵路期限至民國九十六年，即西曆二千零七年爲滿期。

第二款（與原條文相同）

第三款第一項：日本國臣民得在南滿洲任便居住往來，並經營商工業等各項生意。

第三款第二項：前二條所載之日本國臣民，除須將照例所領護照向地方官註册外，應服從由日本國領事官承認之警察法令及課稅。至民刑訴訟，其日本人被告者歸日本國領事官，其中國人被告者，歸中國官吏各審判，彼此均派員到堂旁聽。但關於土地之日本人與中國人民事訴訟，按照中國法律及地方習慣，由兩國派員共同審判，俟將來該地方司法制度完全改良之時，所有關於日本國臣民之民刑一切訴訟，即完全由中國法庭審理。

第四款（改爲換文）：中國允諾，日本國臣民在南滿洲左開各礦，除業已採勘或開採各礦區外，速行調查選定，即准其採勘或開採。在礦業條例確定以前，仿照現行辦法辦理；

㈠奉天省

所在地	縣名	礦種
牛心臺	本溪	煤
田什付溝	本溪	煤
杉松岡	海龍	煤
鐵廠	通化	煤
暖池塘	錦州	煤
鞍山站一帶	遼寧縣起至本溪縣	鐵

㈡吉林省南部

所在地	縣名	礦種
杉松岡	和龍	煤（與鐵）
缸窰	吉林	煤
夾皮溝	樺甸	金

第五款第一項（改爲換文）：中國政府聲明，嗣後在東三省南部需造鐵路，由中國自行籌款建造，如需外款，中國政府允諾，向日本國資本家商借。

第五款第二項（改爲換文）：中國政府聲明，嗣後將東三省南部之各種稅課（惟除業已由中央政府借款作押之關稅及鹽稅等類）作抵押，向外國借款之時，須先向日本資本家商借。

第六款（改爲換文）：中國政府聲明，嗣後如在東三省南部聘用政治、軍事、警察、外國各顧問教官，儘先聘用日本人。

第七款：中國政府允諾，以向來中國與各外國資本家所訂之鐵路借款合同規定事項爲標準，速行從根本上改訂吉長鐵路借款合同。將來中國政府關於鐵路條款，付與外國資本家以較現在鐵路借款合同事項爲有利之條文時，依日本之希望，再行改訂前項合同。

中國對案第七條，關於東三省中日現行各條約，除本協約另有規定外，一概仍舊實行。

關於東部內蒙古事宜：

㈠中國政府允諾，嗣後在東部內蒙古等之各種稅課作抵由外國借款之時，須先向日本國政府商議。

㈠中國政府允諾，嗣後在東部內蒙古需造鐵路，由中國自行籌款建造，如需外款，須先向日本國政府商議。

㈠中國政府允諾，爲外國人居住貿易起見，從速自開東部內蒙古合宜地方爲商埠，其應開地點及章程，由中國自擬，與日本公使妥商決定。

㈠如有日本國人及中國人願在東部內蒙古興辦農業及附隨工業時，中國政府應行允准。

第三號

日本國與漢冶萍公司之關係極爲密切，如將來該公司關係人與日本資本家商定合辦，中國政府應即允准，如未經日本資本家同意，將該公司不歸爲國有，又不充公，又不准使該公司借用日本國以外之外國資本。

第四號

按左開要領，中國自行宣佈，所有中國沿岸港灣及島嶼，概不讓與或借與他國。

第五號

（換文一）：對於由武昌聯絡九江、南昌路線之鐵路，又南昌至杭州及南昌至潮州之各鐵路之借款權，如經明悉其他外國並無異議，應該將此權許與日本國。

（換文二）：對於由武昌聯絡九江、南昌路線之鐵路，又南昌至杭州，南昌至潮州各鐵路之借款權，由日本國與向有關係此項借款權之其他外國直接商妥以前，中國政府應允將此權不許與任何外國。

（換文三）：中國政府允諾，凡在福建省沿海地方，無論何國，概不得建設造船廠軍用儲煤所，海軍根據地，又不准其他一切軍務上設施，並允諾，中國政府不以外資自行建設或施設上開各事。

袁世凱於接到日本上述之修正提案後，於民國四年（一九一五年）五月一日提出北京政府最後之對案，其內容如下：

一、對第一號四款全部承認，但在第一款下，另加一段：「日本政府聲明，中國政府承認前項利益時，日本應將膠澳交還中國，並承認日後日德兩政府對上項有所協商之時，中國政府有權加入該項會談」。又增加一款云：「此次日本用兵膠澳所生各項損失之賠償，日本政府任之。膠澳內之關稅、電報、郵政等各事，在膠澳交還中國時，所有租界內留兵一律撤回」。

二、對第二號十二款全部承認，但對第二款原文「可得租賃或購買其需用地畝一句」，改爲「可向業主商租需用之地畝」。對第三款第二項將原文「關於土地之日本人與中國人民事訴訟，按照中國法律及地方習慣，由兩國派員共同審判」一句改爲「日本人與日本人之訴訟，及日本人與中國人訴訟，關於土地或租契之爭執，均歸中國官審判，日本領事官亦得派員旁聽」。

三、對第三號完全承認。

四、對第四號完全承認。

五、對第五號承認中國不在福建省沿岸地方，允許外國建造船廠、軍用儲煤所、海軍根據地，及其他一切軍事上設施。其他各條未提及。

以上中國所提之最後方案，已算是對日本作了最大的讓步，使日本在中國山東省、南滿東蒙，及福建等享有特權，與日本的要求相差不遠，但日本意猶未足。是時至五月初，列強中之美國已有出面干涉二十一條之表示，但當美國尚未有所行動之先，日本於一九一五年五月七日下午三時以最後通牒限袁世凱政府於四十八小時內圓滿答覆，否則日本即採行必要的行動。袁氏在日本帝國主義威脅利誘，及其帝制自為交錯的心理之下，竟甘冒天下之大不韙，於五月九日致書日本，聲明除第五號各條由日後協商及第四號用命令宣佈外，其餘一概承認，這是中國有史以來未曾有的大恥辱，因此，以後每年五月九日，成為中國國恥的日子，袁氏屈服日本之淫威的消息傳佈後，全國青年學生紛紛遊行示威，奔走呼號，抵制日貨運動大起，中國人憤怒情緒達到極點。結果，日本並未能隨心如意地達成其把中國置於其完全控制下的野心。

當時美國曾分別通牒於中日兩國，聲明保留美國在中國的一切權益。(註三四)日本對美國之照會聲明當然不會有所顧忌，但它知道第一次世界大戰一旦停止，列強必然會出來干涉，因此，先作種種外交佈置，於大正五年(一九一六年，民國五年)和俄國簽訂類似攻守同盟的密約，其內容是：

一、日本不為敵對俄國之任何政治協定，亦不與他國聯合以當俄國。俄國不為敵對日本的任何政治協定，亦不與他國聯合以當日本。

二、兩締約國之一方，在遠東之領土以及特殊利益，與他一方所承認者，如被害時，日俄兩國應採取適當之手段，以防護此等權利利益。

這個祕密條約不但是日本用以對付英美將來的干涉，同時也是用以保障其二十一條的贓物的。大正六年（一九一七年，民國六年）三月，日本乘中國發生對德宣戰問題，深懼中國如參加協約國，將收回原來德國在山東省的利益，及取消二十一條，乃分別向英、法、俄、意等國交涉，要求以各國承認日本繼承德國在山東省的一切權利，及由日本佔領德屬赤道以北的太平洋各島嶼，為日本贊成中國參加歐戰的條件，先後得到英法俄意國的同意。此舉無異是日本在中國的掠奪行為，已得到列強帝國主義在法律上的保障。同年，日本又藉口日美共同對德宣戰，發表美日共同宣言，由美國承認日本在中國的「特殊利益」，（註三五）日本遂以此為根據，大唱翻版的「東方門羅主義」。日本在實際上因之而封鎖了中國門戶，從此各國在華之均勢失去平衡，中國遂置於日本刀俎之下，這使日本帝國主義獨霸東亞的勢力，更加囂張了。

第三節　日本帝國危機的開始——西伯利亞出兵與西原借款及中日軍事密約

一九一七年（民國六年，大正六年）三月俄國發生革命，初時因柯倫斯基大權在握，故尚能對德繼續作戰。及十月革命爆發，政權歸於列寧之手後，不久即與德國單獨講和。德國與俄國媾和後，以一部分兵力留置於俄國方面監視俄國履行條約義務，提其主力向法國戰場轉去，擬與聯合軍試行最後決戰。兼以對德作戰之捷克陸軍時已有二十萬人逃入西伯利亞，列強遂以援救捷克陸軍為名，於一九一八年出兵西伯利亞，同年七月美國慫恿日本出兵，於是日本趁火打劫之野心，油然而生，蓋俄國自明末清初，趁滿清向中國本土伸張其勢力之際，乘機佔據西伯利亞，以後並逐漸東下，竟伸其勢力及於黑龍江沿岸。迨及滿清末季。清朝因內亂外患之困擾，致國勢漸告凌替之時，俄人又乘機再起，首佔堪察加半島，次據黑龍江北岸，又其次則以詐欺外交騙去烏蘇里江以東廣大領土，其勢力忽然直達太平洋，俄人復擬乘勢南下奪滿洲佔朝鮮，遂發生日俄戰爭。日本雖打勝，但兢兢業業，防備俄國之報復。尤以俄領海參崴一地，距日本內地西陲同在四百至五百浬之內，由海上或空中皆足予日本以有力之威脅，實爲日本心腹之患。是以日本乘機據爲己有之野心，早已萌芽。今適逢機會已到，且在各國同情之下，於是日本乃決心出兵以佔領之，故不惜付出任何之代價。

日本於大正七年（一九一八年）八月二日夜發表向西伯利亞出兵的宣言，八月五日派遣第十二師團隸下部隊第一梯團一萬二千名向海參崴出動，同時令駐屯於滿洲之第七師團向滿洲里方面急進。當時結集於海參崴之六國聯軍（中、英、法、美、意、日）全部兵力約二萬三千名，除日軍一萬二千名外，美軍七千名，英法軍共五千八百名，由日本大谷大將爲聯軍總司令官。一個月後，日本已派有六個師團約七萬五千名軍隊佔領貝加爾湖以東之西伯利亞要地。（註三六）到了大正八年（一九一九年）六月凡爾賽和約成立，兼以潛伏於西伯利亞各地的共產軍，改用游擊戰術，而天氣酷寒，於是影響了聯軍士氣。是時日本內部已有主動撤兵的呼聲，但日本政府當局因美國未有表示，頗難以決定。正當日本就撤兵問題猶疑不決之際，俄國共產軍，乘機蜂起，高呼撲滅日軍不已，結果於大正九年（一九二〇年）上半年發生了下述之兩大血腥慘戰：

㈠尼港的悲劇——日人所稱「尼港」(Nikolaievsk) 中文則稱曰「廟街」。尼港事件爲發生於一九二〇年五月至六月之一慘絕人寰的屠殺案件，亦爲日人所招的自食其果之慘報。廟街人口約一萬五千人，爲庫頁島行政機關所在地，該市有日本僑民四百五十人，係受反革命軍之保護。當遠東區形勢不穩之際，日軍即派第十四師團步兵第二團石川營長所率二中隊兵（約三百人），馳赴廟街任僑民保護。日軍對當地俄人或加殺害，或犯其婦女，燒其房屋，盜取覇佔財產，凡此行爲引起俄人之痛恨。大正九年二月下旬敵軍僞稱簽約停戰，日軍不察其奸，遂爲所乘，彼等進入廟街後突於三月十二日攻擊日軍，守將石川營長率隊出擊，因衆寡不敵，致遭全軍覆沒。五月廿五日俄人大行屠殺，將僑居廟街之日本僑民悉予殘害。在廟街第一次敗報傳至日本總軍部之後，日本即派多門上校率軍星夜赴援，及多門救援隊到達廟街時爲六月三日，已距第二次慘殺案一週有餘。日本乃以廟街慘案爲藉口，即時編成庫頁島派遣軍，置司令部於亞歷山大羅夫斯克（庫頁島之一城），準備征服該地。

㈡海參崴方面之戰——當時俄國在海參崴有一革命臨時政府，因不堪日軍之虐待，遂開始反抗。日軍小題大作即刻使第十四師團強制解除沿海州全部共產軍之武裝，俄人抵抗頗烈，經過一度大慘殺之後，約有一萬名共產軍被解除武裝，其餘皆化整爲零潛伏於當地，一場武劇始止。

日軍佔據西伯利亞之遠東區，有久駐之意圖，因此引起世界輿論之責難，尤以美國之批評最爲劇烈。日本鑑於世界輿論之不原諒，國內報章雜誌亦紛紛責難，吉野作造博士甚至於在「中央公論」雜誌上撰文譴責日本政府派軍前往西伯利亞之不當，兼之俄國革命政府逐漸穩固，遂使第五師團於八月由後貝加爾州，第十四師團於九月自沿海州開始撤退，惟佔領海參崴者誓死不退。嗣後日俄乃於大連或長春等地連開撤兵會議。俄國堅持日本應該撤出海參崴，日本猶遲疑不決。此時日本之駐軍大半染有共產色彩，不久即有革命之虞。寺內正毅內閣不得已乃於大正十一年（一九二二年）六月二十四日，發表由西伯利亞撤兵之宣言，迄十月二十五日最後之撤兵船離開海參崴碼頭，至於在庫頁島之日軍，亦於翌年撤退。於是日軍佔據四寒暑之西伯利亞，至此遂告收場。日本在西伯利亞先後出兵七萬三千名，化費將近十億日元之戰費，三千五百名之傷亡者犧牲，（註三七）不但終無所獲，且鍛羽而歸，這是日本帝國主義之對外戰爭的最初敗戰。（註三八）

前述與日本簽訂二十一條喪權辱國的袁世凱於民國五年（一九一六年，大正五年）六月六日病死後，馮國璋、段祺瑞因互爭領導權，彼此都投降一個或兩個帝國主義，以爲其幕後的靠山，逐漸形成直皖兩系的對立，皖系軍閥本爲日本帝國主義侵略中國的工具，以段祺瑞爲領袖，這可以說是繼承袁世凱的眞傳衣鉢。由於日本帝國主義在中國勢力的飛躍之發展，英美眼看而紅，遂以馮國璋爲其工具，而竭力予以扶植，以抵抗日本帝國主義在中國之勢力的過分擴展。當時段祺瑞決意以武力統一中國，主張以軍力克服南方，但因北京政府財政極端困難，勢必舉借外債方克濟事，因此乃藉口對德宣戰爲由，派員與日本勾結訂約借款購械，「西原借款」與中日軍事協定等，即爲其傑作。

當中國對德宣戰時，日本內閣爲寺內正毅政府，是時日本因在歐戰期間對外貿易的發展（特別是對華貿易的獨佔），財政資本積累甚多資金過剩，況且爲實行國防計劃所必要的原料，皆能求之於中國，因此有對華投資之必要，期以掌握中國經濟的支配權。於是日本乃以朝鮮銀行、臺灣銀行及興業銀行等三銀行組織一特殊銀行團，以爲對華作經濟侵略投資之主體，復佐以正金銀行、東亞興業公司及中日實業公司等財團，並派寺內首相之私人代表西原龜三和段祺瑞政府多次交涉，終於締結借款條約，此即所謂「西原借款」名稱的由來。段祺瑞政府在短短的一年之中，從日本借到五億圓以上的外債，全部用於對內的軍備擴充上面，企圖以武力統一中國。西原借款的重要項目如下表所示：

借款名稱	借款額（單位：日幣）	抵押或擔保品	簽訂年月	日本投資機關	附帶條件
第一次善後借款	一千萬圓	以鹽務稅款全部作抵押	一九一七年八月二十八日	橫濱正金銀行	
第一次交通銀行借款	五百萬圓	一百三十萬圓，中國政府國庫債劵面額四百萬元，中國政府對於銀行債務證書面額二百四十二萬五千六百八十七元六角八分	一九一七年一月二十日	三行合組之銀行團	交通銀行於此項借款期內所需必要之資金，如須向外國借款時，可以合宜條件先向三銀行商辦。交通銀行應由日本聘請顧問一人。
第二次交通銀行借款	二千萬圓	以交通銀行所存中國國庫劵二千五百萬元爲擔保	一九一七年九月二十九日	三行合組之銀行團	交通銀行於此項借款期內，如需必要之資金，應向外國另行借款時，應先與三行商議。允聘日人爲該銀行顧問。

吉長鐵路借款	六百五十萬圓（實際只有四百五十一萬一千二百五十圓）	以本鐵路收入爲擔保	一九一七年十月十三日	南滿洲鐵路公司	允由南滿洲鐵路代管其路權
第一次軍械借款	一千萬圓		一九一七年十一月十五日		交付軍械作現款，雙方嚴守祕密
運河借款	五百萬圓	運河收入及印花稅款爲擔保	一九一七年十月二十二日		
直隸水災借款	五百萬圓	多倫鄂爾、殺虎口、臨清三常關收入爲擔保	一九一七年十月二十二日	日本銀行團代表日本實業公司等十一銀行	
財政部印刷局借款	二百萬圓	財政部印刷局財產爲擔保	一九一八年一月五日	三井洋行	
第二、三次善後借款	二千萬圓	鹽務稅款全部爲擔保	一九一八年一月六日	橫濱正金銀行	
無線電訊借款	五十三萬六千二百六十七英鎊	無線電局收入爲擔保	一九一八年一月六日	三井洋行	允由日本經營三十年

有線電訊借款	二千萬圓	中國全國有線電訊財產並收入爲擔保	一九一八年四月三十日	中華滙業銀行（中日合辦）	允聘日本技師，購買日本材料，借款有優先權
吉會鐵路借款	一千萬圓	本鐵路現行及將來一切財產爲擔保	一九一八年六月十八日	興業銀行代表三行	
第二次軍械借款	二千三百六十四萬三千七百六十二圓		一九一八年八月二日		交付軍械以作現款
吉黑金礦森林借款	三千萬圓	吉黑兩省之金礦及國有森林與其收入	一九一八年八月二日	中華滙業銀行	允由中日合辦，聘用日人技師
滿蒙四鐵路借款	二千萬圓	以四路現有及將來之一切財產及收入爲擔保	一九一八年九月二十八日	興業銀行代表三行	
濟順高徐二路借款	二千萬圓	以二路現有及將來一切財產收入爲擔保	一九一八年九月二十八日	興業銀行代表三行	

參戰借款	二千萬圓	中國以將來整理新稅中收入作爲償還財源	一九一八年九月二十八日	朝鮮銀行代表三行	中國政府如因同一目的更欲借款時應先向銀行商議，此種新編之參戰軍，聘用日本軍官訓練。
陝西實業借款	三百萬圓	陝西省此次建設之銅元局（附設煉銅廠）紡紗局及兩局之紅利	一九一八年六月三十日	日本東亞興業合理代理大倉洋行	

（備註：當時日幣一圓約合中國銀元八角）

除上表所述之借款外，在寺內內閣任期中的中日借款尚有滿蒙四路正式借款一億五千萬圓、製鐵借款日幣一億圓，合上表計之，中國對日之借款總額達五億圓日幣以上，數額之鉅，眞是駭人。事實上，所謂「西原借款」，其本質內涵，不外乎有兩個理由：一是以中國爲其剩餘資本移植的對象；一是要掌握中國經濟的支配權。誠如勝田主計在其所著之「西原借款眞相」一書裏面所說：「當時內地（按指日本內地）的經濟狀況，受歐洲大戰影響，對外貿易，甚爲發達，因輸出超過了輸入，國內資本過剩，正在爲難。……中國鐵路煤炭的豐富，煤油之有開採希望，棉花之栽植，羊之飼畜及其他物質，舉凡日本經濟所必要者，與實行國防計劃所必要的原料，皆能求之於中國，有如此的關係，故掌握中國經濟支配權，從帝國（按指日本帝國）獨立富強上觀之，實屬極爲需要」。由此觀之，日本在此期間內之對華貸款實爲有計劃的經濟侵略，直使中國在經濟上完全淪爲日本帝國主義的俘虜，而在國家的獨立而言，亦使中國淪爲日本的宗屬國地位。

但西原借款式的對華政策至大正七年九月底，即告結束，蓋寺內內閣辭職後，由政友會總裁原敬組閣。此時第一次世界大戰已近尾聲，中國政局亦因南北對立與北洋軍閥內鬨，而更混亂。原敬於組閣後一個月，重新檢討對華政策，決意全面整頓西原借款各項善後事宜，至是日本的對華政策又爲之一變。

日本帝國主義既以投資的方式，完全控制中國的財政經濟主權，接着又以「微聞德國已有陰謀，一面從西伯利亞侵入東方，一面在甘肅、新疆一帶鼓動回教徒肇事，……中日兩國國防實非迅謀共同行動不可」爲藉口，（註三九）威脅段祺瑞簽訂所謂中日軍事密約數種，中國的軍事主權，也完全入於日本帝國主義勢力支配之下。中日軍事密約之簽訂，名義上是防止德奧勢力，經由俄國而入遠東，但實際上是日本既懼孫中山先生所領導的中國民主共和體制的革命成功，又怕將來列強在遠東勢力的擴大，欲先佔領中國的滿蒙，以爲日後奪取西伯利亞的佈置，遂藉口中日都與德奧宣戰，而脅迫中國與之訂定軍事同盟。當時中日雙方對這個協定，都嚴守祕密，直到一九一七年（民國六年，大正六年）巴黎和會開幕，北京政府，始接受廣州護法軍政府的要求，把它公開出來，交付和會討論。

上述中日軍事密約全文計有五種，即「中日共同防敵換文」、「中日陸軍共同防敵軍事協定」、「中日海軍共同防敵軍事協定」，以及「中日陸軍共同防敵軍事協定實施之詳細協定」和「中日海軍共同防敵軍事協定說明書」。此五種中日軍事祕密的全文如下：

甲、中日共同防敵換文（按段祺瑞於民國七年（大正七年，一九一八年）三月二十二日第二次出任內閣總理後，即令駐日公使章宗祥於同月二十五日與日本外務大臣本野一郞交換共同防敵公文」。關於共同防敵，日本外務大臣答覆中國駐日公使之公文如下：

逕啓者，本日接悉尊函，內開貴國政府，鑒於目下時局，依左列綱領，與帝國政府協同處置，信爲貴我兩國之必要。特向帝國政府提議等語，業已閱悉。

一、日本國政府，及中國政府，因敵國勢力日見蔓延於俄國境內，其結果將危及於遠東全局之和平。爲適應此情勢，且實行兩國參戰之義務，速宜協同考量應行之處置。

二、前項經兩國政府合意決定後，關於兩國陸海軍此次共同防敵之範圍、協力進行之方法及條件，由兩國當局官憲協定之。該當局官憲就相互之利害問題，應慎重誠實隨時協議，並由兩國政府協定，俟時機實行。

帝國政府，對於貴國政府之提議，完全同感，依前列綱領，與貴國政府，協同處置，是帝國政府之所欣快也，特此奉覆。

關於期間，及日軍撤回，日本政府向中國政府之聲明：

敬啓者。本日貴我兩國共同防敵之公文，業已交換，帝國政府之意，右公文有效期間，由兩國軍事當局議定之。又因共同防敵，日本軍隊進入中國境內者，待戰事結了後，統由中國境內一律撤退。

乙、中日陸軍共同防敵軍事協定：

一、中日兩國陸軍，以敵軍勢力，日見蔓延於俄國境內，其結果將危及於遠東全局之和平，爲適應此情勢，且實行兩國參戰之義務，應採取共同防敵之行動。

二、關於共同軍事行動，兩國之地位與利害，相互尊重其平等之見地。
三、兩國當局，本此協定，於開始行動時，各自對於本國軍隊及官民之軍事行動區域內，發布相互誠意親善，同心協力之命令，或訓告，以達共同防敵之目的。
凡軍事行動區域內，中國地方官吏，對於在該區域內之日本軍隊，盡力協助，使軍事上不生故障，又日本軍隊須尊重中國之主權，與地方習慣，使人民不感不便。
四、爲共同防敵，日本軍隊在中國境內者，俟戰時終了後，自中國境內一律撤退。
五、派遣軍隊赴中國國境以外時，若有必要，兩國協同派遣之。
六、作戰區域，及作戰上之任務，爲適應共同防敵之目的，兩國軍事當局，各自量本國之兵力，另行協定。
七、兩國軍事當局，於協同作戰期間，爲圖協同動作之便利，應行左記各事項：①關於直接作戰各軍事機關，彼此相互派遣職員，充往來連絡之用。②爲謀軍事行動，及運輸上之敏活，且確實陸海軍運輸通信諸業務，彼此共圖便利。③作戰上必要之建議，如軍用鐵路電信電話等，應如何設置，由兩國總司令官臨時協定之，俟戰時終了，一概撤廢。④關於共同防敵所要之軍器及軍需品，及原料，兩國相互供給之，其數量以不害各自本國須用之範圍爲限。⑤關於作戰區域軍事衞生事項，相互無遺憾補助之。⑥關於直接作戰軍事技術人員，有必要輔助時，依一方之請求，他方即派遣服務。⑦軍事行動區域內，設置諜報機關，並相互交換其軍事所要之地圖及情報。⑧協定共同之軍事暗號。

八、爲軍事輸送，使用北滿鐵路時，該鐵路之指揮保護管理等，尊重本來之條約，其輸送方法，臨時協定之。

九、本協定實行之詳細事項，由兩軍事當局指定之各當事者，協定之。

十、本協定由兩國陸軍代表記名簽署，經各本國政府之承認，乃生效力，其作戰行動，俟適當時機，兩國最高統帥部商定開始。

本協約及基於本協約發生之各種細則，俟中日兩國對德、奧敵國戰爭狀態終了時，即失其效力。

中華民國七年（一九一八年，大正七年）五月十六日，中國委員長靳雲鵬、日本委員長齋藤季次郎，約於北京。

丙、中日陸軍共同防敵軍事協定實施之詳細規定：

本中日軍事協定第九條，由兩國軍事當局，指定之各當事者，協定關於第六條及第七條之各事項於左：

一、中日兩國各派一部軍隊，對於後貝加爾、及阿木爾，採取軍事行動。其任務在救援捷克斯拉夫軍，並排除德、奧及援助德奧者。

期指揮統一，及協同圓滿起見，行動於該方面之中國軍隊，置於日本司令官指揮之下。

爲與自滿洲里，進入後貝加爾之軍隊相援應，中國軍隊之一部，應由庫倫進至貝加爾湖方面，如有中國軍隊之希望，日本軍亦可派遣兵力一部，置於中國軍司令官指揮之下。

此外內蒙古以西之邊防，由中國自行鞏固防備。

二、軍器及軍需品之供給，緊急不得已者，由前方司令官相互協定之，其他之物品及原料之供給，由東京及北京之最高補給機關交涉行之。

三、衛生業務，中國如有所希望，日本可於能力所及之範圍內，提供便利，將來情況進展，關於設置病院及休養所，日本軍亦須受中國之助力。

四、由南滿鐵路輸送之中國軍隊及軍需品，由中國自行運至大連營口或奉天。此後至長春之運輸，由日本擔任之，日本軍一部由庫倫進貝加爾方面時，該軍隊及軍需品，由日本運至大沽秦皇島或奉天，此後之運輸，由中國擔任之。

由北滿鐵路之輸送，使該鐵路當局任之，為謀中日兩軍及捷克之輸送、調度有方起見，中日應該設置協同機關，以便與該局交涉。但將來聯合各國之軍隊，行動於此方面時，亦可參加人員於該機關內。

五、關於派遣聯絡職員，除交涉已定，或正在交涉中者外，前方司令，或將來更有必須互遣情事，由東京及北京最高補給機關辦理。

六、軍器及其他軍需品原料之供給，又一方軍擔任之輸送諸費用，均須給價，應隨時或軍事終了之後，核算給清。

中華民國七年（大正七年）九月六日，中國當事者徐樹錚，日本當事者齋藤季次郎，約於北京。

丁、中日海軍共同防敵軍事協定：

全文之中，除了無陸軍共同防敵軍事協定之第四、第五、第八等三條外，其餘與陸軍共同防敵軍事協定，大致悉同，故於此不贅述。

戊、中日海軍共同防敵軍事協定說明書

一、兩國海軍為謀共同作戰之圓滿，以副軍事協定第一條之宗旨起見，務須和衷協同，相互輔助，以期用兵計劃，周妥無遺。

二、海軍軍事協定第五條各項，說明如左（海軍軍事協定第五條，即陸軍軍事協定之第七條）：

第一項所定職員，目下以公使館海軍武官，及駐在各處海軍武官任之，其他於必要時，協定派遣之。

第三項之材料，即金屬物件之類軍需品，即燃料糧食，以及軍事上必要之子彈火藥等類，兩國均應量力補助之。

第五項交換水路圖誌一事，俟一方請求時行之，軍事行動區域內，如有補測之海灣，經雙方認為必要時，應由該地方所屬之本國海軍當局，自行補測之。

中華民國七年（大正七年）五月十九日，中國海軍委員長沈壽堃，日本海軍委員長吉田增次郎，約於北京。

上述五種中日軍事祕密協定，其條文雖冗長，倘將其內容要旨加以簡單化，則其特色不外乎：①中日兩國於立場及利害平等之見地，自遠東共同防衛敵人（蘇維埃政權）之侵略。②為此日本軍與中國軍得在北滿共同作戰，並向中國國境外共同出兵。③為共同作戰，日本得派遣日本職員於中國軍內，擔任將來之連絡，並得在中國國內設置軍事基地，共同使用。④中國地方官吏須供應日軍一切需要及便利。⑤日本軍隊得進據吉林、黑龍江、外蒙古一帶，中國軍用地圖須交給日本軍官查閱。事實上，綜觀上述民國六、七年（一九一七年、一九一八年），日本與北京政府所簽訂各種契約，除軍事協定，為日本軍閥利用參戰名義，實行其侵略中國之政策外，其餘各項借款契約，皆為寺內內閣，以促進兩國財政金融相提攜之名詞，實行其助長中國內亂，掠奪中國種種權利之陰謀。（註四〇）由於軍事協定之簽訂，中國已等於是日本的殖民地。蓋此舉等於是將中國軍作為日本軍的從屬物，於中國領土內，用中國人的錢，而日本帝國主義的軍隊又在中國境內建立了不獨對蘇聯，就是對中國本身亦同樣地加以壓制的軍事基地。（註四一）

上述民國六、七年間，皖系段祺瑞政府和日本帝國主義者簽訂了賣國的所謂「中日共同防敵軍事協定」在中日換文之前，「京津時報」(Peking Tientsin Times) 已對軍事合作之說表示憂慮，（註四二）民國七年四月底，南方的國民黨員亦向日使提出抗議，（註四三）但消息傳出後，立刻引起了中國人民猛烈的反對。首先發動的是留日學生，他們於民國七年（一九一八年）五月十二日，有秩序地罷課回國，並組織救國團，同月二十一日北京大學與各專門學校學生全體赴總統府請願，要求廢止「中日軍事密約」，宣布協定全文，在天津、上海、福州等地亦均有學生集會遊行，反對中日軍事合作，（註四四）但均無結果。繼學生而起來反對段祺瑞賣國政策的，是全國商民，他們通電要求停止內戰，制裁段氏。這些和平的愛國行動的表現乃是「五四運動」的先聲。翌年（民國八年），巴黎和會上的外交失敗消息傳入國內，北京皖系政府賣國政策所造成的惡果暴露無遺，「五四運動」的旗幟就在愛國民衆的怒吼聲中高舉起來了。

第四節　華盛頓會議與山東問題的解決

一、中國的南北議和與日本的外交把戲

日本自第一次世界大戰之中葉開始，已為歐美列強所側目，認為在德意志之次，如不能解決壓服日本則世界之和平，究竟不能確立。尤其是日本在中國大陸及西伯利亞之侵略企圖，倘不予以合理的阻止及解決，則世界絕無寧靜日子。歐美列強之間，尤以美國對日本的擴張政策，頗感不安，此舉益使美國的反日情緒更高，由是美日的對立日趨激烈，進而使日本的對外關係，漸感困難。

先是當一九一八年（民國七年）十月十日，徐世昌就大總統之職時，美國總統威爾遜寄一祝電曰：「當此文明變化最緊要之時，貴國以內亂自行分析，殊為可惜，今貴大總統就職之日，正貴國各派首領宜以愛國為懷，犧牲一切，謀國家之統一，庶國際公會中，可佔應有之地位」云云，（註四五）並飭令駐北京美國公使賴恩休（Reinsch, Paul S.）有所盡力。同年十月十八日，賴恩休公使特謁徐世昌，力言南北宜速統一，庶可維持國際地位。而其時中國國內和平運動亦甚熾盛，所謂「和平期成會」、「上海全國和平聯合會」、「和平促進會」等，出現於全國各要區，而各省商會亦疾呼促進南北和議以達成統一。抑有甚者，斯時主戰派國務總理段祺瑞卸職，緩和派錢能訓組閣，內外情勢變動，和平之曙光漸開。徐世昌於十一月十六日發布停戰命令，同時駐廣州美國領事，奉美國駐北京賴恩休公使之旨，訪軍政府伍廷芳、岑春煊諸總裁，勸告息戰。軍政府亦於十一月二十三日下令停戰，於是南北和議之端大開。日本眼見南北實際停戰，而停戰之動機，全由美國人之盡力，大起醋意，為了維持日本在中國發言權的地位起見，於十二月二十二日的內閣會議及臨時外交調查委員會，確定日本邀集英法等國勸告中國南北議和的方針，同時訓令駐英

法美意四國使節，向各國探詢「五國勸告」的意見，另方面，飭命駐北京公使小幡向英法意美四國駐北京公使提議，用五國政府名義，共同對中國南北政府提出所謂「和平勸告書」。（註四六）

北方政府之靠山的寺內正毅內閣於民國七年（一九一八年）十月瓦解，由平民宰相原敬組閣。南方軍政府乃派代表赴日本，要求原敬內閣終止寺內內閣時代所定援助北方軍閥的政策，以促進中國的和平統一。原氏雖面許同意，但卻不爲正式表示，蓋原敬內閣表面上標榜不干涉中國內政，但骨子裡仍不脫寺內內閣「援段政策」之窠臼。及見南北政府各下令停戰，日本外務省於五國公使向中國南北政府提出和平勸告書之後，忽爲中日借款事，發表宣言，並飭令由駐北京公使及駐廣東領事分別知照中國南北政府。日本的宣言如下：

「近來關於日本對中國之借款問題，有種種流言，誣帝國政府之意思不少。原來中日兩國，以鄰接友好之特殊關係，我國民於中國財政經濟上之企劃，其有正當之成果者，政府自不得阻止，若關於中國一般之康寧幸福，爲財政上之援助，政府以不抵觸屢次宣言，與諸外國協定之條項爲限，亦無所躊躇，然現當中國南北內訌之際，無論對於何方借款，動輒招一方之誤解，且於中國和平統一之回復，不無阻害。因此帝國政府，恐中國國內政局，更加紛糾，凡借款及其他財政上之援助，一概決定停止，此方針信爲於中國有利害關係諸列強之所贊同也」云云。

蓋當歐洲大戰期間，日本政府寺內內閣援助北方政府，以延長中國內亂，不但招致中國國民之反感，而英美等列強，亦多訾議。至此歐洲大戰將結束，各國皆關心中國的恢復和平，原敬內閣鑒衡必須調整外交關係，認爲有變更對華方針的必要，故乃有上述之宣言。此一宣言，對於北方主戰派無異給予一棒悶棍，原以北方政府本欲以武力征服南方而不贊成和平解決，今竟失去日本之援助，已無能爲役，因之北方政府和平解決之方針，始歸一致，而南方軍政府，對於美國和平勸告及日本停止借款之宣言，亦極表歡迎。自此南北和議漸熟，雙方於民國八年（一九一九年）二月二十日各派代表十人，開對等和會於上海。和議開幕後，南方代表唐紹儀力主廢止「參戰借款」及「中日軍事密約」等，但段系人物均不允諾，和議遂無形停頓。後經贛督陳光遠、蘇督李純、鄂督王占元等調停，雙方代表復於民國八年四月九日繼續開會，討論磋商數日仍無進展。值北方「五四運動」發生，反段祺瑞空氣，彌漫全國，唐氏乃於五月十三日在會議席上提出八項要求，大意爲：①反對承認日本繼承德國在山東之權利，②取消中日間一切密約，③取消參戰軍，④更換不洽民情之督軍省長。（註四七）北方政府除了第一條「不承認歐會中日本繼承德國在山東之權利」認有討論餘地外，其餘七條則全予拒絕接受，至此和議再度破裂。至同年八月十二日，北京政府派王揖唐爲總代表來上海，軍政府以北方政府無和平誠意，拒與會晤，和議遂完全停頓。

二、巴黎和會中國之失敗與五四愛國運動

歐洲大戰至一九一八年（民國七年，大正七年）十月初旬，協約國完全勝利，歐戰將告結局。日本政府深恐中國將在和會席上提出歸還山東權利揭發其侵略陰謀而獲得列強的支持，乃嗾使公使團向北方政府提出參戰不力之警告，經公使團再三協議，改警告二字爲覺書，於十月三十日向北方政府提出參戰不力之覺書，（註四八）以中傷中國將來在和會席上的有利地位。北方政府接獲此覺書後，爲履行參戰國之義務，凡可補救辦理者，無不切實執行。及歐洲大戰告終，美國總統威爾遜提倡召開和平會議於巴黎，以解決戰

後各國間之一切糾紛。早在同年——即一九一八年（民國七年，大正七年）一月八日，威爾遜總統曾提出所謂「和平基礎之十四條件」。（註四九）

一九一九年（民國八年，大正八年）一月十八日，巴黎和會在法國巴黎郊外「凡爾賽宮」召開，各國均派全權代表赴會，中國亦以參加協約國對德宣戰，由北京政府派遣外交總長陸徵祥、駐美公使顧維鈞、駐英公使施肇基、駐比利時公使魏宸組，以及王正廷（南方軍政府派駐美國代表）爲代表出席和會。（註五〇）陸徵祥自本國起程，途經日本，被日人竊去最重要的丁字文書一箱。蓋日本急欲探知中國提案之內容，做出此等卑劣無恥不擇手段的無賴漢作風。不寧惟是，同年一月二十一日，日本外相內田康哉在日本國會發表對中國外交方針則爲滿口仁義道德之內容，其內容如下：

「帝國對於鄰邦之中國，當絲毫無領土的野心。及有形無形有礙中國國利民福之何等行動，皆所不爲。惟恪守從前屢次聲明，尊重中國之獨立，與領土完整，工商業機會均等，門戶開放之主義，使中日兩國，成永遠且眞實之親善關係，此帝國之夙志也。因此歐洲和平會議，帝國以公正友好之精神，處置與中國關係諸問題，實有最深之觀念。彼膠州灣租借地，帝國政府，一俟由德國取得自由處分權時，即當遵照大正四年（一九一五年，民國四年）五月二十五日，關於山東省日支條約及換文之規定，將該租借地交還中國。又日本經濟的生存上，直接間接，不得不藉資中國豐富之財源。關於此點，中國朝野，當能體諒我國鄰接友好之關係不吝爲特別懇切之援助，可深信不疑也。同時爲中國謀一般之康寧福祉，財政經濟上必要之援助，及其他大小事件，不問性質如何，苟可以貢獻中國全般之福利，爲中國國民之正常希望者，帝國當率先協力，助其成功而無所躊躇」云云。

（註五一）

這種狀似甜密欺詐之宣言，欲一時矇混中國人，使日本平安渡過巴黎和會，以囊括在中國所既得之權益耳。

中國出席巴黎和會代表第一次提案內容係遵照北方政府外交委員會之指示，多半屬於一般性的，（註五二）對歸還山東及取消二十一條，隻字未提，這完全說明了北方政府是日本帝國主義的馴奴，後來因受國內輿論督責及中國留歐學生的請求，才要求和會，關於山東問題，由德國直接交還中國，並提出如下之說帖：

一、青島由德國直接交還中國，手續簡單，且免橫生枝節。

二、日本以武力佔據膠澳租借地、鐵路及其他一切山東權利，乃在戰爭未終結之前，爲一種暫時的佔領，不得爲佔有土地財產的證據，且自中國對德宣戰之日起，中國既爲戰爭之國，日本之以武力佔據膠澳，實爲違反中國的主權。

三、中國於一九一五年（民國四年）五月二十五日與日本締結關於山東問題之條約，係日本以二十一條加諸中國以後所發生的事，中國的簽字，實由於日本最後通牒的壓迫。

四、中國對德宣戰書中，曾聲明自宣戰之日起，所有中德一切條約、合同、契約一概取消，則所有一八九八年（光緒二十四年）三月的中德條約，德國所由以得膠澳租借地、鐵路及其他權利者，亦當然包括在內，是德國所有租借之權，已爲中國所有，則德國對於山東已無轉讓與他國之權。

除了上述之山東半島，應由德國直接交還給中國外，中國代表團復向大會提出廢除一九一五年二十一條約之說帖。該說帖首述日本提出二十一條之背景，次敍二十一條之性質在獨吞中國，繼之以說明一九一五年中日條約應行廢止的理由，並列舉下列五項以爲結論：

一、因一九一五年之條約全因歐戰所發生，而條約中所擬定之事件，其解決之權利又完全屬諸和會。

二、因一九一五年之條約違反各協約國所主持之信條，即所謂「公道正義」，爲今日和會所視爲金科玉律，而爲解決各國事務以免除或減少將來戰爭之標準者。

三、因一九一五年之條約破壞中國之領土完整與政治獨立，即英法美俄四國與日本所訂條約擔保者。

四、因一九一五年之條約以恐嚇手段使中國不得不與之磋商，繼之以最後通牒逼迫中國不得不簽字而在淫威之下簽訂者。

五、因一九一五年之條約本非定局，即日本亦自知之，故於中國將加入戰事之時，日本設法與他國訂立關於山東之祕密條約，其實違反交戰國所承認之和平基礎之主義。

中國代表團此項聲明，可謂義正詞嚴，理直氣壯，但日本早已在事前與英、法、意三國有了默契，准許日本繼承在山東之德國權利，一意偏袒日本，而北京政府，在一九一八年（民國七年）九月，和日本關於山東問題的換文，公然無恥的簽載「欣然同意」字樣，於是巴黎和會遂據此以決定山東權利無條件轉讓日本。和約中關於山東權利轉讓事項，共有下列三條：

第一百五十六條：德國根據一八九八年三月六日（清光緒二十四年二月二十四日）之中德條約及其他關於山東省一切協約所獲得之權利、特權、膠澳之領土、鐵路、礦山、海底電線等，一概讓與日本，德國所有膠澳鐵路及其他支線，暨關於此項鐵路一切財產、車站、店舖、車輛、不動產、礦山及開礦材料與附屬一切權利利益，讓與日本，自青島至上海至芝罘之海底電線及其附屬一切財產，無報酬讓與日本。

第一百五十七條：所有膠澳租借地內德國之國有動產暨不動產，以及關於該租借地，德國或因自行興辦各業，與因直接或間接曾支出經費所應得之權利，現已爲日本取得者，仍歸日本繼續享有，無庸付費，並無附帶條件。

第一百五十八條：德國於和約實行後三個月內，將關於膠州之民政、軍政、財政、司法等一切檔案、地劵、契約、公文書讓與日本，在同期間內，德國將關係前兩條所記權利、特權之一切條約、協約、合同等，讓與日本。

這三項條文，完全暴露巴黎和會對於宰割中國的猙獰面目，不但使中國之希望完全幻滅，且還要犧牲更多的權利。中國代表雖拒絕簽字於該和約，但這個消息傳到國內以後，舉國震憤，激起全國學生空前之愛國運動，輿論界亦立即提出強硬的抗議，嚴厲督促中國代表拒絕簽字。北京大學、高等師範、法政專門等學校的學生，於民國八年（一九一九年）五月二、三日在校集會，討論應付對策，推出代表與各校接洽，決定於四日下午全北京學生一致出校作有秩序的示威遊行，並通電和會代表，對於山東問題，堅持到底。

民國八年五月四日，北大、高師、農專、工專、法專，以及私立中國大學等校學生五千餘人，開全北京大學生大會於天安門，會中決定，要求政府撤免對日簽訂「中日山東善後條約」之代表章宗祥，及當時之外交次長曹汝霖，並一年來經手向日本借款之陸宗輿。會後乃結隊持中國土地可割讓不可賣送各旗幟，赴總統府請願，並至市街遊行。沿途演說，高呼打倒賣國賊（曹、章、陸），爲警察所阻。學生羣衆乃轉赴東城趙家樓焚燒曹汝霖住宅，毆傷章宗祥幾死。大隊軍警趕到彈壓，並捕去學生多人。事後軍警又大批索捕學生，或加以拘禁、毆擊，並嚴禁一切集會、演講，領導學生愛國運動的學者、教育家遭到打擊。此一消息傳出後，國人大憤，各地學界商界羣起響應，相率罷課罷市，查焚排斥日貨。一面要求政府罷免曹、陸、章三人之職，釋放被捕學生；一面由各校組織講演團，四處查焚日貨，一時救國運動普遍全國。北京政府深知衆怒難犯，乃將被捕之學生釋放，並罷免曹、陸、章三人以謝國人。

由北京愛國學生所燃起的「五四運動」之烽火，迅速地蔓延開來，代表各階層的政治組織與羣衆組織，都對外交問題作了嚴烈的表示。例如「國民外交協會」通電否認二十一條及英法意等國與日本關於處分山東問題之密約；「國民自決會」宣示「日本奪我山東，乃扼我咽喉，制我死命……使我國亡種滅國」；「國民對日外交後援會」致電巴黎和會中國代表團說：「近日章氏被毆，曹宅全毀，足徵人心之憤激。……務望協力力爭，堅不簽字」；「上海和平聯合會」致電巴黎和會各國代表團說：「如竟許日本以一九一五年之協約及一九一八年之密約為口實，而任其奪取山東權利者，則是扶助強權而壓迫公理」；「上海和平促成會」則致電北京大總統及國務院說：「對外言，政府以國民為後盾。對內言，國家以教育為始基。必遏士氣以搖國本，即遭衆怒，而失人心」。除北京外，在上海、天津、南京、武漢、江蘇、浙江、安徽、山東、河南、廣東、廣西、福建、江西等各省各縣，都有愛國民衆舉行示威，通電抗議。在一些重要城市內，都有國民大會與學生聯合會之類的組織，起來推動愛國鬥爭。國內許多公團、名流與軍人也紛紛通電表示贊助學生運動，（註五三）甚至連復辟黨的領袖康有為也發表通電說：「幸今學生發揚義憤，奉行天討，以正曹汝霖、章宗祥之罪，舉國逖聞，莫不懽呼快心；自宋太學生陳東、歐陽澈以來希有之盛舉也。

——有民國八年以來，未見眞民意、眞民權，有之，自學生此舉始耳」。

直接造成「五四運動」的第一個原因，乃是巴黎和會外交的失敗，五四運動不僅打擊了日寇及其國際幇兇，不僅壓服了北京賣國政府與親日官吏，而且直接掀起了民主浪潮，這可以從全國各地的羣衆行動，羣衆輿論及羣衆組織看出來，亦可以從各地民衆爭民主自由的運動看出來。是年十月間，直隸、山東、山西、江蘇、湖北各省代表請願團赴北京請願，要求：①山東主權未恢復前，不得補簽條約及與日本直接交涉；②取消二十一條，及對日方之軍事密約與各種密約；③外交公開，言論、集會、出版之完全自由；④解散安福俱樂部。這是五四運動的餘波，也是全國愛國民衆愛國運動發展的必然結果。由於五四運動愛國羣衆行動之表現，因此是年五月二十六日我代表正式通知巴黎和會，希望對於山東問題於和約內聲明保留，因被拒絕，故當六月二十八日和約簽字之時，中國代表因之缺席。各國輿論對我拒絕簽字多表同情，美國國會更仗義執言，願助中國正義之奮鬥。北京政府鑒於內外形勢，乃於七月十日由外交部發布不簽字對德和約之明令，惟於善後辦法仍不知如何措施。至於對奧國和約，因與中國無多大利害，中國代表則於九月十五日在巴黎簽字。

巴黎和會爲日本利用國際外交壓迫中國之公開表現，然而由於中國方興未艾的學生五四救國運動，使其目的未能得逞，此種運動是以排日爲動機所掀起的民衆運動，也是中國人民反抗賣國政府之直接行動，爲國民革命開闢一新途徑，爲國民外交造一新趨勢，以剷除國賊抵抗強權之精神，逐漸形成打倒帝國主義之主流。（註五四）蓋在五四運動以前，中國境內很少有人站在正確的民族革命立場上來號召過民衆的反帝國主義運動，五四運動卻能號召全國人民反對日本帝國主義的對華獨佔，反對巴黎和會的對華分割，所以就以日本強盜帝國主義的兇横暴戾，也無以自滿其慾壑，而和會亦終不能威脅中國代表簽字。這固然足以證明正義勝於横暴，亦足以證明民衆力量才是最偉大的革命力量。事實上，五四運動並非盲目的排外運動，而是中國國民在愛國思想的啓導下，為排除日本的侵略與國內軍閥統制，以創建近代國家的民族自覺運動。

三、華盛頓會議與九國公約

自巴黎和會對德講和條約中決定由日本繼承德國在華所掠奪之權利，為中國代表所拒簽後，日本遂企圖與中國直接交涉，以解決山東問題。當時　孫中山先生所領導的廣州護法軍政府，致電反對北京政府直接與日本交涉，而國人亦痛嫉日人之專横梟險，皆主張拒絕直接談判，各地學生更勵行抵制日本貨物運動，因此，北京政府卒不敢輕以接受。

歐洲大戰後，日本一躍而居世界三大強國之一，野心勃勃，在亞洲國際舞臺上，遂與美國形成對峙之局，（註五五）而美日之間的關係亦因日本之積極擴充軍備，壟斷在華利益而呈緊張之勢。及一九二〇年（民國九年，大正九年）日人謀直接與中國交涉山東問題懸案。（註五六）又於滿洲時滋糾紛，美國一則為緩和太平洋及遠東的緊張情勢，一則為謀制止之法，於是有華盛頓會議（The Washington Conference）之舉行。先是在一九一九年巴黎和會，當英法諸國同意無條件的把山東利益由德國讓與日本時，美國國會參議院即提出保留表示：「美國對德和約第一五六條、一五七條及一五八條之規定，不予同意，並聲明保留美國對於中日間因此項條款所起爭執之完全自由行動權」。（註五七）

這已完全表明美日兩國在中國問題上的嚴重對立，同時美日兩國為了爭奪遠東的霸權，互相擴充海軍，英國因在遠東有廣大的殖民地投資，亦加入海軍造艦競賽，這使太平洋上陡然掀起了英美日三國爭霸的緊張局面，時適會日本賴以橫行之「日英同盟」時效屆滿，日本欲為繼續，美國為制裁日本勢力計，力言反對。英國亦因戰後元氣未復，經濟上欲求助於美國，乃與美國合謀打擊日本的勢力，一九二一年（民國十年）五月美國參議院通過波拉（William E. Borah）所提「海軍法案」（Naval Bill），請美國總統哈定（Warren G. Harding）召開海軍軍備裁減會議。六月英國亦召開帝國會議，商討日英同盟問題。（註五八）結果決定召開一國際會議來討論太平洋、遠東問題以及裁減海軍軍備等問題，並慫恿美國出面召開。（註五九）於是於一九二一年七月十日，美國總統哈定（Warren G. Harding）函邀英、法、日、意及中國派代表在美京華盛頓召開裁軍會議，嗣後荷蘭、葡萄牙及比利時均以在遠東有殖民地或經濟利益為由，要求出席。事實上，召開華盛頓會議的主要原因有三：①為列強間海陸軍之互相限制。②為中國問題協議。③為英國不願繼續日英同盟授意美國召集會議，藉資撤消。會議自一九二一年十一月十一日，在華盛頓開幕，至翌年二月六日閉幕，歷時凡八十七日。當時各主要國家出席會議之代表計日本以貴族院議長德川家達、海軍大臣加藤友三郎、駐美大使幣原喜重郎、外務省次官埴原正直等為全權委員，美國以國務卿許士（Hughes, Charles Evans）、參議院議員路德（Root, Elihu）、洛奇（Lodge, Henry Cobot）、安達烏德（Underwood, Oscar W.）為全權代表，英國以樞密院議長巴爾發（Balfour, Arthur James）、海軍大臣李（Lee, Arthur Hamilton）、澳洲國防大臣皮亞斯（Pearce, George Foster）、紐西蘭大審院法官薩爾蒙特（Salmond, John William）、加拿大前首相浦爾丹（Barden, Robert Laird）、印度政府行政參事員薩斯德禮

(Sastri, V.S. Srinivasa)爲全權代表，法國則派首相布利安(Briand, Aristide)、殖民大臣薩老(Sariaut, Albert Pierre)、前首相拜拜亞爾(Viviani, Rene)、駐美大使柔斯蘭(Jusserand, Jean Adrien Antoine Jules)爲全權代表，意大利則以上院議員向哲爾(Schanzer, Carla)爲全權代表，(註六〇)中國則派施肇基、顧維鈞、王寵惠、伍朝樞爲全權出席會議。(註六一)對於華盛頓會議之召開，中國全國人民咸抱無窮希望，北京、上海及其他城市各團體，紛紛集會研究，其中較著者如太平洋問題討論會、太平洋會議後援會、太平洋問題研究會、太平洋會議研究會等(註六二)以圖國民外交之實現。十月十二日全國總商會與全國教育會舉行聯合大會，有十四省三特別行政區的代表七十餘人參加，專門討論華盛頓會議之中國問題，會中公推北大教授蔣夢麟、中國基督教青年會總幹事余日章兩人爲國民代表，於同年十月十五日赴美，以宣達中國國民之意見。

華盛頓會議公推美國國務卿許士爲主席，他以發起者之身分，態度頗爲公正，其對於遠東諸問題，認爲「中國事務均應提交會議，以門戶開放機會均等原則解決之」，而對於日英同盟則竭力反對，其主張要旨爲：①中國門戶開放，②廢除日英同盟，③廢除關於遠東之祕密條約，④美英兩國有同等海軍之必要，⑤日本不得在太平洋設立要塞。同年十一月十六日，中國代表由施肇基提出十項原則，其主旨如下：

一、尊重中國領土及行政之完整。

二、贊成工商業機會均等主義。

三、各國間訂結有關中國或太平洋及遠東之條約時，須使中國與聞。

四、各國在華所得特殊權利，以經公布者爲限，未公布者作爲無效。

五、撤廢各國對華政治上所加之限制。
六、中國現有條約，須附以期限。
七、凡解釋讓與權時，須以有利於讓與國嚴格解釋之。
八、尊重戰時中國獨立。
九、訂立一解決太平洋及遠東問題國際爭議之和平條文。
十、設立一討論太平洋及遠東問題之會議，以便隨時召集，決定締約國之共同政策。

此外更提出特別事項，其大要有下列八端：①關稅自主，②撤消領事裁判權，③退還租借地，④撤退外國軍警，⑤撤廢客郵，⑥撤廢無線電臺，⑦交還山東，⑧取消二十一條款。

上述中國代表所提出的十項原則，幾經折衝妥協，由美國代表路德合併為四大原則，並經由九國代表所組織的「太平洋遠東委員會」簽訂所謂「九國公約」四項原則——此四項原則為九國公約之一部，又稱為「路德決議案」，其內容如下：

一、尊重中國的主權與獨立，暨領土與行政之完整。
二、與中國以完全無礙之機會，以發展並維持一有力鞏固之政府。
三、施用各國之權勢，以期切實設立並維持各國在中國境內之商務、實業、機會均等之原則。
四、不得因中國狀況，乘機營謀特別權利，而減少友邦人民之權利，並不得獎許有害友邦安全之舉動。

上舉四項原則，便是後來「九國公約」的第一條，所謂中國門戶開放、機會均等，都包括在這四項原則裏面。

一九二二年（民國十一年，大正十一年）二月六日，參加華盛頓會議國家，締結了所謂「九國公約」，其原文如下：

締約九國，茲因志願，採定一種政策，以鞏固遠東之狀況，維護中國之權利利益，並以機會均等爲原則，增進中國與各國之往來，議決訂立條約如左：

第一條：除中國外，締約各國協定：①尊重中國的主權與獨立，暨領土與行政之完整。②與中國以完全無礙之機會，以發展並維持一有力鞏固之政府。③施用各國之權勢，以期切實設立並維持各國在中國境內之商務、實業、機會均等之原則。④不得因中國狀況，乘機營謀特別權利，而減少友邦人民之權利，並不得獎許有害友邦安全之舉動。

第二條：締約各國協定，不得彼此之間及單獨，或聯合與任何一國，或多國訂立條約或協定或協議或諒解，足以侵犯或妨害第一條所稱之各項原則。

第三條：爲適用在中國之門戶開放，或各國商務實業機會均等之原則，更爲有效起見，締約各國除中國外，協定不得謀取或贊助其本國人民謀取：①任何辦法爲自己利益起見，欲在中國任何指定區域內，獲取有關於商務，或經濟發展之一般優越權利。②任何專利，或優越權，可剝奪他國人民在中國從事正當商務實業之權利，或他國人民與中國政府，或任何地方官，共同從事於任何公共企業之權利，抑或因其範圍之擴張，期限之長久，地域之廣濶，致有破壞機會均等原則之實行者。

本條約上列之規定，並不解釋爲禁止、獲取爲辦理某種工商或財政企業，或爲獎勵技術上之發明與研究，所必需之財產及權利。

中國政府，擔任對於外國政府及人民之請求經濟上權利及特權，無論其是否屬於締結本約各國，悉秉本條上列規定之原則辦理。

第四條：締約各國協定，對於各該國彼此人民間之任何協定，意在中國指定區域內設立勢力範圍，或設有互相獨享之機會者，均不予以贊助。

第五條：中國政府約定中國全國鐵路，不施行或許可何種經過不公之區別，例如運費及各種便利，概無直接間接之區別。不論搭客隸何國籍，自何國來，向何國去，不論貨物出自何國，屬諸何人，自何國來，向何國去，不論船舶或他種載運搭客及貨物之方法，在未上中國鐵路之先，或已上中國鐵路之後，隸何國籍，屬諸何人。

締約各國，除中國外，對於上稱之中國鐵路，基於任何讓與或特別協約，或他項手續各該國或該國人民，得行其任何管理權者，負有同樣之義務。

第六條：締約各國除中國外，協定於發生戰事時，中國如不加入戰團，應完全尊重中國中立之權利。中國聲明，中國於中立時，願遵守各項中立之義務。

第七條：締約各國協定，無論何時遇有某種情形發生，締約國中之任何一國，認爲牽涉本條約規定之適用問題，而該項適用，宜付諸討論者，有關係之締約各國，應完全坦白互相通知。

第八條：本條約未簽字之各國，如其政府，經締約各國承認，且與中國有條約關係者，應請其加入本約。

因此美國政府，對於未簽字各國，應爲必要之通告，並將所接答覆，知照締約各國，任何國家之加入，自美政府接到該國通知時，發生效力。

第九條：本條約經各締約國，依各該國憲法上之手續批准後，從速將批准文件，交存華盛頓，並自全部交到華盛頓之日起，發生效力，該項批准文件、筆錄，由美國政府，將正式證明之謄本，送交其他締約各國。

本條約英文法文，一律作準。其正本保存於美國政府之檔案庫，由該政府將正式證明之謄本，送交其他締約各國。

民國十年（一九二一年）五月五日　國父孫中山先生就任大總統職（即第二次廣東政府），並於九月五日就有關華盛頓會議發表宣言如下：①華盛頓會議中解決遠東問題的關鍵在排除日本的侵略政策，即解決日本與北京政府之間的二十一條、祕密協定、借款、租界等問題。②北京政府的徐世昌是非法的總統，出席華盛頓會議的中國代表，應由中國合法政府且不與日本妥協的政府派遣。③華盛頓會議如無廣東政府代表出席，會議所作有關中國決定應屬無效。（註六三）但卻未為列強所接受。

關於山東問題，在華盛頓會議召開之前，日本先後四次要求與中國直接交涉，然因日本之態度不夠誠意，中國國民，異常反對，罷課罷市，迫政府予以拒絕，於是山東問題，遂成懸案。華盛頓會議召開後，北京政府代表將山東問題提交大會籲請予以討論。日本代表知悉此事後，乃在新聞上發表一篇宣言，謂此係特定國間之問題，日本國家體面上不能承認其在大會上討論，該案業經在北京直接交涉，若移至華盛頓，由中日兩國代表直接交涉，則日本不拒絕等云云，陰請同盟國代表出為斡旋。嗣經英美兩國首席代表許士（美）及巴爾發（英）調停，決定由中日兩國直接在大會談判，英美派代表居間出席，但不參加討論，這原是變相的中日直接談判，是大會對日本讓步的一種表示。中國代表雖同意由英美派代表居間出席，但聲明如下二項先決條件：①解決魯案，並非認日本繼承德國權利，②專就事實討論，與無論何項條約或協定毫無牽涉。自一九二一年（民國十年，大正十年）十二月一日起至翌年一月三十一日止，中日兩國代表間在英美代表（美國派東方股長馬克謨及外交參事佩爾，英國派朱爾典及東方股長萊樸生列席）監視下，舉行三十六次談判（一九二一年十二月一日至一九二二年一月三十一日），結果中日山東問題條約並沒有廢止，而祇於二月四日簽定一個「解決山東懸案條約」，條約全文冗長，不便列舉，其主要內容如下：

一、膠州租借地交還問題：日本應將前德國膠州租借地交還中國，並由中日兩國各派代表三人組織委員會，商訂執行移交膠州租借地行政、軍事，及該地方公共財產事宜。

二、日軍撤退問題：駐膠濟鐵路沿線及其支線的日本軍隊、警察，應於本約簽字後三個月內（至多六個月）全部撤退，由中國軍隊接防，駐青島之日軍，於行政事務移交中國時，應即完全撤退。

三、青島海關問題：青島海關應於本約發生效力時，成為中國海關的完全部分。

四、膠濟鐵路交通問題：日本應將膠濟鐵路及其支線，並各種附屬財產，全數交還中國，中國自認償還日本此項鐵路財產的實價五千三百四十萬馬克，此項財產給價，在膠濟路移交手續完了之時，以中國國庫劵交付日本，限十五年還清，但五年以後，中國得一次還清。全款未還清時，應聘日人為軍務總管及主任會計一人。

五、膠濟鐵路兩延線（濟順、高徐）問題：由中國政府讓與國際銀行團，其條件由中國政府與該銀行團協定之。

六、路權問題：中國以前讓與德國之淄川坊子及金嶺鎭三處鐵路，應移歸中國政府特許組織之公司，該公司之日本資本，不得超過中國資本。

七、礦產問題：凡日本在膠州沿岸所已享有之鹽業利益，由中國政府以相當價款贖還，惟所產之鹽，須以一定之數量，運往日本。

八、海底電線問題：日本政府聲明關於青島煙臺間及青島上海間前德國海底電線的一切權利，概歸中國所有，但兩線中曾經日本政府用爲聯絡青島佐世保海底電線之一部分，不在此限。

九、膠州租借地開放問題：中國政府自行開放前德國膠州租借地全部爲商埠，允許外人在該地自由居住經商並尊重外人在該地之既得權。

十、優先權放棄問題：日本政府聲明放棄一八九八年（光緒二十四年，明治三十一年）中德條約所定關於供給人才、資本、材料之優先權。

上述條約簽訂後，自大正十一年（民國十一年，一九二二年）四月起日本先撤退膠濟路之兵，中國付償日本五千四百萬兩，收回青島。大正十二年又收回膠濟路。於是八年以來，喪失主權，被日本蹂躪壓迫的山東問題，至此暫時告一段的解決，至於民國四年（一九一五年）日人脅迫袁世凱所簽訂之「二十一條款」問題，中國代表雖曾聲明當年承認，是在日本武力壓迫之下，而且日本此種行動，乃是破壞中國的政治獨立、領土完整，與機會均等之各項原則，美國代表亦據理力爭，發表反對及譴責日本之宣言，但日本毫無動於衷，拒絕討論，大會曾一度擱置不談，最後才承認中國他日解決此案之權利。

華盛頓九國會議，除了解決中日問題之外，另外決定下列兩種重要協定：

（甲）軍備限制條約：軍備限制條約，與其會議經過，全爲美英日法意五國之事，與中國無關。最初由英美日三國協議，後來法意兩國亦加入，大抵以五國現有勢力爲基礎，對主力艦及航空母艦加以限制。初次開會時，美國代表許士提出如下之「海軍限制四原則」及「補助辦法四原則」，其內容爲：

海軍限制四原則：①現在建造中之主力艦，一律停止建造。②分別存毀舊式戰艦。③應注意關係各國現有之海軍力。④計算海軍力量，須以巨艦噸數爲標準，並敍明輔助艦相當之配置。依此計劃，美國應毀巨艦三十艘，英國應毀十九艘，日本應毀十艘。

補助辦法四原則：①非待協定成立十年期滿後，不得補換。②補換之最高噸位美英兩國各爲五十萬噸，日本爲三十萬噸。③滿三十年之舊巨艦，得造新巨艦補換之。④將來補換巨艦，不得超過三萬五千噸。依此計劃美英日三國之海軍主力艦噸數計算，應爲五五三之比例。

許士之方案提出後，英國當然贊成，但日本則予以反對，日本代表海軍大臣加藤友三郎主張日本海軍與美英應相同，要求三國海軍噸位爲十十七之比例，美英兩國，堅不承認，歷六十餘日不能解決，嗣由英國調停，邀請法國加入四國協約，爲取消日英同盟之條件，日本始承認五五三之比例。日本承認後，美英代表始與法意代表接洽，協定法意兩國海軍噸位之比例皆爲一七五。於是五國乃簽訂條約，以一九三六年（民國二十五年，昭和十一年）十二月三十日以前爲有效期間。其內容要旨爲：「每國之主要戰艦噸數，英美兩國皆不得超過五十二萬五千噸，日本不得超過三十一萬五千噸，法意兩國皆不得超過十七萬五千噸。準此比例，美國於定期間內銷毀巨艦八十二萬噸，英國銷毀巨艦六十餘萬噸，日本銷毀巨艦四十三萬噸，又十年內停止建造軍艦，又戰時禁用潛水艇與毒瓦斯，及太平洋中三個殖民地之要塞，均維持現狀，不得另爲增修，惟日本國之本部，美國之檀香山，英國之澳洲，不在此例」。

這次日英美三國的海軍軍備限制，普通稱爲「三、五、五之比例」，以日本當時國力而言，無財力作無限制的擴充以與英美競爭，故這次限制對日本實爲有利。

日英美法意五國海軍軍備比率表

艦類	排水量、砲徑	日	英	美	法	意
主力艦	總排水量（噸）	三一五、○○○	五二五、○○○	五二五、○○○	一七五、○○○	一七五、○○○
	各艦排水量	三五、○○○噸				
	各艦砲徑	口徑十六吋				
航空母艦	總排水量（噸）	八一、○○○	一三五、○○○	一三五、○○○	六○、○○○	六○、○○○
	各艦最大排水量	二七、○○○噸				
	各艦最大砲徑	口徑八吋				

（乙）四國協約：日本自明治三十七年（一九○四年）利用日英同盟戰勝俄國，合併朝鮮，壓迫中國，取得在中國境內的種種特殊權利，演變結果遂與美國在太平洋方面之利益發生衝突，而英國亦因日本銳意擴張海軍，惹起英國在太平洋各屬地之恐怖，因此皆主張取消日英同盟。日英同盟訂於一九一一年七月

十三日，其屆滿期限爲一九二〇年七月十二日。日本爲欲繼續同盟，特派皇太子（今之昭和天皇）赴倫敦，表示同盟國之濃厚情誼外，請求續盟。英國政府不便拒絕，將盟約有效期間，宣告延長一年，以謀另圖辦法。一九二一年出席華盛頓會議之英國代表巴爾發拜會美國代表許士，說以日英同盟存續之利益，並勸美國加入，將日英同盟變爲日英美三國同盟。但美國本意不願加入這種同盟，惟鑒於軍備業經限制，倘日英同盟不取消，則美國非常危險，此舉使美國考慮不得不加入協約，以取消日英同盟。惟以英日兩國，有二十年之久的同盟關係，恐其易於接近，不得已乃主張邀請法國加入，於是英美日法四國協約於一九二一年（民國十年，大正十年）十二月十三日成立，其條文內容如下：

美英日法四國爲確保一般和平，並維持各在太平洋所有島嶼屬地及領土之權利，決定簽訂左列之條約：

第一條：締約國互允尊重各在太平洋所有島嶼屬地及領土之權利。倘締約國間，有任何太平洋問題發生爭議涉及前項權利，而外交上不能圓滿解決，且有影響締約國間目前輯睦者，則應邀請與約各國，開聯席會議，將全部問題付諸審議解決。

第二條：若前記之權利，爲第三國之侵略行動所威脅時，則締約國應完全明白互相通知，以便有共同諒解，或聯合進行，或單獨爲最有效力之辦法，以應付此緊急之局勢。

第三條：本協約自發生效力之日起，以十年爲有效期限，期限滿後，仍繼續有效，惟任何一國，得以十二個月前之通告廢止之。

第四條：本協約按照締約國憲法手續批准，自批准公文到華盛頓之日起，即生效力。其一九一一年七月十三日在倫敦協訂之英日同盟約，即從此終止。

由上述之條文觀之，可知四國協約在其有效期間內，有防止日美戰爭之效力，同時又明白廢棄日英同盟，使日本失去了靠山，但亦因此而使日本益感孤立，演變結果，最後迫得日本在後來當德意法西斯勢力興起之後，為了保障自己在亞洲的利益，而與德意兩國狼狽為奸，終於與英美正面發生衝突，而有一九四一年十二月八日太平洋戰爭之發生。

綜括以上所述，可知所謂華盛頓九國會議，只是列強帝國主義內部因分贓中國不均而召集的一種會議，並非眞正為了保障中國的安全，如果說九國會議有助於中國的話，那只是恢復歐洲大戰以前國際共管的局面罷了。申言之，九國會議，在列強所得之成績，是列強暫時相諒解，而中國所得之微小利益，祇稅率確定值百抽五，廢除外國郵局，山東問題之表面解決，以及威海衞與廣州灣租借地的歸還；至關於撤消領事裁判權，撤退駐華外國軍隊，關稅自主，取消二十一條款（日本只允許放棄二十一條中滿蒙投資優先權及撤消第五號保留權）等重要問題，皆未獲得解決，尤其是日本帝國主義在中國之旣得權益（特別是滿蒙方面）並未擯除，對中國影響最大。其他中國主權獨立領土完全等，皆係托之空言，未有實際效果。

第五節　大陸政策的實行——從東方會議至七七事變

一、幣原和平外交政策——對華不干涉政策與日本軍人地位的低落

日本自大正中葉以還，軍國主義暫告低潮，德謨克拉西（democracy）氣氛漸次高揚，兼之歐戰結束，

一九二一年華盛頓九國裁軍會議以後，舉世充滿裁軍的空氣，日本亦自不能例外，益以西伯利亞出兵，虛耗國幣，徒勞無功，引起輿論普遍的攻擊，於是陸海軍軍人的社會地位，乃不免江河日下。尤以歐戰後自大正九年（一九二〇年）春開始，發生景氣的反動，在經濟不景氣，財政困難的情況上，政府當局自大正十一年到十四年（一九二二－一九二五年）之間，先後實行了三次的裁軍。（註六四）大正十三年（一九二四年）元月，加藤高明組閣，由久任駐外使節，洞悉世界大勢的幣原喜重郎出任外相，他在一九二四年六月就任外相之後，其在外交政策上的方針是「以不干涉主義與國際協調主義爲基調」，並宣示：「現今權謀術數之政略，乃至侵略政策之時代已全然過去。外交在於踐履正義和平之大道，而開拓帝國命運之前程，確信亦非此莫由。……總之，日本將遵守巴黎和約、華盛頓會議諸條約和諸議決等明示或默示之崇高精神，並努力以完成帝國之使命」（註六五）的外交政策基本原則，他甚至於在一九二四年七月一日的臨時議會開幕席上，斥責侵略主義云：「帝國外交之根本要義在於維護增進我國正當權利利益，同時尊重列強之正當權利利益，以確保太平洋方面之和平，推而及於維持世界全球之和平。……我等絕無犧牲他國以滿足我等無理之慾望，絕不爲所謂的侵略主義、領土擴張主義等事實上不可能實現之妄想所動，但是維護增進日本之正當權利利益，則爲政府當然的職責所在」。（註六六）至於對中國問題幣原則表示：「過去中日兩國在政治上、經濟上及文化上，均有最密切的關係，實無容贅論，使兩國間保持充分諒解之必要，亦爲自明之理。……近年中國諸地頻發外國人被害事件，更惹起外人對中國政情之不滿和關注，但是中國之斷然進行改革，百般施政，實亦非輕而易舉的事實，對此等事情我等應深加諒察，我等應以同情、忍耐，並協助中國國民達到其正當之願望，中國向我所要求之友好的協力，也應在我能力所及範圍內，不惜提供之。

而中國內政亦非我等得加干預者，又我等絕不忽視中國之合理的立場，而採取任何行動」，（註六七）「中國由何人掌執政權，究以如何之政策爲宜，此乃應由中國國民自行決定之問題。中國人之國家生活係以其數千年之歷史爲背景，由其自國特有之環境刺戟發生而來，不論任何國家如欲以其自己本位而攫出政治或社會組織之計劃強推於中國，皆永遠不能成功，且中國亦終究不會永久接受外國之意志而服從其驅使」，（註六八）而對於滿洲問題所持態度亦極爲溫和公正，例如一九二六年一月二十一日，他在第五十一屆議會中表明對滿方針有云：「保持東三省地方之和平及安寧，以避免戰亂之慘禍及於滿蒙，固爲中國居民，亦爲我僑民所誠心希望者。惟此一責任，當然屬於中國當局，我等如妄自負起此一責任，則等於蔑視在國際關係之基本觀念，華盛頓條約之根本原則以及帝國政府之歷次聲明。我等一旦對此加以蔑視，則應覺悟我國家之名譽、威信將因此而永遠喪失。我等無論如何不能採取如此無謀的行動」。（註六九）

綜括上述，可知幣原外相對中國之根本觀念，不外乎是，欲確立世界之永久和平，必須遵守國際規約及華盛頓會議之諸條約，而與中國互相提攜，尊重中國之獨立，並採取共存共榮的和平政策；對於中國之內政則堅持不干涉主義，反對採取所謂現地保障主義，認爲中國之和平恢復無論如何惟有俟諸中國國民之主動的努力。（註七〇）當時廣東政府的胡漢民希望加藤內閣、幣原外相之出現，得以期待中日懸案之解決，而對幣原外交表示歡迎。

由於自大正十一年至十四年之間，日本政府一連三次裁軍，兼以民主思潮的抬頭。因之日本軍人的社會地位逐漸低落，而削弱了軍部在政治上的勢力。結果當時優秀的中學畢業生無人志願進入陸海軍軍校就讀，有名的女學校畢業生，都不肯嫁給軍人，軍人則到處成爲路人輕侮之的，身着軍服搭乘電車皆有跼促不安之狀態，甚至軍人在人多的場所，盡量穿便衣。（註七一）但是日本近代政治的演進，到了大正末季昭和初年，由於政黨爲爭奪政權而反覆重演政爭，並一連串發生了政治舞弊案，引起了一般民衆對文人政府的不信任，終於引致軍閥捲土重來直接干與政治的機運。軍閥既控制政治，對內則壓迫解散一切政黨活動，對外則發動全面性侵華戰爭，最後導致自殺性的戰爭，使日本瀕臨於滅亡之深淵。今姑且將日本實行大陸政策的經過，循序分述於下。

二、東方會議與滿蒙積極政策及皇姑屯事件

幣原喜重郎歷任加藤高明內閣及若槻禮次郎內閣之外相三年有餘，其和平外交及對華不干涉政策之推行，固然使得日本軍部暫熄其囂張氣燄，但若槻內閣在一九二七年（昭和二年）的大金融恐慌之下，於是年四月二十日垮臺，而幣原外交亦隨即覆亡。繼之組閣者爲長州派的軍閥政友會總裁田中義一，他自兼外相而實行與幣原和平外交對比的實力外交，田中的政治興趣很濃厚，當他還是參謀次長時，其全副精神，都是注意在中國大陸的。（註七二）他是一個典型的日本軍國主義者，中國問題是他生命的全部，因此當他爬上首相寶座後，立刻便跟着英國對上海的政策而對山東出兵，而召集在中國的外交陸軍人員會議，而對滿蒙決定積極政策。（註七三）何況當時田中首相自兼外相，在其下擔任外務省次官的森恪是所謂「東亞新體制先驅者」。他不但是政友會的鬥士，其關於對華政策，又是非常奔放而具有積極意圖，與軍方的極端分子相勾結，是煽動對滿洲的強硬論者，（註七四）因此，田中內閣的對華積極外交之推進，便以森恪外務次官爲中心，清算幣原和平外交，進行種種之籌劃，其中之一就是昭和二年（一九二七年）六月二十七日

至七月七日之所謂「東方會議」的召開。召開「東方會議」具有兩大目的：其一爲溝通駐外使節與本國政府之間的意見，以貫徹新政府之新政策，尤其要使駐外使節充分瞭解新政策，使內外行動一致，密切聯繫；另一爲藉此集會的機會，使外交超然於政爭之外，樹立一永久的國策，不致因內閣之更迭而變更，爲此尤有使有關各方面之實際負責者會聚一處，進行協議的必要，尤其是自國民革命北伐以來，急激變化的中國情勢，尤有樹立統一之對華政策之必要。（註七五）

東方會議是在東京外相官邸召開的。參加人員計有，首相兼外相田中義一、外務次官森恪、事務次官出淵勝次、亞洲局長木村、情報部長小村欣一、駐華公使芳澤謙吉、駐瀋陽總領事吉田茂、內閣書記官長鳩山一郎、陸軍次官畑英太郎、參謀次長南次郎、參謀本部第二部長松井石根、軍務局長阿部信行、海軍次官大角岑生、海軍軍令部長野村吉三郎、關東廳長官兒玉秀雄、關東軍司令官武藤信義，以及朝鮮總督府警務局長淺利等。會議前後召開五次，擬訂了所謂「對支（華）政策綱領」（俗稱「田中奏摺」）共八項，全文如下：

「確保遠東之和平，實現中日共存共榮的成果，實爲我對華政策之根本要義所在。但論其實行之方法，則鑑於日本在遠東之特殊地位，對中國本土與滿蒙，不能不有異其旨趣者，今特將基於此根本方針而制定之對華政策綱領指示如下：（註七六）

㈠對於中國之國內政情之安定與秩序之回復，雖爲目前刻不容緩之急務，但其實現方法確信應由中國國民自任爲之乃最爲妥善之方法，因此，際臨中國之內亂政爭時，應不該有偏重於一黨一派之利略，完全尊重民意，苟有關各派間之離合集散之情事，則應嚴加予以避免之。

㈡對於基於中國穩健分子之自覺之正當的國民之冀望，應以滿腔之同情，協力使其能循合理的、漸進的方式達成，並務須與別國協同以期其實現。與此同時，中國之和平的經濟發展乃中外所共同熱望者，因此應與中國國民之勢力相呼應，務須與別國友好協力之。

㈢上述之目的，要之必須俟諸有強固的中央政府之成立方克有成，但鑑衡中國目前之政情，欲確立此種政府實非容易之事，因此暫時應與各地方之穩健的政權適宜地接近，以俟漸次邁進全國的統一之機運之外，別無良策。

㈣因此隨着政局之推移，不論是否南北政權之對立抑或各種地方政權之聯合，日本之對於各政權的態度，應採取全然同樣一致之方針，乃不容贅論者。在這種形勢之下，倘因對外關係上而有共同政府成立之機運興起，則不問其所在地之如何，日本應與別國共同歡迎之，表明助成統一政府發達之意圖。

㈤當前不逞分子，往往乘中國政情之不安，而引起跳梁而擾亂治安，恐有惹起國際事件之爭執之慮。帝國政府對於鎮壓這些不良分子，維持秩序，雖期待由中國政權加以取締以及中國國民之自覺而實行之，但對於有關在中國之帝國之權利利益並在留日本人之生命財產之避免受不法之侵害，出於自衞而斷然採取必要之處置，洵爲不得已之事。

㈥尤其是關於日華關係，對於基於虛構之謠言傳說，而漫無目的地掀起排日運動者，努力於排除其疑惑固不待論，進而爲了擁護權利，有採取機宜處置之必要。

㈦關於滿蒙特別是東三省地方，在國防上及國民的生存關係上，具有重要之利害關係，因此不僅爲我國應加以特殊之關切，以維持該地方之安寧，以及經濟發展，俾其成爲內外人安居之所，同時亦爲接壤鄰邦日本責無旁貸之任務。然而貫通滿蒙南北交通，並依門戶開放機會均等之原則，以促進內外人之經濟活動，實爲迅速解決該地方之安寧與和平之根本原則，有關我既得權益之維護乃至於懸案的解決，亦應本上述方針處理之。至若論及東三省政情之安定，則俟諸東三省人民自身之努力，固爲最善的方策，然對於尊重我在滿蒙之特別利益，而努力於建立該地方政情之安定，帝國政府特給予適當的支持。

(八)倘萬一動亂波及於滿蒙，治安成爲問題，對我在該地方之特殊的地位權益，有發生侵害之虞時，則無論其爲何方，均將加以防護，且爲保持該地成爲內外人安住之地，將毫不遲疑的決定採取適當的措置」。

事實上，東方會議的兩大結論是：①在中國本土實行「現地保護主義」，以武力壓制中國的「國權恢復運動」，②在滿洲，日本則以滿洲的保護國自居，以滿洲治安爲己任，務使滿洲成爲「內外人安住之地」，將滿洲視同日本的保護地。申言之，田中義一的「對華政策綱領」，徹底地推翻了前任外相幣原喜重郎的對華和平政策，廢棄幣原對華不干涉政策而明示強調爲保護日僑之生命財產的安全，決不惜訴諸武力，並且一再強調日本在滿蒙權益之特殊性，此舉無異否認中國在東三省之主權，而置滿蒙於其保護之下。

東方會議後不久，田中首相於同年七月二十五日（一說是二十七日），將之託宮內大臣木喜德郎上奏天皇，並於七月二十日訓令駐瀋陽總領事吉田茂與奉天省主席莫德惠交涉。吉田與莫德惠之交涉，在七月二十三日開始，但因吉田之交涉態度過於強硬，引起滿洲之排日運動更爲激烈。日本駐北京之芳澤謙吉公使、本庄繁武官、兒玉秀雄關東廳長官等，鑑於因奉天交涉所引起之排日緊張局勢，紛紛電報日本外交當局譴責吉田茂所取強硬態度之不當。（註七七）外務省經就芳澤公使等之意見與吉田茂之意見比較考慮結果，撤回先前之訓令，認為實行吉田之強硬政策，為時尚屬過早，因此，田中首相乃改派森恪前往旅順，就東方會議所決定之滿蒙積極政策之具體執行方案，與駐在地的日本使節及軍事負責人進行協商。森恪於一九二七年（民國十六年，昭和二年）八月十五日，在旅順賡續召開會議，參加人員有關東軍令官武藤信義、駐瀋陽總領事吉田茂、駐華公使芳澤謙吉、駐華武官本庄繁、松井七夫少將等。會議決定與奉天地方當局交涉之辦法三項，即：①日本應要求擴張日本在京張鐵路上之權利，凡中國自辦之鐵路，與滿鐵之利益發生衝突者，應不許建造。②日本應將東北朝鮮等三銀行合併為一，增集資本，要求張作霖委由此一新設而資本雄厚的日本銀行整理奉票，以便根本整理滿洲的財政金融。③日本籌集鉅額資本，設立大規模之鐵工廠，包攬滿洲所須路軌及工業用的鋼鐵材料。（註七八）

駐華公使芳澤謙吉乃根據此原則，在北京和張作霖（時張作霖在北京稱大元帥）交涉滿洲懸案，八月二十八日提出如下條件（註七九）：①吉會等六路築路權。②吉林黑龍江兩省之森林經營權。③實行二十一條之土地商租權。④取消中國所築之打通吉海兩路。⑤取消滿蒙日僑的治外法權，但以允准日人在滿蒙享有內地雜居權相交換。

正當芳澤公使與楊宇霆（張作霖之代表）為解決滿蒙懸案問題而進行交涉時，中國國內反對的聲浪愈來愈高，瀋陽則發生激烈的排日運動，同時南京國民政府外交部長伍朝樞於九月向芳澤公使照會，提出嚴重抗議，（註八〇）田中首相被迫乃於九月九日，訓令中止談判，芳澤公使談判未成，田中首相乃任命山本條太郎（政友會幹事長）爲滿鐵社長、松岡洋右爲副社長，由彼等代表田中首相與張作霖直接談判。結果於十月十五日成立了所謂「山本、張作霖之密約協定」，（註八一）但此一協定因芳澤公使以渠等係正式駐華最高代表而事先毫無所聞大爲憤慨，指責山本之越權，楊宇霆亦恐此一交涉內容公開化以後，將招來各方之反對，而否認曾與日本進行任何鐵路建築權之祕密交涉。

一九二七年（民國十六年，昭和二年）十一月間，中國國民革命軍的北伐再度展開，山東方面之情勢對張作霖極爲不利，芳澤公使乘機於十二月九日威迫張氏要求解決滿蒙鐵路交涉，張氏乃授權吉林省長張作相負責與日方代表就滿蒙鐵路問題進行交涉。一九二八年五月間，北伐軍進抵山東，平津一帶告急，張作霖地位岌岌可危，山本條太郎乃乘張作霖危難之際，前往北京誘迫張氏簽字於滿蒙五路協定（一九二七年十月十五日協商的）。同時日本政府鑑於中國北伐軍，勢如破竹，有統一全中國之徵象，因此乃於五月十六日的閣議決定「有關滿洲地方治安維持之措施案」，聲明日本決心訴諸武力阻止戰禍波及滿蒙，並且決定阻止革命軍，進入滿洲，但奉軍若早日脫離戰鬥，向滿洲撤退時，則可免武裝解除。同月十八日，日本閣議又通過「戰亂進展至京津地方，禍亂將及於滿洲之治安，日本帝國政府爲維持滿洲治安起見，將不得不採取適當而有效的措施」，（註八二）並於同日向北伐軍及張作霖等發出通牒。日本企圖先利用張作霖退出關內以阻止北伐軍向關外發展，繼之再謀與張作霖個別的就滿洲問題進行交涉，以鞏固日本在滿洲的利益，因此乃勸說張學良、楊宇霆以保持奉軍實力爲重，早日退回奉天保全大局。張學良終爲所動，乃勸說其父張作霖，張作霖在四面楚歌的威迫下，於六月初決定引退，率奉軍退出關內。張作霖於一九二八年六月三日退出北京，於四日清晨五時二十三分他所搭乘之特別列車在瀋陽郊外滿鐵與京奉路交接的陸橋下被日本的關東軍炸死。此一謀炸張作霖事件日本官方稱爲「滿洲某大事件」，對其眞相諱莫如深。封鎖消息，嚴禁報紙刊載有關新聞，直至第二次世界大戰後在東京的遠東國際軍事法庭作證時始行公開。（註八三）事實上，謀炸張作霖乃由關東軍之高級參謀河本大作大佐（上校）所計劃的，係由東宮鐵男上尉直接指揮其所屬之工兵隊執行的，河本之所以謀炸張作霖之原因，一則深怕張作霖回瀋陽後不甘爲日本利用，一則想造成關東軍發動武力佔領滿洲的藉口。（註八四）抑有甚者，河本曾令其部下尾崎上尉提出出動關東軍之要求，以便乘機與京奉線之中國守備兵混戰，從而擴大事件，使關東軍獲得出動軍隊之藉口，以武力壓服滿洲當局，推進日本之大陸政策，實現帝國之使命完成明治以來的北進國策，但因與關東軍參謀長齊藤恆未取得配合。故僅止於列車之爆炸，未釀成其他事端，否則九一八事變恐早已提早發生矣。（註八五）

張作霖謀炸事件（又稱「皇姑屯事件」）發生後，日本國內最感失望者，當推田中首相。蓋因滿蒙新五路之協定已簽過字，張作霖退回關外又已受勸告，田中躊躇滿志，方擬俟張作霖回瀋陽後，再以誘脅方法，完成其分離滿蒙之謀略，故於聞耗之下，極感氣憤，欲將關東軍與謀殺之人提付軍法懲辦，（註八六）日皇昭和及碩果僅存的元老西園寺公望一再督促田中首相徹查眞相，以嚴軍紀。（註八七）惟參陸軍人，則以爲關東軍曹，忠勇可嘉，縱不能論功行賞，明予旌褒，亦必宜略迹原心，罪從末減，遂堅持免揚國恥之說，欲以行政處分了事，而政友會幹部首腦及閣員恐爲反對黨所乘，咸以此案爲國際視聽所繫，一旦公諸於世，殊有損國家名譽而多主張採取不了了之的措施，勸田中首相含糊結案，以掩蓋世人耳目。（註八八）所以儘管日皇有意嚴懲禍首，但陸軍方面勿寧以元兇之志係出於對國家的忠誠，力勸田中首相不必認眞，政府亦只把關東軍司令官村岡太郎中將編入預備役，而把直接從事炸死張作霖行動的策謀者河本大作上校，以停職處分了事，由於政府對此案件未能認眞處理，終於貽給軍人以一種錯誤觀念，即「凡是可以影響國際關係的陰謀，事成則爲國家的功臣，如果不成則歸之於國家負擔，去實行的人，反正可以不受制裁，這種危險想法不知不覺之間就確立於軍部之間。……馴致軍部爲推行自己的計劃，竟對天皇亦無所畏忌」。（註八九）這種錯誤觀念盛行結果，終於造成昭和軍閥囂張跋扈的氣焰，而更促使其大膽積極地斷行侵華的行動。

皇姑屯事件後，張學良探悉其父之被炸死，乃關東軍之陰謀暗殺，兼以他已深察北伐統一局面係大勢之所趨，民衆之要求，故雖在日人嚴密之監視下，仍暗中進行易幟的計劃，於七月一日通電 蔣委員長渭渠並不阻止南北統一，並決定於七月二十二日正式宣布。（註九〇）七月十七日，日本駐奉天總領事訪張學良，就山本條太郎與張作霖生前有關之滿蒙鐵路借款協定進行商談，並勸阻張學良之易幟，張學良迫於情勢，易幟計劃遂暫告擱淺。惟田中首相認爲解決滿蒙懸案最急切待決的問題，莫過於阻止張學良之易幟，以及排除滿洲境內之國民革命軍勢力，爲此田中首相乃派第一次世界大戰期間曾任駐華公使之林權助爲特命全權大使赴滿洲，名義上是參加張作霖的葬禮，但事實上是企圖說服張學良，阻止東北的易幟。林權助於八月四日抵達瀋陽，翌日參加張作霖葬禮後，自八月五日至十二日之八天之內，經過一再的交涉，及威脅利誘，終獲得張學良允諾將易幟事宜延後三個月。至於「山本、張作霖之密約協定」，亦因日本政府內部發生歧見，無疾而終。（註九一）但張學良憤其父之慘死，且同情北伐革命軍，遂於民國十七年（一九二八年，昭和三年）十二月二十九日上午七時，通電服從國民政府，並同時通令奉吉黑三省同時易幟，於是青天白日滿地紅之中華民國國旗，高懸於東北各角落，中華民族統一之向心力，終非日本割離滿蒙運動之離心力所能遏制，而中國亦終於在國民政府之下完成了全國統一大業。

三、日本出兵山東——五三濟南慘案

民國十四年（大正十四年，一九二五年），中國國民政府的成立，顯然是國民革命勢力更加鞏固的表現，同時也就是北伐前國民革命政權的建立。翌年（一九二六年）七月，國民政府出師北伐，這是國民政府在全國民衆一致要求下的統一大業的開始。前已述及，日本爲進行其侵華的大陸政策，對中國革命勢力的澎湃，素懷畏懼與嫉視，因此乃利用奉系軍閥爲宰割中國的工具。民國十五年（一九二六年）中國收回漢口英租界後，日本在漢口屢次製造殘殺事件。民國十六年（昭和二年，一九二七年）五月，國民革命軍克復南京，即渡過長江北伐，當大軍抵山東邊界時，日本政府先與奉系張宗昌勾結，以保護僑民爲名，（註九二）採用陸相白川義則之議於五月二十八日派陸軍二千人入侵山東。事實上，日本出兵的眞正意圖是爲了阻止進迫徐州的國民革命軍的北上，維護華北軍閥的政權，其最終目的則在奪取山東，以爲侵佔滿蒙舖路。其時英美兩國皆支持日本的出兵，這是因爲他們三國對反中國國民政府的革命有着共通的利益，而想使日本在華北來一次火中取栗。（註九三）由於日本的帶頭，華北突然成爲日英美武力干涉之地，但英美軍隊之進入天津係根據辛丑和約，惟日軍之入侵青島、濟南並無任何條約根據，顯然違反國際公法，且侵犯中國主權，因此，中國各界反應激烈。當時國民政府外交部，當即提出嚴重抗議（武漢政府及北京政府均向日本提出抗議），日兵不久於八月三十日退去。這是日本的第一次出兵山東。

民國十七年（一九二八年，昭和三年）國民革命軍再度北伐，是時英國對於中國國民革命運動頗表同情而早已退還漢口、九江租界，至於美國亦自是年年初即已採取援助國民政府統一中國的方針，但日本因早在第一次出兵山東後即召開所謂「東方會議」，決定阻礙中國國民革命的進展，期能遂其吞併滿蒙的目的。因此，當國民革命軍再度北伐時，日本便又以「保護現地日僑」爲名，於是年四月二十五日派陸軍約五千名佔據山東的膠濟路及濟南商埠，企圖阻撓國民革命軍北上。國民政府外交部迭次抗議，均歸無效。五月一日國民革命軍克復濟南，五月三日日軍無理槍殺國民革命軍士兵一名，繼以機槍大砲轟擊中國兵營，中國革命軍傷亡慘重。是日晚上，日軍更派軍侵入中國政府所設立的山東交涉公署，搜查槍械，將戰地政務委員會交涉員蔡公時等全體職員十六人殘殺，並肆意焚掠屠殺，民舍商店多被洗劫，中國革命軍四十軍第七團全部被繳械，此即史所稱的「五三慘案」（又稱「濟南慘案」）。總計此案，中國官吏軍民被焚殺死亡者，達一萬七千餘人，受傷者凡三千餘人，被俘者五千餘人，生死不明者二百八十餘人，所損失公有財產已列價者凡一千一百三十餘萬元，私有財產已列價者凡二千一百餘萬元。（註九四）當時日本輿論雖不盡贊同強硬政策，但工商團體卻組織「對支問題協議會」，建議日本政府「採取一貫方針，講求必要的自衞手段」。（註九五）是年五月九日，日本更由本國增派一個師團重兵（第三次出兵山東），連先前所派的兵力共計一萬五千人大軍，以壓制華北。（註九六）在慘案發生後，日軍師團司令於五月七日下午四時，向中國方面提出無理要求，限二十小時內完滿答覆，否則自由行動不負責任：①國民革命軍須離開濟南及膠濟路沿線兩側二十華里以外。②中國政府應嚴禁一切反日宣傳及其他排日的行動。③懲辦中國最高級軍事長官。④在日本軍面前與日本抗爭的軍隊應解除武裝。⑤爲監督實行上列各條起見，莘莊、張莊兩兵營准許日軍駐紮。然日軍竟不待中國方面答覆，於八日晨下令攻擊濟南，致發生上述慘案。不寧惟是，日軍既然有意挑釁，除了慘殺軍民外，復盤據膠濟路一帶民地，任意扣留津浦路車輛，佔據膠濟路二十里內中國地方行政機關，干涉內政，蹂躪婦女，種種慘無人道之惡劇，盡於短時內表演。

五三慘案發生後，國民政府一面致電美國政府說明慘案情形，請其主持公道正義，一面致電國際聯盟，請其阻止日軍的暴行，均歸無效。嗣後國民政府外交部，迭與日方交涉，日方則託辭狡辯，最後派其駐在上海領事與中國談判，中國方面力主日本先行撤兵再討論其他問題。日方則反覆無常，不作斷然決定，直至民國十八年（一九二九年，昭和四年）二月，始由日本駐華公使芳澤謙吉與國民政府外交部長王正廷重開談判，先後會談五次，始獲得解決該案的大體辦法：①自解決本案文件互換簽字之日起兩個月內日本無條件撤出山東駐軍。②責任問題與賠償問題，待中日組織聯合會實地調查後，再定辦法，惟賠償須以對等爲原則。③蔡公時被殺事，日方另行道歉。④濟南的不幸事件認爲既往不究。嗣後日方又反覆，至三月二十八日，始告初步解決。然日本自始即無誠意解決這一慘案，故至六月，中國對於中日聯合委員會派定人員通知日方，並請其從速派定人員時，日本即擱置不理。至民國十九年（一九三〇年，昭和五年），中國復致函催促，日本仍不作覆。翌年（一九三一年）九月，「九一八事變」發生，日本竟對中國國土的滿洲發動大規模的侵略。

四、日本侵略東北——九一八事變

日本自明治維新以來，其對外的國策就是所謂「大陸政策」，而大陸政策的內容，一言以蔽之在滅亡中國。實現大陸政策的步驟，計有四個：第一步爲奪取臺灣，以建立南進政策（又稱「海洋政策」）的根基；第二步爲奪取朝鮮，以建立北進政策（即所謂「大陸政策」）的根基；第三步爲進取滿蒙，以爲滅亡中國的初步；第四步爲滅亡中國，以完成其全部企圖。第一、第二兩個步驟，在中日甲午之戰及日俄之戰以後，已經先後實現。第一次世界大戰時期，日本乘西歐各國無暇東顧，出兵山東及提出二十一條的要求，第三步及第四步，都具備相當的基礎，可是大正十年（民國十年，一九二一年）的華盛頓會議及九國公約，卻使日本帝國主義的對華侵略，不能不受到相當的限制。（註九七）不過這並沒有阻礙日本大陸政策的發展，相反的，在國際矛盾日益尖銳化的複雜環境下，日本大陸政策的遂行，更加邁步前進。昭和二年（一九二七年）東方會議所決定的「對華政策綱領」，具體地充實大陸政策的內容，昭和三年（一九二八年）日本三次出兵山東，可說是大陸政策的嘗試。

前已述及，關東軍炸殺張作霖的舉動，雖未足以動搖日本分離滿蒙的國策，可是田中義一分離滿蒙所選定的對象，則不得不因皇姑屯的一炸而變更。迨及昭和二年（一九二七年，民國十六年）六七月間，中國全國除山東濟南、即墨兩縣因受日軍干涉，不准易幟外，餘皆高懸青天白日旗。而國民政府曾於是年十一月間預告列強，一切協定合同，非有國民政府參加不能生效，（註九八）因此，使日本與張學良間的祕密協定，失去法律效力，而日本分離滿蒙的陰謀亦告絕望。

滿蒙分離運動絕望之後，日本軍閥、浪人、右翼分子，即從事於武力奪取滿蒙的陰謀與策劃，早在昭和三年（一九二八年）五月十八日，日本軍部便發出了「維持滿洲治安宣言」，將在旅順的關東軍司令部遷移到瀋陽。這無疑是要實行以武力佔領東北的準備態勢。但當時美國政府突然向日本提出了一項警告，要求如有行動希能先以內容見告，然因日本國內對美國的答覆問題，意見紛歧，乃中止一切計劃。（註九九）翌年（一九二九年）五月關東軍方面又有東三省全面軍事行動的研究，七月有參謀團的戰略旅行，此外石原莞爾的「滿蒙計劃」、板垣征四郎的「北滿騷擾案」、春田平雄的「蒙古獨立案」等遂皆乘機紛起。（註一〇〇）

當此之時，田中義一內閣因張作霖炸殺事件的責任問題而失去日皇的信任，遂於一九二九年（昭和四年，民國十八年）七月一日辭職下臺，翌七月二日由民政黨總裁濱口雄幸拜命組閣，幣原喜重郎重作馮婦，復任外相，力謀打開田中外交所造成的中日外交僵局。濱口內閣的十大施政大綱，於七月九日經日皇裁可公佈於中外，其中一項為有關對華外交的刷新，其內容為：

「刷新中日兩國之邦交，敦睦善鄰友誼為目前之一大急務。我國對中國之友好合作方針，在曩昔召開的關稅特別會議以及治外法權委員會中，實已昭昭在人耳目。政府鑒於最近中國政情之進展，更認為有貫徹上述方針之必要。關於兩國間之懸案，應本瞭解雙方所具有之特殊立場，並以同情的精神加以考慮，以求中正公平的協調，徒斤斤於局部的利害，實非保全大局之方法，輕易啓開兵釁，亦非發揚國威的良策。政府所求者，在於共存共榮，特別是有關兩國之經濟關係，務期能獲得自由無礙的發展。我國不僅在中國之任何地方排斥一切侵略政策，而且進一步決心謀求對其國民的宿願之達成給與友好的協助。惟為保持我國之生存或繁榮，所不可或缺的正當且重要的權益，實為政府之當然職責，相信中國國民亦能加以諒解」。（註一〇一）

至於幣原外相本身亦在題為「外交管見」的演詞中，再三重申增進中日兩國間友好合作的關係，為渠對華外交的根本原則，並認為日本惟有跟戰後建立的國際體系合作，以追求日本的繁榮和進步，才是日本應遵循的正確外交路線，（註一〇二）抑有甚者，幣原外相爲謀打開中日關係的僵局，乃派其親信而爲中國方面所信任的佐分利貞男繼芳澤謙吉之後爲駐華公使（佐分利原已定爲駐蘇大使），於一九二九年十月七日到達南京任所，就中日條約改訂問題進行初步接洽。（註一〇三）佐分利貞男公使經過月餘時間，與中國官方交換意見的結果，獲得相當諒解之後，於同年十一月二十日返日和外務省當局進行協議，不意竟於十一月二十九日夜，在箱根富士屋館中自殺身死。（註一〇四）佐分利公使自殺的原因始終不明，但據當時日本軍閥欲積極推行其大陸政策，而佐分利之奉命與中國政府和平交涉，有阻礙併吞滿蒙政策的進行，因此諒係爲軍部積極派所謀殺。佐分利自殺後，幣原外相，爲急於謀求打開中日間的僵局，乃任命告假歸國中的駐土耳其大使小幡西吉爲新任駐華公使。中國政府以小幡曾在日置益公使之下，參預二十一條的要求，共同策劃對華侵略的外交計劃，因此拒絕接受小幡之出任駐華公使。（註一〇五）

小幡任命遭受中國政府拒絕問題，立即在日本國內引起政治問題，主張對華強硬論的政友會及軍部和右翼團體，又再度活躍起來，激烈的抨擊幣原外交。早在一九二九年（昭和四年，民國十八年）五月間，日本國內有「一夕會」的成立，一九三〇年（昭和五年）一月有「櫻花社」的出現。這些皆是祕密團體，以進行掃除政黨金權的毒害爲任務，從事刷新內外諸政，以完成「昭和維新」大業爲目標，於是奪取滿蒙，昭和維新的號召，遍傳於軍界。旅居滿洲日僑的「滿洲青年聯盟」與日本國內的右翼運動結合，倡言以武力鞏固日本在滿蒙的生存權，並於一九三一年（昭和六年，民國二十年）出版「滿蒙問題及其眞像」的小册子，疾呼日本已面臨喪失全部既得權益的危機。青年聯盟更派代表返日本國內遊說，不特與日本少壯軍人作桴鼓之相應，連關西財界亦受煽惑，一時日本國內武力解決滿蒙的輿論之聲勢頗爲浩大。（註一〇六）一九三一年三月又組織「全滿日人自主同盟」，公然鼓吹滿蒙獨立，又遣遊說團赴東京請願，於七月中旬至九月初旬在日本各地激起武力解決滿蒙的大運動。他們的想法受到日本關東軍的同情與支持。

日本既嫉中國的統一，又羨慕滿洲之地利，乃乘英美各國，自公元一九二九年後，受世界經濟恐慌的影響，忙於恢復，無力他顧之空隙，政府在軍部要挾之下以「刷新大陸政策」爲名，統一侵略中國滿洲各機關的事權，使集中於南滿鐵路，以內田康哉爲滿鐵總裁，內田與朝鮮總督宇垣一成交換意見，爲了轉移朝鮮人之民族主義之對抗日本，乃強徙朝鮮人移殖滿洲，以便日人移殖朝鮮半島。朝鮮人至東北墾荒，在吉林省內強佔村落，破壞田畝，時與當地農民發生糾紛。一九三一年（民國二十年，昭和六年）七月二日，朝鮮人在吉林長春萬寶山因引水開渠問題與當地農民發生衝突。日本警察以保護僑民爲名（自民國元年至十九年，總計東三省的日僑不足九萬人），竟向中國農民開槍射殺，死傷羣衆數百人，演成空前慘劇，此即所謂「萬寶山事件」。案發後，日人妄作宣傳，朝鮮報界不察，以誣妄煽動文字，濫出號外，朝鮮無知之民，遂起而排華，當地日警不負保護華僑生命財產的責任，中國領事館交涉無效，華僑被殺者一二七人，被傷者三五三人，財產損失値三百五十餘萬日圓。（註一〇七）

當中國政府正與日本政府進行萬寶山慘案交涉時，日方忽於一九三一年八月初宣傳有所謂日本陸軍偵探中村震太郎上尉及其助手井杉等一行四人隱匿身分，於六月九日在興安嶺被中國屯墾軍第三團關玉衡部下所殺害（經中國東北當局調查乃日人所捏造），向中國政府提出抗議。中村事件發生後，日本關東軍主張利用中村上尉事件在滿蒙發動武力，外務省亦加以附和。八月底到九月初，因中村事件，不僅軍方強硬論之呼聲大爲活躍，而民間右翼團體，更是推波助浪，一般報章雜誌又競相揭載中村事件的消息，日本全國上下各階層，強硬論之聲勢亦益爲浩大。抑有甚者，軍部一面於九月七日以飛機向日本民衆散發大批傳單，謂：「日本在滿洲之特權與利益現已處於危險狀態」，以喚醒激盪日人的情緒，進而謀求一致支持強硬論；（註一〇八）一面增兵南滿，積極準備大規模侵略行動。九月六日日本駐東北各地領事，集合瀋陽，商討侵略計劃。十五日日本關東軍乃決定於九月十八日夜十一時，採取軍事行動，佔領瀋陽，此一陰謀計劃，乃關東軍參謀板垣征四郎上校及石原莞爾中校等所計劃，連身爲關東軍司令官本庄繁在事前亦未悉此事。（註一〇九）果然在九月十八日夜，日軍自將其南端鐵路柳條溝的一段炸毀，諉稱爲中國軍隊所破壞，日本關東軍乃以預定計劃，向中國瀋陽城外的北大營駐軍進攻，除北大營駐軍三百人，死難不屈，其他各駐軍因張學良（時任中國東北邊防司令官）電諭勿得抵抗，所以日軍佔領瀋陽，猶入無人之境。同時中國軍隊所有軍械及其他各種物質，亦悉數被日軍劫去。九月二十一日，又以吉林省主席熙洽，無恥的投降日本，日軍遂又兵不血刃地佔領吉林全省，凡五日間，日軍竟佔有遼吉兩省各重要城市。九月二十二日，日軍在瀋陽張貼佈告，表示將永遠佔領東北。十月一日，日本組織「吉林長官公署」，以熙洽爲長官，另於遼寧組織「地方維持會」，由袁金凱負責。十一月初，日軍迫逼黑龍江省城，遭代主席馬占山將軍的堅強抵抗，其後馬部隊因援盡彈竭，退入海倫，而東三省民衆組織義勇軍，卻風起雲湧，全國民情激昂對於義勇軍的援助，亦唯力是視。於是日軍又轉移其鋒鏑於上海，企圖以武力脅迫中國中央政府放棄東北地方，遂有次年「一二八淞滬之戰」的發生（詳後）。

九一八事變發生前，日本舉國輿論，早已傾向強硬論，對東三省當局，日本全國幾乎已到異口同聲皆曰可殺的程度，迨及事變發生消息傳抵日本國內後，所謂「膺懲暴支」的論調，響徹雲霄，一片聲討之聲

九一八瀋陽事變圖

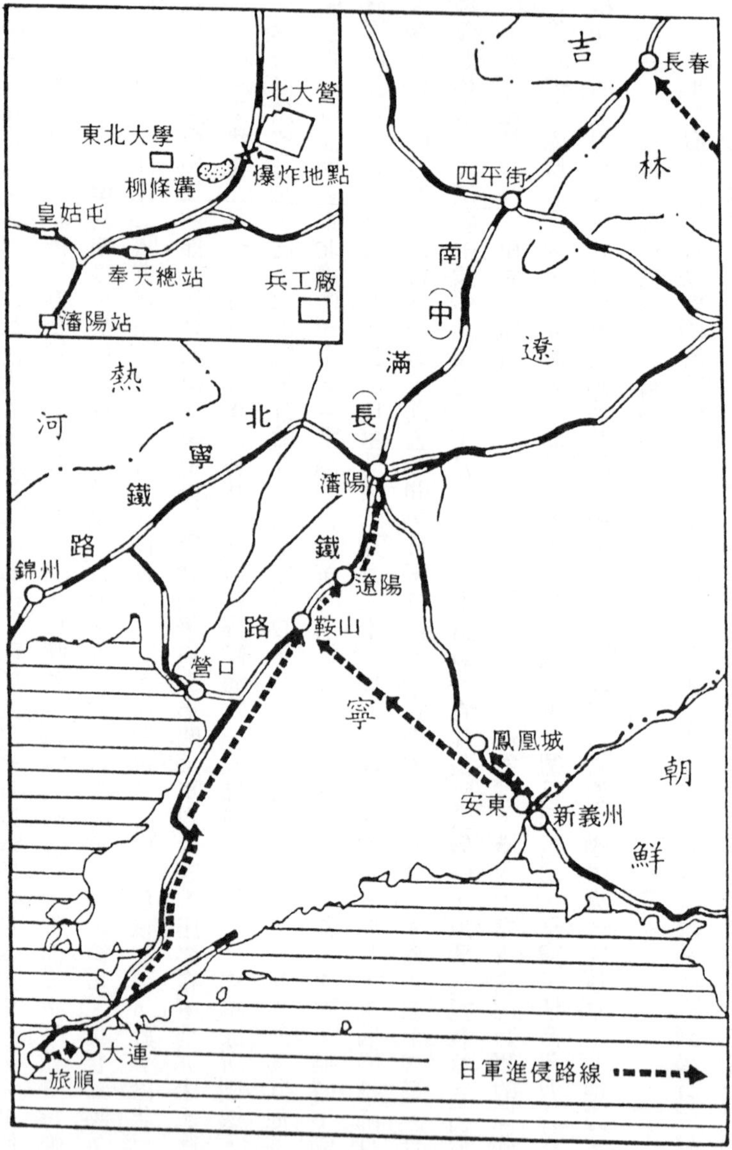

轉自吳相湘〔第二次中日戰爭史〕上册，頁八一。

，彌漫於日本國內。但當時亦有少數自由主義者批評此種論調，如經濟評論家石橋湛山（戰後曾出任首相）在他主持的「東洋經濟新報」主張滿蒙放棄論，大膽地發表其對中國政策的看法，指責當時主政者輩之滿洲侵略政策，認為應正確地認識中國人民對統一國家建設之熱望，採納其要求，貫徹實現眞正的中日親善關係，才是解決滿蒙問題根本之途。（註一一〇）餘如國際法學者東京大學教授橫田喜三郎，在帝國大學新聞批評軍部的自衞發動權論，主張應忠實地履行國際聯盟的勸告。此外長谷川如是閑、吉野造作等自由主義者輩，亦批評軍部的侵略政策。

陸軍中央當局於接到事變爆發的報告後，均一致贊同將此次事變當作解決滿蒙問題萬不可失的良機，惟政府於九月十九日召開臨時內閣會議決定儘力使事態應不擴大方針，飭令陸相南次郎電諭關東軍。（註一一一）可是陸軍中央的作戰課卻根本推翻閣議不擴大的主張，草擬了一項「滿洲方面之時局善後策」，脅迫中國方面解決中村事件及滿鐵線爆破案，強調吉會、長大線有加速築成的必要，並主張倘交涉不能如期進行，日軍將在必要範圍內採取行動。關東軍方面於獲悉內閣不擴大方針後，竟於九月十九日下午七時向陸軍中央當局發電訊，除報告各地戰況外並電云：「事態已如上述，目前為解決滿蒙問題之絕好機會，如今我軍方面退縮而企於將來解決滿蒙問題，乃為絕對不可能者，且此次事件全係暴戾之中國官兵之鐵道爆破及襲擊我守備隊惹起之不祥事件，過去之奉天附近演習事件、中村事件均係對我國威及皇軍軍威加以輕侮之結果，現應以絕大之決心，希以國家百年之大計，以全陸軍之力量推進。但為維持全滿洲之治安，此地之兵力尚感不足，請至急增加平時編制之三個師團，其經費於實行佔領地統治後即得充分自給自足」。（註一一二）竟不理會日本政府的不擴大方針。而若槻首相後來竟認為既然已出兵，事態已無可挽回而承認派兵經費。

我人倘從中國近代史的演歷過程以及世界近代史的複雜性來透視，則民國二十年（一九三一年，昭和六年）的「九一八事變」，可說是日本軍國主義者在東北投下了一個破壞性極其強烈的巨彈（比目前的原子彈或核子彈更厲害），它突然爆破了近世半世紀以來列強在太平洋，尤其在中國境內勉強維持的均勢，大大地加深了中華民族百年來在外國侵略之下所受的創傷。「九一八事變」固然是日本遂行其大陸政策的第三個步驟，也是第二次世界大戰的序曲，但這個事實是在下列幾個原因孕育之下爆發的：①如前所述，日本侵華的一貫戰略是以滅亡中國稱霸亞洲的所謂「大陸政策」爲骨幹，這種政策開始於甲午戰爭及日俄之戰。九一八事變完全是根據日本軍部一貫的大陸政策與預定的侵略計劃發生的，佔領東北只是日本帝國主義者消滅中國征服亞洲及世界的幻夢之初步工作；②一九二九年（民國十八年，昭和四年）以來的世界經濟大危機毀滅了戰後資本主義的相對安定性，使帝國主義者輩爭奪殖民地的鬥爭益加劇。日本要衝破華盛頓九國公約所造成的太平洋秩序，打擊英美在中國的優厚政策，就不得不採取冒險的軍事侵略行動，而事實上，由於嚴重的經濟恐慌危機的進展，削減了歐美列強在遠東的干涉力量，同時英美兩國同室操戈的衝突又阻礙了英美合作對付日本，因此給予日本一個冒險放手搶劫的一個絕好機會；③帝國主義者輩在世界經濟恐慌中，加強了反美反蘇的鬥爭決心，他們企圖在歐亞兩洲修築起一條防堵干涉蘇聯的陣線，日本就扮演了進攻蘇聯的遠東急先鋒，企圖把滿蒙及華北佈置爲防堵襲擊蘇聯的馬奇諾防線，可是就日本而言，它眞正目的並非以進攻蘇聯爲當前急務，他首先一着棋祇是利用歐美列強懼怕共產黨仇視蘇聯的心理取得掠奪中國的便利；④中國北伐勝利，統一全國後，中國已逐漸步上中央統一之途，而是時中國的經濟交通事業，在歐美列強有限度和有條件的幫助之下，產業建設顯有進步並且日漸顯示出與日本資本主義趨於敵對的姿勢，日本唯恐中國國民經濟的發展將阻礙其已計劃就緒的呑併中國的步驟，抑有甚者，東北的易幟與歸附中央更增加了日本此種顧慮，中國即使實現了表面的統一，對於日本的侵略中國也多了一層障礙，所以不得不直接動手給中國當頭一棒，俾便瓦解中國的初步統一工作；⑤日本自明治維新以還，在「富國強兵，殖產興業」的口號下，其工業建設着重於軍事工業，因此使日本在資本主義發展過程中積累了經濟危機與社會危機，此等危機大大地威脅到日本資產階級地主的統治秩序，為了安撫國內勞農大衆因在生活煎迫下所發生的不滿情緒，轉移國民攻擊內政腐化的觀感，乃迫使日本的財閥、軍閥不得不對外冒險，他們企圖犧牲中國來打開自己的厄運難關；⑥民國十六年（一九二七年）以後中、蘇絕交，此舉多少減弱了中國抵抗外來侵略的力量。日本看清了中國陷在孤立無援的狀態中，無力反抗強大的外力，所以乘機打劫採取斷然手段，實行其狂妄的所謂「膺懲」政策。這種政策因着窺透中國一部分人的仇蘇反共的心理而愈加堅定起來，於是日本帝國主義者乃亦以反共反蘇的口號企圖把中國淪為完全聽其控制擺佈的殖民地，以供其榨取本國的工業資源並傾銷其工業產品；⑦中國自身亦暴露了許多予人以隙的弱點，其中最重要的是，內部分裂爭亂，缺乏團結，民族革命精神之消沉，加上國防薄弱，經濟危困，天災頻繁，外交失調，凡此種種弱點大大地鼓勵了盲目的日本軍閥、財閥對華冒險倖進的野心與決心；⑧以往日本軍閥侵略中國，常利用中國軍閥為其爪牙，可是張作霖被炸斃之後，在中國已沒有較有力量的軍人，甘受日本利用，因此，日本軍閥就只有自行出而冒險侵略中國；⑨日本國內雖則也有較具眼光的文治派，認為日本不應該對同文同種的中國採取強硬的侵略政策，造成中日兩民族間的深仇大恨。這固然對中國不利，但是久遠的看法，未必對日本有利。蓋在日俄戰爭之際，歐洲白種人則提出所謂「黃禍論」，歐洲人深怕東方的兩個黃種民族的中日合作聯盟，對付歐洲人的東來勢力，因此，文治派之士，認爲爲了中日兩國利益，爲了亞洲甚至於黃種人的利益，應該以　孫中山先生的大亞細亞主義爲懷，盡量謀求中日合作，不應有弟兄鬩牆之舉，讓歐洲人有機可乘，倘中國能壯大堅強起來，則可以阻當歐洲人來侵的野心。不過有這種眼光的人，究屬鳳毛麟角，爲數太少。況且氣燄萬丈不可一世的軍閥，尤其是那一大批瘋狂的少壯派軍人，決定向侵略之路盲目疾走，而不考慮其後果，只圖逞一時英雄之概。對於國內的文治派領袖，竟不惜以屠殺暗殺的惡毒手段來對付，以致東京政壇上，演成了接二連三的暗殺財界、政界的文治派領袖，犧牲了不少的政治人物。由於文治派在少壯派瘋狂軍人的槍口下，殺的被殺，只有垂頭閉口，不敢強硬反對軍閥的侵華戰爭。以上種種原因交織而成爲日本軍閥發動九一八事變及以後一連串侵華戰爭的原因。

九一八事變發生後，中國全國民情激昂，中國政府於九月十九日由外交部長王正廷向重光葵駐華公使提出嚴重抗議外，並組織特種外交委員會，專負對日交涉事宜，一面於事變後第二天的十九日及二十、二十三日等先後三次向日本政府提出嚴重的抗議。（註一一三）一面施肇基代表於九月二十一日以日軍佔領東北事實，堅持遵守國際聯盟約章、九國公約及非戰公約，訴諸國際聯盟和全世界公論，請主持正義。九月二十三日國際行政院一致決議，限令日本撤兵至南滿鐵路區域以內，其撤兵完成之期不得超過十月十三日。美國亦於九月二十四日援用九國公約名義與國聯合作，照會日本請其撤兵。日本不理，仍依計劃進攻，且轟炸錦州，擴大佔領區域，增派軍艦示威長江各埠。十月十三日，國際行政院復開會，以十三票對一票（日本本身之票）通過再決議日本於下次開會（即十一月十六日）以前完成撤兵，日軍仍置之不理，繼續派兵向黑龍江省進攻，組織所謂遼、吉省政府，同時復二度擾亂天津，並組織僞「滿洲國」，壓迫東北義勇軍。

日本一再不受國聯拘束，中國乃要求援用國際聯盟約章第十五條和第十六條，亦即對日本施行經濟制裁，但是未獲成功。（註二一四）再次要求援用同盟約第十條，於是國際聯盟乃於民國二十一年（昭和七年，一九三二年）二月二日派李頓調查團東來（該團係以英國的 Lord Lytton、法國的 Gen. Henri Claudel、德國的 Dr. Heinrich, Shnee、美國的 Gen. Frank McCoy、意大利的 Count Aldrorandi 等五人所組織，由 Lord Lytton 任團長，中日各派代表一人，中國爲顧維鈞，日本爲吉田伊三郎襄助其事）。李頓調查團於二月三日自美東行，二十九日抵東京，三月十四日抵上海，二十六日入南京，四月一日赴漢口，分遣代表赴宜昌、萬縣、重慶調查。四月九日抵北平，一部分由山海關至瀋陽，一部分由大連至南滿路附屬地，旋赴長春，經吉林、哈爾濱、大連、撫順、鞍山、錦州，但不赴齊齊哈爾。他們一行二十六人在實地考察六週後，於九月底完成「國際聯合會調查報告書」(The Report of The Commission of Enquiry into the Sino-Japanese dispute) ，全書分十章，前八章爲事實，後兩章爲解決原則與建議。事實部分將東三省與日俄關係的歷史，中日糾紛的原委，「滿洲國」製造的經緯，一二八淞滬戰爭的始末，皆有指陳。全報告書的要點爲：①九一八事變及九一八以後的一切日本軍事動作，均無正當的理由，不能認是爲自衞的手段，②所謂「滿洲國」者，並非眞正及自然運動所產生，而是日本軍隊及日本文武官吏操縱造作的結果。日本外相內田康哉對此一報告書發表聲明曰：「縱然國家化爲焦土，也要據守這日本的生命線——滿洲」。

民國二十二年（昭和八年，一九三三年）二月，李頓向國聯提出報告書，二月二十一日國聯以四十二票對一票（日本本身）表決通過該報告書，並議決組織顧問委員會，監視中日爭議，幫助國聯行使職務。而日本則於該案通過後，着手準備退盟工作，三月十九日齋藤實首相親持退盟文件，訪謁碩果僅存的元老西園寺公望於興津，要求諒解，隨即入奏昭和天皇，是月二十一日提由閣議通過，二十六日經樞密院審查，三月二十七日，由天皇下詔宣布退出國際聯盟。當日，日本外務省電告國聯祕書處，按照盟約第一條第三項規定，申請於兩年後退盟（即一九三五年三月二十六日），（註一一五）國聯祕書處當日電覆，並照案通知各會員國，日本與國聯十二年的關係，自是告絕。

五、一二八淞滬抗戰

日本的大陸政策，目的在滅亡中國，而欲「滅亡中國，必須征蒙滿蒙」，九一八事變不但是日本正式向滿蒙開刀，企圖武裝吞滅中國之始，也是日本防止中國革命運動的波及於滿洲及朝鮮，而確保滿洲為對抗蘇俄的軍事基地的戰爭；不寧惟是，當時日本正面臨經濟大恐慌，為把國內的矛盾轉向國外，獨佔滿洲市場，以拯救資本主義的危機手段，儘管對於侵略的時期與方法，國內的意見紛歧，但對於控制滿洲則為軍部、元老、政黨、財界所一致同意者。（註一一六）

如前所述，日本既劫奪東三省，中國全國上下一致憤慨，各地普遍組織抗日救國會，抵制日貨，（註一一七）展開反日運動。日本為轉移中國人民的視線，因此在天津、塘沽、廈門、福州等地日人的挑釁事件層出不窮。民國二十一年（昭和七年，一九三二年）一月中旬，日本藉口上海排斥日貨，嗾使日本浪人勾結日本海軍陸戰隊破壞三友實業社工廠，殺死華警，並搗毀北四川路一帶商店。上海市政府當局向日本領事館提出抗議，日本領事竟誣稱日前有五名日本和尚被毆致傷，反向中國政府提出無理要求：①正式道歉，②賠償損失，③懲辦兇手，④制止反日行動。限四十八小時內答覆，否則當取自由行動。上海市長吳鐵城不得已於一月二十八日下午答覆承認，日本領事亦已表示滿意，嗣因駐滬日本海軍司令官鹽澤，以發動攻擊工作已準備就緒，乃於一月二十八日夜十一時二十五分，突向閘北大通庵車站中國駐軍進攻，時分駐淞滬的十九路軍，各將領以守土有責，義難容忍，而所部士兵，尤久憤日軍兇橫，欲與之一決，至是遂一致抗戰。時國民政府軍事委員會委員長　蔣公中正初返南京，乃立調第五軍赴援，抵抗敵人十萬之師，支持月餘之久，粉粹敵寇四小時佔領上海的狂妄宣言。計自戰事發生，至三月一日，中國軍隊不得已退出淞滬第一道防線，雖中國以日軍的寇略，而橫受重大損失，而日軍三次易帥，死傷近萬人，但中國十九路軍及第五軍等的沉着勇武之精神，給予日本帝國主義者以強有力的打擊。中國軍隊爲避免犧牲，乃於三月二日放棄第一道防線，退守南翔一帶後，淞滬戰爭遂告沉寂。旋由英美法三國公使調停，於五月五日成立所謂「淞滬停戰協定」，其要點爲：①中日雙方軍隊在上海周圍停止一切敵對行爲。②中國軍隊撤至自蘇州河北岸至揚子江邊的臨浦口一段地帶內。③日本軍隊撤至公共租界及虹口方面越界築路地帶，維持一二八以前狀態。④爲證明雙方的撤退起見，設立共同委員會，加入友邦代表爲委員，協助兩方移交事宜。

一九三二年五月六日共同委員會成立，上海戰區陸續歸中國接管，此一悲壯抗日戰爭乃告結束。當戰爭發生時，上海市民自動組織義勇軍及輸送隊加入作戰，國民政府爲避免日本海軍砲艦至首都附近威脅，以便長期抵抗起見，乃於一九三二年一月二十九日決定將政府遷至洛陽辦公，由　蔣委員長坐鎮南京指揮，戰事停止後，始於是年十二月一日遷返南京。

六、僞「滿洲國」的成立與冀東僞組織的產生

日本自昭和初年以還，由於政黨的腐化衰弱，元老重臣的怕事，使專橫的軍部得以成立僞「滿洲國」。依照日本的宣傳，僞「滿洲國」的獨立，是滿洲的民意，可是其實並不然，蓋日軍既佔有東北，爲便於控制計，乃企圖在滿蒙建立新的國家，此建立僞「滿洲國」的野心早在一九一二年（民國元年，大正元年）川島浪速獻給日本參謀本部的「支那分割策」，（註一一八）便已見其端緒。其後一九三〇年（民國十九年，昭和五年）十一月七日關東軍便已擬就「滿蒙自由國建立案大綱」，（註一一九）民國二十年（一九三一年）柳條溝事變發生後，日本政府因持力戒事態的擴大態度而致關東軍行動備受束縛，但其製造東三省新政權的謀略，則仍積極進行，不稍沮喪。民國二十年（一九三一年）九月二十二日，日軍已擬就「利用五鎮守使傀儡溥儀策立滿蒙共和國」的政略。於是關東軍諸參謀即日展開實行工作，關東軍司令部遂於十月四日發表否認張學良東三省政權的宣言。（註一二〇）

溥儀自一九二四年（民國十三年，大正十三年），由鹿鍾麟等奉攝政內閣命令，以逼離北京宮殿後，先居醇王府，後偕羅振玉父子奔居天津日本租界。溥儀在日本租界，以假藉外力，陰謀復辟爲職志，因此與日本軍人、領事、黑龍會浪人等時有接觸，且與白俄將領謝米諾夫亦有勾結。（註一二一）所以當日本決定扶助溥儀爲「滿洲國」傀儡皇帝之後，日軍由土肥原賢二（關東軍特務機關長）至天津和清廷遺老鄭孝胥等勾通，將溥儀挾去旅順。（註一二二）一九三二年（民國二十一年，昭和七年）一月十六日，日軍復嗾使漢奸鄭孝胥、張景惠、臧式毅、熙洽、馬占山、趙欣伯以及日軍代表片倉衷等，在瀋陽舉行所謂「滿洲

善後會議」，二月十七日成立「東北最高行政委員會」，張景惠爲委員長，臧式毅、熙洽、馬占山、呼倫貝爾王、陸陞哲里木盟、齊王及湯玉麟等人爲委員，二月十八日發表建國宣言，二月十九日在日人監視下召開「東北行政委員會」，討論新國組織大綱，決議解散各地的維持會，籌備組織僞「滿洲國」，置執政爲傀儡元首。二月十九日新國政府組織法告成，二月二十五日東北最高行政委員會發表「新國組織大綱」，同時完成了「政府組織法」及「人權保障法」。政府組織法分執政、參議府、立法院、國務院、法院、監察院六章，凡三十九條。自二月二十七日至二十九日，關東軍爲表演民族自決及鎭壓異動起見乃糾集各地民衆及日僑鮮僑組織所謂「促進會」，派員前往旅順向溥儀三度勸駕。（註一二三）三月九日僞「滿洲國」成立於長春，以溥儀爲元首，鄭孝胥爲內閣總理，定年號爲「大同」，一切設施均由日人主持，而所謂民主立憲制的「滿洲國」，遂如演戲式地成立。日本以武藤信義爲駐「滿洲國」全權大使兼關東駐屯軍總司令，至是年九月十五日，僞「滿洲國」在日軍司令武藤信義的壓迫下成立所謂「日滿議定書」兩條，此一「日滿議定書」，不但奠定了日本對「滿洲國」所謂內面指導的法理基礎，同時以之爲日本對「滿洲國」的正式承認。該議定書之內容爲：

一、所有日本政府及其臣民，依中日條約協定，或私人契約，在滿洲國國境內所獲得的權益，滿洲國均應承認，並尊重之。

二、雙方約定，如一方受有外來威脅，或妨害治安，則他方即應視爲係對於其自己的威脅與妨害。兩國國防共同辦理，因此所需的日本軍隊應駐紮於滿洲國國境內。

溥儀爲實現其傀儡皇帝的愚夢，乃於民國二十三年（昭和九年，一九三四年）三月一日，由日人代擬發布所謂「滿洲帝國組織法」，舉行即位僞禮，改年號爲「康德」元年，並由日本所謂駐滿全權大使菱刈隆，與僞滿內閣總理鄭孝胥換公文。但中國政府對日本的侵略果實，宣言絕不承認。事實上，「滿洲不可能成爲獨立國，因爲根據昭和七年日滿議定書，日本可以控制滿洲的國防與內政，由國務院總務廳的日籍長官執行之。滿洲國的人事調動，須先經關東軍的同意，其陸軍部的總務課長，亦須經關東軍的保荐」。（註一二四）李頓調查團亦認爲所謂「滿洲國」實係傀儡性質曰：「由各方所得證據，本團確信助成滿洲國成立的原動力，……一爲日本軍隊之在場，二爲日本文武官吏之活動，……如無此兩種聯合之助力，則此新國不能成立」。（註一二五）李頓調查團報告書發表後，僞滿外交部宣化司在日人嗾使下印出所謂「滿洲國民之總意」一册，列舉一、三一三個團體，十萬四千七百二十一人姓名，以三、三一三封函件，投遞國聯，以圖證明「滿洲國」係民族自決的獨立國家，（註一二六）而「滿洲國」成立後，在其經歷十四年的歲月，雖然受過十三國的承認，（註一二七）但實際上全是傀儡戲劇，與列寧一度製造的所謂「赤塔遠東共和國」無異。

「滿洲國」成立之後，樞要地位，悉由日人充任。國務院總務廳，由駒井德三充任廳長，爲日籍官吏的領袖；外交、財政兩部長及各部總務司長，悉由日人充任；等而下之，各司中的重要科股，亦由日人充科長股長。根據民國二十二年（昭和八年，一九三三年）二月的調查，「滿洲國」各部之中，日人漸移爲所謂「滿洲國人」，中等以上位置，咸易爲日籍官吏。國務院中，日本人一百三十七人，滿洲人僅六十四人；財政部日本人一百七十一人，滿洲人四十四人；民政部日本人六十七人，滿洲人九十人；交通部日本人二百七十人，滿洲人八十七人；司法部日本人四十二人，滿洲人五十七人；軍政部日本人四十人，滿洲

偽「滿洲國」中央政府組織圖

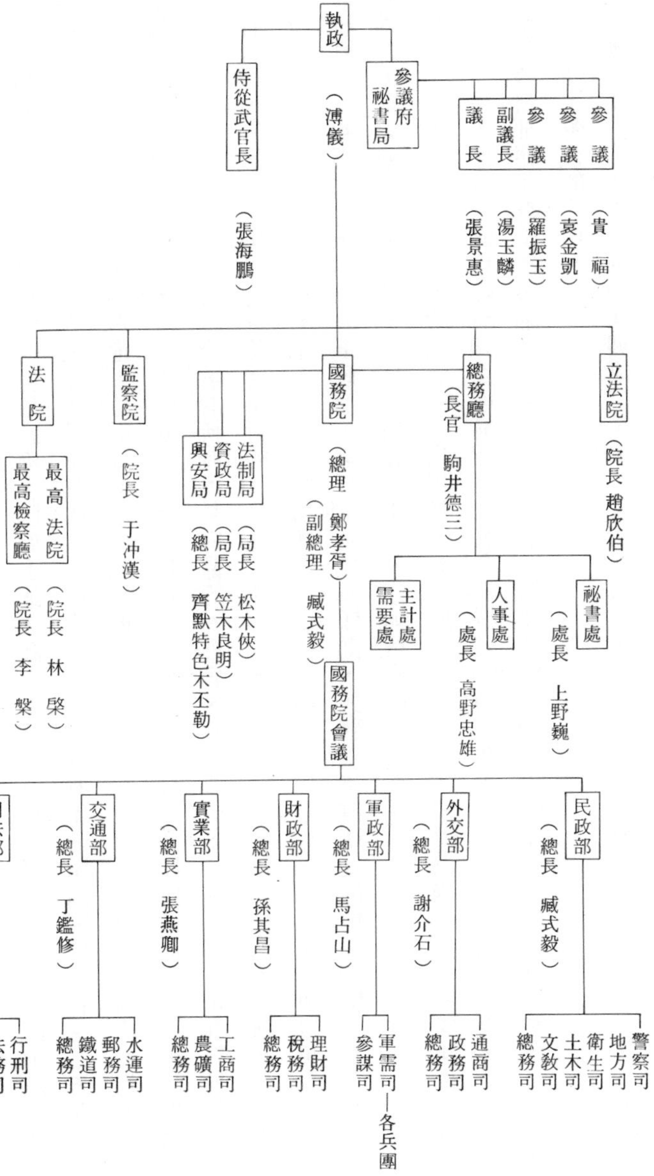

人五十六人，其餘各部院，均以日本官吏佔大多數。（註一二八）至此東三省已完全在日本控制之下，「滿洲國」實已變成日本帝國主義的殖民地矣。

僞「滿洲國」的成立，爲日本的傀儡政權，已如上述，我人亦可由遠東國際裁判法庭中田中隆吉（曾服務僞滿，爲板垣上校的友人）的證言，藉悉其內幕。田中氏的證言曾有：「滿洲國依一九三二年九月所訂之『日滿共同防衞條約』，顯然地，是受日本的統制。根據那條約，關東軍具有滿洲國的內面指導權。本這權利，關東軍經過總務廳，依日本的欲求，又同時爲滿洲國民的幸福，而控制政治經濟，總務廳的主要位置，既悉爲日人所佔，依日本所欲的統制，是容易的。經濟、政治的根本，是人事。人事異動，雖以皇帝之名而行，但沒有關東軍之同意是不行的。由之，滿洲國政府所施行之政治、經濟、金融，依日本所欲，又依日本所認爲的滿洲國民幸福，受總務廳所統制，但由於內面指揮權握於關東軍，所以可說是受關東軍的統制。說到國防，滿洲國的軍政部，以日本將校爲顧問，與關東軍有密切的直接聯繫，採取共同的防衞。因之，滿洲國的軍隊行動，依日本的關東軍的希望而行動」。（註一二九）

事實上，我人可由「僞滿」的文獻中，指出無數的證據，證明僞滿的一切設施，都受關東軍的指揮監督。單就經濟建設而言，滿鐵經濟調查機構留下了許多「極祕」的文件，指明了僞滿成立前後，早由該機構與關東軍特務部開了無數次會議，決定日本怎樣處於領導地位，和僞滿應如何設施才可以刺激日本工業的發展，及防阻蘇俄的入侵。

日本既在東三省成立傀儡「滿洲國」後，乃又如法炮製，在內蒙成立了另一個傀儡政府。這一場把戲乃土肥原賢二少將所計劃的，他認爲要保證僞滿的安全，務使「內蒙」和華北獨立，前者他傾全力於扶植德王，後者，第一步是先使冀東脫離河北，而後運用各種手段——收買漢奸、扶植親日派分子等，並於緊要關頭，以武力爲後盾——使華北五省跟着內蒙而宣布高度的自治。

先是日本自對俄戰勝後，即有囊括東三省與熱河之意，妄稱熱河曰「東蒙」，而舉之與「滿洲」並稱。當民國二十年決定刷新大陸政策時，即已預定入侵熱河。九一八事變後，以東北各路抗日軍陸續起義，日軍無暇西侵，迨日軍肅清中國東北義勇軍後，已無後顧之憂，遂於民國二十二年（一九三三年）元月一日，攻佔山海關，並指使僞「滿洲國」發表攻熱河聲明，隨即於二月二十三日，聯合僞軍三路並進，熱河省主席湯玉麟雖奉命抵抗，但竟扣留軍用汽車，滿載私產逸去，軍心渙散，三月四日熱河全省隨陷於日軍之手。於是何應欽將軍北上，代張學良主持華北軍事。其後日軍自熱河進攻長城各口，與中國軍隊關麟徵、黃杰、宋哲元、商震等部發生激戰。自三月十日起至五月中旬止，爲時七十日間，與日敵大小數十戰，敵軍死傷七千餘人。日軍以攻長城失利，乃改變作戰計劃，自山海關攻佔冀東，威脅中國軍隊後路，於是長城失守，平津告急。政府令黃郛主持華北政務，另派熊斌爲代表，在英國駐華公使調停下與日方代表岡村進行交涉。五月三十一日成立所謂「塘沽停戰協定」，其主要內容如下：

一、中國軍隊即撤退至延慶、昌平、高麗營、順義、通州、香河、寶坻、林亭鎭、寧河、蘆臺所連之線以西以南地區，不得前進，又不行一切挑戰擾亂之舉動。

二、日軍爲確悉第一項實行之情形，可用飛機或其他方法施行視察，中國方面應行保護並予以便利。

三、日軍確認中國軍已撤至第一項之協定線時，不得越該線續行追擊，且自動撤退歸還至長城之線。

四、長城線以南第一項協定之線以北，及以東地域內之治安維持，由中國警察任之。

塘沽停戰協定，較之上述的淞滬停戰協定尤爲屈辱，蓋後者不過劃上海附近爲非武裝區域，爲後來殷汝耕建立的傀儡政權的基礎。而且日本軍隊撤退的長城之線，無異默認長城以北爲非中國領土。又如日本得派飛機監視中國軍隊撤退，也有辱國體之極。

塘沽停戰協定簽訂一年之後——即民國二十四年（昭和十年，一九三五年）五月，日本又藉口中國鼓動反日運動，並支持東北義勇軍孫永勤部，乃派軍侵入塘沽協定所謂的非武裝地區的冀東地帶，並向中國提出極無理的要求，聲言中國如不接受此項要求，日本則採自由行動，同時大舉增兵華北，以相威嚇。結果於是年七月六日由何應欽將軍與日本天津駐軍司令梅津成立所謂「何梅協定」，其內容主要如下：

一、中國取消河北省及北平、天津國民黨黨部。

二、中國撤退駐河北省的東北軍，及中央軍于學忠、關麟徵、黃杰等部軍隊暨憲兵第三團等抗日部隊。

三、河北省政府主席于學忠及平津兩市長撤職。

四、撤銷北平軍事委員會分會政治部，停止河北的反日活動。

上述的事件是當時所謂的「河北事件」，當時中國在華北的黨、政、軍，由此大受日軍干涉，幾有全部退出華北之勢。嗣後在察北又捕獲六位無中國護照的在察哈爾測繪地圖的日本軍人，日軍無理取鬧，指爲察省的抗日行爲，要求免去宋哲元主席，此一事件連同河北事件合稱爲「冀察事件」。冀察事件，使日本在河北、察哈爾兩省樹立了侵略的基礎，於是日本一面增兵華北，擴充天津駐屯軍，並設旅團部於北平，又佔領豐臺車站，取得對華北軍事及交通的控制全權，一面大舉武裝走私，破壞中國關稅、財政，以及社會經濟，更藉口所謂中日經濟提携，計劃開發華北富源。可是日本的野心仍不滿足，在政治上提出所謂

「華北特殊化」，希圖建立一特殊區域，脫離中央政府，受日本軍人的監護指導。日本提出「華北特殊化」的眞正目的，除了把華北五省置於日本的控制下，使其與國民政府分離，企圖使僞「滿洲國」西南方的中國領土，受日本的領導，以除去僞滿的威脅，另有一個積極目的，是減削以抗日爲外交政策之中心的國民政府勢力，減少它對僞滿國與日本的影響。

日本的所謂「華北特殊化」運動，乃由關東軍所派遣的土肥原特務機關長企圖嗾使吳佩孚、閻錫山、宋哲元、韓復榘等北方軍事首領組織五省自治，但因未獲成功，於是乃於是年（一九三五年）十一月，操縱日本浪人及漢奸殷汝耕等爲中心，在冀東不駐兵區域的二十二縣組織所謂「冀東防共自治政府」，並嚴飭這個傀儡政權與南京完全分離，以實現分割中國的計劃，此爲日本大陸政策的初步實現。這個冀東自治政權，日人充任軍事與經濟的顧問，一直繼續至七七事變發生爲止。除此之外，日本同時向察哈爾進兵，利用德王組織「蒙古大元帝國」。至民國二十四年（一九三五年）年底，察省亦淪於日軍之手。中國政府爲應付這種特殊而複雜的局勢，乃於民國二十四年十二月十一日，成立「冀察政務委員會」，以宋哲元任委員長，起用若干親日派政治人物爲委員，希圖從中折衝，藉以緩和局勢。（註一三〇）但依然無法阻止日本的繼續侵略。此後日本在華北的一切侵略活動即以該政務委員會爲對手，而在所謂「地方化」的原則下，陰謀蠶食華北。

一九三五年（民國二十四年，昭和十年）十月二十八日，日本外相廣田弘毅向中國駐日大使提出所謂「對華三原則」，即：

一、中國政府須積極鞏固中日友誼關係的計劃。

二、中國承認滿洲國，實現中日滿在華北之合作，即「工業日本、農業中國」。

三、中日滿共同防止共黨在中國之蔓延。

這簡直是把三把尖刀，要戳在中國的心臟上。蓋就第一項原則來說，中國不但不得在軍事上抗日，不但要在政治上親日，而且連以往的中國歷史也得修改；就第二項原則來說，不但要根絕中國收復失土的觀念，同時還將以此取得國際對僞滿國的承認；就第三項原則來說，不但要中國替日本充當反蘇的砲灰，不但要准許日本在中國境內自由駐軍，及支配中國軍隊，並且要藉此製造中國永遠的內戰，使中國長期陷入破碎支離，便利日本的宰割。這較之一九三四年（民國二十三年，昭和九年）的所謂「四一七聲明」，（註一三二）又殘酷得多了。至是日本全面侵略中國的野心，已昭然若揭。

廣田三原則發表不久，中國由張岳軍先生繼任爲外交部長，以調整中日邦交爲主要工作。於是自民國二十五年（一九三六年，昭和十一年）夏秋間，由張岳軍先生與日本駐華大使川越茂，曾就中日問題，作攤牌性的談判，前後舉行會議七次。但日本既已明白表示其呑併中國的野心，而中國則決心收回喪失的主權，距離甚遠，無法妥協。在談判會議中，日本提出如下要求：①承認滿洲國（中國放棄收回東三省）；②華北特殊化（中國政府統治權退出華北）；③共同防共（日本得在內蒙古駐兵）；④取消排日運動（中國人民停止愛國運動）；⑤減低關稅（日貨可以氾濫中國市場）；⑥中日聯合航空運輸（中國喪失領空權）等無理要求。這些喪權辱國的要求，當然爲中國所不能接受。中國鑑於日方的無可理喻，亦由張岳軍先生提出日本撤退東北及熱河、察哈爾的駐軍；取消塘沽停戰協定及何梅協定；取消冀東僞政權，停止走私等，以爲對抗。會議破裂，中日間的糾紛問題，已非外交談判途徑，所能解決的了。

日本在侵呑中國過程中，提出「亞細亞是亞細亞人的亞細亞，應排除歐美的勢力」，以圖誘惑爭取中國朝野人士與之合作，以達成其侵略倂呑中國的目的。事實上，自九一八事變發展到廣田三原則，爲時祇有五年，日本帝國主義的侵略政策，乃達到大陸政策的最後階段，中國民族的危機，眞是瀕臨被滅亡的前夕，正爲着這種民族生死存亡的關頭纔有「七七事變」的發生。

七、七七蘆溝橋事變與日本軍閥的全面侵華行動

日本帝國主義者基於其傳統的侵略國策，爲完成其大陸政策的幻夢，自民國二十年（一九三一年）九一八事變強佔中國的東三省後，仍繼續向中國進迫，因此捲起了全中國抗日的浪潮，樹立了中國內部團結的基礎，也喚起了中華民族的覺醒運動。而從是年（一九三一年）秋間以來，要求團結禦侮的救國怒潮在全國各地奔騰着。至於日本與西方列強的關係，自九一八事變發生以後，由於法西斯勢力支配了日本，因此開始脫離英美陣營，而轉向德、意的立場，決心與英美爲敵，因之乃於民國二十五年（昭和十一年，一九三六年）十一月遂有日德意三國的防共協定出現。日本雖與德、意接近，在軍事上似乎加強了大陸侵略的信心，但既與英美對立，在另一方面又與蘇俄集團對立，在外交上也似乎已放棄了自明治維新開國以還，數十年來的日本與英美親善的傳統外交政策。

民國二十五年（一九三六年，昭和十一年）多，日本又進攻綏遠，遭遇了中國軍民英勇的抵抗，堅定中國抗戰的信心，由是中國漸次確定抗戰的國策，而日本帝國主義亦更逞其野心。民國二十六年（一九三七年，昭和十二年）六月，年輕（時只有四十五歲）的近衞文麿公爵出任日本內閣首揆。在他以前有廣田

弘毅與林銑十郎兩任內閣，軍閥干政之勢日趨擴大。近衞文麿既非政黨人士亦非官僚，而是從平安朝以來即與皇室有姻戚關係的外戚世家（按近衞、鷹司、一條、九條、二條等五氏的祖先咸任攝政，號稱五攝家），交遊甚廣，左右兩派人物皆有結納。他既不贊成軍閥政治，但亦不排斥左傾或右翼的思想，在年輕的青年軍官輩中享有盛譽。近衞內閣成立後，曾標榜「國內社會正義，外交國際正義」，認爲今後外交政策，惟有本着國際正義與世界和平的原則，實行外交一元化（即由內閣處理軍部不得置喙）以統一實踐對華政策，才能保持日本在世界上已獲得的地位與權益，而對華對美英的政策，更需以愼重爲宗旨。近衞雖然呼籲「中日兩國之親善」，但他嫉視中國，以致無法抑制軍部，終於引起七七事變，近衞的對華觀，可以從他在組閣前於昭和十二年（一九三七年）一月，在大阪朝日新聞，發表「調整中日國交之道」一文窺其梗概。在該文略云：「中日積年交惡，必致兩敗俱傷，欲防患於未然，惟有調整兩國之邦交，其道維何，需以中國人愛中國及日本人愛日本之心理爲基礎，力謀中日兩國之親善。關於其具體辦法，須以日本之資本技術與中國之勢力相結合，共同開發中國之資源。……中國近來各方面之進步甚速，勢力如旭日東昇，吾日本應有以備之」，（註一三二）末段之語，其嫉視中國，情見乎詞，難怪在他執政的次月，日本軍閥即藉口蘆溝橋事變而發動空前的全面侵華軍事行動。

如前所述，日本帝國主義漫無止境的瘋狂屠掠行爲，喚起中華民族的覺醒運動，主張抗日的浪潮遍滿全國各角落。一九三五年（民國二十四年，昭和十年）十一月，在日本侵略魔手的策動之下，漢奸公然在華北進行披猖的僞自治運動，殷汝耕成立了冀東僞自治政府，河北漢奸打起了僞自治旗幟，僞造民意，在北平、天津收買吸食白面毒物者，舉行示威遊行的醜劇，散發反對國民政府，主張防共自治的傳單，天津漢奸竟武裝暴動，佔領津沽保安司令部，失意的賣國的軍閥、官僚在天津成立所謂「大亞細亞會」。同時日本的軍隊不斷地開入關內，華北民衆的民族義憤跟漢奸活動的猖獗而飛速騰漲。日本報紙誣指二十九軍將領贊成僞自治運動，宋哲元等的猶豫徬徨，更增加了這種謠言氣氛，是年十一月二十四日，北平各校校長蔣夢麟等和教授胡適之、傅斯年、蔣廷黻等數十人發表對時局的宣言說：「因近來外間有僞造民意破壞國家統一的運動，我們北平教育界同人鄭重宣言：我們堅決的反對一切脫離中央或組織特殊政治機構陰謀的舉動。我們要求政府用全國力量維持國家領土行政完整」。這是在暴力壓迫下的微弱的正義呼聲，於是反抗侵略與僞自治的敵愾在華北各地沸騰起來。同年十二月九日，北平學生組織了「北平學生聯合會」，高舉着偉大的愛國旗幟，發動了壯烈的集體請願，他們的口號是「打倒日本帝國主義」、「反對僞自治運動」、「反對一切的賣國組織」、「一致團結保衞華北」、「槍斃一切漢奸賣國賊」等。北平學生的請願運動給了僞造中國民意，企圖滅亡華北的外敵內奸以嚴重打擊。北平學生的「一二九愛國運動」，係一把巨大的烈火，燃起了全國愛國民衆的熱情，照耀了被侵略者黑暗勢力籠罩的中華民國，在這「一二九救亡運動」爆發之後，跟着在其他各地的學生界也掀起了響應運動。這個偉大的運動象徵了中國民族生機的昭蘇，預兆着全民抗戰的將臨。在一二九運動起來之後，團結禦侮的熱潮在全國各地急速地上漲。在民國二十五年（一九三六年，昭和十一年）年底日本帝國主義驅使僞蒙軍李守信部與匪軍王英部大舉進攻綏遠之時，興奮萬分的羣衆在各地發動了援綏抗敵將士運動，海外華僑也紛紛滙款濟助。百靈廟的克服，尤其鼓舞了全國的人心。人們盼望綏東的局部抗戰將轉變爲全面抗戰。這個戰爭後來雖然沉寂下來，但八個月後，由於日本侵略者的不知底止的侵略行動，終於啓開了全面性的抗日戰爭。

民國二十六年（昭和十二年，一九三七年）六月，日本軍閥，依其預定大舉侵華的計劃，先將其駐屯平津的河邊旅團，於北平近郊豐臺一帶，集中二聯隊以上的兵力，為肇事的準備。七月七日夜間十時，日軍一中隊（中隊隊長為清水節郎上尉）在宛平縣蘆溝橋附近實行夜間演習完畢，集合回隊時，突然揚言有日兵一名失蹤（該名失蹤兵士乃因內急而離隊去方便，二十分鐘後無事歸隊），（註一三三）於是日軍堅指失蹤日兵，為中國駐軍或土匪殺害，強硬要求入宛平城搜索，並即開始軍事行動。後來失蹤日兵雖已歸隊，但日軍仍要求入城，並要求中國駐宛平縣軍隊撤退，同時向宛平縣城開砲轟擊，時平津一帶係宋哲元部二十九軍防區，宛平縣由馮治安師吉星文團駐屯，以守土有責，奮起抵抗，中日間的武裝衝突便正式發生。（註一三四）

事變發生後，中國方面仍極力與日方交涉，希望嚴重已極的局勢，能轉趨緩和，但日本卻調豐臺附近的全部駐軍圍攻宛平縣城，因此， 蔣委員長於七月八日在廬山牯嶺，得日軍在蘆溝橋挑釁的報告後，乃決心應戰，準備動員。十二日以不屈服不擴大的方針，電告宋哲元（冀察政務委員會委員長）與秦德純（北平市長），令其就地抵抗。並令中央軍集中於保定，在永定河與滄（縣）保（定）線持久作戰。時日本關東軍已開至天津，準備以武力佔領北平。七月十六日，日軍入關兵力已達五師團，總數在十萬人以上，且有飛機百架，以迅雷不及掩耳手段先後佔領豐臺、宛平等地。同日中國對英、美、法、意、比、荷、葡（以上為九國公約簽字國）及德、蘇等九國政府，提送備忘錄，指明日本以大量軍力突襲蘆溝橋，侵略中國華北，顯係侵犯中國主權，違背九國公約、巴黎非戰公約，及國際聯盟的文字與精神，促請各該國政府主持正義。七月十七日 蔣委員長在廬山發表對時局重要聲明，略謂：「中國正在外求和平，內求統一的時候，突然發生了蘆溝橋事變。不但我國民衆悲憤不置，世界輿論，也都異常震驚。此事發展結果，不僅是中國存亡的問題，而將是世界人類禍福之所繫。……我們已快要臨到這極人世悲慘之境地，這在世界上，稍有人格的民族，都無法忍受的。……蘆溝橋事變的推演，是關係中國國家整個的問題，此事能否結束，就是最後關頭的境界。……但我們的態度，祇是應戰，而不是求戰。應戰是應付最後關頭必不得已的辦法。……蘆溝橋事件，能否不擴大為中日戰爭，全繫於日本政府的態度。和平希望絕續之關鍵，全繫於日本軍隊之行動。在和平根本絕望之前一秒鐘，我們還是希望和平的，希望由外交方法來求得蘆溝橋事變的解決。但我們的立場，有極明顯的四點，⑴任何解決不得侵害中國主權與領土之完整。⑵冀察行政組織，不容不合法之改變。⑶中央政府所派地方官吏，如冀察政務委員會委員長宋哲元等，不能任人要求撤換。⑷第二十九軍，現在所駐地區，不能受任何約束。這四點立場，是弱國外交最低限度，如果對方猶能設身處地，為東方民族作一個遠大的打算，不想促成兩國關係，達成最後關頭，不願造成中日兩國世代永遠的仇恨，對於我們這最低限度之立場，且必以全力固守這個立場。我們希望和平，而不求苟安，準備應戰，而決不求戰」。這不但是中國委曲求全的苦衷，也是為東亞民族着想的正義呼聲。此外我外交部亦以和平條件照會日本政府，其條件包括：①日本承認在華北發動敵對行為之責任。②日本正式道歉。③日本支付賠償，並保證今後不得再有同類事件發生。

七月二十日，　蔣委員長回南京，注重於日本撤兵的交涉問題，仍希望華北事變能夠和平解決。但日本不顧中國政府對和平的努力，於七月二十六日轟炸我廊坊兵營，二十七日致最後通牒於宋哲元等，要求將所有部隊撤離平津。二十八日，日軍以飛機猛炸北平近郊的南宛，並以強大兵力，配合戰車進攻，而近衞首相於二十八日，竟於日本帝國議會發表演說云：「日本陸軍爲了維持亞洲新秩序，正在天皇的名義下，進行榮譽的戰爭」。日本與中國的戰爭，終於揭開了序幕，這已非天皇或近衞首相所能插足的時候了，因爲一切已由陸軍取而代之了。七月二十九日，中國國軍以北平形勢孤立，忍痛退出，翌日（七月三十日）天津經激戰後，亦告陷落。日軍以一部踞守平津，大軍向南口、居庸關進犯。

七七事變發生，當時日本訂有三個月征服中國的速戰速決戰略，中國則採取以空間換取時間的消耗戰來應付。日本既然有此戰略，因此，除華北日軍，輕易佔領平津，逐漸擴大戰區外，中日兩軍於民國二十六年（一九三七年）八月十三日於上海觸發一場爲期三個月的大血戰，敵我死傷均重，這是中國八年抗戰中最慘烈的一場戰爭，中國軍隊的勇敢與善戰，在這一戰役有充分的表現。八月十四日，國民政府發表自衞抗戰聲明書，痛斥日本對中國的侵略，實行天賦的自衞權，日軍久攻上海不克，乃於十一月初，由杭州灣北岸的金山衞全亭登陸，以擊中國軍側背。十一月九日，我淞滬主力向浙、贛、皖邊境作戰略撤退，準備長期抗戰。十二月初，日軍以兵力五萬人，由空軍掩護分路向南京進迫，時中國政府已西遷重慶。十三日敵軍開始攻城，中國國軍奮勇抵抗，敵軍傷亡達六千餘人，守軍除突圍外，餘均作壯烈犧牲。敵人乃縱兵搶掠，大肆姦淫燒殺，中國無辜軍民死難者在三十四萬人以上，其慘狀不知幾千倍於「揚州十日」、「嘉定三屠」。

關於南京大屠，距暴行事件後的一年，美國駐日大使柯魯（Grew Joseph Clash）氏記載曰：「關於日軍的殘酷行爲，從現場來的報告與照片上的證明，使我憤怒塡膺，在東京如果不是事關自己國家的體面，又不與比我們更憎恨這種而有風度的日本紳士混在一起時，我這個職務也許就難以再躭擱了，我時常忍不住對我幾個日本友人，透露我的怒意，他們也許認爲我是受到中國的宣傳所迷惑而誇張言詞，其實是他們的無法捉住事實。比如讀者文摘之類的外國雜誌，在被送到讀者手中以前，凡是有關批評日本的部分必被削除，因此，他們除到海外或歸自海外的日本人談論外，就無法獲悉眞實的消息；其實那種事實才是令人噁心哩！」（註一三五）

於此我人欲一提者，厥爲當七七事變後，短期內，日軍勢如破竹般地佔領華北。這一冒險的收穫，引起瘋狂的日本少壯軍人的高興，於是他們就決定成立華北僞組織。其具體計劃就是滿鐵調查部（僞滿經建的主要機構）曾於昭和十五年（民國二十九年，一九四〇年）四月，油印一本題爲「未定稿」的祕密書，題名「中華民國臨時政府之成立過程與現狀」，內中敍述日方扶植僞組織事甚詳。即民國二十六年七七事變發生後，日軍於八月一日在平津建立維持會，天津的僞會委員長爲高凌霨，下設僞委員九人。北平的僞會的主席爲江朝宗。後來各漢奸組織羣起活動，八月二十七日成立「華北人民自治會」，以許蘭洲爲會長。這些團體，在南京淪陷前，於十二月十日成立所謂「中華民國臨時政府」，統一各組織——連「冀東自治政府」也包括在內。日本軍政當局對這一僞組織的態度，雖有多次演變，但後來經由日本「五相會議」及「御前會議」先後批准，其內容爲在佔領地區成立僞新中央政府，採取聯省制，不限於華北五省。

上述南京撤守以後，中國對日抵抗策略，採取長期的消耗戰，以沿江沿海暨交通便利地區的喪失，吸引日軍繼續前進，使其後方補給線盡量拉長，防守地區擴大，不能集中太大的兵力於前線，失去軍事上的優點，而使原來軍力較弱的中國，反處於有利或至少可以與日軍對等的地位，而達到長期消耗戰的目的。由於這戰略的成功，所以使日本的速戰速決的戰略終歸失敗。

在中日八年戰爭期間，其發展經過，大約可分爲四期：第一期自民國二十六年七月七日起，至二十七年十月底武漢會戰爲止。此期之抗戰步驟，在確立持久抗戰的基礎，其戰略爲以空間換取時間，藉以消耗敵人兵力，使敵備多分力，而陷入泥淖，不能自拔。這一期戰爭是平地戰爭，日軍在裝備及運輸上，甚佔優勢，所以雙方的損失，中國國軍遠較日軍爲重大；第二期是自民國二十七年十一月武漢撤守起，至三十年（昭和十六年，一九四一年）十二月七日太平洋戰爭爆發前夕止。先是自武漢會戰後，國軍已轉進至丘陵地帶，戰場擴張，日軍曉得速戰速決之戰略已無可能，乃決定一面以戰養戰，以便應付中國的持久戰略，一面進行局部的攻勢，以打擊國軍實力，並佔領較爲衝要地區。至於國軍戰略，一面舉行游擊攻勢，使敵人不得休息，在地勢較爲有利地區，有時集中較大兵力，與敵作一場大戰，取得戰果，一面輪流調動軍隊至後方整訓，藉以加強國軍的戰鬥力，並爭取與國，以待國際形勢的好轉；第三期爲自民國三十年十二月八日，太平洋戰役起，至民國三十三年（昭和十九年，一九四四年）十一月底湘桂戰爭告一段落止。這一期國軍的指揮方針，在牽制日軍的兵力，遲滯其南進，使盟國得確保印度、澳洲等地，一面聯合盟軍，打通國際路線，並保持兵力，以待歐洲戰事的結束，俾得轉以全力對付日軍；第四期爲自民國三十三年十二月起，至三十四年（昭和二十年，一九四五年）秋，日本帝國崩潰，國軍勝利受降，國土重光爲止。本期國軍的指揮方針，爲實收國家至上，民族至上，軍事第一，勝利第一的成果。（註一三六）

八、日本侵華期間的外交攻勢與以華制華的政治攻勢

蘆溝橋事變是近衞內閣成立次月的七月七日爆發，已如前述。這次事變，以後變成中日八年戰爭的序

幕戰。關於這次事變據近衛自辯謂：「余拜命組閣之時，陸軍自滿洲事變以來所為之諸種策動之相繼成熟，在中國大陸似有一觸即發之勢，當時中國問題，已至非武力解決不可之程度，余當然不知，故組閣後不足一月，蘆溝橋事件爆發，竟至擴大為中國事變。當時各種事件之發生，政府中固無人所聞，即陸軍省亦無所知，完全出自當地軍人之策動」。（註一三七）事變發生後，近衛有意與我國國民政府主席直接和談，以防止事件的擴大，政界亦支持政府的不擴大方針，故近衛派遣宮崎特使前往南方，惟當宮崎於神戶登輪前突然以有間諜嫌疑而遭憲兵逮捕，終於喪失時機而所謂不擴大方針亦完全成為空想。當蘆溝橋事變發生時，軍部內分為事變的擴大與不擴大兩派意見，擴大派為統制派永田鐵山的徒弟徒孫，由參謀本部作戰課長武藤章、課長河邊虎四郎、陸軍省軍事課長田中新一、軍務課長柴山兼四郎等軍部法西斯中堅分子所領導，主張對華戰爭；不擴大派則由持對蘇俄戰爭論者的參謀本部第一作戰部長石原莞爾少將所領導，主張對華提携以對抗蘇俄，以充實軍備為先決條件，並促請近衛飛往南京與　蔣委員長懇談，（註一三八）近衛原已決定飛往南京晤　蔣委員長，嗣因強硬派的反對，於是軍部遂採取擴大方針，而進行全面性侵華行動。

抗戰初期，日本因軍力較為強大，（註一三九）準備較為充實，在軍事上打了幾個勝仗，並佔領了廣大的平原富庶區域。可是戰爭如果延續下去，速戰速決的目的，依然無法達到，未能取得所希冀的戰果。一九三七年八一三戰事爆發後，外相廣田託請英國向中國提出四點和平條件：①在北平、天津稍南劃一線作為非武裝地帶，中日雙方均不駐兵。②排日侮日之停止。③共同防共。④華北之對外機會均等。嗣以中國反對第一條，日本軍方亦反對外務省委託英國的調停行為，事遂作罷。一九三七年十一月二十八日，日本又轉請德國政府訓令其駐華大使陶德曼博士(Dr. Oscar P. Trautmann)將日本所提和平條件轉交中國政府；即：①內蒙自治，②擴大華北非軍事區，中國在此非軍事區享有行政權，但不得派任反日官員，③擴大上海非軍事區，④終止中國反日活動，⑤中國有效制止共產黨。（註一四〇）爲了使領導中心不受動搖，中國政府於一九三七年十一月二十日宣布遷都重慶。當日軍於一九三七年十二月十二日佔領南京之後，日本便很想結束戰爭，所以日本又經由德國駐華大使陶德曼博士於民國二十六年十二月二十二日，向中國提出修改了的議和條件：第一、中國政府放棄其抗日反滿政策，須與日本共同防共；第二、若干特殊地區劃爲不駐兵區（即不許中國駐軍），並成立特殊組織（脫離中央並受日本指導）；第三、中國與日本滿洲成立經濟合作；第四、中國須付相當賠款。此外另附二件：一、談判進行時不停戰；二、須由中國派員到日方指定地點直接交涉。日本這種狂妄態度係根本不知中國長期抗戰的決心，以爲中國撤退上海，棄守南京，軍事損失慘重，將無法繼續戰爭，只有接受日本所提的和平條約。但中國政府，早已決定長期抗戰的戰略，對於日本所提的和平條件，自然加以拒絕。

中日戰爭既無法迅速解決的希望，故隨着戰爭的長期戰化，日本議會政治的本質，亦以軍國主義爲基礎，放棄了尚存一息的自由主義性格，助紂爲虐，轉變爲戰時議會的體制，政府在軍部壓力策動之下於昭和十二年（民國二十六年）十月二十日於內閣之下設置企劃院主管戰時經濟，嗣後在第七十三屆議會（一九三八年二月二十日召開）通過國家總動員法及電力國家管理法，（註一四一）這即是軍部具有最高權力的象徵。該法案乃統制派所強要制定的極其廣泛的委任立法的法案，規定戰時及準戰時事變發生時，不必經過議會的同意，賦予政府以動員國內總力的權力。於是日本軍部藉此法案爲護身符，脅迫內閣，繼續其全面侵華的軍事行動，致日本政府的和平構想屢遭挫折。

前述和平既不成，日軍便繼續軍事攻勢，武漢淪陷後，日本看到中國毫無屈服的意思，於是在經濟上作以戰養戰，搜括中國物資，以支持其對華侵略，並高喊百年戰爭，表示日本不怕長期戰爭，決定以長期的侵略戰爭，來打垮中國的長期抗戰。抑有甚者，日本自知長期戰的不利，爲拖垮中國的戰略物資，於昭和十三年（民國二十七年，一九三八年）一月中旬，駐德大使東鄉茂德赴任時，日本政府訓令東鄉到任後，應即敦促德國停止對華援助不出售軍火與中國。（註一四二）但日本還是不時發動希望結束戰爭的外交攻勢，而受託斡旋者仍然是德國駐華大使陶德曼博士。

日本於付出重大代價，佔領武漢之後，開始了解軍事征服中國的困難，所以日本政府乃改採「速和速了」策略，爲要到達此目的，他們用盡一切詭計，爲要鬆弛中國軍隊的戰鬥意志，不時宣傳說日本願意先停戰。這些和平試探均遭受　蔣委員長所拒絕。迨中日戰爭進入第三年頭，歐洲戰事爆發（一九三九年），日本爲德國的同盟國，後者自不願其盟國的日本爲中國大陸的戰爭所纏住，致失去行動的自由。尤其是德、蘇大戰於一九四一年（民國三十年，昭和十六年）六月發生後，德國更冀望日本結束對華戰爭，全力進攻俄土西伯利亞，以策應德國在東歐所取的攻勢，因此，德國當局乃訓令陶德曼奔走斡旋，所提條件較南京失陷時所提的四個條件爲寬。當時日本所提的條件的重點，不外乎：①承認滿洲國的合法地位；②承認華北五省地位的特殊化；③中日共同反共，中國在政治上應與日本一致，接受日本的指導。這三個條件，在日本或者自認爲已表現寬宏大量，但中國則認爲國權的損失太大。可是中國既不惜任何犧牲，決定長期抗戰，最後目的是勝利，將敵人驅出國土，收復河山失土，因此，對這次日本的和平試探嚴加拒絕。至是日本的外交攻勢，完全失敗，而陶德曼博士奔走斡旋等於白費工夫。

日本在中日戰爭初期，挾其優勢的軍力，採用速戰速決戰略，連陷我國重鎭，並採取外交攻勢，脅迫我國接受屈辱性的和平條件，終爲中國拒絕。迨察覺和談沒有希望，中國有長期抗戰的決心，乃決定「以華制華」政策，和中國頭號失敗主義者汪精衞勾結。先是蘆溝橋事變發生，華北相繼淪陷之後，日本即在北方，成立兩個傀儡政權組織：一個是以漢奸王克敏、湯爾和、王揖唐爲首的北平臨時政府，以華北五省——河北、山東、河南、綏遠、察哈爾爲其統治範圍。一個是以內蒙古爲首的蒙疆自治政府，設在張家口，作爲侵略經營蒙古的工具。中國拒絕日本求和後，日本乃於民國二十七年（昭和十三年，一九三八年）一月十六日，發表「不以國民政府爲對手」的聲明，大意謂：「日本政府於南京淪陷後，對於中國國民政府予以反省其態度之最後機會。而至今日，國民政府依然不了解日本之旨意，策動抗戰，對於東亞全局和平，毫無顧慮。因此，日本政府今後不以國民政府爲對手，期望眞能與日本提携之新政府成立與發展，而擬與此新政府調整兩國國交，並協助建設新中國」。（註一四三）時日本召回其駐華大使，中國亦命駐日大使許世英返國。十八日國民政府發表宣言，以嚴正立場，昭告於世界曰：「自上年七月，蘆溝橋事件發生以來，中國政府再三表示願以國際公法所承認之任何和平方法，圖謀適當之解決。乃日本不顧一切，調遣大批陸海軍攻擊中國之領土，屠殺中國之人民，中國迫不得已，起而自衞，抵抗侵略，抵抗暴力。數月以來，中國未有一兵一卒侵入日本領土之內。而中國若干城市，尚在日軍非法佔領之中，人民之生命財產，皆被其任意摧殘。解除武裝之士兵，非戰鬥之人民，甚至無辜之老弱婦孺，皆被其任意慘殺。至產業上之毀掠，文化之隳壞，更難殫述。日本之行動，爲違反國際公法及非戰公約與九國條約，早經世界各國之確認。是破壞國際和平之責任，顯在日本而不在中國。日本於此，猶云尊重中國之領土與主權者，不過以其武力在中國領土以內，成立種種非法組織，以分裂中國之領土，且即利用此種非法組織，以掠奪中國之主權而已。所謂尊重各國在中國之權利利益者，不過欲憑藉其優越之勢力，以遂其獨佔壟斷之企圖而已。中國抗戰目的，為求國家之生存，為維持國際條約之尊重。中國和平之願望，雖始終未變，而領土主權與行政之完整，既為我獨立國家應有之要素，又經有關各國以神聖之條約，允予尊重，自不能容許任何國家之侵犯。中國政府於任何情形之下，必竭全力以維持中國領土主權與行政之完整。任何恢復和平辦法，如不以此原則為基礎，決非中國所能忍受。同時任何在日軍佔領區域內，如有任何非法組織，僭竊政權者，不論對內對外，當然絕對無效」。（註一四四）

上述民國二十七年一月十八日，中國國民政府發表宣言強調「任何在日軍佔領區域內，如有任何非法組織，僭竊政權者，不論對內對外，當然絕對無效」，但日本竟不加理會，為遂其「以華制華」政略，又於是年三月二十八日慫恿漢奸梁鴻志、溫宗堯之輩在南京組織偽「維新政府」，以東南淪陷區的江蘇、浙江、安徽三省為統治範圍。可是王克敏、王揖唐及梁鴻志之流，在民國初年的北京軍閥時代，雖然是政壇上起伏浮沉的要角，但與實際政治絕緣已久，成了過時渣滓，完全已發生不了領導或影響作用。因此，當日本於攻陷廣州及武漢，而中國長期抗戰的政策，依然不變，日本認為要達到「以華制華」目的，不得不另行物色較有號召力的人選，以代替那些過了時的人物，這位人物便是汪精衛。不過近衛首相仍然未放棄其與中國國民政府和平解決戰事的希望，因此於一九三八年（民國二十七年，昭和十三年）五月二十六日改組內閣，因由外相宇垣一成（接替廣田弘毅）透過與我國張岳軍先生的關係，與孔祥熙先生（時任行政院長）為對象，進行和平工作，惜因受陸軍的積極反對而未獲實現。（註一四五）陸軍不但積極阻止宇垣外相與孔祥熙院長的和平談判，甚且企圖剝奪外務省處理對華問題的權能，乃主張設置一專門的對華機構，與宇垣正式對峙。結果，宇垣在陸軍的壓迫下於九月二十九日辭去外相之職，而陸軍所期望的「興亞院」於是年十二月十六日遂告成立。興亞院乃一種「對華中央機關，以首相擔任總裁，副總裁由外務、大藏、陸軍及海軍等四省大臣擔任，總務長官為柳川平助中將、政務部長為鈴木貞一少將，事實上，由陸軍掌握興亞院的實權。由於該院的成立，外務省的權限終被縮小。

第一次近衛時代開始的中日戰爭，因陸軍的陰謀阻礙，致其所發動的謀對重慶的國民政府解決中日戰爭的辦法，皆歸失敗。嗣後他根本喪失了解決事變的信心與機會，一任軍部妄自擴大，在軍部指揮操縱之下，在第一次近衛內閣時代於民國二十七年（一九三八年）十一月三日發表了所謂「建設東亞新秩序」的聲明，其大意說：「日本所冀求者，以更生的民族主義中國為對手，為確保東亞永遠之安定，建設新秩序。新秩序的內容係以日華平等之原則上實現善鄰友好，共同防共，經濟提攜。日本尊重中國主權，固不待言，並進而撤消為完成中國獨立之治外法權，且對於交還租界，亦不惜積極的考慮」云云，所提出的所謂「善鄰友好、共同防共、經濟提攜」三原則，對於汪精衛的建立偽政權頗具誘惑性。汪氏對於抗戰的看法認為非產生奇蹟，否則前途是暗淡的，因此乃令當時外交部亞洲司司長高宗武（著名的日本通）從重慶祕密飛往香港，再轉赴日本，與日本首相近衛氏晤談之後，帶回對兩國停戰問題的近衛聲明三原則，高宗武回到重慶後，首先呈給汪氏，汪氏認為大體上可以同意，遂把此近衛三原則拿去見　蔣委員長，於是中樞為此曾召集過若干重要文武大員，徵詢對日停戰意見，並以近衛三原則為藍本，而作進一步的研究。惟大多數與會大員基本上有一個觀念，以為假如終止抗日，是給予國內反政府分子以藉口，故一旦停止抗戰，結果必然將禦侮之戰變爲鬩牆之爭，（註一四六）因此拒絕近衞所提出的停戰原則。

汪精衞的爲人，領袖慾很濃厚，與國民政府實際領導者之　蔣委員長，意見未能融洽。（註一四七）在抗戰以前，他主張對日作戰最激烈，到了上海撤退，南京棄守，廣州、武漢相繼淪陷，他的意志便發生動搖，喪失長期抵抗爭取最後勝利的信心。何況他曾經追隨過　國父孫中山先生，有革命的歷史，自　孫中山先生逝世之後，常感不能得志，於是認爲早一點與日本合作，將來戰爭結束，他將自然地成爲戰後中國政府的領導者，滿足領袖的慾望。儘管汪精衞未能爬上國民政府領袖寶座，但日本人認爲他在國民黨及國民政府曾經擔任過重要的職務（汪曾擔任國民黨中央政治會議主席、副總裁，在國民政府中曾任行政院長、國防最高委員會主席、國代參政會議長），在國民黨中是一派（改組派）的領導者，有不少的號召力。於是想利用他來充任傀儡政府的領袖。可是等到汪氏袍笏登臺之後，大失其以往的號召力，致使日本「以華制華」的目的，依然未能達到。

汪精衞既然嚮往近衞三原則，乃於民國二十七年十二月十八日潛行入滇而至越南的河內。這時日本首相近衞於十二月二十二日，重新發表所謂「調整中日邦交根本方針之聲明」，主張徹底摧毀抗日的國民政府，決與新成立的政權相提携，建立東亞新秩序。　蔣委員長於是月二十八日發表駁斥「近衞東亞新秩序」聲明，次日汪精衞即在河內，發出豔電，（註一四八）響應近衞首相的聲明，主張停止對日戰爭，談判和平。民國二十八年元旦，中央常務會議舉行臨時會議，討論對汪氏發表豔電後之處置。　蔣委員長雖欲處以寬大，但會議時羣情激昂，卒決議永遠開除汪氏黨籍，撤除其一切職務，同時中央監察委員會亦召開臨時常會，通過上開決議。（註一四九）

汪精衛既決心和日本勾結，嚮應近衛首相所提出的和平條件，於是日本乃由影佐禎昭及犬養健與汪氏方面的梅思平、高宗武祕密從事談洽，並於民國二十七年十一月二十日，由影佐禎昭等與梅思平等在上海虹口，訂立所謂「日華協議記錄」，其前文有云：「日支兩國爲排擊共產主義，並從侵略東亞之諸勢力解放東亞，以實現東亞新秩序之共同理想起見，互依公正之關係以規律軍事、政治、文化、教育等諸關係，而舉善鄰友好、共同防共、經濟提携之實，作強固之組合」。民國二十八年（昭和十四年，一九三九年）六月，汪氏經香港赴日與日本首相平沼騏一郎會見，日方於是年十月三十日提出「日支關係調整要綱」。（註一五〇）民國二十八年九月一日，汪氏企圖在創建政權之前，先利用中國國民黨的名義，作一次更廣汎的宣傳，俾使新政權的建立，有所依據，乃召集所謂「中國國民黨第六次全國代表大會」於上海，翌年（民國二十九年）三月三十日以汪精衛爲首的南京僞國民政府成立，合併原有的華北臨時政府與南京維新政府。日本爲使汪精衛爲　孫中山先生的繼承人，竟承認了三民主義的建國原則和青天白日滿地紅的國旗（惟旗上另帶一布條，書「和平反共救國」六字）。

日本之原意，以爲汪精衛的僞國民政府成立，即可以與重慶的國民政府，分庭抗禮，「以華制華」的初步目的，可以達到，然而事實上，這只是日人天眞幻想中的一套如意算盤而已。汪氏成立僞政府的那天，參加典禮的衹有四十餘人，一切外交上常例的各國使節的祝賀形式也沒有，日本亦未立即派出常駐大使，連日本駐華最高司令官西尾壽造也到了翌日上午，才往汪僞政府作形式上的週旋。是年四月下旬，日本始派阿部信行以特使資格赴南京與汪氏討論僞組織成立後的各項問題之談判，遲至是年十一月三十日，始加以承認。同時對於過去爲汪氏所向日本提供的賣國密約，也加以追認，並正式簽字。

汪精衞在南京組織僞政府，其號召力至爲有限，跟他到南京的，只是平常和他很接近的國民黨改組派的一部分人士，以陳公博、褚民誼、周佛海等爲首，全國人民，多不齒汪氏的行爲。華北漢奸王克敏等，自以爲經驗較老，和日本的關係較深，根本不願受汪氏的領導。汪僞政權成立之後，日本依然不放棄對重慶國民政府的和平攻勢，足見日本對汪氏地位的脆弱，號召力的薄小，有所覺察。在汪僞政權成立同日，國民政府乃發表了一百零幾人的通緝名單，自汪精衞起，包括汪政權的院部會長副院長以及所有次長在內。（註一五一）汪僞政權的成立，國民政府認爲通敵叛國，而日本又以爲非但是一個不受指揮的組織，反而是處處予以掣肘的一個累贅，雖然那時淪陷區的民衆，寄以若干希望，減少一些被蹂躪的實惠，但是這政權的命運，在兩面不討好中，其未來的結果，是註定爲先天性的。（註一五二）

汪僞政權的建立，既以近衞文麿第一次組閣時所提出的所謂近衞三原則爲依據——善鄰友好、共同防共與經濟提携，似乎表示很明朗，而且日本更聲明不要求賠償，以及停戰後的限期撤兵。但一旦汪氏方面與日本眞正到了折衝的時候，方纔發覺滿不是這一回事。日本希望拔出泥足而渴望和平是事實，但近衞三原則，不過是和平攻勢中的香餌而已。當汪僞政權成立，日本以前首相阿部信行大將爲特派大使至南京，進行「中日間基本關係」的交涉，汪僞政權要求以平等、自由爲原則，更進而廢除中日間的一切不平等條約。但是日本則堅持完全相反的佔領政策，要求承認日軍廣汎的權益。汪氏終在日本的槍刺之下，於民國二十九年（昭和十五年，一九四〇年）十一月四日在南京與阿部信行簽署所謂「中日基本協定」，而汪僞政府亦發表了所謂「中日滿共同宣言」，並以影佐禎昭少將爲最高軍事顧問，以日本前財相青木一男爲最高經濟顧問。日本更利用興亞院做爲中國佔領區的最高統治機構，並在北平設有「北支開發社」，在上海設有「中支振興社」，作軍事與經濟雙管齊下的侵略。日本原希望汪氏領導的僞國民政府的成立，可以削弱國民政府的作戰力，達到「以華制華」的目的，但結果只是一場空夢。汪氏的僞政權的基礎既建立在日軍的刺刀上，那它對於日本會有多大助力？汪氏的失敗就是日本政治侵略的失敗，也就是中國所以實現長期抗戰策略成功的因素之一。

第六節　太平洋戰爭的爆發與日本軍事性帝國主義的崩潰

日本於昭和六年（民國二十年，一九三一年）發動九一八事變，一舉而佔有了我國東三省，中國爲了顧全大局忍辱負重，未作積極的抵抗，其後於民國二十一年（一九三二年）五月三十一日簽訂了「塘沽協定」；民國二十四年（一九三五年）六月又簽訂了「何梅協定」。同年十一月，日本更悍然地製造了所謂「冀東反共自治政府」，使華北形成特殊化，整個華北也置於日軍的實力控制之下。對於九一八事變國際聯盟所派的李頓調查團，雖譴責日方的侵略行爲，但卻絕未作出制裁方案，列強對此傀儡組織的僞「滿洲國」，亦且默認爲既成事實。在華東，民國二十一年所發生的上海「一二八事變」，結果被迫簽訂停戰協定，又接受了在上海四周三十哩以內中國不得駐紮正規部隊的屈辱條件。中國的退讓，卻助長了日本軍閥的瘋狂氣燄，以爲滅亡中國，最多也只需兩個月的時間，（註一五三）因此所謂「大陸一元」夢，普遍地縈迴在日本軍人的腦海中，福兮禍所伏；日本軍閥於昭和六年至十二年（一九三一至一九三七年）的六年之中，在中國境內，隨心所欲，予取予求，這不但是中國受外族侵略的空前災難，卻也是日本明治維新以來的迴光返照。日本於志得意滿之餘，既一誤於進行對華全面侵略，再誤於發動了太平洋戰爭，終至自取覆亡，招來了日本有史以來僅有的城下之盟。

七七事變後，日本在華軍事上的勝利，實際上並不能取得任何實際利益，徒然使日本內閣成爲軍部之附庸，而陸海軍之間，又時相齟齬，加以經濟混亂，物質缺乏。至太平洋戰爭前夕，日本的對華侵略戰爭，已感到曠日持久，由於中國堅持抗戰到底，致使日本的和平希望化爲泡影，而使泥足愈陷愈深。何況美國又凍結了日本在美的資金，與限制了戰略物資輸出之後，日本處境日感困難，軍閥們抱着一不做，二不休的心理，擴大了中國地區以外的戰爭。抑有甚者，日本軍部自昭和十一年（一九三六年）發動所謂「二・二六事件」（註一五四）後，軍閥勢力抬頭，對內則控制政局，對外則宣布廢棄了昭和五年（一九三〇年）一月的「倫敦海軍縮減條約」，陸軍以防止我國反攻爲理由，把軍事預算無限制地劇增；海軍又以加強國防爲名，無限制地製造軍艦。這種擴軍的目的是備戰，陸軍主張北進，以蘇聯爲假想敵人，而海軍則主張南進，以荷印資源爲目標，但海軍反對陸軍在東北與華北的作爲，而陸軍則認爲南進爲危險而又愚蠢。迨至昭和十一年八月七日廣田弘毅內閣舉行包括首相、陸海相、外相及大藏相所組成的「五相會議」，決定國策時規定：「外交國防相須，確保帝國在東亞大陸之地步，同時向南方海洋進出發展」，竟把北進而兼南進同時決定爲「基本國策綱要」，最後日本卒放棄了北進政策，改採南進，而啓開了殘酷的太平洋戰爭的序幕。茲將日本在發動太平洋戰爭前的種種準備工作。分述如下：

一、太平洋戰爭爆發前日本的軍事外交策略

自九一八事變，以至七七事變，日軍由蠶食而採取全面侵華，當時雖有國際聯盟的組織，但當時的國際聯盟是，但告朔餼羊，徒以姑息撫綏爲能事。列強對於日本即採取綏靖政策，英國於一九四〇年（昭和十五年）六月十九日和日本簽定「天津協定」，並於七月十八日宣布封閉中國唯一尚存的國際通路，滇緬公路三個月。英日簽訂天津協定的翌日，法國亦與日本簽訂一個協定，封閉滇越的過境路線。九月二十二日日本與越南簽定協定，允許日軍三個縱隊進入越南，並得利用越南南部機場，進攻滇桂。九月二十七日，日本鑒於納粹德國在西歐的軍事優勢，正式與德意簽訂所謂「三國同盟」。此一時期，歐洲列強都在支持日本。唯美國於同年八月禁止飛機汽油輸日，十月十六日又禁止廢鐵運往日本。十月十八日英國開放滇緬路。

德國納粹黨首領希德納於一九三〇年膺任德國總理後，逐漸鞏固其獨裁權力，並把德國帶向極權主義國家之途邁進。但他爲了防止蘇聯勢力伸展於歐洲，和其征服歐洲大陸的政策衝突，爲牽制蘇聯起見，看到日本軍部渴望德國在軍事上能互相協力以對付蘇聯，因此，遂於昭和十一年（一九三六年）十一月二十五日簽訂了所謂「日德防共協定」，嗣後於一九三七年十一月六日，意大利參加，遂成爲「日德意三國防共協定」。昭和十三年（一九三八年）七月間第一次近衞內閣曾和德意志談判強化防共，五相會議（首相及陸海外藏四相）決定：「日德兩國可以締結對蘇軍事同盟，日意之間，另簽定以英國爲對象的密約」。但德國主張三國共訂一約，其要點爲：締盟國如與第三國發生外交上困難，則締盟國之間，應互相協商，如受第三國威脅則互爲聲援，如遭第三國攻擊，則互以武力援助。德國之本意，係假藉強化防共之名義而要求日意共同對付英美。惟當時日本在中國大陸的軍事行動泥足愈陷愈深，並不願另有所企圖，致未成功。及近衞下臺，平沼騏一郎繼任組閣，平沼內閣的政策是積極推進與德意軸心國的合作，並更擴大了「建設東亞新秩序」的方針，以切斷援華路線爲名，於昭和十四年（一九三九年）二月十日佔領海南島，三月宣言領有菲律賓西方海上的新南羣島（即南沙羣島），此舉可說是日本南進的開始。六月封鎖天津英法租界，七月二十七日美國報之以廢棄日美通商條約。（註一五五）

平沼內閣，雖繼續研討三國同盟的內容，惟因德國堅持德國如與英法開戰，日本應即時參戰，致未能獲致協議。是年八月初旬，平沼內閣尚在考慮此案之時，二十五日，德國竟未徵詢日本意見，即突與三國同盟的對象之蘇聯締結「德蘇互不侵犯條約」。德國既與蘇聯提携，則局面全非，終至平沼內閣以國際情勢錯綜複雜爲由而於八月二十八日辭職，是年（一九三九年）九月一日德軍侵入波蘭，九月三日英法對德宣戰，西歐戰爭終告爆發，日本即採取不干涉方針，九月四日阿部信行內閣發表「當此次歐洲戰爭勃發之際，帝國不介入任何一方，專心以圖中日戰爭之解決」。（註一五六）同年十一月開始，參謀本部鑒於中日戰爭的長期性，對於日本已有計窮術盡之感，而祕密計劃自中國撤兵，（註一五七）惜乎在當時缺乏一位具有決斷力及實行力的眞正政治家，致無法實行。昭和十五年（民國二十九年，一九四〇年）春，德國以破竹之勢，席捲西歐各國，海上的英國亦岌岌可危。日本軍閥對德軍的獲勝，不勝羨慕，亦自以爲天下事大有可爲，良機不可坐失，「趕巴士（Bus）不要誤點呀！」的雙關語頗爲流行。軍部高叫「南進」，陸軍省甚至提出立刻偸襲新加坡的建議。六月中旬，陸軍省參謀本部派員赴菲律賓、馬來亞、蘇門島納、爪哇、新幾內亞等地，祕密偵察地形，蒐集資料。同時在參謀本部成立「南方班」主持其事。（註一五八）

昭和十五年（一九四〇年）七月二十二日第二次近衞內閣成立，它是「戰犯內閣」，中間最爲人們熟悉的，是外相松岡洋右、陸相東條英機。因爲在這些人們的腦中，日本必須放棄父代的盟友（英國）和攻擊祖代的恩人（美國），所以在外交上極力設法加入軸心。爲達成這個目的，在內閣成立後一個月（八月二十三日），松岡外相大加變動駐外使節，並召回許多可阻礙其預定工作的參事官、領事。同時，內閣又選二十四人爲委員，調整國政，那些人們，大半是軸心國家的應聲蟲。當近衛在進行組閣時的七月十九日，曾經邀集內定的陸相（東條英機）、海相（吉國善吾）、外相（松岡洋右）等會談，此即所謂「四相會議」（又稱「荻窪會談」），決定下列組閣後的外交方針原則：①強化確立戰時經濟政策，以爲內外政策的根基。②強化日德意軸心，東西互相策應。③對蘇締結日滿蒙國境不侵犯協定（有效期間五年至十年），在該協定有效期間，充實對蘇不敗的軍備。④爲使在東亞的英法荷殖民地（越南、印尼、緬甸等地），包含於東亞新秩序內，加以積極處理。⑤雖避免與美國作無用的衝突。一九四〇年七月二十六日，日本內閣會議依據上述荻窪會談的結論決定所謂「基本國策要綱」，其內容乃以「八紘一宇」爲其國是，並以「集中國家全力建設大東亞新秩序」爲其根本方針。這就是把近衛首相從前所提倡的「日滿支東亞新秩序」擴張到包括南洋各地在內的「大東亞新秩序」。但有關建設東亞，內閣任內對外政策上一項最大的成就是加強日德意軸心的結合，完成了「日德意三國同盟」。（註一五九）該同盟係在外相松岡洋右及軍部一手導演下的傑作，由日德兩方外相經過一兩個月交涉談判，終於昭和十五年（一九四〇年）九月二十七日在柏林簽定。日德意三國同盟，是在所謂互相尊重德意兩國在歐洲和日本在亞洲的「領導地位」的基礎上約定「三國之中，任何一國如受到現未參加歐戰或介入日支（中）紛爭之某一個國家（按指美國）的攻擊，則有相爲經濟、軍事之援助」，因此，該同盟實即爲軍事同盟，本來以松岡外相的本意，乃擬以三國同盟爲背景，企圖牽制美國，使其承認日本的大東亞政策，但其結果不但未能達成松岡的要求，反而伏下了日美開戰的禍根。

日德意三國在軍事協定締結後，把全世界分為兩個作戰地域與分配好作戰計劃，其大概內容如下：

（甲）作戰區域的區分：

德、意兩國軍隊及日本陸海軍，在左列的分配地區內，進行必要的戰爭。

㈠日本：東經七十度以東起，到美國大陸西岸的水域，以及該水域之大陸與島嶼（澳洲、荷印、紐西蘭等）；東經約七十度以東的亞洲大陸。

㈡德、意兩國：東經約七十度以西，到美國大陸東岸的水域，以及該水域之大陸與島嶼（非洲、冰島等）；近東、中東以及東經約七十度以西的歐洲。

㈢在印度洋，依情況可越前項所定的地域境界而作戰。

（乙）一般作戰計劃：

㈠日本對德、意協力與英美作戰，在南洋方面及太平洋進行戰爭。(a)日本擊滅在東南亞之英、美、荷之重要基地，攻擊同地域內它們的領土。(b)日本為確保西太平洋的制海權，希在太平洋及印度洋殲滅英美的海陸空軍。(c)英美艦隊在大西洋結集其主力時，日本在太平洋及印度洋全區域，增強海上攻擊力量，又派遣其海軍力之一部到大西洋，與德意的海軍直接協力。

㈡德、意與在南洋方面及太平洋作戰的日本互相協力，進行對英美作戰。(a)德意擊滅在近東、中東、地中海、大西洋之英美的重要基地，並佔領在同地域之英美領土。(b)德意殲滅在大西洋及地中海之英美的陸海空軍，又破壞該敵人的通商。(c)英美的艦隊在太平洋集中主力時，德、意派遣其海軍之一部，至太平洋與日本海軍協力作戰。

（丙）軍事作戰的要點：

(一)關於作戰計劃的重要事項，維持連絡。

(二)經濟戰的協力：包括(a)關於經濟戰計劃之維持，(b)關於經濟戰的進行，重要情報及其他事項之維持連絡，(c)一加盟國，越過其擔任的作戰區域，進行經濟戰時，應先將其計劃通知其他同盟國，關於作戰基地之使用、補給之加強、船員之休養、修理業務等，確保協力與互助。

(三)作戰所必要情報之蒐集及交換。

(四)關於心理作戰之協力。

(五)確保相互軍用電報傳送之協力。

(六)在技術的要求之內，日德意三國協力創設航空通信。及開始印度洋之航路與海上運輸。

三國同盟的締結，原以使蘇聯加入爲條件，當時日德意蘇曾互相祕密承認其將來的各自之勢力範圍，即日本爲南洋方面、德國爲中非洲方面、意大利爲北非洲方面、蘇聯爲伊朗、印度方面。但昭和十六年（民國三十年，一九四一年）三月日本外相松岡訪問柏林時，希特勒及外長李賓特洛甫竟於言談中表示蘇聯不可信任，不予蘇聯一次打擊，歐洲之禍根始終不能袪除。三國同盟締結後，日本國內有識之士因認爲與德國勾結，無異與虎謀皮，促請政府當局於運用本條約之際，務愼重將事，時存戒懼於心。（註一六〇）

日本與德意兩國締結同盟後，除加強與德意之合作外，同時又決定與美蘇調整國交方針。難怪三國同盟條約換文後，日本首相近衞文麿在樞密院中解釋云：「這一軸心關係的建立，德國將更加強協助日本勸導蘇俄與日本締結互不侵犯條約」。（註一六一）先是自昭和十六年（一九四一年）一月，日本駐俄大使建川美次即已奪奉本國政府命令向俄國政府提議締結互不侵犯條約，但俄方對於日本因中日戰爭之消耗乃至疲敝的狀態已有了解，所以索價極高，致無結果。是年三月二十五日，日本外相松岡洋右於訪歐歸途中，取道俄京，企圖與史達林及莫洛托夫「懇談日俄兩國根本問題」，並表示願與簽訂中立條約，附加互不侵犯條款。蘇方要求收回北庫頁島權利作爲條件，惟松岡則主張以讓與方式解決，雙方堅持各不相讓，迨至四月十三日松岡訪歐歸國途中再經俄京時，史達林因接獲派在日本的諜報人員蘇爾治（Richard Sorge）從德國駐日大使處獲得德軍計劃於六月二十日前後進攻蘇聯的情報，（註一六二）俄方遂突然改變態度與松岡於四月十三日簽訂「日蘇中立條約」。「日蘇中立條約」全文共四條，（註一六三）另附一項宣言：「蘇俄保證尊重滿洲國的領土完整和不可侵犯，日本保證尊重蒙古人民共和國的領土完整」。當這一條約簽字之日，松岡對駐莫斯科德國大使強調說：「這一條約對於日本是非常重要的，它將是加於中國國民政府的一項極大的壓力，可能由此而易迫使中國屆時求和；同時日本對抗英美的地位也因此增強了」。（註一六四）當時在野的幣原喜重郎一向批評松岡外相的外交作風爲「類似兒戲的無軌道外交」。當他獲悉「日蘇中立條約」簽訂時，即批評「外交自本便不應輕率」，此一條約之締結將使日本的立場益陷入苦境。（註一六五）當日蘇訂立中立條約兩天後，美國羅斯福總統於四月十五日宣布美國已着手調製租借法案下的援華材料清單，並表示：「中國同樣地表示其幾億人民抵抗肢解它的民族之偉大的意志。中國經由　蔣委員長要求我們援助。美國已經答應說，中國應該獲得我們的援助」。（註一六六）

一九四一年六月二十二日，德國撕毀了德蘇互不侵犯條約，德國以三路大軍約一百八十師共三百萬兵力，進攻蘇聯。德蘇戰爭發生之翌日，日本軍部乃召開陸海軍省部的局部長緊急會報，商討「德蘇開戰後帝國國策要綱」，會中陸軍提出把握良機，以武力解決北方，而海軍則提出南洋方面必須保持對英美作戰的基本態勢。

一九四一年七月二日召開御前會議，決定德蘇開戰後的日本國策，稱曰：「隨局勢推移之國策要綱」。其內容大要是：

一、方針：堅持建設大東亞共榮圈的既定方針，繼續處理中國事變，同時向南洋進攻，相機解決北方問題。

二、要領：①對中國發動交戰權，接收具有敵對性的租界。②強化南進態勢，為此不惜與英美一戰。③祕密準備對蘇的軍備。俟德蘇戰爭發展到對日有利階段，以武力解決北方。④如美國參戰時，帝國基於三國條約行動，但武力行使之時機及方法自主的決定之。

由這一個國策要綱看來，日本想乘德軍把蘇聯主力打垮後，行使武力來解決北方問題。日本帝國主義者一向以蘇聯為假想敵，且認為蘇聯係把共產主義種子播種於世界的存有危險性的國家，（註一六七）因此，日本乃趁火打劫，於一九四一年七月十三日開始實施空前的大動員，在所謂「關東軍特別演習」的名稱下，緊急動員了八十萬兵力，擬俟機進攻蘇聯。但海相及外相均不同意於此時對蘇開戰。八月四日杉山元參謀總長邀請剛返國述職的駐俄大使重光葵，聽取歐洲局勢。重光告以德蘇之戰固可左右今後歐洲戰局，但德國想打垮蘇聯並不如想像之容易。結果杉山總長乃決定年內不能進行對蘇武力解決，並將緣由通知陸相。於是自德蘇開戰以來，想趁火打劫的策略，至此烟消雲散。前已述及，當日本與德國締結同盟後，除加強與德意的合作外，又決定與美蘇調整國交方針。於是外相松岡洋右於昭和十六年（一九四一年）三月中旬訪歐，於四月十三日在莫斯科與史達林簽訂了「日蘇中立條約」。該條約內容要旨爲①相互尊重領土的完整和不可侵犯性，②締約國之一方面在成爲第三國的軍事對象時，他方的締約國須守中立等項，期限定爲五年。當松岡外相在歐洲期間，近衞亦開始進行與美國調整國交。當時日本軍部雖強硬亦自知欲確得其在南方（按指東南亞）的資源，尚無與英美以武力對抗自信，盡量避免與英美作正面衝突，故積極支持日美關係調整方針。（註一六八）日美交涉發端於昭和十五年（一九四〇年）十一月二十九日美國天主教神父海外佈道協會會長浦勞得(James M. Proaght)、聯邦政府郵務部長華博(Frank C. Walper)與日本陸軍省軍務局軍事課課長的岩畔豪雄大佐及近衞首相之友人產業組合中央金庫理事井川忠雄等的試探，（註一六九）降及昭和十六年四月才正式由兩國政府直接從事談判，同月十六日美國國務卿赫爾向日本駐美大使野村吉三郎（曾任外相、海軍上將）提出所謂「日美諒解案」的祕密備忘錄，（註一七〇）徵求日本政府的意見，日美交涉遂正式進入兩國政府的議題。當時日本軍部（包括陸海軍）對美國的「諒解案」，表示「原則上贊成」的態度，並促請外務省電告野村大使向美方傳達「原則上贊成」的意向，惟外次大橋忠一以俟松岡外相歸國再回報爲由抑制之。（註一七一）迨至松岡返抵日本後，對此「日美諒解案」卻表示消極態度，不予積極進行。松岡認爲「日德意三國同盟」比對美國關係重要，他甚且判斷以三國同盟爲後盾，美國將不致對日本有強硬的行動表現。松岡態度之所以如此，除了上述原因外，據說是當他訪歐路過莫斯科時，確曾託過美國駐蘇大使史塔因哈爾特請羅斯福總統出面調停中日事件，因此他最初聽到美國提出諒解案

的消息，滿以爲是他的工作成功，頗沾沾自喜，繼而明瞭與他無關，乃索然敗興，態度也就立刻變爲冷漠。（註一七二）

昭和十六年五月三日的政府統帥部連絡會議乃通過了松岡的修正案，於同月十三日日本政府乃根據松岡外相的意見給美國一個具體答覆。（註一七三）六月二十一日美國向日本提出一項修正案，（註一七四）翌六月二十二日德國與蘇聯之間的戰爭發生，松岡外相遂以此機會，提出基於三國同盟的精神，日本已與蘇聯開始戰爭狀態的意見，迫使進行中的日美談判中止。但近衞首相則認爲德蘇戰爭的開始，乃德國獨自蹂躪破壞三國同盟的規定，倘此時不順利完成日美交涉，則日本的立場必陷入危境，與松岡外相發生歧見，爲打開日美交涉僵局而焦慮。七月二日爲解決此一困惑而召開御前會議，重新檢討德蘇開戰後的國策，名爲「隨局勢推移之國策要綱」，已如前述，並於七月十五日針對美國六月二十一日的修正案，提出答覆。（註一七五）由於外相松岡之不合作態度，擅自把正在密談的日美妥協消息，暗中透露給德、意駐日大使，（註一七六）致德國曾於五月七日訓令其駐日大使向日本政府提出抗議曰：「德國政府的見解，認爲抑制美國參戰最良好的方法，是日本斷然拒絕按美國的提案進行交涉。德國政府對日本政府在回答美國政府之前，未能等待德國政府意見一事，引爲遺憾。三國條約係去歲爲德意日三國政治的道德的結合而締結，其大目標即在阻止參加第三國的戰爭」。（註一七七）松岡外相的態度，旨在反對日美談判，因此，近衞深知此人不去，談判終難有成，乃決心請他下臺，改組內閣，七月十五日向日皇提出內閣總辭職。本來松岡洋右確實是一位外交人才，彼之勇氣把全盛時期的軍部之意見不加理睬，並且毫不讓步，這在當時日本的政界，可說是絕無僅有的人物，惟不幸的是自信心太強，好於表現，且有親德的偏向，致喪失日美諒解案的良機，終於引起太平洋戰爭，而導致日本淪爲戰敗國，此一過失雖非松岡的全責，但他應負一大半責任，乃不容置辯的事實。（註一七八）

第二次近衛內閣辭職後，近衛文麿又於七月十八日成立第三次近衛內閣，並邀請海軍大將豐田貞次郎出任外相，豐田曾任海軍次官，精通海軍內幕，又曾任商工大臣，因處理物資問題，知悉美國的實力，故極力主張日本於此際應積極避免與美國衝突，可說是一位美國通，近衛的擢用豐田，足以表現其有促成日美交涉成功的熱忱。當時陸軍兩統帥部雖不贊成豐田出任外相，但對近衛內閣則採取支持態度，七月二十一日向政府提出趣旨書，要求政府堅守既定方針與美國進行交涉談判。（註一七九）

近衛在其第一次組閣期間發生了中日事變，故第三次組閣時，期以完成日美交涉而一舉解決中日事變及樹立太平洋和平。近衛最大的意圖，乃想透過美國的調停斡旋，與重慶的國民政府謀求和平解決良策，陸海軍亦失去以武力解決事變的信心，在日美交涉初期，表示積極贊成態度，但後來當交涉逐漸順利時，陸軍卻突然轉變態度，而加以破壞阻撓，致近衛的日美交涉工作功虧一簣。第三次近衛內閣的日美交涉工作，曾經有兩次有利機會，惟皆因陸軍不諒解合作而胎死腹中，第一次是昭和十六年（一九四一年）八月間，近衛曾透過駐美大使野村與美國羅斯福總統及赫爾國務卿交涉，預定親自與羅斯福總統面談，以謀解決日美懸案，其隨行人選亦已確定，（註一八〇）羅斯福總統對於美日首腦會議頗感興趣，但因赫爾國務卿表示反對而經重行考慮，日本則因不意陸軍突然提出南方政策，於七月二十九日與法國締結「日法共同防共協定」，並立即派遣第二十五軍（兵力三萬）進駐越南。因此，美國對日本的態度極端表示懷疑，遂使近衛首相與羅斯福總統的會談未能實現；第二次是同年十月間，惟早在九月六日的御前會議席上，決定陸軍所提出的「帝國國策遂行要綱」，決議倘日美交涉至十月上旬仍無結果，即決定向英美荷開戰。野村大使雖一再與美國政府當局折衝樽俎，極力想促成近衛、羅斯福會談，但自十月五日起，日本軍政首要在東京近郊荻窪連日舉行會議，商討和戰大計。至十月十二日會議進入最後決定階段；陸軍認爲其他問題都可委曲求全，因爲駐兵問題無異爲陸軍的生命，故祇有自中國大陸撤兵問題不能讓步。陸相東條英機甚至於強調：「爲繼續無結果的談判而失去作戰良機，誰負其責？」十四日在閣議上他更以強硬憤慨的態度，斥責日美談判早就不應該再談。在內外夾攻之下，近衛首相始終無法完成其日美和平解決的願望，被迫於十月十六日退讓賢路。第三次近衛內閣的對外主要措施，乃極力避免與美國作正面衝突而發生戰爭，並謀求與中國和平解決，閣僚中除陸相東條堅持不惜與美國一戰外，其餘閣僚均力主循外交途徑與美國談判交涉。第三次近衛內閣之所以崩潰的一大原因，實因日美談判未能成功，至於未能成功的最大關鍵在於東條陸相的從中作梗所致。（註一八一）

第三次近衛內閣垮臺後，重臣會議授命東條陸相組織後繼內閣。奏薦東條出任首揆乃出於內大臣木戶幸一之主動。木戶之所以如此，欲借東條來抑制軍部，蓋若由東條出而組織軍部內閣拚命積極展開對美國關係的調整，則美國政府的疑惑或許解除。（註一八二）主張繼續交涉的首相與主張停止交涉的陸相意見衝突，內閣總辭以後，組閣之大命降於陸相，當然趨於日美交涉停止，而進入日美開戰之悲運。而美國政府於獲悉近衛內閣總辭職，由主戰的陸相東條繼起組閣時，已覺悟到日美交涉已無希望，誠如重光葵批評東條時說過：「日美交涉，乃因代表陸軍的東條陸相之態度，而無法繼續談判，近衛內閣亦因之倒臺，此一眞相乃早已公開的事實，爲一般大衆所知曉，主張繼續日美交涉的近衛派，不再出面，反而由打斷日美交涉，主張開戰的東條陸相登場組成內閣，不論國內外的反應如何，給人的印象是新內閣可斷定時戰爭內閣，日本很顯然的已朝着戰爭之途邁進」。（註一八三）

二、日美談判的破裂與太平洋戰爭的爆發

美國鑒於美日交涉毫無進展，兼以外相松岡之態度令美國相當激怒，因此當一九四一年七月二十三日日本迫使越南當局接受進駐細則之後，美國總統羅斯福於七月二十四日勸告日軍自越南撤退，繼之於翌日（二十五日）發表凍結日本在美國之資產，英、印、緬、加、紐西蘭各國亦宣告廢除對日通商條約。七月二十六日美國編組遠東陸軍，將菲律賓部隊列入遠東軍司令部指揮之下，並派麥克阿瑟將軍爲總司令，並加強封鎖日本的「ＡＢＣＤ包圍網」。

東條英機於昭和十六年（一九四一年）十月十八日組閣後，自兼陸相、軍需相及內相。當他組閣時，日皇召諭他把九月六日御前會議的「帝國國策遂行要綱」決策付之東流，放棄開戰決意，應繼續日美交涉，避免日美戰爭而維持和平狀態。閣員之中的東鄉茂德（外相）、賀屋興宣（藏相）及島田繁太郎（海相）等之入閣，乃因東條曾答應傾全力以調整日美國交，才同意入閣；而東條之自兼陸相及內相其用意無非準備萬一決定與美國舉行和平談判時，陸軍及國民間必有一番激烈的反對行爲，自己兼攝此兩種職務，在處理應付激昂的軍人及民間情緒，較爲方便。

東條既奉諭重新檢討國策，故自十月二十三日起至十一月二日連續召開了十次政府大本營的連絡會議。在會中東鄉外相及賀屋藏相與統帥部的杉山元參謀總長及塚田孜參謀次長發生爭執，東鄉力主傾全力以

進行日美談判，杉山則主張與美國宣戰。十一月一日午前九時在內廷召開的連絡會議，研究「帝國國策遂行要領」案，（註一八四）展開了十六小時的辯論，最後決議「在開戰的決意之下促進戰爭準備，一面與美國作最後的交涉，並通過東鄉茂德外相主持擬具的對美談判甲乙兩案」，（註一八五）嗣經十一月五日舉行的御前會議承認，同時照原案通過了十一月一日所辯論的「帝國國策遂行要領」。同日的御前會議復決議「倘至十一月底交涉仍無結果，乃決心對英、美、荷一戰」，並電示野村大使遵諭與美國當局交涉，十一月中旬加派來栖三郎為特使赴美協助野村大使。

一九四一年十一月六日來栖特使抵美後即與野村大使兩人共同與羅斯福總統及赫爾國務卿，先後就日本所擬的對美談判甲乙兩案提出與美國當局討論，惟皆不得要領。是月二十六日美國提出了所謂「赫爾筆記」（註一八六）的最後覆文；該覆文的內容可分為二部：第一部為有關日美兩國的政策基礎的共同宣言，第二部為有關兩國應採取的政策具體案。前者為有關政治的四原則及有關經濟的五原則，惟關於後者則美國向未涉及的新方案。這一筆記內容當然為日方所不能接受，此時日本國內各階層已充滿了與美國戰爭的氣氛，早在「赫爾筆記」到達日本之前兩日（即十一月二十五日），日軍的南方總司令寺內壽一大將已離開東京，踏上征途，而負責突擊珍珠港的南雲忠一中將的機動艦隊亦於十一月二十六日午後六時祕密離開基地的南千島的單冠灣，民間方面在十一月十六日的第七十七屆議會（臨時議會），島田俊雄曾代表各派發表長篇的所謂「美英膺懲論」，此一演說發表後不久，美國各大報紙曾大幅登載，引起美國朝野的憤慨及不滿。

一九四一年十一月二十九日日皇在內廷召集曾任首相的重臣懇談，與會的米內光政、廣田弘毅、若槻禮次郎、岡田啓介、近衞文麿及平沼騏一郎等皆力主愼重不應輕舉妄動，但林銑十郎及阿部信行卻贊同與美英宣戰，卻無人建議接受美國的提案。十一月三十日，已決定不惜與英美戰爭的東條英機，以首相身分，在「日汪（汪精衞）條約」的週年慶祝中，發表等於答覆美國的演說，其中有：「日滿華三國爲大東亞共榮圈的中樞，不容任何人置喙其間。然展望周圍，多少敵性國家，現仍蠢動，益持執拗無極的政策，妨害我確立大東亞共榮圈之大衆，始終從事一向所行之榨取刼掠，犧牲我十億之大東亞諸民族，祇讓彼等勢力之存在，此由於英美兩國對亞洲懷有野心，吾人爲人類的福祉，必須斷然加以排擊」。

東條首相這一演詞，驚動了美國的輿論，好戰的日本軍人，就用這一手段，使美國無法信賴，再加上日軍不斷地南開，與日艦於十一月二十六日下午六時自其根據地南千島羣島的單冠灣祕密向夏威夷南移的情報，使美國當局對於日本談判和平的眞意，不能不發生極大的懷疑，十二月一日清晨（午前三時至四時）舉行歷史性的御前會議，決定依據十一月五日所定之「帝國國策遂行要領」對英、美、荷開戰，爲表示鄭重起見，所有閣員全體簽名畫押，以明責任之所在。而陸軍及海軍則於十二月二日通告有關部隊決定於十二月八日向英美宣戰。當時外相東鄉茂德要求軍方告知對英美宣戰確實期日，俾便事前正式通知美英，但陸海軍當局均不明白告示，後外相以事前通告乃國際信義，海軍無奈乃告知外相，通告期日可在十二月八日清晨二時三十分（日本時間）。日本既已決心南進向英美宣戰，爲防止蘇聯的從北方來攻，乃與蘇聯祕密進行妥協，以中立條約爲基礎，要求蘇聯不得參加對付日本的任何聯盟，並不得租借或讓與第三國以作戰爭基地，結果蘇聯於昭和十六年（一九四一年）十二月一日表示同意，但亦提出日本須對德嚴守中立爲條件。（註一八七）蘇聯既已表示不參加對付日本的任何聯盟，於是在昭和十六年十二月八日日本不宜而戰，於十二月八日清晨三時二十分（夏威夷時間爲七日上午七時五十分）突襲美國夏威夷的珍珠港，終於啓開了滔天大禍的太平洋戰爭的序幕。

關於突襲美國夏威夷珍珠港的作戰之目的，依戰後海軍軍令部總長永野修身在遠東國際裁判法庭的供詞說：第一爲對南洋作戰，可確保行動的自由，且有餘裕的時間，使美國太平洋艦隊無力化；第二爲期防衞委託統治諸島，且可遮斷美國對東亞的作戰線與補給線。

至於有關日本發動全面戰爭之前，曾有一個週詳的作戰計劃，稱爲「機密聯合艦隊命令作戰第一號」，根據盟軍總部所編的「珍珠港作戰」（該書是美國海軍專家在佔領日本後，集合所得資料而編撰的）一書之記述，其內容如下：

大日本帝國對美、英、荷布告宣戰。宣戰爲五日，本命令發動爲八日。

〔一般狀況〕

㈠對美政策——帝國對美國雖終始維持友好的態度，而美國對我們維持東亞權益所取的自衛的一切處置，卻從事干涉。最近由於美國援助中國重慶國民政府，阻止我方對中國事變之迅速的處理，甚至敢斷行經濟絕交之最後的暴擧。另一方面，美國不當地遷延日美的交涉，擴大軍備的加強，結集艦隊於太平洋（筆者按：當希特勒在德國上臺後，美國就已感覺世界戰爭的迫臨，乃於一九三四年通過文生的造艦案。後來羅斯福總統又於一九三八年及一九四〇年連續通過兩次造艦案。一九四〇年的目標是成立兩洋艦隊，其目的，當然是應付日本的威脅。到一九四一年九月日美邦交嚴重時，英國於是月二十四日同意美國海軍使用新加坡的軍港。十月初英美將領麥克阿瑟與波普翰率領幹部，在馬尼拉開了兩天的聯防會議），與我方以威脅，這是企圖對我們加以經濟的軍事的壓力。

㈡對英政策——英國援助中國重慶國民政府，與其同盟諸國及美國協力，妨害我們在東亞的建設計劃。最近同國企圖威脅我們，在東亞不斷地加強其軍事基地（按英國除於一九四一年七月二十四日同意美國海軍使用新加坡的軍港外，並於同年十二月二日把英國兩艘主力戰艦威爾斯親王號及巴爾斯號開入柔佛海峽）。

㈢對荷印政策——和平的經濟交涉，已達數月，雖然我方繼續談判，而荷印受英美的嗾使，至於拒絕有益的經濟關係之繼續。最近同國對多年辛苦經營之結果，即日僑的財產，亦加以威脅。

㈣對中國政策——中國的海岸諸港及廣大而肥沃的地域，均被我軍佔，又大都市的大部分，亦在我國軍隊佔領之下。但中國由於英美援助，和抗戰到底的惡夢未醒，以全國焦土清野的抗戰形式，對日本企圖全面抵抗。有組織的抵抗，雖還微弱化，而遊擊隊的跳梁戰術，使我方至於不得不以多數軍隊，在同國擔任永久的守備任務，我們如要得到決定性的勝利，不能不擊破在中國後面的英美。

㈤對蘇聯政策——蘇滿國境蘇聯的兵力是可怕的，「蘇維埃」社會主義共和國聯邦，虎視眈眈，而等待膨脹的機會，但在帝國不攻擊蘇聯的情況下，相信蘇聯也不敢開戰。

〔我方的狀況〕

第四艦隊，在南洋委任託治羣島，概已準備了，第十一艦隊（有沿岸基地的海軍航空隊），在中國、越南及泰國的主要基地，也已準備就緒。我艦船及飛機的修理狀況，概是良好，將兵的伎倆，也着着向上。

〔戰略目的〕

把英美由大東亞驅逐出去，迅速地處理中國事變，又當把英美驅離荷印與菲律賓之時，得期待獨佔的自足自給經濟圈的確立。成爲我國民之精神的指標，廣大無邊的原則（八紘一宇之精神），可闡明於世界。由之，我們用必要的全部兵力。

〔戰略內容〕

對英美及荷印應採取的戰略，如附屬書的指示。

待發表X月及Y日的命令。

若使在Y日以前，相信敵人已探知我們的計劃之情況，X日的實行，由特別命令決定之。

若使在X日以前，受敵人攻擊之時，對付攻擊以全力擊滅之。

在這種情況下，各司令官應依受敵的攻擊情形而採取應取的戰略。

對蘇聯，以全部努力，極力避免戰爭的誘發。同時要以一切努力保護我方計劃的祕密。萬一敵人探知我方計劃，則根據「受蘇聯攻擊之際應採取的方策」，立即開始軍事行動。

本命令之配達，只限於艦隊司令長官及戰隊司令官。司令長官及司令官，應採取一切方策，防止計劃實行前本計劃的洩漏。

〔注意事項〕

本命令書的處置——本命令書任務完成後儘速火燒之。萬一由於艦船的沉沒及其他難避的事故，在本命令有落於敵手的情況時，責任指揮官自己立即處分之。
上述所提及的「附屬書」，其全稱爲「機密聯合艦隊命令作戰第一號別册」，其內容如下：
㈠陸海軍協同作戰，準據「陸海軍中央協定」而實施。
㈡攻擊部隊（航空母艦機動部隊），以第一航空艦隊（航空母艦及護衛艦）爲主力，X—16日，由海軍基地或作戰地域出發，經單冠灣，向美國太平洋艦隊的基地珍珠港出擊，決行密擊。
㈢攻擊目標，順序爲飛機場、航空母艦、戰艦、巡洋艦以及其他的軍艦、商船、港灣設備，與陸上設施。
㈣由艦隊司令官所命令的攻擊部隊，在離日本港口時，實行嚴厲的電波管制，通信依通常的廣播。使用的暗號表（不定）。通用略語爲：①珍珠港有多數軍艦時，用帝國之命運。②珍珠港無軍艦時，用櫻花盛開了。③天氣晴朗，一帶的視界良好，攻擊適當時，用登富士山。④攻擊開始時間爲五二〇，蓋因本能寺的溝深爲五二〇。⑤全軍突擊時，用登新高山。
㈤攻擊部隊的方向及配置：由機動部隊指揮官決定之。機動部隊指揮官，決定攻擊部隊的方向及配置後，立即報告關係將軍，在迴避一般商船的任何狀況下，注意不顯露計劃。
㈥在攻擊發動以前，發現所有宣戰國的船舶，中立國（蘇聯在內）的船舶，應採取的處置：①諸宣戰國的船舶，在目標六百哩以內發現的情況時，立即準備攻擊而擊沉之。②中立國船舶，在目標六百哩以內發現的情況，立即捕獲該中立國船舶，但應在在不妨害我之企圖實施前，拿捕之。該船舶的無線電通信，應嚴加監視。在恐有對方危害，或暴露我之計劃的通信情況時，由驅逐艦準備攻擊而捕之。③距離目標六百哩以上，發現外國船舶的情況時，拿捕該船，禁止通信。如遇恐大半發覺我方的一般企圖之情況，雖在X－5日與X月之間，應即攻擊之，又雖在X－5日以前，依情況由機動部隊指揮官，決定該船舶的處分。④對於敵方船舶的拘留的情況，依B法。

(七)以第七艦隊（潛水戰隊）基幹之突襲部隊的指揮官，爲着X－20日攻擊珍珠港，使內海西部的潛艇大部分出擊。舉其全力，扼制灣口，配置如下：

攻擊由港口逸脫的敵艦，如同艦隊在攻擊前有偵察的機會，應以小型潛艇，突襲敵艦。但攻擊時期，在攻擊歐瑚島之後。爲收容小型潛艇，應講求一切方法。

(八)陸海軍協同作戰，依「中央協定」而行之，兵力的配備，由前進部隊（主要爲第二艦隊的巡洋艦及驅逐艦）指揮官決定之。前進部隊的指揮官，決定攻擊部隊的進路與配置後，立即報告關係將官，馬來及越南的船舶出發地，在澳門，菲律賓佔領軍的出發地，在巴拉奧。

(九)在中國的英美軍的船舶及將士的拿捕，由中國方面艦隊司令長官指揮。香港的佔領，準據「中央協定」，屬於第二遣華艦隊司令長官的權限。

(十)日本統治權下的港灣，或應佔領的港灣，開戰時碇泊中的英美船舶，儘可能捕獲之。蘇聯的船舶，經嚴密檢查後監視之。開戰時，應計劃我方船舶一隻也不碇船外國的港灣。

(十一)由Y日起，第一通信隊的指揮官，發出給與艦隊主力在內海西部之印象的僞電。Y日決定後，指定航行美國西岸的日本郵船會社龍田丸，依預定出港，但中途折返。Y日決定後，橫須賀鎭守府長官，給與虛僞的印象，儘可能使指揮下的將士，外出前往東京及橫濱方面。

㈢第四艦隊（南洋委任託治領方面艦隊）司令長官，與在南太平洋第十一航空隊緊密協力之下行動，促進攻擊及佔領南太平洋之英美荷的基地。阻止我作戰圈內的敵空軍，杜絕澳洲與美國本土間的連絡。

這一計劃，是賭日本國運的戰爭，因爲如不能實現，日本馬上卽陷於危地。「機密聯合艦隊命令作戰第一號」發布後，一九四一年十一月五日和八日，又由山本五十六聯和艦隊司令長官，發出第二號及第三號，其簡單內容爲：

「機密聯合艦隊命令作戰第二號」：Y日爲十一月二十三日。

「機密聯合艦隊命令作戰第三號」：X日爲十二月八日。

自Y日與X日命令發布後，攻擊部隊的指揮官南雲忠一中將，就於十一月十日，在佐伯灣中碇泊的旗艦赤城艦上，頒發集合命令。他的「攻擊部隊作戰命令第一號」的大概內容如下：①全艦隊應於十一月二十日，戰鬥準備完了。②本艦隊應在千島羣島擇捉島的單冠灣集會。

南雲中將所率領的機動攻擊部隊，自十一月七日至中旬間，舳艫相接，由九州沿日本東岸北上，十一月下旬，全部到達單冠灣。單冠灣周圍有五百公尺的丘陵環繞，中央部至東北岸概爲低丘，丘上無一草一木，全部爲白雪所覆，但灣內無冰。十一月二十六日，這一祕匿的艦隊，離開單冠灣向珍珠港駛去。機動部隊在十二月四日前，都是東航，以後轉而南航，十二月七日夜機動部隊以二十六浬全速力，開始乙字型的航行，翌八日，終日保持不分離的編隊，飛機於午前一時（日本時間）離艦飛行投炸珍珠港。在八日清晨三時二十分（夏威夷時間七日上午七時五十分），灣內發生大爆炸。

一九四一年十二月八日爲星期天，美國海軍並無準備，將士大部分上岸，因此，在無戒備下，美軍突遭襲擊，損失慘重。根據一年後美海軍的公布，其情形是：「八艘主力艦、十艘他種艦隻、一個浮動的乾船塢，以及二百五十架的海陸軍飛機，全被炸毀，其中主力艦五艘：阿里桑那號、尼華達號、奧克拉荷馬號、加里福尼亞號、西維基尼亞號，不是沉在水中，就是僵臥岸上，其他三艘戰艦：賓夕凡尼亞號、瑪利蘭號、唐尼斯號，以及三艘巡洋艦：赫爾里納號、檀香山號，和納里區號，均受傷」。停留地面的飛機被擊毀達四二三架，至於海空軍人員的損失，死傷八千九百六十二人，平民一千三百五十七人。日本海空軍突攻得手後，立即分爲四組，依循四個不同方向逃遁，於十二月二十七日，在未遇任何抵抗下返抵日本吳軍港。

戰後關於日本掀起太平洋戰爭一事，許多人認爲如果當時日本昭和天皇堅決拒絕政府的開戰決定，則或可能阻止太平洋戰爭。尤其是那些天皇的親信中，在昭和十六年十一月末的情勢下，如果天皇能夠命令政府對美國讓步，東條內閣有服從的可能。蓋他們深信，以東條首相在軍部的影響力，已足以堵塞槍口，命令停止戰爭也是可能的。何況當東條在組織內閣當初，人們問他何以自己兼任內相與陸相的理由時，東條說是因爲目前的日本國民都充滿了戰鬥情緒，如果日美交涉有了友好的解決希望，可能有一部分反對和平與和解的軍民將起而反抗，結果必使國內發生混亂。因此他才擔任了內相的職務，期使國民也接受紛爭的解決。

由是觀之，倘昭和天皇要求願意不惜付出任何代價，以維持和平，那麼東條首相或許也會和天皇合作。事實上，天皇確實是熱望着和平，也有意不惜付出任何代價以確保和平。因爲天皇是非常反對與中國戰爭的，同時也厭棄與英美作戰。他認爲日本根本就沒有戰勝的把握與力量。問題是當時無人敢積極分析國內外實況給天皇勸他努力於防止戰爭，而他本身亦不明白在明治憲法下，他對國家的政治外交具有莫大的影響力。因此，終於在軍閥的矇騙下同意對英美宣戰。

早在昭和十六年（一九四一年）十一月中旬，英美兩國都知道日本終必冒險掀起戰爭，所不明白的，是攻擊的時間與地點而已。不過英美兩國軍政當局，雖感覺戰爭厄運迫近，但仍希望可以挽回。基於此一信念美國總統羅斯福乃於十二月六日特經由美國駐日大使柯魯親電日皇昭和云：

「約一世紀前，美國大總統菲爾穆致書日本天皇，表示美國國民對日本國民的友好，自他接位以來長期間不斷地和平與友好，兩國由於他的德行與指導者的叡智而繁榮，並有偉大的貢獻。對於閣下，我致親筆的關於國務的信，只在特別重大的場合。現鑑於已釀成之深刻的廣汎的非常事態，感有致一書之必要，使日美兩國國民及全人類喪失兩國間之經歷長年的和平福祉的事態，現正在太平洋地域發生。那情勢孕含着悲劇的可能性。

美國國民，相信和平與諸國共存的權利，過去數月間注視日美的交涉，我們信念今日事變的終息，冀望諸國民不受侵略的脅怖而得共存，實現太平洋的和平，除去難堪的軍備負擔，並祈望各國民不排擊任何國家，或不設立特惠的差別待遇，和恢復通商。

爲達成右述大目的，明白地相信，閣下和我相同，同意於除去日美兩國任何形式的軍事威脅。這一椿事，可以設想是達到遠大目標所不可缺的。

一年餘前，貴國的政府與法國維祺政府締結協定。根據它，派五、六千名的軍隊進駐越南的北部。本年（一九四一年）春及夏天，維祺政府，爲越南共同防衞之故，又許日本部隊進駐越南的南部。我曾對越南明言：任何方不攻擊，和不企圖攻擊。最近數週間，日本海陸空部隊，衆多地增強越南的南部，那是明白的事。它對於他國更易使之產生疑惑。因爲在越南繼續的結集軍隊，並非帶着防禦的性質。

右述在越南之繼續的結集軍隊，是極大規模的，又軍隊之達到同半島的東南及西南端，使菲律賓、東印度的數百島嶼，馬來及泰國的住民，發生日軍究竟準備攻擊何處的猜疑，那是當然的事。……若使日本的陸海軍，全面地由越南撤退，美國毫無侵入同地的企圖，我有這意思；向東印度諸政府、馬來諸政府及泰國政府，求得同樣的保障，至於對中國政府也有求同樣的保障之意。由之，日本軍隊由越南撤去，可在南太平洋地域，得到和平的保障。

我致書閣下，是希望：際此明確的危局，閣下和我一樣地，關於一掃暗雲的方法，加以考慮。確信，對不僅日美兩國國民，而且爲近鄰諸國的住民，我與閣下，負有神聖的責任；恢復兩國民間的傳統友誼，防阻世界的再受毀滅。」

可惜這一封親筆信發出後，被東條首相故意延遲至十二月八日午前二時半纔送達日皇，倘這封信能及時的呈給日皇，或者可感動日皇而可避免太平洋戰爭的發生。

當日本於十二月八日偷襲珍珠灣，不宣而戰後，同日下午我國　蔣委員長召集英美俄各國駐華大使，宣布中國對軸心國宣戰的決心，又召集各國駐華武官，明告其我國軍隊已準備對香港、越南、緬甸與各國友軍一致行動，限期增援香港。十二月九日下午七時，我國正式宣布對日本與德意同時宣戰的文告，原文如下：

（甲）國民政府對日軍宣戰文

日本軍閥夙以征服亞洲，並獨霸太平洋為其國策。數年以來，中國不顧一切犧牲，繼續抗戰，其目的不僅所以保衞中國之獨立生存，實欲打破日本之侵略野心，維護國際公法，正義及人類福利與世和平，此中國政府屢經聲明者。

中國為酷愛和平之民族，過去四年餘之神聖抗戰，原期侵略者之日本於遭受實際之懲創後，終能反省。在此時期，各友邦亦極端忍耐，冀其悔改，俾全太平洋之和平，得以維持。不料殘暴成性之日本，執迷不悟，且更悍然向我英美諸友邦開釁，擴大其戰爭侵略行動，甘為破壞全人類和平與正義之戎首，逞其侵略無厭之野心，舉凡尊重信義之國家，咸屬忍無可忍。茲特正式對日宣戰，昭告中外，所有一切條約協定合同，有涉及中日間之關係者，一律廢止，特此布告。中華民國三十年十二月九日　主席　林森

（乙）國民政府對德意宣告立於戰爭地位文

自去年九月德意志意大利與日本訂立三國同盟以來，同惡共濟，顯已成一侵略集團。德意兩國始則承認偽滿，繼復承認南京偽組織，中國政府業經正式宣布與該兩國斷絕外交關係。最近德國與日本竟擴大其侵略行動，破壞全太平洋之和平，此實為國際正義之蟊賊，人類文明之公敵，中國政府與人民對此礙難再予容忍。茲正式宣布，自中華民國三十年十二月九日午夜十二時起，中國對德

意志意大利兩國立於戰爭地位，所有一切條約協定合同，有涉及中德或中意間之關係者，一律廢止，特此布告。中華民國三十年十二月九日　主席　林森

日本在偷襲珍珠港之後幾個鐘頭，始向美國和英國宣戰。十二月十日，美國國會參議院以八十二票對零票，衆議院以三百八十八票對一票通過對日宣戰（按投反對票者爲 Montana 州共和黨議員 Jeanette Rankin 女士），英國則於十二月八日向日本宣戰，軸心陣營的德意兩國亦於十二月十一日對美國宣戰，羅馬尼亞在十二月十二日對美國宣戰，而匈牙利及保加利亞兩國則亦於十二月十三日向美國宣戰。但美國卻遲了六個月以後，在一九四二年六月五日，始對這三個國家宣戰，從此戰爭乃發展爲一個全球性的大戰。日本之掀起對美戰爭，使中國長期孤獨的對日抗戰也就面臨了新局面。蓋從這一天起世界分爲兩大集團，即日、德、意軸心國之侵略國家和美英爲主的自由國家集團，而中國乃和美英等自由國家併力進行着反侵略的戰爭。

當歐戰爆發後，由於德國對於整個歐洲的威脅日見嚴重，一九四一年六月德國正以排山倒海的力量進攻蘇俄，而日本卻在東南亞佔領了越南的南圻。遠東局勢頗呈劍拔弩張之勢。美國羅斯福總統及英國首相邱吉爾爲磋商世界大勢，乃於一九四一年八月十日在紐芬蘭的布拉森夏灣（Placentia Bay）會談。會中美國同意對於日本提出嚴重警告，「即如果日本再在東南亞有侵佔的行爲，美國便不得不採取對抗的辦法，即令那些對抗的辦法，可以招致美日間的戰爭，亦所不惜」，並於八月十四日公布所謂「大西洋憲章」。（註一八八）其中所宣示的原則是羅邱對於未來理想世界的新希望的寄托。迨至一九四一年十二月八日日本發動珍珠港事變後，邱吉爾致電羅斯福，提議舉行另一次會議。於是在是年十二月二十二日邱吉爾前往美國

與羅斯福會議，會中除商談歐洲第一的戰略及租借範圍的擴大外，美英兩國同意，二十六個與軸心國作戰的國家，發表一個聯合宣言。這二十六個國家，羅斯福總統把其稱為「聯合國」（United Nations）。這個宣言，便稱之為「聯合國宣言」（Declaration by United Nations)。中美英俄四國於一九四二年一月一日在羅斯福總統的辦公室簽字。經過長期單獨從事抗日戰爭的中國，至此獲得了世界四大強國之一的國際地位。澳大利亞、比利時、加拿大、哥斯達利加、古巴、捷克、多明尼加、薩爾瓦多、希臘、瓜地馬拉、海地、洪都拉斯、印度、盧森堡、荷蘭、紐西蘭、尼加拉瓦、挪威、巴拿馬、波蘭、南非聯邦，與南斯拉夫等二十二個，亦於翌日即一九四二年一月二日在美國國務院簽字。（註一八九）

一九四二年一月一日到二日，所簽訂的「聯合國宣言」，其內容大致如下：

各簽字國政府，都同意承認大西洋憲章的目標和原則，因為認清為了要保衛它們本國內和平地國內的生活、自由、獨立、宗教自由和人權及正義起見，就必須完全擊敗它們的共同敵人。它們現在面對着一個想奴役世界的野蠻勢力，而作共同的奮鬥。所以聯合發布下列的宣言：

㈠簽字國承諾使用其全部的力量，無論是軍事的或是經濟的，以對抗其業已作戰的三國同盟中的分子國（日德意）與其加入國（匈牙利、羅馬尼亞、保加利亞）。

㈡簽字國承諾與其他簽字國合作，而不與敵國單獨地媾和或簽訂停戰協定。

以上所宣布的各點，凡對於致力打倒希特勒必有所貢獻，或將有所貢獻的國家，也都可以取得加盟的權利。

一九四二年一月一日二日簽訂「聯合國宣言」的廿六國，於一月四日推　蔣委員長為廿六國聯軍在中國戰區（包括越南與泰國）的最高統帥，英美朝野，多譽此爲亞洲歷史的空前光榮。於是中國除加強各戰場抗戰外，復有遠征軍的組織，並於緬甸建立殊勛。

三、日本的南方作戰構想——東南亞的陷落

日本假想的敵國，自明治末年以來，以美國俄國爲假想敵國，因此以海軍對美、陸軍對俄，是爲假想的作戰計劃，成了日本軍事上研究的主要課題。

當德國軍隊在歐洲戰場獲得初期的勝利後，日本便放棄對蘇作戰的企圖，而積極展開南進的準備工作，其時日本爲了準備南進戰爭，對戰略物質的石油極感不足，當時日本海軍的石油需要量約爲五百萬噸，但自給能力，只不過十分之一，於是早在第二次近衞內閣登臺後不久——昭和十五年（一九四〇年）八月二十七日派商工大臣小林一三爲使節赴荷屬印度巴達維亞，交涉確保荷印石油對日供應問題，但結果，除簽訂一項購買約二百萬噸石油的合約外，確保購買石油及擴充權益等，則毫無所獲。（註一九〇）是年十月二十五日內閣會議決定「爲對荷印發展經濟之施策」的基本方針，謀求與荷印加強密切的經濟關係，以期開發利用其豐富的資源，俾收以日本爲中心的大東亞經濟圈的一環之效。（註一九一）於是乃於十二月派芳澤謙吉爲使節赴荷印繼續談判，翌年（一九四一年）一月十六日，日方提出下列要求：①荷印應承諾無條件供給日本所要求的數量的軍需資材。②與日本人以現在以上之入國許可。③荷印政府將包括指定保留之若干地點在內之多數地域之石油及其他礦產之勘查許可予日本人。④應予設置日荷共同企業所必需之一切援助。⑤准許在荷印領海捕漁之日本漁業船隊設置漁業用之陸上設施。⑥承認在荷印沿海從事航行之日本

船舶增加，及日本船舶對禁止港口之使用權。（註一九二）可是美國對於荷蘭曾忠告囑其不應接受日本非分的要求，致日本未能獲得預期的成果。（註一九三）當時日本固然採取談判方式以期從荷印獲得戰略物資，但另外卻以外交使節團的談判作掩護，另派有軍事人員前往測繪荷印的軍用地圖，作爲日後侵略之用。（註一九四）

昭和十五年（一九四〇年）八月底日本一方面和荷印當局循外交方針以獲求戰略物資外，因早已決定南進南洋，於是在同年十二月初旬，參謀本部即籌劃進兵南洋的準備工作，其要點爲：①在越南南部及泰國設立軍事基地。②將軍隊改爲適合南洋作戰的編制。③研究適合於南洋作戰的教育訓練及戰法。④研究佔領地統治法。⑤蒐集情報。⑥研究開發南洋資源的方法等。此一基本方針，便成爲陸軍省及參謀本部擬訂太平洋作戰計劃的根據。（註一九五）昭和十六年（一九四一年）一月二十四日簽訂「日泰友好條約」，同月三十日統帥部連絡會議通過所謂「對越泰施策要綱」，其要旨爲：①日本爲自衛自存計，與泰越在軍事上、政治上，及經濟上應作緊密的結合。②爲貫徹所預期目的，不惜施以所必要的威壓，不得已時對越南使用武力。③強行居間調停泰越邊境糾紛（一九四〇年九月泰越發生劃界糾紛，泰國曾向法國要求歸還失地，迄未解決），藉此以加強對泰越的指導地位。④簽訂日泰、日越軍事協定。（註一九六）旋於七月二十四日和法國維祺政府訂立了所謂「日法印共同防衛協定」，使法國承認日本得駐軍於越南南部。七月二十五日英國乃宣布廢棄日英間，以及日本與印緬間的條約，七月二十六日，英美兩國乃凍結在其領土內的日人資產。七月二十八日，日軍開始進駐越南南部，同日荷印乃凍結日人的資產，並廢棄石油協定。八月一日，美國亦禁止石油的輸出日本，宣行對日經濟制裁，如此不但影響了日美談判的破裂（日美談判見前述），同時加速了戰爭爆發的機運。

日本既已蓄意南進，於是海軍乃自一九四一年六月，開始對美英及荷屬東印度的作戰的實際準備，至同年十一月下旬，才算準備完全。至於陸軍則自一九四〇年（昭和十五年）底已正式着手策定對美、英、荷作戰計劃，最初係按馬來、菲律賓地區分別立案，旋於一九四一年四月開始綜合計劃。其間陸海軍兩統帥部的作戰幕僚始終密切連繫，共同研究，在八月間完成概略作戰計劃，九、十月間，海陸軍分別實施圖上演習，十月底定案，並完成陸海軍對南洋作戰的中央協定，十一月五日呈奉日皇批准，並在御前舉行兵棋說明南洋作戰計劃。（註一九七）並任命陸軍大將寺內壽一爲南洋軍總司令。

當時日美交涉談判前途呈露暗淡，而日方又蓄意用兵南洋，因此，一九四一年九月六日的御前會議，便決定將美、英、荷在東亞主要根據地點消滅，佔領馬來、菲律賓、荷屬東印度、緬甸，以確立日本自給圈，並通過如下的南方作戰構想（註一九八）：

㈠以陸海軍的協同，於短期間，攻略菲律賓、馬來亞。在右記攻略以前及攻略的同時，在外交上、軍事上，應考慮泰國緬甸的安全，以確立自給圈。

㈡進而展開馬來亞作戰的推進，攻略南部要地後，對新加坡形成東西北三面的包圍態勢後，即對該地實行攻略。

㈢以上的作戰中，若是美國主力艦隊出現，則日本艦隊應予邀擊之，或者蘇俄參戰時，則對菲律賓、馬來亞的攻略，應予停止。

㈣對於緬甸，伺機奪取其南部空軍基地，此項作戰，須俟攻略新加坡後行之。

㈤兵力區分：

第十四軍，兩個師為基幹，使用於菲律賓方面。

第十五軍，兩個師為基幹，使用於泰國、緬甸方面。

第十六軍，三個師為基幹，使用於荷屬東印度方面。

第二十五軍，四個師為基幹，使用於馬來亞方面。

總軍之直轄，混成旅一，空軍集團二。

㈥空軍作戰。

先將敵方的空軍機場予以破壞，並將其空軍消滅之，繼之對上陸作戰，及陸上作戰協力之。

(1)陸軍的重點在馬來亞，海軍的重點在菲律賓。

(2)空軍對馬來亞作戰基地，在越南南部機場，對菲律賓作戰使用臺灣南部機場，此後依戰況的進展，自馬來亞、菲律賓推進。

(3)船團上空的掩護，以陸軍的空軍擔任之。

㈦補給的兵站主地在越南南部，中間基地在臺灣。

右記之外，以廣東軍的一部攻略香港，又大本營直轄南海支隊（三個大隊）對以上作戰應機動使用。

因此對中國東北現在的態勢加強其防衛，一旦蘇俄對我進攻時，由中國及內地輸送部隊，並保持現在中國的態勢，與考慮驅逐美英在中國的勢力。

基於敵情的判斷，預想各戰場使用兵力的數目，馬來亞兵力八萬人飛機兩百架，緬甸兵力三萬五千人，香港兵力一萬九千人，菲律賓兵力十六萬三千人、飛機一百六十架，荷屬東印度兵力七萬人、飛機三百架，此外印度兵力五十萬人、飛機二百架，澳大利亞兵力三十五萬人、飛機二百五十架，新幾內亞兵力十萬人、飛機百架。印度洋以東海軍的兵力，航空母艦二、戰艦五、巡洋艦三十九、驅逐艦五十、潛水艇五十。

當昭和十六年（一九四一年）十二月七日，日本偷襲美國海軍根據地珍珠港，發動了太平洋上的美日戰爭的同日，日軍也襲擊美國的關島、威克島和中途島的海軍基地，而前二者相繼失守。同月，日本飛機開始轟炸香港和新加坡等地，它的陸軍亦在馬來亞半島登陸。十二月十日，日本自陸上基地起飛的飛機，在馬來亞東岸，將三萬五千噸的威爾斯親王號 (Prince of Wales)和三萬二千噸的抵抗號 (Repulse) 兩艘英國主力艦，同時炸沉。此後日軍就橫掃直前，克服了不可以克服的障礙物，通過了不可以通過的叢林，大舉進攻東南亞。到昭和十七年（一九四二年）六月，日軍已經佔領了香港、沙勞越 (Sarawak)、馬來亞，新加坡、緬甸、菲律賓、荷屬東印度、新幾內亞的大部分，所羅門羣島，甚至於還有阿拉斯加沿海的阿留中羣島 (Aleutian Islands) 的一部分。在經過了六個月的戰爭以後，日本不但將整個東南亞陷落，甚且控制了整個的西太平洋地區，西到印度，東到夏威夷，北到西伯利亞，南到澳洲。難怪聯合艦隊司令長官山本五十六大將誇語說：「次一步，就是把我們的條件放在白宮的辦公桌上，要羅斯福總統簽字之」。在太平洋戰爭初期日軍在緒戰中可說是完全獲勝，已征服了「大東亞共榮圈」的大部分，直至昭和十七年（一九四二年）夏季爲止，日軍的進展，才算被制止。

日軍佔領東南亞地區後，於一九四二年二月十五日進入新加坡時把新加坡改名爲昭南島，並曾慘殺華僑十五萬人，（註一九九）新加坡島，染紅了受難被殺的人血，這是歷史最黑暗的一個時期。日本自詡爲文明種族，卻在新加坡及東南亞各地留下了一筆無可寬宥的血債。日本更以「亞洲是亞洲人的亞洲」的宣傳口號，誓言要摧毀西方的勢力與文化，俾其「大東亞共榮圈」的幻夢能實現。並於一九四二年九月一日的內閣會議通過設置「大東亞省」，十一月一日正式設置「大東亞省」，統合原有之拓務省，對滿事務局、興亞院以及外務省之東亞局及南洋局之業務，東鄉茂德因此憤而辭去外相之職，而外務省之職權亦被剝奪泰半。日本帝國主義者爲了達成其侵略東南亞之目的並減少反抗，在回教國的荷印（即現在的印尼），日人於一九四二年四月二十九日提出了所謂「三亞運動」(Triple A Movement) 的口號，即：「日本是亞洲的領袖」、「日本是亞洲的保護者」、「日本是亞洲之光」。在中南半島的佛教國家的宣傳，日本則以佛教國自居。日本人在亞洲，正如德國人在歐洲一樣，極盡挑撥離間之能事。在馬來亞，日本設置了所謂「昭南政府」，煽動巫族對華僑的仇恨，取得了相當的成果，並驅使大批華僑送往暹、緬建築所謂「死亡鐵路」，大部分人因此死亡，又調去二十五萬名印度勞工，結果也有幾萬人死亡。在星馬的華僑，凡被認爲和「籌賑會」（勸募賑濟中國的機構）有關的一概被殺，此外在大屠殺之後，日軍又強迫星馬各地華僑繳納五千萬元的所謂「奉納金」，另發行「軍票」（鈔票），開放煙賭，濫增稅率，以作經濟上的搜括。此外又強迫華僑三十萬人往興樓墾植，以及發行「昭南證劵彩票」，弄得新加坡一百多年的文明，幾乎斷絡，成爲了歷史上最悲慘的一個時期。抑有甚者，日軍在東南亞地區除煽動巫人反華，屠殺華僑外，並姦殺婦女，日人這種暴政，激起各地人民的憤慨，於是抗日運動洶湧澎湃，東南亞茂密的叢林，成了抗日的活動地盤，抗日分子一方面伺機進襲，一方面進行各項破壞活動。菲律賓境內有「抗日人民軍」組織進行反日的遊擊戰，越南境內有「越南獨立同盟」出現，而在星馬境內則有抗日遊擊隊，此一遊擊隊後來發展為兩枝有力的武裝，一枝叫做「華僑抗日軍」，成員主要是華僑；另一枝稱為「人民抗日軍」，則由星馬地區各族的志士組合而成。華僑抗日軍活動於馬來亞北部，人民抗日軍則活動於馬來亞中部與南部。此外尚有由駐印度英軍總部組織的「一三六部隊」（Force 136）、馬來亞兵團，以及辛格（Gurchan Singh）所領導的印度志士，皆為當時民間抗日的中堅力量。

四、戰局的逆轉與日本軍事性帝國主義的崩潰

太平洋戰爭初期日軍在緒戰中完全獲勝，在開戰六個月內控制了整個西太平洋地區。但降及一九四二年四月十八日，美國首次轟炸東京、橫濱、神戶等大都市，麥克阿瑟將軍（Gen. Dogulas MacArthur）的受命擔任西南太平洋戰區的最高統帥，以及五月九日珊瑚海（Coral Sea）海戰，日本海軍遭到最初的慘敗，六月三日日艦隊進襲中途島（Midway Island）遭遇美機的大轟炸，造成空前的大敗，損失慘重，因此，日本從此已喪失在太平洋上海軍作戰的主動地位。

聯盟國方面，經過了長期和艱苦的準備，降及一九四二年夏季，才開始進行阻止日軍的攻勢行動。美國除在澳洲加強防務外，並在帕爾米拉（Palmyra）和廣東群島（Canton Islands）上，在薩摩亞（Samoa）和新卡利多尼亞（New Caledonia），以及斐濟群島（Figi Islands）等地，建立新的基地。此外美國的援兵，也紛紛開入紐西蘭、澳洲等地區，而英美兩國的物資也不斷地流入遠東戰區。至於中國的英勇抗戰，拖住

了二百多萬日軍於中國戰區，足以使聯盟國在時間上，獲得一個喘息的機會。一九四二年六月間，美海軍在中途島大捷，而在五月到九月之間，英軍也佔領了法國維祺政府所控制的馬達加斯加（Madagscar）大島，粉粹了日本陰謀與維祺政府談判，把這個島當作日本海軍基地的企圖，而且同時也使美英兩國環繞非洲，以連接近東、中東、遠東的重要航路可以暢通，而不至於被截斷。一九四二年八月初旬，美軍開始作第一次的收復失地的行動。以新卡利多尼亞爲基地，採取逐島躍進（Island Happing）的戰略，將日軍的島嶼基地，一個一個的孤立起來，再各個的加以攻佔，然後再利用它們作基地以攻擊日軍。自此美軍遂展開了全面反攻，而日軍則完全陷於被動，只有招架之力，而無反擊之能。同時美國又假道印度，將必要的戰略物資供給中國，使中國能繼續拖住日軍。

當美軍節節展開反攻之際，日本爲壓服中國投降，俾便全力迎擊美軍，乃於昭和十七年（一九四二年）四月由大本營密令中國派遣軍總部研究作戰計劃——即所謂「五號作戰計劃」，擬於昭和十八年（一九四三年）春，由山西南部（兵力十個師）及宜昌（兵力六個師）夾攻重慶成都，嗣因一九四二年八月七日，美國海軍陸戰隊對所羅門羣島之瓜達魯坎納魯島（簡稱瓜島）開始反攻，至翌年（一九四三年）一月四日日本放棄瓜島，在此期間日本迫得自中國戰場抽調軍隊增援瓜島，而遂使「五號作戰計劃」未獲實現。（註二〇〇）一九四三年十一月，日本爲緩和陸海軍之對立以統一軍需生產，乃設置軍需省，但事實上，仍無法化解陸海軍的對立。從一九四三年五月至十一月間，阿留中羣島、吉爾貝特羣島（Gilpert Islands），包括德拉瓦（Turawa）和梅金（Makin）均爲美軍所克，到了一九四四年七月間馬利亞納（Mariana）羣島中的賽班島（Saipan）和泰尼安（Tinian）以及關島皆爲美國所收復。當戰事逐漸不利於日本之際，日本爲對付盟軍猛烈的反攻，乃於一九四三年五月三十一日的御前會議決定「大東亞政略指導大綱」，主要內容乃爲了誘使東南亞各地民族協助日本反抗英美，承認緬甸及菲律賓的獨立，並允許馬來西亞及印尼享有自治權。同年八月及十月馬、菲兩國分別獨立，但其軍事權、外交權及統帥權完全由日本所掌握控制。同年十一月五、六兩日，在東京的日本帝國議會召開所謂「大東亞會議」，出席者有汪兆銘（中國南京政權）、旺挨達亞康（泰國首相）、張景惠（僞滿總理）、何世拉威爾（菲國總統）、巴莫（緬甸首相），及印度僞政府首相等人，並提出所謂「大東亞宣言」，其內容乃一種空洞口號如「共榮共存」、「大東亞的親和」、「大東亞文化之昂揚」及「大東亞之繁榮」等抽象文字。

當一九四四年七月六日賽班島日本守軍全數覆滅之消息傳抵日本後，日軍慘戰已久的眞相始逐漸爲日人所悉，於是國內攻訐發動太平洋戰爭的東條英機首相之聲四起，加以重臣聯合倒閣，而池田成彬及藤山愛一郎等財界人士亦反對東條，東條雖慾戀棧，但亦被迫於七月十八日提出辭表，二十二日由朝鮮總督小磯國昭陸軍大將（預備役），繼起組閣。小磯內閣爲振奮人心士氣，僞造日軍輝煌戰果，使日本朝野上下沉醉在勝利氣氛中，但薄紙包不住烈火，聯軍在麥克阿瑟將軍統率下，節節收復美國在太平洋的失土，並對日本陸海空軍給予嚴重損毀。美國自昭和十九年（一九四四年）六月與二十年（一九四五年）先後收復賽班島及呂宋島後，以此爲基地連續向日本本土及臺灣空襲，尤其是日本本土的大都市大半被炸毀，至此日本國民始覺醒戰局的不利眞相，而對軍政當局嘖有煩言。

當日軍在太平洋的戰事節節敗退，聯軍反攻逐步加緊之際，爲了反攻緬甸問題，與處置戰後日本的問題，中美英蘇四國代表於一九四三年十月三十一日在莫斯科簽訂四國宣言，聲明共同對德、意、日軸心國戰爭，直至其無條件投降爲止。嗣中英美三國領袖又於一九四三年十一月二十二日至二十五日，在埃及京城開羅舉行「開羅會議」商討對日作戰方針，決定聯合作戰至日本無條件投降爲止。關於處理戰後的日本問題，三國領袖共同決定如下決議：①日本於一九一四年第一次世界大戰爆發以後，所獲得或佔領的一切太平洋島嶼，應當予剝奪。②日本竊自中國的領土，滿洲、臺灣、澎湖等，應當復返於中國的版圖。③韓國應當於適當的過程以內，成爲自由獨立的國家。莫斯科四國宣言和開羅會議，不僅加強了盟國的團結，且使中國的抗日戰爭更有意義。

一九四五年一月底，德國在歐洲戰場已陷入於強敵壓境的惡運裏，是時美英蘇對於對抗德國的戰爭，雖然頗爲樂觀，但是，它們在戰後的政治問題下，卻發生了距離頗遠的歧見，爲了消除彼此間之歧見，乃於一九四五年二月四日至十月十一日，由英美蘇三國領袖在俄領克里米亞半島上，黑海沿岸的雅爾達(Yalta)舉行所謂「雅爾達會議」。當時羅斯福總統認爲對德戰爭勝利以後，美國必須以十八個月的時間來擊敗日本。蓋日本在中國東北部的關東軍，素有精銳之稱，它可以被調回日本本土，以抵抗美國軍隊的登陸行動。能夠牽制關東軍的，自然只有蘇俄的軍隊，因此，羅斯福在聽取美國軍事領袖的意見後，和史達林密商蘇聯參加對日作戰問題。結果在史達林的要挾勒索下，成立了所謂「雅爾達密約」。這項密約文件，並未立即發表，直到同年五月十一日波茨坦(Potsdam)會議時才又被提到。其內容如下：

「蘇俄於德國投降，歐洲戰爭結束後，兩個月或三個月以內，參加對日戰爭。其參戰的條件如下：

一、外蒙古（蒙古人民共和國）的現狀，應予維持。

二、一九〇四年俄國被日本所破壞的權利，應予恢復；

⑴庫頁島南部與其鄰近島嶼，應歸還蘇俄。

⑵大連商港應予以國際化，蘇聯在該港的優先利益應予以保障，旅順軍港應復租與蘇俄，以三十年為期。

⑶中東鐵路與南滿鐵路，應由中俄兩國合組公司經營。中國保有滿洲的整個主權，蘇俄的優先利益，也應予保障。

三、千島羣島應割讓與蘇俄。

美英蘇三強元首同意於日本擊敗後，蘇聯各項要求，應無異議予以履行。蘇俄方面表示準備與中國國民政府訂立中蘇友好條約，並以武器力量援助中國，使中國自日本桎梏中解放。」

上列的第一、第二兩項特別聲明，英美兩國要勸告中華民國政府接受和同意，要知道史達林提出這些條件，完全是「趁火打劫」和「混水摸魚」的無恥行徑，因為幅員一百五十萬平方公里的外蒙古，自古以來，便是中國版圖不可割裂的一部，　孫中山先生創造中華民國，也以漢、滿、蒙、回、藏五族共和為號召。可是沙皇時代的俄羅斯，掠奪了中國東北、西北邊疆一百七十萬平方公里的未定界領土之後，再窺伺外蒙古，一九一一年唆使活佛哲布尊丹巴，宣布外蒙獨立，及後俄國十月革命，一度勢力退出，中國北洋政府宣布收回外蒙，但是由民國十年（一九二一年）起，蘇聯趁中國國內軍閥混戰時，再度伸張勢力於外蒙古，成立以澤登巴爾為首的共產政權，外蒙古遂長此與中國脫離，成為蘇俄的一個附庸國。

至於中東鐵路的共管及旅順大連的租借，更加絕無理由，因為蘇聯對上述的所謂權益，也是帝俄時代向滿清侵略的成果，後因在一九〇四年日俄之戰後，俄國勢力被日本一脚踢出滿洲而已。史達林連四十年前帝俄侵略中國的權益，也要收回，其主宰世界的野心昭然若揭矣；羅斯福總統對於蘇聯參加對日作戰的條件，不禁大吃一驚，因爲條件的一、二項，都是損及中國領土和主權的殊非對待盟國之道，因之表示猶豫，但史達林卻要英美表示在原則上同意，方才答允進攻日本，英明的羅斯福總統，爲了急功近利，早日結束第二次世界大戰，只得勉強答應。

該祕密協定成立四個月後，於一九四五年六月十五日，由美駐華赫爾大使根據羅斯福總統一九四五年六月九日訓令，將雅爾達協定條款通知中國，然而不幸者，事先未曾諮詢中國同意，其後又迫中國於同年八月十四日簽署「中蘇友好同盟條約」，及其有關協定而給以適當的法律保障。

雅爾達祕密協定，是出賣盟友的不道德行爲，蘇俄的惡毒，固然可惡，羅斯福總統爲德不卒，也可以說是他政治家聲譽上的一大汚點。由於這個協定，不但使中國蒙受極大的犧牲，對於以後遠東局勢也種下了很深的禍根，予以無可彌補的損害。美國羅斯福總統，爲一有遠見的政治家，素以同情中國著稱，其竟以出賣盟友，以滿足蘇俄的野心，除了上述軍事上的原因外，一則羅斯福總統在出席會議以前事先沒有什麼準備，一則當時他的體力精神極度衰弱，已感到疲倦，而影響到他的意志與判斷力。（註二〇一）

日德意三軸心國，意大利早在一九四三年九月三日戰敗投降，德國則於一九四五年五月五日宣布投降。德國戰敗後，英美蘇三國爲處理戰後德國及軸心附庸國問題，並欲完成對日作戰，於一九四五年七月十七日至二十六日在柏林郊外波茨坦的塞西利亞宮（Cecillianhof Palace）舉行會議，中英美三國領袖聯名發表波茨坦宣言（Declaration of Potsdam），內容共十三條，指出在全世界自由人民的力量下，日本法西斯必將完全潰滅，並警告日本立即宣布無條件投降，否則將遭到極大破壞。當時史達林別具用心，以蘇俄尚未向日本宣戰為由，而未在此宣言上署名。但他答應遵守雅爾達協定的諾言——即在歐戰完全結果後三個月內，蘇俄即向日本宣戰。

當西方聯合國在逐步磋商處理戰後世界問題，而軸心國的德意兩國之意大利早已戰敗投降，但日本猶欲作困獸之鬥，前述小磯內閣於一九四四年七月二十二日組閣後，乃於八月四日設立「最高戰爭指導會議」由首相、外相、陸相、海相、參謀總長及軍令部長等六人所組成，並於八月十九日在天皇親臨下舉行第一次會議。會中決定：①以菲島決戰為重點，準備集中陸、海、空戰力擊滅來攻之美軍，以求扭轉戰局。②確保緬甸方面之重要地區，切斷中、印交通，以保衞越南之安全。③加強對中國作戰，毀滅美軍在中國之主要空軍基地，以消除對日本的空襲威脅。④確保日本本土與南洋之聯絡。⑤加強統帥部與政府之連繫，以振奮人心士氣。⑥增強飛機生產。⑦確立國內防衞布置。⑧派特使以強調與蘇聯修好（九月十八日蘇聯正式拒絕日本遣使）。⑨伺機斡旋德蘇間之關係，促使締和等。

一九四四年十月十八日，美軍飛機突襲雷伊泰島（Leyte），翌日美軍登陸，日軍雖一再增援，抵抗至十二月中旬，但局勢已無好轉之望，乃於十九日決心後撤。自雷伊泰一役後，日方海空軍的實力，已喪失殆盡，無再起的可能，而日本本土與南洋資源地區之聯繫從此亦被切斷。

小磯內閣為貫徹所謂「聖戰」使命，日本在盟軍節節進攻之下，每役皆敗，但日本仍不灰心，企圖實行「日本本土決戰」，以決定國家存亡。一九四五年一月十八日的「最高戰爭指導會議」再度決定「今後採行之戰爭指導大綱」，確立本土決戰肆應方針，並組織「國民義勇隊」以圖建立本土決戰態勢。昭和二十年（一九四五年）一月二十五日，陸海軍破例合作共同擬定一項所謂「帝國陸海軍作戰計劃大綱」，置重點於擊退來襲的敵軍及確保喫緊的地區。但在是年二月下旬及六月中旬硫磺島及沖繩島相繼失守，美軍登陸日本本土已迫近面前。面臨這種窮境，日本不得不謀取急救辦法。早在納粹德國和法西斯意大利在歐洲相繼崩潰的時候，日本軍部雖然嘴巴挺硬，說什麼「德意志崩潰對世界雖有影響，但日本決獨力完成大東亞戰爭」，惟因日皇昭和以下，所有元老重臣，都感覺到戰局前途，是一片失望和灰暗，再加上日本本土頻被盟機轟炸，海上交通已經斷絕，「狗急跳牆」的日本政客軍人，便不能不亟求「死裏逃生」之道。日本第一個願望是跟中國單獨媾和，使在中國的三百萬日軍能夠迅速脫離中國戰場的泥沼，減輕來自亞洲大陸的壓力，然後集中全力，防守日本本土，俾與英美討價還價，在比較寬大條件下停戰。在這個時候，連最狂妄的日本軍人，亦已不敢侈言戰勝。昭和二十年（一九四五年）三月下旬，日本在歐洲方面展開了一連串的外交活動，對象是有「中立國」身分的瑞典和瑞士，日本駐兩國的代辦，向瑞典、瑞士的中國外交使節放出試探氣球，商洽中日兩國單獨停戰。當時日方的條件爲：①日本駐華三百萬派遣軍，在停戰後六個月至一年，分批由中國大陸撤退。②滿洲仍然暫時保持現狀，五年後交還中國。③日本負責賠償侵華戰爭，中國所蒙受的損失。④日本技術人員及軍事顧問，願意留在中國，協助中國政府剿滅中共。

最富於誘惑性的，還是第四項條件，蓋當時國民政府與延安中共的關係，由民國三十四年（一九四五年）起，已經越來越僵，國民政府派胡宗南將軍統率數十萬大軍封閉中共根據地的「陝甘寧邊地區」。日本軍閥摸準了這一點，以爲是利害的撒手鐧。可是中國政府到這時候，已經勝利在望，那裏肯墜入日本的圈套，跟日本單獨停戰，何況一九四二年的「華盛頓宣言」，中國已聲明跟英美站在一起，進行反侵略戰爭到底，豈有半路變卦之理，所以中國外交部對瑞士、瑞典兩國提出的調解，始終未加理會。

日本看見託由兩個中立國家向中國斡旋的和平工作，仍然沒有反應，不禁着急起來，適在此時，南京汪僞政府有一位無聊政客，名叫繆斌，繆是江蘇無錫人，原先是何應欽將軍的親信，中日戰爭爆發之前，曾經做過一任「江蘇省民政廳長」，汪精衞組織僞政權，繆斌遂投靠日人，出任僞政府的立法院及考試院副院長，貪汚舞弊，穢名遠播。當日本放出求和空氣的時候，繆斌這一政治垃圾，毛遂自薦，突然向日本駐汪僞政權大使谷正之自吹自己已經跟重慶國民政府有所連絡，可以代表中國跟日本談判和平條件，谷正之立即電告給日本首相小磯國昭。小磯信以爲眞，因此乃於昭和二十年（一九四五年）三月間，小磯首相爲了與重慶的國民政府談判早日締結和平，以期撤退在華日軍以應付美英軍，在國務相緒方竹虎、東久邇宮、石原莞爾中將等支持下，於三月十六日邀請汪僞政權的立法院副院長繆斌來日，繆斌自稱與重慶的戴笠將軍有所連絡，小磯擬利用他作爲連絡調介人，然因外相重光葵及陸相杉山元認爲繆斌的份量不夠，並批評小磯之行動「輕率」「無謀」，而積極反對，遂使對華和平工作遭到擱淺。（註二〇二）是年三月三十日，蘇聯政府通知日本外交部，廢除「日蘇中立條約」。小磯國昭遂以未能達成對華和平爲藉口，乃乘此機會於四月五日總辭職，由樞密院議長的海軍大將鈴木貫太郎出任後繼閣揆。

當鈴木內閣成立的同日（即雅爾達會議以後約二個月，也是日蘇中立條約的第四週年前的七日），蘇聯外相莫洛托夫突以廢棄日蘇中立條約的照會送交日本駐俄大使。照會文云：「德國進攻蘇聯，日本曾以盟邦地位協助德國致力戰爭，同時日本又在對蘇聯盟友美英兩國作戰，在此種情勢下，蘇日中立條約顯已失去意義，再行延長已不可能，因此根據該約第三條（五年期滿前締約國如不在一年以前提出廢約通知則該約將繼續有效）規定，向日本政府聲明其廢棄一九四一年四月十三日條約之意願」。此一照會，無異是蘇聯表示即將對日宣戰的表示。鈴木貫太郎本人並無政治經驗，兼之年紀老邁（時已七十九歲），耳朵不靈，曾拜辭大令，無奈天皇勉其擔負時艱，只好以風燭殘年之軀出任重職，並邀請素持反戰論的東鄉茂德出任外相之職。東鄉曾任東條內閣的外相，後因無法實現結束戰爭的和平願望，乃退出政府，故當他接獲鈴木邀請其出任外相，知時局之艱難而再三推辭，後來因鈴木答應早日結束戰爭為條件，才接受外相之職。（註二〇三）

鈴木為一毫無私心，個性耿耿盡忠無比的忠臣，但對政治一途全屬外行。鈴木上臺後，戰局之亂，日軍的慘敗，已至不可收拾階段。「沖繩島之戰」為日本在本土以外的最後一次作戰，關於此次作戰方針，陸海軍之間，卻發生爭執。海軍決定以沖繩島之戰為最後的決戰，主張傾全力，但陸軍則力倡本土決戰放棄沖繩島，而不派遣援軍。至此陸海軍之間遂發生鴻溝，六月二十五日沖繩島失陷之後，海軍便已完全失去戰志。陸軍則以阿南惟幾陸相及參謀總長梅津美治郎為中心，煽動日本國民大衆，在「本土決戰」、「一億玉碎」的口號下，企圖驅使全國人民以竹槍赴戰，而作孤注一擲。早在同年六月二十三日根據六月八日御前會議應採取本土決戰態勢之決定，日本政府頒布「義勇兵役法」及「國民義勇戰鬥隊統率令」。但已無法提振士氣。

陸軍儘管主張「本土決戰」，但事實上，亦知大勢已去，曾冀望蘇聯出面斡旋，在有利於日本的情況內和英美談判停戰，實現和平。先是當一九四五年二月雅爾達會議消息傳出，日本政界人士如近衛文麿、吉田茂、重光葵等即祕密上奏天皇主張迅速結束戰爭，三月底，重光葵且以外相身分密託瑞典駐日公使設法向美英試探和平，嗣後日本小磯內閣下臺，由東鄉茂德出任鈴木內閣的外相，他放棄瑞典路線，擬採取與蘇聯加強聯繫政策。日本軍部首腦人物，既知日本軍勢已不足與英美對抗，故在鈴木內閣成立後不久，屢次要求東鄉外相推行積極性的對蘇外交，但東鄉以對蘇外交工作似已嫌過遲不敢貿然接受，乃挽請重臣廣田弘毅（曾任首相及駐俄大使）直接在東京與蘇聯駐日大使馬立克（Malik）祕密會談。自六月三日至二十九日，廣田、馬立克間曾經四次的往返密談，日本以交換中國大陸利益爲條件，要求馬立克轉達蘇聯政府調停對美戰爭，然而馬立克反應冷淡，對於日本提議且允應用普通郵件由西伯利亞鐵路寄達本國。日本政府除由廣田與馬立克在東京交涉外，並命日本駐莫斯科大使佐藤尚武與蘇聯外相莫洛托夫進行交涉，惟亦未獲得具體結果。因此，在沖繩島的戰役後，感於事態的急迫，已不能再予拖延，經軍部及重臣研商結果，於七月十一日由天皇勅命近衞文麿爲特使，往蘇聯懇求出面斡旋停戰工作。惟蘇聯以日本的本意未明爲由，遲遲不予答覆。日本雖由東鄉外相以至急電報訓示駐蘇大使佐藤，令其轉達蘇聯外相，告以「日本派遣近衞爲特使之目的，乃冀望由蘇聯出面斡旋日本對英美兩國之和平」，惟這一電令竟被俄方故意稽延，等到轉達蘇聯政府時已是七月二十五日，而翌日七月二十六日，中、英、美三國向全世界與日本宣布了「波茨坦宣言勸降文告」，致使近衞的和平使命無法實現。七月二十八日鈴木首相在軍方要挾下接見記者表示「政府對波茨坦宣言並不重視」並非他的由衷之言。（註二〇四）八月六日第一顆原子彈光顧廣島（居民三十四萬人中，死亡及行方不明者九萬二千一百三十三名，重傷者九千四百二十八名，輕傷者二萬七千九百九十七名；七萬五千棟建築物之中，全毀者約四萬八千棟，半毀者二萬二千棟，罹災者計十七萬六千九百餘人），此時日本天皇及內閣投降的決心因益堅定，日本又曾再三挽請蘇聯出面斡旋，但蘇聯早已打好如意算盤，已決定乘機宣戰打劫，故不予理會。八月九日，美國空軍又以原子彈投襲長崎（根據一九五三年長崎市役所的調查，死亡者七萬三千八百八十四名，負傷者七萬四千九百零九名，共計十四萬八千七百九十三名），而蘇聯亦於是日對日宣戰——即當一九四五年八月八日，下午六時，蘇聯外相莫洛托夫突然約日本駐俄大使佐藤尙武前來外交部晤談。在莫斯科作了兩個多月外交活動的佐藤，心中暗喜，以爲蘇聯已答允出面調停遠東戰爭，那知當他乘坐汽軍到了外交部，莫洛托夫卻一言不發，遞給他一紙宣戰的文件，其內容是：「自納粹德國投降之後，日本已爲舉世唯一堅持戰爭的大國，此舉不止塗炭人類，抑亦妨礙世界和平，蘇維埃聯邦政府有見及於此，鄭重宣布參加太平洋戰爭，由一九四五年八月九日上午零時起，蘇維埃聯邦宣布與日本兩國進入戰爭狀態」。

一九四五年八月九日下午八時，蘇聯駐日本大使馬立克，也向東京日本的外務省呈上同樣的文書，立即離去。駐屯在西伯利亞與滿洲邊境上爲數約一百萬蘇聯紅軍，早已枕戈待命，不待翌晨（八月九日）到臨已經像潮水洶湧一般，分爲三路，殺進滿洲境內。另一路外蒙古軍團亦突破滿洲外蒙古邊境，攻入呼倫貝爾地區，進攻箭頭直指向王爺廟，由於外蒙古軍兵力不多，只能作側翼的進攻而已。蘇聯紅軍分三路向滿洲境內全面進攻，勢如破竹，八月十日，東路蘇軍已經佔領東寧、虎林，中路蘇軍佔領黑河，西路蘇軍也佔領滿洲里，八月十一日蘇軍已經在東西兩面會合，佔領黑龍江首府齊齊哈爾。八月十二日，蘇軍進抵松花江濱，日軍不戰而放棄哈爾濱，八月十四日佔領僞「滿洲國」首都長春，十五日佔領四平街，十六日已經迫近瀋陽城外。當時僞滿洲國皇帝溥儀，偕同其后秋鴻，以及僞國務總理張景惠，倉惶之中，搭乘飛機，企圖想南逃日本，惟當飛機起飛才十五分鐘，即被蘇聯空軍戰機，逼令回航，堂堂僞「滿洲國」皇帝遂被蘇軍俘虜，押送至西伯利亞，作階下囚。

日本關東軍五、六十萬精銳，在短短六天之內，全部土崩瓦解，蘇軍推進到山海關以西的錦州，並且佔領旅順、大連，方才停止。至於其他地區的戰鬥，其情形如下：

朝鮮方面——蘇聯向日本宣戰後，另外一支蘇軍在海軍艦隊掩護下，一九四五年八月十日登陸北朝鮮的清津，建立灘頭陣地，十二日蘇軍向內地推進，佔領羅津、雄基兩港，嗣後長驅直入，如進無人之境，八月十五日已攻入平壤，日本投降之後，蘇聯仍然繼續南進不已，挺進到朝鮮半島蜂腰的北緯三十五線附近，大有氣吞全朝鮮半島之勢，美軍遂被迫於九月五日登陸南韓，進入仁川、漢城，蘇軍方才停止進軍，結果遂使後來形成「韓國南北分治」的局面。

庫頁島方面——庫頁島又名樺太，本為一荒涼的島嶼，一九〇四年日俄之戰，帝俄戰敗，日本遂強佔了該島的南半部，已如前述（參閱本書第五章第四節）。蘇聯參加太平洋戰爭，八月二日向日本佔領的庫頁島南半部展開攻擊，十五日佔領首府須取市，二十日完成全島的佔領。

千島羣島方面——蘇軍在進攻庫頁島的同時，也向北千島強行登陸，由八月十日至十五日，蘇聯的海軍陸戰隊先後佔領了國後、擇捉、齒舞各大島，日本投降之後，蘇軍仍然繼續伸展不已，八月二十七日，距日本投降已經十二天，蘇軍竟然更進一步登陸占守島，該島駐守的三百名日本海軍守備隊，奮起抗戰，血戰了二十七小時，擊斃俄兵凡千餘名，方才全部壯烈玉碎。

總之，蘇聯這一次趁火打劫，向日本宣戰，堪稱世界有史以來最廉宜的戰爭，蘇軍實際作戰僅六天，攫取了中國東北（包括旅順、大連）、朝鮮北部、庫頁島南部，以至千島羣島的全部，種下了日後赤化中國大陸，包圍威脅日本的根源。拋開政治立場不談，史達林當眞是世界有史僅見的梟雄，明智如羅斯福總統，堅毅如邱吉爾首相，也都墜入其彀中而望塵莫及。

因蘇聯的對日宣戰，使日本國內外情勢驟然告急，迫得日本對戰爭不得不作最後方針的決定。一九四五年八月九日，一天之內，連續舉行了三次重要會議。午前十時半召開「最高戰爭指導會議」，出席人員爲鈴木首相、東鄉外相、阿南陸相、米內光政海相、梅津參謀總長、豐田軍令部總長等六人。在緊張沉鬱的氣氛中先後密談三小時。鈴木、東鄉及米內三人主張除保留維護國體條件外，其餘完全接受波茨坦宣言，惟阿南、梅津及豐田三人則堅持在不得變更天皇的地位條件下依據下述三原則進行折衝，即：①佔領軍不得登陸日本本土。②海外日軍自動撤兵復員，不能採取無條件投降方式。③戰爭責任者皆由日本自行懲處。

一九四五年八月九日午後二時召開內閣會議，鈴木首相最先發言聲稱：「現已面臨最險惡之局勢，望各位能開誠相見，不必再有任何顧忌」，繼之由阿南陸相報告戰況謂：「以現狀而言，無條件投降是不能接受的，雖然美國擁有原子彈而蘇聯又參戰，致使我方無克勝把握，但是只要繼續作戰，總有生機可望，此所謂死中求生也。解除武裝不可，尤其在海外」，米內海相針對陸相的發言，稱謂：「今日之事，較原子彈與蘇聯參戰更加嚴重的關鍵是我們現在的國力能否再繼續作戰下去。以海軍立場言，決沒有制勝英美的把握，陸相所謂之最後一擊固然可以考慮，但是一擊之後又當如何？難道還有餘力接二連三地予敵人以迎頭痛擊乎？或降或戰，要以極冷靜而合理的態度來判斷，現在已經談不到再顧全面子了。只有面對現實，豈容稍存幻想乎？」繼之由豐田貞次郎軍需相、石黑忠篤農相、小日山直登軍輸相等三人報告軍需生產的安全無法保障，食糧匱乏，交通已瀕於癱瘓狀態，主張應愼重處理，不宜再戰下去，與陸相意見發生爭執，無法達成決議。中途休息一小時後，於午後六時半重開繼續討論。東鄉外相先發言堅持接受無條件投降，繼之由陸相及海相先後發言，前者主張仍然堅持「本土決戰論」，海相則積極支持外相的意見，其餘除二、三位閣員外皆支持東鄉的意見，但始終無法說服阿南陸相，閣議仍無法獲致協議。到了當夜十時許，因全體閣員中未能一致，依照規則閣議之議案必須全體一致才能成效，因此鈴木首相乃宣布閣議休會，閣員退席。之後鈴木首相與東鄉外相稍事交換意見後，兩人乃聯袂進宮拜謁日皇報告日間開會的經過。鈴木首相並奏請御前會議來決定，天皇准許。當夜十一時五十分在宮中地下十公尺的防空洞中召開御前會議，參加人員除日間參加「最高戰爭指導會議」的六巨頭外，尚有平沼樞密院議長與迫水書記官長、池田綜合計劃局長官、吉積陸軍軍務局長、保科海軍軍務局長。會議先由迫水書記官長朗誦波茨坦宣言全文，外相東鄉繼之說明其經過，並作一結論云：「現在實爲結束戰爭最適宜的機會，在不變更天皇的地位前提下接受宣言，殊爲上策」。阿南陸相立即起而反對東鄉的意見，主張繼續抵抗，並強調如能按前述三項條件辦理，他不妨贊成。參謀總長與軍令部總長則堅持「一億玉碎」、「本土決戰」，支持阿南陸相的主張。米內海相則完全贊同外相的意見。平沼樞相僅就法理上向外相作二、三種質詢後亦表示贊同外相的主張。與會人員意見皆發表後，鈴木首相乃起立恭請天皇親下聖斷。天皇環顧與會大臣們，詢以有否意見欲再申述，因大家一致低頭無言，天皇乃毅然下斷言曰：「朕贊成外相的建議，雖然說在本土決戰，但是連最重要的九十九里濱都尚未設防。決戰師團的武裝既已不完備，飛機增產又未能儘如人意，計劃大多不能配合行動，焉能致勝?現在是要忍受所難忍受的時候了」。至是天皇的主張，打破僵局，無人敢再提出異議，而決定接受波茨坦宣言所提出的無條件投降。

八月十日下午一時，日皇特召見若槻禮次郎、岡田啓介、平沼騏一郎、近衞文麿、廣田弘毅、東條英機、小磯國昭等重臣，正式宣布決定接受投降。但是陸軍中仍有反對投降的意見。因此，八月十一日的報紙上載有阿南陸相告將兵書，其文有：「告全軍將兵，蘇聯已以戎加諸皇國，明文雖有何等粉飾，而欲侵略及統治大東亞之野心，歷然在目。事既到此，夫復何言？唯斷然為保護神州而戰耳，假令殪草嚙土，伏屍原野，亦當毅然而戰，從死中求活，是即亡生報國，以『我一個尚存』之楠公救國精神，與時宗之『莫煩惱』、『驀直前進』，擊毀醜敵之鬥魂也。全軍將兵，宜一人不留，實現楠公精神，而又再現時宗鬥魂，而驀直前進擊滅驕敵！」

這一告全軍將兵書，是阿南陸相要貫徹自己之主張的行動，特別提出南北朝時代的南朝忠臣楠木正成，與抵抗元軍征日的北條時宗之話，來激發鼓勵士氣，勉勵將士的忠君愛國精神，其語雖可悲，而戰至最後一人的勇敢，卻表現了日本軍人忠君愛國的精神。此一文告未經內閣同意，而由陸軍擅自頒發。由此一件事，我們可以推知，當時的日本，殆已陷入無政府狀態。

八月十日下午三時，在宮城內召集皇族會議，由日皇向參加的高松、三笠、賀陽、同若宮、久邇、梨本、朝香、竹田、閑院、李王、李健公、東久邇等與會皇族說明御前會議的狀況，要求皇族協力支持接受波茨坦宣言。會中由最年長的梨本宮發言表示皇族決心支持，而皇族之此一態度對於後來接受無條件投降時之防止政變，扮演了莫大功效。（註二〇五）

八月九日深夜召開的御前會議散會時，已是八月十日午前三時，同日午前十時，外相祕書官加瀨俊一於是趕回外務省，急忙用英文起草電文，並指示即予拍電，電文一則經由瑞士政府傳達中國及美國，一則經由瑞典政府傳達英國及蘇聯，其主文內容如下：

「帝國政府為了使人類免卻戰爭之慘禍，遵從祈求迅速帶來和平之天皇陛下的慈懷，曾請求居於中立關係之蘇聯政府從中斡旋大東亞戰爭，不幸，帝國政府努力於和平無效，茲為了使天皇的祈求和平如願以償，盼能即時免卻戰爭之慘災而帶來和平，決定如下：

帝國政府基於一九四五年七月二十六日，中、美、英三國首腦所共同決定發表之爾後蘇聯政府參加對本邦共同宣言所列條件中，未包括要求變更天皇統治國家大權之情況下，接受上述宣言，帝國政府均盼貴國政府速示明確之意」。

上述日本求和電文拍出後，日本政府可以說是站在取決和平或死戰的歧路，不幸，美國政府與聯合國之間，也正為了如何處置日本天皇的問題，發生了兩個不同的歧見，這種歧見的隔閡在美國內部更深，國務卿赫爾，根本就反對一切保證天皇制度存續的提議，不料後來，這項提議竟為許多共和黨議員所支持，他們認為只要是有關君主制度的問題，不管具有何種形式，都是有害的；但與此持相反態度的有國務次官柯魯、陸軍部長史基姆遜，及海軍上將李希等人，他們主張如果廢止天皇制度，使神聖不可侵犯的日本核心的天皇退位，勢必惹起日本社會一般人士的敵意，結果將使日本人更要戰鬥到底，這一來就得增加美軍將士的傷亡。

由於美國及聯合國對於日本天皇制度存廢問題意見不一，因此美國在本文迴避了直接接受日本所提的條件。並由美國國務卿赫爾於八月十二日以廣播答覆，十三日正式覆文到達，提出如下的先決條件：

一、日本政府須聽從盟國最高統帥之命令，……日皇必授權並保證，日本政府及日本帝國大本營，能簽字於必須之投降條款，使波茨坦宣言之規定能獲實施，且須對日本一切陸海空軍當局，以及彼等控制之一切部隊，頒發號令，交出武器。此外並須發布盟軍最高統帥在實施投降所需之一切其他命令。

二、日本政府之最後形式，將依日本人民自由表示之意願定之。

三、同盟國之部隊將留於日本，直至波茨坦宣言所規定之目的達到爲止。

八月十四日上午十時五十分，在宮中御花園防空洞舉行歷史性的御前會議，出席人員除全體閣員外，尚有最高會議構成員及其他軍政要員。最初由梅津參謀總長發言，繼之豐田軍令部總長及阿南陸相發言，他們三人堅持以前主張，認爲「聯合國的答覆條件實難令人滿意，倘在此種不明不白的情形下結束戰爭，必將貽悔於千載之後，爲國家千百年計，應爲玉碎戰法來打開血戰」云云，廟議仍無法獲得一致的協議，最後昭和天皇遂下裁斷，決定接受波茨坦宣言曰：

「各位是否還有其他意見，倘無則朕願略述所見。反對意見朕亦曾詳細聽過，但朕的意見與以前（按指八月九日）所申述的意見毫無變更。朕於綜視檢討世界的現狀及國內情況，知道欲再繼續作戰下去實不可能。關於國體問題雖有許多疑義，朕對於此覆文全體文義，認爲對方（按指同盟國）持有相當滿意的解釋。關於對方的態度或不免存有不安，但是朕並無疑慮。這要繫乎朕全體國民之信念覺悟，現時以接受對方的要求爲宜。盼各位亦能持此見解。朕亦深知陸海官兵對於解除武裝及保障佔領三項的難忍心情。但是只要能拯救萬民之生命，要朕怎樣都在所不辭。若再繼續作戰下去，結果我國必成爲焦土，使萬民再遭受現在以上之苦惱，此乃朕所難忍的，亦不能面對祖宗之靈。欲出諸和平手段，自來對方之措施難以全盤信賴乃理所當然之事，惟與日本之亡國滅種的結果互相比較之，則尚能留得些再生之種子，日後有復興光明的一天。朕回想明治大帝忍淚吞聲以應付三國干涉當時之苦衷，只有忍所難忍，盼各位一致協力，以圖將來之恢復。每念及將士及其遺孤，不勝悲痛之至。蒙受戰禍的人民之生計尤為關切。一般國民忽然獲悉此項決定，因係聞所未聞，因而發生騷動，亦難逆料。陸海官兵之動搖或更為激烈，其所感受之打擊或更為慘痛。欲撫慰他們之心情或許為相當困難，至希陸海軍大臣能體諒朕的心意協力一致辦理善後事宜。必要時，朕亦可親自曉諭大義，希望政府儘速草擬結束戰爭之詔書為要」。（註二〇六）

八月十四日晚上十一時二十分日皇在石渡宮內大臣、藤田侍從長、下村情報局長之陪同下，於宮城內宮內廳二樓的天皇政務室灌製投降詔書錄音盤，在皇后建議下，所錄製之音盤四張由侍候皇后的女官隱匿保管，蓋已傳聞軍部將有人發起政變，搶奪錄音盤，以阻止日皇投降詔書之播出，以阻止日皇接受投降。

一九四五年八月十五日，日皇透過廣播向日本全國國民發表了投降詔書，其詔書全文如下：

「朕深鑒於世界之大勢及帝國之現狀，欲以非常之措置，收拾時局，茲告爾等忠良之臣民。

朕令帝國政府對美英中蘇四國通告，受諾其共同宣言。厥為圖帝國臣民之康寧，偕萬邦共榮之安業，依皇祖皇宗之遺範，為朕所拳拳不舍者，曩昔於對美英二國宣戰理由中，亦實乎帝國之自存，與東亞之安定之所期，至於排斥他國之主權，侵奪他國之領土，固非朕志之所在也。然交戰已閱四載，朕之海陸將士之勇戰，朕之百僚有司之勵精，朕之一億黎民之奉公，雖盡其各自之最善，然戰局因爾而世界大勢，亦於我不利，加之敵方新使用殘虐之爆彈，頻殺傷無辜之老幼婦孺，慘害之所及者，洵至不可計。而倘令繼續交戰，則不但終將招致我民族之滅亡，且將破壞人類之文明，如斯則朕何以保億兆之赤子，奉皇祖皇宗之神靈，此朕所以令帝國政府接受宣言之由來也，朕對於始終協力東亞解放之諸盟邦，不得不表遺憾之意。念及帝國臣民死於戰陣，殉於職守，斃於非命者及其遺族，五內爲裂。至於負戰傷、蒙災禍、失家業者之厚生，乃朕所深爲軫急者。惟今後所應受之苦難，自非尋常，爾臣民之衷情，朕皆知之。然朕以命運之所趨，忍人之不能忍，尚欲爲萬世開太平。

朕茲能護持國體，深慰於忠良之爾臣民之赤誠，當與爾臣民共存。若夫激於情，而濫滋於事端，或拘於旣往，而自相排擠，或輕舉妄動，失信儀於世界，此朕所最戒者，宜舉國一致，子孫相傳，確信神州（日人自稱本國曰神州）不滅。念及任重而責難，傾全力於將來之建設，篤其道義，堅其志向，誓應發揚國體之精華，期無遲世界之進運，爾臣民其應克體朕意」。（註二〇七）

自明治維新以來，日人的先祖先民慘淡經營締造的大日本帝國，至此宣告破產，過去以軍威輝煌誇耀的日本歷史，至此插入了悲慘汚穢的一頁。鈴木貫太郎爲日本軍國最後的一位首相，他的內閣結束了太平洋戰爭，也結束了日本帝國的政權。但極烈分子並不能體諒他的苦衷爲民謀國的心情，竟放火焚燒其私宅及樞密院議長平沼騏一郎私宅。一部分青年軍官於八月十四日夜清晨零時，由井田中佐、畑中少佐、椎崎小佐及上原大尉等率領一部分近衞師團官兵譁變，闖入宮城內，要求近衞師團長森赳中將蹶起，但森中將不允所求，畑中少佐刀槍殺師團長森中將，搜尋天皇投降的錄音片，欲勸阻日皇決戰到底。叛軍因目的未能達成，在東京防衞司令官田中靜一大將的斥諭下，其幹部皆當場自殺以謝罪，而田中大將亦於叛軍工作敉平之後自殺，阿南陸相當夜自戕於官邸，杉山元元帥夫婦亦同時自殺。（註二〇八）「天祐大日本帝國」，於焉終幕。同時，中國對日本八年又一月的抗戰，至是獲得最後與最大的勝利。

在日本投降後，從所有的資料證實了一點，即倘若當時的美國，不受英國首相邱吉爾思想的支配（邱氏為拯救英國當前的危機，用一切力量使美國朝野人士接受他的歐洲第一主張），而把太平洋戰場列於第一，歐洲戰場列於第二，則日本的投降，必然要早於德國；戰後的世界，也許沒有今天的冷戰糾紛，亦不致於有共產主義在亞洲的猖獗。可是美國卻受了英國的影響而以大部分力量，攻擊德國，在亞洲，只使日本疲於奔命，而不馬上傾全力打倒它。

就以上所述，日本召開多次御前會議決定是否接受無條件投降時，陸軍大臣、參謀總長及軍令部總長之所以堅持「本土決戰」，實因日本在昭和二十年八月十五日投降前夕，在陸軍方面，確實仍擁有龐大的軍隊，以為盟軍欲進攻日本本土必付出相當的犧牲代價，並自信必可在本土決戰中擊潰進犯盟軍而獲得轉敗為勝的機運。究竟當日本在「八一五」投降前夕，其國內外配備的陸軍有多少，日方自稱陸軍的主力在國內外仍有七百萬大軍，但事實上，只有四百七十九萬八千六百人，其分布地區及人數如下：

一、國外方面：總共有軍隊二百七十一萬九千三百人，計分：

(1)滿鮮方面（關東軍）——山田乙三大將統率，兵力六十五萬零六百人。

(2)中國方面（支那派遣軍）——岡村寧次郎大將統率，兵力一百零五萬五千八百人。

(3)南方方面——寺內壽一元帥統率，兵力七十四萬零九百人。

(4)第十四方面軍（菲律賓呂宋島）——山下奉文大將指揮，兵力十一萬二千九百人。

(5)第七方面軍（馬來亞、新加坡）——板垣征四郎大將指揮，兵力十七萬四千八百人。

(6)第十八方面軍（泰國曼谷）——中村明人中將指揮，兵力十萬六千六百人。

(7)空軍方面——二十六萬二千人。

二、國內方面：總共有軍隊二百零七萬九千三百人，計分：

(1)第一總軍（司令本部設於東京）——杉山元元帥統率。

(2)第十一方面軍（司令部設於仙臺）——吉本貞一大將指揮。

(3)第十二方面軍（司令部設於東京）——田中靜一大將指揮。

(4)第十三方面軍（司令部設於名古屋）——岡田資中將指揮。

以上兵力共達八十一萬五千六百人。

(1)第二總軍（司令本部設於廣島）——畑俊六元帥統率。

(2)第十五方面軍（司令部設於大阪）——內山英太郎中將指揮。

(3)第十六方面軍（司令部設於福岡）——橫山勇中將指揮。

以上兵力共計八十六萬五千八百人。

(1)小笠原兵團——立花芝夫中將指揮，兵力一萬五千人。

(2)船舶關係部隊十二萬七千人。

(3)空軍方面二十五萬六千人。

至於海軍的實際力量，當盟軍進佔日本後，由盟軍總部所發表的日本殘存海軍的數字，便知其在投降前，日本簡直已沒有海軍了，誰看到曾經號稱爲世界第三海軍國的日本的海軍力量，誰就明白日本非投降不可。盟軍所發表的日本殘存海軍的數字爲：

一、大小軍艦五十五艘——內包括：①已傷主力艦一艘（原有十二艘），②已傷航空母艦二艘（原有九艘），③輕型航艦二艘只留殘殼（原有八艘），④潛艇二十二艘（內六艘是德國的，原有一四〇艘），⑤護航艦五艘（原有二十四艘），⑥重傷巡洋艦二艘（原有十九艘），⑦驅逐艦二十六艘（原有一六五艘）。

二、商船七萬噸（原有一五〇萬噸）。

在昭和二十年（一九四五年）八月十五日投降前半年——即是年二月間起，日本大本營鑒於美國海軍已迫近本土，即已準備在本土決戰。根據日本軍部當時的判斷；盟軍進攻日本本土，不外採取兩種步驟：第一、先在中國沿海登陸，繼之在日本本土登陸；第二、先奪取西南諸島後再在日本本土登陸。但無論採取那一種步驟，卻須要在是年（一九四五年）八、九月間以後方能實現。因此日本乃準備了三十九個精銳師團作爲本土決戰之用。在本土決戰戰略方面，認定盟軍登陸以後，必須在兩星期之內全力將其撲滅，否則就無法抵抗。根據此一戰略所決定的迎戰步驟爲：「在兩星期以內集結二十個師團，同時在戰場上集中三倍於盟軍的火力。其次集中兵力，必受盟軍空軍猛攻，鐵路不能期待運輸，着重夜間機動」。再次在本土的精銳兵力之配置如下：

計在奧羽五個師團，關東十個師團，東海五個師團，中部四個師團，九州四個師團，並在東海、關東、奧羽等地預備五個師團，中西部設備三個師團，南朝鮮三個師團。

以上的準備，日本已盡其極大可能，但都屬陸軍兵力。至於日本海軍，自從在菲島呂宋海大戰以後，六萬二千餘噸的「武藏號」以次，「扶桑號」、「山城號」等均被擊沉，在沖繩海面一戰後，又失去「大和艦」，所謂聯合艦隊，只不過虛有其名。至於其他艦艇、潛水艇在一九四五年六月底以前，只有七艘，驅逐艦和魚雷艇，都各只有七、八艘，以此種區區的數目艦隊，自然無法對抗強大的盟軍艦隊。惟當時尚有海軍兵力約二十萬人，除一部分上陸防守要塞及參加陸軍保衞本土決戰之外，並計劃在海上及水中着重特攻，其步驟為：①組成具有魚雷及機動設備的「伏敵」水中部隊。②在水中建設巨大的水泥製造的堡壘。③在自沉了的船上裝定固定魚雷設施。這種海上特攻隊，正等於自殺飛機一樣。所謂「伏敵」水中部隊，不過是肉彈魚雷的別名，艦艇完了，準備以「人造魚雷」一拚，也不過等於以卵擊石，證明了日本海軍已完全到達了日暮途窮的慘境。

至於空軍方面，日本自昭和十八年（一九四三年）十一月成立軍需省以後，曾傾全力生產飛機，到了一九四四年，飛機生產量顯著上升，包括海軍飛機在內，一月間的生產達一千八百十五架，二月間的生產達二千零六十架，三月間的生產達二千七百十一架，四月間為二千二百九十六架，五月間為二千三百十四架，六月間為二千八百五十七架，六月間的生產量為第二次世界大戰期間，日本的最高紀錄，以後的生產即逐漸下降。到了後來日本本土遭受美國空軍大肆破壞，飛機生產量更形銳減，唯一出路是生產大量的特攻機即所謂「神風特攻機」（實即自殺飛機），並準備了若干架四引擎轟炸機，以北海道為基地，突然飛往美國本土，轟炸太平洋沿岸各都市。另外由無線電操縱的伊式飛機，亦已設計成功，惟因盟軍空襲益見增加，飛機製造廠受到了嚴重的損害，因此未及問世。

總之，日本在一九四五年八月十五日投降前夕，除了陸軍外，海空軍已一蹶不振，所謂特攻隊，至多不過等於「迴光返照」而已。幸因昭和天皇之最後的果斷，接受無條件投降，致免日本本土遭受戰火的蹂躪，而拯救了無數日人的生命，並避免了盟軍登陸戰時雙方戰鬥部隊人員傷亡。盟軍當時已決定倘日本在一九四五年八月下旬前不接受無條件投降時，將在九月以五百萬大軍登陸日本，果眞如此，則必造成雙方重大損失傷亡。

昭和二十年（民國三十四年，一九四五年）八月十五日，日本雖正式宣布接受波茨坦宣言的無條件投降，但尚須簽定投降書，才算是完成結束戰爭的手續。此一投降書的簽定，則分別對盟軍及對中國兩類。太平洋戰區盟軍最高統率麥克阿瑟元帥，指定日本先派遣投降代表到菲律賓馬尼拉，接洽停戰及投降事宜。八月十七日，日本投降代表專使參謀次長河邊虎四郎中將，率領隨員一行，由日本本土乘專機於當天下午抵達馬尼拉，在「馬拉坎南」總統府內，晤見麥帥。麥帥遂向河邊中將傳達了以下的命令：

一、太平洋各島嶼、日本本土的日軍，向美國太平洋戰區最高統帥麥克阿瑟元帥投降。

二、中國戰區，除滿洲以外的中國本土、臺灣本島以及越南北緯十度土地以北的日軍，向中華民國最高統帥　蔣中正元帥投降。

三、印度支那半島、南洋羣島的日軍，向英國東南亞戰區最高司令官蒙巴頓勛爵投降。

四、中國滿洲，包括庫頁島、北千島的日軍，向蘇聯遠東最高的指揮官馬林諾夫斯基元帥投降。

此外麥帥還向日本投降代表發出以下指令：

一、由八月二十五日起，日本本土、中國大陸、南洋羣島上空的日本空中飛行一律停止。

二、八月二十三日，同盟國第一批武裝部隊，登陸日本本土，首先在東京近郊的厚木機場着陸。

三、九月一日，日本全權代表在東京灣美國戰艦上正式投降簽字。

河邊虎四郎中將奉了麥帥指令，由馬尼拉飛返東京之後，日本政府即着手準備盟軍進駐的一切及接受投降簽字的工作。在此期間，日本軍國主義者卵翼下的各國僞政權的傀儡，亦呈現了空前不安和混亂的景象。僞滿洲國皇帝溥儀，在東北被蘇軍俘虜經過，已如前述。至於僞印度國軍總司令鮑斯，也在日皇宣布投降的第三天——即八月十七日，搭乘飛機在臺北市上空失事，飛機撞山罹難，當時有人傳說鮑斯之死，是出於「政治謀殺」，唯是事無任何明確佐證，戰後也沒有加以調查，成了歷史上的懸案。

最貪生怕死的，莫過於中國僞南京政府主席陳公博。在日本投降以前的幾個月，陳公博代替已死的汪精衞，就任主席之後，已經跟重慶國民政府方面，大送秋波，強調所謂「國家不可分，黨必統一」的濫調，到了日皇下詔投降後，陳公博也在八月十六日宣布解散南京僞國民政府，等候中央的處決。可是到了八月二十五日，日本東京的同盟社，卻發表一則怪異的消息，說明陳公博在南京黃埔路寓所，扳鎗自殺斃命。其實陳公博的所謂自殺，不過是逃走亡命的一種煙幕而已。八月二十五日上午七時，陳氏和祕書周隆祥、情婦莫國康、親信林柏生、陳君慧、岑德廣等一行九人，由日本軍事顧問雄川中尉率領，乘搭飛機祕密離開南京，直飛山東青島，在滄口機場加油後，直飛日本九州島的米子，降落之後，立即匿居京都市郊外的金閣寺，那知仍然被中國情報人員查獲，立即向日本當局交涉，九月三十日把陳公博及其隨行人員逮捕送回南京。次年（一九四六年）六月三日，被國民政府判以叛國罪而遭鎗決。此外，在日本發動太平洋戰爭期間，與日本軍閥狼狽爲奸的尚有緬甸僞首相巴莫，菲律賓僞總統洛勒爾也躲藏起來，巴莫下落不明，洛勒爾在戰後還一度企圖東山再起，競選國會議員，大受菲人抨擊，只好赧然告退。以上所述是一羣與日本軍國主義者攜手合作的各國僞政者的下場。

一九四五年八月二十九日，聯盟國空軍戰機及第一批軍事人員，首先在東京郊外的厚木機場降落，三十日，美國第三艦隊的龐大艦船團，浩浩蕩蕩地開入日本東京灣。這時駛入東京灣的第一艘美國戰艦是四萬五千噸級的主力艦「米蘇里號」，啣尾而至的巨艦是「新城堡號」、「巨人號」、「麥帥號」、「大黃蜂號」、「攻掠老號」、「科羅拉多號」等，全爲三萬五千噸級以上的主力艦，另外還有驅逐、掃雷、運輸等艦一百四十多艘，蔚成奇觀。相反的來說，日本本土居民以及少壯軍人，眼見外國戰艦入駕，驚惶羞憤交迫之餘，在這一天裏面，在日本皇宮門外切腹自殺者，竟多達三百餘人之多，其愚昧殆莫勝於此。這是自一八五三年六月柏里提督率艦駛入日本港口以來，美國艦隊以戰勝者身分駛入日本的第二次，有人稱此謂「第二次黑船的震撼」。

八月三十一日，美國太平洋艦隊司令官尼米資元帥，也乘飛機抵東京灣，日本投降簽字原定於九月一日在「米蘇里旗艦」的甲板舉行，但這一天氣候惡劣，東京灣波浪滔天，只好延遲二十四小時，即九月二日舉行投降簽字典禮。

九月二日清晨，陽光絢爛，日本投降代表重光葵（日本天皇及日本政府代表）、梅津美治郎（日本帝國大本營代表）兩人乘坐小汽艇駛近「米蘇里旗艦」。參加簽降典禮的同盟國代表，除聯軍最高統帥麥帥外，有美國尼米資元帥、中華民國徐永昌上將、大不列顛（英國）福萊塞上將、蘇聯狄里夫揚柯中將、加拿大哥加古列希上將、澳洲列溫特中將、法國萊克勤中將、荷蘭別魯福奇提督、紐西蘭伊西特中將。是日上午七時二十五分，簽字儀式開始，重光葵、梅津兩位代表首先提筆在投降書簽字，七時三十五分便告完畢，輪到同盟國戰勝的代表簽字，第一個簽字的是美國代表尼米資元帥，第二個簽字的是中國代表徐永昌上將（用毛筆直書），緊接着的是英、蘇、加、澳、法、荷等代表依序簽字，最後一個簽字的同盟國代表是紐西蘭的伊西特中將。

簽字完畢之後，旭日由東邊升上來，海上朝陽絢爛，象徵宇宙穹蒼，充滿浩然正氣，麥帥發表簡短的演詞說：「慘酷的大戰結束了，和平已經降臨大地，但望這一次世界大戰是人類最後一次大戰，這一次投降簽字，是最後一次的簽字。……」嗣後麥帥又向美國人民，同時也在向世界的人民作了如下廣播：「各位同胞，今天，巨砲已經寂然停止了它們的怒吼！最大的悲劇告終了。我們獲得了大勝利。天空中已再沒有死神的降臨。海洋只能用於通商，人們只要是在有太陽照耀的地方都可以挺胸闊步。全世界都爲祥瑞的和平所籠罩，神聖的使命已經被完成了！……在九十二年前，我們最懷念的同胞柏里提督曾經到過東京，現在，我們就在此地。他的目的是想把日本從世界的友誼與通商貿易上隔離了的一層簾幕除掉，給日本帶來了文明和進步時代。可是，最痛心的是他們把這些西洋科學所獲得的知識鑄造成專用來作壓迫及奴化人民的道具。發表的自由、行動的自由、思想的自由都被壓迫自由教育、助長盲信、武力鎮壓等邪力所否定。我們現在是要根據波茨坦宣言的精神，以受委託的身分來監視日本國民是否會被這種奴隸狀態下解放出來。而我的目的就是，如果我們能被委託的事項做到了徹底解除了武裝部隊及完全的軍事無力化程度，日本今後一定會達到非平面而是垂直性的大發展。假設這個民族能把他的才幹用在建設的方面，日本會從現在的悲慘狀態走向威嚴的地位」。（註二〇九）

現在距離「米蘇里旗艦」簽降的日子已經歷四十二年，納粹德國、法西斯意大利和日本軍閥鐵然地被打倒了，雖然日本正如麥帥所預料，已從戰敗當初的悲慘狀態中，因集中於和平建設工作，而走向威嚴的地位，並早已躍居經濟大國而冀圖向政治大國之途邁進，但不幸的是比當年的軸心國更可怕的極權主義接踵着崛發起來，共產主義氾濫了歐亞兩洲，西起非洲大陸的剛果，東迄東南亞的馬六甲海峽，甚至於韓國，波濤洶湧，擾攘不安，又豈是四十多年前，拋頭顱，灑熱血，爲自由而犧牲寶貴生命的同盟國將士們所能預料的？

至於當時，日本所簽署的投降書全文的內容如下：

一、余等茲對美利堅合衆國、中華民國，及大英帝國各國政府首腦，於公元一九四五年七月二十六日，於波茨坦宣布，爾後由蘇維埃社會主義共和國聯邦參加之宣言之條件，根據日本帝國政府及日本帝國大本營之命令，代表受諾之。（右開四國，以後稱之爲聯合國）

二、余等茲布告：無論日本帝國大本營，及如何地所有之軍隊，及日本支配下地區之一切，對於聯合國無條件投降。

三、余等茲命令無論如何地位之一切日本軍隊，及日本臣民，應立即停止敵對行爲，保存所有船舶，及軍用財產，且防止損毀，並服從聯合國最高司令官，及其指示對日本國政府各機關須遵從之一切命令。

四、余等茲命令日本帝國大本營，對於無論如何地位之一切日本國軍隊，及由日本國支配下之一切軍隊之指揮官，速即發布其本身或其支配下之一切軍隊無條件投降之命令。

五、余等茲對所有之官廳、陸軍及海軍之職員，命令其遵守且施行聯合國最高司令官為實施此投降文件認為適當而由其自己發出，或根據其委任發出之一切布告命令及指示。且命令右開職員，除由聯合國最高司令官或根據其事務委任解除之任務外，均須各自原有之地位，且仍行繼續各自之非戰鬥任務。

六、余等為天皇及日本國政府及其後繼者承約，着實履行波茨坦宣言之條項，發布其實施該宣言及聯合國最高司令官及其他將官，聯合國代表要求一切命令，且實施一切措置。

七、余等茲對日本帝國政府及日本帝國大本營命令，即速解放現由日本國支配之所有聯合國俘虜及被拘留者，且採取對彼等之保護、津貼、給養，及對指定地點之即速運輸等措施。

八、天皇及日本國政府統治國家之權限，置於為實施投降條款採用認為適當措置之聯合國最高司令官之限制之下。

至於在中國大陸的日軍投降經過情形為，日本駐華派遣軍自從日皇宣布投降後，自八月十五日起，便已停止了跟中國陸軍在地面上的戰鬥，北起山海關，南至海南島的日軍，統統就地駐防，秩序井然，等候中國最高當局的命令。日軍總司令岡村寧次大將，於八月十七日致電中國陸軍總部，請示有關投降一切事宜，並提議在江西玉山縣代表先行接觸，中國陸軍總司令何應欽上將，亦立即覆電，內文是：「玉山飛機場不能使用，請貴司令官八月二十一日派代表來湖南芷江機場接洽投降事宜，貴軍官兵在中國正規部隊到達時，卻要堅守原有陣地，不能隱匿、破壞與及擅自移交一切輕重武器、物品等。」

蓋因當日本宣布投降之後，中共的「八路軍」和「新四軍」，立即向淪陷區挺進跟國府的軍隊搶先「

接收」、「受降」，並且在山東、察綏等地跟國軍發生了一連串的戰鬥衝突，所以何應欽將軍才有上述的指令。八月二十一日，日軍駐華軍果然遵照中國陸軍總部的指使，派遣洽降代表今井武夫少將（日本駐華軍參謀長）等五人飛抵芷江，與中國陸軍總部參謀長蕭毅肅中將交涉投降事宜，二十三日回南京覆命，八月二十七日，中國國軍先頭部隊，及前進指揮所主任冷欣中將，由芷江飛抵南京，安排受降事宜。

至於日本向中國國民政府投降的投降書，則於九月九日午前九時，在南京黃埔路中國陸軍總司令部內舉行。中國受降代表爲陸軍總司令何應欽上將，日本簽字於投降書者，爲駐華最高司令官岡村寧次大將，其投降書全文如下：

一、日本帝國政府及日本帝國大本營，已向聯合國最高統帥無條件投降。

二、聯合國最高統帥第一號命令，規定在中華民國（東三省除外）臺灣與越南北緯十六度以北地區內的日本全部陸、海、空軍與輔助部隊，應向　蔣委員長投降。

三、吾等在上述區域內的全部陸、海、空軍及輔助部隊的將領，願率領所屬部隊，向　蔣委員長無條件投降。

四、本官當立即命令所有上述第二款所述區域內的全部日本陸海空軍各級指揮官，及其所屬部隊，與所控制之部隊，向　蔣委員長特派受降代表中國戰區中國陸軍總司令何應欽上將，所指定的各地區受降主官投降。

五、投降的全部日本陸、海、空軍，應立即停止敵對行動，駐留原地待命，所有武器彈藥，及器材補給品、情報資料、地圖、文獻、檔案，及其他一切資產等，當暫時保管，所有航空器材，及機場一切設備，與船舶、車輛、碼頭、工廠、倉庫，及一切建築物，以及現在上述第二款所述地區內日本陸、海、空軍或其他控制部隊，所有或所控制之軍用或民用財產，亦均保持完整，全部待繳於　蔣委員長及其代表接收。

六、上述第二款所述區域內，日本陸、海、空軍所有聯合國戰俘，及拘留的人民，立予釋放，並保護送至指定地點。

七、自此以後，所有上述第二款所述地區內的日本陸、海、空軍當即服從　蔣委員長的節制，並接受蔣委員長及其代表何應欽上將所頒發的命令。

八、本官對本投降書所列各款，及　蔣委員長與其代表何應欽上將，以後對投降日軍所頒發的命令，當立即對各級軍官及士兵，轉達遵照。上述第二款所述地區的所有日本官佐士兵，均有完全履行此類命令之責。

九、投降的日本陸、海、空軍中任何人員，將於本投降書所列各款，及　蔣委員長與其代表何應欽上將，嗣後所授之命令，倘有未能履行，或遲延情事，各級負責官長，及違犯命令者，願受懲罰。

自是日軍在中國各戰區者，即於昭和二十年（民國三十四年，一九四五年）九、十月內，分別向國民政府主席　蔣委員長所指派的主官投降，駐臺灣的日軍（包括陸軍三十萬人，海軍十萬人，及當時佔全日本可動飛機數三分之一的八百架飛機），亦於十月二十五日投降，而中國八年的對日抗戰之軍事以終。日本投降時在中國戰區（東三省除外）的兵力約爲一百三十萬人。中國所得的戰利品爲步鎗輕重機關鎗共七七六、〇九六枝，大礮一二、四六六門，戰車裝甲車五五四輛，飛機一、〇八六架，海軍船艦五萬四千六百餘噸。應該遣送回國的日俘與日僑合計爲二百零三萬九千九百七十餘人，分別集中於沿海都市，由美國海軍協助提供登陸艇八十五艘、自由輪一百艘，於一九四五年十月開始遣送，至翌年七月全部遣送完畢。

對日八年又一月的抗戰，最終雖獲得最後勝利，日本軍民固然死傷嚴重（參閱附表）但中國的損失無可計算，自民國二十六年（一九三七年）七月至民國三十二年（一九四三年）七月爲止的六年間，日軍攻陷中國的城市總數達七五一處，內有四六七處曾遭受直接的戰禍，另二十二縣城區雖未陷敵，但其縣境也有一部爲敵寇所侵佔。陷區內至少有半數以上的地域曾經作過一次或多次的戰場。至於後方地域，在敵機經常襲擾之下者，至少有二三個省區遭受了輕重不同的轟炸災禍。災區內所損失的如以民國二十五年（一九三六年）上海對美滙價予以折合計算，約當美金一三、三五九、四一六千元（即國幣四四、九六七、五七一千元），若以戰前全國人口總數爲準，每人平均負擔約爲國幣九十四元（折合美金爲二十八元），比之庚子賠款約在六十四倍以上。分別言之，傷亡官兵三百三十一萬一千四百十九人及平民在八百四十二萬人以上，其傷亡比率約爲千分之一六以上，折計生命價值至少不下於國幣一〇、七五八、五七六千元。損毀財產設備達一五、四二七、〇八五千元，約佔中國國富總額（包括土地價值在內）的十分之一。喪失重要物產資源，包括農礦及海洋所產，共約一三、九八九、九七七千元。此外日軍更利用佔領實權，擅自向中國淪陷區民衆征稅及濫發鈔票，此種經濟負擔亦在四、七九一、九三三千元以上。（註二一〇）若以一九三七年六月的美金計算中國之損失達三百十三億三千十三萬六千美元，若以日本當時（以一九三七年爲準）一般會計歲出七億七千萬美元計算，以其每年歲出之全額作爲賠償，幾乎需半個世紀才能償還戰債。此外日軍對於婦女姦殺之慘酷無人道的行爲，更不知凡幾。

日本在太平洋戰爭中之死傷者情況表

（單位：人）

類別	總數	死亡	負傷行方不明
陸軍	一、四三五、六七六	一、一四〇、四二九	二九五、二四七
海軍	四二九、〇三四	四一四、八七九	一四、一五五
軍人軍屬計	一、八六四、七一〇	一、五五五、三〇八	三〇九、四〇二
一般國民	六六八、三一五	二九九、四八五	三六八、八三〇
總計	二、五三三、〇二五	一、八五四、七九三	六七八、二三二

（日本經濟安定本部：「太平洋戰争による我國の被害總合報告書」）

註釋

註一：參閱張國淦編著：「辛亥革命史料」一〇一—一〇三頁。

註二：「犬養木堂傳」七一六—七一九頁。

註三：當一九一一年十月十日武昌起義之後，革命軍於同月十二日發表宣言，照會駐漢口之各國領事，照會文云「清廷時代與各國所締結之條約，繼續有效。對於外國的賠償或外債等，必按照原來之條件履行，對於外國人之生命財產必給予完全的保護」；而一九一二年（民國元年）一月一日　孫中山先生在南京就任臨時政府的臨時大總統時，亦以政府名義發表宣言，其中有云：「革命以前之諸條約、外債等一概予以尊重。又外國人之既得權亦必予以承認」。由此可知日本之藉口恐革命軍危害其在華權益，而派軍艦至長江下游一帶，監視革命軍的行動，實爲侵略中國行動之表現。

註　四：「日本外交文書」第四四—四五卷別册五〇—五一頁。

註　五：サンケイ新聞社：「蔣介石祕錄」第三卷，中華民國の誕生一〇六—一〇七頁。

註　六：參閱 Foreign Relations of the United States, 1912, p. 50.

註　七：參閱 A.M. Poolay, Japan's Foreign Policy, London, 1920, pp. 62-64.

註　八：日本民間及民黨人士資助同情　孫中山先生所領導的中國革命事業者有久原房之助、犬塚信太郎、山田良政、宮崎滔天、萱野長知、副島義一、寺尾亨、犬養毅、大石正巳、尾崎行雄、兒玉源太郎等（詳閱陳固亭著：「國父與日本友人」一書）。

註　九：日本民間爲了支援革命軍而組織的結社有小川平吉、內田良平、宮崎寅藏、古島一雄等的「有隣會」，輿論界的「支那問題同志會」，根津一的「東亞同文會」，另有「太平洋會」等。（參閱曾村保信著：「近代史研究」一三八—一四〇頁）

註一〇：日本售軍火給清廷乃由日本駐中國的軍火商「泰平組合」（由大倉組、三井物產及高田商會幾家大貿易公司所組成，與日本軍部及大財閥有密切關係）代理店北京大倉洋行與清廷陸軍部締結契約（一九一一年十月二十三日簽訂）。清廷購買軍火費約總額爲二百七十三萬二千六百四十日圓，分三期付款，利息爲八分五厘。但這一契約成立未久，清廷便壽終正寢。這筆債務後來由袁世凱付償，當時清廷向日本購買之軍火爲步槍一萬六千枝、子彈六四、〇〇〇萬發、砲彈三十萬個。

至於日本售賣軍火給革命軍亦由大倉洋行出面，一九一一年十二月由「雲海丸」密輸步槍一萬枝至上海賣給革命軍，翌年一月八日，又用「巴丸」密輸步槍一萬二千枝、子彈二千萬發、機關槍六門、山砲六門、砲彈五千發至南京向革命軍交貨（參閱「日本外交文書」第四四—四五卷別册一七〇頁及一八一—一八二頁）。

註一一：按照會田勉所著的「川島浪速翁」一書之記載，川島與善耆所簽訂的誓約書原文如下：

和碩肅親王現因希望復興大清宗社、滿蒙獨立，並謀日清兩國特別之睦誼，增進兩國福利，維持東亞大局，貢獻世界和平爲宗旨，因力不足，猶願大日本國政府之贊成援助，以期大成。如此豫先以左開條件，向大日本國政府爲信誓，以後清國權利所至之處，卽大日本國權利所至之處也。

第一條：南滿鐵路、安奉鐵路、撫順煤礦、關東州、旅順、大連一帶日本所得權利等件，以後展爲長期以至永久。

第二條：吉長鐵路、楡奉鐵路、吉會鐵路，其他將來於滿蒙布設一切鐵路，均俟獨立之復興，大日本政府協商可從其如何辦法。

第三條：鴨綠江森林，其他森林，漁業，開墾牧畜，鹽務，礦山等之事業均協商以爲兩國合辦。

第四條：於滿蒙地方，應允日本人之雜居事宜及一切起業。

第五條：外交、財政、軍事、警察、交通及其他一切行政，皆求大日本國之指導。

第六條：以上所訂之外，如大日本國政府有須協商之件，統求指示，定當竭誠辦理。

註一二：Foreign Relations of the United States, 1912, p. 68. 及サンケイ新聞社：「蔣介石祕錄」第三卷，中華民國の誕生二一九頁。

註一三：參閱 Foreign Relations of the United State, 1912, pp. 115 ff. ，及日本外務省研修所著：「近代外交史抄」第一講辛亥革命と新政府の承認。

註一四：參閱日本外務省研修所前揭書第一講辛亥革命と新政府の承認。

註一五：清澤洌著：「現代日本文明史」(3)外交史三五五頁。

註一六：清澤洌前揭書三五五頁。

註一七：渡邊幾治郎著：「日本戰時外交史話」一七二頁。

註一八：包滄瀾編著：「日本近百年史」（下）八九頁。

註一九：清澤洌前揭書第三五七頁。

註二〇：伊藤正德著：「加藤高明」（下）八九頁。

註二一：田村幸策著：「最近支那外交史」上卷，四四九－四五一頁。

註二二：清澤洌前揭書三五八頁及「日本外交文書」大正三年第三冊，一四五—一四六頁。

註二三：W. Churchill, The World Crisis, 1911-1914 (London, 1923), p. 292.

註二四：The British Documents on the Origins of the War, 1899-1914, Vol. XI, p. 256.

註二五：讀賣新聞社編：「日本の歷史」⑿世界と日本三一頁。

註二六：清澤洌前揭書三六〇頁。

註二七：清澤洌前揭書三六〇頁。

註二八：參閱王芸生著：「六十年來中國與日本」卷六，五三—五七頁及三三—三九頁。

註二九：參閱外交部編：「外交公報」第四期專件一九—二一頁。

註三〇：參閱王芸生前揭書卷六，七一頁。

註三一：照會外文見「外交公報」第四期專件二三頁。

註三二：日本照會原文見「外交公報」第四期專件二三—二四頁。

註三三：日本外務省外交文書（大正四年一月十八日，日置益致加藤電第二八號，極密）。

註三四：美國總統威爾遜於一九一五年五月十一日向中日兩國政府發表下列之宣言：「中日兩國政府，無論有何同意或企圖，如有妨害美國國家及人民在中國條約上之利益，或損害中國政治上領土上之完整，或損害關於開放門戶商工業均等之國際政策者，美國政府一律不承認」。

註三五：日本於一九一七年三月與英、法、俄、意四國訂立密約，獲得保證日本在戰後允許收領赤道以北德國所有各島嶼，及承認德國在山東省之權利後，乃派外相石井菊次郎爲特派大使訪美，於一九一七年十二月二日，石井與美國國務卿藍辛(Lansing Robert)成立所謂「石井藍辛協定」，發表宣言，其要旨如下：「日本政府及美國政府承認於領土相接壤之國家，產生特殊之關係，因之美國政府承認日本在中國接壤地方，有特殊之關係，因之美國政府承認日本在中國接壤地方，有特殊利益。中國之領土主權完全存在，美國政府信賴日本國屢次之保障。日本雖以地理位置關係，有上述之特殊利益，然對於他國通商，不至予以不利之差等待遇，亦不漠視中國在條約上許與他國商業上之權利。日本與美國政府聲明毫無侵害中國獨立，與其領土完整之意圖。對於在中國之門戶開放與機會均等主義，兩國聲明擁護。將來凡以特殊權利侵害中國之獨立與領土完整，或妨礙各國人民享有工商業上均等之機會者，兩國政府相互聲明，不問任何政府獲得者，皆反對之」。

此項宣言雖然聲明門戶開放機會均等，但已承認日本接壤地方有特殊利益（Special interest ——按石井最初關於「特殊利益」主張用 Paramount interests ——但藍辛卻認為應採用 Special interest and influence 字眼，後來改為 Special interest。此協定發表後，中美輿論皆激烈反對，直至一九二三年四月十四日華盛頓會議開會，由美國之提議，始聲明取消該宣言。

註三六：讀賣新聞社編：「日本の歷史」⑿世界と日本六六頁；岩波書店：「日本歷史」⒆現代②四二頁。

註三七：清澤冽前揭書三八四頁；時野谷勝、秋山國三著：「現代の日本」五四頁。

註三八：井上清著：「日本の歷史」（下）二二六頁。

註三九：外交文牘，中日軍事協定案一頁。

註四〇：劉彥原著，李方晨增補：「中國外交史」五二六頁。

註四一：參閱井上清、鈴木政四著：「日本近代史」二四九—二五〇頁。

註四二：Peking Tientsin Times, March 22, 1918.

註四三：臼井勝美著：「日本と中國」一三一頁。

註四四：臼井勝美前揭書一三二—一三三頁及關寬治著：「現代東アジア國際環境の誕生」一九七—一九八頁。

註四五：劉彥原著李方晨增補前揭書五二八頁。

註四六：英法意日美五國駐華公使於民國七年（一九一八年）十二月二日赴總統府，同日駐廣州五國領事赴軍政府提出如下之同一的所謂「和平勸告書」，其內容為：

「中國南北糾紛，已亙兩年，實為英美法意日五國政府所深憂，此不祥之紛爭，不但敗壞中國自身之康寧及各國之利益並與德奧敵人以可乘之機會，且阻害中國對於聯合五國之協力。今危機漸過，列國方謀國際和平正義之實現，為世界的組織，而中國內訌不息，是為成此大業之阻害。

五國政府對於中國大總統有妥協內訌之措置，南方諸首領亦有解決糾紛之決心，深為欣幸。惟願雙方當局，排除個人之感情與法規枝節之見解，而顧念理法之大則，與國民之福祉，以成就國內和平之實舉，則不勝同情期待者也。

關於中國解決內訌之辦法，五國政府無何等干涉之企圖，亦不指示何等妥協之特殊條件，或左右之意志，全由中國人士自己協定之。五國政府不過對於中國南北兩方，熱望和平統一，與以聲援。又希望中國國民，參與列國企圖改革世界之偉業，而發揚傳來之國威耳」。

註四七：參閱「一九一九年南北議和資料」二六〇－二六五頁。

註四八：一九一八年（民國七年）十月三十日，由日本政府嗾使公使團向北京政府提出參戰不力之覺書的內容為：①中國政府利用對德奧宣戰，取得緩交義和團賠款，與關稅餘款，不經營生產，增進實力，以助協約國戰時之物資，而徒供國內黨派私爭之用。②中國參戰機關訓練之軍士，不以之參戰而供國內戰爭之用。③中國政府任津浦隴海鐵路為土匪所擾亂，不敢嚴行取締，使協約國政府與人民之資本，被土匪直接損害。④中國政府不諮詢協約國，逕派使節與羅馬法皇訂約，有受敵國人運動之嫌疑。⑤中國政府對於德亞銀行敵國人之財產，不切實查封。⑥敵國人在上海天津營業，並為其他活動，中國政府不阻止。⑦對敵通商禁止條例，雖經宣布，不切實施行。⑧北京順利飯店，純然敵國人之營業機關，中國政府不查封。⑨黑河道尹，資助俄國過激派軍餉，協約國數次提請更換，中國至今不照辦。⑩在中國逞陰謀之敵國人，不能收禁拘束之。⑪天津庫倫地方官，捕審敵國間諜，拒絕協約國領事觀審，又不嚴重處分。⑫中國政府迅速完全履行以上各條，則歐洲議和時，得享協約國同等之權利。

註四九：參閱劉彥原著李方晨增補前揭書五四四－五四六頁。

註五〇：北京政府之所以任命王正廷為代表者，一則表示外交上願與南方軍政府合作，一則表示中國對外仍為一致行動。

註五一：劉彥原著李方晨增補前揭書五四二－五四三頁。

註五二：中國出席巴黎和會代表第一次提案內容為：

一、凡中國政府與各國政府或私人所訂條約或合同，有許一國或一國以上或私人之特別利益，特別專享之權利，以及各種勢力範圍而爲他最惠國所不能享者，提議修改之。

(1)中國土地雖租借於某一國者，應歸還中國，或改爲各國公共居留地，但租借地內之軍港，應先一律劃還中國。

(2)專管租界，改爲各國公共居留地，德奧租界已歸中國管理，不在此內。

(3)凡以外資外債，建造已成或未成或已訂合同而尚未開工之各鐵路，概統一之，其資本及債務合爲總債，以各路爲共同抵押品，由中國政府延用外國專門家，輔助中國人員經理之。俟中國還清該總額之日爲止，各路行政及運輸事宜，仍須遵守中國法律，概由交通部指揮之。

(4)凡與各國訂立關係鐵路之合同中，有許與鐵路附屬地，及類似附屬地之一切權利，概廢止之。

(5)凡礦權及農工業權，已訂立契約與某一國政府或私人，而於其區域內有壟斷性質，並有防礙中國主權或門戶開放主義者，一并取消之。

(6)各國在中國所設郵電機關，有礙中國主權，及郵電統一者，概撤廢之。

二、領事裁判權，照下列條件撤廢之：

(1)審判制度完全成立。

(2)民刑商及訴訟各法典，完全公布實行。

上列二款評定按年籌備進行清單，以若干年爲完成年限。

三、關稅稅則，應比照各國商約互惠主義，由中國自由規定，但未實行以前，先照下列各款辦理：

(1)中國應行銷廢釐金制度。

(2)洋貨進口稅，尋常品物，值百抽十二點五，奢侈品值百抽二十五至四十。

(3)設立估價委員會。

(4)土貨出口稅，酌量減免。

四、辛丑條約所規定各國屯駐中國全國境內之軍隊警察，訂明若干年撤去之，此外各國在中國境內之軍隊警察，除租界外，應撤去之。

五、辛丑條約於所定分年應交之各國賠款，此後概請停止。惟該款仍由中國海關專款存儲，以爲振興教育之用。

註五三：五四運動時，軍人名流等紛紛贊助學生之愛國運動，例如張謇（季直）曾致電北京大總統云：「政府卽甘自殺，人民寧不求生。……報載將有安福派繼長教育之說；安福何派，派有何人，江海野人，無暇聞此。惟聞前此出錢收買議員，卽此派人，則掃蕩國人之廉恥者，此派人也。煽播政府之酷毒者，亦此派人也。若以此派人主持教育，豈將夷全國於牛馬襟裾之列乎？抑將薰學子以犬豖盲躁之臊也。全國學生，正當盛氣之時，此令若頒，一波又起」。反對安福系的軍人吳佩孚等也通電全國，斥責北京政府曰：「彼莘莘學子激於愛國熱誠，而奔走呼號，……既非爲權利熱中，又非爲結黨活動，其心可憫，其志可嘉，其情更有可原。……如必以民氣可抑，衆口可緘，竊恐衆怒難犯，……大獄之興，定招大亂，其禍當不止於罷學罷市已也」。

註五四：李守孔編著：「中國現代史」七八頁。

註五五：自一九一六年（民國五年，大正五年）開始，針對着美國之擴張海軍政策，當日本計畫八八艦隊（戰艦八艘、巡洋艦八艘爲基幹）時，美國則以三年計劃（戰艦十艘、巡洋戰艦六艘、巡洋艦十艘及其他艦艇百餘艘，計劃在三年之內建造之）以對抗之。至於英國亦以五萬噸戰艦四艘贊助美國參加競爭，因而形成日美在亞洲國際舞臺上之對峙。

註五六：一九二〇年（民國九年，大正九年）一月十九日，日本駐北京公使小幡赴外交部，提出由中日直接交涉山東問題懸案之通牒。其全文爲：「對德和約，現已發生效力，日本政府擬履行從前屢次宣言，將膠州灣交還中國，關於山東善後各事，擬由貴我兩國組織委員會，商議解決。至山東鐵路沿線之日本軍隊，亦不必待新約成立，卽可撤退，希望貴國組織巡警隊保護鐵路，惟組織未完備以前，日本軍隊仍暫存留，以保持貴我兩國之利益，希望貴國政府體諒斯旨」。

註五七：劉彥厚著李方晨增補前揭書五八〇頁。

註五八：參閱日本國際政治學會編：「日本外交史研究——第一次世界大戰」六七—七二頁。

註五九：日本外務省文書：「日英協約更新一件」（駐英林公使致外相電報，第八一三號極祕，一九二一年七月六日到）。

註六〇：清澤洌前揭書四〇五頁。

註六一：參加華盛頓會議之代表之中顧維鈞、王寵惠及施肇基三位由北京政府所派，伍朝樞係因　孫中山先生為非常大總統而北京政府請其派赴參加會議者，但伍氏並未前往參加會議。

註六二：俞誠之記，葉遐菴述：「太平洋會議與梁士詒」一二八—一四五頁。

註六三：中央黨史委員會編：「國父全集」第一冊，八四三—八四四頁。

註六四：大正年間的三次裁軍情形如下：

第一次裁軍是加藤友三郎內閣時代，由陸相山梨半造主持，時為大正十一年（一九二二年），其要點是師團的番號仍舊，將步兵聯隊（團）原有的十二個中隊的基本編成縮減為九個中隊（連），騎兵聯隊的三個中隊縮減為兩個中隊，並撤銷三個野砲兵，六個聯隊，山砲一個聯隊及重砲一個大隊（營），而另編成兩個野戰重砲聯隊，飛行兵兩個大隊，騎兵一個大隊及機關槍若干。總共裁減軍官二千二百六十八名，准尉軍士兵卒六萬三千三百名，馬匹二萬三千頭，節省經費三千六百萬圓（約合當時陸軍軍費的一五％），在兵力上的裁減將近五個師團左右。同時期海軍亦整編約四成以上。

第二次裁軍在大正十二年（一九二三年），亦由山梨陸相所推行，但這次只是撤銷仙臺幼年學校、鐵道材料廠及軍樂隊零星機構為止。

第三次裁軍在大正十四年（一九二五年），由宇垣一成陸相執行，一舉撤銷了四個師團（十三、十五、十七、十八），裁撤官兵三萬六千九百人，馬匹五千六百頭。

以上三次裁軍，約裁減陸軍兵力之三分之一。

註六五：幣原和平財團編：「幣原喜重郎」二五九頁。

註六六：參閱幣原和平財團前揭書二六二—二六六頁。

註六七：宇治田直義著：「幣原喜重郎」八三—八四頁。

註六八：包滄瀾編著：「日本近百年史」（下）一五一頁及大津淳一郎著：「大日本憲政史」五五〇頁。

註六九：幣原和平財團前揭書二七七—二七八頁。

註七〇：參閱幣原和平財團前揭書二七七—二七八頁。

註七一：參閱讀賣新聞社編：「日本の歷史」⑿世界と日本一二六－一二七頁；伊藤正德著：「軍閥興亡史」第二卷一一六頁；重光葵著：「昭和の動亂」上卷一四頁。

註七二：戴季陶著：「日本論」六八頁。

註七三：戴季陶前揭書九三頁。

註七四：重光葵前揭書上卷三二頁。

註七五：芳澤謙吉著：「外交六十年」八八－八九頁。

註七六：朝日新聞社編：「史料明治百年」四七八頁。

註七七：吉田茂總領事爲實行其強硬手段曾與關東軍高級參謀河本大作上校，及奉天特務機關等籌畫，擬由關東軍或朝鮮軍，獨斷的將田中訓令中授權的高壓手段付之實施，以迫使東三省當局之就範，同時並向本國政府聲請迅速授權取強硬手段以強迫東三省當局就範之必要。

註七八：朝日新聞社編：「太平洋戰爭への道」第一卷二九二頁。

註七九：朝日新聞社前揭書第一卷二九七頁。

註八〇：伍朝樞向芳澤公使之抗議照會文參閱傅啓學者：「中國外交史」二九七－二九八頁。

註八一：參閱朝日新聞社前揭書第一卷三九四－三九五頁。

註八二：顧維鈞著：「參與國際聯合會調查委員會中國代表處說帖」一五五頁。

註八三：重光葵前揭書上卷三六頁。

註八四：朝日新聞社前揭書第一卷三〇九頁。

註八五：伊藤正德前揭書第二卷一三七－一三八頁。

註八六：東京裁判記錄一八一八－一八二〇頁。

註八七：參閱 Y.C. Maxan; The Control of Japanese Foreign Policy, pp. 74-75. 原用文書補編英文本，張作霖之暗殺一一一頁。

註八八：參閱同註八七頁。
註八九：重光葵前揭書上卷四二頁。
註九〇：顧維鈞前揭書一五六頁。
註九一：張作霖被炸殺後，日本方面，關於「山本、張協定」所涉及的鐵路問題交涉，委由南滿鐵路公司專任處理，該公司總裁東本條太郎爲促成由其自身親自參與談判的鐵路問題早日完滿解決起見，曾提議由日本在縮小商租權期限及放棄課稅權與警察權等方面讓步，以期早日獲得鐵路問題的解決。當林奉天總領事返日述職時，曾在山本滿鐵路總裁社宅與外務省森恪政務次官、吉田茂次官、有田亞洲局長以及松岡洋右滿鐵副總裁等集議會商，就上述山本讓步案進行討論，以謀打開鐵路交涉問題的僵局，但終因森恪反對，山本的提案，遂無疾而終。
註九二：自第一次世界大戰以來，日本因在山東省獲得多種權益乃有移民前來山東省，在民國十六年五月時其數目達二千餘名。
註九三：井上清、鈴木正四著：「日本近代史」（下）一五六；遠山茂樹、今井清一、藤原彰等著：「昭和史」三九頁。
註九四：羅香林著：「中國通史」（下）二六二頁。
註九五：江口圭一著：「日本軍國主義史論—滿洲事變前後」三三頁。
註九六：遠山茂樹、今井清一、藤原彰前揭書四五頁。
註九七：張健甫著：「中國近百年史教程」三二〇—三二一頁。
註九八：高蔭祖編：「中華民國大事記」二八六頁。
註九九：白木正之著：「日本政黨史」（昭和篇）四八頁。
註一〇〇：參閱陳昭成著：「日本之大陸積極政策與九一八事變之研究」五九—六三頁。
註一〇一：幣原和平財團前揭書三八三—三八四頁。
註一〇二：參閱幣原和平財團前揭書三七二—三七三頁。
註一〇三：重光葵前揭書上卷四一頁。
註一〇四：佐分利貞男公使自殺案件，警察當局鑑定係自殺但是幣原外相對此始終表示懷疑（參閱幣原和平財團前揭書三八八頁）。

註一〇五：參閱幣原和平財團前揭書三八八頁。

註一〇六：參閱朝日新聞社前揭書第一卷三九五—四〇一頁。

註一〇七：參閱外交部白皮書二十六號，說帖第八號一三七—一四六頁。

註一〇八：朝日新聞社前揭書第一卷四〇二頁。

註一〇九：遠山茂樹、今井清一、藤原彰等前揭書七九頁；朝日新聞社前揭書第一卷四三九頁，及同書第二卷四頁；森島守人著：「陰謀、暗殺、軍刀」五二頁；東京裁判記錄第一，八八九〇—八八九二頁。

註一一〇：東洋經濟新報社編：「石橋湛山全集」，第八卷二〇—三〇頁。

註一一一：參閱朝日新聞社前揭書第二卷二六頁及遠山茂樹、今井清一、藤原彰等前揭書七九頁。

註一一二：朝日新聞社前揭書第二卷二八頁。

註一一三：九一八事變發生後，中國政府先後三次向日本政府提出嚴重抗議，其內容大要爲：①日本軍突向遼寧中國軍攻擊，佔領遼寧省城等行動，實爲蔑視非戰公約。②中國軍隊毫無抵抗，而日本軍仍繼續攻擊，發生多數之死傷，其責任須全由日本政府負責之。③日本政府須迅速電令關東軍，從佔領區域，卽時撤退，以回復事變前之原狀。④中國政府聲明保留正當賠償要求之提出權。⑤在第三次抗議中更強調日本政府無視前項之兩次抗議，日本軍隊之行動範圍日益擴大，事態愈趨重大化，日本蔑視國際公法及國際條約，破壞東亞和平之責任益爲重大，切望日本政府卽時停止一切軍事行動（參閱李執中著：「日本外交史」二九一—二九二頁。）

註一一四：一九三一年十月十一日間，國際主要國家負責人，曾商討對日經濟制裁問題，但因英美執政之最高當局，皆曾反對對日之經濟制裁，終致未獲成功（參閱 Viscount Robert Cecil, A Great Experience, pp. 226, 247-248; Survey of International Affairs, 1932, pp. 527-528 -- edited by Arnold J. Toynbee, Royal Institute of International Affairs, London.）。

註一一五：參閱朝日新聞社前揭書第二卷三八二—三八三頁。

註一一六：遠山茂樹、今井清一、藤原彰前揭書八五—八六頁。

註一一七：日本輸往中國的貿易額，自一九二五年的四億六千萬圓，至一九三〇年降爲二億二千萬圓，一九三二年更降至一億三千萬圓，其後二年，每年只有一億一千萬圓，足見抵制日貨運動之成功。（參閱米次秀夫著：「對日ボイコットと民族ブルジョア階級」（中國近代化と日本）一二三頁）。

註一一八：川島浪速於一九一二年二月的「支那分割案」，曾得朝鮮總督寺內正毅的許可，亦得日本陸軍的暗助，擬推立前清肅親王善耆及蒙古喀喇沁親王巴林同建滿蒙王國。日本軍官參與其事者有高山公通上校、松井清助上尉及多賀宗之少校諸人（參閱日本外務省編：「日本外交年表並主要文書—一八四〇年至一九四五年」上册二五六頁及「日本外交史研究」（大正時代）五三—五六頁）。

註一一九：所謂「滿蒙自由國建立案大綱」之內容如下：

甲、機構

(a)、滿蒙獨立國應爲民主政府。(b)、滿蒙獨立國分爲六省區，即①奉天省、②吉林省、③黑龍江省、④熱河省、⑤東省特別區、⑥蒙古自治區。(c)、滿蒙政治應先採聯省自治制，逐漸集權於中央政府，各省區權力，逐漸縮小，軍事、租稅、司法由中央政府辦理。(d)、滿蒙獨立國應爲立憲政治。(e)、各區縣市應爲自治制。

乙、滿蒙獨立國與日本之關係。

(a)、國防委託日本辦理。(b)、國防經濟，如鐵路航空路等由日本完全統制。(c)、設置顧問府，聘日本人爲顧問，使爲指導監督滿蒙新國之機關。條約及重要法令，日本顧問有同意權（朝日新聞社編：「太平洋戰爭への道」第二卷一七二—一七三頁）。

註一二〇：片倉衷著：「機密作戰日誌」十月三日記。

註一二一：參閱溥儀著：「我的前半生」下册二四一—二四四頁。

註一二二：參閱溥儀前揭書下册「潛往東北」一章。

註一二三：參閱張餘生著：「倭製滿洲國」七四—七六頁。

註一二四：東京裁判記錄三九九五頁。

註一二五：外交部白皮書第二十四號一五〇頁。

註一二六：滿洲外交部出版，大同元年（一九三二年）十二月印行。

註一二七：根據東京裁判記錄一，八六六〇頁記載，在「滿洲國」成立存續的十四年歲月之中，承認它的國家有薩爾瓦多、意大利、德國、匈牙利、羅馬尼亞、保加利亞、哥羅底亞、泰國、丹麥、蘇聯、日本等十三國。除日本於一九三二年，薩爾瓦多爲一九三四年承認外，餘皆在蘆溝橋與珍珠港兩事變之後。

註一二八：楊敬慈著：「日本大陸政策之大進展」（載於「國聞周報」第十卷第三十七期）。

註一二九：參閱亞洲文化出版社印行：「近三十年日本祕史」六一－七〇頁。

註一三〇：秦純德著：「秦純德回憶錄」一〇七頁。

註一三一：一九三四年（民國二十三年，昭和九年）四月十七日，日本外務省情報司天羽發表的聲明之內容計有四點：①日本在中國有特殊關係，故日本的態度，應與各國不同。②日本爲保持東亞的安定，故對中國不得不採取單獨的行動。③日本反對中國利用他國（按指英美）勢力，以圖抗拒日本的任何行動。④滿洲上海兩事變後，凡國際與中國技術上或金融上的援助，要釀成共管或瓜分中國的局勢，日本決然反對。這個聲明，如果實現，中國固然要降爲日本的保護國，連英美在遠東的勢力，也只有全部撤退。這個聲明可說是日本撕毀九國公約，獨霸遠東的初步試驗。

註一三二：拙著：「日本政黨史」二〇六頁及「戰前日本政黨史」二七〇－二七一頁。

註一三三：清水節郎手記，秦郁彥編：「蘆溝橋事件」。

註一三四：蘆溝橋事變的詳細經過參閱王冷齋著：「七七回憶錄」（載於民國二十七年七月七日重慶、香港的各日報）。

註一三五：柯魯著：「在日十年」。

註一三六：中國抗戰的四個時期作戰方針詳閱何應欽著：「抗戰經過簡述」（載於「何上將抗戰期間軍事報告」上册六七－七〇頁）。

註一三七：高天原譯：「日本政界二十年」八頁。

註一三八：參閱伊藤正德著：「軍閥興亡史」第三卷二二一－二二六頁。

註一三九：當七七事變發生時，日本陸軍兵員達四百四十八萬餘人，海軍艦艇約一百九十餘萬噸，空軍有飛機二千七百架。中國軍隊方面，陸軍兵員一百七十餘萬人，又壯丁已訓練完畢者約五十餘萬人，海軍艦艇僅十萬噸，空軍各種飛機共約六百架（參閱張其昀著：「中華民國史綱」㈣四四頁）。

註一四〇：陶德曼大使轉達日本所提和平條件後，當時中國因軍事節節失利，若干將領如白崇禧、顧祝同等都勸　蔣委員長重視和談問題，政府委員中如白崇禧、顧祝同、徐永昌、唐生智等亦主張可以談判，但于右任、居正、孔祥熙、何應欽、陳果夫、陳布雷、徐謨、徐堪、陳立夫、翁文灝、邵力子、張羣、董顯先等均持異議。惟　蔣委員長則始終持保留態度，而汪精衛卻主張談判。（參閱朱子家著：「汪政權的開場與收場」第五冊二二頁）。

註一四一：國家總動員法於一九三八年（昭和十三年，民國二十七年）三月二十四日在國會通過後，於四月一日以法律第五十五號公布，並自五月開始實行，其實行地區除日本本土之外，擴及於朝鮮、臺灣、樺太等地，六月禁止棉製品之製造販賣，繼之又公布多種統制法規，從事禁用汽油而代之以木炭，國民不准穿西裝一律穿所謂國民服。根據總動員法而制定的戰時統制法規有國民徵用令、物資統制令、國民勤勞報國協力令、賃銀統制令、配電統制令、小作料（佃農費）統制令、會社經理統制令、新聞紙等揭載統制令、國民職業能力申告令、國民服令、學校技能者養成令、土地工作物管理使用收用令等，採取嚴格的統制經濟，影響所及國民生活的衣食住受到嚴重的影響。

註一四二：參閱東鄉茂德著：「時代の一面」一〇八頁及一一七－一一八頁。

註一四三：參閱張其昀著：「中華民國史綱」㈣四二－四三頁。

註一四四：引自張其昀前揭書㈣四三－四四頁。

註一四五：參閱拙著：「日本政黨史」二〇九－二一〇頁及「戰前日本政黨史」三七七－三七九頁。

註一四六：參閱朱子家著：「汪政權的開場與收場」第一冊一四－一五頁。

註一四七：當時總統　蔣公擔任國防最高會議主席，汪精衛擔任副主席。

註一四八：汪精衛於民國二十七年十二月二十九日發出之豔電原文如下：

重慶中央黨部，　蔣總裁，暨中央執監委員諸同志均鑒，「今年四月，臨時全國代表大會宣言，說明此次抗戰之原因，曰：『自塘沽協定以來，吾人所以忍辱負重與日本周旋，無非欲停止軍事行動，採用和平方法，先謀北方各省之保全，再進而謀東北四省問題之合理解決，在政治上以保持主權及行政之完整爲最低限度，在經濟上以互惠平等爲合作原則』，自去歲七月蘆溝橋事變突發，中國認爲此種希望不能實現，始迫而出於抗戰。頃讀日本政府本月二十二日關於調整中日邦交根本方針的闡明：第一點，爲善鄰友好，並鄭重聲明對於中國無領土之要求，無賠償軍費之要求，日本不但尊重中國之主權，且將仿明治維新前例，以允許內地營業之自由爲條件，交還租界，廢除治外法權，俾中國能完成其獨立。日本政府既有此鄭重聲明，則吾人依於和平方法，不但北方各省可以保全，即抗戰以來淪陷各地亦可收復，而主權及行政之獨立完整，亦得以保持，如此則吾人遵照宣言謀東北四省問題之合理解決，實爲應有之決心與步驟。第二點，爲共同防共，前此數年，日本政府屢曾提議，吾人顧慮以此之故，干涉及吾國之軍事及內政。今日本政府既已闡明，當以日德義防共協定之精神締結中日防共協定，則此種顧慮，可以消除。防共目在防止共產國際之擾亂與陰謀，對蘇邦交不生影響。中國共產黨人既聲明願爲三民主義之實現而奮鬥，則應即澈底拋棄其組織及宣傳，並取消其邊區政府及軍隊特殊組織，完全遵守中華民國之法律制度。三民主義爲中華民國之最高原則，一切違背最高原則之組織與宣傳，吾人必自動的積極地加以制裁，以盡其維護中華民國之責任。第三點，爲經濟提携，此亦數年以來，日本政府屢曾提議者，吾人以政治糾紛尙未解決，則經濟提携無從說起。今者，日本政府既已鄭重闡明尊重中國之主權及行政之獨立完整，並闡明非欲在中國實行經濟上之獨佔，亦非欲要中國限制第三國之利益，惟欲按照中日平等之原則，以謀經濟提携之實現，則對此主張應在原則上予以贊同，並應本此原則，以商訂各種具體方案。以上三點，兆銘經熟慮之後，以爲國民政府應即以此爲根據，與日本政府交換誠意，以期恢復和平。日本政府十一月三日之聲明，已改變一月十六日聲明之態度，如國民政府根據以上三點，爲和平之談判，則交涉之途徑已開。中國抗戰之目的，在求國家之生存獨立，抗戰年餘，創鉅痛深，倘猶能以合於正義之和平而結束戰事，則國家之生存獨立可保，即抗戰之目的已達。以上三點，爲和平之原則，至其條件，不可不悉心商榷，求其適當。其尤要者，日本軍隊全部由中國撤去，必須普遍而迅速，所謂在防共協定期間內，在特定地點允許駐兵，至多以內蒙附近之地點爲限，此爲中國主權及行政之獨立完整所關，必須如此，中國始能努力於戰後之休養，努力於現代國家之建設。中日兩國壤地相接，善鄰友好有其自然與必要，歷年以來，所以背道而馳，不可不深求其故，而各自明瞭其責任。今後中國固應以善鄰友好為教育之方針，日本尤應令其國民放棄其侵華侮華之傳統思想，而在教育上確立親華之方針，以奠定兩國永久和平之根基，此為吾人對於東亞幸福應有之努力。同時吾人對於太平洋之安寧秩序及世界和平保障，亦必須與關係各國一致努力，以維持增進其友誼及共同利益也。謹此提議，伏祈采納。汪兆銘，豔（二十七年十二月二十九日）」。

註一四九：參閱張其昀前揭書㈣一七二—一七四頁。

註一五〇：民國二十八年（一九三九年，昭和十四年）十月三十日，日方所提出的「日支新關係調整綱要」有兩個條件，其內容如下：

附件一：「調整日支新關係之原則」，其前文為：

「日滿支三國在建設東亞新秩序理想之下，相互善鄰而結合，以東亞和平之樞軸，為共同之目標」。

附件二：「關於善鄰友好原則之事項」，其前文為：

「日滿支三國為相互尊重本然之特質，深然相提攜以確保東亞和平，而舉善鄰友好之實起見，應全般的講求互相連環及友好促進之手段」。

其條文之要旨為：①中國承認滿洲帝國，日本及滿洲帝國尊重中國領土及主權。②日滿支三國撤廢一切政治、外交、教育、宣傳、交易等足以破壞相互好誼之措置及原因，且將來亦禁絕之。③日滿支三國實行以相互提携為基調之外交。④日滿支三國協力於文化融會創造及發展。

註一五一：國民政府所通緝的汪政權的次長級以上官員的名單參閱朱子家著：「汪政權的開場與收場」第一冊九八—一〇二頁。

註一五二：朱子家前揭書第一冊一一〇—一一一頁。

註一五三：當日軍發動七七事變之際，杉山元陸相曾向昭和天皇上奏事變將在兩個月內即可解決，頂多三個月即可使中國屈服。

註一五四：昭和十一年（一九三六年）的「二・二六事件」經緯詳閱拙著：「日本政黨史」一八八—一九六頁。

註一五五：參閱遠山茂樹、今井清一、藤原彰著：「昭和史」一六九頁。

註一五六：遠山茂樹等前揭書一七二頁。

註一五七：關於日本參謀本部計劃自一九三九年杪，自中國撤兵一事詳閱包滄瀾編著：「日本近百年史」（下）二九五—二九六頁及種村佐孝著：「大本營機密日誌」一三頁。

註一五八：參閱原田熊雄著：「西園寺公と政局」第八卷二九二頁、二九九—三〇〇頁。

註一五九：日德意三國同盟條文六條，全文如下：

第一條：日本承認並尊重德國及意大利關於在歐洲建設新秩序之領導地位。

第二條：德國及意大利承認並尊重日本關於在大東亞建設新秩序之領導地位。

第三條：日本、德國及意大利基於前述方針互相努力協力，倘締約國遭受現未參加歐戰或中日紛爭之國家之攻擊時（按指美國）應各盡所有之政治、經濟及軍事等方面的力量相互援助。

第四條：爲實施本條約由日本政府、德國政府及意大利政府所任命之委員立即召開混合專門委員會。

第五條：日本、德國及意大利三締約國皆應認不以蘇聯爲本條約之對象。

第六條：本條約以簽署後立即實施，自實施之日起十年之間有效，在上述期間屆滿之適當時期，基於締約國中之任何一國要求，締約國關於本條約之更新應協議之。

註一六〇：參閱拙著：「日本政黨史」二二九頁及「戰前日本政黨史」四一三—四一五頁。

註一六一：重光葵著：「昭和の動亂」（下）四二—五二頁。

註一六二：重光葵前揭書（下）九八頁。根據 The Memoirs of Cardell Hull 一書第九六八頁之記載：「美國政府早在是年三月二十日亦曾以德國卽將進攻蘇聯之情報正式通知俄駐美大使轉達其政府」。

註一六三：日蘇中立條約共四條，全文如下：

第一條：兩締約國應維持兩國間之和平友好關係，並互相尊重他方締約國領土之完整及不可侵權。

第二條：締約國之一方，倘爲一或二個以上的第三國之軍事行動對象時，他方締約國在該紛爭之全部期間內嚴守中立。

第三條：本條約在兩締約國同意批准之日卽成效，有效期間爲五年，倘兩締約國之任何一方在前述期限屆滿一年前未通告廢除該條約時，本條約自動延長效力，其期間亦爲五年。

第四條：本條約應盡速批准，批准書之交換盡速地在東京舉行。

註一六四：重光葵前揭書（下）八一頁。

註一六五：幣原和平財團編：「幣原喜重郎」五一七頁。

註一六六：陳守一譯：「第二次世界大戰史」㈡二四六頁。

註一六七：木戶幸一著：「木戶日記」上卷二十二頁。

註一六八：小山弘健、茂田光輝著：「日本帝國主義史」第三卷一九七頁。

註一六九：參閱矢部貞治編著：「近衛文麿」下卷二三七—二四二頁及信夫清三郎編：「日本外交史」Ⅱ四四六頁。

註一七〇：赫爾所提出的「日美諒解案」之內容如下：

一、日美兩國所抱持的國際觀念及國家觀念：

日美兩國互相承認爲對等之獨立國；美國在美洲，日本在亞洲，均可享有「八紘一宇」之權利。

二、兩國政府對歐戰的態度：

日本政府表明軸心同盟係以防禦爲目的，並防止現時尚未參加歐洲戰爭國家擴大軍事的連橫關係。

日本政府聲明基於軸心同盟之軍事上義務，僅限於德國遭受現時尚未介入歐戰之國家之積極攻擊場合時始履行。

美國政府表明不論現在或將來，不受任何攻守同盟之支配，並基於自國之福祉與防衛本國安全立場，決定對歐戰的態度。

三、兩國政府對中日事變的處理態度：

美國就下列條件下，倘日本政府願意保障支持時，即美國總統可勸告中國國民政府和談，即①維護中國獨立，②基於中日間協定，日本軍隊自中國領土撤退，③不合併中國領土，④不賠償，⑤恢復門戶開放，但關於解釋及適用，由日美兩國，另行協商，⑥國民政府與汪精衛政權之合併，⑦日本向中國領土之大量或集體移民應自行制止，⑧承認僞滿洲國，國民政府在上開條件範圍內，基於睦鄰防共及經濟提攜諸原則，向日本直接提出具體和談條件。

四、兩國在太平洋上海空實力的限制：①日美兩國爲維持太平洋上之和平，均不授權足以威脅他方之海空軍配備。具體細目另議之。②日美會談獲得協議時，兩國應互派艦隊作禮貌上的訪問，以祈求太平洋之和平，③中國事變解決之後，日本應將現時服役之船舶解放，並迅與美國簽訂合約，使其在太平洋上擔任航運，但噸數須俟日美正式會談時決定之。

五、兩國間之通商及金融合作：

本諒解案成立，經兩國政府認可後，任何一方所必需之物資如爲對方所保有，對方應予確保。又兩國政府在日美通商條約存續期間，爲恢復其正常通商關係，應請求適當方法。倘兩國政府欲簽訂新通條約時，可於會談中遵循通常慣例商訂之。

爲促進兩國經濟合作，改進東亞經濟狀況，美國可予以信用貸款。

六、兩國在西南太平洋方面的經濟活動：

日本在西南太平洋之發展，不必以武力作爲後盾，而可採用和平方式。美國並可在各該地區協助日本獲得其所必需之資源如石油、橡膠、錫、鎳之類。

七、兩國有關安定太平洋局勢之方針：①日美兩國不允許歐洲各國將來在東南亞及西南太平洋有割取或合併現存國家等行爲發生。②日美兩國共同保障菲律賓之獨立，倘菲律賓無端受到攻擊時，兩國政府即考慮救助方法。③對日本向美國及西南太平洋之移民，予以友好的考慮，並保證與他國國民一視同仁。

八、日美會談：①日美兩國代表之會談地點爲火努魯魯，由羅斯福總統、近衛文麿首相各代表兩國參加，正式代表人數各國不得超過五名，但專門家及祕書不在此限。②本會談過程中，不准第三國之觀察員參加。③本會談在兩國間對此諒解案成立後，儘可能趕快召開（預定於本年五月）。④在本會談中，不重覆結論任何已獲同意之諒解案，兩國政府應積極準備議題有關之協議，及使這次諒解案之成文化。具體的議題由兩國政府事先協定之。

九、附則：

本諒解事項，爲兩國政府之祕密備忘錄。將來如予以發表，其範圍、性質及時期由兩國政府另行洽議之。

（以上參閱服部卓四郎著：「大東亞戰爭史」(1)；矢部貞治編著：「近衛文麿」下卷；外務省監修：「日本外交百年小史」；近衛文麿手記——「平和への努力」。）

註一七一：近衛文麿手記——「平和への努力」四五頁；矢部貞治前揭書下卷二五頁。

註一七二：東鄉茂德著：「時代の一面」一六二頁。

註一七三：一九四一年五月十二日，日本給美國的答覆內容要點如下：①對歐戰的態度，日本基於三國同盟條約，發動援助理所當然。但要求美國表明，不能援助交戰國任何一方。②對中國問題，除近衛聲明外，尚有日汪（精衛）條約及所謂「日滿華宣言」，美國應予尊重，並勸告國民政府和談。③原諒解案中第四項之第一及第三款，第五項之第二款以下，以及第七項之第一款，一併刪除。④對菲律賓之保障範圍，擬予縮小（參考服部卓四郎著：「大東亞戰爭史」(1)）。

註一七四：一九四一年六月二十一日，美國向日本提出修正案之要點如下：

一、對歐戰言，請日本表明三國同盟條約之簽訂，旨在防遏戰爭的擴大。並請日本以書面表明已注意美國四月二十四日的聲明，即自衛的範圍，包括所有可作抵抗之地區在內。同時須表明未與其他國家簽訂任何足以妨礙美國自衛措施之條約。

二、對中國問題言，近衛原則如何具體適用，以及與該原則不相牴觸之各項和談條件，日本應於事先向美國有所說明，在附件中，美國可表示對「滿洲國」作友誼的交涉。

三、關於中國通商問題，提出下列質問事項：①所謂「經濟的協定」之解釋，是否預定對日本政府及其國民賦予優先或獨佔的權利？②在日軍佔據下之中國領土內，對第三國人民貿易旅行等各項限制，何時可以撤消。③日本政府是否意圖使中國政府可以充分行使貿易貨幣滙兌等項之支配權？

四、談判成立關於兩國之通商出口物資，雖規定准許達至戰前水準，但對本國之安全或自衛上所需之物資，得有所例外。

註一七五：一九四一年七月十五日，日本政府對美國政府六月二十一日的修正案所提出的簽覆內容要旨如下：

①日本政府對歐戰的態度，以基於條約義務與自衛立場來作決定。②中國問題可以近衛三原則爲準據，由美國出面勸

告國民政府接受，但和談的條件則不容干涉。③日本在太平洋上必要時可使用武力。

註一七六：參閱東鄉茂德前揭書一六四頁。

註一七七：重光葵前揭書下卷七三頁。

註一七八：伊藤正德著：「軍閥興亡史」第三卷二六一頁。

註一七九：一九四一年七月二十一日陸海軍統帥部向近衛內閣提出的趣旨書內容如下：

㈠目前日本應該採取的國策之根幹，應基於七月二日御前會議所決定方針，尤其是目前正進行中之對印軍事的措置，應按照既定方針，切實實行之。㈡處於目下之緊急事態，關於已開始進行中之對南方及北方戰備，絕不准有所澀滯遲延。㈢關於日美國交調整事項，堅持既定方針，尤須注意與三國樞軸精神不能背馳。

註一八〇：近衛、羅斯福會談，日方人選爲全權除近衛首相外，有土肥原賢二（陸軍中將）、吉田善吾（前海相），隨員爲武藤章（軍務局長）、岡敬純（軍務局長）。

註一八一：東條陸相從中阻礙近衛首相進行日美談判之情形，可由近衛向日皇呈表辭職時之表文獲悉之（參閱拙著「日本政黨史」二三二－二三三頁及「戰前日本政黨史」四一八－四二〇頁。）

註一八二：參閱矢部貞治著「近衛文麿」下卷三九七－四〇六頁。

註一八三：重光葵前揭書下卷一一三頁。

註一八四：一九四一年十一月五日通過的「帝國國策遂行要領」之內容如下：

㈠帝國爲打開現下之危局，並完成自存自衛，建設大東亞新秩序，此際決定對英、美、荷戰爭，採取如左之措置：①發動武力之時機定於十二月初，陸海軍完成作戰準備。②對美交涉依別紙（按甲乙二案）要領行之。③圖謀加強與德意之提携。④發動武力之直前與泰國建立密切軍事關係。

㈡對美外交倘能在十二月一日午前零時以前成功則中止發動武力。

註一八五：東鄉茂德外相主持下擬具的對美談判的甲、乙兩案之內容如下：

甲案：與以往提案大致相同，其不同之點：

①日本承認世界各國在華通商無差別的原則（即日本放棄在華的優先地位）。②對撤兵問題除華北、察綏及海南島在所必要期間內仍須駐兵之外，其餘地區在二年內撤盡在華之日軍。（註：關於所必要期間倘美國有所質問時，應答以二十五年爲限）。

乙案：其內容如下：（此案爲東鄉恐甲案不成時俾便替代者）

①日美兩國相約，皆不得向越南以外東南亞及西南太平洋地區以武力進攻。②兩國互相協助，保證在荷屬印度獲取物資。③恢復凍結令以前之通商關係，美國供給日本所需要之石油。④美國不得妨礙中日兩國和談行動。⑤日本政府俟太平洋地區公正之和平確立後，撤退越南日軍。在本諒解案成立之日，卽準備先將越南南部日軍撤至越北。

註一八六：一九四一年十一月二十六日「赫爾筆記」的內容如下：

㈠不變更一切國家領土與主權的原則。㈡不干涉他國內政的原則。㈢平等，內含通商機會與待遇平等的原則。㈣用和平方法，國際合作的原則。

至於如何實現上述「四大原則」，其內容如下：

「美國政府及日本政府，採取下列步驟：①日美兩國政府努力與英帝國、中國、日本、荷蘭、蘇聯、泰國及美國訂立多邊的不侵略協定。②兩國政府努力與美、中、日、荷及泰國成立一協定，依牠尊重越南之領土的完整。當事態的發展，可威脅越南領土的完整，應採取必需的及勸告的手段，互商協議。這種協定，對越南不求經濟的特惠，並規定各簽字國與越南之貿易的及商業的平等。③日本政府，由中國及越南撤退陸軍、海軍、空軍及警察。④美國政府及日本政府，除暫在重慶之國民政府以外，不用軍事的、政治的及經濟的力量，支持在中國之任何政權。⑤兩國政府放棄在中國之任何治外法權。內中包含租界上的權益，與一九〇一年義和團協定內的權利。兩國政府，設法得到英國及其他政府放棄上述在中國的權益。⑥美日政府，以互惠最惠國待遇爲基礎，於減輕兩國間貿易障礙的方針下，開始談判通商協定，內包含美國欲購的生絲。⑦美日政府各解除凍結資金。⑧兩國政府同意穩定美金與日圓的比率，爲這目的，各出資一半。⑨兩國政府同意；與任何第三國締結協定，對本協定之安定及維持全太平洋區域的基本目的不得有衝突的解釋。⑩兩國政府各設法勸誘其他政府，同意並實施本協定之基本的政治上與經濟上各原則」。

註一八七：深井英五著：「樞密院重要議事覺書」二一七頁。

註一八八：一九四一年八月十四日美英所公布的「大西洋憲章」之內容大致如下：

㈠美英兩國沒有擴張領土或其他的野心。

㈡美英兩國對於領土的移轉，反乎當地人民自由表示的願望者，不予以贊成。

㈢美英兩國尊重各民族自由選擇它們政府形式的權利；對於主權和自治政府，被強迫剝奪的民族，希望它們都能夠恢復它們的條件之下，增進一切國家，無論大國或小國，戰勝國或戰敗國，從事於貿易與獲取原料的機會。

㈤美英兩國願意在經濟方面，與世界各國充分合作，以求提高勞動的標準，經濟的發展，和社會的安全。

㈥在德國的納粹暴政最後崩潰之後，美英兩國希望建立一種和平狀態，使所有的國家，都可以平安相處，並保證全世界各地的人們，都是有免於恐懼和困乏的生活自由。

㈦這種和平，也使所有的人，可以獲得在公海上自由旅行的權利。

㈧美英兩國深信，爲了現實的和精神上的理由，世界各國應廢除武力的使用。因爲假使各國，還是使用陸海空軍兵力，對於它們的境外作侵略的威脅，則將來的和平，仍是無法維持。美英兩國深信在一般安全的國際體系未建立以前，那些國家的軍備，必須加以廢除。對於愛好和平的國家而言，美英兩國還要鼓勵採用一切減除軍備負擔的有效方法。

註一八九：到了一九四三年一月底止，又有墨西哥、菲律賓、巴西、阿比西尼亞、伊拉克等國簽字，而玻利維亞則遲到一九四三年四月始向軸心國宣戰。

註一九〇：參閱深井英五前揭書一〇〇頁。

註一九一：服部卓四郎著：「大東亞戰爭史」第八卷九三—九四頁。

註一九二：遠東軍事裁判證據文件一三〇九A號。

註一九三：參閱日本太平洋問題調查會譯：「太平洋戰爭史」一九三頁。

註一九四：參閱岩波書店刊行：「日本資本主義講座」（戰後日本の政治と經濟）第一卷三八八頁。

註一九五：種村佐孝著：「大本營日誌」三九頁。

註一九六：種村佐孝前揭書四五頁。

註一九七：參閱服部卓四郎前揭書第一卷二九八—二九九頁。

註一九八：松村秀逸著何成璞譯：「太平洋戰爭紀實」六三—六六頁。

註一九九：張其昀著：「中華民國史綱」㈤九四頁。

註二〇〇：參閱服部卓四郎前揭書第二卷一七四—一七五頁。

註二〇一：參閱 Robert E. Sherwood, Roosevelt and Hopkins, p. 512.，及中央通訊社總社譯：「美蘇外交祕錄」二五頁。

註二〇二：關於小磯國昭擬利用繆斌來解決中日和平問題經緯參閱大森實著：「戰後祕史」⑴日本崩壞一七五—一九三頁；大井篤譯：「終戰外交」八〇—八六頁；重光葵著：「昭和の動亂」下卷二五一—二五四頁；サンケイ新聞社：「蔣介石祕錄」⒁日本降伏一七九頁。

註二〇三：關於東鄉茂德出任鈴木內閣之外相一職經緯詳閱東鄉茂德著：「時代の一面」三〇七—三〇九頁；大井篤前揭書九九—一〇一頁。

註二〇四：參閱服部卓四郎著：「大東亞戰爭全史」九〇二頁。

註二〇五：大森實著：「戰後祕史」⑵天皇と原子爆一六八頁。

註二〇六：迫水久常著：「機關銃下の首相官邸」二九二—二九三頁。

註二〇七：迫水久常前揭書二九六—二九七頁。

註二〇八：井田中佐等闖入宮中搜索日皇錄製投降招書之錄音盤及鎗殺森中將等情形詳閱大森實前揭書⑵一九三—一九八頁。

註二〇九：立野信之著：「日本占領」第三章。

註二一〇：參閱韓啓桐編著：「中國對日戰事損失之估計（一九三七—一九四三）」——國立中央研究院社會科學研究所叢刊第二十四種；サンケイ新聞社：「蔣介石祕錄」⒁日本降伏二〇三頁。

第七章　日本近代資本主義的發展及其崩潰

第一節　日本近代資本主義經濟基礎的樹立

近代日本資本主義的發展，是在諸先進國家已普遍地發展其勢力之後，處處受先進國家的壓迫與限制，遭逢了很艱難的境遇。本國又缺乏必要的原料，使其得不到充分的滋養。如果沒有軍事冒險的僥倖和第一次世界大戰的機會，日本近代資本主義是很難在短短幾十年之內由萌芽而臻於發達的。因爲得到幸運，所以有了很好的成就。這就是說，日本資本主義的發展不是內在的，一半是憑藉政治掩護，一半是因爲碰上了僥倖機運。政治扶持是日本資本主義發展的必要條件。蓋明治政府一則爲了爭取民族獨立，免遭歐美資本主義國家的侵略，一則爲了加速發展資本主義經濟，趕上先進資本主義國家，政府不僅拿出由農民小工商人及殖民地人民剝削的財源來資助資本家，施政方針全以資本家利益爲準繩，而且有時政府以所經營的事業廉價售與資本家以扶植私人特權資本。這樣津貼、獎勵、偏袒的保護政策，才使日本資本主義免於淘汰，而能側身於近代資本主義國家之林。事實上，明治維新政府的目標，是要把日本從經濟落後的國家推進到一個世界水準的產業化國家。但由於當時日本國內市民階級尚未形成，國內自發的資本與技術，尚未發達，故初期的日本資本主義，乃是由政府勵行「富國強兵，殖產興業」政策，由國家準備必需的資本，以遂行其工業化計劃，政府爲了籌集工業資本，除了舉債（包括國內公債及國外公債）外，並採取兩種措施，一爲獎勵投資市場，建立滙兌制度；又一爲運用國家財源，投資於生產事業，例如地租法的修改，其用意卽在此。明治廿三年（一八九〇年）代的地租佔稅收總額的六〇%，而明治年間，日本政府的歲入以租稅及印花稅所佔比率約達六〇%，由此可見，當時日本農民負擔之重，也可以看出日本政府當局犧牲農村利益，以培植工業資本，發達工業建設的梗概。誠如野呂榮太郎所說：「地租法的修改，其目的是爲了繼續保持大量的官吏和龐大的常備軍，爲了維持不斷增多的公債制度，並且爲了執行資產階級的保護政策，就不得不在近代租稅制業已鞏固下來的基礎上，來維持不斷增加的中央的財政支出。」（註二）這取之農民，用之於資產階級的政策，是明治初期日本資本主義原始累積的最大支柱。申言之，日本在明治時代以剝奪農民爲基礎，而自封建經濟轉向半封建的軍事的政商的資本主義之途發展。事實上，在明治時代日本農民也就直接支付了初期工業資本的大宗，而弄得農民窮苦不堪。

日本在明治維新以前，曾於一八五八年與列強訂立不平等條約，但一則那時西方列強還有更好的地方可供壓榨，未曾重視日本這塊彈丸地方，所給予日本的經濟壓力，不像在其他殖民地國家那樣嚴重，日本可以尋到翻身的空隙；再則因爲日本人的模仿性，確乎很強，在短時期內，把資本主義的一套把戲都學了過來，急趕直上，結果日本逐漸由層層束縛中擺脫出來，因此在明治維新以後，其在經濟方面的發展，遂亦由封建經濟而轉入國民經濟的時代。維新初始至第二次世界大戰日本戰敗爲止的約八十年之間，日本經濟發展的變化異常鉅大。

明治維新後，新政府卽以「富國強兵，殖產興業」爲建設新日本的中心課題，傾全力於培育近代產業。結果在政府的積極政策之下，不僅使日本由封建經濟進展至國民經濟時代，同時由於「富國強兵」政策的實踐，遂使日本資本主義始終不能脫離軍國主義的窠臼，終於導致了一連串的侵華軍事行動，迨及昭和十六年（一九四一年）十二月八日太平洋戰爭爆發，軍國主義的日本經濟，從此陷入了最後崩潰的悲境。

由於日本在德川幕府時代曾經有過二百餘年的閉關自守的所謂鎖國政策，致使與外邦殊少往來，降及明治維新之際，歐美各國的經濟進入「重工業化」與「獨佔資本主義化」，惟日本則尙停滯於農村家庭的手工業階段。當時日本經濟停滯落後情形，從下列數端實況可以窺出其梗概（註二）：①全國人口的百分之八十以上爲農民，而自給自足的生活傾向尙極爲濃厚。②產業資本的成長尙未成熟，連手工業也不甚發達。③產業技術與設備尙未大規模的發展。④近代化大規模工業基礎的民間資金之積蓄，極爲不足。⑤原始的資本積蓄尙未成熟，而資本與勞力的分化亦極其遲緩。

由於當前日本經濟的落後，維新政府爲了克服這些後進性的諸條件以培育日本的資本主義起見，乃採取如下政策：①促進職業自由諸制度。②促進自由買賣交易自由諸制度。③促進居住遷移自由諸制度。④確認並尊重私有財產權之諸制度。⑤積極舉辦官營事業。⑥改正地租以地租稅收推行殖產興業政策。⑦培育增加民間資金，由政府貸與資金，以期克服資本主義落後的種種困難，對於促進銀行、公司制度的發達以及交通機關的發達，則採取保護干涉政策。

爲謀資本制產業的發展，最感迫切需要者，厥爲生產技術的移植，於是由政府帶頭領先推進的方案則爲明治初期的官營產業，當時政府不顧任何犧牲，徵自農民的地租完全投入此一建設。開創此官營工業的端緒者則爲德川幕府末期所興辦的洋式軍事工業設備的繼承。其主要者爲東京及大阪的砲兵工廠，板橋、目黑及岩鼻的火藥製造所，橫須賀、長崎、兵庫、石川島、東京及鹿兒島造船所，以及赤羽工作分局（機械）、深川工作分局（水泥）、品川玻璃製造所、富岡及赤坂製絲工場等，（註三）這些不僅是明治政府的軍事工業，同時亦成為發展日本重工業的一般基礎。

與明治初年的「殖產興業」相關連的一大重要事項，厥為外國資本問題。蓋自德川幕府末季開港通商以還，外國資本廣泛大量地輸入日本，幕府及諸藩皆依賴巨額的借款外債來興辦事業，甚且與外國資本共同來經營幕藩的企業，其中也有由外國資本來經營造船業及海運業的現象。因此，明治初年的日本，在經濟上言，正面臨「半殖民地化」的危機。為克服這種現象，明治新政府極力推行外資排除政策，除禁止各藩之依存外債興辦事業外，並禁止外國艦船的輸入。此外並積極整理外債，推進外國人經營或外國人參加投資的工場、礦山的買收，尤其於明治六年（一八七三年）頒佈「日本礦坑法」，宣示礦物資源一律歸屬日本國有，以杜絕當時想在日本開採礦山的外國資本的介入。外國人所提出申請的建築鐵路，亦皆加以拒絕。當時政府所採取的積極外資導入政策，可由明治六年出任內務卿的政府中心人物大久保利通的聲明窺其梗概。大久保內務卿在明治七年所提出的「勸業建白書」中曾說過：「為完成富國強兵，無論如何應興辦近代化的產業。現在日本的貿易仍由外國商人所支配，至急之務乃鼓勵日本經營商業貿易，以排除外國商人的支配。但是若欲實現此一目的，絕不能任由民間的自主性努力，不管如何，總須由政府採取強力的指導與保護」。（註四）事實上，政府對於近代化產業政策，採取所能盡力的方法，親自積極地輸入各種技術及機械，除了興辦官營工場外，並盡力於保護扶助民間產業，甚且供給大量資金。

由於近代日本的資本主義的發達，乃明治政府用政治力量採取「由上而下」的保護扶助政策，因此，在資本主義的形成過程中產生所謂「政商」(卽財閥)。這批「政商」大多是貴族武士轉變的，武士貴族因廢藩歸政領取世襲秩祿金，卽以此項資本投放於銀行或工商業而換了身分，所以日本資本家與政府高級官吏多有血緣或世緣。同時政府的高級官吏因爲政治不清明而多有貪汚賄賂的機會，也都富有資財，政府元勳同時又是公司最大的股東，財閥、官僚、特權貴族三位一體。明治維新以來日本最大的財閥爲三井、三菱、安田、住友，併稱爲日本的四大財閥。三井事業的創始人是三井高敏，最初只是在東京銀座的一所小兌換店，創立於文久三年(一八六三年)，以政權及特權發跡，三井一族爲其股票的最大保有者，對於金融資本、重工業資本、輕工業資本、商業、化學工業、食糧產業，均佔支配地位，不過大體上說，三井的勢力在煤礦及輕工業部門中較大。三菱財閥是明治三年(一八七〇年)創始自岩崎彌太郎，最初是一個小規模的米行，後改營運輸造船礦鐵，是因土佐藩的庇護而發展的，所以三菱始終與土佐藩士板垣退助所倡導的民政黨保持主從關係(三井與伊藤博文的政友會關係密切)。三菱的勢力也深入各個產業部門，與三井在日本產業界中平分天下，不過大體上說三菱在重工業及運輸業有較大的勢力。安田財閥佔金融資本的首位，後來以向我國東三省大額投資爲特色。住友財閥的主要企業是經營銅礦。這些財閥後來利用了幾次對外戰爭奠定了其鞏固基礎，因此，財閥並不反對戰爭，蓋因戰爭爲他們擴展商品市場、原料供給地以及剩餘資本投放地，戰爭繁榮了重工業及軍需工業。這就是日本步入近代資本主義途上所產生的怪現象，亦因此，而使近代日本資本主義的發展離開不了軍國主義色彩。

儘管維新初期，明治新政府急想確立自主性的產業政策，但因近代產業基礎的薄弱，因此維新後爲遂行「資本主義革命」所必要的大量人才物資，諸如大砲鎗彈軍艦及其他兵器、輪船鐵路機械等其他設備品、外籍技師技工之薪俸、毛織品綿織布等各種消耗品等等之絕大部分，不得不仰賴外國供給。但這些外貨之輸入的支出，使大量的金銀貨都流出外國，而減少了日本國內金銀貯藏量。兼之在明治十年（一八七七年）「西南之役」當中，政府曾用去巨額軍費，多至四千餘萬圓，並濫發不兌現的紙幣，因此，貨幣貶值，物價高漲，民生痛苦，結果，地租減收，國家財政面臨危機，政府遂不得不增徵釀酒稅，並節減歲出。同時對於以往明治初年的經濟政策，採取如下的政策（註五）：①藉財政的大緊縮，暫時中止以往的急激之人爲的積極資本主義化政策。②以往政府爲輸入歐美產業，致不問盈虧，政府自己投下巨大資本以經營模範官營產業，至此此一方針已被拋棄。改採有利於民營之利益的產業，始准許輸入，否則一概放棄新的方針。③以往爲了日本產業之急激的資本主義化，致大規模地聘用外人，使用外國貨物，派遣留學生，採取外國萬能主義政策，因此使金銀幣大量流出外國，於是乃儘量採用本國的技術人員，使用本國貨品，改採所謂「國產獎勵政策」。④藉整理紙幣以抑低物價，以限制民間的消費力而抑制外國貨品的消費，鼓勵本國產品的外銷，改變以往的消費關係。把以往的濃厚之封建的保護干涉主義，多少轉向自由放任主義，同時由產業的直接官營方針，移向間接保護（援助資本家）的政策。

至於松方正義大藏卿爲應付貨幣貶值、物價高漲所採取的具體措施除了節減聘用客卿及派人留學的經費外，則爲明治十五年（一八八二年）六月創設日本銀行作爲中央銀行，翌年（一八八三年）五月公佈「兌換銀行劵條例」，授權日本銀行兌換紙幣（日本銀行鈔票），此項鈔票，隨時可以兌換。自此制實行後，成效大著，至明治卅二年（一八九九年）不兌現的紙幣業已全部收回，紙幣政策終由日本銀行統一完成。這種緊縮政策實行結果，固然使物價安定，輸出增加，準備金日漸增多，但另方面，則因農產品價格低落，農民生活困苦，中小地主因負債而不得不出售土地，土地遂集中於大地主，而使貧農與富農之差別愈益懸殊。至於中小商業和工業，則因農民購買力減弱，也日漸窮困起來。在這種情況下，那些沒落的貧農、中小商人及中小工業人員，卻變成了自由努力的源泉，同時也建立起資本主義發達的一大重要基礎。申言之，經過松方的這一整理，已為日後的日本工業準備了豐富而低廉的勞動。

明治十年至十四年貨幣貶價概況表

年次	紙幣流通額（千圓）	準備率%	金銀流出（千圓）	東京糙米（每石圓）
一八七七年	一一九、一四九	一二・七	七、二六八	五・一五
一八七八年	一六五、六九八	一〇・八	六、一三九	六・二〇
一八七九年	一六四、三五五	六・一	九、六四四	八・二一
一八八〇年	一五九、三六七	四・五	九、五八五	一〇・一三
一八八一年	一五三、三〇二	八・三	五、六三四	一〇・四九

（據土屋、岡崎「日本資本主義發達史概說」二四一－二四三頁附表）

緊縮政策的另一型態，厥為官營企業的出售民間。這一措施不但對於日本近代工業的發達，貢獻甚大，同時由於官營工業變為民營工業，促成了民間資本的發達以及國民經營企業能力的進步。先是政府於明治十三年（一八八〇年）十一月頒佈「工場出售概則」，除純粹軍事工業部門及交通機構外，其他官營工廠皆出售民間，由以往的官業中心的經濟政策，轉向私的企業保護政策。在這種政策下，明治十七年（一八八四年）長崎造船所售給三菱公司，（註六）深川水泥廠售給淺野惣一郎，而改組爲淺野水泥公司（即現在的日本水泥），明治十九年（一八八六年），兵庫造船所售給川崎，餘如三池煤礦賣給了佐佐木八郎（後來又轉讓給三井），高島煤礦售給了後藤象二郎（後來又轉售給三菱），富岡製絲所售給了三井，佐渡金山及生野銀山售給三菱，院內、阿仁及足尾等處銅礦售給了古河市兵衞。上述這些官營工廠的出售，其價格之低賤幾乎近於贈送，後來三井、三菱、住友、古河等財閥之所以能擴大產業資本，實奠基於此。這種官營工業移轉於民營的產業政策，雖包含有放棄某種程度的保護干涉政策之意義在內，但並非即傾向於自由放任。（註七）這種措施，無寧可說是藉由對巨大產業資本家予以特權保護，而冀圖培養產業資本。因此，自明治十七年（一八八四年）末至廿三年（一八九〇年）末，公司資本金自一千三百四十萬圓增加十四倍而到達一億九千九百萬圓。（註八）

明治十三年後依據「工場出售概則」官營工廠出售民間情況表

事業名稱	出售年	領購人
高島煤礦	一八七四年	後藤象二郎（一八八一年轉售與三菱）
油戶煤礦	一八八四年	白勢成熙
小坂銀山	一八八四年	久原庄三郎
院內銀山	一八八四年	古河市兵衞
阿仁銅山	一八八五年	古河市兵衞
大葛金山	一八八五年	阿部潛

釜石鐵山	一八八五年	田中長兵衛
三池煤礦	一八八八年	佐佐木（一八九〇年轉售與三井）
幌內煤礦	一八八九年	北海道炭礦鐵道會社
佐渡金山	一八九六年	三菱
生野銀山	一八九六年	三菱
兵庫造船局	一八八六年	川崎
長崎造船所	一八八七年	三菱（一八八四年起已借與三菱）
深川水泥製作所	一八八四年	淺野惣一郎
品川硝子製造所	一八八五年	西村勝三
廣島紡績所	一八八二年	廣島縣（其後再轉售與民營）
愛知紡績所	一八八六年	篠田
新町紡績所	一八八七年	三井
富岡製絲場	一八九三年	三井
內藤新宿試驗場	一八七八年	一部分出售、一部分於翌年移交宮內省
下總種畜場	一八八二年	一部分出售、一部分於翌年移交宮內省
三田育種場	一八八七年	不詳

在政府的扶助獎勵民營工業政策之下，自明治十五年（一八八二年）起至明治廿二年（一八八九年）之間，組織株式會社（有限公司）的企業熱及投資熱極爲昂揚，形成一種風潮。當時日本的主要輸出品是

絲與茶，而主要的輸入品是棉紗與砂糖。於是政府乃傾力以保護助長製絲業及紡織業的機械化，並着手發展新式的製糖工業。當時成爲企業發展的中心者是棉絲、紡織業，自明治十五年（一八八二年）起至明治十八年（一八八五年）之間所謂「二千錘紡績所」（水車原動機）相繼開業，明治十六年（一八八三年）由澁澤榮一、藤田傳三郎、大倉喜八郎、益田孝等實業家所投資設立的擁有一萬五千錘的大阪紡績公司開始生產（資本金廿八萬圓），這是日本第一家利用蒸汽動力的工場。繼之於翌年（一八八四年）有島田、宮城、長崎等各紡織公司的出現（各爲二千錘），明治十八年（一八八五年）有名古屋紡績（四百錘）、十九年（一八八六年）有三重紡績（一萬二千一百錘）的相繼設立。大阪紡績與三重紡績，後來合併稱爲東洋紡績會社。明治廿年（一八八七年），東京綿商社建立紡織工場，二年後稱爲鐘淵紡績（二萬八千錘），與此前後又有倉敷紡績、尼崎紡績、敷島紡績、富士紡績、愛知織物等紡織工場的出現。由於紡織業大量發展的結果，到了明治廿三年（一八九〇年），日本的棉絲的國內生產額已提高跟輸入額相等，至於其國內棉絲的生產額，較之前年提高了將近二倍。（註九）迨至明治廿五年（一八九二年），日本紡織界已擁有卅九萬錠的生產設備，每年有廿萬包生產量，此一年輸出的棉紗，並在中國開始與印度競爭。由於官民雙方的努力，從明治十五年（一八八二年）起，日本的國際貿易從入超轉變爲出超。這種出超除明治廿三年（一八九〇年）外，一至繼續至甲午戰爭發生的前一年——即明治廿六年（一八九三年）。

在促進近代資本主義經濟發展的過程中，健全的近代化金融制度的確立亦爲刻不容緩之事。因此，政府早在明治五年（一八七二年），便已公佈「國立銀行條例」，做爲促進資本積蓄及整備金融的一大步驟。於是根據該條例，由三井組及小野組（皆屬江戶時代的豪商，維新政府成立初期，便替新政府籌劃費用，被委辦政府官金之外滙，和新政府有密切關係）共同出資設立第一國立銀行，後來由於小野組破產，而成爲三井的單獨出資銀行，明治九年（一八七六年）「國立銀行條例」修訂，因此三井乃另外設立私立三井銀行，此爲日本最初的民間普通銀行，成爲三井財閥的中心。自該條例公佈後，在明治六、七年間（一八七三—四年），東京第一國立銀行等四行先後開業，准許發行紙幣，至明治十二年（一八七九年）時，銀行數增至一百五十三家之多，降至明治二十年（一八八七年）時，全國共有私營銀行二百廿一家，而國立銀行則有一百卅八家。由於銀行事業的發達，迨至明治十九年（一八八六年）政府便公佈法令，確立對於一般的統制及滙兌制度，而做爲近代資本主義經濟發展基礎的日本近代金融制度，至此遂以告成。

除金融制度外，貨幣制度的近代化，同爲資本主義經濟發展的基礎，因此維新政府對於改良貨幣制度，亦列爲重要事業之一。維新政府成立之初，貨幣種類繁雜，除幕府發行的金、銀、銅等通貨，凡一千七百九十餘種藩票外，尙有通商後流入的洋銀如墨西哥幣等。在這種混亂的貨幣制度下，物價高漲，商業困難，對於國家經濟，爲害甚大。因此，維新政府，爲嚴禁藩票發行，雖對舊金銀幣姑准仍舊流通，但同時進行籌備鑄造新幣，以資改革。明治元年（一八六八年）於大阪設立造幣所（明治八年改稱造幣寮，十年改稱造幣局，沿用至今）。自明治三年（一八七〇年）起，開始鑄造貨幣，新幣單位爲圓、錢、釐的十進法。明治七年（一八七四年），舊金錢一律停止使用。據說此一幣制改革之主動，因爲受到外國公使團之外交壓力所促成的。（註一〇）

明治四年（一八七一年），維新政府爲了與當時作爲世界通貨的英鎊，發生聯繫，以謀通商的便利，採用了金本位制。不過當時日本國內存金不多，又恐金幣大量流出國外，同時世界各國以白銀爲貨幣本位者仍多，故實際還是實行銀本位。迨至明治卅年（一八九七年），一則當時適值世界銀價暴落，所有世界資本主義國家皆改用金本位制，一則在中日甲午戰爭後，日本自清廷獲得賠款銀二萬萬兩（約合日幣三億六千萬圓——此數目大抵等於當時日本國家財政四年歲入的總合），從此有了充足的準備金，因之實行金本位制。

貨幣制度近代化的措施，除了以上各項外，貨幣兌換制度的規劃與實行，亦為維新政府重要政策之一。維新之初，政府對於軍政費用的籌備，完全利用承辦政府財政的三井、小野，及島田等組的信用，發行官票（是一種不兌現的紙幣），明治四年（一八七一年），政府以那種官票粗劣，容易偽造，乃改用德國印製新紙幣，收回舊幣，但仍不兌現。及明治四年廢藩置縣後，政府開始發行兌換紙幣，翌年（一八七二年），又頒佈「國立銀行條例」，隨之發行國立銀行兌換劵。但是後來事實的發展，兌換紙幣皆為不兌換紙幣，大勢所趨，不兌換紙幣，繼續發行。迨至明治十五年（一八八二年）六月創立日本銀行，翌年（一八八三年）五月，發行兌換紙幣——日本銀行鈔票，此項鈔票，隨時可以兌現，自此制實施後，成效大著，至明治三十年，不兌換紙幣，急劇減少，紙幣政策由日本銀行統一完成。（註二二）

上述維新政府曾把除純粹的軍用工業外其餘各種工業均移歸民營，但是若無政府的保護與協助，則這些民營工業很難在國際競爭中自主自立。明治十四年（一八八一年）四月，明治政府乃設立「農商務省」，努力保護工業生產，其最顯著的事例如：①給予輪船公司（三菱、共同運輸、日本郵船等）以莫大補助金，例如自明治十八年起政府給予日本郵船的補助金為八十八萬圓。②保證給予日本鐵道、山陽鐵道、九州鐵道等以配當率，並且給以無償售給國有土地的特別保護。③對於已投下大量資本，甚至前途有望的官營企業，如機械工廠、造船所及銅礦、煤礦等以折價售給「政商」，以特權扶助保護大資本家，使其壟斷日本的經濟大權。④爲鼓勵大企業家提高改良產品品質，俾便促進國內產品的向國外輸出，以及外國的原料品的輸入，乃利用政府或國立銀行，或其他方法低息貸款給企業家。⑤把鐵道以及買賣交易所等的獨佔利權給予政商，並幫助其發展。

此外關於運輸和交通的建設，從明治十五年（一八八二年）起亦有劃時代的進步發展。先言運輸，日本的運輸事業，在明治維新之前，已有了相當的基礎，當時德川幕府爲了海防目的，保護獎勵各藩購買並自造汽船，結果，幕府及各藩所擁有的各種洋式汽船，爲數已達百餘艘。明治維新之後，政府爲了配合經濟的發展，於明治三年（一八七〇年）一月創立「迴漕會社」，這是由政府擁有的汽船及大藩的委託船所組織的半官半民的航運公司，代替以往的「菱垣船」，開闢了東京大阪間的定期航路。繼之於明治四年（一八七一年）八月創立「日本郵便蒸汽船會社」（明治八年解散），以保護日本沿岸航路而排除外國汽船公司的獨佔航行。明治八年（一八七五年）「三菱公司」成立，政府一面賦以擔任運輸海上郵件的任務，一面在對內的「佐賀之亂」及對外的「征臺之役」的戰爭中，由政府交付十三艘汽船（價值一百五十萬兩）令其運送軍隊，戰後除將此十三艘汽船無償給予三菱公司外，並將「日本郵便蒸汽船會社」之所有船舶十八艘（價值卅二萬圓）無償讓給，另外自明治八年（一八七五年）起十五年間每年給予廿五萬的航海補助金。（註一二）明治十五年（一八八二年）政府和三井財閥合資創辦了一個半官半民的「共同運輸會社」的航運會社機構（資本金六百萬圓），於是演成三菱對共同運輸的爭霸戰。嗣後政府鑑於這兩個同受政府保護資助的公司互相競爭，實屬不利，乃於明治十八年（一八八五年）予以合併成立「日本郵船會社」（

資本金一千一百萬圓），以統一運輸業務，並從明治廿五年（一八九二年）開闢了上海、海參崴、馬尼拉及孟買等航線，這是日本遠洋航線的開端，降及明治廿九年（一八九六年）歐洲、澳洲、美洲等地區各航線，皆已開通，對於日本對外經濟貿易的貢獻極大。明治十七年（一八八四年）另有由關西小船主輩（住友財閥爲中心）創辦「大阪郵船會社」，起初頗不景氣，後來因獲得政府的補助而得勉強維持業務。嗣後經歷中日甲午之戰、日俄戰爭、第一次世界大戰，該公司的航運事業獲得發展機會，而業務蒸蒸日上，與日本郵船並稱於世，茲將明治三年至廿八年（一八七〇—一八九五年）的廿五年間，日本輪船噸數增加情形列表如下：

年次	隻數	噸數
明治三年（一八七〇）	三五	一五、四九八
明治八年（一八七五）	一四九	四二、三〇四
明治十三年（一八八〇）	二一〇	四一、二一五
明治十八年（一八八五）	二二八	八八、七六五
明治廿三年（一八九〇）	三三五	一四二、九九七
明治廿八年（一八九五）	五二八	二一三、三四七

至於鐵道建築問題，幕府末年——即慶應三年（一八六七年）十二月曾把「江戶橫濱間鐵道免許證」賦予美國駐日代理公使浦德曼（Portman A. L. C.），鐵道建築權握在外國人手裏，但維新以後，即採取國營方針，然由於財政困難，鐵道的建築並無任何進展，除了東京橫濱間的「京濱線」（明治五年，一八

七二年），大阪神戶間的「阪神線」（明治七年），大阪京都間的「阪都線」（明治十年），京都大津間的「都津線」（明治十三年）及長濱敦賀間（明治十七年）等短距離鐵路外，並未再有其他鐵道的建築。明治十四年（一八八一年）在政府保護之下允許私人建築鐵道，於是由華族集資創辦的「日本鐵道會社」（資本金二千萬圓），乃於明治十五年（一八八二年）開始建築東京至青森間的鐵道，並於明治廿四年（一八九一年）全線竣工通車。由於私營鐵道會社的出現，政府乃於明治廿年（一八八七年）五月頒佈「私設鐵道條例」，採取保護方針，於是私人經營建築鐵路風氣熾盛。降及明治廿六年（一八九三年）爲止。通車的民營鐵道已達二、二〇〇公里，佔全國鐵道總里數的十分之七。明治廿二年（一八八九年）由政府建築的東京至神戶的「東海道線」亦竣工通車。截至明治廿二年(一八八九年)國有鐵道共達一千餘英里。

再就郵電情形而言，電報通信，早在德川幕府末季便已傳入日本。迨至明治二年（一八六九年）電訊的應用，開始實行，是年八月間，橫濱燈塔管理所與橫濱裁判所間的最初電線架設完成，十二月間，橫濱長崎間的電線接通，公衆開始使用電報通訊。自此以後，電訊設備，逐漸普及，對外通訊網，亦次第完成。至於郵政，在維新以前，稱爲飛脚制度，維新後於明治元年（一八六八年）制定「驛遞規則」，明治三年（一八七〇年）又改爲「郵政規則」，迨至明治四年（一八七一年）新式郵政制度始告成立。是年東京、大阪、橫濱、長崎、神戶、新崎、函館等設立了郵政管理局，至明治五年（一八七二年），郵政遞信服務，普及日本全國。

綜上所述，可知在明治二十年（一八八七年）前後，日本資本主義經濟總算是確立了其基礎，但亦因由於企圖在短期內謀取高度化的近代產業的發達，因之同時又產生了下列幾種特殊現象（註一三）：①自始卽實行集中的大規模生產。②大企業的經營主要委由少數特權政商之手經營，而這些少數特權政商形成了後來的財閥。③自始一種的資本卽已掌握了各種產業。④自上而下的資本主義的傾向頗爲顯然。⑤地方的民間企業，停滯在中小企業的形態而發展，成爲大工業的基石。⑥自始產業資本與金融機關之融合傾向極爲顯著，蓋少數特權政商，大體上自己擁有銀行，或者參加銀行之經營。⑦日本的財閥具有異常顯著的同種性格，因此，使得日本資本主義一開始卽變成獨佔資本主義化，而形成了財閥企業同盟（Konzern）與金融獨佔資本。⑧重工業因長久滯留在官營形態，因此國家資本的比重頗爲突出。⑨重工業因包括在軍事工業之中由政府官營，因之強化了軍國資本主義工業的色彩。⑩民間企業，長久之間，在輕工業中心的情形下發展，迨至第一次世界大戰以後，昭和初年始見有某種程度的民間重工業之出現。⑪輕工業之中心爲紡織工業。⑫由於使用機械生產，未達相當發達階段，因之工業資本所能吸收的人口（勞工）不多，所以使得喪失土地的農民及佃農轉業的機會困難而變成無產階級而寄生於農村，遂使農民的生活水準下降。⑬婦女及未成年者的工作機會，凌駕超出於成年男性。⑭爲了積蓄並得保護資本，通貨膨脹不斷地顯示有效的作用。

由以上所述的經過看來，可知日本自明治初年以來政府的「殖產興業」的政策，已經鞏固了資本主義經濟的基礎。此後卽以工業爲中心，以中日甲午、日俄兩次戰爭爲機會使日本躍進了資本主義發展的另一階段，並促使日本產生了兩次產業革命。（註一四）

第二節　第一次產業革命

日本的資本主義成立的諸要件——卽資本的積蓄、勞動力的培育、近代的生產樣式的導入等，大致在明治廿二年（一八八九年）代卽已整備完全，而啓開了日本第一次產業革命的端緒。不過第一次產業革命的成功則有賴於中日甲午之役。日本僥倖戰勝向淸廷索得賠款二萬萬兩（約合當時的日幣三億六千萬圓）做爲其發展工業的資金。原來這筆賠款幾等於當時日本國家財政四年歲入的總和。按明治廿七年至廿八年（一八九四—九五年）時日本的歲入爲九二、一七〇、〇八八日圓，（註一五）明治卅年（一八九七年）由於中國巨額賠款的流入，使得日本能確立了金本位的貨幣制度。抑有甚者，由於戰勝獲得了賠款，並獲得了朝鮮市場，又在中國長江沿岸開闢了商埠，擴充了領土（臺灣、澎湖），同時戰後巨額的增稅，凡此種種，自然地促成刺激了日本資本主義飛躍的發展，呈現了經濟的異常繁榮。當時世界各國採用金本位者正在逐漸增加，因此，促進了日本與這些國家的貿易，開闢外資輸入的門徑，而奠立了資本主義發展的基礎。

中日甲午之戰，日本從淸廷獲得巨額的賠款，固然是促進日本資本主義企業勃興的主要原因，惟下列數端亦爲促成甲午之戰後日本企業發達所不可缺少的原動力：

㈠戰勝的好影響：①因鉅額軍事費用的支出而使消費增加，與財富向大資本家集中。②由於戰勝而國際信用增大，與導入外資的來源疏暢。③由於戰勝而呈現帝國主義性的進出與貿易擴張。④由於戰勝之廣告性的效果，與海外對日本貨物需要量的增加。

㈡世界銀價的暴跌：當時日本猶係採取銀本位，世界銀價的暴跌，對日本產業的勃興實爲一大刺激。因銀價暴跌的結果，對外而言，日本的物價較之歐美等金本位國家顯然低廉，乃促成出口的增加而阻止進口，爲日本產業開拓了發達的餘地，自國內而言，銀價暴跌，促進物價上漲，一面將在銀價高時所建築的鐵路工場等導向極有利的地位，另方面在經濟企業的前途上爲資本家帶來了巨大的利益。兩者相輔相須，便促成日本產業顯著的勃興。

㈢貿易實權完全歸於日本之手：中日甲午之戰以後，貿易量的增加，極爲顯著。尤其是從前的原料輸出，製品輸入的現象發生變化而傾向於原料輸入、製品輸出的現象（參閱附表一）。此外日本商人所經手的貿易貨品較以往增多（參閱附表二），因之逐漸促進了日本的對外貿易額，使日本的工業產品得以銷售於世界市場而增加外滙收入。

附表一　原料、製品輸出入百分比表

年次	輸出		輸入	
	原料	製品	原料	製品
明治十年（一八七七）	三八・五%	二・七%	三・七三%	五六%
明治卅四年（一九〇一）	一一・八%	二七・三%	一・五%	二七・二%

附表二　日商及外商所經手的輸出入品價額百分比表

年次	日商	外商
明治六年（一八七三）	〇・四%	九九・六%
明治十一年（一八七八）	六・一%	九三・九%
明治十六年（一八八三）	一〇・三%	八九・七%
明治廿一年（一八八八）	一二・四%	八七・六%
明治廿六年（一八九三）	一七・三%	八二・七%
明治卅一年（一八九八）	三三・三%	六六・七%
明治卅三年（一九〇〇）	三八・四%	六一・六%

由於戰爭的收穫，中日甲午之戰後的日本經濟，展開全面的進展，當時企業勃興的中心是銀行、鐵路及棉紗紡織三業。先言紡織，據農務省的調查，明治廿六年（一八九三年）棉紗平均運轉的錠數不過卅八萬二千錠，到了明治卅一年（一八九八年）增至一百十四萬六千餘錠，所用員工人數約增加三倍由四十四萬人增至一百卅三萬人。（註一六）再從明治卅二年（一八九九年）的工場數目來看，全日本工場總數三、三八一處之中的二、三九三處爲纖維工場，（註一七）而明治卅三年（一九〇〇年）的調查，纖維工業佔全日本總工場數的百分七十點七，馬力數佔百分之四十六，職工數佔百分之六十七。（註一八）就其生產量言，在明治二十年（一八八七年）只有二萬三千捆，明治廿三年（一八九〇年）增高爲十萬四千捆，明治廿

八年（一八九五年）爲卅六萬捆，明治卅五年（一九〇二年）增加爲七十七萬捆（參閱附表三），又到了明治廿八年（一八九五年）爲止，棉紗的輸入原是遠遠超出輸出的，可是從明治卅年（一八九七年）起，情況突變，棉紗輸出增加了（參閱附表三）。

附表三　棉紗紡織業發達一覽表

年次	工場數	錘數（千本）	國內生產量（千捆）	輸入量（千捆）	輸出量（千捆）	生產輸入共計（千捆）
明治十年（一八七七）	不詳	八	二	五〇	不詳	五二
明治二十年（一八八七）	一九	七六	二三	一一〇	不詳	一三三
明治廿二年（一八八九）	二八	二一五	六七	一四二	三一	二〇九
明治廿三年（一八九〇）	三〇	二七七	一〇四	一〇六	一〇八	二一一
明治廿四年（一八九一）	三六	二五三	一四四	五七	一〇九	二〇二

明治廿五年（一八九二）	三九	三八五	二〇四	八一	一、〇〇〇	二八五
明治廿六年（一八九三）	四〇	三八一	二一四	六四	二、〇〇〇	二七九
明治廿七年（一八九四）	四五	五三〇	二九二	五三	一一、〇〇〇	三四五
明治廿八年（一八九五）	四七	五八〇	三六六	四八	一一、〇〇〇	四一五
明治廿九年（一八九六）	六三	七五七	四〇一	六六	四三、〇〇〇	四六八
明治三十年（一八九七）	七四	九七〇	五一一	五三	一四〇、〇〇〇	五六四
明治卅二年（一八九九）	八三	一、一八九	七五七	二七	三四一、〇〇〇	七八四
明治卅五年（一九〇二）	八〇	一、二四六	七七〇	八	一九七、〇〇〇	七七九

抑有甚者，當時紡織業的工人，婦女佔絕大多數，其情形可由下表窺其梗概：

附表四　明治廿一年至廿七年（一八八八—一八九四年）紡織工業男女職工數目表

年次	男子職工數	女子職工數	共計
明治廿一年（一八八八）	一、三〇〇	二、五〇〇	三、八〇〇
明治廿二年（一八八九）	二、七〇〇	五、二〇〇	七、九〇〇
明治廿三年（一八九〇）	四、〇〇〇	一〇、〇〇〇	一四、〇〇〇
明治廿四年（一八九一）	五、〇〇〇	一四、〇〇〇	一九、〇〇〇
明治廿五年（一八九二）	六、二〇〇	一八、〇〇〇	二四、二〇〇
明治廿六年（一八九三）	六、〇〇〇	一九、〇〇〇	二五、〇〇〇
明治廿七年（一八九四）	八、〇〇〇	二七、〇〇〇	三五、〇〇〇

次就鐵路與銀行言，鐵道公司自明治廿八年至卅三年（一八九五年至一九〇〇年）的五年間有九十七個，鐵路營業線的延長，在明治廿六年（一八九三年）有二、〇三九哩，戰後的明治卅一年（一八九八年）即達三千哩，迨至明治卅四年（一九〇一年）已突破四千哩，八年之間增加一倍多。至於銀行公司的新設增加亦大爲顯著（參閱附表五）。

附表五　一八九五年一月至一八九八年銀行公司新設增資成立資本額表

公司種類	數目	資本金額	同上百分比
銀行	七七六	二二八、四二二千圓	三四・二四%
鐵路公司	一一一	二三三、八〇八千圓	三五・〇五%
其他公司	一、一二七	二〇四、八七六千圓	三〇・七一%
共計	二、〇一四	六六七、一〇六千圓	一〇〇・〇〇%

紡織業是產業革命的先驅事業，海陸運輸是對外貿易與國內流通的重要手段，再加以銀行勃興、公司組織發達，日本的資本主義已具備了基礎的條件。

關於重工業方面，由於三國干涉強迫日本歸還遼東半島，因之激發了日本國民的敵愾心，在臥薪嘗膽的號召下，促使日本積極準備對抗俄國，所以在擴充軍備的目標下，（註一九）軍事工業的擴張更加活躍。尤其是中日甲午戰爭結果，日本因獲得中國大冶鐵礦的獨佔經營權，因此鋼鐵工業得以擴展，明治卅年（一八九七年）國營八幡製鐵所創立，以謀經濟上和軍需上的鐵鋼之自給自足。八幡製鐵所於明治卅四年（一九〇一年）開工，其第一年度的生產量生產了日本的銑鐵的百分之五十三、鋼鐵的百分之八十三，同時以此爲基礎，實現了日本兵器產業的獨立。（註二〇）民間的製鋼事業，亦因受了戰爭需要增大的刺激，於明治卅二年（一八九九年）創立了住友鑄鋼場，開始正常的生產工作。事實上，在明治卅三年（一九〇〇年）前後，民間的機械器具、造船業，由特權大資本家的公司出資經營，其中如三菱的造船所、三井的芝浦製作所、住友的伸銅所等等即其著名者。儘管民營重工業已開始萌芽，但當時官辦的軍事工業在數量上，規模遠較民營工業爲龐大（參閱附表六）。

附表六　一八九九至一九〇九年軍事工業與民營工業工人動力比較表

年次	軍事工廠			民營機械工廠		
	工人數	馬力數	工人與馬力比	工人數	馬力數	工人與馬力比
明治卅二年（一八九九）	二五、〇七三	八、四三八	〇・三三七	二〇、八七二	四、〇五四	〇・一九四
明治卅六年（一九〇三）	五三、五九三	一九、八四三	〇・三七〇	三二、〇二九	五、四九四	〇・一七二
明治卅九年（一九〇六）	九三、七〇四	六八、四〇三	〇・七三〇	五五、八二九	一五、四六四	〇・二七七
明治四二年（一九〇九）	六八、六〇五	九七、〇六三	一・四一五	四六、八三四	二九、九〇四	〇・六三九

此外，當時造船業已到達能建造六千噸輪船的能力，而汽車製造業亦已開始，其他各種機器，亦皆已能夠自製。餘如由於臺灣的割給日本，使日本的製糖業利用臺灣的原料而大爲發展，又製紙、製絲等各業亦開始發達。

事實上，第一次產業革命乃賜惠於戰爭的利得與自清廷獲得巨額賠款，使日本能用之於各項建設（參閱附表七），同時在政府的保護下，以特權資本家爲先鋒，促進了日本資本主義產業的飛躍的發展（參閱附表八）。可是利之所在弊又隨之，蓋由於日本國內市場非常狹隘，所以日本近代的產業發達的結果，不得不向海外市場進出，又因受了原料不足的限制，亦須尋求海外市場，由於這種關係，日本資本主義自其形成之初便帶有侵略性。（註二二）

附表七　甲午之戰後日本對於清廷賠款用途分配表　（單位：圓）

用途項目名稱	金額
臨時軍事費特別會計	七八、九五七、一六四
陸軍擴張費	五六、八二一、三八三
海軍擴張費	一三九、二六三、四二三
製鐵所創立費	五七九、七六二
臨時軍事費及運輸通信郵費	三、二一四、四八四
臺灣開拓經費	一二、〇〇〇、〇〇〇
皇室財政	二〇、〇〇〇、〇〇〇
軍艦水雷艇補充基金	三〇、〇〇〇、〇〇〇
教育資金	一〇、〇〇〇、〇〇〇
災害準備資金	一〇、〇〇〇、〇〇〇
共計	三六〇、八三六、二一六

附表八　一八九三年至一九〇三年日本資本主義發達的指標表

	明治廿六年（一八九三年）	明治卅六年（一九〇三年）	增加率
公司總數	二、八四四社	八、八九五社	三・一三倍
出資資本總額	二四、五〇〇萬圓	九三、一〇〇萬圓	三・八〇倍
工人十名以上的工場總數	三、七四〇廠	八、二七四廠	二・二一倍
使用原動力工場數	六七五廠	三、七四一廠	五・五四倍
日平均運作紡錘數	三八三、〇〇〇錘	一、二九〇、〇〇〇錘	三・三七倍
鐵道通車哩長	二、〇三九哩	四、四九五哩	二・二〇倍
輪船總噸數	一一〇、二〇五噸	六五六、七四五噸	五・九六倍
輸出貿易金額	八、九七一萬圓	二八、九五〇萬圓	三・二三倍

總而言之，中日甲午戰爭後的十年中，輕工業部門皆已發展到了機械化的程度，同時重工業部門的發展亦開始向前邁進。其較為具體的情形，則至明治卅六年（一九〇三年）時，全日本的工場總數為八千二百餘所，其中使用原動力機的計三千七百餘所，職工總數共達四十八萬三千餘人，其中女工佔百分之六十二（參閱附表九）。

附表九　一八九二年至一九一二年工業原動力化概觀表

年次	工場總數	使用原動力工廠 工場數	使用原動力工廠 對全體之百分比（%）	工人數目	男女工人數 男工	男女工人數 女工	女工所佔百分比（%）
明治廿五年 一八九二	二、七六七	九八七	三五・六七	—	—	—	—
明治廿七年 一八九四	五、九八五	二、四〇九	四〇・二五	三八一、三九〇	一四一、九一四	二三九、四七六	六〇・〇〇
明治廿九年 一八九六	七、六七二	三、六〇九	四七・〇四	四三六、六一六	七四、六五六	二六一、九六〇	五九・九九
明治卅二年 一八九九	七、二八四	二、三八八	三二・七八	四二二、〇一九	一六四、七一三	二五七、三〇六	六〇・九七
明治卅五年 一九〇二	七、八二一	二、九九一	三八・二四	四九八、八九一	一八五、六二二	三一三、二六九	六二・七九
明治卅六年 一九〇三	八、二七三	三、七一五	四四・九一	四八三、四三〇	一九六、二二六	二八七、三〇四	六二・〇〇
明治四〇年 一九〇七	一〇、九三八	五、二〇七	四七・六〇	六四三、二九二	二五七、三五六	三八五、九三六	五九・九九
明治四三年 一九一〇	一五、四二六	六、七二三	四三・五八	六九二、二二一	二四〇、八六四	四五一、三五七	六五・二〇
大正元年 一九一二	一五、一一八	八、七一〇	五七・六七	八六三、四四七	三四八、二三〇	五一五、二一七	五九・六七

倘把這一時期的日本資本主義的特質加以分析之，則不難發現如下的幾個現象：①日本資本主義在其形成當初，便已與軍事發生了密切的結合關係。支配重工業的八幡製鐵所或陸海軍工場固然具有軍事意義，即使民間的造船業及海運業，其着眼點並非是僅僅爲了發展貿易，根據明治廿九年（一八九六年）的「航海獎勵法」及「造船獎勵法」，做爲海軍擴張計劃之補充，民間所製造的大型汽船應使其在戰時能改裝爲巡洋艦並便於軍事運航，因此，獲得政府的特別保護及獎勵，此舉不但啓開了全盤保護大資本家之道，同時向帝國主義的海運保護政策邁向第一步。鐵路的建築亦基於軍事重點，至於紡織業方面，紡織的機械工業化，在這一時期局限於軍事生產。當時日本的重要資本主義產業，未與軍事發生直接關係者只有製絲業而已。②自明治維新初卽已受到政府保護扶助的三井、三菱、住友、安田、澁澤、古河等特權大資本家，於中日甲午戰爭後，繼續獨佔日本資本經濟的利權，因之壓倒其他小資本企業，使得日本的產業資本沒有所謂「自由競爭」的階段。在礦業或重工業方面，固然爲特權大資本家所獨佔，卽使在此一時期最急速發達之日本的機械制大工業中，比較具有自由競爭性的紡織業，亦由屬於三井或其他歐商資本系統的大阪、天滿、鐘淵、尼崎等幾個公司獨佔優勢。銀行業方面，在明治卅四年（一九〇一年）末的六大都市的組合銀行一百七十餘行之中，第一、十五、三井、三菱、安田、鴻池、住友，及正金等八個大銀行的存款，共達全組合銀行存款的百分之五十一，此外，全國存款總金額的三分之二集中於十幾個大銀行，其他二千餘行的存款共計只有三分之一左右而已。因此，自封建的高利貸發跡的三井或安田，除了銀行及其他金融事業之外，另有自營工場、礦山、鐵道、海運業等並創立公司，至於三菱、住友等最初未經營金融事業者，後來亦擁有自己的銀行，迨至明治卅三年（一九〇〇年）代，形成了可以在金融及其他主要生產部門發揮威力的「財閥」。③國民大衆受苛捐雜稅的壓迫，而徵自國民的稅款卻被浪費於軍事目的而未投資於再生產事業，此外財富集中於特權大資本家，於致一般民間資本的積蓄被壓抑，無法推行由下而上的機械制工業的生長。在大資本的大工業之另外一面，尚有龐大的家庭工業、工場制手工業的存在，其生產額佔工業總生產額的百分之七十左右。在紡織、造船、洋紙製造等雖然是機械制大工業，但此三者的生產額中所佔的比例，降及明治四十三年（一九一〇年）亦只有百分之十六而已。至於紡織、製絲等佔當時全日本工業生產量的四分之一以上的產業，亦多屬工場制手工業。（註二三）凡此種種，可以看出，日本的第一次產業革命乃是以蒸汽爲動力的曼徹斯特（Manchester）式的產業革命，輕工業的份量仍然相當的大。

第三節　第二次產業革命

中日甲午之戰，不僅使日本完成了輕工業爲中心的第一次產業革命，同時也是成爲重工業爲中心的第二次產業革命的基礎。甲午之役後，經過十年的明治卅七年（一九〇四年）二月，日俄發生戰爭，次年八月日本獲勝。這次戰爭較之甲午之役，規模旣大，戰費亦幾達十倍，計花費十七億一千六百萬日圓（甲午之役花費二億五千萬日圓）。這次戰費的百分之七十八，來自國內和國外的公債（國內公債六億四千萬圓，國外公債六億九千萬圓），因此，引起了通貨膨脹，並促成了日本資本主義發展的另一良機。抑有甚者，這種景氣後來又繼續了下去，蓋因戰後不僅繼續擴張軍備，同時爲開發經營朝鮮、庫頁島以及滿洲，而投下鉅額的資本。於是，在這當中，以重工業爲中心的第二次產業革命，遂應運而發生，從而完成了日本

附表一　株式會社繳足資本金集中表

年次	繳足資本金額（單位百萬日圓）						繳足資本金額之比例（%）				
	未滿十萬圓	未滿五十萬圓	未滿百萬圓	未滿五百萬圓	五百萬圓以上	計	未滿十萬圓	未滿五十萬圓	未滿百萬圓	未滿五百萬圓	五百萬圓以上
明治卅八年（一九〇五）	八九	一六二	九〇	一七八	三三八	八五八	一〇・三九	一八・九一	一〇・五四	二〇・七四	三九・四二
明治四四年（一九一一）	一〇三	二三二	一五〇	三一八	四九八	一、三〇〇	七・八九	一七・八一	一一・五〇	二四・四五	三八・三五
大正三年（一九一四）	一三七	二八六	一七五	四六六	七〇七	一、七七〇	七・七四	一六・一八	九・八六	二六・三〇	三九・九二
大正五年（一九一六）	七七	二四五	一八三	五八〇	一、〇〇五	二、〇九一	三・七一	一一・七三	八・七六	二七・七四	四八・〇六
大正八年（一九一九）	一〇九	三九一	四〇二	一、四六七	三、〇四七	五、四一六	二・〇一	七・二二	七・四二	二七・〇九	五六・二六
大正十年（一九二一）	一三四	五七〇	五七五	一、九九三	四、八四四	八、一一六	一・六五	七・〇二	七・〇八	二四・五六	五九・六八
大正十三年（一九二四）	一五〇	六三七	五六一	二、〇二七	五、八八〇	九、二五五	一・六二	六・八八	六・〇六	二一・九〇	六三・五三

的產業資本主義。

日俄戰爭後，日本企業界的特色是，與甲午之戰後新設企業風盛的現象相反，對於已設企業進行擴展或合併，而使其大規模化，例如在株式會社（股份公司）繳足資本總額中，納足資本金百萬圓以上的公司資本金所佔比例，逐年減少，其中十萬圓以下者，明治卅八年（一九〇五年）爲百分之十，可是到了大正十三年（一九二四年）減少至百分之一點二六。與之相反的，迄大正五年（一九一六年）左右，百萬圓以上五百萬圓爲止的比例特別顯著，五百萬圓以下者殆處於停滯狀態（註一三）（參閱附表一）。

日俄戰爭的結果，日本自俄國獲得了滿洲的煤鐵開採權。鐵礦的供給量提高了，重工業發展的基礎也就鞏固了。八幡製鐵所此時開始了大規模的煉鋼作業，結果，國內的需要量，銑鐵可以自給五六%，鋼鐵可以自給三八%（參閱附表二）。又在機械製造方面，無論官營民營，這時亦皆急劇發達（參閱附表三）。此外原來以蒸汽力爲工廠原動力，現在則以電力代替之，因此提高了工業的技術水準。原來日本的電力事業萌芽於明治二十年（一八八七年），惟當時的主要用途係用以照明，迨至日俄戰爭前後，由於發電所建設的急速增加，因此開始大量地採用電力代替蒸汽力做爲工廠的原動力（參閱附表四）。

附表二　國內鋼鐵生產自給率表

種類／數量＼年次	明治卅四年至卅八年（一九〇一—一九〇五年）的平均			明治四四年至大正四年（一九一一—一九一五年）的平均		
	供給(萬噸)	國內自給	輸入	供給(萬噸)	國內自給	輸入
合金鐵及銑鐵	一二·一	四五%	五五%	四七·一	五六%	四四%
鋼鐵	二五·七	一六%	八四%	六八	三八%	六二%

附表三　機械製造工廠官營民營數目表

年次	工廠數	馬力數	工人數
明治三三年（一九〇〇）官營機械製造工廠	一五	四、六〇〇HP	三一、〇〇〇人
明治三五年（一九〇二）官營機械製造工廠	一三二	五七一HP	七、六七〇人
明治四一年（一九〇八）官營的造船、兵器、機械、車輛工廠	四一	六四、〇〇〇HP	八三、〇〇〇人
明治四一年（一九〇八）民營的造船、車輛、機械器具工廠	七〇三	二五、〇〇〇HP	五三、〇〇〇人

附表四　明治四〇年、四四年及大正四年電力發達表

年次	發電所總數目	未滿一百KW	一百至五百KW	五百至一千KW	一千至五千KW	五千KW以上
明治四〇年（一九〇七）	一三七	三二	七五	一五	一三	三
明治四四年（一九一一）	三三四	八二	一五六	四三	四四	九
大正　四年（一九一五）	六〇四	二三四	二二五	六四	六四	一七

由於軍備擴張的機會，造船業、兵器、火車頭、汽車、工業機械等企業已有極顯著的發展。（註二四）就造船業言，明治卅一年（一八九八年），日本只有能力建造六千噸次的大型輪船，但到了日俄戰爭之後，在明治四十年（一九〇七年）左右，卻已有能力建造一萬三千噸次的大型輪船和戰艦。在鐵道運輸方面，由於保障軍事運輸的需要，於是政府乃於明治卅九年（一九〇六年）公佈「鐵道國有法」，並用公債償付辦法，發行四億八千萬圓公債，收買了四、八三〇公里鐵道和兩萬五千餘輛車輛。官營和民營的車輛工業，均受保護，過去依靠輸入的火車頭，也能夠在國內自製。

日俄戰爭後的日本產業發展，雖注重重工業，但輕工業仍然繼續地順利發展。明治四十二年（一九〇九年）左右，日本棉布的輸出，在滿洲及朝鮮市場已經凌駕英美，而生絲的輸出，在國際市場上亦已凌駕在中國之上，佔了首位。再就對外貿易而言，到了明治四十年代（一九〇七年），日商的貿易總額亦已凌駕外商的貿易額了。

抑有甚者，日俄戰爭之後，日本除了擴張國內的軍事企業外，並積極從事對外投資，尤其是投資經營中國東北。關於日本的對外投資事業，最先起於中日甲午戰爭之後，明治廿八年（一八九五年）上海中日合辦的東華紗廠的設立，卽其萌芽。迨至日俄戰爭之後，發展迅速，明治卅九年（一九〇六年）南滿鐵道會社成立，明治四十一年（一九〇八年）東洋拓道會社成立，而在此之前，並且先在朝鮮和東北，先後創立了朝鮮銀行和橫濱正金銀行，這些都是以政府及天皇爲大股東的半官半民的企業組織，起初雖以政府及天皇的資金做爲企業資金，嗣後又有三井、大倉等民間資本的加入，事實上，這四個半官半民的企業，以後卽爲日本帝國主義進展的急先鋒。（註二五）

在產業革命進行中，大抵上到了明治四十三年（一九一〇年）之頃，已完成了獨佔金融資本的形態。申言之，在這一時期三井、三菱、住友、安田、古河等財閥已形成 Konzern ——即把各種的企業結合在同一資本的形態之下。此一傾向，雖然始自明治十三年的官營事業的拋售給財閥，但降及明治末年至大正初年，三井本社已完成了對於貿易、倉庫業、礦山、運輸、紡織、製糖、製紙等多數子會社的支配組織，而三菱財閥亦已支配了造船、海運、倉庫、礦山等企業組織。抑有甚者，政府爲了充實國庫，自明治卅六年（一九〇三年）開始把樟腦收歸爲專賣事業，次年起把香煙，再次年（一九〇五年）又把鹽酒各歸入專賣事業。

以上所述爲日俄之戰後，日本經濟界的一般動向，惟在這第二次產業革命階段中，日本資本主義經濟的發展，在其演變過程中具有下列數端特色（註二六）：

㈠全業產的機械化與大工業化很顯著——明治廿七年至卅一年（一八九四—一八九八年）間蒸汽動力凌駕水力，降及明治四十二年（一九〇九年）之頃電力取代了蒸汽力，但仍有相當數量的中小工業保留其原狀。

㈡電力業的成長及電力使用的伸展——日本最初的發電爲明治二十年（一八八七年），明治卅年（一八九七年）開始採用高壓送電技術，明治卅三年（一九〇〇年）發電所的建設大有進展，明治四十年（一九〇七年）一月的新設事業計劃中的總工廠數四〇四所，資本金九億餘圓中，電力事業公司有一三七所，佔四億餘圓，因此電力自明治卅六年（一九〇三年）的八萬公瓩增加至大正三年（一九一四年）的一一〇萬公瓩，工廠原動力總馬力數與電力馬力數之比率，電力馬力數由明治卅六年（一九〇三年）的六・二%

增加至大正三年（一九一四年）的三二%。

㈢重工業的躍進特別顯著——以明治卅四年（一九〇一年）八幡製鐵所開始生產作業為起點，明治卅八年（一九〇五年）池貝鐵工所已能自製車床，此舉可說是日本確立重工業的開端，其後至第一次世界大戰發生前為止，日本的重工業可說大抵已完成。而八幡製鐵所的擴建，以及輪西製鐵所（後改為日本製鋼）、神戶製鋼、本溪湖煤鐵公司、日本鋼管等的設立，使日本鋼鐵的自給率提高，以此為基礎，造船、車輛、機械製作等各種機械工業亦隨之發達。

㈣重工業的發展民間企業雖亦有此傾向，但最大的推進力還是國家資本所經營的官營工業，因此，對於資本主義之國家的支配及指導力再度開始加強，尤其是自明治卅九年（一九〇六年）鐵道國有化實現後這種傾向愈益顯著。

㈤重工業的發達之主要原因，實緣於擴張軍事目的，因此，在重工業化過程中國家資本的比重日益增加，結果使日本的資本主義在其發展過程中，極度地呈現了軍事性的帝國主義傾向。

以上兩次的產業革命的結果，雖迅速地使生產資本集中、產業集中、銀行集中，使在歐洲各先進資本主義國須花費數世紀時間才能成熟的獨佔資本主義，而在日本則在短短四十年之內便告實現，但這種結果，不但使農業在整個國民經濟中因不受重視而地位降落，並且使國民的購買力低降。由於消費者購買力的低落，國民生活的貧困，因此，國內市場不能拓展，在這種情況下，生產及投資的增加擴大，終於誘致恐慌及慢性不景氣。因此，在明治四十、四十一年（一九〇七—一九〇八年）之間，曾發生恐慌，及至明治四十二年（一九〇九年），始漸趨好轉，但至大正二年（一九一三年）時，還是處於慢性不安的狀態。

這種經濟恐慌及不景氣，逐漸地使日本的經濟構造發生變化——即促進了獨佔資本或經濟、產業的寡頭支配的發生。結果由於生產資本集中，增加了財閥在經濟界的地位及影響力，於致促使了三井、三菱、住友、安田等大財閥控制經濟界的怪現象。

日本在短短幾十年內完成了獨佔資本的產業革命，在世界各國資本主義發展史上可算屬於異例，儘管它在進行產業革命中，表現了如上所述種種特殊現象，但其本身尚包含有種種矛盾。今姑舉其數例於下（註二七）：①大抵上說雖已到達獨佔資本的階段，但通過產業、金融之資本的集積、集中的進展尚未十分。②工業化雖見其有相當進展，但農業之在整個國家經濟中所佔比重尚高，農業生產量佔全國總生產量的過半以上。③在工業言，輕工業的比重極高，做為獨佔階段的資本主義的重工業，尚未十分成熟。④重工業方面，以軍事工業與造船業最為突出，其他部門尚未見多大發展。⑤在工業部門方面，明治末期早已呈露二重構造的狀態。⑥與工業部門相比較，以地方制及零細耕作所象徵的農業之構造特別遲緩，尚未能成立資本主義的農業經營。⑦就貿易構造言，輕工業製品及粗工業製品輸出佔壓倒性，機械、金屬等重工業製品的輸入依存度尚屬強烈，在資本主義的表現形態上依然屬於後進國型態。⑧雖然已有資本輸出，但不能謂為日本已達到資本過剩的狀態。⑨在政治構造方面言，尚未能達成與產業資本階段相照應的議會制民主主義，此蓋因突然進入獨佔資本階段，於致尚未能見有議會政治及政黨政治的確立。

要之，經過四十多年來的兩次產業革命，日本在亞洲（或有色民族國家）之中成為唯一到達獨佔資本主義階段的國家，且其發展的速度極其迅速，固為一大耀目的特徵，但是其與古舊諸關係，構造之溫存性尚濃，同時其不均衡甚至於跛行的發展，亦為日本完成獨佔資本主義所特有的現象。由於這種種關係，使得日本在發展資本主義之後，不得不依存於歐美先進國家，但對於亞洲諸國則其欲加以征服、支配的獨自之態勢愈爲加強，其帝國主義侵略的猙獰面目，逐漸表現於其對亞洲諸國的經濟貿易政策。

第四節　第一次世界大戰後日本經濟界的繁榮狀況

自明治末期至大正初年，日本的經濟陷於不景氣的沉滯狀態，這種情形，有部分經濟界人士認爲係日本經濟走到絕路的徵兆。正當日本陷入經濟不景氣的苦悶狀態時，大正三年（一九一四年）第一次世界大戰爆發，這種機運，終於使日本經濟又得以恢復景氣，日本企業界出現空前未有的興隆。例如國民所得額在大正八年（一九一九年）爲大正四年（一九一五年）的四倍，又大正二年（一九一三年）的所得稅額爲三千八百萬日圓，但到了大正十一年（一九二二年）約增加六倍半而達二億三千萬日圓，超過了一向做爲稅收主體的地租，與酒稅同爲國家最重要的財源。（註二八）

在這次大戰中，歐洲先進資本主義國家，無法向戰爭中的國際市場去發展，而日本雖對德國宣戰，但幾乎沒有受到戰爭的災禍，於是趁此機會，對中國施展其露骨的帝國主義的壓迫獲得了莫大利權，並向南洋、印度等經濟落後地區傾銷商品，甚且連歐美諸國對於日本商品的需要量亦激增。日本在這次戰爭中眞正地做了一個腦滿腸肥的漁翁。並且使日本在第一次世界大戰期間，其資本主義經濟的發展，進入了獨佔資本主義的階段。

在這次大戰中，促使日本企業勃興，經濟獲取鉅利的原因，固然很多，歸納言之不外乎是：①歐美商品輸入量的激減乃至杜絕；②作爲歐美商品的代用而輸出激增，尤其是亞洲國際市場，只剩下日美兩國提供貨物；③供應交戰國——尤其是英俄兩國的軍需品的輸出激增；④由於輸入杜絕，因此以往一向依存輸入的產業部門，或受輸入而壓抑的內銷品產業部門突然勃興；⑤世界船舶不足，促成日本海運及造船業的激增。由於上述原因，日本的輸出額，這時大爲激增，計大正三年（一九一四年）爲五億九千一百萬日圓，至大正五年（一九一六年）即爲十一億二千七百萬日圓，約值一點九倍，更至大正八年（一九一九年）增爲廿億九千八百萬日圓，值三點八倍；在此以前，日本乃入超國家，而自大正五年（一九一五年）至大正七年（一九一八年），每年造成了數億日圓超出的記錄（參閱附表一）。至於就輸出額的總額而言，大正四年至七年的四年間共計五十四億日圓，此數目乃相當以往平時十年間的輸出總額。（註二九）

附表一　第一次世界大戰中日本國際貿易情況表

（單位日幣千圓）

年次	輸出	輸入	出超㈩　入超㈠
大正三年（一九一四）	六三二、四六〇	七九二、四三一	㈠　一五九、九七一
大正四年（一九一五）	五九一、一〇一	五九五、七三六	㈠　四、六三四
大正五年（一九一六）	七〇八、三〇七	五三二、四五〇	㈩　一七五、八五七
大正六年（一九一七）	一、一二七、四六八	七五六、四二八	㈩　三七一、〇四〇
大正七年（一九一八）	一、六〇三、〇〇五	一、〇三五、八一一	㈩　五六七、一九四
大正八年（一九一九）	一、九六二、一〇一	一、六六八、一四四	㈩　二九三、九五七
大正九年（一九二〇）	二、〇九八、八七三	二、一七三、四六〇	㈠　七四、五八七
大正十年（一九二一）	一、三〇八、七四五	一、六七七、二〇六	㈠　三六八、四六一

日本在第一次世界大戰期間，由於輸出大增，現貨增加，促進物價騰貴，因而刺激了日本產業界獲得了優惠的利潤。在第一次世界大戰之前，日本產業公司的標準利潤，通常爲百分之十至二十，平均約爲百分之十五。但在戰爭勃發後，各產業公司的利潤率，隨着有顯著的增加，大正五年（一九一六年）中，礦業增加百分之九十點一二，棉絲紡織爲百分之七十點三一，毛織業爲百分之五十點九五。利潤率最高的當推大正六年（一九一七年）及七年（一九一八年）的海運造船業。海運業在大正七年下半期，其利潤達百分之一百九十點一六，造船業在大正六年下半期，亦獲得百分之一百六十點六六的利潤。今姑舉重要產業十項的平均繳付資本及利潤率於下，便知其所獲利潤的梗概：

附表二

種類	大正五年下期		大正六年下期		大正七年下期		大正八年下期	
	平均繳付資本（千圓）	利益率（%）	平均繳付資本（千圓）	利益率（%）	平均繳付資本（千圓）	利益率（%）	平均繳付資本（千圓）	利益率（%）
礦業	二三、九一七	九・一二	三九、三一〇	一三・〇三	五〇、六七五	二・八五	五一、二七五	一・八三
海運業	七一、六六三	五・二三	八七、三〇〇	一六・一九	二七、一二七	一九・一六	一二六、九九六	六・七四
造船業	二五、三四五	四・三六	三四、一八五	一六・六六	四四、〇九三	一四・〇五	五九、〇八八	一〇・七二
機械造車	二九、五八二	四・五七	三六、四一五	七・八二	五〇、三〇八	七・〇三	五六、六七三	三・一七

肥料及化學工業	二五、二二八	四・五四	三二、七三二	四・九一	四〇、五三九	四・七〇	四七、九一三	二・一九
棉絲紡織	六二、八五二	七・三一	七四、一〇〇	九・八〇	一〇四、七五五	一一・五九	一一三、九一七	一三・五三
製麻業	七、〇〇〇	三・六八	一〇、七五〇	五・九三	一一、三七五	八・〇三	一二、二八五	五・八七
毛織物	一五、七八三	五・九五	二四、五五一	五・三四	三三、六六六	六・一六	三七、二五七	七・七一
製紙業	一七、三六一	四・九七	二四、〇五〇	五・八三	三〇、一八六	六・八〇	三八、八五〇	四・九六
製糖業	五九、四三三	三・八〇	六八、一四一	四・九三	七八、六九五	三・三九	七九、六二〇	八・八四

現貨的增加情形爲，大正三年（一九一四年）末，日本保有的現貨爲三億四千一百萬圓，至大正八年（一九一九年）末激增至廿億四千五百萬圓，凡六倍以上，其中約有十三億四千三百萬圓在國外。在以往需要輸入外資的日本，此際一變而爲資本輸出國家。申言之，日本由於戰爭的賜惠，由以往的債務國家一躍而躋入債權國家之林，把大正四年至七年（一九一五－一九一八年）四年之間的貿易決算之，其實收的出超額共達廿八億，其大部分以在國外正貨名目而貸付給國外。（註三〇）

現貨的激增，除由於貿易出超外，更因海運船舶租賃等獲得莫大的傭金運費，大正七、八年（一九一八、一九一九年）間的收入約爲四、五億日圓之多（參閱附表三）。其後寺內內閣時代所以能供給北洋軍閥的西原借款，皆不外乎爲日本的資本求出路。船舶噸數亦由大正三年（一九一四年）的一五九萬噸而增至大正八年（一九一九年）的二八七萬噸（參閱附表四），一躍而成爲世界第三位海運國。便宜的日本商品由日本船舶運往世界各地港口，此現象正象徵了大戰中日本經濟的繁榮。航運業發展情形，日本郵船公司及大阪商船公司，自大正三年至八年間，投入原來資本額的二倍經費以增加船隻擴充設備，其收入達五倍，純利益所獲爲三至六倍，其配當率亦由一一－一二％增加至四〇－五〇％。至於日本國內船舶從事於國際貿易的航運者，由戰前的五一％增加至大正八年（一九一九年）的七四％。（註三一）

附表三　一九一四年至一九一九年日本航運事業收入表

年次	價格（千圓日幣）
一九一四年	五七、三〇〇
一九一五年	七一、二〇〇
一九一六年	一八六、七〇〇
一九一七年	三〇八、七〇〇
一九一八年	五〇七、〇〇〇
一九一九年	四五六、〇〇〇

附表四　一九一四、一九一七及一九一九年日本船舶增加表

年次／船隻	大正三年（一九一四）	大正六年（一九一七）	大正八年（一九一九）
隻數	三、四八七	四、○四三	五、二○三
噸數（萬噸）	一五九	一八五	二八七

在第一次世界大戰前的日本，農業生產額較之工業生產額爲高，例如大正三年（一九一四年）的農業生產額爲十四億日圓，工業生產額爲三十億七千萬日圓，但到了大正八年（一九一九年）其情形爲四十一億六千萬日圓對六十七億四千萬日圓，工業生產額凌駕於農業生產額之上（參閱附表五），儘管如此，倘就產業及經濟構造而言，可說是由半農業國家轉向於工業化國家的開始，輕工業仍然佔相當大的比例，遲至進入太平洋戰爭時期，日本才眞正步入工業化的國家。（註三二）

附表五　第一次世界大戰中日本農工生產額比例表

（單位百萬日圓）

年次	農業	工業	水產業	礦業	共計
大正三年（一九一四）	一、四○一（四五・四%）	一、三七二（四四・四%）	一五七（五・一%）	一五七（五・一%）	三、○八七（一○○%）
大正八年（一九一九）	四、一六二（三五・一%）	六、七三八（五六・八%）	四五五（三・八%）	五一四（四・三%）	一一、八六九（一○○%）

工業方面的增產情形，輕工業的紡織，製絲仍然佔重要地位，其生產方式完全爲機械及大規模化。重工業及化學工業的發展亦極爲顯著。自大正三年至七年（一九一四—一九一八年）的生產量，生絲由一萬八千三百噸增加至二萬九千六百六十噸，約增加六〇%，棉花則由一百六十七萬捆增至一百八十萬捆，約增八%，銑鐵則由三十萬噸增至五十八萬噸，約增九〇%，造船的下水噸數則由九萬噸增至六十四萬噸，增加四倍，染料由大正四年（一九一五年）的卅六萬噸增至大正七年（一九一八年）的五百七十萬噸，增加十六倍。（註三三）生絲的輸出在大正五年（一九一六年）約二億七千萬日圓，到了大正十年（一九二一年）增至四億二千萬日圓，由是片倉、郡是等大企業掌握了絲織業的牛耳。同時因在日本國內勞工工資昂貴，於是紡織業者乃在中國的上海、青島、天津等地投下資本建造紡織工廠，（註三四）利用中國境內便宜的勞力與棉花，以期確保控制中國的市場。

染料工業雖屬化學工業的中核，但在第一次世界大戰前日本毫無生產，完全仰賴德國輸入。後來由於戰爭來源中絕，於是乃於大正四年（一九一五年）頒佈「染料醫藥品製造獎勵法」，由國家加以保護扶助，因之確立了日本染料工業的基礎。至於重工業因在大戰中日本本身的擴張軍備，以及對同盟國方面提供大量的軍需品，這時可說是到達了極峯。鋼鐵業除擴張八幡製鐵所，創設滿鐵的鞍山製鐵所外，三菱製鐵、日本鋼管等民營大企業的發展，更值得重視。其具體情形，機器工業由大正二年（一九一三年）的一億一千一百萬日圓，增至大正十二年（一九二三年）的三億九千二百萬圓，即增加了四倍，鋼鐵生產在這十年中也增加了七倍，電力則增加了二點八倍。這種生產增加結果，船舶、工作機械、火車頭、汽車、原動機等皆能自給自足而不必再依賴外國，甚且可向亞洲地區輸出。此外向來最爲落伍的機械工業、肥料，及藥品等化工業，亦由於來源的杜絕及海外市場需要的激增而大爲勃興，至於採礦技術亦開始採用機械化而提高煤炭生產量。凡此種種工業部門的勃興，造成了日本國內一種黃金時代。但自全般發展而觀之，全工業生產中的百分之七十仍爲輕工業。蓋如前所述，日本的重工業的凌駕輕工業乃遲至第二次世界大戰發生之頃。

隨着產業的發達，企業的規模亦爲之擴大，資本集中於少數大資本家，促成了畸型的獨佔資本的發展。由公司數目及所投資本金劃分其規模時，繳足資本金在五百萬日圓以上的公司在大正三年（一九一四年）時佔公司總數的〇・三七%，其資本則佔資本總額的三九・九二%，至大正八年（一九一九年）時佔公司總數的一・七七%，資本則佔五六・二六%。資本金一百萬圓以上的公司，資本總額的比率，大正三年時爲六二・八%，大正八年時爲七九・三%（參閱本章第三節附表一）。

除了上述生產資本集中之外，銀行資本亦呈露集中的趨勢，銀行總數減少，小銀行爲大銀行所呑併吸收，各行繳足的資本及公債金增加（參閱附表七、八）。當時對日本經濟操着最大的支配力的是三菱、三井、俊友、安田等既成財閥。

附表六　全國普通銀行數、分行數及一行平均繳足資本金、公積金表

年次	銀行數	分行數	一行平均繳足本金（千圓）	公積金（千圓）
大正二年（一九一三）	一、六一四	二、〇九九	二四三	七六
大正八年（一九一九）	一、三四四	二、五六三	五六三	一二九

附表七　五大銀行資本金增加表

銀行名稱	繳足資本金（千圓）		昭和二年（一九二七年）	
	大正二年（一九一三）末	大正十二年（一九二三）末	繳足資金（千圓）	公積金（千圓）
橫濱正金	三〇、〇〇〇	一〇〇、〇〇〇	一〇〇、〇〇〇	一〇〇、〇〇〇
安田銀行	一〇、〇〇〇	九二、七五〇	九二、〇〇〇	一五〇、〇〇〇
三井銀行	二〇、〇〇〇	六〇、〇〇〇	六〇、〇〇〇	一〇〇、〇〇〇
三菱銀行	一、〇〇〇	三〇、〇〇〇	六二、五〇〇	一〇〇、〇〇〇
十五銀行	二三、五〇〇	四九、七五〇	六八、一一六	一〇〇、〇〇〇
第一銀行	一三、四三八	四三、一七五	五七、五〇〇	五七、五〇〇
住友銀行	七、五〇〇	五〇、〇〇〇	五〇、〇〇〇	七〇、〇〇〇

附表八　五大銀行存款集中表

（單位百萬圓日幣）

各期末現在	全國普通銀行共計	五大銀行							五大銀行除外之全國普通銀行	同上之對總額的比率
		三井	三菱	住友	安田	第一	合計	比率		
大正十二年下期	七、七〇五	四一八	三〇七	三四四	五六五	三四四	一、九七八	二五・七%	五、七二七	七四・三%

十三年上期	七、七二〇	四一七	二九二	三六二	五七六	三四四	一、九九一	二五・八%	五、七二九	七四・二%
十三年下期	七、九一四	四〇九	三〇三	三七七	五七三	三四六	二、〇〇八	二五・四%	五、九〇六	七四・六%
十四年上期	八、九二四	四四三	三〇八	四〇九	五九一	三六〇	二、一一一	二三・七%	六、八一三	七六・三%
十四年下期	八、七〇二	四四〇	三一二	四一六	五七二	三六六	二、一〇六	二四・二%	六、五九六	七五・八%
十五年上期	八、七九七	四七六	三一六	四三五	五五九	三八〇	二、二〇六	二五・一%	六、五九一	七四・九%
昭和元年下期	九、〇三一	四五六	三三九	四三五	六二三	三九一	二、二三四	二四・七%	六、七九七	七五・三%
二年上期	八、八一〇	五三九	四五六	五二四	六八六	五一一	二、七一六	三〇・八%	六、〇九四	六九・二%
二年下期	八、九〇八	五六〇	四七一	五五三	七一三	五二一	二、八一八	三一・六%	六、〇九〇	六八・四%
三年上期	九、〇九一	六一九	八三五	五九五	七四五	五六七	三、〇五一	三三・六%	六、〇四〇	六六・四%
三年下期	九、二二五	六〇六	五六二	六四三	七二三	五九七	三、一三〇	三三・九%	六、〇九五	六六・一%

如前所述，日本產業革命的完成不但使產業及資本發生獨佔化的現象，同時以財閥企業同盟(Konzern)爲中軸，此一產業資本的獨佔化及集中化益將大規模地進行。這些財閥如三井、三菱、安田、住友可稱爲日本的四大財閥，餘如東京的大倉、古河、澁澤、根津、川崎、若尾、久原，大阪的滕田、鴻池、山口、德島、岡崎、野村等皆在此一時期奠定了基礎。其中四大財閥在自己的資產外，另藉助其他龐大的金融資本的力量，加上與政黨互相勾結以政治的支配力做爲後盾，對於各種重要產業，公然地或隱然地發揮了其一大勢力。（註三五）姑以昭和初年的三井及三菱爲例，其情形如附表九及附表十所示。

附表九　三井財閥所支配的諸公司資本表

（單位千圓日幣）

	在三井之支配下者		準同三井之支配者		以上共計	
	公稱資本	繳足資本	公稱資本	繳足資本	公稱資本	繳足資本
直系六社	三四七、〇〇〇	二四二、〇〇〇	—	—	三四七、〇〇〇	二四二、〇〇〇
傍系十一社	三四〇、四一七	二三三、〇二八	四〇七、一四〇	四〇七、一四九	七四七、五六六	六四〇、一七七
直系子四十八社	二五六、六一八	一七七、七四二	三四、〇〇〇	二四、九七三	二九〇、六一八	二〇二、七一五
傍系子廿七社	二四一、七七五	一七〇、一九九	四二、〇〇〇	二九、四〇〇	二八三、七七五	一九九、五九九
(A)以上合計	一、一八五、八一〇	八二三、九六九	四八三、一四〇	四六一、五二二	一、六六八、九五九	一、二八四、四九一
	三井合名關係		直系及傍系公司關係		以上共計	
(B)關係廿八社	四一七、七五〇	二九四、四四八	一一六、八五〇	七一、九五〇	五三四、六〇〇	三六六、三九八
(A)及(B)總計	—	—	—	—	二、二〇三、五五九	一、六五〇、八八九

附表十　三菱財閥所支配的諸公司資本表

（單位千圓日幣）

	在三菱之支配下者		準同三菱之支配者		以上共計	
	公稱資本	繳足資本	公稱資本	繳足資本	公稱資本	繳足資本
直系十社	三五七、五〇〇	二三五、六二五	—	—	三五七、五〇〇	二三五、六二五

傍系十二社	三四、六五〇	二二、〇五〇	—	—	三四、六五〇	二二、〇五〇
直系子二十社	八九、八〇〇	八四、四五〇	二八、六〇〇	二三、三五〇	一一八、四〇〇	一〇七、八〇〇
傍系子二十社	八三、五〇〇	四一、〇〇〇	四二、〇〇〇	二〇、四七五	一二五、五〇〇	六一、四七五
(A)以上合計	八四五、四五〇	五六二、一二五	七〇、六〇〇	四三、八二五	九一六、〇五〇	六〇五、九五〇
	三菱合資關係				以上共計	
(B)關係五十四社	一、〇三七、八五〇	八七四、五八五	六四三、〇〇七	四四五、一六二	一、六八〇、八五七	一、三一九、七一五
(A)及(B)總計	—	—	—	—	二、五九六、九〇七	一、九二五、六六五

第一次世界大戰後，日本工業的發達情形，可從工廠規模勞工人數的增加，窺其眞相。大正三年（一九一四年）使用工人一百名以上的工廠，佔工廠總數的四%，其工人人數佔工人總數的三一・六%，到了大正八年（一九一九年）使用工人一百名以上的工廠，已增加至四・七%，工人人數的比率已增至三二・八%。此一現象以後迭有增加（參閱附表十一），此正顯示隨着獨佔資本的發展而集中工人，以進行大規模的工業生產的跡象。

第一次世界大戰爲日本資本家帶來了「天佑」的好機會，使日本資本主義完成了突飛猛進的大發展，結果財富增加，超過了從前的記錄。以前每年須有九千萬圓國債的加上，現在竟能夠於淸償外債之外，尚有十億圓的積金。這種臨時性的經濟景氣，實因日本充分利用戰時國際市場有以致之。迨至戰爭一結束，即當歐美各國恢復平時生產後，已不須日本的商品，在這種情況下，日本在國際市場已無法暢銷其商品。

附表十一　明治四二年至昭和二年（一九〇九—一九二七年）工廠及工人增加表

工廠數及其比例

	工廠總數	總數比率	工人五人以上卅人以下	工人卅人以上百人以下	工人百人以上千人以下	千人以上	工人總數（千人）	工人總數比率	五人以上卅人以下	卅人以上百人以下	百人以上千人以下	千人以上
明治四二年	三二、二二七	一〇〇・〇%	八五・七%	一〇・八%	三・三%	〇・二%	八〇一	一〇〇・〇%	三四・八%	二一・七%	二九・六%	一三・九%
大正三年	三一、七一七	一〇〇・〇%	八二・六%	一三・一%	四・〇%	〇・三%	九四八	一〇〇・〇%	二九・四%	二二・〇%	三一・一%	一七・五%
八年	四三、九四九	一〇〇・〇%	八一・四%	一三・五%	四・七%	〇・四%	一、六一二	一〇〇・〇%	二四・七%	一九・七%	三二・八%	二二・八%
九年	四五、八〇六	一〇〇・〇%	八三・〇%	一三・四%	四・三%	〇・三%	一、五五五	一〇〇・〇%	二六・五%	一九・二%	三二・五%	二一・八%
十年	四九、三八〇	一〇〇・〇%	八三・三%	一三・二%	四・二%	〇・三%	一、六三六	一〇〇・〇%	二七・六%	一九・八%	三二・五%	二〇・一%
十一年	四一、四二七	一〇〇・〇%	八三・九%	一二・四%	四・三%	〇・四%	一、六九一	一〇〇・〇%	二四・七%	一六・七%	三一・四%	二七・二%
十二年	四七、七八六	一〇〇・〇%	八二・七%	一三・四%	四・四%	〇・五%	一、七六五	一〇〇・〇%	二三・五%	一六・八%	三一・三%	二八・四%
十三年	四八、三九四	一〇〇・〇%	八二・三%	一三・六%	四・六%	〇・五%	一、七九〇	一〇〇・〇%	二三・三%	一七・一%	三二・一%	二七・五%
十四年	四九、一六一	一〇〇・〇%	八二・六%	一三・三%	四・六%	〇・五%	一、八〇八	一〇〇・〇%	二三・六%	一六・八%	三二・五%	二七・一%
十五年	五一、九〇六	一〇〇・〇%	八二・九%	一三・二%	四・四%	〇・五%	一、八七五	一〇〇・〇%	二三・六%	一七・二%	三一・九%	二七・三%
昭和二年	五八、六八〇	一〇〇・〇%	八三・〇%	一二・九%	四・七%	〇・四%	一、八九九	一〇〇・〇%	二四・二%	一六・九%	三四・六%	二四・三%

因此，自大正七年（一九一八年）大戰告終時起，戰時飛躍的日本經濟，即開始發生困難。及至次年，日本貿易轉成了入超，戰爭期間所積蓄的外滙急速的減少。

戰後不景氣，在大正九年（一九二〇年）春天正式爆發，是年三月公司股票暴跌，米、棉絲、生絲等價格暴落，許多產業公司、銀行、貿易行、證劵公司、商行等皆被迫倒閉或休業，全國被前所未有的恐慌所侵襲。自是年四月至七月遭受擠兌的銀行有一六九行，公司商店破產者達二八五家。（註三六）政府雖曾飭令日本銀行及大藏省預金部（存款部）放出三億五千萬圓的多額資金，實行信用膨脹的辦法以資救濟，但入超仍未能扭轉，對美滙兌日益低落。

在不景氣的現象，日益深刻之下，大正十二年（一九二三年）九月一日發生了「關東大震災」，東京及橫濱遭受空前的嚴重大災害，損失慘重，人命死亡十萬六千人，受傷五萬二千人，房屋損害六十九萬四千戶，經濟上的直接損害約一百億日圓（現在的幣值計算約數兆），（註三七）多數產業建設被破壞，東京約佔七三%，橫濱約佔九五%，因此，又引起了新的恐慌。政府爲了復興工作，一方面發行國內公債，另方面向外國募借外債，因此更引起了經濟膨脹不景氣，最後更引起了昭和二年（一九二七年）的金融恐慌。抑有甚者，大正十四年（一九二五年）政府因入超激增爲補救外滙率的暴跌，開始將現金運往美國（即所謂「金出口解禁政策」），而不得不從當時的通貨膨脹政策轉變爲緊縮政策，於是物價立時下跌，公司銀行的利率開始降低，基礎較弱的公司、銀行也就隨之發生動搖。結果昭和二年（一九二七年）四月臺灣銀行、近江銀行、左右田銀行、中井銀行、十五銀行以及關西的三十家銀行被迫休業，股票市場大跌，許多企業破產，至昭和六年（一九三一年）三月全國七七四家銀行中，有五十八家被迫休業。政府雖然採取「

延期償付」(Moratorium)的保護政策，以圖挽救，但這種措施，更助長了日後日本經濟的獨佔傾向。

第五節　日本資本主義的崩潰

政府為解救因「關東大震災」所引起的經濟恐慌，曾實行黃金自由出口的所謂「金出口解禁政策」，結果外滙經濟提高，物價暴跌，幣值增高，基礎薄弱的事業機構露出破綻，而成人民失業，昭和五年（一九三〇年）之中全國失業人口達三百萬人以上。（註三八）政府為應付因「關東大震災」所引起的新恐慌，曾於昭和二年（一九二七年）四月採取「延期償付」，由日本銀行負責貸出二十二億日圓鉅款，以救濟臺灣銀行以及其他銀行，而使日銀平空遺失了五億圓（由政府補償），結果使因被迫休業的五十八家銀行，在一年之內重新營業者有十五家，抑有甚者，在恐慌之下，許多向中小型銀行及地方銀行存款者，紛紛把存款移存於大銀行，亦有人把存款移存於政府經營的「郵政存款」。恐慌後，政府修改銀行法以整頓資本金一百萬圓以下的銀行，進行銀行的合併，結果促成了大銀行的出現，而使三井、三菱、住友、安田、第一等五大銀行支配了日本金融界。（註三九）此外政府為了救濟融資，利用種種名目發行公債，致使經濟膨脹延續下去，其內外國債由大正八年（一九一九年）度末的三十二億日圓，激增至大正十五年（一九二六年）末的五十一億日圓。（註四〇）

禍不單行，福不雙全，昭和四年（一九二九年）秋又碰上了世界恐慌的襲擊，在內外恐慌的交迫下，自昭和四年至六年（一九二九—一九三一年），使日本財經界陷入了空前未有的大恐慌的深淵。結果，中小企業紛紛倒閉，日本國內失業人員充滿街頭，勞資糾紛及佃農爭議事件激劇增加，又因米價跌落，兼之歲荒，使得日本農村經濟陷入不振苦境。（註四一）物價在昭和五、六年（一九三〇、三一年）跌落三〇％，股票跌落四〇％（參閱附表一）。由於經濟不景氣，工廠紛紛倒閉，致使失業人員日增（參閱附表二），而工廠亦紛紛裁減工人（參閱附表三），以維持其生命，這一大批失業人羣蜂擁的回到農村，更使農村經濟陷入窮境。在這樣的大恐慌當中，大資本卻促進了「企業同盟」(Konzern)，大財閥愈益鞏固了地位，甚至於組織了企業托拉斯。政府甚至在昭和六年（一九三一年）制頒「重要產業統制法」，以國家的權力來強化保護大財閥對重要產業的統制力，而塑鑄出了後來統制經濟的端緒。（註四二）「重要產業統制法」助長了企業同盟托拉斯的結成，這種企業同盟托拉斯的組成，使大資本對於產業的控制支配，由工業而推展至商業、農業，而三井、三菱、住友等大獨佔資本對全產業的支配力，竟擴展至未曾有的強大程度。（註四三）

附表一　日本在一九三〇年代的世界大恐慌時期重要商品價格低落一覽表　（單位日圓）

種類＼年次	昭和四年（一九二九）十二月	昭和五年（一九三〇）六月	昭和五年十二月	昭和六年（一九三一）六月
米（一石）	二八・二一	二七・五八	一八・五五	一八・四七
大豆（百斤）	七・四九	六・六二	四・六一	四・三八
生絲（百斤）	一、一七一・四〇	八四九・〇〇	六二五・〇〇	五二七・〇〇

棉絲（一捆）	一九三・一八	一二五・九六	一三九・六五	一三六・四二
銑鐵（一噸）	五〇・五〇	四六・二五	四〇・七五	三七・二五
銅（一百公斤）	九〇・〇〇	七四・〇六	六五・三二	五二・九三
水泥（一樽）	四・七〇	四・二〇	三・七一	四・一五
石灰（一噸）	二〇・〇〇	一七・四一	一六・六一	一三・九一

附表二　職工失業人數表

年次	失業人數
昭和四年九月	二六八、五九〇
昭和五年九月	三九五、二四四
昭和六年九月	四二五、五二六
昭和七年九月	五〇五、九六九

附表三　工廠裁減工人一覽表

（單位千人）

年次	工場數	男工	女工	被裁總數
大正十年（一九二一）	四八	七一五	八八七	一、六〇三

昭和元年（一九二六）	五二	七八八	九五三	一、七四一
昭和三年（一九二八）	五六	八四〇	九六〇	一、八〇〇
昭和四年（一九二九）	六〇	八五五	九七〇	一、八二五
昭和五年（一九三〇）	六二	七九六	八八七	一、六八三
昭和六年（一九三一）	六四	七七五	八八六	一、六六一

在昭和初年的恐慌當中，於昭和六年（一九三一年）九月發生了「九一八事變」（日人稱之爲「滿洲事變」），這是日本正式侵略中國野心的暴露。當九一八事變發生不久，英國宣佈停止金本位制，此舉使日本商品的向國際市場發展，更感困難，兼以中國又發動排斥日貨運動，因此，更使日本貨品無法向國外銷售。在這種情況下，兼以軍事費用的擴大，國家財政年年恐慌，不能平衡，完全賴公債度日（參閱附表四）。面對這種財政困境，政府所採取的具體對策是：①以軍事費及社會事業費爲中心之財政規模的膨脹，②禁止黃金出口並實行低滙兌政策，③由日本銀行負責發行公債等之正規通貨膨脹政策。但由於政府支出膨脹之大部分爲軍需方面，因此，亦可稱之爲「軍事通貨膨脹」。（註四四）

這一時期由於所謂「軍需景氣」的刺激，因此工業生產的發展激增，其中尤以重化學工業的生產額壓倒了輕工業，改變了明治以來產業結構的比重（參閱附表五）。此現象正顯示了產業機構已逐漸移於戰時體制，同時國家的加強統制以及國家資本爲中心的獨佔型態擴大。外國滙兌管理法（一九三三年）、石油業法（一九三四年）、自動車製造事業法、重要輸出品取締法、重要肥料統制法，以上皆爲一九三六年所制頒，凡此皆爲加強戰時體制，及由國家直接培育軍事產業及其基礎產業的重要法令。勵行戰時體制產業結果，例如陸海軍工廠的大量擴張，遂使國營工廠數到了昭和十一年（一九三六年）增加至五五〇座以上。軍事產業的基礎部門的製鐵業，雖於昭和八年（一九三三年）曾將八幡製鐵所移歸民營，且將輪西製鐵、釜石礦山、富士製鋼、三菱製鐵、九州製鋼等合併創立日本製鐵，但約佔八〇%的國家資本則爲三井、三菱等財閥資本所統合而形成鉅大的獨佔資本。（註四五）此外汽車、飛機以及化學工業皆配合軍事需要而急激地勃興。至於輕工業則因在所謂準戰時體制的強化以及受到國家強迫的統制，因此全面的縮小了其規模，但紡織業因事關軍事生產，故其所佔比重仍大（參閱附表六）。因此，棉布的輸出除去生絲成爲輸出品的第一位，在昭和八年（一九三三年）甚且壓倒英國而躍居世界第一位。但是政府卻以輸出所得的外匯以易取羊毛、汽油、鐵等軍需物資，因此，一般國民的生活仍然無法改善。在政府這種獨佔統制政策之下，除了舊有的財閥之外，又產生了從事於化學工業、汽車，以及飛機製造等軍事工業部門的新興財閥日產及中島。而這些與軍部及政府互相勾結的所謂「死的商人」（即無靈魂不顧一般國民生計的商人），既因戰爭而興起，因此他們又重新準備誘發另一場新的戰爭，冀求更大的獲利。蓋當戰爭一終結，則彼擴大的軍需工業生產必然陷入停滯而產生新的經濟危機。這種經濟危機，惟有擴大新的戰爭才能避免。基於這一理由，當九一八事變結束後，日本又準備開始另一場侵華戰爭。

當時由於軍事費的擴大（參閱表四），使國家的預算年年增加。政府爲了彌補預算赤字，除發行公債外，又增加銀行的貨幣發行額，這種措施當然誘致了通貨膨脹。另一方面，當時一般物價，無論輸入品或

附表四　昭和初年日本財政膨脹情形表　（單位百萬日圓）

年次	歲出總額	軍事費（百分比）	發行公債總額
昭和六年（一九三一）	一、四七七	四六一（三一・二%）	四五八
昭和七年（一九三二）	一、九五〇	七〇二（三六・〇%）	一、〇九七
昭和八年（一九三三）	二、二五五	八五三（三七・八%）	一、一〇五
昭和九年（一九三四）	二、一六三	九五一（四四・〇%）	一、〇六三
昭和十年（一九三五）	二、二〇六	一、〇四二（四七・二%）	一、〇五一
昭和十一年（一九三六）	二、二八二	一、〇八八（四七・七%）	二、八七一

附表五　一九三一年及一九三八年工業生產額種類別百分比

種類＼年次	昭和六年（一九三一）	昭和十三年（一九三八）
紡織工業	三七・二%	一九・八%
食料品工業	一六・二%	九・一%
其他	一二・九%	一〇・三%
小計	六六・三%	三九・二%

化學工業	機械器具工業	金屬工業	小計	總計
一五・八%	九・六%	八・三%	三三・七%	一〇〇・〇%
一七・六%	一九・六%	二三・六%	六〇・八%	一〇〇・〇%

附表六　昭和四年至十三年各業生產情況表

年次	種類別	總數	金屬工業	機械工業	化學工業	紡織工業
昭和四年（一九二九）	工廠數	五九、八七七	三、七八三	五、二九六	三、一九九	一九、七〇六
	從業人員數（一千人）	一八、二五〇	九〇九	一、九〇二	一、二二三	九、九七七
	生產額（千圓）	七、七五九、〇二八	六四一、九七五	八〇八、二一九	一、〇四一、一〇六	三、二一〇、七五二
昭和七年（一九三二）	工廠數	六七、三一八	四、六一五	六、七三八	三、六九五	三、二九七
	從業人員數	一七、三三五	九七五	一、九四六	一、三六〇	八、八一五
	生產額	五、九八二、四六九	五九一、一三五	五九八、八四〇	九三七、九五六	二、二二二、〇八八

年次	工廠數	從業人員數	生產額	工廠數	從業人員數	生產額
	昭和十年（一九三五）			昭和十三年（一九三八）		
	八五、二七四	二三、六九三	一〇、八三六、八九四	一二、三三三	三二、一五四	一九、六六七、三三〇
	七、三一八	二、一七六	一、八八一、七四四	二、一三五	三、七七四	四、六八七、一六七
	一〇、三五二	三、六七三	一、四六二、五四〇	一七、五七〇	八、六〇四	三八二、八八一
	四、六四四	二、二八六	一、八二三、八七八	六、一四六	三、三二三	三、四六〇、五八二
	三五、五六二	一〇、〇六七	三、三五二、五六四	二八、〇九二	九、七七〇	三、九八四、八三〇

輸出品，皆逐漸高漲，日圓貶值達百分之五十，兼以勞工工資的減低（參閱附表七），而農村則發生豐年饑饉，因此，使人民生活愈益困苦。

附表七　勞工工資定額、實收指數表　（一九二八年爲一〇〇%）

年次	總指數		男工		女工	
	定額工資	實收工資	定額工資	實收工資	定額工資	實收工資
昭和四年（一九二九）	九八・六%	一三〇・九%	九八・六%	一〇二・六%	九七・四%	九六・四%
昭和五年（一九三〇）	九六・二%	九八・七%	九六・二%	九七・三%	九四・〇%	八七・四%

昭和六年（一九三一）	九一・三%	九〇・七%	九一・五%	九二・〇%	八七・九%	七七・四%

自九一八事變以後，軍部和右翼的直接行動突盛，先後發生了「血盟團事件」（一九三二年）、「五・一五事件」（一九三二年）、「二・二六事件」（一九三六年），而內閣在軍部控制之下，只有俯首聽命，增加軍費，其實際情形，如昭和十二年（一九三七年）至昭和十六年（一九四一年）之間，一般預算由三十億日圓增加至八十七億日圓，但軍事特別預算，則由二十五億日圓增至一、一五五億日圓之鉅，其激增數目之大，誠是驚人。

九一八事變後，日本已眞正進入所謂「戰時體制」，把小學改稱爲「國民學校」，加強軍事訓練灌注軍國主義及超國家主義思想，強制一般國民參拜神社，另方面，並於昭和十二年（一九三七年）創設企劃院，做爲統制產業確立戰時體制的中樞機關。翌年（一九三八年）在企劃院的起草下由第七十三屆國會通過了「國家總動員法」及「電力國家管理法」。根據此兩個法律，政府乃着手制定「物資動員計劃」，按照該計劃把重要物資分爲軍需官需、輸出需要及民需等，各給以配當額，其方針乃在確保軍需優先之下，增加輸出以購買國外的軍需資材，因之，民需物品慘重地被削減。並且於昭和十三年六月，禁止棉絲綿織物的製造及小販賣，餘如鋼鐵、銅、亞鉛、橡膠、羊毛等民需使用，亦被禁止。（註四六）爲了進行戰時經濟建設，鐵、煤炭、棉花、羊毛等成爲輸入品之中心，汽油需要量的九一%依賴輸入，鐵礦石的七一%、鐵屑及鐵礦的五五%、銑鐵的三一%皆仰賴輸入品。（註四七）政府乃加強統制經濟政策，以削減民需，因此與軍需工業無關的中小企業大受打擊，昭和十三年（一九三八年）夏季，因民需產業之被迫停工，因此，民需產業機構的工人、店員之失業，離職者達一三〇萬人。（註四八）昭和十四年（一九三九年）政府又頒佈「米穀配給統制法」，次年（一九四〇年）又頒佈「米穀管理規則」，此外又頒佈「公司盈利分配及資金融通令」，規定資本在二十萬日圓以上的公司，在昭和十三年十一月以前的最後盈利分配，每年不得超過六%以上，這種盈利分配的限制，目的在於促進資金的再投資，以便協助軍需生產事業的發展。抑有甚者，在中日戰爭進行期間，日本政府爲了獎勵軍需器材的增產或緊急物資的補充起見，制訂了不少特殊法令，成立各種「國策會社」，如石油、鋼鐵、電力、工作機械、飛機、輕金屬、船舶、礦產、肥料等，都先後成立了「國策會社」。昭和十六年（一九四一年）太平洋戰爭發生前又頒佈「食肉配給統制規則」、「青果物配給統制規則」，至此一般國民大衆的生活更加陷入窮困之境，太平洋戰爭發生後，於昭和十九年（一九四四年）實施全食品類的統制配給制度。

昭和十六年（一九四一年）十二月八日，日本海空軍偷襲珍珠港的美國海軍基地，惹起了太平洋戰爭的滔天大禍。此後它與經濟力量較強於它的美國爲敵（參閱附表八、九）遂使軍國主義的日本經濟，從此陷入了最後崩潰的悲境。這次的戰爭爆發後，日本政府爲了彌補經濟上的不平衡，遂加強戰時經濟的統制，昭和十八年（一九四三年）實施「戰力增強企業整備要綱」，頒佈「軍需會社法」，對於飛機、鐵鋼、煤炭、輕金屬、船舶等五大主要產業，大量傾注資金、資材、勞動力，以圖增加軍需生產，把握戰爭的勝利；但另一方面，爲了戰時通貨膨脹的加速進行，結果引起一般物價的激漲，生產力的低下，國民生活的窮困，（註四九）最後招致戰時經濟的總崩潰。

附表八　太平洋戰爭發生前一九四一年（昭和十六年）日美經濟比較表

項目	日本	美國
國民總生產額	四〇三億日圓	一、二六四億美元
外國貿易額（輸出）	二六・五〇億日圓	五一・五三億美元
外國貿易額（輸入）	二八・九八億日圓	四三・七四億美元
人口	七二、七五〇（千人）	一三三、二〇三（千人）
煤礦生產量	四、六三四（千噸）	四三、一三〇（千噸）
原油生產量	二三（千噸）	一五、七八九（千噸）
發電量	二、七八七（百萬公瓩）	一三、七三三（百萬公瓩）
鐵及鐵合金生產量	三五九（千噸）	四、二七七（千噸）
鋼鐵生產量	五七〇（千噸）	六、二六二（千噸）
銅生產量	八・四（千噸）	七六・九（千噸）
水泥生產量	四八六（千噸）	二、三七二（千噸）
銀生產量	五五（千噸）	二八〇（千噸）

汽車生產量	二、七五〇（輛）	二三八、九〇〇（輛）——一九三九年
商船現有噸數	四、四七五（千噸）	一一、七八八（千噸）

附表九　太平洋戰爭前日美經濟力百分比表

項　　目	美　國	日　本	項　　目	美　國	日　本
領土面積	一〇〇	六・九	總人口	一〇〇	五三・一
鐵煤礦汽油埋藏量	一〇〇	四・〇	總生產價格	一〇〇	六・七
重要礦產生產量	一〇〇	五・〇	生產效率	一〇〇	一八・〇
重要礦產自給率	一〇〇	五四・一	鐵路運輸量	一〇〇	三・〇
主要糧食生產量	一〇〇	二一・二	國民所得	一〇〇	六・六
主要糧食自給率	一〇〇	九一・九	國家財富	一〇〇	一二・五

戰時通貨膨脹，是由於軍費支出的浩大所引起的，自太平洋戰爭發生後，日本軍費支出，逐年增加，尤以戰爭後期更爲顯著（參閱附表十），例如戰爭結束前一年——昭和十九年（一九四四年）的支出總額爲一千六百二十五億圓，較之九一八事變前歲出六十三億八千萬日圓，增加二十五倍之鉅。同年的國民所得估計爲八百零九億日圓，其中軍費支出則達七百三十五億日圓，約佔九一%。然這並非全部實際戰費，

此外如預算外的國庫負擔契約、民間賦課獻金、民間金融機關貸與的軍需工業資金等，實際皆為戰爭直接用去，為數總共當在一千數百億日圓。在軍費日益增加之下，國民的稅額亦由昭和七年（一九三二年）的每人十七日圓，至昭和十八年（一九四三年）增加為一三二日圓（參閱附表十一）。

附表十　昭和十六年至二十年（一九四一——一九四五年）日本歲出統計　（單位百萬日圓）

年次／項目	一般會計歲出	特別會計歲出	臨時軍費特別會計	地方財政歲出	共計
昭和十六年（一九四一）	八、一三三	二七、七一七	九、四八七	三、五〇二	四八、八三九
昭和十七年（一九四二）	八、二七六	三五、五五四	一八、七五三	三、七九八	六六、三八一
昭和十八年（一九四三）	一二、五五一	五〇、六二一	二九、八一八	四、七四一	九七、七三一
昭和十九年（一九四四）	一九、八七一	六四、九一三	七三、四九三	四、二三一	一六二、五〇八
昭和二十年（一九四五）	二一、四九六	七八、三五五	一六、四六四	一〇、五六〇	一二六、八七五

附表十一　一九三二——一九四三年日本增稅及國民負擔額表

年次	稅額（百萬日圓）	一戶負擔額（圓）	一人負擔額（圓）
昭和七年（一九三二）	一、一五二	八九	一七
昭和十一年（一九三六）	一、五七七	一一六	二二

昭和十五年（一九四〇）	四、三五八	三〇四	六〇
昭和十八年（一九四三）	九、六六六	六四五	一三二

由上觀之，財政破產的情形，令人可驚。當時政府爲了應付這種鉅大的軍費支出，曾採用增稅，發行公債，及其他強迫儲蓄等強制手段，然此皆不能挽救垂死的經濟命運。通貨膨脹，不僅無法避免，並且速度逐漸加劇。所發行的戰時公債實際數字，在昭和十七年（一九四二年）末計四百十七億八千萬日圓，到了昭和二十年（一九四五年）三月底增至一千五百零七億九千萬日圓，計增加三・六倍。這些戰時公債的半數以上爲一般金融機關所保有，它們把這些戰時公債作爲擔保品，向日本銀行借入資金。在這種急劇的通貨膨脹現象下，日本銀行只有濫發紙幣，以應付這種局面（參閱附表十二）。通貨膨脹的結果，引起了國內物價不斷上漲（參閱附表十三），結果使國民生活陷入窮困，由於營養不良，影響及於新生嬰兒的生長及體重（參閱附表十四）。戰時日本雖然厲行公定價格，嚴禁商人抬高物價，但因物資的缺乏，實際交易買賣並未依照公定價格，於是終於出現黑市價格。

附表十二　昭和十六年至二十年（一九四一—一九四五）日本銀行紙幣流通額　（單位百萬日圓）

年次	紙幣流通額	增加率（以昭和十四年末爲一百）
昭和十六年（一九四一）末	五、九七八	一二五

昭和十七年（一九四二）末	七、一四八	一四九
昭和十八年（一九四三）末	一〇、二六六	二一四
昭和十九年（一九四四）末	一七、七四五	三七〇
昭和二十年（一九四五）七月末	二八、四五六	五九二

附表十三　昭和十六年至十九年（一九四一—一九四四年）日本國內物價指數表（一九三七年爲一百）

項目／年次	批發物價指數		零售物價指數	
	公定	實際	公定	實際
昭和十六年（一九四一）	一三八	一五五	一五〇	一八八
昭和十七年（一九四二）	一四九	一九八	一五五	二四四
昭和十八年（一九四三）	一五八	二四四	一五六	二八八
昭和十九年（一九四四）	一七六	二八六	一八四	三七七

在太平洋戰爭期間，日本既與英美對立，也揭示着逐年萎縮的現象（參閱附表十五）。平時其國內工業所需原料，原來大部分依賴英美等國的供給，現在來源斷絕，因此遂使國內軍需工業生產減退。根據日本經濟界的統計，工礦方面，以昭和十年（一九三五年）即中日戰爭開始三年爲基準，昭和十九年（一九

附表十四　新生嬰兒體位比較表（東京市深川區之調查）

體位＼年次		昭和十五年（一九四〇年）	昭和十七年（一九四二年）	差
身長（公分）	男	五一・七八八	四九・九三〇	(一)一・八五八
	女	五一・六八〇	四九・三二〇	(一)二・三六〇
體重（克）	男	三、一三〇・三〇	二、二九〇・八九	(一)八三九・四一
	女	三、一〇三・八六	二、八六八・六〇	(一)二三五・二六

附表十五　昭和十二年至二十年（一九三七—一九四五）日本輸入價格統計表　（單位百萬日圓）

年次＼項目	輸出	輸入	輸出（依物價指數修正）	輸入（依物價指數修正）
昭和十二年（一九三七）	三、一七五	三、七八三	二、三九九	二、八五九
昭和十六年（一九四一）	二、六五〇	二、八九八	一、四四五	一、五八一
昭和十七年（一九四二）	一、七五二	一、七五一	九〇九	八八八
昭和十八年（一九四三）	一、六二七	一、九二四	七七八	九二〇
昭和十九年（一九四四）	一、二九七	一、九四四	五五七	八三五
昭和二十年（一九四五）	三八七	九五三	一四〇	三四五

四四年）降爲八六%，昭和二十年（一九四五年）即日本投降之年，更降爲二八・五%。迨及昭和二十年美國強烈轟炸日本國內各大都市及工業地帶，其生產能力大受影響，據統計戰時工業因遭美機空襲而喪失的生產能力，計生產機械六七%，工作機械六五%，精密機械六五%，電氣機械三七%，鑄鋼業四〇%等。至此日本的經濟生產能力，根本窒息，八十年以來以戰爭起家的日本資本主義，至此完全總崩潰。

註釋

註一：野呂榮太郎著：「日本資本主義發展史」一四八頁。

註二：小平恆彥、矢澤克、平澤武男著：「世界と日本の現代史」五—六頁。

註三：參閱讀賣新聞社編：「日本の歷史」⑽明治維新二一三頁；笠信太郎編：「日本の百年」一六八頁；竹內理三編：「日本史」三三〇頁。

註四：讀賣新聞社前揭書⑽二一一頁。

註五：高橋龜吉著：「日本資本主義發達史」一一九—一二〇頁。

註六：當時長崎造船所的資產一般估計爲四十五萬九千圓，但卻以九萬一千零十圓售給三菱公司。

註七：參閱高橋龜吉前揭書一二二—一二三頁。

註八：井上光貞、兒玉幸多、大久保利謙編：「日本歷史讀本」二二五頁。

註九：讀賣新聞社前揭書⑾明治の日本八六頁。

註一〇：高橋龜吉前揭書一二九頁。

註一一：以上明治初年以來的貨幣制度的改革詳閱甘友蘭編著：「日本通史」（下）五二七—五二九頁。

註一二：早川二郎著：「日本歷史讀本」二八四頁。

註一三：參閱小平恆彥、矢澤克、平澤武男前揭書一〇—一一頁。

註一四：關於日本產業革命及產業資本之確立的內容與時期，日本學者之間，意見並未一致。大體上可歸類爲下列三種：

㈠以輕工業及蒸汽力爲中心的中日甲午戰爭前後爲第一次產業革命，而以重工業及電力爲中心的日俄戰爭前後爲第二次產業革命（野呂榮太郎著：「日本資本主義發展史」等）。

㈡以生產手段生產部門（燃料工業、鐵銅業、機械器具工業等）到達某種程度，爲產業資本本質上的確立時期，此一時期約在明治三十年至四十年（一八九七—一九〇七年）（山田盛太郎著：「日本資本主義分析」等）。

㈢以棉絲紡織爲中心而以民間資本而確立機械制大工業之現象做爲完成產業資本及產業革命的時期，此一時期約在明治三十三年（一九〇〇年）前後（楫西光速、大島清、加藤俊彥、大內力著：「日本資本主義の發達」等）。

在處理日本產業革命時期問題，筆者採取野呂榮太郎氏的劃分法。蓋在明治時代，對於日本資本主義史的發展，絕對不能輕視中日甲午及日俄之兩次戰爭，這兩次戰爭不但促進了日本在國際上的地位，同時對於國內經濟的發展，各代表了兩個新的階段之起程點。

註一五：大限重信撰：「開國五十年史」上卷二二〇頁。

註一六：參閱高橋龜吉著：「明治大正產業發達史」二九九頁。

註一七：大內兵衛、土屋喬雄、向坂逸郎、高橋正雄著：「日本資本主義の研究」下卷三五頁。

註一八：讀賣新聞社前揭書⑾明治の日本一四六頁。

註一九：中日甲午之戰後，日本爲對付俄國，積極展開了擴軍的工作，其大抵情形爲陸軍擬出擴軍第一期事業，自明治二十九年（一八九六年）起以四年爲期繼續辦理，向國會要求費用四千三百三十二萬圓；海軍亦提出擴軍第一期事業計劃，自明治二十九年至明治三十五年（一九〇二年）止，要求事業繼續費九千四百七十七萬圓，中日甲午之戰後第一期陸海軍的擴充費實達一億四千八百零九萬圓之鉅。因此明治二十九年度的國防預算乃達約二億圓，較之戰前一躍而增加兩倍有餘。茲將明治維新以後至日俄戰爭發生前，日本國防軍事費用對全國財政支出總額所佔之百分比列述如下：

至明治七年（一八七四年）爲止——一五％至一八％

明治十年（一八七七年）代——二〇%
明治二十七年至二十八年（一八九四—一八九五年）——六五%至七〇%
明治三十年（一八九七年）至日俄戰爭前（一九〇三）——四〇%至五〇%

註二〇：井上清著：「日本の歷史」（下）四四頁。
註二一：大內兵衛等著：「日本資本主義の研究」（下）三八頁。
註二二：參閱井上清前揭書（下）四五—四七頁。
註二三：高橋龜吉著：「日本資本主義發達史」二四七頁。
註二四：明治三十七年（一九〇四年），國營造船、兵器、械機、車輛等工廠總數爲四十一單位，工人爲八萬三千多人，動力數爲六萬四千匹馬力，民營的有七〇三廠，工人五萬三千餘人，動力數爲二萬五千匹，降至大正三年（一九一四年）民營機器製造廠，增爲一、〇四一單位，工人數增爲八萬七千餘人。
註二五：時野谷勝、秋山國三著：「現代の日本」三六頁。
註二六：小平恆彥、矢澤克、平澤武男著：「世界と日本の現代史」三三—三五頁。
註二七：笠信太郎編；「日本の百年」一七九—一八〇頁。
註二八：時野谷勝、秋山國三著：「現代の日本」五九頁。
註二九：讀賣新聞社編：「日本の歷史」⑿世界と日本四七頁。
註三〇：小平恆彥、矢澤克、平澤武男前揭書五五頁。
註三一：小平恆彥等前揭書五五頁。
註三二：小平恆彥等前揭書五六頁。
註三三：讀賣新聞社前揭書⑿四八—四九頁。
註三四：參閱時野谷勝、秋山國三前揭書六〇頁。
註三五：參閱高橋龜吉前揭書二六五—二七〇頁。

註三六：井上光貞、兒玉幸多、大久保利謙編：「日本歷史讀本」二四三頁及讀賣新聞社前揭書⑿一〇四頁。
註三七：讀賣新聞社前揭書⑿一二六頁。
註三八：井光上貞等前揭書二五三頁。
註三九：讀賣新聞社前揭書⑿一六八頁。
註四〇：讀賣新聞社前揭書⑿一六六頁。
註四一：日本農村經濟慘境參閱遠山茂樹等著：「昭和史」六二—六六頁。
註四二：時野谷勝、秋山國三前揭書八〇頁。
註四三：遠山茂樹等前揭書六〇頁。
註四四：參閱小平恆彥等前揭書一〇〇—一〇一頁。
註四五：小平恆彥等前揭書九二頁。
註四六：遠山茂樹等前揭書一六〇—一六一頁。
註四七：遠山茂樹等前揭書一六一頁。
註四八：遠山茂樹等前揭書一六一頁。
註四九：參閱遠山茂樹等前揭書二二二—二二六頁。

第八章　日本近代社會的形成與社會運動

第一節　封建武士社會的解體與士族的地位

儘管有人說，日本的明治維新是一種政治革命，同時也是一種社會革命，（註一）但嚴格說來，除了公元六四五年的大化革新係把以往散漫的民族社會的國家體制，轉變成中央集權統一社會的體制，具有劃時代的意義之外，明治維新在社會方面的改革，並不能算是一種社會革命。因爲明治維新以後，從前舊社會的階級殘餘，還善以保存，皇族貴族僧侶，都還優越的存在着，過着奢侈的寄生生活，資本家財閥軍閥及官僚政客，也都是舊統治階級的轉變，所以明治維新後日本的統治階級仍然以世襲爲特色，農民及勞動者在貪婪的統治階級數重殘酷剝削之下，生活往往陷入絕境。誠如戴季陶先生所說：「現代日本上流階級、中流階級的氣質，完全是在『町人根性』的骨子上面，穿了一件『武士道』的外套。這種氣質，雖不能說上中流階級全部都是如此，但頂少都有一大半。……軍閥和官僚，不用說是『武士階級』的直系，那最有勢力的資本家和工商業的支配者，不用說就是『武士』、『町人』的混合體。……因爲多數人的權利，並不是自己要求得來，是由少數人自己讓出來給他們的。而且從祖宗以來，幾百年遺傳下來的被治性，決不是短期間裏面可以除得了的」。（註二）

再從日本的近代化的特殊性之根源而言，明治以後佔絕對大多數人口的農村，仍然與前近代的狀態相釘住。儘管近代的工廠工業之發達，但農業技術與農業經營的近代化並未推行，只要是往昔的依賴於肉體勞動的零細經營尚繼續，則農民的生活與意識，永遠只有固着於前近代的低水準。被近代化的都市與繼續停滯於前近代的農村之差別，較之江戶時代更爲顯著，因此，農村的非近代性成爲阻礙都市近代化的重要原因。即使在商工業的領域，雖然有技術、經營皆已近代化的大企業，但另一方面卻又有技術及經營惡劣的中小企業的廣汎的再生，同時勞動者階級亦不能徹底於近代的勞動階級的生活。此外繼續着零細經營的小農，依然依存於村落共同體，因此，個人之欲獨立於封建性之「家」亦極爲困難。在家庭的內部個人的獨立並未被承認，對於家長的隸從容忍的心理狀態，遂使一般人甘受國家對於個人的自由的否認，結果只有隸從於天皇的權威，而支配階級，亦以天皇制國家，即「國體」爲基礎，積極地維持封建的家族制度。抑有甚者，在以君權主義爲原則的明治憲法公佈後，所制定的戶主、家督相續、男女不平等之制度的民法，（註三）更足以表現了明治維新後，封建體制色彩尚存的證據。以上所述種種益足以證明明治維新的推翻幕府體制政權，使王政復古，在政治上固屬具有革命性的改革，但在社會改革而言，只是一種急激的革新，並未具備革命本質。申言之，明治維新之後日本尚具有根深蔕固的封建性格，其結果只是把傳統的社會體制移植到現代社會中。

明治維新之初，維新政府厲行的社會改革情形，已於前面敍述過，此處不再贅述，不過王政復古後，承認四民平等之制，這對於千餘年來，以武士階級爲社會的中心及政治權力之所寄的社會組織，予以莫大的變動。從前的「士農工商」的區別，現在族籍上的區別爲「華、士族、平民（平民包括農工商）」，其中除少數華族之外，士族與平民殆已平等，他們得以一個平民的身分，自由平等地從事社會活動及生活，旣不使用特權，亦不受封建關係的約束。根據明治六年（一八七三年）的調查，全日本人口三千三百廿九萬八千餘人之中，平民佔百分之九十三點四，士族佔百分之五點六，華族佔百分之零點零八，其他神官僧尼等共佔百分之零點零八。（註四）

明治六年（一八七三年）一月調查的族籍別人口如下表所示：

	各族別人口數	百分比
總人口	三三、二九八、〇八六	一〇〇・〇〇
華族	二、八二九	
士族	一、五四八、五六八	
卒	三四三、八八一	五・七〇
地主	三、三八〇	
僧	二〇七、六六九	
舊神官	七六、一一九	〇・八七
尼	九、三二六	
平民	三一、一〇六、五一四	九三・四一

明治維新的成功，雖然得力於一部分下級武士忠心耿耿的勤皇熱情，這一部分在維新政府成立後，固然是飛揚跋扈，出將入相，高居廟堂之上，掌握國家軍政大權，但大部分的武士，自廢藩置縣以後，世襲的財產被剝奪了，知識上的特權，被教育普及制度削去了，武士職務上的特權，被徵兵令打消了，他們旣失去了世襲的財產，又失去了世襲的職業，爲了想獲得生活上的安全，只好放棄了「武士道」的門面，追隨時代潮流，努力開拓新的生命，向工商業上去討生活。雖然政府當時實行武士授產，但是絕大多數武士，向來不慣說謊話，向來不慣拿算盤，向來是不懂拿工具，甚且亦不慣向人低頭作揖，一旦和那些「町人

」去競爭，沒有不失敗的。當他們在新的生活環境下，受到挫折，難免遷怒於新政府的種種改革，於是在憤懣之餘，遂展開要求再行改變政治形態而恢復舊制的運動，舉凡對歐化經濟政策、自由貿易、徵兵制度，以及外人雜居等，一律反對。這種不滿現狀的反抗運動，甚至於採取武力的恐怖行動，迨至明治十年（一八七七年）的「西南之役」，發展至最高潮，自該役失敗後，沒落的士族深悟了欲爭取生活上的保障，必須放棄武力的反抗運動，以言論督促政府才是最有效，大勢所趨，終於啓開了自由民權運動，以及政黨運動的先河。如明治十三年（一八八〇年）三月，愛國社在大阪召開第四次大會時簽名於「國會開設請願書」的九十六名代表中，士族竟佔六十八名。（註五）

儘管有一大部分從前的武士階級，隨着封建體制的崩潰而陷入生活困境，但有一部分卻依憑其曾受教育的智識爲武器，在「文明開化，普及教育」的要求下，轉向教育事業，從事新命運的創造。明治十六年（一八八三年），中等學校教師的百分之七十三，小學校教師的百分之四十爲士族出身。（註六）至於就培養「富國強兵，殖產興業」的建國人才的新式教育——尤其是高等教育，接受此項教育者幾乎全屬士族的子弟，例如在大學先修班的大學預備門在學者，明治十一年（一八七八年）百分之八十一點八是士族子弟，又就到明治十八年（一八八五年）爲止的畢業生而言，北海道大學前身的札幌學校有百分之七十五點七，一橋大學前身的東京商業學校有百分之五十二點六皆爲士族子弟。（註七）因此，失去舊有的特權及經濟基礎的士族之子弟，把教育做爲活用社會活動的手段，與憑藉取得學歷而提高社會地位。於是這批具有新知識的士族，由於學有專長，在政治上固然擁有終南捷徑，在經濟界的活動，成了產業資本家，即使在社會言論界方面的重要地位，亦多爲士族出身的人所佔有，近代日本的社會領袖，殆皆進步的士族。根據明治十三年的調査，中央、地方官吏之中百分之七十四爲士族，至於明治廿三年（一八九〇年）七月一日舉行有史以來的第一次衆議院議員選舉時，結果，三百名當選的衆議員中，士族佔一〇九名，平民雖佔有一九一名，但若以全國人口的士族與平民的比率而言，士族的當選率高於平民，蓋當時全國人口三千九百三十八萬二千一百餘人（北海道、小笠原、沖繩除外）之中（有選舉權者只有四十五萬零三百六十五人，約佔全人口的百分之一點四）士族只不過一百九十七萬餘人，申言之，每三百名人口之中，士族不足十五人，但士族在衆議院議員名額卻佔了三分之一強的地位，若加上貴族院的議員，則可知舊時封建體制下的統治階級，在明治維新後尚佔有優越政治地位，何況他們往往利用政治上的優越地位，經營工商業，因此，不但在政界，即使在企業界又成爲舊士族階層活躍的天下了。（參閱附表）

支配階層的舊封建身分表　（%）

父親的封建身分	產業界		政界	
	一八八〇	一九二〇	一八八〇	一九二〇
公卿、大臣	〇	〇	一二	四
武士	二三	三七	七九	四六
上級武士	一	八	七	三
中級武士	一〇	二	二三	一一
下級武士	八	八	三八	一八
農民	二二	二一	六	三八

鄉士	三	二	四	七
村幹部族長	一四	一七	一	二六
商人	五五	四二	三	一二

資料來源：萬成博：「ビジネス・エリート」五三、八四頁。

第二節　女性的自覺及其社會地位的提高

如前所述，日本在建設近代化社會的過程中，其至急之務乃採取「文明開化」政策，廢除封建的身分制度。明治二年（一八六九年）版籍奉還之際，政府乃廢除公卿、諸侯的稱號而改爲華族；廢除其家臣而改爲士族，並以農工商三者爲平民。又准許平民稱姓氏，華族與平民可以通婚，並允許人人享有職業、居住、遷徙、所有的自由。可是以往的傳統社會，女性並無地位，因此，儘管明治維新之後，在「四民平等」口號下，似乎人人皆有平等地位，但那只是男性的權利。

日本是久受中國文化薰陶的國家，因此日本人的家庭也是丈夫本位，男女居室，權利差等，妻的人格並不獨立。日本的婚姻，只是男女互相願意不算合法，由父母顧問是必要的手續，所謂「父母之命，媒妁之言」是也。婦女出嫁後，在家爲奴隸，外出若隨從。日本女性是和善勤勞恭順的。「三從」是絕對的，「四德」是個個講求的。日本人可以自由賣掉自己的女兒，社會上毫不爲怪，甚而把賣掉女兒的代價拿去宿娼，也不受社會的責備，因爲這是父親的權利。丈夫向妻子發威甚而毆打，妻子還不能反抗，只能逆來順受，而和顏悅色的說：「對不起，請原諒」，丈夫之對於妻女，有的甚至超過暴君之對於臣民，其在家庭中的地位，有如封建家臣之對待其奴隸，毫無自由權利可言。她必須擔負多種苛重的義務，究竟婦女祇不過被男人視做爲獲得子孫——即傳宗接代的一種器具而已。（註八）

可是自明治維新之後，隨着歐美文化的不斷地輸入，以往對於婦女的那種桎梏束縛，亦逐漸在歐美文化的衝擊下逐漸鬆懈，所謂「男女平等」、「男女同權」的呼籲亦逐漸出現。以往在德川幕府時代不准婦女入劇場觀賞的摔角，到了明治五年（一八七二年）十一月已有婦女觀賞。就婚姻而言，到了明治六年（一八七三年）不但允許婚姻自由，除了本國人之間不分身分可得自由通婚外，甚至於與外國人之間的通婚亦被准許，抑有甚者，夫婦的自由離婚，亦允許由妻方提出。（註九）其次對於娼妓、藝妓制度，亦基於一切人在法律之前平等的精神，而申令予以解放。（註一〇）明治十年（一八七七年）代，隨着基督教的流傳，「一夫一妻」制的原則已在教徒之間被嚴格遵守，影響所及蓄妾之風氣亦逐漸衰頹，即使有人蓄妾亦不敢公開宣揚。抑有甚者，自明治五年（一八七二年）頒佈有關學制的勅諭後，對於一般女子亦給以受教育的機會，同年有東京女學校的成立，繼之又有東京女子師範的出現，其後陸續有官公私立女學校的設置，基督教傳教士所設立的女學校亦紛紛出現，這種新生的氣象，促成了一般婦女之間有一種革新氣運的自覺。在這種氣運之中，景山（福田）英子及岸田（中島）湘烟可說是當時的兩位巾幗英雄。景山英子出生於備前岡山的藩士之家，質性聰穎活潑，學識俊秀。曾在鄉里創辦蒸紅學舍的女校，計劃開發女性之智德，矯正卑陋之弊風，但終被官憲禁止而告停頓，憤怒之餘，一氣之下前往東京寄寓於自由派新聞記者坂崎斌的塾舍，埋首讀書，後來和自由黨左派之士大井憲太郎等因企圖幫助朝鮮獨立黨，購置槍械準備偷渡韓國，事洩被捕繫獄。（註一一）中島湘烟，本姓岸田，名俊子，文久三年（一八六三年）生於京都，學問詞藻勝於景山英子，早就提倡民權自由說及男女同權之說，明治十五、六年（一八八二、八三年）之際，當自由改進兩黨之組織受到挫折時，她以一個女性民權家的姿態到處演講，發揮其滔滔辯才，以伸張女權及民權。後被官憲所忌而曾拘禁入獄，出獄後和自由黨名士中島信行結爲夫婦，後來積極助夫活躍於政界。此兩位巾幗英雄，在當時雖開啓婦女爭取男女同權的風氣，但因日本久受鎖國傳統封建風氣束縛，致無法掀起一股雄壯的大勢力。

降及明治二十年（一八八七年）代，因極端歐化主義盛行結果，引起了國粹保存論的勃興，後來明治廿七、八年（一八九四、九五年）代，中日甲午之役後，國家至上主義等日本主義大爲盛行，此一風尚所及影響到婦女界，於是洋裝束髮被廢掉，代之以振袖丸髷之風、茶湯、挿花等古式遊藝的復蘇，使婦女又重返到封建社會的往昔生活。在這種環境下，青年女作家樋口一葉（夏子）挺胸而出，替女性申張不平，她以爲人生是不如意的，被苦楚的命運所詛咒，於是只有悲痛、哀泣、愁苦，而沒有歡樂。生活於這樣的人生裏的婦女是不幸的。不合理的社會，與黑暗的人生虐待女子，使她們煩惱痛苦。人生是悲哀之谷，社會如冷石一般。她雖然帶了這樣哀世的色彩，但是她以被虐待的女性的資格，執着激烈的反抗態度，替當時的女性申怨。

另方面，當歐化主義高漲時代的明治十八年（一八八五年），福澤諭吉曾著有「日本婦女論」一書，申論日本婦女的本質之改善，替女性申鳴不平，繼之於翌年（一八八六年）又著「男女交際論」，主張女性應自家庭解放出來，公開參加社交活動，鼓吹男女兩性的平等。餘如外山正一、中村敬宇及新島襄等亦撰文主張男女平等。中日甲午之戰後，由於日本主義的盛行，結果引起了尼采的個人本能主義的興起，這一思想潮流影響及於婦女問題，於是在明治卅四年（一九〇一年）以金光黨之名義而發表的「女子新論」，對於加之於婦女的不法壓迫予以論責曰：「賢妻良母固爲女子之一大任務乃無庸贅言的，但倘若男人而不能爲良父賢父，則不可能祇要求女子如此做，然倘只壓迫強制女子則其只是片面的無理要求。男女兩性在形體上、心情上並無差別，只是女子因能生殖育子而與男子有異而已」，極力主張男女同權。

日俄戰爭後，由於女子高等教育的普及，以及因自然主義、社會主義的洗禮而破壞傳統的新風潮，促進了婦女從牢固的封建家族制度的束縛解放出來的勇氣。其先驅者爲與謝野晶子、福田英子及管理すから等人。她們發行「明星」雜誌，主張戀愛與藝術，勇敢地提倡戀愛的權能，並倡導本能的解放。降及明治四十四年（一九一一年）九月平塚明子（雷鳥）、中野初子、木內錠子、保持研子、物集和子等組織「青鞜社」，發行「青鞜」雜誌，平塚明子甚且在創刊詞中宣明「原始時代，女性實是太陽，是眞正的人，但是現在女性已變成月亮，依靠他人而生，依靠他物而始能發出光亮，是像病人的蒼白的月亮，我們冀圖把早已隱沒的太陽，重新恢復過來」，積極地從事婦女解放運動。

降及大正年代，提倡「人格主義」的阿部次郎、安倍能成、高村光太郎、生田長江等，基於同情心理協助青鞜社的婦女解放運動工作。以往被視爲賤業的女歌手或女伶，到了大正七年（一九一八年）以後出現了松井須磨子、栗島みす子、三浦環等三大女伶，遂使以往的舊觀念有所改變。大正時代由於受到民主主義思潮盛行感染結果，平塚明子、奥むめお等於大正九年（一九二〇年）三月創立了「新婦人協會」的女性運動的組織團體。這一婦女團體的宗旨，不外乎主張男女的機會均等、男女共校、男女的協力，排除一切違反擁護婦女、母子之權利的障礙，並要求婦女參政權。該團體擁有多數的支部及約四百名的會員，發行機關誌「女性同盟」月刊，每月發行二千册。「新婦人協會」的會員以女教師、女性新聞記者、打字員以及職業婦女佔絕大多數。在其影響下大正九年成立了「婦人事務員組合」、「打字員組合」，大正十年以基督教婦人矯風會的久布白落實女士爲中心組織了「日本婦人參政權協會」，由於多位婦女界人士之努力，大正十一年的第四十五屆國會，因治安警察法之修正，使婦女得參加政治集會（按原來之治安警察法第五條規定禁止婦女之加入政黨及參加政談演說會）。新婦人協會後來因參加多次的反政府運動，致終被解放。（註二二）此外尚有山川菊榮、堺眞柄、久津見房子等於大正十年四月組織的「赤瀾會」，這是日本最初的社會主義婦女組織團體，她們自稱是打倒資本主義參加社會主義社會建設事業的婦女團體。該會於大正十一年三月解散，並於同年三月八日爲紀念國際婦女節而另組「八日會」。山川菊榮曾譯刊「婦女論」一書，在日本發生金融恐慌的昭和二年（一九二七年）之頃，頗受一般智識階層的婦女們所歡迎。餘如細井和喜藏更寫了一本「女工哀史」，描述女工被壓榨的種種苦楚，引起了一部分女工們的共鳴。惟因當時的婦女運動，難免多少帶有共產主義色彩，於致始終無法形成一股大的勢力。

至於一般勤勞階層的女性，自第一次世界大戰後，除了公共汽車的女車掌外，餘如公司女職員、電話小姐、打字小姐、女教師、女醫生、洋裁師、理髮師、女性記者等皆相當活躍，對於社會貢獻之功績，不讓給男性。她們一方面從事於各種的勤勞工作，一方面要求女性的自覺，以提高女性在社會上的地位。她們的婦女解放運動雖然在傳統觀念的束縛下，未能遂願，但總比明治時代的女性來得幸福，她們至少已可由廚房走出，踏入社會擔負起某種社會職務。遲至昭和二十年（一九四五年）八月中旬，日本戰敗以後，由於日本新憲法，及新民法，對於女性設有保障條文，因此，自明治維新以來，一部分先知先覺的婦女所要求的女性的解放，才算獲得了眞正的效果。

第三節　社會主義問題與勞工運動

明治初期的日本社會主義思想，是一部分自由黨左派的啓蒙嘗試，當時的民衆運動，除了在農村稍有發展外，在民間，尤其是工商業城市方面，尙無基礎，遲至中日甲午戰爭及日俄之戰以後，由於國家資本主義的發展，近代社會主義的團體及工會團體等社會組織，始相繼萌芽誕生。但是日本資本主義的發達是一種變態現象，其成功是完全由於日本國家主義的擴展，故民主主義和社會主義運動的歷史亦充滿着曲折的程序和悲壯的事蹟。

一般討論日本社會主義政黨運動或勞工運動史的日本學者，大抵均認定明治十五年（一八八二年）成立的「東洋社會黨」是日本最早的社會主義政黨。但東洋社會黨尙缺乏羣衆基礎，不能稱之爲眞正的社會主義政黨，大正十四年（一九二五年）十二月由全日本勞工總動盟及農民組合等團體，所組織的農民勞動黨，才是日本最初具有社會主義政黨性格的政黨。就這種意義而言，大正十四年以前可稱爲日本社會主義運動的前史。此前史復可分爲三期：第一期，自明治十五年（一八八二年）東洋社會黨的成立起至明治三十四年（一九〇一年）社會民主黨成立前爲止，稱爲自由黨左翼的社會主義運動時代，在這一個時代，不但沒有勞工團體，更沒有大衆基礎，同時，其指導原理，或過於理想，或帶有濃厚道德色彩，脫不了空想社會主義之域；第二期，自社會民主黨成立起至明治四十年（一九〇七年）日本社會黨的解散爲止，在這一個階段，由於日本勞工運動的抬頭和研究社會主義風氣的熾盛，因此，實際上的勞工運動始略具理論基礎。惟這一時期的社會運動，尙缺乏羣衆基礎，它仍然是由少數社會主義者所帶頭發動的運動；第三期，自大正初年起至大正十四年（一九二五年）農民勞動黨組成以前爲止，當時英美法等國的民主主義潮流，波及世界各國，日本受其影響，民主氣氛亦逐漸抬頭，是故社會運動得以由明治時代的高壓政策之下，稍獲得解放。這一個時期可說是日本的早期勞工運動與社會主義朝向政治運動轉變的準備時期。茲將明治以還，日本近代社會主義運動及勞工運動的經過情形，略述於下：

一、黎明期的社會主義運動

當西方社會思想發達之際，日本亦很快地受到影響，故在明治維新之前，日本已有知識分子從事研究自由主義、民主主義和社會主義諸學說。迨明治維新成功後，東漸的歐美思潮，對於一向閉關自守的日本朝野人士，掀起了一連串的波浪。

明治三年（一八七〇年）加藤弘之所著的「眞政大意」一書，內中曾最先介紹過社會主義經濟學，不過他不是贊成它而是反對它。當歐美思潮傳入日本後，以法國的自由民權思想，對於日本的影響最大，當時反對藩閥政府的在野人士分成兩派，一爲標榜英國成立立憲政治的改進黨，一爲崇尚自由民權，實行過激政治行動的自由黨。(註三)當時日本最初的社會主義的文章，最早是見於明治十四年（一八八一年）的「六合雜誌」，當時小崎弘道曾發表題曰「論近世社會黨的原因」一文，以介紹各先進國的社會主義思想。

關於勞工運動，雖然在明治初年即已開始發生，例如明治四年（一八七一年）生野地方礦工發生暴動，翌年（一八七二年）高島煤礦又發生暴動，但這些祇是一種自然發生的羣衆本能運動，其爭議的對象和範圍，均不超出其日常生活問題以外。再者，勞工的政治運動，在當時亦漸已萌芽。明治十五年（一八八二年）五月，由農民領袖樽井藤吉、赤松泰助等自由黨左派分子，所發起組織的「東洋社會黨」，即是最早的標誌。當時由於日本的資產階級既未發達，無產階級尚未成熟，兼之各種社會主義與無產階級政治行動的理論亦尚未輸入，故東洋社會黨的內容與組織均極幼稚。它的產生，完全是農民運動發展的結果。它的指導精神與其說是社會主義，無寧說是東洋的理想主義和英國功利主義的混合體。（註一四）該黨在組織上，雖然還沒有羣衆基礎，但是它的成立，亦反映了當時勞工運動的程度，已在提高中。繼東洋社會黨之後，次年（一八八三年）十月，又有自由黨左派的激烈青年黨員奧宮健之、植木枝盛、伊藤仁太郎等糾合失業的人力車夫二、三百名組織的「車界黨」之出現。該黨因以勞動者的團結爲中心，不僅爲一般貧民大吐氣燄，亦稍具行動的實際性。

當時「東洋社會黨」及「車界黨」的相繼成立，且旋即被政府禁止活動，雖然有些自由黨員同情貧困弱者，但他們對於經濟的環境及社會的原理，尚缺乏意識及自覺，因此所推動的社會主義政治運動，都是盲目的，毫無深遠的目標，只是一種意氣用事，逞一時之樂的魯莽行動。高都同志社出身，曾受基督教文化洗禮的德富蘇峯氏鑑於一般平民階級的無知寡聞，乃於明治二十年（一八八七年）組織「民友社」發行雜誌「國民之友」，主張政治自由、經濟平等及基督博愛思想，並介紹歐美各國社會主義及社會黨活動情形，或揭露社會生活的腐化，爲勞動者仗義直言，爲彼輩伸寃。「國民之友」曾於明治二十三年（一八八九〇年）刊載「勞動者之聲」一文，呼籲勞動者成立同業工會互相扶助，並準備在必要時不妨實行罷工，首先在日本主張勞動組合主義（即工會主義）。（註一五）當時鼓吹社會思想的刊物，除了「國民之友」外，尚有前述「六合雜誌」及「國民新聞」、「萬朝報」、「勞動世界」，及「社會」等雜誌。此外自由黨左派分子大井憲太郎一派亦刊行「新東洋」、「東國新聞」爲無產階級的利益辯護。它們在當時，形成了一種煥發的社會主義啓蒙運動，兼之其時，由於社會貧富日益懸殊，故趨奉社會主義思想者頗衆。

明治二十三年（一八九〇年）自由民權派經多年竭力要求的國會，終於成立，因此自由黨員的言行漸趨軟化，兼之明治二十四年自由黨大會的宣言中，且公然排斥社會主義，（註一六）自由黨員之中的大井憲太郎等一派，因不滿於自由黨的言行，痛感自由黨已失去了當初的革命精神，大爲憤慨，遂於明治二十五年（一八九二年）十一月脫離自由黨，另組「東洋自由黨」，以保護勞動者爲目的，並發起「保護勞動者」及「制訂自耕條例」運動。該黨主張在國家財政許可限度內，逐漸休養民生，保護貧民勞動者，這是日本最初主張保護勞動者的政黨。（註一七）

該黨爲實行其抱負，特別設置「日本勞動協會」（由柳內義之進負責）、「普選期成同盟會」（由鈴木修吾負責）與「佃農耕條例調查會」（由島內寬治負責），從各方面推行勞農運動，成爲日本勞動運動的嚆矢。日本勞動協會先活動東京鞋匠協會入會，繼之在陸軍省內設置鞋匠養成機關，並慫恿鞋匠協會舉行示威運動向國會請願，要求由鞋匠養成機關的「長工學會」包辦承造陸軍省內的鞋子；同時該黨爲圖謀人力車夫的團結，和組織木匠工會，深入人力車夫羣及木匠羣展開活動，終因時機未熟，基礎未固，運動歸於失敗。這些運動雖未獲成功，但日本勞動協會的產生，正顯示勞動運動脫離政黨的色彩，而逐漸趨向純粹勞動運動的路線進展。

上述明治時代前半期的日本社會運動、勞工運動和社會主義運動，大都是出自自由黨左派黨員的行動，這些都是在封建社會進入資本主義經濟的過渡時代中，勞動界的最初運動，其實際運動，尚缺乏社會主義原理為其指導方針。它們的主要目的，乃在於反對藩閥政府的權力主義及政治的墮落，它們的運動目標與其說是勞動運動或勞動者的解放，無寧說是從民權思想的立場以啓蒙勞動者。（註一八）

二、明治後半期的社會主義運動

明治前半期專制政府的暴壓政治雖然觸發了自由民權思想及運動，但尚不致使之產生有根柢的社會主義思想及具有組織的社會運動，其原因在於明治布爾喬亞之資本主義產業的發達，尚未臻於足以產生社會主義的境地。（註一九）明治廿七、八年（一八九四、九五年）的中日甲午之戰，給日本帶來了工業革命。舉凡企業的勃興、大工廠的建設、鐵路銀行事業的擴充、金本位的確立等，逐漸鞏固了日本資本主義的經濟組織基礎，同時，工資勞動者的激增，無產階級生活困難的現象，亦應運用而生。（註二〇）這種社會的新現象，不但促進了勞工運動的發展，且亦帶來了研究社會問題的風氣。明治廿九年（一八九六年）由東京帝大的教授學者網羅了當時的學界、官界及民間的關係者組織「社會政策學會」，採取介於資本主義及社會主義的思想戰線來研究社會改革問題，並從事於工廠法的制定。明治卅年（一八九七年）由藩閥官僚品川彌二郎及社會主義者幸德秋水、片山潛等二百餘名思想家知識分子組織「社會問題研究會」，潛心研究社會問題，使以往各自研究、介紹社會主義思想，至此有個組織性的共同研究。當時的言論界亦頗受影響，如「國民新聞」、「萬朝報」、「國民之友」、「六合雜誌」、「勞動世界」、「社會」等雜誌，均揭載有關社會問題的論文或記事，探討解決當前的社會問題。當時這些新聞雜誌，雖然對於資本主義的矛盾多所指摘，但其所遵循的解決方策卻是改良主義和協調主義，很少是根據社會主義原理。（註二一）迨至明治三十一年（一八九八年）該會始由研究社會問題轉向研究社會主義。

其時日本的社會主義運動係由進步的基督教徒發其端的。高野房太郎、片山潛等於明治三十一年（一八九八年）發起「貧民研究會」以研究分析一般勞動階級的生活狀況。同年十月河上肇、片山潛、安部磯雄、木下尚江、幸德秋水、村山知至等一元論者（Unitarian），以研究社會主義原理及其可否應用於日本為目的，組織「社會主義研究會」。該研究會的成立不但把以往學者所介紹研究的分散紊亂的社會主義思想，加以有系統整理，並且按照計劃循序予以發表（登載於「六合雜誌」）。（註二二）同時也是基督教徒從事社會主義運動的創舉。「社會主義研究會」成立時只有會員十一名，後來增至十四名。該會於其成立之後二年半之間，容納信奉社會主義人士及非社會主義者，共同繼續研究。後來研究會的非社會主義者，鑑於該會的態度漸趨實際活動，乃相繼脫會，剩下信奉社會主義的人士遂於明治三十三年（一九〇〇年）年底把名稱更改為「社會主義協會」。「社會主義協會」係以從事積極活動目標而改組的，當時會員擁有三、四十名，其中雖有如片山潛的實際運動家，亦有如幸德秋水的唯物論者，但會員的大多數如同安部磯雄一樣，都是基督教徒，故其實際運動尚無力量使之轉化為政治運動。

在此期間，勞工運動亦日趨複雜與發達，其最可注目之事，厥為勞工組織的發展。勞動界因為受了這些學者和思想界言論的影響和鼓吹，兼之當時日本曾發生經濟不景氣、工人失業、工資下降、勞動爭議頻繁，那種種現象，促進了勞工們紛紛組織工會，明治三十年（一八九七年）七月「勞動者組合期成會」的成立，即是日本勞工組織的先河。該會的出現乃意指着日本近代勞動組合運動的開幕。該會乃由在美國舊金山做工的城常太郎、澤田半之助，及高野房太郎等所發起組織的。他們在美國時，即已關心研究日本國內的勞工問題，於明治三十年四月歸國，在東京組織「職工義友會」，反對革命，否定社會主義，主張勞動組合主義（Tradeunionism），於同年四月六日舉行演講會，這是日本有史以來最初的勞動問題研討會，並發表「寄職工諸君」一文五千字分送各工場，號召工人愼戒急激的行動，本着同業相集，同氣相求的精神團結工人組織。（註二三）明治三十年六月底高野等又在東京神田的基督教青年會舉行第二次勞工問題研討演講會，參加之各界勞工代表約一千五百名。後來片山潛、鈴木純一郎、佐久間貞一、島田三郎等人亦相繼加入該會。惟當時的「職工義友會」，尚不能稱之爲近代化的勞動組合。（註二四）同年七月四日「職工義友會」因缺乏健全的工人基礎，於是擴大組織成立「勞動組合期成會」，並發行機關報「勞動世界」，由片山潛擔任主筆，並組織「普通選舉期成同盟」，展開普選運動，使勞工形成一大社會，對促進勞工運動的發展，收效甚宏。該期成會成立時雖然擁有會員一〇七五名，並由高野房太郎擔任幹事長，片山潛爲幹事，但其自身尚非勞動工會，它是以智識分子爲中心的團體，其任務重點在於指導勞動工會的設立及運營，促請國會制定保護勞工法案，獎勵設立消費合作社，並展開反治安警察法運動。（註二五）

「勞動組合期成會」爲了喚起勞工們的覺醒，每月在東京及橫濱等地舉行兩次以上的演講會，鼓吹工會主義思想，並發動示威遊行，成爲日本勞動運動的領導機關。該會鼓吹工會主義思想，結果於是年（一八九七年）十二月初，其會員中的一千一百八十四名鐵工在片山潛、高野房太郎等指導下組織「鐵工工會」。明治三十年及三十一年（一八九七、一八九八年）由於日本國內經濟不景氣，因此，期成會的運動逐漸奏效，其中心基礎亦趨鞏固，所以開始做全國性的宣傳。同時，其會員亦由明治三十年末的一千二百名，逐漸增加，三十一年底，達三千名，三十二年（一八九九年）便增至五千三百名，支部四十所。明治三十三年有支部四十二所，會員五千四百名，後來由於政府的彈壓及勞工運動者本身生活困難（明治三十三年的五千四百名會員中，無法繳納會費者達一千名），未能專心從事運動，致使勢力逐漸衰微下去。（註二六）

由於「勞動組合期成會」不斷地宣傳和努力，明治三十二年（一八九九年）四月五日成立了「日本鐵道矯正會」，同年十一月三日出現了擁有二千餘名會員的「活版工組合」，前者爲一嗜好戰鬥的工會，後者爲一溫和的工會。（註二七）另方面，大井憲太郎、柳內義之進一派的運動發展結果，亦於明治三十二年六月在大阪組織「大日本勞動協會」，並發行機關報「大阪週報」，設立出獄人保護所、職工寄宿等以保護勞工。這些勞工團體所遵循的思想路線和行動，如同「美國勞工協會」(American Federation of Labor)一樣頗爲穩健溫和。

雖然「勞動組合期成會」的宣傳活動收效甚大，但由於一般工人對工會尚缺乏正確的觀念和瞭解，他們的加入工會，不過祇是基於一時的風尚，是故各工會的組織，不久之後皆告鬆懈，有的甚至於宣佈解散。然在另一方面，當時的藩閥政府鑑於勞工運動急速抬頭，兼以指導工會的知識分子，並非勞資協調論者，而是崇奉社會主義的片山潛、幸德秋水等，遂決心起而加以彈壓掃蕩，由軍閥官僚的山縣有朋內閣於明治卅三年（一九〇〇年）三月制定日本自由民權運動史上有名的鎮壓政黨活動及勞工團結勞資糾紛的「治安警察法」。當時實際上已告消沉，而又遭受「治安警察法」嚴格壓迫的勞工運動，至此急激地衰微下去

，頗有停滯之慮。因之有人稱此「治安警察法」，係對於勞動運動的「死刑法」。（註二八）

自「治安警察法」公佈後，當時正趨低落現象的勞工運動，在表面上雖受壓制，然而在事實上，卻反而激烈發展。那時社會主義已成了勞動大衆共同追求的目標，虛無主義（Nihilism）、無政府主義（Anarchism）亦開始抬頭。明治三十二年「日本鐵道矯正會」舉行大會，即正式決議：「勞工問題必須以社會主義解決之」，拒絕勞資協調的原則。另方面，活版工會成立六個月後，因屢受挫折，其中一部分急進工人，鑑於過去活版工會的失敗，遂拒絕知識分子人士參加，完全以印刷職工爲基幹，組織「誠友會」，並發行機關誌。「誠友會」成立後繼續發展，直到明治三十七年（一九〇四年）仍未見衰退。

正當勞工運動因政府頒佈「治安警察法」而漸趨沉滯之際，前述的「社會主義協會」會員之中，有一部分人主張循政黨組織方式來展開社會主義運動，因此，遂於明治三十四年（一九〇一年）五月二十日由安部磯雄、片山潛、幸德秋水、河上肇、木下尚江、西川光次郎等六人，正式成立「社會民主黨」，這是日本最初的社會主義政黨，爲勞工運動與社會主義者互相提携的具體表現。（註二九）該黨的號召是「經濟問題應與政治問題同時獲得解決」，成立時曾公佈由安部磯雄所撰擬的「結成宣言書」一萬言，另有基礎綱領八條及行動綱領二十八條。（註三〇）不過該黨的命運太短促，因其行動綱領之中的廢止貴族院、實行普選、撤廢軍備三條，招致政府的忌諱，（註三一）在宣佈成立的當天，伊藤博文便下令解散，而「勞動世界」、「萬朝報」、「每日新聞」、「報知新聞」、「京都日出新聞」等五報紙，亦因刊載社會民主黨的宣言綱領，而被禁止發行，科以罰金。

社會民主黨成立當天，即被政府下令解散，然而它的誕生，甚有歷史意義：一則由於日本的勞工運動，自此開始有了社會主義的靈魂，再則該黨的成立廣集了社會人士對於社會問題及社會主義的關心，而促進了所謂「社會主義流行」時代的來臨。社會民主黨被禁止的翌日（明治三十四年五月二十一日），第四次伊藤內閣垮臺，由桂太郎組織第一次桂太郎內閣，因此，社會民主黨的同志，再以「日本平民黨」名義向政府呈報結社，但桂內閣爲官僚閥族的大本營，畏懼社會主義視如同蛇蠍，故立即予以禁止，不准其成立。

日本平民黨既組不成，兼之其時社會主義思潮高漲，新思想團體陸續出現，故組織政黨的人士祇有中止社會主義的政治運動，重新恢復「社會主義協會」，改變以往的協調主義態度，主張階級鬥爭，着重於社會主義思想研究和宣傳，並發行機關誌「社會主義」。（註三二）「社會主義協會」的同仁對於社會主義加以研究的結果，遂於明治三十六年（一九〇三年）出版「我的社會主義」（片山潛著）、「社會主義神髓」（幸德秋水著）、「社會主義論」（安部磯雄著）、「富之壓制」（西川光次郎）、「經濟進化論」（田添鐵二）等宣傳社會主義的著作。「社會主義神髓」一書乃參照英譯本的「資本論」、「共產黨宣言」及「自空想至科學」等書，其內容不外乎站在唯物史觀的立場來批評資本主義社會的基本矛盾。該書成爲日本社會主義的啓蒙書，收到很大的宣傳任務，並於明治四十年（光緒三十三年）被翻譯爲中文本。（註三三）當時除了「社會主義協會」外，另有中央大學教授桑田雄藏、金井延、福田德三等改良主義者，主張漸進的社會改良，反對急進的社會主義，以後創立「社會政策學會」。以上兩派社會主義理論，事實上皆爲啓蒙時代的課程，並不足以解決當時的勞工問題，但是他們的分立對峙，使當時的勞工運動趨於紛歧複雜，同時又對日本以後的勞工運動的發展，發生了影響，後來日本勞工運動的分裂，實淵源於此。

明治三十六年（一九〇三年），日俄戰爭有行將爆發的危機，那時的思想言論界，有主戰論者，有反戰論者，（註三四）後者曾組織「平民社」，並於同年十一月十五日發行週刊「平民新聞」（主要人士爲內村鑑三、幸德秋水、河上肇、堺利彥、斯波貞吉），至此平民社代替了「社會主義協會」，成爲社會主義者的集合所。平民新聞乃日本社會主義運動者輩自己所有的最初的言論機關。（註三五）平民社標榜法國大革命時代的自由、平等、博愛，主張平民主義、社會主義、和平主義，提出爲世界永恆之和平，不論人種之區別政體之異同，舉世撤廢軍隊（備），以期禁絕戰爭，極力反對戰爭。（註三六）平民社爲實現其理想，盡量採取溫和態度，在國法容許範圍內喚起多數人的共鳴，以求多數人的一致協力。平民新聞於其創刊號宣言中，本於尊重人類的自由、平等、博愛等立場，主張平民主義、社會主義、和平主義。（註三七）自此以後，並於每期新聞中，揭示明確的階級立場，主張非戰論，暴露揭發帝國主義戰爭的本質，疾呼和平。

平民社除了發行「平民新聞」外，另刊行「平民文庫」，召開研究會或演講會，進行地方遊說會，在日俄戰爭進行期間加強反戰宣傳。俗云：「物極必反」，平民新聞由於宣傳反戰主義，引起了世人的關心，甚至也有婦女參加平民社，因而遭受政府的干涉。明治三十七年（一九〇四年）十一月十三日平民新聞的一週年紀念特刊登載有馬克斯、恩格斯的「共產黨宣言」日譯本，因此西川光次郎及幸德秋水兩位各被處以七個月和五個月的徒刑。（註三八）平民新聞亦終在明治三十八年（一九〇五年）一月二十九日被禁刊，先後共刊行六十四期。平民新聞被禁刊後，立即發行週刊「直言」（明治三十八年二月五日發刊），做爲日本社會主義的中央機關報，繼續從事反戰及社會主義的宣傳。「直言」週刊的內容着重於介紹俄國革命的事情，例如第一期載有「俄國革命之火」，第二期有「俄國革命之祖母」及「俄國革命運動之經過」

，第三期有「俄國革命所給之教訓」，第四期有「俄國平民的勝利」等，因此屢受政府當局的彈壓，終在明治三十八年十月九日被迫停刊。同時平民社亦因內部發生唯物論派與基督教社會主義派的對立而告瓦解。（註三九）平民社解散後，唯物論派在西川光次郎、幸德秋水、堺利彥等人的支持下，於明治三十八年十月二十日發行「光」新聞；另方面，安部磯雄、石川三四郎、木下尚江等則本着基督教社會主義立場，亦於同年十一月十一日發行「新紀元」，反對唯物主義及暴力革命，主張基於基督教的同胞主義立場的社會主義。至此，日本社會主義運動邁進了所謂再編成的轉變時期。（註四〇）「新紀元」爲一宗教色彩濃厚的基督教社會主義思想家的大本營，但在日本不能形成社會主義運動的主流，終爲反宗教的唯物論社會主義（馬克斯派社會主義）所取代。

當平民社出現以鼓吹社會主義、反戰主義時，山路愛山等一派卻出而提倡與國家社會主義稍異的獨特理論，於明治三十八年（一九〇五年）八月組織「國家社會黨」。該黨並未從事實際的政治活動，而是着重於理論的研究，其宗旨是主張以國家力量徹底推行社會政策的改良社會主義，後來雖有一段時期和日本社會黨提携合作，但其活動並無足以令人注目者，明治四十三年（一九一〇年）因受「大逆事件」的牽連而被解散。

明治三十九年（一九〇六年）一月，第一次桂太郎內閣垮臺，由政友會總裁西園寺公望組織後繼內閣，西園寺爲人頗具民主開明思想，對於各政黨採取寬容政策，並發表社會主義思想取締新方針，認爲社會主義爲當前世界的一大思潮，飭令警察不得亂加彈壓。（註四一）因此，西川光次郎及樋口傳等人於是年一月以「圖謀普通選擧之成功」爲綱領，組織「日本平民黨」，繼之於同年二月，堺利彥、深尾韶等人亦揭示「在國法之範圍內主張以期社會主義之實行」爲綱領，組織「日本社會黨」，其黨員約二百名。由於政府未加以干涉，故上述兩黨遂於同年二月十四日合併創立「日本社會黨」，並決定黨則曰：「本黨在國法允許範圍內主張社會主義」，這是日本經過政府正式承認的最初合法的社會主義政黨。（註四二）據說日本社會黨成立時，擁有黨員二百餘名，同時以日本社會黨爲背景的社會主義者，日本全國共有二萬五千名，甚至在軍隊中亦出現了社會主義者。（註四三）日本社會黨成立後，並未與勞動大衆互相聯繫，祇是跟斯波貞吉、山路愛山等之「國家社會黨」共同協力，從事反對電車費提高的運動而已。（註四四）此一行動證明了日本社會黨從思想宣傳團體，冀圖轉化發展爲大衆鬥爭的組織者及指導者。

日本社會黨成立後，廢止「光」與「新紀元」，明治四十年（一九〇七年）一月恢復「平民新聞」，改爲日刊，重興「平民社」，期能深入勞動階層之中。是年二月中旬在東京神田錦輝館召開第二屆大會，出席黨員約六十名。大會於修改黨則後，進入討論社會黨的本質時，由於工團主義派（幸德秋水爲首）、直接行動主義派（堺利彥爲首）、議會政策論派（田添鐵二爲首）等見解迥異，互相對立，結果以堺利彥爲首的直接行動主義派獲勝。（註四五）當時這三種思想的鼎立，竟成爲後來日本無產政治運動指導原理的三種基本觀念。（註四六）幸德秋水於明治四十年四月的「平民新聞」主張日本的社會運動家應與中國革命家（按指　孫中山先生等革命家）互相提攜，他並常在「直言」及「平民新聞」記載支持　孫中山先生所領導的中國國民運動，而幸德秋水之代表作「社會主義神髓」一書亦曾被譯爲中文。日本社會黨第二次大會閉幕後，同年四月平民新聞第七十五號因記載大會記事及幸德秋水的演講詞，被政府以大會的決議案有紊亂安寧秩序，被禁止刊行，而編集發行人石川三四郎亦受起訴處分，而此公然存在的日本社會黨，亦以

有危害安寧秩序爲由，而被解散。（註四七）

日本社會黨被解散後，直接行動派與議會政策派，遂分道背馳，各自刊行機關報，前者發行「大阪平民新聞」半月刊，由森近運平出任編輯，幸德秋水、山川均、堺利彥等人則組織「金耀會」，加以支持；後者創辦「社會新聞」週刊，由西川光次郎及片山潛經營，田添鐵二亦參加該報，並組織「社會主義同志會」。此時直接行動主義派因在政府嚴密的監視下，故逐漸縮小其運動範圍，放棄其本來所遵循的勞工運動路線，走上無政府主義。明治四十一年（一九〇八年）六月二十六日因山口孤劍的出獄歡迎會，各派社會主義運動同志，在錦輝館大舉「無政府共產」赤旗，與警察衝突，發生所謂「赤旗事件」。堺利彥及山川均被處以兩年徒刑，其他與會者除婦女外，亦均分別被處以一年至二年的徒刑。自此以後，政府對於社會主義者的監視益加緊迫，「金耀會」不久之後便告消滅。片山潛等議會政策派分子雖傾其全力於勞工運動，指導活版工工會和東京市電工等罷工運動，但亦因受到政府的干涉而始終不得如願。

赤旗事件後，第二次桂太郎內閣於明治四十一年（一九〇八年）七月十四日成立，桂內閣在其政綱中列舉社會主義對策，（註四八）並訓令全國各報社攻擊社會主義和社會主義者，抑有甚者，更飭令警察機關在社會主義者的門宅週圍日夜派警察加以監視。在這種緊張氣氛之下，社會主義者遂於明治四十三年（一九一〇年）五月發生企圖謀殺明治天皇的所謂「大逆事件」，幸德秋水、宮下大吉、新村忠雄、古河力作、森近運平、奧宮健之等十二名被處死刑，另十二名被處無期徒刑，此外另有二名，分別處以十年和八年的有期徒刑。自大逆事件後，日本社會主義運動，在政府彈壓之下，銷聲匿跡，一切社會運動遂進入於停頓時期。片山潛於大正二年（一九一三年）雖繼續發行「社會新聞」，呼籲勞動者階級的團結，但態度漸趨溫和，後來受到懲役之刑，出獄後於一九一四年逃亡國外，二十年後病死國外，而西川光次郎則撰寫被稱爲「社會主義者之詫證文」的「心懷語」一書轉變方向，趨向溫和態度。（註四九）

綜觀上述各階段的說明，我們不難發現，初期的日本社會主義思想，主要還是由於一部分知識分子的啓蒙嘗試，但當時的民衆運動，主要還是在農村發展，至在都市工業方面，尙沒有任何根深基礎。以言近代社會主義政黨，以及社會團體等組織，迄中日甲午之戰以後，由於國家資本主義的發展，始相繼萌芽產生。但是日本資本主義，乃是一種變態發展，其成功完全是由於軍閥官僚爲本位的國家主義的卵翼，由是民主主義和社會運動，均難獲得發展的餘地。反之，軍閥官僚政府則視社會主義運動如同蛇蠍洪水，絕不任其滋長發展，因此，日本初期的社會主義運動及勞工運動，在政府高壓政策之下，不久即告夭折。

三、大正時代及昭和初期的大衆勞工運動

如前所述，日本的社會運動，以明治四十三年（一九一〇年）六月的大逆事件爲一轉捩點，完全進入潛伏期，社會主義者祇有蟄伏於「賣文社」，靠稿費以維持生活。（註五〇）前述因一九一〇年幸德秋水等的「大逆事件」以後，一度潛伏的社會主義者及無政府主義者，進入大正時代後，又開始抬頭活動。堺利彥於大正四年（一九一五年）九月發行雜誌「新社會」，翌年山川均亦加入，積極從事介紹歐洲及俄國的社會運動，並評論社會問題。無政府主義者大杉榮及荒畑勝三於一九一二年九月創刊「近代思想」，刊載有關文藝問題，降及一九一四年九月停刊而另發行「月刊平民新聞」，一九一六年刊行雜誌「青服」，力主勞動者的團結權及罷工權。大正三年（一九一四年）第一次世界大戰爆發，日本乘世界大戰的機會，極

力發展工商業，完成產業革命，資本主義的經濟組織乃漸趨於成熟。其結果則增加勞動者的人數，促進勞動者的集團，且使勞資畛域益增明顯，階級對抗日益劇烈。由於階級的對立，因此勞資糾紛亦日漸增加，其情形從下面附表一所示，可以窺知其梗概。

附表一　明治後半期及大正時代的勞工團體組織及罷工情形一覽表

年次	罷工次數	參加人數	年次	罷工次數	參加人數
明治三十年（上半年）	三三	三、五一七	明治四十二年	一一	三一〇
明治三十一年	四三	六、二九三	明治四十三年	一〇	二、九三七
明治三十二年	一五	四、二八四	明治四十四年	二二	二、一〇〇
明治三十三年	一一	二、三一六	大正元年	四九	五、七三三
明治三十四年	一八	一、九四八	大正二年	四七	五、二四二
明治三十五年	八	一、八四九	大正三年	五〇	七、九〇四
明治三十六年	九	一、三五九	大正四年	六四	七、八五二
明治三十七年	六	八七九	大正五年	一〇八	八、四一三
明治三十八年	一九	五、〇一三	大正六年	三九八	五七、三〇九
明治三十九年	一三	二、〇三七	大正七年	四一七	六六、四五九
明治四十年	五七	九、八五五	大正八年	四七八	六三、一三七
明治四十一年	一三	八二三	大正九年	二八二	三六、三七一

大正十年	二四六	五八、二二五
大正十一年	二五〇	四一、五〇三
大正十二年	二七〇	三六、二五九
大正十三年	三三三	五四、五二六
大正十四年	二九二	四〇、七四二

大正六年（一九一七年）俄國發生革命，共產主義獲得初步成功，兼之大正七年（一九一八年）八月，日本又因米荒發生所謂「米騷動」，刺激了日本社會各階層，這兩種事件，不但威脅了當時日本的統治階級，也帶給被統治階級以勇氣和希望。（註五一）當時，日本的勞工組織因在政府的彈壓之下，祇剩下歐（洋）文印刷工所組織的「歐友會」，以及社會改良主義者鈴木文治和十五位同志（註五二）所創立的「友愛會」而已。「友愛會」創立於大正元年（一九一二年）八月三日，它是由大資本家澀澤榮一，令其黨徒鈴木文治等十五人以倘勞動者能對資本家保證絕對的忠誠，則資本家亦必考慮勞動者的利益爲前提的所謂「勞資協調」精神所創立的，當時的日本勞動者因不易自發的組織工會，因此，一部分覺悟時勢不利於勞動階級的勞工，遂紛紛投奔「友愛會」，到同年十二月會員人數達二六〇名，大正二年六月甚至成立了川崎支部，全體會員達一千二百名。（註五三）該會性格頗穩健，其運動方針亦採勞資協調精神，因此，少受政府的彈壓干涉。當時政府之所以准許「友愛會」的成立存在，實因它能仰合政府的旨意。例如該會每年必在東京或大阪召開一次大會，在開幕時必唱日本國歌「君之代」，並恭請內務大臣或大阪府知事蒞會致詞。（註五四）鈴木文治爲宣傳其理想宗旨，曾於大正元年（一九一二年）十一月三日發行「友愛新聞」，嗣後於大正三年十月改稱爲「勞動與產業」。當時由於別無其他合法的勞工組織存在，因此，勞動者紛紛投奔其傘下，友愛會的會員與日俱增，大正二年（一九一三年）七月底由成立時的十五名增加至一千三百二

十六名，大正三年七月底超過了二千名，迨至大正七年（一九一八年）該會會員多達三萬名，支部一百二十所。（註五五）前述「歐友會」因暫停活動，因此大正六年東京的歐文印刷工乃組織「信友會」。

大正五年五月由横田千代吉、西尾末廣、坂本孝三郎等人以機械工及電氣工，在大阪成立「職工組合期成同志會」，擁有會員一千人。此同志會後因幹部不合而於大正六年底解散，西尾參加友愛會，坂本等則另成立「勞動問題研究會」繼續運動，於大正八年恢復「大阪鐵工組合」。這些組合所揭示之宗旨，仍然與友愛會同樣，係勞資協調主義，對於促進勞動者的階級自覺頗有貢獻。

大正八年（一九一九年）八月三十日友愛會在東京三田的惟一館，召開成立七週年大會，有全國代表一四三人參加，此次大會更名爲「大日本勞動總同盟友愛會」。當時日本的勞動運動逐漸傾向布爾雪維克主義，友愛影響所及亦急速地開始左傾化。在這種氣氛影響下，以後因勞工組織激增（參閱附表二），勞資糾紛事件不斷發生（參閱附表一），政府及資本家對勞動者遂採取壓迫方針，在這種情況下，友愛會及其他勞工團體亦一變以往的穩健協調態度，而轉向於激烈的社會鬥爭主義。

附表二　大正時代後半期及昭和初年日本勞工組織一覽表

年次	組合數	年次	組合數
明治四十四年	四〇	大正十年	三〇〇
大正七年	一〇七	大正十一年	三八九
大正八年	一八七	大正十二年	四三二
大正九年	二七三	大正十三年	四六九

大正十四年	四五七	昭和三年	五〇一
昭和元年	四八八	昭和四年	六三〇
昭和二年	五〇五		

在那時期，日本普選的運動，頗爲激烈。兼之在俄國革命之影響下，許多所謂進步的青年學生乃加入「民衆之中」，與勞動運動及農民運動相結合。因此，大正七年九月在京都，京都帝大學生與友愛會會員組織「勞學會」，同年年底東京大學亦出現「新人會」，翌年早稻田大學亦成立「民人同盟會」、「建設者同盟」，餘如東京的法政大學、京都的同志社大學等，亦紛紛出現了社會主義傾向的學生團體。這些學生團體之多數，逐漸自民主主義而轉向社會主義，與勞農大衆結合在一起。大正八年（一九一九年）二月十一日東京的大學生千餘人舉行要求普選大會並遊行示威，而大阪、神戶、名古屋等各地亦以勞工及學生爲中心紛紛展開普選運動。同時，以關西的友愛會勞動者爲中心的二十個團體，先組織「普通選舉期成勞動聯盟」，並於大正八年（一九一九年）十二月在東京召開普選期成同盟的全國同志大會。大正九年二月的第四十二屆議會召開時，憲政會和國民黨兩派提出的普選案，終於慘敗，而議會亦遭解散，同時勞動組合內的政治運動，亦立即衰退下去，代之而起者爲工團主義（Syndicalism）。自大正九年後半年起至大正十年，勞動運動的大勢，幾乎全部爲工團主義的思想所支配。在此期間，友愛會因普選問題意見紛歧，內部分爲兩派，大正九年十月的友愛會第八週年大會中，關東派的棚橋小虛等工團主義派，堅決反對議會政策，主張直接行動，關西派的西尾末廣、賀川豐彥等則贊成實行普選，力主議會政策的必要。大正十年（一九二一年）八月友愛會在左翼分子強烈要求下改稱爲「日本勞動總同盟」，鈴木文治擔任名譽會長，由松岡

駒吉出任主事。自此以後，關東派逐漸得勢，與關西派互爭領導權，後來經多次分裂結果，遂成爲右翼分子的大本營與左翼系組合互相對峙。

「日本勞動總同盟」成立前一年，潛伏十餘年的社會主義運動，由於大正九年（一九二〇年）十二月「社會主義同盟」的成立而再起。「社會主義同盟」由山川均、麻生久、赤松克麿、荒畑寒村、加藤一夫、加藤勘十、島中雄三、高畠素之、堺利彥、大庭柯公等人所發起。社會主義同盟的成立實爲社會主義者及勞動組合幹部公然大規模的提携，同時也是無政府主義者、社會主義者、共產主義者和社會民主主義者的合作。（註五六）由於該同盟的構成分子複雜。（註五七）故內部未能團結一致。它雖然促進了日本勞動運動與社會主義的接近，但因內部無政府主義及共產主義分子頗爲活躍，終於在大正十年（一九二一年）五月廿八日被政府當局下令解散。

前述社會主義同盟的被解散，政府加強彈壓社會主義運動的結果，使勞動組合之間出現了工團主義。友愛會的所以改爲「日本勞動總同盟」乃表示勞動組合趨向鬥爭活動的開始。「日本勞動總同盟」成立當年，罷工的風氣吹襲全日本，同時社會主義運動陣營內部，亦一變以往的態度開始否定議會政策及其他一切漸進的改良手段，盛行假藉經濟的直接行動以打倒資本主義的革命性工團主義，在全國各地陸續掀起直接行動。社會主義運動的這種急激行動，終於誘致了勞資階級對立的尖銳化，而使支配階級有了彈壓勞動運動的事實。結果，勞工運動慘敗，工團主義這種過激的行動，引起了外界對它的批評，同時，亦惹起了無政府主義與布爾雪維克主義（Bolshevism）對立的激化。後來這兩派於大正十一年（一九二二年）的「全國勞動組合總聯合」創立大會時正面發生衝突。大會中，無政府主義者的大杉榮與社會主義者的堺利彥、山川均、荒畑寒村等展開了空前的理論鬥爭。至於工團主義在這次大會中，其指導理論及實際行動，遭受致命的創傷，已不可能重返昔日的盛勢，由於工團主義喪失去力量，於是其地位遂被布爾雪維克主義所取代，同時昔日工團主義派的不少勞動組合會員及知識分子亦陸續轉向布爾雪維克主義之途。布爾雪維克主義者的政治行動雖與僅以經濟行動為宗旨的工團主義者有差異，然就其觀念的急進主義行為而言，兩者之間的區別，只有百步與五十步之差而已。是年（大正十一年）六月「日本共產黨」以非法政黨姿態出現。（註五八）另方面，「日本勞動總同盟」亦以布爾雪維克主義為其運動方針。大正十二年（一九二三年）大杉榮因案被處死刑後，工團主義亦逐漸凋落，而日本的社會運動的思想卻朝向國際勞動陣線和馬克斯主義之途邁進。「日本勞動總同盟」鑑於客觀環境的變化，為適應社會情勢的趨向，乃於大正十三年（一九二四年）二月的第十三屆大會，在主流派鈴木文治、松岡駒吉、西尾末廣等堅決領導下，發表劃時代的「轉換方向宣言」，決定社會主義的運動方針。

當勞工運動的指導精神，逐漸轉向之際，山本權兵衞組織第二次山本內閣（大正十二年九月二日成立），並在其施政綱領中揭舉實施普選內容，因此，各勞動組合紛紛表示遵循此路線，以期減少政府的干涉。大正十二年（一九二三年）十月前述的「日本勞動總同盟」召開中央委員會，商討實施普選的議會對策，決定普選實施後，總同盟應遵循法令行使投票權，並設置議會對策委員會，討論研究有關社會主義政黨問題。然而關於社會主義政黨問題，勞動總同盟內部發生兩派意見，關東派贊成左翼共產主義思想，關西派則極力主張右翼社會民主主義思想，因此，總同盟中央委員會乃開除關東派（共產系）的二十五個組合（會員一萬二千五百人）。兩派最後於大正十四年（一九二五年）五月正式決裂。左派分子（關東派）在共產黨徒渡邊政之輔領導下，於同月在神戶組織「日本勞動組合評議會」，成為日本共產主義運動的核心勞動組織。至於右翼分子（關西派）則繼續在勞動總同盟，在松岡駒吉及西尾末廣的領導之下，仿效鈴木文治的故技，排斥革命行動，從事和平溫和的罷工行動。分裂後的總同盟擁有四十個組合，會員二萬九千四百六十名，評議會亦擁有三十二個組合，會員一萬七百七十八名。當時的官營工場及其他大企業組合大抵投奔總同盟，而評議會的力量則始終侷限於中小型工場。大正十五年在評議會指導之下，共同出版社及濱松樂器會社舉行罷工，政府動用警察力量鎮壓，但評議會卻組織非法的防衛隊及秘密指導部予以支援，從事長期性的鬥爭。結果濱松會社之罷工繼續一〇五天，共同出版社亦達六十七天，此在日本勞動運動史上，可說是空前絕後的罷工行動。經過此一運動後，評議會的勢力大為伸展，在一九二七年（昭和二年）三月的第三屆大會，其力量擁有五十九個組合，會員三萬五千零八十人。其勢力不僅在大都市，即在中小都市的工場亦有組織存在，近乎遍及全日本。

昭和三年（一九二八年）二月，日本實行有史以來第一次普選，結果政友會與民政黨只相差一席（二一七席對二一六席），而無產政黨亦獲八席，在保守派政黨勢均力敵的情形下，政局前途不容樂觀。其時正值美國發生經濟恐慌，全世界受其影響，逐年增劇。日本亦為世界經濟聯鎖一環，自難獨成例外。是故連年市場蕭條，農村困苦，失業者逐年增加（參閱附表三），勞資糾紛層出不窮（參閱附表四），自殺犯罪屢見迭出。（註五九）在這種情況之下，國民期望政府當局的救濟，自為迫切的要求，而日本政府當局，面對這種困境毫無辦法，於是國民之中難免因絕望而走險，發生一種新的要求，不滿於現狀者，不走極左便趨極右，這種困境遂使日本法西斯運動乘機而興。政府對於在死亡線上掙扎的失業勞工，雖曾施行職業介紹、失業扶助、失業保險等制度，其後又有所謂歸農政策及土木救濟事業爲對策，但皆不足以解決當時的經濟不景氣困境。

附表三　昭和初年日本失業者人數一覽表

年次	職工失業人數
昭和四年（一九二九）九月	二六八、五九〇
昭和五年（一九三〇）九月	三九五、二四四
昭和六年（一九三一）九月	四二五、五二六
昭和七年（一九三二）九月	五〇五、九六九

（本表錄自遠山茂樹等著：「昭和史」六〇頁）

附表四　昭和初年日本勞資糾紛一覽表

年次	罷工次數	參加人數	勞動組合數	組合員人數
昭和二年	三八三	四六、六七二	五〇五	三〇九、四九三
昭和三年	三九三	四三、三三七	五〇一	三〇八、九〇〇
昭和四年	五七一	七七、二八一	六三〇	三三〇、九八五
昭和五年	九〇一	七九、八二四	七一二	三五四、三一二
昭和六年	九八四	六三、三〇五	八一八	三六八、九七五
昭和七年	八七〇	五三、三三八	九三二	三七七、六二五

昭和八年	五九八	四六、七八七	九四二	三八四、六一三
昭和九年	六二三	四九、四七八	九六五	三八七、九六四
昭和十年	五八四	三七、六五〇	九九八	四〇八、六六二
昭和十一年	五四六	三〇、八五七	九七三	四二〇、五八九
昭和十二年	六二八	一二三、七三〇	八三七	三五九、二九〇

〔本表錄自井上清著：「日本の歷史」（下）一七一頁〕

正當法西斯思想洪流激盪於日本之際，在無產陣營之中，社會民衆黨書記長赤松克麿，首先轉向國家主義。他最先是屬於極左派，迨至大正十三年（一九二四年）春，勞動總同盟大會的「方向轉換」宣言時，始表現其自極左轉向右傾的姿態。同年十一月，他在「新人」雜誌發表「向科學的日本主義之途」的論文，排斥向來的觀念左翼主義，主張在日本樹立「眞正的科學無產階級指導方針」。赤松氏的所謂「科學的日本主義」，乃指在小布爾喬亞勤勞階層（小公務員、小商人、薪水階層、政府雇傭人員）建立基礎的社會民主主義而言。換言之，他的第一次轉向，乃自共產主義轉向社會民主主義，自急進的社會主義轉向溫和的社會主義。（註六〇）

但赤松氏並未以此為止，嗣後仍繼續不斷地轉向右傾。九一八事變勃發前他屢次在社會民衆黨機關報「民衆新聞」或「改造」雜誌發表論文，力倡政府宜應與社會運動接近，促請政府不應干涉勞資糾紛，保持其超然國家統治階級地位。他這一連串的言論，正顯示其意識觀念，逐漸傾向於近代的國民主義及國家主義之途，降至昭和六年（一九三一年）七月，當他與「行地社」（右翼組織）的大川周明接近後，更加速了其轉向國家主義。兩者接近的結果，於同年九月創立「日本社會主義研究所」，並於翌月發刊機關誌

「日本社會主義」，昭和七年六月改爲「國家社會主義」。

日本社會主義研究所的目標，在「日本社會主義」創刊號說得明白云：「我等的日本社會主義者，乃指實行於日本的社會主義之謂。我等相信實行於日本的社會主義，必須是國家社會主義。蓋我等堅信，所謂國家社會主義，乃近世社會主義之理論及實踐的發展之歸結，也是日本民族共同精神的歸結」。（註六一）日本社會主義研究所的出現，對於日本無產階級團體的右傾化，曾扮演了相當重要的角色。赤松氏後來於昭和七年（一九三二年）五月二十九日聯合其他國家社會主義運動團體及分子組織「日本國家社會黨」。（註六二）自此以後，社會主義運動在日本法西斯的狂潮下逐漸轉變方向，昭和七年（一九三二年）七月二十四日「社會大衆黨」的成立，可說是使昭和元年（一九二六年）以來的各社會法西斯黨合而爲一，成爲日本唯一的社會主義法西斯黨。該黨成立之初，尚未完全脫離社會主義政黨的性格，降及昭和十二年（一九三七年）七七事變發生，該黨乃於是年十一月十五日的黨員大會中宣示放棄以往的「三反主義」（反共產主義、反資本主義、反法西斯主義）和階級主義，而轉向法西斯化。昭和十五年（一九四〇年）六月十五日爲響應近衞文麿的所謂「新體制運動」，社會大衆黨遂正式解散，而社會大衆黨的解黨，至此結束了第二次世界大戰以前日本的社會主義政黨運動。（註六三）

前述社會大衆黨出現前後，勞動組合運動，因左右兩派對峙而呈現紛亂現象。勞動組合陣營由於其幹部都參加社會主義政黨活動，故勞動運動亦帶有極濃厚的政治色彩。當時日本的勞動組合立場的分野大體如下：

左翼組合——日本勞動組合全國協議會、日本勞動組合總評議會、全日本勞動總同盟。

右翼組合——日本勞動總同盟、海軍勞動組合聯盟、日本海員組合、海員協會、日本造船勞動聯盟、日本製鐵勞動組合聯合會。

中間派組合——全國勞動組合同盟、日本勞動組合總連合。

上述三派諸組合之中尤以左翼的「日本勞動組合全國協議會」（全協）、中間派的「全國勞動組合同盟」（全國勞動）及右翼的「日本勞動總同盟」（總同盟）力量最大，而形成三足鼎立的局面。「全協」的勞動運動循共產主義的階級鬥爭方式，故它是一個最富於戰鬥性的極左組合。當時的齋藤實內閣認爲此「全協」乃共產黨的溫床而加以彈壓，自昭和八年（一九三三年）二月至十一月被檢舉的「全協」關係者達一千六百九十六名，共產黨及青年同盟關係者二千五百名，其中「全協」關係者被檢舉的有一百四十五名。（註六四）自此以後，政府加緊取締日共分子及左翼分子活動，因而使左翼團體，不敢明目張膽地展開極烈的活動。

迨至昭和十二年（一九三七年）七月「中日戰爭」勃發後，日本國內法西斯勢力的囂張已達頂點，政府被少壯軍人所挾持，反國體思想，反戰的階級鬥爭及國際主義思想悉被抑壓，全國各階層在政府指導之下，紛紛展開國民精神總動員運動。（註六五）這時各勞動組合內部亦經過種種變遷，而已異其昔日面目。先是昭和五年（一九三〇年）「全國勞動組合同盟」、「日本勞動總同盟」及「日本海員組合」爲中心的右翼組合，爲統一戰線，成立「日本勞動俱樂部」，進而企圖組織全國勞動組合會議未果。後來左傾分子乃退出「日本勞動俱樂部」，於昭和六年（一九三一年）十一月另組「日本勞動俱樂部排擊同盟」。到了昭和九年（一九三四年）排擊同盟的中間派系分子與自「日本勞動組合總評議會」退出的中間系分子合併組織「日本勞動組合全國評議會」，展開合法的左翼組合運動。他方面，「日本勞動總同盟」，自九一八事變前後，爲迎合軍部法西斯的胃口，逐漸表現其協力戰爭的態度，迨至昭和十一年（一九三六年）一月遂與中間派的「全國勞動組合同盟」合組「全日本勞動總同盟」擁有會員十萬名。昭和十二年（一九三七年）中日戰爭發生後，「全日本勞動總同盟」爲策應軍部的國民精神總動員運動，乃於是年十月十七日的定期大會中，確定新方針，宣言絕滅罷工行動，並期望趕快設立「非常時產業協力委員會」，以推進所謂產業報國運動。（註六六）另方面，合法左翼主義的「勞農無產派協議會」於昭和十二年四月改爲「日本無產黨」，展開人民戰線運動，終於引起人民戰線派的檢舉事件，「日本無產黨」、「勞動組合全國評議會」和「全國農民組合」的幹部，以及勞農派的合法左翼主義者共四百名一律被檢舉。（註六七）當時因人民戰線事件而受牽連的大學教授有大內兵衞、有澤廣己、河合榮治郎、矢內原忠雄等人，他們在右翼教授策動下，被解除教職。（註六八）事後，這些團體鑑於時局之不利於勞農運動，乃紛紛見風轉舵，「日本無產黨」因人民戰線事件被解散，故它屬下的「日本交通總聯盟」及「東京交通勞動組合」，乃於是年八月二十二日的交總常任委員會聲明「協力產業，締結團體協約，用以減少爭議」。（註六九）中日戰爭進入第二年後，勞動組合陣線於昭和十三年二月設立「時局對策委員會」，在第二次委員會時通過「勞資關係調整方策要綱」，嗣後改稱爲「產業報國聯盟」。昭和十五年（一九四〇年）二月，政府聲明勞動組合解散方針，「全日本勞動總同盟」，乃於是年七月自動解散，其他組合如「日本海員組合」、「東京交通勞動組合」、「日本勞動組合會議」等亦先後解散，紛紛投入軍部、右翼、官僚及巨大軍需產業者所組織的所謂「大日本產業報國會」（昭和十五年十一月二十三日成立），積極從事侵略的備戰生產，由厚生大臣金光庸夫兼任總裁，會長由原文部大臣平生釟三郎出任，理事長由原內務次官湯澤三千男擔任。其會員在昭和十六年六月達到五百二十九萬人。（註七〇）此一「大日本產業報國會」的成立，即為戰前日本勞工運動死亡的反映。

綜括以上所述，可知自昭和六年至二十年（一九三一—一九四五年）的十五年之間，日本國內已確立了以天皇制為樞軸的獨特的法西斯主義體制。尤其是自昭和十一年（一九三六年）的「二・二六事件」以後，國家權力之軍國主義的編成，已大為躍進，天皇的神格化被加強，社會主義及自由主義思想被彈壓，不久之後，政黨及勞動組合一律被解散（昭和十五年），言論、出版、結社等的自由完全被抹殺（昭和十六年頒佈臨時取締令）。在這種軍國主義狂潮之下，社會主義運動固然無法生存，言論出版自由亦被抹殺，除了上述的幾位大學教授被解除教職外，岩波文庫的社會科學亦自動地停止刊行，而田山花袋、德富蘆花、芥川龍之介、武者小路實篤、天野貞祐、馬場恆吾等自由主義派作家的著作亦被停止發賣。（註七一）

附表五　昭和十一年至十五年的工會組織概況表

	勞動組合（工會）			勞動糾紛		
	組合數	組合員數（千人）	組織率（%）	總件數	參加人員（千人）	薪資鬥爭的比率（%）
昭和十一年	九七三	四二〇・五	六・九	一、九七五	九二・七	二八・四
昭和十二年	八三七	三九五・二	六・二	二、一二六	二一三・六	四七・一
昭和十三年	七三一	三七五・一	五・五	一、〇五〇	五五・五	四三・一

昭和十四年	五一七	三六五・八	五・三	一、一二〇	一二八・二	五一・三
昭和十五年	四九	〇・〇九四	〇・一	七三二	五五・〇	五二・六

第四節　農民運動

在日本近代資本主義發展過程的社會中，農村經濟是日本經濟範疇內唯一殘存而且難以解決的問題，農民階級，並非明治維新大業的積極參加者。因此，農民除了一小部分的鄉士豪農外，並未具備參加政治活動必備的經濟實力。多數的佃農，自己固然是田租的擔負者，同時在經濟上亦處於隸屬於地主的狀態，因此，他們的生活狀態，亦極爲低微悲慘。維新之初，關於土地制度「概承德川氏的遺制，而襲其舊帳」。（註七二）但隨着維新政府推行種種改革之結果，終在明治四年（一八七一年）九月三日准許農民耕植自由，翌年二月又准許土地的自由買賣。關於土地制度的具體改革。厥爲明治六年（一八七三年）實行「地租改正」，解除德川幕府以來禁止土地買賣的舊令，發行「地劵」（土地所有權狀），承認地主的土地所有權，准許自由買賣轉讓。這種措施徒然增加農民的地租負擔外，且使自耕農從此急速地淪爲佃農，佃農生活，愈覺得有不安之苦。（註七三）例如自由民權大師福澤諭吉於明治七年（一八七四年）一月的「民間雜誌」發表「告農民文」一文中曾云：「可憐哉！農村之小百姓，陷入娑婆之地獄，五反（反乃地積的單位，一反等於九九一點七平方公尺）的田地一人耕作而須養活八個子女，雖種稻產米而無法吃米，雖養蠶而無法穿用絹布，受嚴風所吹，受炎日曝曬，額上出汗所生產之米被比鷲鳥還兇猛的官吏所掠奪，所剩下者只是些粗糠。若問其米被送往何處，則在奸商的手裏被送往東京，化變爲洋式樓房、英國式的鐵橋、船舶、槍砲、馬車、洋服。……另方面，華士族二百萬人的米飯，不下二百萬石，這些亦皆爲佃農所提供。在絕大多數貧苦的農民的苦勞上，這批華士族過着安樂的寄生生活」。（註七四）

明治維新初年，當時日本的農民佔全國人口的百分之七十九左右（參閱附表一），這一大羣農民在生活煎迫之下，亦展開了猛烈的反抗運動，尤其是自地租改訂令頒佈後，農民要求減輕地租的運動，更形擴大，在明治六年（一八七三年）以後的十年間，農民的不安與因被廢除武士階級特權的部分士族的不平情緒，不期而合流，到處發動騷亂。這些農民運動（日人稱爲「百姓一揆」），雖被政府利用武裝軍警加以鎮壓，但他們仍不灰心，前仆後繼，延至明治二十年（一八八七年）前後，還頻頻發生。

附表一　明治初年全日本人口職業別及百分比率表

職業別／年次	農	工	商	雜業	受雇者	共計
明治六年（一八七三年）	一五、二〇六、九三八（七九・二%）	八〇二、六九三（三・五〇%）	一、二六七、四〇一（六・六〇%）	一、七五二、三〇一（九・一三%）	三〇〇、四一四（一・五七%）	一九、一九七、七四六（一〇〇%）
明治七年（一八七四年）	一五、一五三、〇九八（七九・〇五%）	六八八、四二九（三・五九%）	一、二七六、六六四（六・六六%）	一、七七六、六八五（九・二一%）	二九九、八八五（一・四七%）	一九、一六七、九六一（一〇〇%）

抑有甚者，由於人口的增加、物價的波動，以及農村的公地被沒收，農村苦狀的傾向，不斷地增加。

尤其是明治十年（一八七七年）西南之役時，政府支出軍費達四千萬圓之鉅，而政府又濫發紙幣，致通貨膨脹，其後又收縮通貨，致金融波動劇烈，農村除大地主外，一般中小農民又遭受了慘重的打擊，農民生活益陷入窮境。在這種情形下，小農民不得不拋棄農地而淪爲佃農，因滯納稅金而土地被公賣處分者，明治十六年（一八八三年）有三萬三千八百四十五人，明治十七年超過六萬六百零五人，明治十八年有一百零八萬五十五人，明治十九年有六萬一千二百五十六人，明治二十年（一八八七年）有三萬五千九十六人。（註七五）除此之外，由於產業革命的結果，農村經濟亦受影響而大大地變質。地主們在佃農繳給他們的佃租和他們繳給政府的地租之間，賺取差額，集成資本，去經營工商業或放高利貸。在這種地主階層的剝削下，中小自耕農和佃農，逐漸貧窮，尤其是佃農輩，爲了籌集佃租並讓子女受義務教育，迫得在無辦法時，只有把女兒送去做紡織、製絲、織布等工廠的女工，而兒子則送去從事土木工事或礦山勞動，戶主自身亦每利用農閒時替人做短工，以此來維持子女的義務教育費及維持一家的生計。（註七六）

事實上，儘管明治維新後，農民的身分、職業皆獲得解放自由，但並無確切的保障。在農村部落裏，沒有土地的農民，甚至於佃農佔絕大多數。例如奈良縣的小林部落的情形，明治初年從事農業者一四〇戶之中，有一〇九戶完全沒有土地，而擁有土地者的農民之中，只有六戶的土地達到五反以上。佃租亦額外高昂，平均每戶收入二石四斗，而佃租卻佔二石。由於生活的煎迫，逼得農民不得不兼營雜業，降及明治時代中葉，部落的佃農全國普遍地增加，但其耕地往往距離一里甚至二里。由於生活無法維持，因此不得不兼營雜業，如草履、木履、人力車夫等，以補家用之不足。而女性亦往往從事長時間的夜間工作，致使多發生難產、乳兒死亡現象。（註七七）

明治二十九年（一八九六年），政府曾先後頒佈勸業銀行法及府縣農工銀行法，以國家資金設立勸業銀行及府縣農工銀行，以為應付農村經濟危機的對策。但事實上，這兩種銀行並未成為中小農民的融資機關，這兩種銀行，一方面，使大地主在長期低利的優惠條件下大量借出資金，以投資於農業以外的企業，另外又以高利貸給小農民；他方面，使農村的資金大量地流入都市，結果，振興農村經濟的目的不但未能達成，反而成為大地主剝削小農民的一個機構。（註七八）

由於政府的救濟方案，未能達成解蘇農困的目標，因此自明治後半葉後，農村的暴動在各地頻發。到了二十世紀初葉，農村內部地主與佃農的對立，成為農民運動的核心，以田租的減輕，耕作權的保障等而形成地主與佃農的穩然公開的對立，到處可見。至於「佃農組合」亦逐漸產生，惟當時的「佃農組合」所採取的態度，如同「勞動組合」的採取勞資協調主義一樣，亦循着地主與佃農的協力為基礎的觀念，企圖改善及維持良好的田租條件，所採取的方針乃是溫和的協調主義。迨至日俄戰爭之後，隨着社會主義的運動的激烈化，佃農的農民運動亦逐漸廣及於日本各地，明治三十九年（一九〇六年）宮崎民藏的「土地復權同志會」，在山梨、長野、新潟、富山、三重、和歌山及九州地方等地，紛紛組織農民組合。明治四十年全日本有十九個佃農組合，五年後又增加四十一個佃農組合。明治四十三年（一九一〇年）前後，全國水田的百分之五十以上為寄生地主的土地而出租給佃農，全耕作農家們的約百分之二十八為純佃農，百分之四十為佃農兼自耕農，純粹自耕農約百分之三十二左右。（註七九）

第一次世界大戰後，農村不景氣的情形益烈，自那時起，農村的地主與佃農爭權繁多。依照統計，大正六年（一九一七年）發生八十五件，大正七年（一九一八年）曾發生二五六件，翌年增為三二六件，大正九年（一九二〇年）爲四〇八件，大正十年（一九二一年）激增至一、六八〇件（參閱附表二），比較明治時代有過之而無不及。但在此情形之下，農民運動的發展，亦由消極散漫的狀態，轉入了積極統一的時代，並且那時社會主義、民主主義的思想，對於促進農民運動的積極性，亦爲一興奮劑。由是農民運動與政治社會運動開始結合前進。

附表二　大正時代中期以後地主與佃農爭議表

年次	佃農爭議次數	參加佃農人數	佃農組合數	組合數
大正七年（一九一八年）	二五六	不詳	八八	不詳
大正八年	三二六	不詳	八四	不詳
大正九年	四〇八	三四、六〇五	三五二	不詳
大正十年	一、六八〇	一四五、八九八	六八一	不詳
大正十一年	一、五七八	一二五、七五〇	一、一一四	不詳
大正十二年	一、九一七	一三四、五〇三	一、五三〇	一六、三九三
大正十三年	一、五三二	一一〇、九二〇	二、三三七	二三二、一二五
大正十四年	二、二〇六	一三四、六四六	三、四九六	三〇七、一〇六
昭和元年（一九二六）	二、七五一	一五一、〇六一	三、九二六	三四六、六九三
昭和二年	二、〇五二	九一、三三六	四、五八二	三六五、三三二
昭和三年	一、八六六	七五、一三六	四、三五三	三三〇、四〇六
昭和四年	二、四三四	八一、九九八	四、一五六	二二五、七七一

昭和五年	二、四七八	五八、五六五	四、二〇八	三〇一、四三六
昭和六年	三、四一九	八一、一三五	四、四一四	三〇六、三〇一
昭和七年	三、四一四	六一、四九九	四、六五〇	二九六、八三九
昭和八年	四、〇〇〇	四八、〇七三	四、八一〇	三〇三、七三六
昭和九年	五、八二八	一二一、〇三一	四、三九〇	二七六、一四六
昭和十年	六、八二四	一一三、一六四	四、〇一一	二四二、四二二
昭和十一年	六、八〇四	七七、一八七	三、九一五	二二九、二〇九
昭和十二年	六、一七〇	六三、二四六	三、八七九	二二六、九一九

（本表係根據入交修好著：「政治五十年」一一六至一一七頁；井上清著：「日本の歷史」（下）一四二及一七〇頁；遠山茂樹等著；「昭和史」二三及六五頁，讀賣新聞社編；「日本の歷史」⑿世界と日本一三七頁等資料所製成）

大正十一年（一九二二年）二月二十三日在小石川砲兵工廠勞動會的安達和以及橫田晃一等人的籌備下，成立「日本農民總同盟」，其主要構成分子乃北海道天鹽國上川郡宮內省所管轄的上川御料地農場的三千名自耕農爲主。（註八〇）同時，該同盟的規約明白表示概以行政町村爲一單位設立農民組合，其對象則限於所有土地五町步以下的農民。（註八一）該同盟於宣言中，明白指出日本農民以往的苦境，儘受地主壓迫，因而力疾呼籲解放農民，聲明「不勞者不得其食」，（註八二）同時又通過下列決議：（註八三）①確認農民組合之合法性。②修改稅制，但必須根據累進率。③改善佃耕條件。④國有林之適當拋售。⑤趕快完成鐵路建設。

正當「日本農民總同盟」準備組織農民組合之際，社會主義陣營中基督教改良主義者的杉山元治郎、賀川豐彥等乃於大正十一年（一九二二年）四月九日，組織日本有史以來的規模最大農民組合「日本農民組合」（日本歷史上最早的農民組合爲明治八年成立於岐阜縣的「小作組合」）。有大阪、兵庫、廣島、岡山、島根、香川、愛媛、愛知、富山、群馬、福島、宮城、新潟等地的代表六十九名參加創立大會。該農民組合最初的目的爲指導地主和佃農爭議，以及統一佃農組合爲重點。其所揭示的主張，包括「耕地社會化」的經濟理想及修改「治安警察法」的政治要求。這種主張在其宣言、綱領中可以窺出梗概。「日本農民組合」在成立時曾發表如下的綱領及主張：

綱　領

一、我等農民應培養知識，磨練技術，涵養德性，享樂農村生活，以期健全農村文化。
二、我等藉互相扶助之力量，互信互助，以期提高農村生活。
三、我等農民，應該遵循穩健篤實的合理方法，以期到達共同之理想。

主　張

一、耕作地之社會化。
二、確立全國性的農民組合。
三、保證農業勞動者之最低工資。
四、確立佃耕法。
五、實施農業爭議仲裁法。

六、實施普選。

七、修改治安警察法。

八、安定佃農生活。

當時在勞動組合方面，因工團主義思想逐漸衰微，其政治運動因而亦漸趨消沉，所以熱衷於政治運動的農民組合，乃轉向無產政治運動邁進，乃為理所當然，順應時勢之事。日本農民組合成立當初擁有加入組合十五個，組合員數一、二六五名，同年年底支部激增至九十六所，組合員增至六、一三一名，到了大正十二年（一九二三年）年底支部總數增至三〇四所，組合員則增加至二五、〇一一名，大正十三年（一九二四年）年底支部數增至四二六所，組合員增加至三七、四六六名，降及大正十四年（一九二五年）年底支部數激增至七八八所，會員達五三、一三〇名，昭和元年（一九二六年）年底組合員數突破八萬名。（註八四）鑑於農民組合勢力之日漸壯大，日本農村的地主為了對抗佃農組織，乃於大正十三年（一九二四年）年底組織所謂「大日本地主連合會」。當時的加藤友三郎內閣除了制訂「佃農調停法」以保護地主的土地及稻米所有權外，並制頒「自耕農創設維持補助規則」，以維護半封建的土地制度。

日本農民組合成立後，逐漸展開政治運動，除於大正十二年派大西俊夫偕同在俄國的片山潛代表日本參加莫斯科的「萬國農民協會」創立大會外，曾在大正十三年七月該組合的中央委員會，通過樹立政黨方案。翌年（一九二五年）二月召開的「日本農民組合」第四屆大會中，經濟運動及政治運動並行的論調甚為流行，杉山元治郎在大會中曾大聲疾呼：「對於町村會議會選舉，儘可能提出候選人，農民組合員應互相一致協力，以期爭取勝利，務先獲得國家的礎石之町村會」，（註八五）這便是該組合走向政治運動的一大明證。由於農民組合員努力的結果，是年的町村會議員選舉，日本農民組合員候選人四〇八名之中當選者達三百三十九名之多。（註八六）這種成績無異給農民組合以一帖興奮劑，於是農民組合乃積極進行社會主義政治運動，並於大正十四年（一九二五年）七月與都市的勞動者策應，準備樹立全國單一社會主義政黨，結果於是年十二月一日和其他勞動團體，在東京成立了一個「農民勞動黨」。（註八七）

當勞農團體進行組織全國性統一的社會主義政黨之際，日本農民組合內部關於此一組黨問題，發生左右兩派意見的對立，結果，在大正十五年（一九二六年）六月的第五屆大會時發生第一次分裂。平野力三派（右派）遂退出，另組織「全日本農民組合同盟」，後改稱爲「全日本農民組合」，同年十月中旬成立「日本農民黨」。右派退出日本農民組合後，繼之中間派亦退出「日本勞農黨」，另組織「全日本農民組合」，至此「日本農民組合」乃發生第二次分裂，自此以後，其指導實權完全落在左派手中，（註八八）昭和三年（一九二八年）「日本農民組合」與中間派的「全日本農民組合會」合併創立「全國農民組合」擁有組合員十萬人，平野力三派的「全日本農民組合」亦與「日本農民總同盟」（昭和二年三月在社會民衆黨之下所成立的農民組織）於昭和五年（一九三〇年）六月合併成立「日本農民組合」。

正當農民組合日趨發展之際，以打破封建的差別待遇，解散部落民爲目的的「水平運動」（即平等運動）亦於大正九年（一九二〇年）在奈良縣產生一「燕會」，大正十一年（一九二二年）三月三日在西光萬吉、坂本清一郎等人指導下設立「全國水平社」，本部設於京都，發行機關報「水平」。同年左派學者佐野學曾發表「特殊部落解放論」的論文，呼籲解放部落民賦予他（她）們以平等的待遇。「全國水平社」成立時，曾發表創立宣言云：「散佈於全國的特殊部落民們，團結起來吧！」，並發表下列三個綱領：

①我等特殊部落民以部落民自身之行動以期絕對之解放，②我等特殊部落民向社會呼籲要求經濟的自由及職業的自由，並期其獲得。③我等覺醒於人性之原理，向人類最高目標之完成邁進。（註八九）水平社的創立宣言，才算是日本的人權宣言，這是明治維新後五十年，久受壓迫、迫害的部落大衆以自己的力量謀求團結的呼聲。在這裏才看見，日本人對於人權的要求的呼聲。政府鑑於事情的嚴重，乃於大正九年增加所謂「部落改善費」五萬圓，期能壓服部落大衆的蜂起，並由內務省支付二百萬圓以圖收買水平社創立準備委員，企圖阻止水平社的創立。（註九〇）

「水平社」成立後，因幹部人員熱烈巡迴各地宣傳的結果，各地的地方水平社紛紛出現，極力要求政府停止差別待遇，並展開積極性的身分解放鬥爭運動。這種運動發展的結果，連部落內的公職人員、佃農等亦加入此一運動，因此，當全國水平社第二屆大會，通過了在部落內設立農民組合之提案，同時部落農民的糾彈地主的爭議益加激化，在全國各地組織了日本農民組合支部。由於水平社運動逐漸走向階級鬥爭的路線，結果，大正十二年（一九二三年）年底急進的青年分子遂組織「全國水平社青年同盟」信奉馬克斯主義，揭舉「大衆的組織化及敎育」的口號，企圖採取結合全國的階級鬥爭與水平社的身分鬥爭的方針。蓋因這批青年分子，不滿於水平社一向所採取的差別待遇撤廢運動，認爲這種遲緩的行動不足以解決根本問題，乃進一步採取釜底抽薪的辦法，對於產生差別待遇的現存社會制度應進行階級鬥爭。連全國水平社的創立發起人，西光萬吉、坂本清一郎等人亦早在大正十二年（一九二三年）的全國水平社第三屆大會，提議與被榨取階級之間的提携，疾呼應與農民組合、勞動組合形成三角同盟，他們甚至自任爲日本農民組合的常任活動家。這種提議後來曾一度成效，例如在奈良縣，於大正十四年（一九二五年）組織了「無產團體協議會」，使此一三角同盟的構想具體化，成爲勞動農民黨的下部組織。同時，在奈良縣發生年貢全免要求鬥爭時，部落的農民與一般農民之間採取進退一致的態度，抑有甚者，爲了支援部落的佃耕爭議，一般農民亦採取同盟罷課的行動。（註九一）

前述的急進青年分子所組織的「全國水平社青年同盟」，後來，由他們自動加以解散，另外組織「全國水平社無產者同盟」，與「勞動組合評議會」等左翼團體互相策應，成爲有力左翼團體之一。（註九二）降及昭和初年，日本發生經濟蕭條不景氣時，在生活窮狀的煎壓下，部落農民的大衆運動遂分裂爲兩派，一派爲身分鬥爭第一主義，另一派爲階級鬥爭第一主義，終於產生了所謂「水平社無用論」——解消論，這是一部分不顧慮當時部落的實態之極左的騎牆主義，結果，附於極右派的趨向階級鬥爭性格，導致由水平社所代表的部落解放運動，急激地停滯。甚至有把水平社改組爲農民組合的現象，層出不窮。水平社的運動雖然進展遲緩，且曾經發生分裂，但到了昭和八年（一九三三年）階級鬥爭派失去勢力之後，又使水平社的部落解放運動復蘇高昂。後來當天皇制法西斯主義勢力強大，而其他的勞農團體紛紛轉化投奔法西斯勢力的傘下時，水平社始終不屈服，其組織一直維持到昭和十五年（一九四〇年）。（註九三）

前述由「日本農民組合」提議推動所組織的「農民勞動黨」成立後，僅僅過了二、三小時，即被當時加藤高明內閣的內相若槻禮次郎，以此次新黨的行動綱領中隱然含有共產主義的色彩，有實行共產主義的企圖，且其規約內承認勞動組合的團體加入，有違反治安警察法中的保護婦女及未成年者的趣旨爲由，（註九四）下令解散。

農民勞動黨被解散後，日本農民組合份子又立即着手重組新黨運動。大正十五年（一九二六年）三月五日邀請幾個勞動團體在大阪組織「勞動農民黨」。（註九五）該黨成立當初，完全採取門戶閉鎖主義，拒絕左翼分子入黨。但不久之後，由於農民組合在日共的指使下主張容納共產分子問題，內部激起了深刻的對立。大正十五年七月二十六日召開的第二次中央執行委員會時，賀川豐彥及西尾末廣等力斥左翼，賀川並且對共產主義者下了如下的定義，即：①以暴力妨害言論的自由者；②抑制少數者的意見者；③主張無產階級獨裁者；④否認議會政治者。

大正十五年（一九二六年）十月二十四日召開的第四次中央執行委員會中，反共派的「總同盟」、「官業總同盟」、「勞動組合總聯合」、「市電自治會」、「司厨同盟」等代表者及安部磯雄、賀川豐彥、三輪壽壯等人從此脫黨，勞動農民黨終於陷入分裂狀態。分裂後的「勞動農民黨」採取了容共的方針，推選大山郁夫爲中央執行委員長。自此以後，該黨在大山郁夫的領導下，甘受日本共產黨驅使，變成了日共的外圍黨派，黨員約一萬名，展開了活躍的共產主義的政治運動。（註九六）至於那些脫黨的各派系亦紛紛另組新黨，後來這些新黨又變化多端，以致在社會主義的旗幟下，黨派林立，演變無窮。這種怪現象，一直演到第二次世界大戰前夕，日本法西斯化爲止。（註九七）

「勞動農民黨」自右翼分子相繼退出後，逐漸左翼化。當時正值中國國民革命軍進行北伐時期，該黨糾合左翼團體成立所謂「對華非干涉同盟」展開全國性運動。並在國際共產當局嗾使下，支持左派的武漢政府，攻擊　蔣委員長所領導的南京國民政府。（註九八）昭和二年（一九二七年）秋，普選實行後的最初府縣會議員選舉時，該黨積極展開全國性的政治鬥爭，昭和三年（一九二八年）二月三十一日的第一次普選，該黨的山本貞治及水谷長三郎當選爲衆議院議員。是年四月十日「勞動農民黨」被田中義一內閣的內務大臣鈴木喜三郎下令解散。

日本的農民團體由於政治立場的不同，而紛紛各自與目標相同的勞工團體結合組織政黨，迨至昭和十二年（一九三七年）中日戰爭發生，人民戰線派的檢舉事件發生後，「全國農民組合」遂於昭和十二年（一九三七年）十二月二十九日發表聲明書謂：「基於國體主義，站在反共產主義、反人民戰線立場和其他產業組合、農會、農民團體提携，積極協力戰時後方的農業國策的確立。」（註九九）「北日本農民組合」（左翼）亦於昭和十三年（一九三八年）一月十九日發表新行動綱領，標榜本於日本傳統精神反對共產主義和馬克斯主義，並整軍以防止英俄的侵略亞洲。（註一〇〇）迨至中日戰爭進入第二年後，農民組合陣營乃組織了「農村報國聯盟」，在軍隊法西斯之下，展開所謂「生產報國」工作，而農民運動至此宣告死亡。

茲將日本的農民組合及勞動組合與社會主義政黨的關係，列表如下：

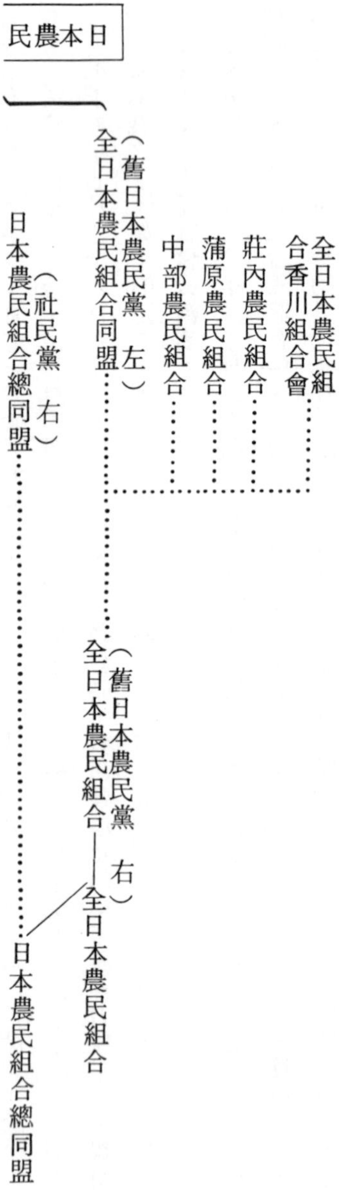

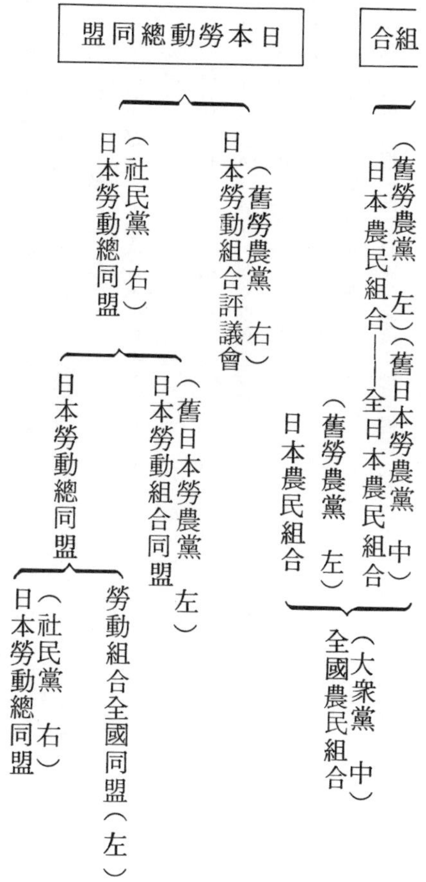

註釋

註一：甘友蘭編著：「日本通史」（下）五四四頁。
註二：戴季陶著：「日本論」三一頁。
註三：參閱家永三郎著：「日本文化史」二四二—二四三頁。
註四：鳥巢通明著：「明治維新」二〇九頁。
註五：拙著：「日本政黨史」一六頁。
註六：笠信太郎編著：「日本の百年」二一二頁。
註七：笠信太郎前揭書二一二頁。

註　八：時野谷三郎著：「日本文化史」第十二卷明治時代三六四頁。
註　九：參閱加田哲二著：「社會史」一二四—一二五頁。
註一〇：參閱加田哲二前揭書一二三頁。
註一一：直木孝次郎、中塚明編：「近代日本をどうみるか」（上）一八四—一八五頁。
註一二：參閱直木孝次郎、中塚明前揭書（上）一九三—一九六頁。
註一三：美土路昌一編著：「明治大正史」第一卷言論篇二一〇頁。
註一四：時野谷勝、秋山國三著：「現代の日本」一五一頁。
註一五：參閱美土路昌一前揭書一五六—一六〇頁；時野谷勝、秋山國三前揭書一四八頁。
註一六：自由黨該項宣言的內容有謂：「我黨之自由主義者，使富者貧者，各安其分，至享社會之福利。強之以平均其利，且使其共有之社會主義，實爲與我黨之自由主義相悖背」。
註一七：野村秀雄編著：「明治大正史」第六卷政治篇四一七頁。
註一八：大河內一男編：「社會主義」（現代日本思想大系十五）三七—三八頁。
註一九：美土路昌一前揭書二一〇頁。
註二〇：矢內原忠雄編：「現代日本小史」下卷一四七頁。
註二一：時野谷勝、秋山國三前揭書一五一頁。
註二二：時野谷勝、秋山國三前揭書一五一—一五二頁。
註二三：參閱岸本英太郎著：「日本勞動運動史」一九—二〇頁；赤松克麿著：「日本勞動運動史」二四—二五頁；直木孝次郎、中塚明前揭書（上）一四一頁。
註二四：矢內原忠雄前揭書下卷一四八頁。
註二五：矢內原忠雄前揭書下卷一四九頁。
註二六：赤松克麿前揭書四八頁；岸本英太郎前揭書二九頁；矢內原忠雄前揭書下卷一四九—一五〇頁；角間隆著：「ドキュメ

ント勞動組合」二六頁。

註二七：矢內原忠雄前揭書下卷一五〇頁。

註二八：直木孝次郎、中塚明前揭書（上）一四二頁。

註二九：時野谷勝、秋山國三前揭書一五二頁。

註三〇：社會民主黨的基礎綱領及實行綱領詳閱拙著：「日本政黨史」二五八頁。

註三一：木村健康編：「社會思想讀本」一六八頁；前島省三著：「日本政黨政治の史的分析」一三九頁；信夫清三郎編：「明治政治史」一七二頁。

註三二：時野谷勝、秋山國三前揭書一五三頁。

註三三：直木孝次郎、中塚明前揭書（上）一四六頁。

註三四：參閱拙著前揭書二五九—二六〇頁。

註三五：美土路昌一前揭書二一六頁。

註三六：入交修好著：「政治五十年」五一—五二頁；直木孝次郎、中塚明前揭書（上）一五一頁。

註三七：平民新聞創刊號的宣言內容如下：

一、自由、平等、博愛爲人世間寶貴的三大要素。

二、吾人爲欲完善人類之自由而奉持平民主義，故打破由門閥之高低、財產之多寡、男女之差別而生的階級，除去一切的壓制束縛。

三、吾人爲使人類享受平等之福利，主張社會主義，因此使生產、分配、交通之機關爲社會共有，其經營處理則歸社會全體。

四、吾人爲使人類盡博愛之道，倡導和平主義，因此，不問人種之區別，政體之異同，舉世撤去軍備，以期禁絕戰爭。

五、吾人既以多數人類之完全自由、平等、博愛爲崇高理想，因此，在國法之容許範圍內喚起多數人類之輿論，以企圖獲得多數人之一致協同爲其實現之手段，逞獨夫之勇，訴諸暴力，以取得一時之快者，吾人絕對否認。

註三八：參閱美土路昌一前揭書二二〇—二二七頁。

註三九：岸本英太郎前揭書六七頁；荒烟寒村自傳。

註四〇：時野谷勝、秋山國三前揭書一五五頁。

註四一：岸本英太郎前揭書七八頁；直木孝次郎、中塚明前揭書（上）一五四—一五五頁。

註四二：木村健康前揭書一七〇頁。

註四三：信夫清三郎前揭書一七四頁；岸本英太郎前揭書七九頁。井上清、鈴木正四著：「日本近代史」一八七頁。

註四四：直木孝次郎、中塚明前揭書（上）一五五頁。

註四五：日本社會黨第二屆大會時，對於黨應遵循之性格，有三派意見鼎立，投票結果爲議會政策論（田添鐵二）二票，直接行動派（堺利彥）二八票，工團主義派（幸德秋水）二二票，結果直接行動派獲勝（參閱林茂著：「近代日本の思想家たち」九二頁）。

註四六：野村秀雄前揭書二五頁。

註四七：林茂前揭書九三頁。

註四八：關於第二次桂內閣的社會主義對策詳閱信夫清三郎前揭書八一—八二頁。

註四九：直木孝次郎、中塚明前揭書（上）一五八頁。

註五〇：時野谷勝、秋山國三前揭書一九三頁。

註五一：時野谷勝、秋山國三前揭書一九三頁。

註五二：友愛會成立時參加的十五名同志，除了鈴木文治及板倉定田郎外，尚有岡村寅次郎（疊疊米工人）、高橋秀雄、梶井與雄、森田駿、石井輪之助（以上四人爲機械工）、鈴木吉太郎（油漆工）、岩庄吉、野村市太郎（以上二人爲電氣工）、伊東傳藏（牛乳配達夫）、喜多鑛造（機械工）、酒井義雄，大栗和七、金重本精太郎（以上爲撒水夫）。鈴木文治被選爲會長，岡村、高橋、伊東等三人被選爲幹事。

註五三：井上清著：「日本政治腐敗史」一五五—一五六頁；角間隆前揭書三五—三六頁。

註五四：井上清前揭書一五七頁。
註五五：岸本英太郎前揭書一三二—一三三頁。
註五六：參閱時野谷勝、秋山國三前揭書一九四頁。
註五七：根據信夫清三郎所著：「大正政治史」一書第七四四頁的記載，當時的參加社會主義同盟的分子，尙有屬於友愛會、信友會、交通勞動組合、日本鐘錶工組合、礦夫總同盟等團體的人士，以及著作家組合、文化協會、勞動組合研究會、自由人連盟、新人會、曉民會等思想團體人士。此外，尙有屬於建設者同盟及扶信會等大學生團體人士。
註五八：關於大正十一年日本共產黨出現的經緯詳閱拙著前揭書三二三—三二五頁。
註五九：據井上清、鈴木正四著：「日本近代史」下卷第一八九頁說：「昭和四年日本東北部及北海道遭遇了大荒年，一般農民生活之慘狀非筆墨言語所能形容，逃亡、路斃、母子自殺、強盜、出賣兒女等，學童因無飯可吃而竊取同學之便當」；另外參閱遠山茂樹、今井清一、藤原彰等著：「昭和史」六二—六六頁及包滄瀾先生的「日本近百年史」下卷二〇一—二〇三頁亦記載有當時農村的慘境，可供參考。
註六〇：木下半治著：「日本國家主義運動史」一六〇頁。
註六一：木下半治前揭書一六一—一六二頁。
註六二：日本國家社會黨成立的經緯參閱拙著前揭書三〇七—三一一頁。
註六三：社會大衆黨的成立及解散經過參閱拙著前揭書三一五—三一八頁。
註六四：白木正之著：「日本政黨史」（昭和篇）一四二頁。
註六五：時野谷勝、秋山國三前揭書二一六頁。
註六六：木下半治前揭書五〇六頁。
註六七：時野谷勝、秋山國三前揭書二一六頁。
註六八：遠山茂樹、今井清一、藤原彰等前揭書一六七頁。
註六九：木下半治前揭書五〇九—五一〇頁。

註七〇：角間隆前掲書七七—七八頁。

註七一：參閱遠山茂樹、今井清一、藤原彰等前掲書一六五頁及筑摩書房出版：「近代日本思想史講座」（Ⅳ）知識人の生成と役割三二五頁。

註七二：大日本租稅誌大正十五年版前篇四五二頁。

註七三：參閱加田哲二著：「社會史」二三一—二三五頁。

註七四：引自飯塚浩二著：「アジアのなかの日本」二七五頁。

註七五：井上清著：「日本の歴史」（中）一八七頁；早川二郎著：「日本歴史讀本」二八二頁。

明治十六年至明治二四年因滯納稅金而土地被公賣處分人數如下表所示：

一八八三年（明治一六年）	三三、八四五人
一八八四年（明治一七年）	六〇、六〇五人
一八八五年（明治一八年）	一〇八、〇五五人
一八八六年（明治一九年）	六一、二五六人
一八八七年（明治二〇年）	三五、〇九六人
一八八八年（明治二一年）	一一、六一九人
一八八九年（明治二二年）	七、九六八人
一八九〇年（明治二三年）	三九、二四七人
一八九一年（明治二四年）	六七、三二九人

註七六：井上清前掲書（下）五〇頁。

註七七：參閱直木孝次郎、中塚明編：「近代日本をどうみるか」（上）二〇五—二〇七頁。

註七八：井上清前掲書（下）五一頁。

註七九：井上清前掲書（下）九五—九六頁。

註八〇：信夫淸三郎著：「大正政治史」七六五頁。
註八一：信夫淸三郎前揭書七六六頁。
註八二：參閱信夫淸三郎前揭書七六六—七六七頁。
註八三：信夫淸三郎前揭書七六七頁。
註八四：前島省三著：「日本フアシズムと議會」一〇〇頁；時野谷勝、秋山國三著：「現代の日本」一九六頁。
註八五：野村秀雄編：「明治大正史」第六卷政治篇四三〇頁。
註八六：前島省三前揭書一〇一頁，野村秀雄前揭書四三〇頁。
註八七：農民勞動黨成立的經過參閱拙著前揭書二七六—二七七頁。
註八八：參閱茗荷房吉著：「日本政黨の現勢」四一—四三頁。
註八九：直木孝次郎、中塚明前揭書二一五頁。
註九〇：直木孝次郎、中塚明前揭書二一六頁。
註九一：參閱直木孝次郎、中塚明前揭書二一八—二一九頁。
註九二：關於水平社的成立情形詳閱信夫淸三郎前揭書八一七—八二四頁。
註九三：參閱直木孝次郎、中塚明前揭書二二〇—二二一頁。
註九四：關於勞動黨被解散的詳細理由參閱高橋淸吾著：「現代の政黨」四四七—四四九頁。
註九五：勞動農民黨成立的經過參閱拙著前揭書二七八—二七九頁。
註九六：參閱岸本英太郎著：「日本勞動運動史」一九二—一九四頁。
註九七：關於勞動農民黨反共派分子脫黨後，紛紛組織新黨之情形詳閱拙著前揭書二八〇—二九九頁。
註九八：參閱時野谷勝、秋山國三前揭書二〇五頁。
註九九：木下半治著：「日本國家主義運動史」五〇八—五〇九頁。
註一〇〇：木下半治前揭書五一二頁。

第九章　日本近代文化學藝的展開

日本近代化的開端之明治維新，它不僅搖撼了德川幕府的基礎，同時亦揭開了新時代的帷幕。明治維新以後，日本在文化方面的急務就是要脫出以往的鎖國孤立狀態，並且要藉由跟全世界的交涉來急速地吸收先進諸國的文明，來推行其現代化的大事業。換言之，明治維新的大變革，使日本人的世界觀一變，突然出現的歐美文化，取代了從前飛鳥、奈良朝古時代起向屬日本一切思想文化所依據的中國文化，全面地支配了日本文化。然而日本在近代化的蛻變過程中，其文化的展開所包含的內容頗爲雜多，爲便於明瞭起見，姑就其重要者分項敍述於下：

第一節　日本近代思想的源流與隆替

日本雖然自鎌倉時代末葉以來即已有歐洲文化的輸入，但很微弱，即使在德川時代末葉從荷蘭語，得與歐洲文化接觸，（註一）但其範圍及影響亦微不足道。迨及明治維新之際，門戶開放，於是歐美近代學術思想等，如洪流氾濫似地源源湧入日本，不僅風靡了整個思想界，同時影響於維新事業十分鉅大。不過在維新初期，儘管歐美思想大量地湧入日本，但自中古以來逐漸深植於日本人腦海裏的儒家、佛教，以及因這兩種外來思想而促進形成的神道，甚至於在德川幕府時代所發達的國學等傳統思想，仍然深深地潛伏於一般日本國民的日常的生活感情或意識的奧底。（註二） 至於明治維新當時，西歐思想在日本滙成馳騁者有法國的自由啓蒙思想、英國的功利主義學說、德國的國權派思想，和美國的基督教的博愛主義思想。（註三） 這些思想，其態度內涵雖互相有異，但在其根柢而言，皆不外乎是給予開國新日本以理論的基礎，並予以趨向文明的南針。

上述四種外來的歐美思想發展的程序，最先以英美派的自由主義和功利主義爲發端，當時自由主義的先驅學者、思想家輩出，其中尤以西周、加藤弘之、神田考平、福澤諭吉、中江兆民、西村茂樹、箕作麟祥、森有禮、中村正直、津田眞道等十數人爲其代表人物。（註四） 他們曾於明治六年（一八七三年）二月創立「明六社」，出版「明六雜誌」（迄一八七五年十一月爲止曾發行四十三期，每期平均賣出三千二百零五册左右，後被政府取締停刊），批評舊思想，對於純粹封建思想以及尊王攘夷的名分論，予以徹底的攻擊，以介紹歐美的新智識，那是近代日本啓蒙時代的最有歷史意義的刊物。「明六雜誌」所揭載的論文，包括政治、經濟、社會、學問、宗教、教育、思想、風俗等各方面的問題，可謂包羅萬象，範圍廣泛。其中比較具體的有國權之獨立、保護貿易與自由貿易、出版自由及新聞自由、男女平等及夫婦平等女性論、死刑廢止論、民選議院論、基督教及宗教論、武官恭順論，以及有關租稅、財政改革、貨幣等。「明六社」的同仁，大部分都是開國文明論者，後來除福澤外，幾乎皆變爲官僚派學者，因此他們所做的新思想普及工作，無異替藩閥政府之所做所爲予以代辯，（註五） 由此可知，當時的自由民權派思想家及學者，尚脫不了布爾喬亞自由主義的範疇。福澤諭吉氏則始終以在野之身，終身不仕，努力以鼓吹自由民權思

- 英國功利主義派
  - 史濱沙
  - 李加圖
  - 密爾
  - 邊沁
  - → 慶應義塾 / 福澤諭吉 / 中村正直 / 田口鼎軒
    - 改進黨（大隈重信）—憲政黨—民政黨
    - 布爾喬亞資產階級
    - 田口鼎軒 → 社會民主黨
- 美國基督教博愛主義派
  - ┆ 片山潛 / 高野房太郎 / 城泉太郎 / 澤田半之助
    - 勞動組合期成會
  - 新島襄—同志社
    - 德富蘇峰 / 安部磯雄 / 村井知至 / 希本熊武太
      - 社會民主黨
  - 柯拉克—札幌農業學校—西川光次郎 → 社會民主黨
- 法國自由人權主義派
  - 盧梭
  - 孟德斯鳩
  - 伏爾泰
  - 其他
  - → 自由民權運動—自由黨（板垣退助）—政友會（伊藤博文）
  - → 西園寺公望
  - → 中江兆民
    - 惟物主義
    - 酒井雄三
    - 幸德秋水
- 德國國權主義派
  - 卑斯麥
  - 史泰恩
  - 柯乃士德
  - 布倫智爾
  - → 伊藤博文 / 井上馨 ＞帝國憲法（藩閥政府的護身符）
  - → 加藤弘之—東京帝國大學（藩閥政府的官吏養成所）
  - → 立憲帝政黨（福地源一郎—藩閥政府的御用政黨）

備考：柯拉克 (W.S. Clark)
史泰恩 (Loreng von Stein, 1815-1890)
穆　濟 (Albert Morse, 1846-1925)
柯乃士 (Heinrich Rudolf Harmann Friedrich Geneist, 1816-1895)

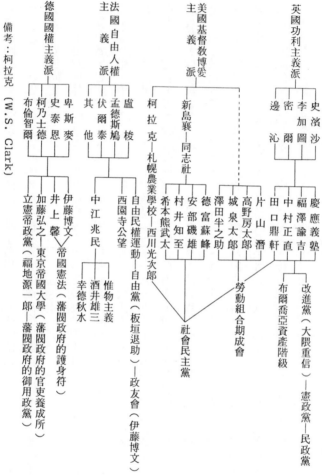

想，並於一八六八年創辦慶應義塾以教育青年士子，故他實是日本近代自由民權啓蒙思想的第一位大師。他的著作很多，諸如「學問之進展」、「進化論」、「地租論」、「民間經濟錄」、「男女交際論」、「日本婦人論」、「文明論之概略」、「通俗民權論」、「時事小言」、「通俗國權論」、「子丑公論」、「西洋事情」、「西洋國畫」等，其中「西洋事情」及「學問之進展」，均爲日人所愛讀，大有洛陽紙貴之勢，兩書出售之多，前者達廿餘萬册，後者卻達七十萬册。他雖被稱頌爲天賦人權論者、民權論者，但並非民主主義的自由主義者。（註六） 至於「文明論之概略」一書，乃在述說日本欲爲世界獨立文明之國，有檢討其開化過遲之必要，於是由於日歐雙方之比較，進而回顧日本人知德兩方的進行方法。福澤在該書中指出日本在過去整個文明中，可謂無可貴之處，而被治者與統治者之間的懸殊，較其他各國爲甚。福澤諭吉的思想觀點是站在功利主義的立場，批評封建思想，用許多平易淺近的文字傳播西歐新思想，主張能有所促進幫助提高人民生活的實用學，強調功利主義和實用主義。他的天賦人權論、自由平等論，對於後來的民選議院設立運動有莫大影響，乃無容贅述的事實。福澤諭吉對反對封建的啓蒙工作，並不止於西洋思想的傳達，而是努力想建立一種符合於日本現實的日本國民思想，實可謂在此時期的先覺者的獨放異彩，然因福澤眼光不遠，以致「重知輕德」，終之引導日本國民完全走向功利之途發展，未能培養更爲超越的民族偉人，負起時代的使命，殊爲可惜。

中村正直翻譯密爾的「自由之理」（On Liberty）及史邁爾（Samuel Smiles）的「自助論」（Self Help），箕作麟祥翻譯密爾的「代議政體」（Considerations on Representative Government），安川繁成翻譯愛默思的「英國政治概說」，尾崎行雄翻譯史濱沙（H. Spencer）的「權理提綱」等對於英國功利自由思想之傳播於日本，都有莫大的貢獻。至於美國思想學術對於日本文明開化之功，亦不能忽視，例如維新時滯居日本的美國傳教師巴佩克（Guido Verbeck），曾經對大隈重信的政治哲學予以很大的啓蒙影響，而美國學者柯拉克（W.S. Clark）則前來日本北海道創立札幌農業學校，教授日本青年以美國式的農業耕種方法，在日本傳佈美國實用主義的精神。餘如前往留學英國的中村正直亦曾翻譯「美利堅合衆國憲法」、「華盛頓告別演說」，以及愛默生的「論集」等爲日文，對於美國的思想得以在日本傳佈流行，亦有所貢獻。

當此之時，法國的思想以及文物典章，在日本的思想界、社會上以及政治上的各部門，皆佔有重要地位。對於法國思想文明的輸入貢獻最大者爲明治元年（一八六八年）村上彦俊所創立的「達理堂」，他在該校儘力教授法語，並輸入傳播法國式的自由民權思想，被稱爲日本法蘭西學的鼻祖。他於明治九年（一八七六年）翻譯孟德斯鳩的「萬邦精理」（De Lésprit des Lois, The Spirit of Laws），翌年服部德把盧梭的「民約論」(Contract Social) 譯爲日文。此外土佐藩出身的中江兆民亦爲法國自由民權派的健將，他曾於明治四年（一八七一年）赴法留學，三年後返國，其後創立法學館，講授政治史諸學，門徒達二千餘人，又創辦許多報章雜誌，鼓吹盧梭、孟德斯鳩等的共和政體主義、天賦人權思想，著有「三醉人經綸問答」的對話式的長篇政治評論書，以及「平民的覺醒」等啓蒙書，主張兩院制及限制選舉爲前提的立憲君主制的構想，促進了民選議院論的勃興。關於文物典章方面，維新政府的初期，完全向法國學習，如明治三年（一八七〇年）命箕作麟祥翻譯法國民法（Code Civil Napolion），並擬以此作爲日本民法而予以實行。明治六年（一八七三年）聘法國法學家波索納得（G.E. Boissonade de Fonarabl）爲顧問，使其起草刑法與民法。明治四年（一八七一年）聘法國軍官擔任日本陸軍士兵的訓練工作，明治五年（一八七二年）的學制，亦採倣法國式。

法國天賦人權論思想流行不久之後——約在明治第十年代（一八七七年代），德國的國家主義思想及其政治法律思想亦傳入日本，尤其是自明治二十年代（一八八七年代）以後起，卽在學問思想各方面，德國派的理想主義、觀念論亦淩駕於美法等國的思想學問之上，布倫智爾的國家主義、康德、黑格爾的哲學、朗格的史學、赫爾巴德的教育學等，在日本引起了重大的影響。當時介紹鼓吹德國思想最力者爲井上哲次郎（一八五四—一九四四年）之闡揚德國的觀念論，桑木嚴翼（一八七四—一九四六年）之介紹康德哲學，加藤弘之曾翻譯布倫智爾的「國家汎論」鼓吹德國的國家主義，田口卯吉、福田德三、山崎覺次郎、金井延等則力倡德國式的經濟學，而梅謙次郎、穗積陳重、富井政章等三人奉命以德國民法典（der Erste Entuvrfdes deutschen Bürgerlichen Gesetgbuches）爲範本，修改前以法國民法爲範本的日本民法，商法亦由德國學者羅斯禮（Roesler）起草，一時德國思想盛行充溢於政府各部門。結果促使日本產生了國權振興思想及國粹論（日本主義）的發達，加藤弘之從進化論觀點著「人權新說」（一八八二年），攻擊盧梭的天賦人權論，企圖替明治絕對主義政府的統治階級辯護。

日本自門戶開放以後，接觸最多的外國，首推美英兩國，在國家的近代化過程中，日本從英美不但學到了功利主義和實用主義的自由思想，並且亦學了銀行公司和其他實業組織的經營，卽使學問和教育制度、語言和生活習慣，亦以英美爲圭臬。儘管日本的近代化受惠於英美自由思想文化很大，但維新政府的建國理念，自始卽崇尚德國式的國家主義及國權思想，因此，對於美法英等的自由主義思想，以其不合國情，過於激烈，而予以彈壓。因此，明治初期組織的日本的政黨，如自由黨、改進黨，因其所秉承的政治思想皆是英美法的自由民權，故自始卽採取反政府的態度，同時，當時所創刊的大多數報紙雜誌，亦各標榜英美法等國的自由功利主義思想，而反對政府，批評時政，這種情形，表現於敎育制度者亦然，官立大學當然是德國主義思想的大本營，而民間人士創辦的私立大學如早稻田大學、慶應大學、同志社大學等，皆以英美法自由主義思想爲創校宗旨。

由於明治維新之初，傳入日本的英、美、法、德四個國家的物質文明甚至於思想文化，在日本國內各植勢力，壁壘嚴森，彼此之間，竟至於互相排斥，始終無法融和爲一體，因此，使日本在接受歐美文化的洗禮過程中，自國家的規模至人民生活，自政治制度至經濟結構，自法律典章至敎育制度，無不包有畸型的矛盾性。具體言之，則國家規模泱泱德國風；社會風氣穆穆英美風；經濟結構及企業組織，富有英美色彩；經濟法律採用德國精神；內閣常常高唱所謂超然主義；國會則充溢法國自由民主精神；皇室典範模倣英國，而天皇大權卻取範普魯士式君權。尤爲怪狀者，莫過於德國化的陸軍，英國式的海軍，同爲日本皇軍，而形同兩國，這種不調和的現象，表現於思想上或政治上的便是爲自由民權與國家主義兩種思潮的對峙鬥爭，前者所代表的是政黨人士，後者則爲藩軍閥官僚所堅信不渝的信念。但由於國家主義思想依恃天皇大權爲擋箭牌及護身符，在第二次世界大戰結束以前，日本的自由民主主義及政黨政治的花朵，始終無法開花結果。

上述外來四種思想激盪的結果，尤其是在所謂鹿鳴館時代（註七）因歐化主義者過於醉心吸收模仿歐洲文化，於是國權主義便和國粹主義合而爲一，提倡尊重日本自己的文化之呼籲，在思想界逐漸得勢。因此，自明治二十年（一八八七年）之際，日本思想界則有國粹主義的流行。明治二十年（一八八七年），西村茂樹著作「日本道德論」，並創設「日本弘道會」，站在儒家立場，鼓吹國民道德的確立。三宅雄二郎（雪嶺）、陸實（羯南）、杉浦重剛、志賀重昂、井上圓了、德富蘇峯、島地默雷、辰己力次郎、菊池熊太郎等人則組織「政教社」，創辦機關誌「日本人」月刊雜誌，而鳥尾小彌太則組織「保守中正派」，發行「保守新論」月刊雜誌，反對變相的歐化政策，主張應該在批評和吸收西洋文化之後，創造一種適合於日本國情的新文化。古來的學問，亦有復興之勢，明治十五年（一八八二年）東京大學創設了「古典講習科」；同年，神道派人士創立了「皇典研究所」；在伊勢亦設置了皇學館，明治廿三年（一八九〇年）落合直文則發行「日本文學全書」，這是古典書籍普及的開端。餘如佐田介石的「洋燈亡國論」、藤井惟勉的「明治新論」、目賀田榮的「洋教不理」等皆爲反駁歐化論的著作。迨及中日甲午之戰，日本僥倖勝利之後，國粹主義愈加得勢，更有高山林次郎（樗牛）、木村鷹太郎、湯本武比重等高唱的國家至上的日本主義，風靡一時。高山樗牛的思想是由熱烈的國家至上主義出發，經過了許多變化，終於受了尼采(Friedrich Wilhelm Nietzsche) 的影響，提倡極端的狹隘的日本主義，尤其是其「美的生活論」一書則明白地高唱尼采的個人本能主義——即美的生活，最後歸結於鼓吹日蓮主義。（註八）

日本的資本主義因爲經過中日甲午、日俄兩戰役漸至完成，而其做爲近代國家和近代社會的體制，也大概齊整了。可是在另一方面，跟着資本主義的發展，社會與個人的對立也逐漸深刻化，再因深刻的現實問題頻發，個性的自覺，遂變成無遠慮的個人主義的高潮，於是實利主義、自然主義、現實主義、享樂主義乃至社會主義等思想雜然混淆而攪亂人心，幾乎不可收拾。（註九） 如此日本近代化的進行，需要同時解決目前還殘存的封建事物以及隨着資本主義的發達而產生的各種矛盾。於是降及廿世紀初葉，一種以文學爲中心的自然主義運動出現，否定古有道德和傳統，強調個人意識的個性之充實與發展，與自我覺悟的精神相結合，其主幹爲婦女界，例如平塚明子、中野初子、木內錠子、保持研子、物集和子、與謝野晶子、小金井貴美子、國木田治子、國田八千代、水野仙子等則組織「青鞜社」，發行「青鞜」雜誌，從事婦女解放的社會運動。嗣後進入大正時代，有提倡「人格主義」的阿部次郎、安信能成、高村光次郎等的幫助，青鞜社更獲得有力的發展，他們最強調的是女性的「做爲人類之自我」的解放，尤其是如伊藤野子者，十七歲時便和女校的教師私奔，出版「婦人解放之悲劇」一書，終於轉向勞農階級的女性的解放運動。（註一〇）本來自然主義在法國，其本質是要以描寫現實社會的醜惡而來主張改革的精神爲特色，但在日本卻不然，其自然主義是缺乏以一般社會的擴展爲基礎的觀念，始終於專以個人主要內面眞實的分析，所以雖然對舊思想及舊習慣有所破壞，但卻缺乏更深的追求力和作成新東西的意欲。

進入大正初期，日本因爲站在特殊的位置，所以在戰時中和戰後，經濟有了飛躍的發展。於是隨着國力的增進，文化的發展也就顯著了，個人主義、民本（主）主義以及自由主義的機運更是高漲了，而在人類生活中求取精神的力量和光明，崇信個性的尊嚴，自我至上，生命的創造力的理想思潮也就胚胎了。大正時代可說是日本近代個人主義的頂峯時期。（註一一）當時民主主義的健將乃吉野作造博士，他於明治卅七年（一九〇四年）畢業東京帝國大學法科大學之政治學科，嗣後受滿清政府的邀聘，前來中國，初任直隸總督袁世凱長子袁克定的私人教授，後來出任北洋法政學堂的教官，明治四十二年（一九〇九年）返日出任東京帝國大學的副教授，次年（一九一〇年）爲了研究政治史及政治學赴英、法、德等國留學，於大正二年（一九一三年）返國，翌年（一九一四年）升任教授，大正四年（一九一五年）由文部省授以法學博士學位。（註一二）吉野博士於大正五年（一九一六年）一月號的「中央公論」發表「闡述憲政之本義以論完成其有終之美之途」論文，陳述民本主義的眞義，主張民本主義的實現才是日本立憲政治的眞正之所在。繼之他又發表「國家中心主義與個人主義之對立、衝突、調和」（大正五年九月）、「闡述民本主義之本義再度申論完成憲政有終之美之途徑」（大正七年一月）等文章，鼓吹其所謂「民本主義」。其主旨不外乎呼籲政府當局俯察輿情，認淸近代政治的理想乃在於保障實現具有最高至善的政治價值的社會福祉，其最重要者莫過於尊重民衆絕大多數的意向，他先後約有二十年之久，每月按期在「中央公論」發表政治性的論文。主張普選，改革樞密院、貴族院及軍部，爲大正時代的民主主義提供了理論基礎。在其單行本著作之中，最具價值的是「舊政治新看法」及「在社會改造運動過程中之新人的使命」兩種。（註一三）

大正初期的民主主義運動派，以當時的東京帝大教授吉野作造博士爲中心，於大正七年（一九一八年）和新渡部稻造、福田德三、姉崎正治、大山郁夫等組織「黎明會」，而同年以吉野博士爲中心的東京大學的普選研究會亦組織「新人會」，翌年創刊機關誌「德謨克拉西」（デモクラシ——Democracy），「新人會」是日本靑年學生社會運動的先驅。大正九年（一九二〇年）早稻田大學的「民人同盟會」、「建設者同盟」及京都大學的「勞學會」等相繼成立，高舉民主主義大纛，主張立卽實行普選，縮小貴族院權限，抨擊軍閥和帝國主義，大聲疾呼，喚起了民間重大反響，促進了政治民主化的機運，尤其是吉野作造、福田德三、大山郁夫、長谷川如是閑等在雜誌「中央公論」、「我等」及「大阪朝日新聞」等力疾鼓吹潑辣的論筆，於是更使得民主政治的觀念，如火之燎原，迅速地普及於全國各角落，餘如姉崎正治的「人本主義」、田中王堂的「徹底個人主義」以及大井憲太郎等恢復「普選期成同盟會」並刊行「平民」雜誌，對於當時民主主義運動的進展皆有莫大貢獻。

可是雖然大正年代的社會逐漸地實際的達到了近代社會，卻因第一次世界大戰後的資本主義社會的不安和階級鬥爭的深刻化，把上述的這些理想主義排斥為從現實遊離了的形式主義，阻止了個人主義、自由主義的順利正常的成長發展。抑有甚者，隨着資本主義社會的成熟，早在勞資問題所對立的基礎上已發生了社會問題，不僅有勞工組織的存在，且常有勞資糾紛事件發生。到了俄國革命成功後，所謂無政府主義，以及共產主義的思想亦充塞於當時的日本社會，而勞農大衆亦自大正末期踏上了實踐政治運動、無產政黨組織等等的道路。（註一四）當時日本無政府主義論的健將為大杉榮，而共產主義的鼓吹者則有山川均、堺利彥、荒畑寒村、近藤榮藏、高津正道、佐野學、德田球一、赤松克麿、渡邊政之輔、鍋山貞親、福本和夫等。至於當時文教界的名士如三木清、平野義太郎、山田盛太郎（以上三位係大學教授）、片岡鐵兵、村山知義、中野重治（以上三位係作家）等，亦皆是共產主義的同情論者，而從學術觀點來鼓吹共產主義。

然而在這一個時期，針對自由主義、社會主義及共產主義的反動運動亦隨之而起，尤其是當意大利法西斯主義與德國的納粹主義在西歐橫行之際，日本土產的國粹主義、法西斯軍國主義應運而起，其主倡者為大川周明、北輝次郎（北一輝）、西田稅、高畠素之、滿川龜太郎、鹿子木員信等右翼分子及一部分急進的青年軍官。降及九一八事變，一般國粹派的活躍與軍國侵略的思想膨脹，再加以浪人軍閥的鼓吹煽動，而所謂愛國主義運動，乃益蓬勃發生，幾如萬馬奔騰，怒潮澎湃，形成一大陣營，而所謂「日本主義」

、「國粹主義」、「國家主義」、「民族主義」等團體到處林立，較著者有「玄洋社」、「黑龍會」、「日本弘道會」、「政教社」、「浪人會」、「老莊會」、「猶存社」、「大日本國粹會」、「大化會」、「大和勤勞會」、「赤化防止團」、「經綸學盟」、「行地社」、「七生社」、「國本社」等。這些團體其派別系統，錯雜紛歧，行動主張，亦未統一，各行其是，但其共同之點，則為對外積極侵略，對內徹底擁護皇室，主張君權神授說，否認議會政治，排斥既成政敵，反對民主政治、自由主義及共產主義，和軍部青年軍官勾結進行對滿蒙的積極政策，終於導致日本軍閥掀起了一連串的侵略戰爭，最後於昭和二十年（一九四五年）八月十五日招來了「城下之盟」的慘劇。

綜上所述，可知日本近代思想的演變，其民主主義的思想色彩，早在明治時代初期，即已正式萌芽，但因藩軍閥官僚輩的欲霸佔政權，而加以壓迫排斥，因此，始終未能滋長發展，即使降及大正年代，曾經有過一段較為活躍伸展的日子，但亦終因反動官僚政府的取締壓迫，而無法普及深植於社會各階層，最後竟因受到外來法西斯思想的影響，在日本本土的法西斯思想團體的壓服下，戰前尚存一息的民主主義氣息，亦終被消滅，迨至第二次世界大戰之後，由於盟總當局的扶助指導日本制定一部國民主權主義的新憲法，日本的民主主義始獲伸展的機會。

第二節　日本近代教育的普及與發展

日本近代文化的發達，有賴於教育事業的普及者甚多。按日本對教育的重視乃導源於東亞文明的根源，中國自古便強調讀書與識字之重要性。蓋中國人認爲讀書可使士人獲得高深的知識，並養成一個優秀的道德洞察力，並將此概念具體化成一種科舉制度——高級文官考選制度。韓國人將中國這種制度全盤抄襲，而日本人雖感於不適用於它的社會，但卻吸收了這種中國概念的精神，迄明治維新爲止，德川幕府的昌平校（又稱昌平黌或昌平學習所），各藩的藩校皆係士人階級的教育機關，其教學內容雖已漸趨於實用主義，除了儒家的經書外，尚有歷史、制度、算術、洋學、醫學、天文學等，但一般庶民只能在寺子屋（卽私塾）受教育，其受教育內容亦僅限於有利於維持封建社會秩序的讀本、習字及修身等科淺易的初級教育而已。但降及德川末季，除了上述課程之外，因西洋實用之學已傳入日本，因此其他農工商關係的智識亦被寺小屋採用於教授一般庶民子弟。因此到德川時代晚期日本的普遍識字及教育機構，已超過中國及韓國的水準之上。迨至明治維新後從前的寺小屋始被廢止，其他從前德川幕府末期所設立的鄉塾、私塾，亦於明治七年（一八七四年）起一律改稱爲私立學校。

維新政府成立後，因傳統上卽重視正規教育，所以新政府的領袖便注意於學問的獎勵，因之於明治元年（一八六八年）先開辦皇學所及漢學所。其規則有云：①辨國體，正名分。②漢土、西洋之學同屬翼贊皇道者。③嚴禁虛文空論，重視着實之修行，文武一致共遵教諭。④皇學、漢學皆不得互爭是非，而有固我之偏執。⑤入學年齡自八歲起至三十歲爲止，但雖至老輩，倘有求進之心者可准其入學。⑥每年兩次，舉行考試以辨別其學業是否有成。⑦入學之儀，每月定在五日，入學當日應着正服。（註一五）降及明治五年（一八七二年）八月，太政官又頒發獎勵學問的布告。該獎勵的意義，不外乎要求一般庶民學習文明開化的學問，廣求智識於世界，俾有益於社會，同時並豐富自己的生活，申言之，卽勸勉國民學習所謂「實用之學」。

維新政府為了獎勵一般庶民學習文明開化的學問，早在明治二年（一八六九年）便已指示設立小學校方針，最先遵行者為京都府出仕的槙村正直，他在是年五月開辦上京第廿七番小學校（卽現在的溜池小學校），到了年底全國有六十四所小學校的設立。（註一六）明治三年（一八七〇年）東京府亦把寺院充當校舍，設置六所小學校。是年政府曾公佈參酌海外諸國之制度的小學校、中學校、大學等三段階的學校制度的實施計劃，但並未付諸實施。明治四年（一八七一年）廢藩置縣之後確立了中央集權國家的體制，於是乃設立文部省以為全國文教行政之統轄機構，並設置學校制度調查委員會以研究學制。明治政府鑑於欲建設近代化國家則有賴於國民教育的發展，因此乃根據學校制度調查委員會的報告，於明治五年（一八七二年）八月頒佈學制令，取範於法國制度，小學校教育年限為八年，擬把全國六歲至十四歲的兒童，讓他（她）們接受近代化的初等義務教育。該學制令的頒佈，具有劃時代的意義：第一、否定以往之學問係士人以上階級之獨佔物，無華士族農工商及婦女之別，課一般人民以接受教育的義務；第二、學問、教育的目的在於「立身為財本」、「治其產，昌其業」，並非專為國家的目的而受教育；第三、學問、教育由人民的自主自發予以推行並自負費用，否定由政府提供學費衣食的舊習慣。（註一七）根據明治五年八月的學制令，把全國分為八大學區，中學二五六所，小學五三、七六〇所，平均約六百名人口設立一所小學校，此外並於同年設立師範學校，以訓練師資，其目的在於普及國民義務教育，正如學制令所云：「自今以後，期望於一般人民者，使邑無不學之戶，家無不學之人。」學制令發佈的翌年（一八七三年）已有公立小學八千餘所，私立小學四千五百所，學齡兒童就學率達百分之廿八以上（參閱附表一）。到了明治十二年（

附表一　明治六年至十年（一八七三—一八七七年）小學校數目一覽表

年次	小學校數	教員數	學齡兒童就讀率（%）
一八七三（明治六年）	一二、五五八	二五、五三一	二八・一三
一八七五（明治八年）	二四、二二五	四四、五〇一	三五・三八
一八七七（明治十年）	二五、四五九	五九、八二五	三九・八七

一八七九年）全日本的公私立小學共有二萬八千餘校，教員人數達七萬一千餘人，兒童的就學率在明治十一年雖已達百分之四十一點三，但女子的就學率只有百分之廿三點五。根據明治八年（一八七五年）的調查，所建築的校舍只有百分之十八，其他則借用寺院或民間房舍，學生數一校平均爲三十名至六十名，約有百分之六十的學校只有教員一位，（註一八）降及明治十一年（一八七八年）全國學齡兒童之就學率只有百分之四一・三而已，其中不足百分之三十的府縣有六縣。當時的學制，就學費用原則上由國民自己負擔，授業費小學每月爲五十錢、廿二錢、十二錢五釐的三種，而中學卻高達五圓五十錢，以當時的米價爲基準，這種學費是一種相當昂貴的負擔，（註一九）因此，非一般農家所能負擔。當時的一般平民，往往不願把子弟送到公立小學就讀，而寧願送往私塾。授課內容，私塾仍然是以往的讀本、習字及算盤，公立學校的教科書，亦不過是採用外國教科書的譯本，主要在於介紹西洋事情，例如明治七年（一八七四年）文部省刊行的「小學讀本」第一課就說：「凡地球上的人種，可分五種，即亞細亞人種、歐羅巴人種、馬來人種、亞米利加人種，及亞佛利加人種是也」。爲了提高國民教育水準，另於明治十九年設置東京高等師範

學校直屬文部省統轄，以培養中等教育師資。明治十年（一八七七年）創立東京大學分設法學、理學、文學、醫學四部（卽學院），以爲高等教育機構，來培養官僚、高級技術人員等俊秀青年。

至於就接受教育的對象而言，亦多屬於從前的舊士族。尤其是自廢藩置縣，秩祿處分等一連串改革後，士族已失去了社會上的特權及經濟的基礎，爲了謀生，他們乃利用從前所受的知識能力爲工具，轉業於新的近代性職業，其中有很多人轉入教育事業，以維持生活。例如明治十六年（一八八三年）小學教師的百分之四十、中學教師的百分之七十三爲士族出身。（註二〇）至於就接受教育的比例言，學制令頒佈初期，中、高等教育亦多爲士族層所佔有。例如大學預科的大學預備門之在學者之中，明治十一年（一八七八年）有八一・八％爲舊士族階層的子弟，又至明治十八年（一八八五年）爲止的畢業生之中，札幌農業學校（北海道大學之前身）有七五・七％、東京商業學校（一橋大學之前身）有五二・六％爲舊士族的子弟。（註二一）事實上，當時擁有小學教員的資格者爲數不多，供不應求，因此，凡神官、僧侶、士族等只要能讀字者，便可被聘爲教員，所以教員無寧說是救濟失業的舊士族的一大出路。這些教員之中，有很多沿用舊式教法，只叫學生朗讀而不加解釋，甚至於有的仍然以孔孟之教做爲內容，新的教育理想絲毫不能達成。抑有甚者，在學制令頒佈後初期，士魂教育的殘滓，在與公立學校並存的私立學校或私塾教育之中，仍然存續着。地方的舊士族不願把其子弟送入公立學校與平民同學，寧願送入私塾學習（參閱附表二及三），在私塾的課程中，仍然授以「日本外史」及「四書五經」，所謂智育除了學習漢字以外，餘殆無所學，不過對於培養忍耐力及鍛鍊筋骨之體育則嚴加施行，他們除了重視名節廉恥之外，嚴格地維持其倔強不服的士族魂，而不願作一個唯唯諾諾的卑屈男子。（註二二）

附表二　明治六年（一八七三年）東京府學校教員、學生數目一覽表

種類別	學校數	教員數 男性	教員數 女性	學生數 男性	學生數 女性	其他
公學	一八	六六	三	七六〇	三〇九	
一般私學	二五	一五五	四	一、四八六	一〇〇	
洋學私學	二三	一一二	二	一、九九五	一四〇	外籍教師廿八名
家塾	一、一二三	一、〇二三	一〇五	三〇、二九〇	二〇、三〇五	

附表三　明治五、六年東京都私塾學生身分別一覽表（私塾四十校）

族別	人數	百分比（%）
皇族	二	〇
華族	九九	三
士族	二、五三六	八〇
平民	五二一	一七

如前所述，明治新政府的重大課題，在於普及文化吸收西洋文明，以爲建設近代化國家之範本礎基，因此除了於明治五年頒佈學制後，自維新初始便重視派遣留學生前往歐美學習。明治四年（一八七一年）岩倉具視等一行赴歐美交涉修改條約時，有留學生五十九名同行（其中有五位少女）歐美留學，據說自明治元年至五年，有五百名日本青年留學美國，而明治天皇亦曾召集京都的華族於小御所，頒發留學海外的獎勵勅諭。在明治初年前往歐美留學者之中，歸國後自明治中葉以後在社會上各方面居於領導地位者有鳩山和夫、小村壽太郎、松井直吉、古市公威、西園寺公望等著名人物。除了日本青年前往外國留學接受歐美的新智識外，亦有不少青年在國內師事西洋學者學習，日後在日本國內大有作爲。根據文部省明治七年（一八七四年）的報告，當時有官立外國語學校九所，公立外國語學校八所，私立外國語學校七十四所，學生共一萬二千八百十五人，聘用外人教師二百十一人。（註二三）

前述明治五年八月頒佈的學制令，因不適合當時的日本國情，致無法全面實行，於是明治十二年（一八七九年）九月頒佈新的「教育令」。此一教育令乃根據明治天皇視察東北、北陸、東海的教育狀況的指示而制定的。這次改革實卽當時最爲盛行的自由民權思想的反映，其特徵乃採用美國各州的自由主義教育制度，廢除從來的學區制度，由每個町村或數個町村連合設置小學，不採強制性的規定，學校的教則係授權府知事或縣令經文部卿的認可制定之，而義務教育的年限亦縮短而改爲十六個月。至於從前的干涉性的督學制亦被廢止，而由地方居民所選出的學務委員取代之。

明治十二年的「教育令」實行的結果，不但就學率銳減，甚且對於以往干涉政策不滿之士，乃乘機而搗亂，屢有學校燒燬事件的發生，因此，政府乃於明治十三年（一八八〇年）又頒佈文部大輔田中不二磨所纂修的「日本教育令」四十七條，此一「日本教育令」又稱「改正教育令」，乃明治五年八月頒佈的學制令的復活，其主要內容乃強制小學校或師範學校的設置，把義務教育的期限由十六個月延長爲三年，規定讀書、習字、算術、地理、歷史、修身等六科目爲必修，其中的修身、讀書、習字及算術的四科目爲基本學科而特受重視。明治十四年（一八八一年）頒佈「小學校教則大綱」，並實施「小學教員心得」及教科書檢定，強調鼓舞學生的「尊皇愛國精神」，灌輸學生的「國家至上主義」。尤其是當時英國史賓沙（Herbert Spencer）的學說在日本甚爲流行，教育界所受影響極大，其教育論的重點強調個人的生活的重要，教育方針在於培養人的經營完善生活的智識及技能，因之應該把瞭解精密的科學智識爲主要着眼點，其次才是培養德育美育。（註二四）抑有甚者，當時自由民權論盛行於一般民間，流風所傳，幾使國家主義蕩然無存。因此，文部卿福岡孝悌乃於明治十四年六月頒佈前述的「小學教員心得」，訓諭「小學教員不得妄談政治或宗教，更不得執拗矯激之言辭」。同年十二月更召集府縣學務官訓練示教育的方針曰：「身爲教員者，不應以唯知修身教科書之意爲足，必言行端正而敦仁愛，嚴威敬，且須悉熟世故，期能以統理兒童。因此，選用教員必須注重有德望之碩學醇儒，使所教之生徒能愈益恭敬整肅。至於教授修身則必基於皇國固有之道德教義，而依據儒家之主義爲要」。（註二五）此一以國家主義精神的教育方針，可說是對於當時自由民權潮流的一大反動。

明治十八年（一八八五年）十二月，明治政府開始實行內閣制，並設立文部省，由留學英、美的森有禮出任文部大臣，他最初是一位有名的極端歐化主義者，明治初年曾主張男女同權論，而提出以英語爲日本教育之媒介的主張。明治六年底自駐美弁務代理公使辭職返國後，參加「明六社」組織，明治九年（一八七六年）向當局力薦邀聘美人柯拉克前來札幌農業學校，並化盡私財設立「森有禮氏商法講習所」，強調信仰自由及學問自由。可是後來明治十五年（一八八二年）他出任駐英公使時，適伊藤博文赴歐洲考察研究憲政制度，森有禮乃造訪伊藤於巴黎的客舍，向伊藤進言立憲君主政體下的教育方針，結果使伊藤甚受感動，從此兩人對於明治國家的政治與教育之間的基本構想有一致的看法。（註二六）事實上，當他出任駐英公使時，遊歷歐洲諸國之際，被當時盛行於西歐各國的國家主義風潮的感化，終至成爲熱誠的國家主義的讚美者。（註二七）森有禮之構思乃把「學問」與「教育」分開，帝國大學乃研究學問場所，而中學小學乃教育場所。學問之目的在研究深刻的事物眞理，並在於培養從事專門實際職務之人才，教育則在訓練學生使之明瞭做爲臣民之本分，並行倫理使之能享受各人自己的福利。於是當他出任文部大臣後於明治十九年（一八八六年）三月一日廢止從前的教育令，頒佈「帝國大學令」，四月頒佈「師範學校令」、「中學校令」、「小學校令」等諸學校通則，以代替尙不完全的原「教育令」，同時訂定諸學校的通則，奠立了以後長期施行的學校制度的基礎。這是棄自由主義教育，而確立推行國家主義化教育及軍國主義化教育的轉捩時代。依照學令規定，小學爲六歲至十四歲兒童就學之所。其中分兩個階段，尋常科四年，高等科四年。尋常科爲義務教育，後來於日俄戰爭後，義務教育延長爲六年，一直施行至第二次世界大戰戰敗後，於昭和廿二年（一九四七年）公佈新學制爲止。小學畢業後，分成兩途，一爲進入中學校，畢業後再進帝國大學，一爲進入師範學校。當時的大學爲文部省直轄，而成爲官僚機構之中心的官吏養成所。至於師範教育則注重訓育，爲培養從順、友情、威儀的三德，乃強令教師學生一同居住宿舍，並授學生以兵式體操。抑有甚者，以現役的陸軍上校山川浩爲高等師範學校校長，學生寄宿的學寮生活則採取陸軍的內務班制，推行灌輸師範生的軍隊式組織。事實上，師範學校的組織、設備、給與、教育等完全模仿軍營教育，此一方式直至日本在第二次世界大戰戰敗始被廢止，明治十四年（一八八一年）侍講元田永孚奉明治天皇指示，撰「幼學綱要」，並頒行全國，作爲少年人的修養書，元田永孚另撰「教育論附錄」及「國教論」兩書，其主要內容不外乎着重祭政一致的復古精神與振興儒家精神。明治廿三年（一八九〇年）十月又頒行「教育勅語」最初由中村正直起草，因內容有基督教色彩，乃改由井上毅及元田永孚共撰，其內容乃明示神道的復古思想與儒家的封建道德乃日本教學的基本概念。申言之，是在儒家倫理思想裏面，加入了國體思想和立憲思想。（註二八）

如前所述，這一教育勅語，係以儒學思想爲經，以日本古來國家觀念爲緯，而編訂的國民守則。由於自由民權思想的盛行而造成的教育思想的許多混亂現象，因這勅語一頒布，竟一掃而空。它對於日本國民予以忠君愛國的標準，恰如大日本帝國憲法之成爲日本政治上的根本大典一樣，教育勅語亦成爲日本國民教育的最高理想指標。

日本教育之忠君愛國思想的灌輸，實以此教育勅語爲準則，因此特將其內容介紹於下：

「朕維我皇祖皇宗，肇國宏遠，樹德深厚。我臣民克忠克孝，億兆一心，世世濟其厥美者，此實乃我國體之精華，教育淵源之所存。

凡我臣民，孝於父母，友於兄弟，夫婦相合，朋友相信，恭儉持己，博愛及衆，修學習業，以善發其智能、成就其德略，進而應公益、開世務，平常重國憲遵國法，一旦緩急之時，義勇奉公，以扶翼天壤無窮之皇運，如是非獨爲朕忠良之臣民，且足顯彰爾祖先之遺風。

斯道實我皇祖皇宗之遺訓，子孫臣民之所俱遵，通之古今而不謬，施之中外而不悖，朕與爾臣民，俱拳拳服膺，咸一其德，其庶幾乎！

明治二十三年十月三十日御名御璽」

這一教育勅語，完全爲一篇中國文式的訓詞，不過，只是用日本讀法把它讀出寫出而已。每當學校開學、畢業、國家慶典，各級學校，上自大學，下至小學，無不由校長奉讀聖諭，而成爲一隆重的儀式。

以上所說的是教育政策的演變，至於就教育思想而言，早在明治初期，法、英、美等國的教育思想便已輸入，因此，這些國家的教科書被翻譯爲日文乃理所當然之事。雖然福澤諭吉的「西洋事情」一書裏便早已論述過人民的教育問題，但是最先介紹法國的教育思想者厥爲小幡甚三郎所譯的「西洋學校軌範」（一八七〇年），繼之有箕作麟祥所譯的「百科全書教導說」（一八七三年），介紹西歐的教育方法及思想。嗣後陸續有許多這一方面的譯書，其中如哈德的「學室要論」、諾然德的「教師必讀」、彼日的「彼日式教授論」、史濱沙的「史氏教育論」、倍因的「倍氏教育學」、如赫諾德的「如氏教育學」、塞兒敦的「塞兒敦氏庶物指教」，以及加爾均的「加爾均氏庶物指教」等較爲著名。這些翻譯本難免語句生硬或有誤譯而失去原著的眞意，使讀者不易十分瞭解，但把以往日本傳統的諳誦教育方法，改變爲重觀察、思考、實證的所謂「開發（啓發）主義」教育之路發展，卻是最大的貢獻。與這些翻譯書並行，自明治十五年（一八八二年）之頃，亦有出自日人之手的教育論方面著作的問世，其中如伊澤修二的「教育學」、若林虎三郎及白井毅的「改正教授術」等便是當時的名著。

倘從教育史的年代劃分之，惟自明治十三年（一八八〇年）至明治廿二年（一八八九年）爲止，可稱之為「裴斯泰老齊（Pestaloggi）主義教育時代」。上述歐美學者的教育論，要言之，亦皆基於裴斯泰老齊的自然啓發主義。裴氏的獨創的個性的伸張，並以適應自然法則為中心的教育論，確實是在打破封建的、強制的教育之個性束縛，至於其社會教育主義、自治自由的尊重，與明治維新所朝向追求的文明開化之風潮，頗能相符合。但是自明治十三年的「改正教育令」以後的教育，乃由自由主義的方向一變為國家主義的方向，而裴斯泰老齊主義的教育尚能盛行，不無原因。蓋所謂個性的開發、伸展，並非毫無限制，而是要求能與社會國家相適應之德性的融合，同時裴氏的教育學說以心理學為基礎，因之主張自然法則的尊重，於是其教育內涵當然必須基於經驗主義、感覺主義，亦即所謂「庶物指敎」的方向。何況裴氏所強調之精神的尊嚴，卻能與明治絕對主義的道德教育有所適應，且能與儒家道德相融和，因之，雖在國家主義盛行時代，裴氏的自然主義教育尚能流行。

自明治十九年（一八八六年）的「學校令」頒佈後，日本教育的重點乃被轉導為國家主義化、軍國主義化的精神。因此，出現了修正批判裴斯泰老齊主義的教育精神，而代之以德國赫爾巴德（Herbert）的教育學說。赫爾巴德是德國近世教育學之鼻祖，其學說主旨係以倫理學與心理學為基礎。他的學說重點是：「首先啓發兒童的知識，使之能判斷善惡，並養成陶冶其意志使之能取善去惡的習慣，以培養完全、自由、好意、公平、報償的五德為重點，但欲到達此目的則必須採取管理（課業監視、威嚇、體罰等）、教授、訓練之三法」。赫爾巴德的國民教育主義在日本，到了中日甲午之戰，可說是達其頂峯時期。

經過中日甲午和日俄戰爭之役，日本的教育制度愈加充實，明治卅二年（一八九九年）高等中學校改為高等學校，尋常中學改為中學校，且規定各府縣至少必須設立一所中學校。由於中學校數目的激增，在明治廿七年（一八九四年）只有八十一校，可是到了明治卅四年（一九〇一年）已增至二百十幾校，因此教員缺乏，於是明治卅五年（一九〇二年）設立廣島高等師範學校，另設立臨時教員養成所，以培養中學教員，翌年頒佈「專門學校令」，同時制定公私立專門學校規則，設立醫學、法學、語言等專門學校。此外爲應付日益發達的近代化工業建設，明治卅二年（一八九九年）頒佈「實業學校令」，其目標在於設立實業學校以培養中級技術人員，惟事實上，農業學校的學生多數是中小地主階層的子弟，故其目的似乎在培養地方農村的中間領導層人物，至於工業學校則設立於工業地區，而商業學校則設在港埠地區，其入學的學生亦多屬於自營工商業主的子弟，以培育由下啓發的資本主義化的人才。(註二九)

至於大學本來只有明治十年（一八七七年）設立的東京大學一所，係由東京開成學校及東京醫學校合併而成，分設法、理、醫、文等四學部（院）。迨至明治十九年（一八八六年）三月二日帝國大學令公佈，東京大

附表四　學校別在學生人數（萬分比）

	明治二十年	明治三十年
學齡人口	一〇、〇〇〇	一〇、〇〇〇
尋常小學校	三、八一二	四、七〇一
高等小學校	二〇七	八七三
中等學校	二九	一〇九
中學校	一五	七三
高等女學校	四	一〇
實業學校	三	一四
師範學校	七	一二
專門學校	一七	一七
高等學校	二	六
大學	一	三

學與工部大學合併，改稱帝國大學，一直至中日甲午之戰時，全日本僅此一所帝國大學，後來明治三十年（一八九七年）六月二十二日京都帝國大學成立時，原來的帝國大學遂改稱東京帝國大學，到了明治四十年代（一九〇七年）東北、九州、北海道等地也設立了帝國大學。

官立學校之外，私立高等學校也逐漸發達。在私立大學中創立最早者爲福澤諭吉的慶應大學，其前身係創立於安政五年（一八五八年）的慶應義塾（洋學塾）爲日本自由講學的開山祖。繼之明治八年（一八七五年）新島襄創立同志社（後來改稱同志社大學），明治十五年（一八八二年）大隈重信創立東京專門學校（早稻田大學前身），以上三校可說是「自由主義派」的私學。此外尚有所謂「傳統主義派」及「適應派」私校。例如明治十五年由神官祭主東久邇宮朝彥親王之令旨而於三重縣宇治今在家町林崎文庫所設置的「神宮皇學館」，同年爲養成神職人員而由山田顯義所創立的「皇典講習所」（後來的國學院），明治廿年（一八八七年）井上圓了所設立的「哲學會」（後來的東洋大學）等可算是屬於「傳統主義派」的私校。至於明治十二年（一八七九年）由薩埵正邦等人爲研究法學而於東京神田駿河臺所設立的「東京法學社」（後來之法政大學），明治十三年（一八八〇年）由金子堅太郎、貝賀田神太郎、田尻稻次郎等爲中心爲研究法律及經濟所設立的「專修學校」（後來的專修大學），明治十四年（一八八一年）由岸本辰雄等所創辦的「明治法律學校」（後來的明治大學），明治十八年（一八八五年）成立的「英吉利法律學校」（後來的中央大學），明治十九年（一八八六年）於大阪江戶堀所設立的「關西法律學校」（後來的關西大學），明治廿三年（一八九〇年）由當時的司法大臣山田顯義所倡辦的「日本法律學校」（後來的日本大學）等，其設立的宗旨皆在於研究法律，因此，一般稱之爲「適應派」的私校。（註三〇）這些大學，皆爲著名於世的私立大學。這些私立學校成立之初，政府多方密派偵探，以干涉學校的教授內容，但由這些私立學校培養出來而後來在日本社會上活躍的人物，舉其較爲著名者有早速整爾、靑地雄太郎（以上兩人爲國會議員）、津田左右吉、內田銀藏、鹽澤昌貞、信夫淳平（以上爲學者）、國土田獨步、島村瀧太郎（抱月）、內田貢（魯庵）、木下尙江、橫井時雄、金森通倫、小崎弘道、宮川經輝、海老名彈正、浮田和民、德富蘇峯（以上爲文人）等人。

以上所述的三種類型的私立學校，自進入大正時代以後，由於大學體制的更加整備，因此喪失了以往的學術自由氣氛，其程度遠甚於官立學校，其原因不一而足，但總而言之，一則由於政府的教育政策的重視官立大學，官立大學的經費充足，可以添購大量的圖書儀器，且所受政府的干涉較少，一則由於私立大學固然在經費上不能與官立大學比匹，兼以自大正六年（一九一七年）俄國共產黨革命成功後，日本私立大學受了共產主義及社會主義思想的影響，因此發生了多次學潮事件，使政府採取積極的干涉政策，結果，終使大學不論是官立是私立，變成了與資本主義的體制有密切連繫的就業準備機構。（註三一）

又關於女子教育方面，明治政府亦極爲重視，早在明治四年（一八七一年）岩倉具視等赴歐美考察時，曾有五位年齡十四五歲的女生隨同赴美留學，此爲日本女子留學外國的創始。（註三二）明治五年（一八七二年）於東京成立東京女學校授女生以國書、英學、手藝等，這是日本第一所女子學校。明治七年（一八七四年）創立東京女子師範學校，明治十年（一八七七年）在學習院設女子部專門收容貴族的女子，明治卅二年（一八九九年）政府頒佈高等女學校令，旋設立東京女子高等師範學校，並成立日本女子大學以招收一般民間女子就讀，到了明治卅四年（一九〇一年）全日本有二百五十所高等女學校。明治四十一年

（一九〇八年）又在奈良成立一所官立的女子高等師範學校。至於私立女子學校，最先成立的是明治八年（一八七五年）的跡見女學校，外國傳教師所創立的則有橫濱的費麗士和英女學校（一八七二年）和共立女學校（一八七一年）。當時的女子教育，還是實行差別的教育，多爲注重禮儀和家政，關於社會問題和科學的智識修養，則不受重視。

以上就明治時代教育制度的發展，作一概略的敘述。明治十九年（一八八六年）的「小學校令」規定義務教育爲四年，到了明治四十年（一九〇七年）延長爲六年，一直實行至第二次世界大戰日本戰敗之前爲止（卽昭和十九年）。由於明治政府的積極地提倡教育普及，俾能加速日本的近代化，尤其是初等義務教育的普及更爲迅速。工場勞工的教育程度，明治三十年（一八九七年）大阪府下的調查，文盲佔有三八・二%，而尋常小學畢業者，只不過佔一二・二%，但降至大正八年（一九一九年）的全國調查（參閱附

附表五　工場勞工接受教育水準一覽表

年次／教育水準	大正八年（一九一九）	昭和五年（一九三〇）
未上學及尋常小學中途退學者	三一・三%	九・九%
尋常小學校畢業者	四八・九%	五七・六%
高等小學校以上畢業者	一九・八%	三二・五%
共計	一〇〇・〇%	一〇〇・〇%

表五）文盲只有八・八%，尋常小學校畢業生者佔四八・九%，高等小學校畢業者佔一九・八%，（註三三）修完義務教育的勞工佔大多數。

進入大正時代以後，以第一次世界大戰爲轉機，由於經濟迅速發展，國民所得由明治四十三年（一九一〇年）至大正九年（一九二〇年）之間增加四倍以上，而工場的勞工在同一期間的所得亦增加一・五倍。人口的集中於大都市的現象亦頗爲顯著，人口十萬以上的大都市自明治四十一年（一九〇八年）的九・七%增加至大正十四年（一九二五年）的一四・八%。在這種社會及經濟構造的變化的背景下，西歐近代文化的基礎的個人主義、自由主義思想，亦因大衆傳播的發達，透過雜誌、新聞及書籍而普及於一般民衆之間。在這種情況下，教育水準當然上昇。例如初等教育的就學率在明治卅五年（一九〇二年）爲九〇%，到了明治四十二年（一九〇九年）增至九八%。而實施教育義務六年後，受完此項教育者在明治四十三年（一九一〇年）爲六〇%，大正元年（一九一二年）增至七〇・六%，而這種就學率的上昇現象，亦逐漸波及於上級學校（參閱附表六）。而中學畢業生的出路，其繼續升入專門學校及從事實業活動者，亦大爲增加（參閱附表七）。

附表六　中等學校的入學倍率表

學校別／年次	明治四三年	大正九年
中學校	一・九倍	二・六倍
高等女學校	一・七倍	二・四倍
師範學校	四・一倍	二・九倍
實業學校	一・四倍	一・六倍

大正六年（一九一七年）爲了檢討全面的教育問題，由各界代表者卅六名組織所謂「臨時教育會議」，該會議所決定的教育體制的方針，一直沿用至昭和廿二年（一九四七年）的新教育制度實施。在「臨時

教育會議」中所重視者厥爲高等教育問題。根據會議的決議，以往做爲大學預科的高等學校，變成施行高等普通教育之獨立的學校階級，承認了與中學校相接續的七年制高等學校的開設。抑有甚者，大正七年（一九一八年）頒佈新的「大學令」，把以往只限於「帝國大學」的大學制度，推廣到所有官立私立的大學，又除了綜合大學外，又承認單科大學。此一新「大學令」的公佈固然急激地增加了高等教育人口的比率（參閱附表八），但因供過於求，致使所謂受過高等教育的智識階級分子發生了就業困難的現象。根據內務省的調查，大正十二年（一九二三年）大學畢業生的就業率爲七九・八%，降至昭和四年（一九二九年）剩下五〇・二%（參閱附表九），尤其是文法經濟學部之畢業生的就職更加困難，昭和四年的就職率理工系學部爲七六・〇%，而文法經濟學部的畢業生只有三八・一%，在這種情形下，私立大學畢業生的就職更加困難，迫得他（她）們，只有屈就教職或下級官吏及其他業務（參閱附表十）。

附表七　中學畢業者的出路情況表

種類／年次	明治四三年	大正八年
高等學校	七・六%	六・四%
專門學校	二一・〇%	二八・四%
軍事學校	三・二%	一・七%
其他學校	四・〇%	一・九%
實業從業員	一二・四%	二〇・五%
學校職員	一一・六%	五・六%
官公吏	二・一%	四・〇%
兵役	一・八%	一・七%
其他	三五・七%	二九・〇%
死亡	〇・六%	〇・七%
共計	一〇〇・〇%	一〇〇・〇%

進入昭和時代後，隨着資本主義經濟的發達，各方面需要大量人才，所以尋常小學畢業生的升學率大

爲提高（參閱附表十一），而大學教育的發展亦頗呈活躍，其中最顯著者則昭和十九年（一九四四年）把以往的小學改爲國民學校，義務教育年限亦延長爲八年。在中等教育制度方面則於昭和十八年（一九四三年）重新頒佈「中學校令」，把以往的中學校、高等女學校、實業學校三者統合爲「中等學校」的構成部分，承認第二學年以下的互相轉校，同時另外設置收容受過義務教育的國民學校高等科畢業生的三年制的中等學校。於是以往做爲社會中間階層領導人員培養機關的中等教育，亦已轉向大衆化，而失去了以往領導課程的預備教育機關的性格。

附表八　高等教育畢業生數目表

	畢業生數			構成比例		
	明治四三年	大正九年	昭和五年	明治四三年	大正九年	昭和五年
法、經、商	三、七二一	五、五五一	一四、八三一	四四・三%	三九・六%	四一・六%
文學、教育	一、四七六	二、二六四	一〇、五四九	一七・六%	一六・一%	二九・六%
理學、工藝	一、五八七	三、一三九	五、七九五	一八・九%	二二・四%	一六・三%
醫、齒科、藥學	一、六〇八	三、〇七三	四、四五五	一九・二%	二一・九%	一二・五%
共計	八、三九二	一四、〇二七	三五、六三〇	一〇〇・〇%	一〇〇・〇%	一〇〇・〇%

附表九　高等教育畢業者之就職狀況一覽表　（%）

百分比＼年次	大正十二年	大正十三年	大正十四年	昭和元年	昭和二年	昭和三年	昭和四年
對於畢業生數目之申請採用數之百分比	一〇〇・〇	九五・〇	八〇・〇	六二・〇	六八・三	五四・二	四六・二
就職率	七九・八	七五・七	六六・六	五九・〇	六四・七	五三・九	五〇・二

附表十　私立大學畢業生就職情況一覽表

種類＼年次	大正十二年	昭和四年
官吏	六・三%	六・三%
公吏	〇・五%	二・七%
教師	四・一%	六・三%
自由業	三・〇%	五・八%
銀行公司	三九・八%	二二・三%
其他業務	三・一%	一〇・五%
研究院兵役	七・二%	七・四%
未定	三五・六%	三八・三%
死亡	〇・四%	〇・四%
共計	一〇〇・〇%	一〇〇・〇%

附表十一　尋常小學畢業生的就學情況一覽表

年次	尋常小學畢業生	升學比率：高等小學校	升學比率：中學校	升學比率：高等女學校	升學比率：實業學校	升學比率：師範學校
昭和四年	一〇〇・〇%	五九・六%	六・三%	六・七%	七・四%	〇・六%
昭和五年	一〇〇・〇%	六一・三%	六・三%	六・三%	七・七%	〇・二%
昭和十四年	一〇〇・〇%	六七・五%	五・九%	八・三%	一二・四%	〇・三%

其次師範學校程度的提高，亦爲昭和年代初期日本教育制度上的特徵。以往的師範學校在學校制度之中佔有獨立的位置，收容高等小學畢業生者給以五年的教育，但是明治四十年（一九〇七年）曾設第二部制度以收容中等學校出身者而授以一年至兩年的教育（昭和六年，一九三一年時統一規定爲兩年），其比例在昭和九年（一九三四年）佔全師範畢業生的百分之卅九，昭和十四年（一九三九年）卻佔有全師範畢業生的百分之六十。降及昭和十八年（一九四三年）把第二部的師範教育的修業年限延長爲三年，使之成爲高等教育的一環，並移歸於國立學校性質。

總之大正年代自第一次世界大戰以降，由於自由主義風潮的滲透社會各階層，而個人權利與解放的要求，擴及全國各角落，此一影響所及，教育界亦受其感染，而尊重學童個性的自發自動的自由主義精神亦一度成爲教育思想的力量，但降及昭和初年，軍部法西斯勢力抬頭之後，自由教育思想遂被壓制否定，代之以軍國主義斯巴達式的皇國主義教育，此一現象，直至第二次世界大戰日本戰敗後，始被取消。

第三節　日本近代科學的普及與發展

日本在德川幕府時代，因採取鎖國政策達二百餘年之久，在此期間僅僅透過荷蘭而接觸了一些皮毛的西洋科學。迨至開國以後，日本忽然地與歐美許多國家來往，因此，在富國強兵，殖產興業的國策下，當局者儘量採取歐美的物質文明，以期提高日本文化的水準。所以對於西洋的各種科學，非常熱心地加以學習吸收，以期利用外國科學技術，使軍備和工業迅速地達到近代化。

明治二年（一八六九年）恢復德川幕府末年廢止的各學問所，以講授「西洋格物窮理，開化日新之學」，明治四年（一八七一年）設立工學寮，內分土木、機械、建築、電氣、化學等科，以培養技術人員，此卽東京帝國大學工學部的前身，日本工業能有後日的根柢，其貢獻至大。明治七年（一八七四年）以後，政府推行科學技術教育，更是積極，是年內務省設立農事修學場，次年（一八七五年）創立北海道農業學校（北海道農業大學前身）、三菱商船學校。明治九年（一八七六年）設立濟生學校，次年（一八七七年）東京慈惠醫專成立。明治十二年（一八七九年）成立設有理科醫科的大阪專門學校，嗣後數年間，東京物理學校、山林學校、農業學校相繼成立。關於技術研究方面，自明治七年（一八七四年）以後的十年間，曾成立東京及大阪衞生試驗所、中央氣象臺、農林試驗場、地震學館、陸地測量部等組織機構。自明治十年（一八七七年）起，各種科學學術研究會，如數學學會、東京植物學會、日本氣象學會、日本人數學會、日本礦業會等紛紛成立，日本最高學術機關，東京學士院（Tokyo Academy ——後改爲帝國學士院 Imperial Academy ）亦於明治十二年（一八七九年）成立。

明治初年的科學建設中，最重要者乃科學人才的培養及訓練，以及外國技師的聘用。明治政府爲了鼓勵青年學子前往外國留學以吸收西歐的進步的科學文明，早在明治三年公佈「海外留學規則」，翌年（一八七一年）便有五十九名青年隨同岩倉具視等政府訪歐使節團前往美國留學，據說自明治元年（一八六八年）至明治五年（一八七二年）的五年間，留學美國者達五百人。（註三四）據明治六年（一八七三年）統計在三七三名留學生之中有二五〇名是政府資助的公費生，其經費二十五萬圓，佔文部省年度預算的一八%，（註三五）明治八年（一八七五年）由文部省選考的第一批十一名留學生被派往美、法、德等國家留學。（註三六）除了派選青年前往外國留學外，在國內則設置外國語學校，聘請外籍教師來日教授，使青年學生能透過學習外國語文而吸收西洋科學文明。根據明治七年（一八七四年）文部省年報統計，有官立外國語學校九所，公立外國語學校八所，私立外國語學校七十四所，學生共一萬二千八百十五人，外籍教師二百十一人，又在明治時代之中，對於日本文化開發有所貢獻的西洋人四百十二名之中，到明治十年（一八七七年）為止已有一百八十名。（註三七）政府所聘用的外國技師到明治五年（一八七二年）有二一四名，其中英國人一一九名、法國人五十名、美國人十六名、普魯士人八名、荷蘭人二名、中國人九名、葡萄牙人及意大利人各一名，餘如地方政府及私人企業機構所聘用者亦有一六四名，其中英國人五十名、法國人十七名、美國人卅五名、荷蘭人十七名、普魯士人九名、中國人四十八名。（註三八）這種聘用外國技師的現象迭有增加，到了明治八年（一八七五年）單是政府所聘用者即達五二九名，以後雖逐漸減少，但降至明治十三年（一八八〇年）尚有二百名。（註三九）明治十四年已僅餘一六六名，頒行明治憲法的明治廿三年（一八九〇年）又增至二百名，降及明治廿七年（一八九四年）中日甲午戰爭時，只有八十五名。在聘用外國技術人員的政府部門當中，以工部省最多。工部省係明治三年（一八七〇年）所設立，專門負責工業政策推行的機構，其所掌管的事務有礦山、鐵道、電信、土木、造船、製鐵、測量、燈臺等，舉凡有關工業與交通事項皆歸其管理。至於輕工業及農業部門則分別由後來所設立的內務、農商務兩省所管轄。工部省後來於明治十八年（一八八五年）內閣成立時被廢止，但在其存立的十五年間所推行的各種事業，可說奠植了日本近代科學及產業的基礎。

在促進日本近代科學振興的過程中，除了上述情況之外，在各分野方面，皆有相當的成果，玆分述於下：

㈠醫學——外科方面，明治初年受到英國醫學家的影響最大。例如明治元年戊辰之役時，英國外科醫生魏理士受日本官軍之託隨軍替傷兵治傷，曾傳入「防腐療法」，對日本醫學界貢獻很大。他後來出任東京大病院院長並兼授外科醫學，以培養醫學人才，著名的門徒有石黑忠厚、池田謙齋等人。牙科方面，西歐諸國之中美國最爲進步，因此，日人之硏究牙科者，有不少人渡美鑽硏學習。此外，明治政府爲提高日本的醫學，於維新初期，即把德川時代的醫學所改稱大學東校，於明治四年（一八七一年）聘請兩位德國內科專家繆爾聯氏及何甫景氏爲東校教頭，這是西方內科醫術傳入日之始。

明治十八年（一八八五年）東京大學成立後（由大學東校與東京開成學校合併而成），其醫學部的教授幾乎皆爲德國人，以造就醫學人才，如當時有名的柏爾茲博士於明治十一年（一八七八年）在日本發現了一種「寄蟲咯血」的新病理。由於當時的醫學教授殆爲德國人，因此一般醫科留學生紛紛前往德國，出了不少醫學俊秀，其中如北里柴三郎博士在德留學期間，於明治廿二年（一八八九年）完成破傷風菌的培養，並發明血清治療法，明治廿四年（一八九一年）返國後，因未受政府重視，不得已在福澤諭吉等的資助下，在東京藝公園內創立傳染病硏究所，發現了鼠疫細菌，接着志賀潔在同一硏究所發現了赤痢細菌。在藥學方面高峯讓吉創製腎上腺素及高峯氏水解酵素，鈴木梅太郎發現維他命乙，秦佐八郎創製梅毒特效針藥，野口英世博士發現梅毒黃熱病，而池田菊苗的發現化學調味料（味精），鈴木梅太郎更發見了維生素B_2等，這種種發現對於世界醫學界，皆有不朽的貢獻。

㈡數學——在明治維新之前，關孝和等一派在數學上學有心得，關孝和在當時的日本被譽諭之爲英國的牛頓、德國的來布尼茲，可見其成就的一斑。由於他的業績，使得明治維新後的日本學界易於吸收咀嚼泰西的新數學。明治時代輸入泰西數學之先驅者爲菊池大麓博士，他於明治初年前往英國劍橋大學研究數學，明治十年（一八七七年）回國後在大學主講數學，發表了許多精闢研究論文，並創立數學學會，提倡數學之普及不遺餘力。繼菊池博士之後，在日本數學界佔有地位者卽爲藤澤利喜太郎博士，他於明治十七年代（一八八四年）留學德國，歸國後提倡高等解析幾何，並開始於「一般函數論」及「特別函數論」的開拓及研究。

㈢動植物學——在自然科學上的學說，給予科學思想甚至於一般思想影響最大者，首推達爾文的「進化論」(theory of evolution)。在日本最先介紹進化論者是東京大學教授美籍動物學者莫斯博士(Edward Morse)。他對於日本動物學界的啓蒙工作貢獻甚大，尤其是他利用日本三崎臨海實驗所的設備，研究不少日本沿海產動物的實態，發表了許多極具價值的研究論文。繼承莫斯博士的衣鉢的日儒則爲石川千代松及立淺次郎兩人。他們兩人均曾留學德國研究動物學，返國後曾發表多篇有關進化論的論文，極受學界重視。

在日本植物學所受美國的影響最大。日本植物學界的先覺者乃留美的矢田部良吉博士，他在美國專攻植物學，明治九年（一八七六年）以後在東京大學講授植物學，其所採集的臘葉標本，被當時的學界視爲珍寶。餘如東京理科大學助教平瀨作五郎氏於明治廿九年（一八九六年）在銀杏樹的花粉中發現精蟲，而東京農科大學的池野成一郎教授則完成蘇鐵的生殖器之發達及其受胎作用的研究成果，他們的研究成果，當時曾轟動世界植物學界，而他們亦因此發現而同受帝國學士院的恩賜賞金。

㈣天文學——天文學的研究在維新之前雖曾有過輝煌的成績，如第八代將軍德川吉宗曾於神田建立天文臺，並裝置自製的子午儀等於臺上。明治維新以後東京天文臺係合併內務省的天象部、海軍省附屬觀象臺及大學天象臺所成立，降及明治二十年（一八八七年）劃歸東京大學管理，當時在大學裏面的天文學教授曾努力吸收西歐的精華，以促進日本天文學的發達，其中如和田雄治的氣象學研究極負盛名，平山信博士曾發現所謂新小星「東京」引起學界重視，而帝國測量地學委員會特設的水澤觀測所主任木村榮博士於明治卅五年（一九〇二年）發現地軸變動的「Z項」，曾引起泰西天文界的驚異及讚美。而木村博士亦因之於明治四十四年（一九一一年）獲得帝國學士院（現在的日本學士院前身）的第一屆恩賜賞。

㈤物理化學——日本在物理化學方面，受英美兩國的影響最大。山川健次郎博士是日本初期的物理學教授，尤其是他和部分外籍教授——尤其是英美兩國教授是把歐美物理科學移植於日本的先驅者。其餘如長岡半太郎博士提出原子構造論，大森房吉博士的改良精密的地震計，田中館愛橘博士的測定日本全國地磁氣等，都是優秀的成就。至於在化學方面，受英國影響最大，明治七年（一八七四年）英人何德遜教授前來日本教授分析化學及有機化學，而英人泰伯士博士亦因受聘來日教授無機化學，對於日本化學界的貢獻極大。在日本之中，則以明治十三年（一八八〇年）留美返國的松井直吉博士對於化學界的初期貢獻其功厥大，以上諸人對日本近代理化科學的發展，都有不朽的功績。

㈥人類考古學——前述美籍東大教授莫斯博士，於明治十一年（一八七八年）發掘東京大森的貝塚，斷定日本有新石器時代遺跡，並於翌年出版「大森介墟古物編」(Shell Mounds of Omori)，分析日本之貝塚、出品之土器、石器及骨角器等，奠立了日本考古學的基礎。後來由其弟子矢田部良博士及坪井正五郎博士等繼承其衣鉢，從事廣汎的遺跡發掘，對於日本原始種族及考古方面發表了多種珍貴的論文，使日本的人類考古學家在世界上佔有一席地位。

㈦近代學術的發展——明治初年的學問之特色，乃大量地輸入泰西的諸科學，除了把其做爲專門科學而研究外，同時又把其開放給一般國民。此舉乃出自政府的文明開化政策，其目的雖在於想建立培育能與資本主義之富國強兵的官營產業的方針相表裏一致，但它充其量乃抄襲江戶時代的「民可使由之，不可使知之」的愚民政策的專制啓蒙政策。因此，政府的統制色彩頗爲濃厚，而產生了以官立大學爲學術界的中心傾向，結果，學問學術雖早有進步，但亦把其塑造成官制化的學問。（註四〇）

在學問學術方面的演進發展，明治十年代（一八七七年）前後東京大學已經形成學術（academism）研究中心，其主要教師，除醫學爲德籍教授外，餘殆皆屬英、美籍的學者。在這裏所訓練培養出來的學生，到了明治廿年（一八八七年）以降已能在日本學術界或企業界等各方面，發揮優良的業績。明治以後的學問，已經擺脫了以往儒教主義的封建教育，而移植歐美的近代學術爲基本，從系統上言可說是歐美系統，其中當然尤以上述自然科學的傾向最爲顯著。

在人文科學方面，先就哲學言，最初乃接受法英的哲學思想。蓋自幕府末季至明治初年，法國幫助幕府，而薩摩、長州兩雄藩則獲得英國的後援，因此，法、英兩國的勢力早已深入日本政界，於是在政治上及思想上發生巨大影響，乃理所當然之事。英法式的自由平等觀念，在明治初年極爲盛行，例如由福澤諭吉、西周、中村敬宇、森有禮、箕作麟祥、西村茂樹、神田孝平、津田眞道、加藤弘之等於明治六年（一八七三年）所組織的「明六社」卽爲介紹西洋哲學思想啓蒙的思想家。英法哲學思想家的著作中，例如盧梭的民約論，最早有明治十一年（一八七八年）服部德的翻譯本，明治十五年（一八八二年）有中江兆民的「民約譯解」。繼之密爾、史濱沙、邊沁等的功利主義思想（Utilitarianism）及經驗派的進化論思想（theory of evolution）亦大爲盛行。明治六年（一八七三年）密爾的倫理學已在東京開成學校被用爲教材，同八年（一八七五年）密爾的「代議政治論」已由永峯秀樹譯成日文，同十年（一八七七年）由中村正直（敬宇）翻譯密爾的「自由之理」（On Liberty）及史邁爾的「西國立志篇」，同十一年（一八七八年）史濱沙的「代議政體論」亦由鈴木義宗譯成日文，同十三年（一八八〇年）由尺振八完成史濱沙「教育學」的日譯本，同九年（一八七六年）何禮之譯邊沁「民法論綱」爲日文，餘如陸奧宗光手譯之邊沁的「利學正宗」，以及野田種太郎翻譯的邊沁之「自由論」等，皆於明治十六年（一八八三年）刊行問世。上述這些書籍，皆爲尋求新文明智識的青年所必讀者。降及明治二十年代（一八八七年）德國觀念論哲學成爲日本思想界的主流，惟其開始輸入時間，則在明治十三年。先是黑格爾的思想甚爲流行，繼之康德及尼采的哲學觀念風靡了一般學界，例如清澤滿之於明治卅四年（一九〇一年）刊行的「精神界」（雜誌），翌年多田鼎、佐佐木月樵與清澤滿之合著的「精神主義」，以及清澤個人的著作「精神講話」等書的內容，皆奠基於黑格爾的絕對唯心論，明治卅四年高山樗牛的「美的生活論」一書則受到尼采的個人本能主義的影響，主張強者的權利，在當時的日本思想界獲得了意外的反響，尤其是日俄戰爭後所興起之物質的現實主義的影響，更使得個人本能主義的理論發揮了甚爲廣大的影響力。

抑有甚者，自明治廿年代（一八八七年）以來興起的日本國粹保存論與外國傳入的理想主義合流，降及明治三十年代（一八九七年）出現了理想主義思潮的全盛期，日本哲學家之中井上哲次郎博士把德國哲學與儒學、佛教的東洋哲學互相引證，而提出所謂「現象卽實在論」的形而上學的問題，在日本學界開創了東洋哲學的研究風氣，至於井上圓了博士及村上專精博士等亦引證西洋哲學觀念來研究佛教哲學，在當時日本學界皆有極崇高地位。降及明治末年西田幾多郎著有「善之研究」一書融合德國觀念論和東洋思想於一爐而創出獨得思索方法，這種「西田哲學」在大正年代（一九一二年以後）風靡盛行日本學界。

哲學分科的心理學及倫理學在當時亦已有相當的研究。心理學方面，元良勇次郎博士留學美國約翰霍布金斯大學專攻心理學，返國後擔任精神物理學的教授，在日本介紹新的心理學，尤其是自明治廿三年（一八九〇年）開始提倡實驗心理學，給予日本學界一大貢獻。倫理學方面，最初流行者爲邊沁、密爾的英國式的功利論，後來德國派的格林、巴爾善等的倫理學說亦輸入日本。在日本學者之中，東京帝國大學的中島力造博士，可說是研究英國功利派倫理學的泰斗。

社會學等方面，最先在日本學界被重視的是法儒基蘇及英儒巴克爾的文明史，甚且有人仿效巴氏之說論究日本文明者。後來英儒史濱沙的社會學成爲日本國內大學的研習對象，經驗派的進化論學說開始在日本流傳，終有有賀長雄博士的「社會進化論」一書的出現。降及明治廿年（一八八七年）德國派的社會學開始輸入日本。惟東京大學的建部遯吾博士對於各派的社會學加以融會研究，在當時日本學界提倡——新風氣。

在宗教學方面，先有南條文雄博士研究梵語，奠定宗教學的基礎，嗣後姉崎正治博士在東京大學講授宗教學，而松本文三郎博士則在京都大學擔任印度佛教哲學講座，對於日本學界宗教學的啓蒙工作，貢獻極大。

就歷史學而言，日本的近代史學的研究，較之哲學來得複雜，尤其是明治維新之後日本對於皇室的禁忌(taboo)更使得一般學者無法從事自由的研究。那珂通世博士的「日本紀年論」，可說是在這種禁忌下，對於日本古代史採用科學的研究的一大傑作。

明治時代的日本史研究，乃發端於太政官的修史局的修史事業。明治六年（一八七三年）爲了記述王政復古的偉業，於太政官內設歷史課，由長松幹男爵爲長官，開始復古記的編纂，這是日本史學勃興的端緒。明治八年（一八七五年）改歷史課爲歷史局，長松晉升爲局長，重野安繹博士出任副局長，和川田剛博士（受文部省之託在私第編纂大日本史——以後小松天皇南北合一以後之史料爲主）的私人修史工作併，重新整編後小松天皇南北朝合一以後（一三九三—一四一二年）的史料而由重野博士負其總責。修史局當時從事編纂歷史的態度，排除朱子學的勸善懲惡的史觀，採用根據史料追究史實的考證史學方法，形成了日本近代的實證主義史學的前提。（註四一）修史局後來屢有更改名稱，（註四二）明治廿一年（一八八八年）終被廢止，其職務則移歸東京大學設一所謂臨時編年史編纂係，積極蒐集史料，（註四三）後來出版了一大套大日本史料大日本古文書，參預此項工作者有黑板勝美、星野恆、久米邦武、辻善之助、田中義成、三上參次等諸博士學者。他們除了參預大日本古文書的編纂工作外，並在東京文科大學擔任教職，發表不少有關日本史學方面的不朽傑作。內田銀藏博士及三浦周行博士兩人則在京都大學講授日本史，對於日本史深邃的研究，在學界享有極崇高聲譽。至於一般史學界的動態，最初受到法國基蘇的文明史的影響，因之有福澤諭吉的「文明論之概略」、田口卯吉博士的「日本開化小史」等別具新史風的作品出現，展開了日本近代史學的曙光。餘如內田銀藏博士的日本經濟史及日本近世史，黑板勝美博士的日本古文書的建設，在明治史學上，皆留下不朽功績。抑有甚者，上述諸學者等於明治廿二年（一八八九年）組織「史學會」，發行「史學會雜誌」（後來改稱「史學雜誌」），對於明治時代的日本歷史學的發展，具有極大的意義及貢獻。

明治廿二年（一八八九年）代，新設帝國大學史學科起，才開始了史學研究，並招聘德國史學大家來日講學，因而輸入了朗格的史學方法論，使日本的史學由考證史學轉向 Academism 史學之途發展，並由三浦周行、黑板勝美、內田銀藏、辻善之助、喜田貞吉等諸博士奠植了近代日本史研究的礎基，至於坪井九馬三、箕作元八、原勝郎、村川堅固、坂口昂等諸博士則開拓了西洋史學研究風氣。關於東洋史，其名稱係由那珂通世博士於明治廿七年（一八九四年）所提倡採用，而後普及於日本學界。東洋史的研究，最初稱爲「支那史」，僅限於中國史書的解釋，後來逐漸遍及於印度、蒙古、朝鮮、南洋等方面之歷史研究，而確立了東洋史學的領域。繼那珂博士之後，再由白鳥庫言、市村瓚次郎、內藤虎次郎（湖南）等諸博士奠植了東洋史學的礎石。至於東洋的考古學、人類學則由三宅米吉、坪井正五郎等博士所創始。

經濟學則先有福澤諭吉、神田孝平、田口卯吉等的輸入英國的古典自由主義經濟，他們提倡自由貿易論，其中田口卯吉可說是該派的代表性理論家，他著有「日本經濟論」（一八七八年）並發行「東京經濟雜誌」（一八七九年），極力鼓吹自由主義經濟論。與自由貿易論相對的有保護貿易論，著名之士有犬養毅、著山儀一、大島貞益等人，他們鑒於日本當時之國情，認爲自由貿易實行足以妨礙國內經濟的發展，因而提倡保護貿易論。犬養毅於明治十三年（一八八〇年）創刊「東海經濟新報」，和田口卯吉的「東京經濟雜誌」展開激烈的論戰。大島貞益於明治廿四年（一八九一年）出版「情勢論」一書，從日本經濟的後進性，暢論自由貿易論的弊端，可說是一本系統井然的保護貿易論的傑作。

明治初期之後，德國的歷史派經濟學開始傳入日本。在日本傳入德國歷史學派經濟的先鋒人士爲明治中期留學德國的金井延、山崎覺次郎及福田德三等人。自此以後，德國經濟學成爲日本學界的主流，降及明治卅一年（一八九八年）金井、山崎等人接受了德國的社會政策主義，組織「社會政策學會」，該會主旨持社會政策主義以對抗社會主義，並不否認資本主義，企圖採取社會政策，以修正資本主義的弊病，由於他們乃大學教授，故被時人稱之爲「講壇社會黨」。（註四四）迨至明治三十年（一八九七年）代末，馬克斯派的社會主義經濟學與社會主義運動並興，明治卅九年（一九〇六年）由幸德秋水、堺利彥等創刊的「社會主義研究」，始登載「共產黨宣言」全文，對於大正以後的日本經濟學予以莫大影響。

法律學方面，西洋法學與經濟學同在德川末期傳入日本。明治初年箕作麟祥翻譯「法蘭西法典」，逐漸發展了法律學的門徑。由於法律知識，在立身出世的風潮中，一般被強烈地要求，因此，法學遂成爲青年層的一種常設學問。明治十年代（一八七七年）起，東京陸續成立私立法律學校，亦皆因出諸這種時代風尙及要求。這些私立法律學校出來的學者，被稱爲民間派法學者，馬場辰猪、小野梓、大井憲太郎等乃當時著名的在野法學者，站在民間立場以保護人權、民權。

當時外籍法學教師之中以法儒波索納得最爲有名，因此，明治初期法國法學的勢力頗佔優勢，而此法國法學對於日本人權思想的普及貢獻極大，波索納得甚且建議當局廢止拷問制度。降及明治十四、五年（一八八一、八二年）以後，由於明治政府着手準備制憲，因此，德國法學漸被重視，迨至明治廿二年（一八八九年）明治憲法頒佈以後，德國法學遂成爲日本法學的主流，並影響於帝國大學的法學教育，而官學界皆受德國法學的影響。東大法科大學的專攻德國法的學生年有增加，當時曾流行「倘非德國法則非法（學）」，可見德國法學觀念盛行於日本之一斑。明治的法學者以前述的箕作麟祥為先驅，其後穗積陳重、梅謙次郎、富井政章等三位博士，乃明治時代官學派的代表者。他們三人曾起草「明治民法」，承接此系統而完成日本的德國法學者為鳩山秀夫（鳩山一郎的父親）。德國法學被稱之為「觀念法學」，着重法之論理的解釋，鳩山秀夫確立了民法典的解釋學，形成了所謂「鳩山法學」，並支配了明治、大正年代的日本法學界。但自大正時代第一次世界大戰發生，民主主義風潮抬頭後，日本的學界對於德國法學的非難亦隨之而起，例如當時的末弘嚴太郎甚且批評「德國法學已不行」，因此，法學思想亦逐漸轉向自由法學派思想觀念發展。

上述種種學術分野，最先當然是所謂「經院派」很盛行，但是到了大正初年（一九一二年）以還，反經院學派的勢力逐漸抬頭，隨着民主主義思想的普及，馬克斯主義思想除了經濟學界之外，復浸透到政治、法律、教育、文學等各部門，而學問學術亦由大學之塔而普及開放於一般國民大衆，尤其是自昭和二年一九二七年）所謂「岩波文庫」成立以來，各種文庫先後刊行，使日本的學問、智識眞正地普及於一般民衆。

第四節　日本近代的生活習俗文化

在世界各先進民族，在文化上都開了花的時候，幾個棲息於日本列島上的野蠻民族，還正在以最野蠻的方式火拚殘害，沒有文化可言，也沒有餘暇或智慧來經營文化生活，當時所過的是，茹毛飲血、穴居野處的原始生活。由中國大陸經由朝鮮半島不斷地飄渡到日本列島的文化人羣，教導這羣野蠻人蠶桑紡織、栽植桑稻，教給他們使用銅鐵器具，教給他們識字讀經、文章道德、社會制度，樣樣都教，由最起碼的基本生活教起，一直教到修齊治平之道。到了公元三、四世紀，這羣野蠻人完全承受高度文化之漢族的蔭澤，廢棄了野蠻的習尚，穿上了文明的外衣，但並未付出任何代價。別人在那裏含辛茹苦的一點一滴地來耕耘創造，日本人卻不勞而獲坐享其成，這豈不是一種幸運？接受漢族文化不久後，日本人又經由中國而接受印度佛教文化，使日本人的生活更增深了不少光輝絢爛的光澤。在西方文明未東漸之前的一千多年之間，日本人在中印文化的沐浴薰陶下，奠定了國民性格及往後接受西方的文化基礎，使它本已華豔的文化更增添了光彩。

明治維新在國家權力的轉移而言，固然是一種政治革命，但在社會變革方面，如經濟產業、社會文化，無一不急劇地在歐風東襲之下發生空前的變化。以往在傳統封建體制下的生活習俗，亦因歐風的浸臨而逐漸起了變化。而其變化的成就，則爲自上至下的實踐。蓋因明治初年的文明開化，係由武士出身的軍人、政治家、學者，或由武士出身的實業家輩所指導之故。（註四五）所以文明開化只是都會的文明，以東京爲中心，其餘充其量亦只有京都、橫濱、神戶等大小都市而已，尚未浸透普及於地方農村。由於日人的接受洋式生活，乃因好奇心的驅使所致，因此，當洋式生活在民間逐漸流行時，固有文化的觀念及固守傳統習尚的現象，仍充滿民間，於致於明治廿年代一般政府顯要沉迷於洋化生活的所謂「鹿鳴館」文化時代（即歐美化主義時代）時，遭遇了國粹主義者激烈的批評及責難。但日本既然已放棄鎖國政策，明治政府的建設口號又是「富國強兵，殖產興業」，爲了與歐美往來，絕對不能一味固守傳統，於是洋式文明與國粹文化，兩者之間，祇有互相調和，奇妙交錯，結果，使近代日本生活文化在形成過程中，充滿了變貌的新舊並包的特色。

關於明治維新後，日本生活文化的變貌，除在以上各章節略有敍述者外，姑就衣、食、住及習俗等分項說明如下：

㈠衣——日本以前的服裝，每代屢有變更，但大體不離寬衣大袖的中國服裝的傳統。維新之後，政府將舊習大事改革，首先於明治三年（一八七〇年）九月准許庶人稱姓氏，翌年（一八七一年）四月准許平民乘馬，八月命令散髮廢刀，並准許平民穿馬袴尾衫，（註四六）從此散髮幾乎變成了新思想的象徵。日本人之穿着洋服，早在慶應三年（一八六七年）因軍隊之操練採用洋式兵操，因此，軍隊已採用洋服，惟當時俗稱洋服爲戎衣、戎服、dumplog，維新後於明治四年（一八七一年）制定軍服、軍帽、徽章法，於是洋服遂正式成爲軍隊的服裝。繼之各方面的工作衣，亦紛紛採取洋服。蓋當時認爲凡加上「洋」字，便表示新穎而受歡迎。明治五年（一八七二年）十月的太政官布告正式採用洋服的服制，並規定大禮服和常服的制度。於是從官吏、軍隊官兵、警察、教員等公務生活，到庶民之私的生活，洋服均已通用。從前的舊式禮服，僅限於祭祀時穿服。但人類的習性是慣於傳統的，政府雖然規定洋服爲正式服裝，但穿着洋服的人，除了官吏外，大都是醫生律師、新聞記者或商行的高級職員之流的新時代職業人士，抑有甚者，保守派人士，例如島津久光甚至於曾提出詰問書以質詢政府當局何以採用洋服而廢除舊式服裝。

男性之外，女性的服裝，亦開始穿用洋服，最初僅流行於宮廷和貴族婦女，後來才慢慢普及於一般女學生，到了第一次世界大戰後，由於民主主義風潮的吹襲，因此，一般的社會女性亦逐漸流行穿用洋服。

西式的皮鞋亦爲官吏及士兵首先採用。據說明治初年曾大量地從西方輸入皮鞋，但因尺寸過大，不合日本人的足寸，因此被廢棄而不用，但因軍隊急用大量的皮鞋，於是乃於明治三年（一八七〇年）在東京築地設置製鞋工場，這是日本洋式製鞋業的開始。（註四七）

政府既在明治四年（一八七一年）下令散髮，於是西式髮型亦逐漸爲日人所倣傚。當時的理髮店（日人稱曰「斬髮店」），明治六年（一八七三年）先在橫濱及東京出現，在地方因無理髮師，因此，只好互相幫忙理髮。最先實行理髮者爲士族，其次爲町人，最後才及於農民。但當時的日人相當守舊固執，所以散髮令頒佈之後，由各縣廳命各町村之戶長率先示範，提倡廢棄以往的舊式髮型，始逐漸爲一般百姓所遵守。抑有甚者，因西方人看到日本人那種髮型難免認爲有古臭呆板之感，有些人甚且不願與蓄有舊式髮型者來往交談，因此，政府乃不遺餘力以提倡人民採用新式的髮型，俾便向西方人表現日本文明開化的風氣。據說當時曾流行着一首歌詞，卽「敲打半髮頭則可聽出因循姑息之音。若敲打總髮頭則可聽出王政復古之音。倘敲打斬髮頭則可聽出文明開化之音」。（註四八）當時因髮型的樣子，而被認爲是保守與急進之間差別的象徵。

㈡食——食物方面，亦表現出洋風氣。從前的日本人對於野生的鳥、兎、鹿等肉類雖亦樂於食用，但家畜類的獸禽肉則禁忌食用，尤其是受到佛教的影響而禁食四足獸肉。以往日本的食事，皆學自中國，其烹飪方法雖時有變化，但始終不脫中國風味。西式的牛肉、猪肉等類肉食的傳入早在德川時代的長崎，因有外國人的來往居住，雖已有之，但不甚流行，蓋日人素來喜食疏菜而忌食肉類。後來荷蘭醫學之輸入，因此，先在醫藥治療上有試用肉食的治療法。據說在安政三年（一八五六年）至五年（一八五八年）之頃，全大阪市中有二間賣牛肉食的店舖，而當時的顧客多屬於市井的無賴漢、娼妓、人力車夫、藝者及大阪蘭學者緒方洪庵塾的學生。（註四九）但隨着維新政治之展開，一向嫌厭的牛肉，亦逐漸被日人食用。據說「舊制獸肉嚴禁入宮中，某日宮中近侍等在一室竊烹牛肉，爲明治天皇所瞥見。當面垂問所煮何物，均惶恐答對告爲牛肉。帝曰朕試嘗之，一經入口，卽覺味美，但供奉之女官等，則認爲不潔之物例不得入宮，口出怨言，帝曰：美味人所同嗜，朕亦人也，舊制隨因此而除」。（註五〇）自此以後，皇室亦嗜食牛肉，而一般民間亦逐漸食用牛肉。

售肉的店成爲明治文明開化的一象徵而流行，係始於明治三、四年（一八七〇、七一年）之頃，假名垣魯文之撰寫牛肉店雜談「安愚樂鍋」一書，亦把牛肉屋（卽賣牛肉食之店舖）視爲文明開化的一大表現。可是當時日人之烹煮牛肉方法，以醬油及味素（豆、米等碎漿的混合物，爲一般日人日常所嗜喜之食料，通常煮湯而喝）加入牛肉而用鍋燒烹，完全是道地的日本式料理方法。日人之獲悉西餐烹調法，始於慶應三年（一八六七年）的「西洋衣食住」一書的問世。維新以後，以肉食爲主的西洋食品，逐漸流行，而麵包、啤酒、咖啡、可可等飲食物，成了貴族顯官富商巨賈家庭的日常用品。其後西洋食事慢慢普及於一般中階層家庭，於是有西洋食館的出現，而所謂「西洋料理」（洋食）與「中華料理」（中食）及「日本料理」，同時並行。

㈢住——洋式建築的出現，亦爲日本人生活趨向近代化的象徵。德川幕府末季，由於開埠通商准外人居住於開埠港附近，於是洋式建築在橫濱一帶開始出現，洋式建築最早傳入日本乃文久二年（一八六二年）的英國建立公使館。維新以後，逐漸流行，但是當初的洋式建築，完全是供公共機關或外人使用，民間住宅尚爲日式木造屋。明治初期洋式建築物之代表者有明治元年（一八六八年）建造於東京築地居留地的築地旅館（日人稱爲「築地　ホテル（Hotel）館」），爲日人所設計，佔地六百坪（二千平方公尺）的建築物，和第一國立銀行（俗稱「三井組ハウス（House）」，爲一五層洋房），並駕齊名，爲當時日人採用爲圖片宣傳的目標。此外內務省、大藏省等中央官廳，亦相繼完成。惟日本洋式建築，最初是英國式樣很流行，此因洋式建築需要瓦磚，日人不知其製造法，而由英人授以製造法，有以致之。其後美、法式樣的建築，亦陸續輸入，例如明治七年（一八七四年）所建築的工部大學，即爲法國式樣。明治七年政府當局曾令東京府在銀座一帶建造瓦磚的二層建築物三百戶，這是日本大規模洋式建築的開始。據說當時的新聞曾報導：「進入此市街（即指三百戶洋式建築的銀座）者，有如身遊外國之感」，（註五一）可見在當時的日本，算是一大奇景。明治十年（一八七七年）以後，洋式建築很快地流行於各地，但還是限於官廳及官公立學校，通常都是二層或三層的建築。明治十六年（一八八三年）所完成的東京「鹿鳴館」，是當時日本高官顯要與西方外交官宴遊的中心場所，因其一切設備皆洋式，所以曾被一般保守分子所非難。

降及明治三十年代（一八九七年）洋式建築樓宇，除了少數富豪顯要之外，尚未普及一般民衆。當時貴族有栖川宮邸、富豪澁津榮一的私邸山邸，皆是著名代表。可是由於在日常應酬往來交際，皆以西服爲標準，由是中上之家開始於住宅中設洋式房間一間（稱爲「應接室」），以便應接，由是一屋之內，和式建築物而裝置有洋式的椅桌、方桌及沙發，儼然分成兩個世界，而這種辦法，尤以在第一次世界大戰後，最爲流行。

明治初年民間尙用油燈，平時用燈芯兩根，有客人則用三根，如用蠟燭則被視爲奢侈，迨及明治五、六年代（一八七二、七三年）自美國輸入煤油，開始使用「洋油燈」，但保守分子卻大事紛擾，認爲將因此亡國，如佐田介石等曾著「洋燈亡國篇」小册子向全國宣傳。（註五二）炭素電燈泡之傳入日本在明治十八年（一八八五年），降及明治三十年（一八九七年）一般大都市才以「電燈」代替「洋油燈」，但遲至大正時代始普及於一般民衆。自來水在幕末雖已開始，但具有近代化的自來水設備者，則爲明治二十年代（一八八七年）後，橫濱、長崎、函館等外國人之居住區域的自來水。其後在東京市內雖亦逐漸採用自來水，但那是兩三戶共用一個水龍頭，一般人還是汲用井水。此外瓦斯的使用，亦於明治卅五年（一九〇二年）由東京開始，惟當時只是用來炊事而非用來取暖。

㈣行——隨着西方文明的輸入，除了衣食住方面，有所顯著的變化之外，在交通工具方面，亦起了莫大變化。馬車、人力車、火車，代替了轎子和馬。而從前的河川關渡之渡船亦被鐵橋所取代，以方便行旅的來往，以及各地產物的流通。隨着交通工具的發達，促進了各地的互相往來。

㈤民俗——隨着西式文明的傳入，舊有的傳統風習，逐漸被廢棄。明治三年（一八七〇年）神奈川縣下的「道祖神祭」被禁止，翌年命令禁止青森縣下的「門松」（日俗，新年時，每戶樹松枝於大門兩側謂之「門松」）。明治五年（一八七二年）結婚時之祝言的「カッギ出シ」被認爲是「略奪結婚」而被禁止，京都府甚且禁止「盂蘭盆」祭，連算命卜卦亦被禁止。餘如民俗祭典的「念佛踊」、「庚申」、「日待」、「月待」、「地藏祭」等等，亦由政府命令禁止，連自古代以來一直在宮中舉行的所謂「五節供」（即人日、上巳、端午、七夕、重陽）亦被廢除，代之以所謂「三大節」（即紀元節、天長節、元旦之四方拜），餘如一月三日的元始祭，三月春分的春季皇靈祭、四月三日的神武天皇祭、九月秋分的秋季皇靈季、十月十七日的神嘗祭、十一月廿三日的新嘗祭等皆定爲國家祭日。這些節日無非在於提高國家意識及皇室的神祕性，根本不能算是眞正的所謂民情風俗的近代化或改革。

眞正民俗的改革，如明治五年（一八七二年）十一月廢除了一向採用的陰曆，以該年十二月三日爲陽曆之明治六年（一八七三年）一月一日。從此日本的曆日與歐美的一致了。又過去的一日十二刻制，改成了一日廿四小時制，並且採用了一週七日的制度，每逢週日（禮拜日）公家機關一律放假。曆制的改正，對於國民生活自然影響很大。陰曆一向與民間的農業曆不可分離，在農村中便利很多。因此，公式的用陽曆，私式的用陰曆，這種兩面生活，一直繼續到現在，有些偏僻的農村尙採用陰曆，餘如自明治卅七、八年（一九〇四、五年）以後基督教的聖誕卡，或在教堂舉行婚禮等亦逐漸在都市中流行。

明治六年（一八七三年）二月之嚴禁復讎，明治九年（一八七六年）三月廿八日禁止一般百姓帶刀等皆爲陋習的革除，但是傳統的積習，由來已久，自非一朝一夕可以頓然改廢，以上種種禁令，遲至明治後期始見其功效，而所謂生活的近代化的程度，到了大正年間更加提高了。已往明治初期官吏和軍人所穿的洋服，降及昭和初年（一九二六年）以後起，已經普及於一般男女之間。茶會、西餐宴等西式應酬亦已普遍化。建築方面，官廳、公司、銀行等，通常已不用磚塊而用鋼骨水泥建築。一般民家住宅，亦已加設西式客廳，這種住宅，俗稱爲「文化住宅」。瓦斯（煤氣），在都市亦已普遍地成爲家用燃料。電燈亦已普及於一般鄉村用爲照明。收音機之輸入始於大正末年（一九二五年），但不久卽普及於全國。西洋式的運動如游泳、野球、滑冰、田徑等自明治廿九年（一八九六年）第一屆世界奧林匹克大會之舉行而受影響，亦在日本普遍地發達。至於近代交通工具的電車、公共汽車、卡車、出租小汽車等亦甚發達，其服務範圍普及於鄉村地區。至於西洋歌劇管絃樂等亦自明治初年開始傳入，到了大正昭和初年，已普及於全日本。

第五節　日本近代宗教文化的變貌與演變

宗教是建樹在信仰的基礎上，是具有固定規律的精神生活。因爲有虔誠的信仰支配着心靈，神的好惡，便成了思想行爲的標準，神所好者始好之，神之所惡者摒棄之。所以宗教是思想行爲的範疇。探討一個國家的宗教，不僅可以瞭解其國民的思想動態途徑與方式，並且可以推知其國民的行爲規範和心性傾向。抑有甚者，探討一個國家的宗教思想，至少可以瞭解一國的風俗習慣。

日本人自認「神道」是他們固有的宗教，也承認神道受佛教道教及儒家學說的影響很大。的確若將神道的外來部分除去，則本有的影像就太模糊了，甚且可以說，神道除去舶來部分外，幾毫無所有，亦無不可。不過大體上可以說，神道是以日本固有的民間信仰爲經，而以外來宗教思想爲緯，交織而成的多神的宗教。自佛教道教及儒家學說相繼傳入日本後，原始神道接受了意味深奧的哲學之倫理思想，及宗教儀式宗教用語，逐漸變形，由呪的宗教階段進步到宗教的階段，由多靈的多神的信仰，逐步向一神的信仰轉移。日本的神道觀念，認爲天地萬物是由所謂「天之御中主」所創生的。不過不是及身而成，而是以產靈神的資格創造的。產靈神是生殖能力的象徵。又分爲二：一是創造神的神皇產靈神，一是創造宇宙萬物的高皇產靈身。所以主神雖是一人，創造及掌管的大權，雖屬於一尊，但屬下則有多神存在，所以一方面是多神的，一方面是一神的，有着多神一神兩重性格。神話是人類意識界的產物，沒有現實的材料，絕對創造不出來的。日本神道的一套神話，直到公元八世紀才成系統，究竟是由中國傳入？抑或日本原有的形態？現在尚無法考證。不過用神來象徵生殖，似乎是比較原始的信仰，而神亦分階級，則是由後世人以新社會意識裝潢而成的。

日本的神道是淵源於有生觀有靈觀的原則上，起始於精靈觀念，而歸結於人神同格觀念的宗教。而人神同格思想是在外來宗教傳入後，始行發達的。言其內容，神道的尊天事鬼，忠君仁民，上慈下孝，出恭入敬等等善惡去取的倫理思想，無疑的是學自儒家。將處世爲人的各種規準醇化於神道教義之中，似乎是神家所自有，實則來自儒家。習俗上關於災祥拘忌之說，審神、探湯、火刑等行爲，則原本於陰陽五行之說。神僧參禪，及由以物贖罪的祝呪轉向善緣廣結的修行，由現世教轉向出世教，乃是佛法給予日本近世神道的影響。日本在宗教方面的摹擬，拿外來事物充實自己生活的精神，有足多取者，至其教義不講善惡報應，而勵人清淨其靈魂和軀殼，以訓誡誠實爲宗教行爲，其義亦多有可取者。

以上我人已將日本神道的概念及其內涵予以略述介紹，玆將明治維新後，政府當局的宗教政策及國民的宗教信仰，分項敍述如下：

一、神道國教政策的確立與佛教勢力的衰微

以往的日本人都有着虔誠的宗教生活，那些文人學士固然要向佛或神頂禮，卽鄉村的愚夫愚婦，更望着佛神行事，無往而不以佛神爲歸。在德川時代，佛教的地位有如準國教，擁有種種特權，有名的寺院都

有廣大的寺院領地，其他寺院亦因有「入寺證書」制度，而擁有固定的施主。在經濟方面與社會方面，兩者境遇均佳。可是降及德川幕府中晚期，由於日本國學的研究，引起了「復古神道」說的興隆，國學派學者認爲日本古代社會的生活思想，都是神業，日本天皇是遵從神的命令，來統治日本國的，因此，國民應遵從天皇的意見，那些儒家學說或佛道等教，所講述的宇宙人生等事，都不過是賣弄小技巧小聰明，後世禍亂的開始，就是因爲這些異教的傳入之故。自國學派之排斥佛儒之論出現後，寺院僧侶逐漸遭受批評，如平田篤胤甚至於主張「排佛毀釋」、「皇道世界主義」。（註五三）

明治維新政府，雖然高唱「王政復古」，強調「神武創業精神」，自然也就想要恢復佛教輸入以前的神道，以實現所謂「祭政一致」的古制。早在慶應三年（一八六七年）十二月頒佈王政復古之論旨時，曾宣示「諸事基於神武創業之鴻基」，以爲施政的準繩。至於明治維新之所以採取「神武創業之精神」爲指導理念，乃採納平田派國學者玉松操的建議有以致之，餘如對於維新政府之有力的獻言者之國學者矢野玄道亦在其「獻芹詹語」一書力唱「祭政一致」論調。（註五四）於是明治政府於明治元年（一八六八年）正月設置神祇科，二月設置神祇事務局，逐漸推進神道國教政策。到了明治二年（一八六九年）改革官制時，設神祇官，其地位顯然高於太政官之上，至是實現了古代制度的復蘇。而此神祇官的設置，可說是基於排佛與神之主義的採取神道國教主義的劃時代措施。（註五五）

在所謂「祭政一致」的古制精神下，明治元年三月廿八日，頒佈了所謂「神佛分離令」，以禁止神佛的混合，其主要內容爲：①再興「神祇官」，全國「神主」（祭主）與「禰主」（神官）均應附屬於神祇官；②一向在神社中服務的「社僧」與「別當」之類，均應蓄髮；③以佛像作爲神體者，均應撤除；④廢除菩薩號、權現號，並除去本地垂迹的遺物。至是以往由僧侶管理神社的現象被廢止。此一「神佛分離令」的本意並非在於絕滅佛教，但當此「令」一頒佈後，種種謠言、誤解遂之發生，不但神社內的佛教因素和佛寺內的神道因素被除掉，甚且發生破壞佛寺、燒毀佛像經典、沒收寺領等所謂「廢佛毀釋」的運動，使一千多年來的佛教遭受空前的迫害浩劫。（註五六）根據報載，明治初年日本全國的寺院數目共達四十五萬九千四十所。（註五七）

維新政府雖然未積極地命令廢除佛教，但確曾非常積極地鼓吹提倡「神道」。繼「神佛分離令」之後，於明治二年（一八六九年）九月設置宣教使，開始教導國民的信奉神道教。明治三年（一八七〇年）正月頒佈「大教宣佈詔勅」，其內容略云：「朕恭惟，天神天祖，立極垂統，列皇相承，繼之述之，祭政一致，億兆同心，治教明于上，風俗美于下，而中世以降，時有汚隆，道有顯晦矣，今也天運循環，百度維新，宜明治教以宣揚惟神之大道也，因新命宣教使，布教天下，汝羣臣衆庶，斯體斯旨」。明治四年一月頒佈「社寺祿制改革」，不准寺社擁有私有土地，制定祿制，把寺祿減爲以往的四分之一。（註五八）明治四年七月，又頒佈所謂「大教趣旨書」，宣言「明治教，以宣揚惟神之大道」，並陳述「明人倫，敬神明，擁戴聖朝愛撫之盛旨」，至此不僅確立了「祭政一致」的本質，甚且進一步揭示出「政教一致」的精神，明白宣言基於神道之宗教、政治、道德之一致的立國精神。此一大教宣佈，固然在於宣示王政復古之精神啓蒙爲主要目的，但同時亦包含有對於基督教的對策在內。蓋明治三年三月，宣教使曾赴長崎從事浦上的基督教徒的教化工作，翌年十月右院的陳言曾云：「倘若從此放之不理，聽其自然，則隨着佛教之廢滅，耶穌教必逐漸興盛，或恐終有共和政治論之興起。因此，宣教使及佛教徒皆應防患未然」。申言之，政府當局恐懼廢佛毀釋之結果，倘佛教因之而衰滅，則必促成基督教的勃興，最後終必會引起共和政治運動。遂防患未然，於是乃有明治五年（一八七二年）的教部省（三月）及大教院（五月）的設置。事實上，演變至此，寺院自治的特權完全被剝奪，嗣後其行政的支配，移歸地方官的管理。抑有甚者，以往的所謂「宗門帳」亦於明治四年十月六日被廢止，而明治六年一月十九日又廢止僧侶的位階，明治五年四月准許僧侶食肉、娶妻、蓄髮的自由，把僧侶從以往的封建禁慾生活中解放出來。（註五九）

前述教部省及大教院的設立，其目的在於確立神道國教化的思想對策，此外又採取打破江戶時代的「檀家制度」方策。蓋在德川幕府末季，隨着國學神道的興隆，「佛葬祭」與「神葬祭」同時併行，但當時的德川幕府只准許神官及其嫡子舉行「神葬祭」，但自頒佈「神佛分離令」後，凡屬神官的家族皆准許行「神葬祭」，於是神官乃趁着「廢佛毀釋」運動，努力於普及「神葬祭」的推行，此一傾向對於欲促進神道國教政策的明治政府，乃求之不得的千載良機，於是在明治三年（一八七〇年）向九州的十藩發佈所謂「氏子調假規則」，繼之通令全國諸藩，要求所有人民應向氏神納付名簿。翌年（一八七一年）四月制定「戶籍法」，五月廢止德川時代的「宗門人別帳」，七月頒佈「諸國大小神社氏子調查規則」，命令全國國民至少應登記爲某一神社的信徒，至是神道國教化的制度算是獲得確立。

前述教部省設置之後，政府當局爲了推行神道國教政策，乃選任神官、僧侶、國學者、儒學者等擔任教導職，並頒佈所謂「三條之教憲」（佛教徒稱曰：「三條之教則」）確立了佈教方針。「三條之教憲」的內容爲：①尊奉敬神愛國之旨意，②辨明天理人道之大義，③奉戴皇上，遵守朝旨。此三條教憲實爲大教宣佈詔勅及趣旨書之內容的簡化。爲了協力政府的這一方針，佛教徒方面乃有明治五年五月由佛教諸宗本山連署請願設立上大教院（神佛合併之教導職養成所）之舉。於是乃以東京之芝增上寺做爲大教院。且把全國的寺院按其地區大小分爲中教院、小教院，動員全國僧侶，使其佈教「三條之教憲」。當時因禁止「三條之教憲」以外的法談，因此，佛教完全從屬於神道。抑有甚者，當時的維新政府爲使宗教成爲藩閥政府之政策的啓蒙、教導機關化，乃於明治六年（一八七三年）設定了教導職的任用考試及進級考試要目的所謂「十一兼題」及「十七兼題」，（註六〇）結果遂失去了信教自由的本義。

維新政府企圖以宗教做爲政治之工具的神道國教政策，終歸失敗。蓋那些不學無術的神官僧侶，當其宣傳「三條之教憲」時，不但未能收到預期效果，反而受到人民的嘲笑。尤有可笑之事，則那些光頂的和尚披上鬘衣，學打拍手而禮拜於神前等，其可笑噱頭，極其怪狀。而且奉祀於大教院的是天御中主神等三神及天照大神的四柱，與佛教徒並無任何關係，於是引起佛教徒的不滿，眞宗各派乃率先脫離大教院。兼之由於基督思想的傳入，提倡「信仰自由」，由「明六社」的同人展開論說，除了主張信仰自由外，甚且進一步以批評封建倫理、儒家道德。政府面對此一反對運動，雖欲堅決推行做爲絕對主義政治的思想支柱的神道，但由於大教宣佈運動本身之進展效果微少，於是不得不於明治八年（一八七五年）五月命令解散大教院，而承認神佛各自獨立的佈教自由，十月把教部省歸併於文部省，明治十年（一八七七年）完全廢止教部省將其掌管的事務移歸內務省。明治十五年（一八八二年）神官與教導職完全分開，神官屬於官而奉仕神社，主要從事於祖神及功業神的祭祀。教導職——卽神道教師，主要職責乃祭祀造化神而從事佈教，屬於神道十三派，（註六一）至此形成非宗教的神社與宗教的神道之對峙。降及明治十七年（一八八四年）政府乃下令廢止所有的神佛教導職。

佛教自明治初年受到排斥以還，至此已無法恢復以往的勢力，各宗派在各管長統率之下，採取自治形式，各自從事葬祭及佈教。後來由於歐化主義潮流的湧現，爲了和如潮水般湧入的基督教對抗，佛教與神道乃携手講究防禦的策略，往後並與國粹論者提携以排斥基督教。當時日本國內對於基督教的排斥甚爲狂烈，例如明治初年思想啓蒙的民權大師，福澤諭吉在其「西洋事情」（一八六六年）一書雖疾呼信教自由，政教分離，但到了明治十四年（一八八一年）之頃，站在國權主義的立場非難基督教云：「耶穌宗教的蔓延，對於後世子孫國權之維持，實爲一大障礙……我國之佛法，乃我國固有者，應使其無疵而保護之，並防止外教（按指基督教），努力期使無損於人民護國之氣力」。（註六二）餘如井上圓了常在佛教雜誌「明教新誌」發表文章，駁斥基督教的「六合雜誌」，提倡唯心哲學的佛教之優越性，並刊行「破邪新論」（一八八五年）、「眞理金針」（一八八六年）、「佛教活論」（一八八七年）的單行本，被奉爲佛教之寶典，極受一般佛教界所歡迎。

佛教徒除了與神道合作排斥基督教外，後來又與國粹論者提携以排斥基督教，降及中日甲午戰役前後，標榜國家主義，極力圖謀教勢之擴展。抑有甚者，戰後隨着日本帝國主義之向外發展，佛教徒亦努力向外地宣揚佛道，並從事社會救濟運動。例如眞宗、淨土宗、法華宗、禪宗等皆重視海外布教，傳道者的活動見及於中國、西伯利亞、馬來亞、爪哇及北美洲西海岸等地區。明治卅七、八年（一九〇四、一九〇五年）日俄戰爭之際，佛教徒的活動亦遍及於戰地，但戰後當個人主義、實利主義、自然主義等紛紛雜顯而使思想界呈顯未曾有之混亂時，佛教界已無能力在此混亂的狂瀾中給予人生信仰以一大援手的機能。

儘管佛教因受到明治初年「廢佛毀釋運動」的影響，而喪失其往昔光彩，但尚有些僧侶不惜精力，企圖挽回頽勢的教運，其中較著名者卽眞宗大谷派的僧侶境野黃洋及淸澤滿兩人。他們倆的運動似乎可稱曰「佛教近代化運動」，其目標乃欲把已變成天皇制宗教之隸屬地位的佛教使之振興復蘇，期能與獨佔資本主義形成期的日本社會的現實有所適應。可是此兩位僧侶所進行的方向，可說是距離太遠。境野於明治卅二年（一八九九年）組織「佛教淸徒同志會」（後改稱「新佛教同志會」），排擊政治權力的干涉宗教，想透過現實的社會問題，來實現佛教本來的精神。至於淸澤則於明治三十年（一八九七年）的教團改革失敗後，經過一段內心的苦鬥而到達深澈的宗教自覺，於明治卅四年（一九〇一年）開始提倡說明藉自己之內觀的絕對者（彌陀）之信賴的「精神主義」。他主張「如來（彌陀）的國家」優越於現實國家，堅持信仰第一，而此信仰必出諸內心的修養。此兩派的佛教近代化運動，很可惜的只限於知識階層而未能普及於一般國民大衆。不過淸澤和尙的運動精神到了第二次世界大戰後有「同朋會運動」，繼承其衣鉢，激烈展開運動。

二、基督教思想的流傳及其所受挫折

基督教之傳入日本是比較晚的近代，其最初的先導者當爲葡萄牙傳教師薩維爾（Francisca de Xavier），他是屬於對抗馬丁路德宗教政策的舊教徒——耶穌教徒，於一五四九年偕日人安治郞，由麻六甲航行赴日，於是年八月十五日駛抵鹿兒島，由薩摩藩主島津貴人獲得傳教的許可。自此以後，耶穌會派以外的傳教師亦相繼接踵渡來日本，至慶長初年（一五九六年之頃）全日本無處無教堂，而信徒據說超過了一百萬人，（註六三）基督教傳入日本的初期中，日本的國情，實爲新宗教弘法的好地方。蓋當時的佛教僧侶，酒食耽逐，恣意非行，引起了一般國民的嫌棄，反之耶穌會派的傳教師，都是極高潔俊秀的人才，他們的道德堅固，操行異常高潔，加之他們懷有日本一般國民所未知識的新學問（天文科學之類）。何況他們爲迎合日人所好，將「天國」叫做「極樂」，「冥府」叫做「地獄」，盡量使用佛教用語，徒步於各村落，高聲唱着動聽的歌曲，以引動聽衆。另方面，傳教師又以慈善事業來收攬人心，所以當時的人們，目覩這種情況，均曰：「誠佛菩薩出現此世，救世渡衆也」。（註六四）

由於基督敎是溝通日本與西方文化的唯一橋樑，故其初期傳入時，不但受到各地大名（諸侯）領主的歡迎，織田信長在世執政時，亦曾盡力予以獎勵維護。但自政權一握到豐臣秀吉手中，基督敎的進展便發生了阻礙。他繼承織田氏政權之初，對於基督敎的態度，亦頗爲友好，但迨至天正十五年（一五八七年）六月平定九州之際，他第一通令全國禁止基督教。其主要措施爲禁止傳道，驅逐傳教師，破壞敎會及教會學校，此外又將當時屬於耶穌會的領地之長崎改爲直轄市，對於信教的人們，予以嚴酷的處分，豐臣秀吉禁教的原因不一而足，但最大的原因完全基於政治的理由，蓋他認爲外國傳教師不僅致力於感化日本國民的精神，更進而抱有確立政權於日本國土上的傾向，同時又恐懼信仰基督教的諸侯，利用外人的關係，抵抗中央政府。德川幕府政權確立之後，亦因鑑於基督教勢力流佈之盛，恐懼西班牙、葡萄牙等國利用此基督教傳教之便，侵略日本，乃於慶長十七年（一六一二年）下令禁止基督教。至寛永十六年（一六三九年）完全禁止基督教的傳佈，採取鎖國政策。從此，日本直至德川幕府末期（十九世紀中葉）二百餘年間，幾乎完全處於與世隔絕的閉關自守的孤立狀態。（註六五）

明治維新之後，以往德川末期視基督教爲「邪教」的觀念，仍然無法消除，對於基督教的禁制政策仍然未解禁。蓋對於推行神道國教政策的明治政府而言，基督教信仰之自由，並非其所能忍受。當時日本雖採取開國方針，但以往的「外人夷狄觀」及「基督教邪教說」的觀念已牢不可拔，因此對於教徒採取殘酷的迫害手段。明治元年（一八六八年）三月十五日，政府發佈「基督教邪宗之禮儀應堅加禁制」的牌札，後雖因英國駐日公使柏克士的反對而採取稍爲緩和手段，但是仍然固持禁教政策。尤其是當慶應元年（一八六五年）三月，長崎浦上的天主教信徒約三千餘人，突然出現於長崎外人居留地的羅馬教會，公然告白他們自己是耶穌教徒。當時幕府頗爲吃驚，趕快採取應急處分，但不久之後，因政權歸依皇室——明治政府，而才不了了之。但明治政府對於此一教徒事件，於明治元年（一八六八年）四月遣木戶孝允前往長崎，將所逮捕的三千五百餘名教徒吩咐加賀、薩摩、尾張等廿一藩勸教徒們改宗，於是引起了英、美、法、德四國嚴重抗議。政府雖提出種種陳辯，但當時既然採取親善外交的開國方針，於是終於屈服，於明治三年（一八七〇年）三月，將浦下教徒三千五百餘戶全部赦免，飭其歸鄉，並給予費用，令彼輩置家耕田。這實在是明治維新後，日本基督教興隆的第一步。抑有甚者，明治四年中村正直著有「擬泰西人上書」，申論日本應採用基督教。並勸明治天皇受洗。

明治四年（一八七一年）岩倉具視等一行赴歐美考察途次，在美、法、比利時、德國等地皆受到當地政府或輿論界之責問日本何以迫害浦上教徒。例如意大利的報紙則不記述歡迎之辭，而代以登載日本迫害教徒記事，而比利時的首府之市民則包圍岩倉等一行的馬車，高叫「解放日本的基督教徒」。（註六六）至此岩倉等人發覺了欲修改條約則必須撤除對於基督教的禁令。明治五年（一八七二年）森有禮之著「日本的宗教自由」（Religious Freedom in Japan）一書，申論基督教信仰之自由，則係受到美國輿論非難日本之禁教政策刺激所致。因此，維新政府乃於明治六年（一八七三年）二月，命令撤除設在全國各地的禁止基督教牌示，並將此旨通牒各國駐日公使。

明治六年左右，歐美各國的傳教師來日者日漸見多，他們在各地設立教會，並且翻譯聖經、讚美歌。明治五年（一八七二年）三月，在橫濱的外人居留地的海岸，由十一名會員成立「日本基督公會」（後來改稱爲「日本基督教會」），乃日本人最初的教會。這些會員之大多數係富於精力的青年輩，他們對於外國傳教師脫口而出的日本話的傳教講道，感應極大。明治六年二月的撤除禁教牌示，只是默認基督教的信仰而非公認基督教地位。當時明六社同人等雖力倡「信仰自由，政教分離」，但政府的富國強兵主義及教育制度，對於基督教的自由傳道束縛重重。在明治十五年、六年（一八八二、一八八三年）歐化主義的時期，基督教雖見盛一時，但自明治二十年代（一八八七年）因國粹主義、國家主義之勃興，再受到迫害的苦難。尤其是自明治廿二年、廿三年，明治憲法及教育勅語頒佈之後，對於基督教的迫害更爲積極，致使基督教不得不與國家主義的道德觀念妥協。例如在中日甲午戰爭時，基督教徒遂有組織了「基督教徒同志會」，派遣軍隊慰問使前往戰地，採取一種「忠君愛國」的態度，以求取與保守主義及國家主義的妥協。在國粹論派抬頭之後，文學博士井上哲二郎等曾於明治廿五年（一八九二年）著文「論宗教與教育」於「教育時論」雜誌上，排斥耶穌教的道德與國家主義不符，根本與日本國民性不相符合，對於井上博士的論旨，基督教徒之中的本田庸一及橫井時雄二人亦著文加以反駁。於是井上博士又繼續在「教育時論」、「教育報知」、「日本教育雜誌」等廿多種雜誌上著文鼓吹排耶主義，餘如岡本監輔、內藤恥叟、杉浦重剛、井上圓了、村上專精、大內青巒、境野哲等諸氏亦紛紛著文排斥基督教。但諸教派之士，如橫井時雄、

高橋五郎、松村介石、小崎弘道、植村正久、大西祝等人亦紛紛在報章雜誌撰文力斥排耶主義論者的獨斷無知。（註六七）

明治初年以還，基督教之傳佈在日本雖受到挫折，但其對於日本文明開化貢獻之大，乃無容置疑的。蓋前來日本傳教的傳教師，他們的傳教事業與教育事業並重。他們最先開設家塾以教授學生，不久之後發展成為頗具規模的學校。著名者如費麗士和英女校（一八七〇年）、神戶女學院（一八七四年）、青山學院（一八七九年）、立教學院（一八八三年）、明治學院（一八八六年）、關西學院（一八八九年）等皆為著名的代表學校。至於日人所設立的基督教主義的學校則有新島襄的「同志會」（一八七五年）。以上這些基督教學校，對於西洋文化的輸入日本，曾經提供了重要的貢獻，同時其教育宗旨的人道主義、社會主義、人格平等的觀念，亦引起了知識分子和青年階層深厚的共鳴。

三、明治宗教的派流

明治維新以還，佛教與基督教在所謂「神道國教化」政策的排斥下，忍受苦難時，為了迎合維新政府的國家主義精神，乃有不少所謂「明治宗教」教派的興起。「神佛分離令」頒佈後，受此兩者影響最深的修驗道亦被禁止。修驗道乃以民間的山岳信仰為基礎而成立的特殊宗教，廣受一般國民的支持。（註六八）但此一宗教信仰雖於明治五年（一八七二年）被禁止，但做為民間信仰的山岳信仰卻無法使其斷根，這種信仰即使至今日，仍然被民俗所傳承下來。德川幕府末期以山岳信仰為母胎而由淵源於富士講的有「扶桑教」，並奉長谷川角行（一五四一－一六四六年）為其教祖，長谷川氏之實體行為雖曖昧不清，但扶桑教卻擁有衆多的信徒。同樣基於富士講而創立者另有「實行教」，它雖沒有多姿多彩的教義，但其本質乃傾向於精神主義的國粹主義。同屬山岳信仰之一支派之中，尚有崇奉信濃（長野縣）的木曾御岳之大神的御岳教。上述這些山岳信仰之所以盛行，實因當時社會的窮困性有以致之，一般農民在生活的煎迫下，只好找心靈上之寄託於山岳神明。（註六九）

天保九年（一八三八年）大和國（奈良縣）的山邊郡庄屋敷村（今之天理市）的沒落地主的主婦中山みき（一七九七—一八八七年）以貧苦大衆爲對象所創立的天理教，其教義主旨乃勸人拋棄一切現實的慾望及自傲心，人的一切乃天理王命之親神所賜借的，因此，人人應毫不吝惜地把一切財物奉獻給神，過着誠心誠意的生活，卽自可有幸福的日子。此天理教到了明治初年在奈良縣及大阪府一帶勢力逐漸伸展，明治廿一年（一八八八年）獲得政府的公認爲正式宗教，降及明治後期，被視爲教派之神道的一種，目前全日本有四百多萬信徒，其教勢尚且伸展到美國及巴西等國。

安政六年（一八五九年）由備前國（岡山縣）淺口郡大谷村（今之金光町）的富農川手文治郎（一八一四—一八八三年）所創立的「金光教」，其教義要旨乃人類應互相扶助勤勞，卽能獲得幸福生活。明治維新後，其勢力在大阪府方面的商人階層之間，獲得迅速的發展，降及明治卅二年（一八九九年）被公認爲教派神道之一派。此外尚有黑住教、禊教、神習教、神理教、修成教、佛立教、丸山講、蓮門教、大社教、大本教、德光教、生長之家、日蓮宗教教派的產生，這些宗教之所以能夠出現，乃反映當時明治時代日本社會的一面，蓋它們的教義莫不重視治療疾病，採用呪術以祈求貧民免於生病疾苦，甚且有的又以繁榮商業買賣爲宗旨，因此，皆能獲得部分信徒。這些宗派後來雖屢受政府視爲邪教而加以彈壓，但因有些宗派能附合時代潮流，迎合國家主義，甚至於軍國主義的色彩，以發揚所謂「皇威國教」。這些教派經過明治、大正、昭和初期，降及第二次世界大戰後，有些尚能存續下來，而以另一種面貌呈顯在日本國民面前，其中如創價學會便是尊奉日蓮宗者，惟那些在戰後尚有力量的上述教派，或多或少卻帶有國家主義色彩。茲將其情形例示之如下：

種類／時代	戰前	戰後
由下而上的國家主義型	（丸山講）初期天理教	創價學會
由上而下的國家主義型	天皇制宗教、諸國佛教、生長之家	生長之家
外向的國際主義型	新佛教同志會、大本教	大主教
內向的國際主義型	精神主義	同盟會
小市民的無關心型	一人道	天理教、PL教團、世界救世教、靈友會、佼正會

第六節　日本近代文學的演進

明治維新運動過程中，日本在文化面的至急要務就是要脫出以往的鎖國孤立狀態關閉性傳統文化，並且要由跟全世界的交涉往來以吸攝先進諸國的文明，來推行其急速的改革工作。因此，維新之後，門戶開放，於是歐美文化湧入日本，促進了文學的新氣象。維新以後的日本社會，在「四民平等」的觀念下，它可說是平民的社會。在這種平民社會裏，像精神生活、思想、倫理道德等都被規定於都市的、平民的性格裏去。隨着教育的普及，維新後的社會，在本質上，是個人要完全站在自由平等的立場用實力來競爭的社會，也是以無限的開發人性和促進發展人類文化、文明的人文主義的方向爲其根本的社會。於是直接擔負起促進文藝、文化之發展的重責的人，主要的是智識階級。另一方面，因本木昌造發明了活版印刷，使各種書籍雜誌等印刷文化，急速發達，不但使國民文化得以向上與普及，並且更能使思想和文藝大衆化。同時對文藝本質的自覺也加深，有近世文學氣味的戲作氣氛也除去了，所以人生目的之一的創作和評論也就興盛起來。又從文體 (genre) 上來看的話，西洋式的新詩之出現以及評論和批評成爲文藝部門的一環，並各自獨立，這是值得注視的。文藝思想的底流，當然是隨着資本主義的發展而來的個人主義、自由主義的思想，並且以尊重個性的尊嚴，以及自我的覺醒做爲它的基礎。近代文藝又要承認有人性的事物再將它深而廣的伸張出去來做其理念。可是因日本社會的後進性和其風土的環境致使日本近代文學的發展，不易除掉其封建的性格，致使近代精神的形成也就不充足。

從整個日本近代文學發展的歷程加以劃分，似可以明治四十年代（一九〇七年）前後做爲一個劃分界線，把近代劃分前後時期，前期之初廿年爲啓蒙時代，其後爲寫實主義時代，至於後期亦可分爲二部，則至大正時代（一九一二—一九二六年）爲止的近代文學成熟期爲上部，以社會問題與戰爭爲近代文學的苦惱及脫皮的昭和初期爲下部。今將循此年代的劃分爲序，將日本近代文學的演變情形，敍述如下：

一、明治時代的文學

日本明治維新時所建立的新文化，他們的唯一圭臬，就是歐美文化，所以促進日本近代文學進步的絕大勢力，也是歐美文化。明治初年的文學作品，率半描寫日本吸收西洋文化的各種情況，而以自由民權運動爲題材的政治小說，甚爲流行，不過論其藝術價值，尙屬微不足道。最初輸入日本的，以英美文化爲主，其後法德的文化也傳入日本。歐美各國的文學思潮，給日本的文藝界以很強烈的印象。在明治時代初期的文學界之士，有崇拜法國思想的中江兆民，有寢饋英國文學的坪內逍遙，有對於德國文學造詣甚深的森鷗外、北村透谷等諸人，又有傾倒於俄國文學的內田魯庵、長谷川二葉亭等，因爲有這些人物，明治維新以後的日本文學遂有迅速的進步。

啓蒙時代的明治初年，其急務一則乃要先從封建體制與思想的不合理掙脫出來，要從以往的傳統束縛裏面求取知識的和政治的解放，伸張各方面的自由及合理的精神，一則又因爲急於要脫離較先進諸國落後的狀態而形成平民社會，所以功利主義、實用主義、主知主義的風潮熾烈，舉國努力於西化。福澤諭吉便是當時鼓吹實學的第一位新知識啓蒙家，他的「西洋事情」及「勸學篇」等書，係站在功利主義的立場，用許多平易字眼提倡能資助生活向上的實用學，強調功利主義和實利主義，把文學視爲閒閑文學而排斥輕視，被稱爲明治初年之聖經的中村敬宇的「西國立志篇」，則論述稗官小說之有害於社會，其結果，在文學方面，祇能產生一些由近世末期延續下來的低級的娛樂性作品而已。例如假名垣魯文的「牛肉店雜談安愚樂鍋」（一名「奴論建」——略稱「安愚樂鍋」）、「萬國航海西洋道中膝栗毛」（略稱「西洋道中膝栗毛」）及「胡瓜遣」，河竹默阿彌的「三人吉三」及「十六夜淸心」，萬亭應賀的「聖人肝潰志」，三世柳亭種彥（本名爲高田藍泉）的「怪化百物語」等爲當時的代表作品。他們的作品雖都離開不了「文明開化」的範疇，但其內容只是將過渡期的市井狀態寫成社會欄報導式的文章而阿諛新時代的風潮而已，缺乏藝術的價值。到了明治第十年代（一八七七年），翻譯文學盛行，以介紹西洋風俗、人情，使人們知道西歐文學究竟是什麼東西，文學在新文化建設上應該要有怎麼樣的力量，所以這個時期的翻譯小說可以說在啓蒙運動方面盡了另一種使命。翻譯小說文中較著名的有小田純一郎所譯的「花柳春話」（英國 B. Lytton 原著），關直彥譯的「春鶯囀」（Disraeli 原著）、藤田鳴鶴譯的「繫思談」（B. Lytton 原著）、井上勤譯的「景夜物語」（卽「天方夜譚」）、渡邊溫譯的「伊曾保物語」（卽「伊索寓言」）、坪內逍遙譯的「該撒」（莎士比亞原著）等，這些都是純文學作品。此外，因爲「自由民權」思想發達，因此政治小說亦頗受歡迎，如戶田欽堂的「情海波瀾」（一八八〇年）可說是日本政治小說的嚆矢，（註七〇）餘如櫻田百衞的「自由洒錦袍」（一八八三年）、小室案外堂的「自由豔舌女文章」（一八八四年）、矢野龍溪的「經國美談」（一八八三—八四年連載）、東海散士（柴四郎）的「佳人之奇遇」（一八八五年起連載三年）、末廣鐵腸的「雪中梅」（一八八六年）及「花間鶯」（一八八七年起連載二年）、作者不詳的「鬼啾啾」（一八八五年）等，當時均頗爲有名。這些不外乎是由功利的觀點來利用文學而已。

把上述明治維新後至明治十年（一八七七年）的日本文學的特色加以要約之，可歸納爲二點：①缺乏固定的市民社會之文學的表現形式的新文章。②市民社會的文學理論尙未確立。（註七一）蓋因維新政府在「富國強兵，殖產興業」的目標下，並無餘裕時間來計劃準備新時代的文藝政策，而文藝，在無任何援助之下，不得不自力在無方針之下摸索。

到了明治二十年（一八八七年）前後，是日本在社會上及思想上的一個轉換期。隨着國內政情安定，以及思想界從盲目的歐化主義轉變爲國粹復古主義，有獨自性的新文化、純文藝創造的風氣逐漸形成，許多新時代的文學也應運而生。首開其端的是坪內逍遙（本名雄藏，以提倡新戲劇，介紹歐洲文學而飲譽，其一生最大功績是翻譯莎士比亞全集，花二十年時間才全部譯完）的文學論「小說神髓」。在這本書裏面，他不但否定了政治小說的價值，排除從來以文學做爲勸善懲惡之手段的功利的看法和文學是「解悶」的說法，主張世態人情的寫實爲具體的小說方法，說明文學具有獨自的目的，同時強調應該描寫人情和心理。總之在這本書裏面，他提出小說的內容應包括：①心裏描寫說，②客觀的態度說，③排斥主觀說，④非勸善懲惡主義，⑤爲人生的藝術等之主張。自此書問世，明治初年以來的小說，才脫離了「戲作」的範圍，把日本文學上的舊觀念，都一齊打破了。從此以後，「近代小說」的稱號，始受之無愧，當時只知做春水、馬琴的舊夢的，到現在都覺醒了，政治小說、翻譯小說的流行也停止了，於是是大家都動筆描寫實際的人情，力求留意現實的人生。「小說神髓」一書，救活了瀕死的明治文學。（註七二）此外他爲了表現他的文學理論起見，於明治十八年（一八八五年）發表另一部小說「當世書生氣質」，將其理論具體化。事實上，在他這本書尚留有舊文學的殘影，未能描出有個性的人。繼坪內逍遙之後，受其感化最深的爲二葉亭四迷（卽長谷川二葉亭），他著有「浮雲」、「其面影」、「平凡」等書。「浮雲」一書爲將坪內氏的小說理論更具體化的傑作，這是一部明顯而精巧地寫出作者對遷移的時代和環境的內面苦惱及動搖的好作品，而把缺乏實行力的知識人的近代性格和心理，經過自我分析而明刻出來。這部作品可以說是眞正的日本近代文學的嚆矢，同時，他開闢了「言文一致」的新文體。（註七三）四迷因精於俄文，因此曾翻譯屠格涅夫（Ivan S. Turgenev）於一八八八年發表的「幽會」、「邂合」兩篇傑作，此兩書之譯出對於自然描寫的筆致實在新鮮脫俗，開了後人觀看自然的眼光。山田美妙齋對於「言文一致」的新文體採用到小說裏面，功績亦多。

另一方面，因爲國粹復古思想的抬頭，文學界也產生了保存國粹的精神。硯友社一派人物（由東京大學預備科學生尾崎紅葉、石橋思案、山田美妙齋一派青年文所組織）發行機關雜誌「我樂多文庫」。響應元祿文學復活之聲，（註七四）主要作品內容多屬小說紀行、俳句等，展開多姿多彩的文學運動。此派健將之一的尾崎紅葉，其著作有「二人比丘尼色懺悔」（一八八九年）、「二人女房」（一八九一年）、「三人妻」（一八九二年）、「多情多恨」（一八九六年）、「金色夜叉」（一八九七年—一九〇二年）等風俗小說，用輕妙風雅的手筆使江戶趣味再生。其中「金色夜叉」一書是明治中期以來，最受日本國民歡迎的小說。他把江戶時期的趣味，用新的技巧加以描寫，瘋魔了當時的青年男女。與紅葉在明治廿年代有平分文壇之感的理想主義作風作家是幸田露伴（漢文學者，尤其對明淸文學頗有硏究），他的著作有「露團團」（一八八九年）、「風流佛」（一八八九年）、「五重塔」（一八九一年）、「對髑髏」（一八九〇年）、「緣外緣」（一八九〇年）、「辻淨琉璃」（一八九一年）、「寢耳鐵砲」（一八九一年）、「風流微塵藏」（一八九三年）、「有福詩人」（一八九四年）、「新浦島」（一八九五年）、「二日物語」（一九〇一年）、「雁坂越」（一九〇三年）等。他的作品富有一種武士道和儒家的精神與佛教的境地交織而成的諦念，是超世普通人情的，他是生活於封建道德觀念裏的過渡期的代表作家。尾崎紅葉及幸田露伴兩人在當時的文壇聲譽甚隆，因此自明治廿五年至卅年代初期這一段時間，世稱「紅露時代」。

與「硯友社」同時代之以德富蘇峯為首所組織的「民友社」的功績，對於當時文學的影響甚大。他們於明治二十年（一八八七年）刊行雜誌「國民之友」，使用的文字獨創一格，能將漢文得來的豐富的文字，巧妙應用，而以西文體為骨，成為一種歐化的文字。此派思想的一個共同特色，就是以基督教的博愛、平等為主，使許多青年受了烈強的影響。其著名之士，除德富外，尚有山路愛山、森鷗外、山田美妙齋、長谷川二葉亭、石橋忍明等人。「國民之友」的內容與後來的中央公論、改造、太陽、解放等雜誌一樣，對於政治、文學、宗教、社會等各方面加以新評論，並設文學欄，春夏二季增刊文學附錄，給當時的新進青年之士不少的方便而得在文壇上成名。文學附錄中所登的作品，如森鷗外的「舞姬」、坪內逍遙的「妻房」、幸田露伴的「一口劍」、桶口一葉的「別路」、北村透谷的「宿魂鏡」等，均有名於當世，足以點綴明治初期的日本文壇。

明治三十年代（一八九七年）開始，一般人追求人性和要求心情自由的解放，對於那些半封建性的風習、傳統有妥協之感的文字，覺得不夠味道，因此都想在藝術觀念中，試求得到被現實抑壓了的自我解放，於是個人主義、浪漫主義在文壇上得勢起來。例如高山樗牛以外國文學的眼光對於描寫日本狹小而現實的作品覺得不滿足，要求跟社會、人生有密切的關係的文學。他的思想由熱烈的國家至上主義出發，經過許多變化，終於受了尼采的影響，提倡極端的個人主義。不過他的一貫的自我至上的主張，可以說是對半封建思想的強力抗議。當時浪漫主義文學派之代表作家泉鏡花的「風流線」（一九〇三年）、小栗風葉的

「沼之女」（一九〇一年）、德田秋聲的「春光」等皆受到尼采思想影響，排斥向來的宗教、道德，站在極其率直的自我本能主義立場來考察人生，在文學上開創了一新紀元。

中日甲午之戰，這次戰爭是日本國民把其視爲決定國運的關鍵，結果中國吃了敗仗，日本人則直步青雲，他們得了大宗賠款，拿去用在國家的建設事業上面，國民生計較有餘裕，所以影響到文學。於是戰後的日本出版界，文學雜誌像春筍一樣的崛起，較著者有帝國文學、太陽、文藝俱樂部、覺醒、新小說、世界之日本、新著月刊、青年友、日本主義、江湖文學、新聲、小天地、中央公論、關西文學等。這些定期刊物的出現，固然促進了新文藝的發達，同時亦獎掖了不少後進作家。由於當時個性解放的要求甚囂塵上，所以此時的小說、戲曲、新體詩、短歌、文藝評論等都帶着濃厚的浪漫主義色彩，也是寫實主義的過渡時代。此派的先驅者是北村透谷及森鷗外，鷗外主持「しがらみ草紙」，透谷利用「文學界」雜誌，提倡要求自我解放和人格自由，以近代的思索和趣味爲其生活，講述自我擴大，藝術內部的生命，叫喊文藝的自律並力倡要把戀愛移到自然的位置，成爲新文學的胚胎。女作家樋口一葉寫有「濁杨」、「比高低」等小說，以思春期的少女爲對象，在性格描寫方面，發揮了無比的手腕。餘如硯友社系之泉鏡花的「夜行巡查」、「外科室」，山上眉川的「書記官」、「表裏」，廣津柳浪的「變目傳」、「黑蜥蜴」等小說，皆係不滿現實而求理想的生活，帶有濃厚浪漫主義文學意味。明治三十年代之文學的特色，係近代的自我，已普遍地浸透於廣大國民層之間，同時，一部分的文學者已注意及於社會的黑暗面，基督教及社會主義已在國民之間奠植了根元。（註七五）

自明治三十年代（一八九七年）末期起，日本的資本主義因甲午戰爭而漸至完成近代國家和近代社會的體制，可是隨着資本主義的發展，社會與個人的對立也逐漸地浮化，再因深刻的現實問題之頻發，社會主義思想也慢慢地滋生。如此日本近代化的進行，需要同時解放目前還殘存的封建事物以及隨着資本主義的發達而產生的各種矛盾。以這種要求強力的現實精神的社會狀態爲背景，浪漫主義便窒息衰退，而自然主義的文藝思潮就急速地成長而開花了。此自然主義，自明治三十年代末期起，經明治四十年代，而大正年代至昭和初年，成爲日本文學的潮流。自然主義的運動在明治卅四、五年左右（一九〇一、一九〇二年）漸漸地萌芽，在小栗風葉、小杉天外、國木田獨步、永井荷風等人的作品裏可以看到其影像。可是自然主義展開了強烈的文學運動，還是在明治卅九年（一九〇六年）以後的事情，島崎藤村、田山花袋、德田秋聲、正宗白鳥、岩野泡鳴等人先後競起，這些人之中比較著名的作品有島崎的「破戒」（一九〇六年），田山的「蒲團」（一九〇七年）及「田舍教師」（一九〇九年），德田的「足跡」、「黴」（一九一一年）、「粗魯」（一九一五年）、「仍是未解決」（一九二五年）、「還回元枝」（一九二六年），正宗的「何處去」（一九〇八年）、「五月幟」（一九〇八年）、「入江畔」（一九一四年）、「人生的幸福」（一九二四年），岩野的「神祕的半獸主義」（一九〇六年）、「耽溺」（一九〇九年）、「放浪」（一九一〇年）、「益地」（一九一三年）等。至於長谷川天溪則著有「幻滅時代的藝術」（一九〇六年）、「現實暴露之悲哀」（一九〇八年）、「無解決與解決」（一九〇八年）等書，以支持自然主義的理論基礎，主張否定權威，拋棄科學。不過上述的自然主義小說是缺乏以一般社會的擴展爲基礎的觀念，始終於專以個人主要內面眞實的分析。所以雖然對古有道德和傳統有所破壞，但卻缺乏更深的追求力和作成新東西的意欲。

跟着自然主義運動之後不久，反自然主義運動也起來了，此派文學，一言以蔽之，可稱曰「知性之文章」，是屬於所謂理智主義。此派的先鋒作家是永井荷風，他感覺到要使人生走向更好的努力或改善人生是無力的。他雖然對周圍有幻滅，對自己本身卻沒有幻滅和懷疑。他用着對過去的追憶和憧憬更換對現代的不滿及厭惡。他的主要著作有「談法國風物」（一九〇八年）、「談美國風物」（一九〇八年）、「おかめ笹」（一九一八年）等。餘如泉鏡花、後藤宙外、登張竹風、笠川臨風等則組織「文藝革新會」，進行反自然主義運動，惟成效不大。此外森鷗外與夏目漱石也是此派健將，他倆的文學是「知性的文學」，是站在反自然主義的立場，既不和耽美思潮同調，又能持着倫理的理智的作風及內容以描畫豐富的人生。他們對當時的文壇雖沒有多少的直接交涉，但是對後代的思潮和文藝給予很大的直接影響。鷗外的「阿部一族」（一九一三年）、「大鹽平八郎」（一九一四年）、「高瀨舟」（一九一六年）、「興津彌五右衞門之遺書」（一九一二年）、「山椒大夫」（一九一五年）、「祖父祖母」（一九一五年）、「澁江抽齋」（一九一六年）、「伊澤蘭軒」（一九一六—一七年）、「北條霞亭」（一九一七年）等作品是取材於歷史而對當時的世相加了他自己解釋的作品，成爲後來的「主題小說」的首魁。他的歷史小說獨特的價值是在於從社會風俗面追求倫理或道德所具有的意義，並且清楚地認識社會個人的關係，不迷失歷史冷酷嚴峻的客觀性。夏目的作品主要的爲「我輩是貓」（一九〇五年）、「小寶寶」（一九〇六年）、「草枕」（一九〇六年）、「二百十日」（一九〇六年）、「野分」（一九〇七年）、「虞美人草」（一九〇七年）、「坑夫」（一九〇八年）、「三四郎」（一九〇八年）、「門」（一九一〇年）、「過彼岸爲止」（一九一二年）、「行人」（一九一二—一三年）、「道草」（一九一五年）、「明暗」（一九一六年）等，他的作品已能理智地分析並且別出近代人利己主義及自我主義的心理，他所追求的對象是智識分子、精神上的貴族等人的內面生活，跟自然主義的感覺，肉體的各面成爲顯著的對照。他的作風給予自大正期的理智主義文學至昭和初期的心理主義文學有很大的影響。

二、大正時代的文學

明治末期盛行一時的自然主義文學，進入大正初期，由於在思想上、文藝上有了一種四海爲家的國民和世界思想同感、協調的形勢的產生，因之促進了自由主義機運的高漲，在人類生活中求取精神的力量和光明，相信個性的尊嚴，自我至上的價值，於是產生了注重自我確立與個性發展的新理想主義（又稱人道主義）來。這一派因刊行機關誌「白樺」故又稱爲「白樺派」，該派的代表性作家有武者小路實篤、有島武郎、志賀直哉、長與善郎、里見弴等，他們多屬學習院出身的貴族子弟，「白樺」雜誌創刊於自然主義盛行時的明治四十三年（一九一〇年），但其活潑的動向則在進入大正時代之後。白樺派作家最初受了托爾斯泰的影響，以愛和平、無抵抗做爲標語，其思想是排斥以爲感覺的、物質的東西才是唯一的現實這種想法，並且認定這些後面運動的生命才是深刻的現實。他們的文學運動以人間愛爲基調，相信如今「自我已是尊嚴的」，而且個性的全面發展就是貢獻人類和使宇宙豐富的事情。「正義和愛」就是此派的口號。武者小路實篤爲白樺派的領導者，他的作品有思想及人生觀的形象化的風趣，並且充滿着肯定自己的意欲，明朗又清淨，筆調樸實無華，卻甚富調和之美，其代表作戲曲有「妹子」（一九一五年），長篇小說有「幸福者」（一九一六年）、「友情」（一九一六年）等。志賀直哉的作品冷靜、敏銳，別具哀感，長篇作品有「和解」（一九一七年）、「暗夜行路」（一九二一年—三七年），短篇作品有「留女」、「荒絹」、「十一月三日午後的事」、「光夜」及「大津順吉」等，其短篇作品，堪稱爲近代心境小說的最高峯，餘如長與善郎的「盲目之前」、「項羽與劉邦」（戲曲），有島武郎的「該隱的末裔」、「死與其前後」、「宣言」，里見弴的「善心惡心」、「多情佛心」、「多管閒事」、「今年竹」及「安城家的兄弟」等皆爲名著。其餘如岸田劉生、千家元麿、尾崎喜八、高村光太郎、高田博厚、倉田百三等亦都屬於白樺派的作家。此外由永井荷風、谷崎潤一郎等人代表的所謂市井文學，確立了新的庶民的文學，在當時亦爲一樁值得注意之事。

本來信奉理想主義的白樺派作家，深信個性的自由伸張及自我的完全發展便是「善」，可是到了大正中期以後的作家，對這種信念卻持有不同的看法，懷疑白樺派的信念是否正確。此派以「新思潮」雜誌爲中心故被稱爲「新思潮派」，又被稱爲「新理知派」或「新技巧派」或「主張小說派」。這一派作家知道正義和人道不一定是從美麗的人道主義生活、情感產生，有時也會從利己排他的感情產生。於是不僅要在表面上的美和偉大的裏面探索醜惡卑鄙的事物，同時又要在醜惡卑鄙的反面尋找着美麗和偉大。這種逆說的眞理發現他們要把人生的某一方面割下來加以主觀的解釋，採取心理、理智的手法。於是他們對於人間悲苦的事情就敬而遠之了，而對於古人古事用近代眼光去解釋的次要問題，便成了文學主要的目的。此派作品雖然巧妙，卻缺乏強大的意志力和雄壯的構成。此派主要代表人物及其作品有芥川龍之介（「傀儡師」、「羅生門」、「地獄變」、「戲作三昧」、「河童」、「某傻瓜的一生」、「蜃氣樓」、「齒輪」），菊池寬（「忠直卿行狀記」、「花學事始」、「父歸」、「無名作家之日記」、「恩讎之彼方」、「啓吉物」、「藤十郎之戀」、「時之氏神」、「眞珠夫人」、「第二之接吻」、「東京進行曲」），久米正雄（「牛乳店的兄弟」、「阿武隈心中」、「學生時代」、「破船」、「天與地」），山本有三（「女親」、「津村教授」、「殺害嬰兒」、「坂崎出羽守」、「同志之人們」、「波」、「風」、「女之一生」、「眞實一路」、「路傍之石」），豐島與志雄（「湖水與波等」、「野生」）等。

受新浪漫主義的影響，而與永井荷風、谷崎潤一郎等有血脈關連，且傾向於現實主義的有久保田萬太郎、水上瀧太郎、佐藤春夫、室生犀星等浪漫主義的作家羣。他們的作品具有空想、浪漫的氣味，但在另一方面卻爲極有理知的。

至於葛西善藏、廣田和郎、谷崎精二、相馬泰三、宇野浩二、吉田紘二郎、三上於莬吉、細田源吉、細田民樹、黑田三郎、宮地嘉六等以「奇跡」雜誌爲中心的所謂「新早稻田派」，他們是在自然主義強烈影響下育成的一羣人。他們的作品別具風格，因此被稱爲「私小說派」或「心境小說派」。蓋他們的作品差不多是身邊雜事的小說，但是沒有自然主義作家那樣陰暗的慘味，每亦描出了暗淡、孤獨和貧窮的生活的現實社會的眞情。

此外受了大正初期昂揚的民主主義思想所觸發而產生了宗教文學。在白樺派之中對於宗教懷有關心的有島武郎、武者小路實篤等的作品中，早已有基督教思想的題材及內容，但眞正堪稱爲宗教文學的第一位作家是倉田百三。他的作品中的「出家與其弟子」（一九一六年）、「俊寛」（一九一八—一九年）、「布施太子之入山」（一九二〇年）等戲曲，其材料多屬佛教事跡，但其思想背景已含有基督教及人道主義思潮，和時代風潮能表裏一致。餘如江原小彌太的「新約」（一九二一年）、吉田紘二郎的「大地之果」（一九一九年）等亦屬於宗教文學作品。

此外自大正中期開始，乘着新聞事業之發達和大衆讀書興趣的提高，有所謂大衆文學及兒童文學產生。大衆文學可分爲大衆小說、通俗小說及偵探小說三種。大衆小說一般概念皆把其視如歷史小說，此派之代表作有中里介山的「大菩薩峠」（一九一三年開始連載於「都新聞」），大衆小說作家有白井喬二、大佛次郎、直木三十五、林不忘、吉川英治等人，白井的「站在富士之影」、大佛的「鞍馬天物」、直木的「南國太平記」、吉川的「太閤記」及「宮本武藏」等皆爲膾炙人口的傑作。通俗小說又稱爲家庭小說，其代表作有久米正雄的「螢草」、菊池寬的「眞珠夫人」（新聞所連載者），偵探小說的作家有甲賀三郎、大下宇陀兒、橫溝正史、江戶川亂步等人。至於兒童文學是在明治時代已由巖谷小波所開拓，迨至大正七年（一九一八年）鈴木三重吉創刊「赤鳥」興起童話運動以來童話文學始走運發達。其作家除小川未明、久保田萬太郎、宇野浩二、豐島與志雄、芥川龍之介、佐藤春夫等新現實主義作家之外，尚有坪田讓治、濱田廣介、富澤賢治等人。

三、昭和初年的文學

日本國內，隨着資本主義社會的成熟，早在勞資問題所對立的基礎上已發生了社會問題。這種趨勢從大正中期前後逐漸高漲，而且「民衆」這句話跟着社會主義思想以及無政府主義思想的發達，變成「勞動者」一語，自大正末期踏上了實踐政治運動，無產政黨組織等之道路發展。在文藝運動方面也與此互相配合，從大正八、九年（一九一九、二〇年）左右，一般根基於社會主義思想的評論力量抬起了頭來。小牧近江、金子洋文、今野賢三、村松正俊、佐佐木孝丸等人於大正十年（一九二一年）十月創刊了雜誌「播種人」，成爲普羅列達黎亞(Proletariat)文學論的中心，除了上述諸人外，如加藤一夫、前田河廣一郎、長谷川如是閑、平林初之輔、青野季吉、有島武郎、山田清三郎、神近市子等人亦曾利用該雜誌發表文章言論。當時的左翼雜誌尚有「文學世界」（一九二一年創刊）、「新興文學」（一九二一年十一月創刊）。可是將要隆盛的社會主義系統的文學運動，卻因大正十二年（一九二三年）九月的關東大震災，傳說是社會主義的韓國人放火所引起，造成了近世罕見的大災禍，於是大衆憎恨社會主義，因之普羅陣線被彈壓而終於一時衰退下來。但「播種人」的同仁又於翌年（一九二四年）六月創刊「文藝戰線」雜誌，因此普羅文學再見萌芽，翌年（一九二五年）十二月便成立了「日本普羅文藝連盟」，當時普羅文學的代表作品有中西伊之助的「萌芽於赭土之物」，江口渙的「戀與牢獄」，尾崎士郎的「逃避行」，前田河的「三等船客」及「大暴風雨時代」，金子洋文的「地獄」，新井紀一的「燃燒的反抗」，今野賢三的「在闇中發悶」等。

「日本普羅文藝連盟」成立後，由於政治理論和藝術理論的對立，內部發生抗爭與分裂，昭和元年（一九二六年）十二月連盟清算了所謂左翼文藝家總連合的共同戰線，確立了以馬克斯主義爲文運中心，改稱「日本普羅藝術聯盟」，內部分設文學、演劇、美術、音樂等四部。該聯盟以「戰旗」爲其機關雜誌，闡明其急進的左翼文藝的方向。另一部分採取社會民主主義方向的普羅作家，於昭和二年（一九二七年）六月退出「日本普羅藝術聯盟」，另組「勞農藝術家聯盟」，以「文藝戰線」爲機關報，其中堅作家有藤森成吉、青野季吉、林房雄、藤原惟人、前田河廣一郎、村山知義、山田清三郎等人。至於「日本普羅藝術聯盟」亦創刊「普羅藝術」，以中野重治、鹿地互、久板榮二郎、谷一、佐野碩等爲幹部人物。這些聯盟嗣後由於內部思想意識之對立而時有分裂，甚至於形成許多派系，例如「勞農藝術家聯盟」內部因馬克斯主義者與左翼社會民主主義者之間發生對立，昭和二年（一九二七年）十一月馬克斯主義者乃退出而組織「前衛藝術家同盟」，創刊機關誌「前衛」，至是遂使日本普羅藝術運動分成三派。昭和三年（一九二八年）的三・一五事件之後，「日本普羅藝術聯盟」與「前衛藝術家聯盟」乃於是年三月合併組成「全日本無產者藝術連盟」，並將兩派之機關誌「普羅藝術」及「前衛」合併爲「戰旗」。昭和三年十月爲統一各自獨立的普羅文藝團體乃組織了「全日本無產者藝術團體協議會」，其屬下分設「日本普羅作家同盟」、「日本普羅劇場同盟」、「日本普羅美術家同盟」、「日本普羅音樂家同盟」及「日本普羅電影同盟」。昭和四年（一九二九年）十月又創立了「普羅科學研究所」，翌年（一九三〇年）九月組成了「新興教育研究所」，昭和六年（一九三一年）又有「日本普羅文化聯盟」的產生。當時小林多喜二的「一九二八年三月十五日」及「蟹工船」，德永直的「沒有太陽的街道」（以上三書均爲昭和四年所出版）爲普羅文學的名著，廣受讀者所歡迎，而普羅劇團亦吸引了不少觀衆，甚至連表現了左翼意識形態的電影亦應運而生。

普羅文學派雖樹立「所有的個人問題也都應該用社會的觀點來看」的新文藝理論，但此派作品常陷於觀念主義的現實認識，有時又會以「政治的優位性」來強調政治的觀點，以致不能深刻的探討人性。普羅文學自九一八事變以後，在軍國主義的少壯派軍人得勢之後，遂被彈壓，因此到了昭和九年（一九三四年），普羅文化組織便潰滅了。

茲將昭和初期普羅文學及作家系統列表如下：

普羅文學家

- 文戰派
  - 小說
    - 前田河廣一郎、葉山嘉樹
    - 金子洋文、平林左八子
  - 評論—平林初之輔、青野季吉
- 戰旗派
  - 小說
    - 藤森成吉、小林多喜二
    - 德永直、宮本百合子
  - 戲曲—村山知義、久板榮二郎、久保榮
  - 詩—中野重治、壺井繁治
  - 評論—藤源惟人

昭和初年的文學，除了上述普羅文學運動外，在既成文壇方面，菊池寬、久米正雄等人創刊了雜誌「文藝春秋」，來回答上述的普羅文學運動，主張「藝術本身並無階級」，以對付左翼作家。但另有一部分作家如橫光利一、川端康成、中河與一、岸田國士、片岡鐵兵、十一谷義三郎等卻於大正十三年（一九二四年）十月創刊了「文藝時代」雜誌，形成了所謂「新感覺派的文學運動」，此派的目標在於否定由私小說、心境小說所代表的既成文壇。在這一點言可說和普羅文學是有共同的目的。新感覺派的精神是根據虛無的東西的，在具體的創造已經對人類的創造灰了心之下，想把人類從生活意識切離，申言之，也就是要

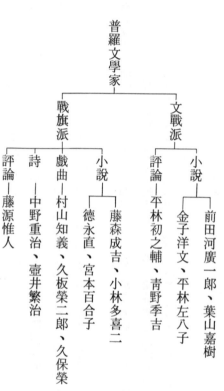

從感覺上和知識上將跟着近代社會的高度化而被解體去的自我與現實意思化的運動。不過這個運動在手法上的確帶來了變革，實行了在近代前期所看不到的知性的整理，有了主知的和構成的技術，並且在大體方面也給當時的文壇上帶來了新的風氣。

新感覺派隨着「文藝時代」的解散（一九二七年）之後，成爲各人的個性活動了。當時以中村武羅夫、加藤武雄、阿部知二、井伏鱒二等爲中心，提出反馬克斯主義文學的意見，形成了所謂「新興藝術派」，他們的目的是想把社會的消費生活及頽廢的文化面，依照浮動不定的活生生的現實描寫出來。這個文藝運動對於那些受了普羅文學的壓迫而失去了活動力的中堅作家，經由藝術性的高揚而給與刺激，養成了東山再起的活力。

此外尙有所謂「新心理主義文學」運動，這是由在研究廿世紀文學的新手法之伊藤整、堀辰雄等人所推動的，成爲在技術方面能將昭和文學和它以前的文學區別出來的一個界限。這事實上是在一些歐美新作家如普魯士德（Marcel Proust ——法國心理小說家）、卓以士（James Joyce——愛爾蘭的現代心理分析小說的泰斗）及柯古德（Jean Cocteam ——法國詩人、小說家）等人的影響之下出現的文學運動。他們的特色是要細微的探討人類心理構造，視物質爲精神的影子。

註釋

註一：參閱拙著：「日本文明開化史略」第十六章、二十章及 The International Society for Educational Information Inc. 出版的 Japan and Western Culture, 1964.

註二：參閱丸山眞男著：「日本の思想」八―一七頁。

註三：參閱高山樗牛著：「明治思想の變遷」明治三十年史總論「樗牛全集」第四卷二三七及二六一頁。

註四：參閱筑摩書房：「近代日本思想史講座」IV知識人の生成と役割一七一頁。

註五：奈良本辰也、前田一良著：「近代國家の成立」九八頁。

註六：奈良本辰也、前田一良前揭書一〇一―一〇二頁。

註七：鹿鳴館係一八八三年（明治十六年）於現在的東京都千代田區內幸町之山下門內所建築的洋式建築物，在當時以最美麗豪華誇稱，和井上馨外相的條約改正交涉互相配合，做爲一種社交俱樂部，由政府高官貴紳招待外國人，召開園遊會、舞蹈會及慈善會等，產生了所謂「歐化主義」風潮，後來因受國粹主義者輩之非難攻擊，因此於一九〇四年（明治三十七年）被撤除。

註八：時野谷勝、秋山國三著：「現代の日本」一四六頁。

註九：時野谷勝、秋山國三前揭書一四七頁。

註一〇：讀賣新聞社編：「日本の歷史」⑿世界と日本一五一―一五二頁。

註一一：讀賣新聞社前揭書⑿一四七頁。

註一二：林茂著：「近代日本の思想家たち」一〇九―一一〇頁。

註一三：吉野作造博士的民本主義思想請參閱林茂前揭書第三章。

註一四：關於日本大正末期勞動者踏上了實踐政治運動及無產政府組織等路的情形詳閱拙著：「日本政黨史」第三章社會主義政黨出現的序幕。

註一五：明治元年太政官日誌八九頁。

註一六：鳥巢通明著：「明治維新」二一五頁：讀賣新聞社前揭書⑽明治維新二二〇頁。

註一七：筑摩書房：「近代日本思想史講座」IV知識人の生成と役割二七六頁。

註一八：讀賣新聞社前揭書⑽二二一頁。

註一九：讀賣新聞社前揭書⑽二二一—二二二頁。
註二〇：笠信太郎編：「日本の百年」二一三—二一四頁。
註二一：笠信太郎前揭書二一四頁。
註二二：參閱筑摩書房前揭書一七九頁。
註二三：讀賣新聞前揭書⑽二二五頁。
註二四：時野谷常三郎著：「日本文化史」第十二卷明治時代二八六頁。
註二五：參閱大隈重信編：「開國五十年史」上卷；西園寺公望著：「明治教育史」。
註二六：大久保利謙著：「日本の大學」三〇五頁。
註二七：時野谷常三郎前揭書二九二頁。
註二八：奈良本辰也、前田一良著：「近代國家の成立」一五一頁。
註二九：笠信太郎前揭書二二二—二二三頁。
註三〇：參閱筑摩書房前揭書二一六—二一九頁。
註三一：參閱筑摩書房前揭書二二三—二三三頁。
註三二：明治四年（一八七一年）第一批女留學生爲吉益亮子（十五歲）、山川捨松（十二歲）、上田貞子（十五歲）、永井繁子（十歲）及津田梅子（八歲）等五人。
註三三：參閱笠信太郎前揭書二二七—二二八頁。
註三四：讀賣新聞社前揭書⑽二二三頁。
註三五：岩波書店：「日本歷史」⒂近代⑵二六五頁。
註三六：International Society for Educational Information Inc.; Understanding Japan (Bulletin No. 11), p. 49.
註三七：讀賣新聞社前揭書⑽二二三頁。

註三八：International Society for Educational Information Inc.; Understanding Japan (Bulletin No. 11), pp. 49-50.

註三九：Ibid., p. 50.

註四〇：讀賣新聞社前揭書⑾明治の日本二六九頁。

註四一：讀賣新聞社前揭書⑾二六九頁。

註四二：參閱時野谷常三郎前揭書三三四頁。

註四三：參閱星野文著：「史學會沿革略」一文（載於史學雜誌第廿一篇第一號）。

註四四：讀賣新聞社前揭書⑾二七三頁。

註四五：西村眞次著：「日本人はどれだけの事をして來たか」三九頁。

註四六：太政官修史館編纂：「明治史要」（上）二一三、二四三、二五五、二五八頁。

註四七：讀賣新聞社前揭書⑽二三〇頁。

註四八：讀賣新聞社前揭書⑽二三四頁。

註四九：讀賣新聞社前揭書⑽二三〇頁；岩波書店：「日本歷史」⒂近代⑵二七五頁。

註五〇：松村保二著：「大隈侯昔日譚」九〇頁。

註五一：讀賣新聞社前揭書⑽二三〇頁。

註五二：松村保二前揭書八〇頁。

註五三：白柳秀湖著「國難日本史」一六三頁。

註五四：奈良本辰也、前田良一前揭書一二七頁。

註五五：時野谷常三郎前揭書二四〇頁。

註五六：在全國廢佛毀釋運動中，最激烈的地方爲松本、富山、薩摩、隱岐、佐渡等地方，其中富山藩把藩內總數一、六三〇餘所寺院的以各宗派一寺爲準，加以歸併，全藩限定只准八寺存立，並以武力威嚇，在一日之內完成了轉移合併。又隱岐則把全島的寺院破壞，令僧侶全部還俗，對於不願還俗者則把其逐出島外，算是最激烈的舉動。

註五七：遠近新聞慶應四年（一八六八年）五月卅日（引自加田哲二著：「社會史」一一二頁）。

註五八：參閱加田哲二前揭書一一五—一一六頁。

註五九：參閱加田哲二前揭書一一七—一一八頁。

註六〇：明治六年（一八七三年）教部省所制定的所謂「十一兼題」及「十七兼題」的內容如下：

十一兼題：神德皇恩之說。人魂不死之說。天神造化之說。顯幽分界之說。愛國之說。神祭之說。鎮魂之說。君臣之說。父子之說。夫婦之說。大祓之說。

十七兼題：皇國國題。道不可變。制可隨時。皇政一新。人異禽獸。不可不學。不可不教。萬國交際。國法民法。神法沿革。租稅賦役。富國強兵。產物整物。文明開化。政體各種。役心役形。權義義務。

註六一：所謂「神道十三教派」乃神道、黑住教、修成派、大社派、扶桑教、大成教、實行教、神習教、御嶽教、禊教、神理教、金光教、天理教。

註六二：奈良本辰也、前田良一前揭書一三四—一三五頁。

註六三：拙著：「日本文明開化史略」一五二頁。

註六四：參閱拙著前揭書一五〇—一五二頁。

註六五：參閱拙著前揭書一五三—一五六頁。

註六六：奈良本辰也、前田良一前揭書一三七頁。

註六七：參閱時野谷常三郎前揭書二六三—二六四頁。

註六八：參閱讀賣新聞社前揭書(9)鎌倉武士二四七頁。

註六九：關於山岳信仰參閱岩波書店；「日本の歷史」⒂近代(2)二九三—二九五頁。

註七〇：時野谷勝、秋山國三前揭書一五九頁。

註七一：笠信太郎前揭書三二八頁。

註七二：謝六逸著：「日本文學」一〇八－一〇九頁。

註七三：笠信太郎前揭書三三〇頁。

註七四：所謂「元祿文學」，即德川幕府中期元祿時（一六八八－一七〇三年）的昇平時代所盛行的文學－－浮世草紙體小說。以寫實見長，尤善於性慾描寫。其代表作家爲井原西鶴。

註七五：笠信太郎前揭書三三五頁。

主要參考書目（傳記及自傳類之參考書籍省略不載）

一、中文

戴季陶著：日本論　民國四十三年（中央文物供應社）
陳博文著：中日外交史　民國十八年
大隈重信等著：開國五十年史（中譯本）　萬有文庫
高天原譯：政界二十年　民國三十七年
陳固亭著：國父與日本友人　民國五十四年
陳固亭等譯：明治維新史　民國五十六年
王芸生編著：六十年來之中國與日本　民國廿一年
陸奥宗光著
王　仲　廉譯：日本甲午挑戰史
蔣堅忍著：日本帝國主義侵略中國史　民國十九年
龔德柏著：汪兆銘降敵賣國祕史　民國五十二年
滿洲國外交部編：滿洲建國史

李執中著：日本外交史　民國廿一年
張其昀著：中華民國史綱（共五冊）　民國四十七年三版
梁敬錞著：九一八事變　民國五十七年
國民革命軍第一集團翻印：日本田中內閣奏請施行對中國及滿蒙積極政策之密摺　民國廿一年
劉彥原著李方晨增補：中國外交史　民國五十一年
劉彥著：歐戰期間中日外交史　民國六十二年
傅啓學著：中國外交史　民國四十九年再版
黃正銘著：中國外交史　民國四十八年
吳相湘著：第二次中日戰爭史　民國六十二年
高蔭祖編：中華民國大事記
外交部白皮書第廿四號、第廿六號及第廿九號
勝田主計著
龔德柏譯：西原借款眞相
顧維鈞著：參與國際聯合會調查委員會中國代表處說帖　民國五十一年（文星書店）
曹重三著：最近日本政情之演變　民國二十一年
王信忠著：中日甲午戰爭之外交背景　民國二十六年
朱子家著：汪政權的開場與收場　共五冊

溥儀著：我的前半生（上）（下）

司馬桑敦著：江戸十年　民國五十三年

張國淦編著：辛亥革命史料

佘又蓀著：日本史第三册　民國四十五年

甘友蘭編著：日本通史（下）　民國四十七年

包滄瀾編著：日本近百年史（上）（下）　民國四十七年

陶振譽著：日本史綱　民國五十三年

陳昭成著：日本之大陸積極政策與九一八事變之研究　民國五十五年

梁敬錞著：九一八事變史述　民國五十四年再版

陳水逢著：日本政黨史　民國五十五年

陳水逢著：戰前日本政黨史　民國七十五年

陳水逢著：日本文明開化史略　民國五十六年

陳水逢譯著：日本合併朝鮮史略　民國五十七年

亞洲文化出版社：近三十年日本祕史　民國五十六年

許興凱編著：日本帝國主義與東三省　民國十九年

Willoughby 著
呂　懷　君譯：中日糾紛與國聯　民國廿六年

二、日文

日本外務省編：日本外交年表並文書——一八四〇年至一九四五年（上）（下）
日本外務省檔案印本——一八六八年至一九四五年
J・ホル著
尾鍋輝彥訳：日本の歴史（上）（下）　昭和五十一年六月第六刷
讀賣新聞社：日本の歴史⑼ゆらく封建制
讀賣新聞社：日本の歴史⑽明治維新
讀賣新聞社：日本の歴史⑾明治と日本
讀賣新聞社：日本の歴史⑿世界と日本
讀賣新聞社：日本の歴史⒀日本の新生
岩波書店：日本の歴史　近代（共四册），現代（共四册）
坂本太郎編：日本史　昭和卅四年
坂本太郎著：新訂日本史概略下卷　一九七三年
井上清著：日本の歴史（上）（中）（下）　一九六六年第九刷

井上清・鈴木正四著：日本近代史（上）（下）　昭和三十年
井上清・鈴木正四著：日本近代史　一九五七年七月
瀧川政次郎著：日本人の歴史　昭和卅四年五刷
早川二郎著：日本歴史讀本　昭和十年十版
井上光貞・兒玉幸多・大久保利謙編：日本歴史讀本　昭和四十年第三刷
水野祐著：日本人の歴史　昭和五十九年二月第六刷
彌永貞三・安田元久著：高等日本史　昭和卅九年
G.B.Sanson 著・大窪愿二譯：世界史における日本　昭和四十一年二十刷
森杉多著：精解中學歴史　昭和卅七年
菊池寛著：新日本外史　昭和十六年廿五版
日本歴史研究會編：日本歴史講座⑷⑸　昭和三十一年

峯岸迷造著：日本近世百年史　昭和十七年
奈良本辰也
前　田　良一　著：京大日本史⑸近代國家の成立　昭和二十七年
時野谷勝
秋山國三　著：京大日本史⑹現代の日本　昭和二十八年
遠山茂樹
今井清一　著：昭和史　昭和三十年
藤　原　彰
金原左門
竹前榮治　編：昭和史　昭和五十八年四月第三刷
矢內原忠雄編：現代日本小史（上）（下）　昭和廿八年
ノーマン著
大窪愿二譯　：日本における近代國家の成立　昭和二十八年
岡義武著：近代日本の形成　昭和二十二年
岡義武著：近代日本の政治家　一九七九年八月
笠信太郎編：日本の百年　昭和四十二年
朝日新聞社編：史科明治百年　昭和四十一年

藤井松一
石井金一郎著：日本現代史（上）（中）（下）　一九六六年第三刷
大江志乃夫
ねずまさし著：日本現代史(1)(2)(3)　一九六七年第一刷
竹內理三著：詳說日本史　昭和五十年三月改訂新版第一刷
青木和夫
大口勇次郎　等共著：日本史　昭和五十九年五月第三刷
武藤誠編：日本史通論　昭和五十九年四月第二版第十二刷
鶴見俊輔著：日本の百年　共十册　昭和四十二年
曾村保信著：近代史研究——日本と中國　一九七七年
小平恆彥、矢澤克、平澤武勇著：世界と日本の現代史　昭和三十二年
服部之總著：明治の革命　一九五〇年
服部之總著：大日本帝國　一九五六年再版
服部之總著：明治維新における指導と同盟　昭和二十四年
服部之總著：明治維新史　昭和四年
羽仁五郎著：明治維新　昭和十年
遠山茂樹著：明治維新　昭和二十年

石井孝著：學說批判・明治維新史　一九六一年
鳥巢通明著：明治維新　昭和四十年
高野澄著：明治以後の歷史　昭和五十五年九月
中島健藏著：昭和時代　昭和四十一年十刷
朝日ジャーナル：昭和史の瞬間（上）（下）　昭和四十一年
時野谷常三郎著：日本文化史第十二卷明治時代　大正十一年
辻善之助著：日本文化史第七卷明治時代　昭和三十四年
開國百年紀念文化事業合編：明治文化史十四卷　一九五三—五五年
前島省三著：日本政黨政治の史的分析　昭和二十九年
今中次麿著：日本政治史大綱　昭和十一年
林田龜太郎著：日本政黨史（上）（下）　昭和二年
白木正之著：日本政黨史（昭和篇）　昭和二十四年
市川正一著：日本共產黨鬥爭史　昭和廿九年增訂版
野村秀雄編著：明治大正史第六篇政治篇　昭和六年
美土路昌一編著：明治大正史第一篇言論篇　昭和五年
信夫清三郎著：現代日本政治史　共五册　昭和四十一年
信夫清三郎著：明治政治史　昭和卅年第五版

信夫清三郎著：大正政治史　昭和卅年第二版
信夫清三郎著：日本政治讀本　昭和卅五年
中村菊男著：日本政治史讀本　昭和五十二年二月第十二刷
井上清著：日本政治腐敗史　昭和廿三年
田中惣五郎著：日本官僚政治史　昭和廿九年
入交修好著：政治五十年　昭和廿五年
田中彰著：明治維新史研究　昭和卅八年
石田雄著：近代日本政治機構の研究　一九五五年第三刷
中村哲著：日本現代史大系——政治史　昭和卅八年
尾佐竹猛著：日本憲政史大綱㈠㈡　昭和十三年
大津淳一郎著：大日本憲政史　昭和三年
國家學會編：明治憲政經濟史論　大正八年
鈴木安藏著：自由民權憲法發佈　昭和十四年
鈴木安藏著：自由民權運動史　昭和十七年
上杉重二郎著：帝國議會の歷史と本質　昭和廿九年
渡邊幾治郎著：明治天皇と立憲政治
渡邊幾治郎著：一般史　昭和十八年

長川谷正安著：昭和憲法史　昭和卅六年
清水伸著：帝國憲法制定會議　一九四〇年
直木孝次郎
中　塚　明編：近代日本をどうみるか（上）（下）　一九六七年
信夫淳平著：大正外交十五年史　一九二七年
清澤洌著：外交史（現代日本文明史第三卷）　昭和十六年
服部之總著：近代日本外交史　昭和廿二年
松本忠雄著：近世日本外交史　昭和廿三年
信夫清三郎著：近代日本外交史　昭和十七年
信夫清三郎編：日本外交史(1)(2)　昭和四十九年十月
下村富士男著：明治維新と外交　昭和廿三年
田保橋潔著：日清戰爭外交史の研究　昭和廿六年
煙山專太郎著：日清日露の役　昭和九年
舊參謀本部編纂：日清戰爭　昭和四十一年
山邊健太郎著：日韓合併小史　一九六六年
中山治一著：日露戰爭前後　一九五七年
古屋哲夫著：日露戰爭　昭和四十一年

滿洲史研究會編：日本帝國主義下の滿洲　一九七二年
外務省監修：日本外交百年小史　一九五四年
臼井勝美著：日本外交史　一九七一年
深谷博治著：初期議會・條約改正　昭和十五年
井上清著：條約改正　昭和三十年
石井菊次郎著：外交餘錄　一九三〇年
岩淵辰雄著：對支外交史論　昭和廿一年
日常田力著：日支共存史　昭和十三年
黑龍會：日支交涉外史　一九三八年
日本國際政治學會編：日本外交史研究——幕末・維新時代　一九六〇年
日本國際政治學會編：日本外交史研究——大正時代　一九五八年
日本國際政治學會編：日本外交史研究——昭和時代　一九六〇年
日本外務省研修所：近代外交史抄　一九六〇年
日本外務省研修所：近代中國外交史　一九六一年
鹿島守之助著：日本外交政策の史的考察　昭和廿六年
鹿島守之助著：日本外交の展望　昭和卌九年
鹿島守之助著：日本の外交　昭和四十二年五月

中村榮孝著：日鮮關係史の研究（上）（中）（下）　一九六九年
中村榮孝著：日本と朝鮮　一九六六年
蘆田均著：第二次世界大戰外交史　昭和卅四年
幣原喜重郎著：外交五十年　昭和廿六年
芳澤謙吉著：外交六十年　昭和卅三年
堀川武夫著：極東國際政治史序説　一九五八年
青柳篤恆著：極東外交史概説　昭和十三年
入江昭著：日本の外交　一九六六年
臼井勝美著：日本と中國——大正時代　一九七二年
北岡伸一著：日本陸軍と大陸政策　一九七七年
朝日新聞社：太平洋戰爭への道　共八册　昭和卅八年
服部卓四郎著：大東亞戰爭全史　昭和四十一年
林房雄著：太平洋戰爭肯定論（連載於「中央公論」）
日本外政學會會編：太平洋戰爭終結論　昭和卅三年
井上清著：日本の軍國主義　一九七五年
井上清著：日本帝國主義の形成　一九八〇年
江口圭一著：日本帝國主義史論　一九八〇年

小山弘健、淺田光輝著：日本帝國主義史㈠㈡㈢　一九六〇年
秦郁彥著：日中戰爭史　一九六二年
滿田巖著：昭和風雲錄　昭和十五年
井上清著：昭和の五十年　昭和五十一年
福地重孝著：軍國日本の形成　昭和卌四年
伊藤正德著：軍閥興亡史㈠㈡㈢　昭和三十四年第三版
松下芳男著：日本軍閥の興亡　昭和五十七年
高橋正衞著：昭和の軍閥　昭和四十四年
木下半治著：日本國家主義運動史　昭和十七年第七版
迫水久常著：機關銃下の首相官邸　昭和三十九年
津久井靜雄著：右翼　昭和二十七年
大野遠三著：昭和維新と右翼テロ　一九八三年
重光葵著：昭和の動亂（上）（下）　昭和二十七年
長幸男著：昭和恐慌　一九七三年
丸山眞男著：日本のナショナリズム　昭和二十八年
秦郁彥著：軍ファシズム運動史　增補版　一九七二年
前島省三著：日本ファシズムと議會　一九五六年

藤原彰
野澤豐編：日本ファシズムと東アジア　一九七七年
東郷茂德著：時代の一面　昭和二十三年
山本勝之助著：日本を亡ぼしたもの　昭和二十四年
朝日新聞法廷記者團：東京裁判記錄　共三册
片倉衷著：機密作戰日誌
島屋政一著：滿洲事變　昭和六年
外務省編：終戰史錄　昭和二十七年
大森實著：日本崩壞（戰後祕史(1)）　昭和五十六年七月第一刷
大森實著：天皇と原子爆彈（戰後祕史(2)）　昭和五十六年七月第一刷
細川護貞著：情報天皇に達せず（上）（下）
東海林吉郎著：二二六と下級兵士　一九七三年
香椎硏一著：祕錄二二六事記　昭和五十六年
深井英五著：樞密院重要議事覺書
種村佐孝著：大本營機密誌
デイヴィッド・バーガミニ著：天皇の陰謀(1)—(7)　一九八三年

大内兵衞、土屋喬雄
向坂逸郎、高橋正雄　著：日本資本主義の研究（上）（下）
野呂榮太郎著：日本資本主義發達史　昭和二十九年
白柳秀湖著：日本經濟沿革史　昭和十七年
本庄營治郎著：日本社會經濟史　昭和三年
高橋龜吉著：明治大正產業發達史　昭和四年
藤田五郎著：日本近代產業の生成　昭和二十三年
宇屋典郎著：日本資本主義發達史　昭和二十四年
長洲一二著：日本經濟入門　昭和三十四年
アメリカ戰略爆擊調查團著：日本戰爭經濟の崩潰　昭和二十四年
安藤良雄著：日本資本主義の步み　昭和四十五年十月第五刷
楫西光速著：日本經濟史　一九六二年
中山伊知郎監修：日本經濟の成長　一九六〇年
上林貞治郎著：日本工業發達史論　昭和二十二年
丹羽邦男著：明治維新の土地變革　昭和三十七年
土屋喬雄著：日本の財閥　昭和二十四年
福武直著：日本の農村社會　一九五四年第二版

赤松克麿著：日本勞動運動史　大正十四年
岩本英太郎著：日本勞動運動史　昭和二十五年
向坂逸郎編著：日本社會主義運動史　昭和三十年
久野牧、鶴見俊輔著：現代日本の思想　昭和三十一年第一刷
鳥井博郎著：明治思想史　昭和十年
石田良一著：日本思想史概論　一九六七年
林　茂著：近代日本の思想家たち　昭和卅七年第五刷
羽仁五郎著：日本における近代思想の前提　昭和二十五年
丸山眞男著：日本の思想　一九六一年第二刷
家永三郎著：日本近代思想史研究　昭和二十九年
家永三郎著：外來文化攝取史論　一九五四年
筑摩書房：近代日本思想史講座　共八册　昭和三十四年
文部省編：學制八十年史　昭和二十九年
日本國際教育協會編：日本の敎育　一九六六年
坂西志保著：外國人の見た日本の國民性　昭和四十二年
原田熊雄著：西園寺公と政局一至八卷　一九五〇年
古島一雄著：一老政治家の回想　一九五一年

若槻禮次郎著：明治、大正、昭和政界祕史　昭和五十八年
ウォルトル、W・ロストウ：近代世界の安全保障問題　昭和四十年
吉田茂著：日本を決定した百年　昭和四十二年
武田祐吉、久松潜一、吉田精一著：日本文學史　昭和三十二年第二十一刷
日本文學史研究會編：日本文學史　一九五九年第三版

三、英　文

E. Herbert Norman: Japan's Emergences as a Modern State. 1946.
E.D. Reischauer: Japan-past and present (Third Editiom, Revised. Charles E. Tuttle Company, Inc. Tokyo, Japan, 1967)
Kenneth, Scott Latourete: The History of Japan, Revised Edition (New York, The MacMillan Company, 1957)
A.L. Sader: A Short History of Japan (Angas and Robertson, 1962)
Malcolm Kennedy: A Short History of Japan (The New American Library, 1964)
Chitoshi Yanaga: Japan Since Perry (McGraw-Hill Book Company, 1962)
Hugh Bortorn: Japan's Modern Century (The Ronald Press Company, New York, 1955)
W.G. Beasly: The Modern History of Japan (Fredrich A. Prayer, New York, 1963)

Richard Story: A History of Modern Japan (Nicholls & Company Ltd. 1965)

David. H. James: The Rise and Fall of the Japanese Empire (George Allen & Unwin Ltd., London, 1952)

Bason F.J. Lewe Van Aduard: Japan-From Surrender to Peace (Martinns Nyhoff, The Hague, Holland, 1953)

Kokusai Bunka Shinkokai: Historical Development of Science and Techonology in Japan (Tokyo, 1961)

George M. Bechnan: The Modernization of China and Japan (A Harper International Student Reprint, 1962)

Survey of International Affairs 1932 (edited by Arnold J. Toynbee, Royal Institute of International Affairs, London)

W.A. Williams: American Russion Relations 1781-1947, (Octagon Books, 1971)

A. Malozemoff: Russian Far Eastern Policy 1881-1904, (University of California Press, 1958)

C.I.E. Kim/H.-K. Kim: Korea and the Politics of Imperialism 1876-1910, (University of California Press, 1967)

MacMurray, J.V.A.: Treaties and Agreements with or Concerning China, 1894-1919, (Washington, Oxford University Press, 1921)

Pooley, A.M.: Japan's Foreign Policies, (London, George Allen & Unwin, 1920)
Shigemitsu, Mamoru: Japan and Her Desting, (New York, E.P. Dutton & Co. Inc. 1958)
Treaty, Payson: The Far East - A Political and Diplomatic History, (New York & London, Harper & Brothers Publication, 1928)
Vinake, Harold H.: A History of the Far East in Modern Times, (New York, 1982)
Jansen, Marius B.: Japan and China: From War to Peace, 1894-1972, (Chicago, Rand NcNally College Publishing Co., 1975)
Marius B. Jansen: The Japanese and Sun Yat-sen, (Stanford U.P., Paperback ed. 1970)

日本近代史

作者◆陳水逢
發行人◆王學哲
總編輯◆方鵬程
封面設計◆江美芳
校對◆吳瑞華

出版發行：臺灣商務印書館股份有限公司
臺北市重慶南路一段三十七號
電話：(02)2371-3712
讀者服務專線：0800056196
郵撥：0000165-1
網路書店：www.cptw.com.tw
E-mail：ecptw@cptw.com.tw
網址：www.cptw.com.tw

局版北市業字第 993 號
初版一刷：1988 年 01 月
初版七刷：2010 年 06 月
定價：新台幣 450 元

ISBN 978-957-05-0580-1

日本近代史 / 陳水逢著. -- 初版. -- 臺北市
：臺灣商務，民77
面； 公分
參考書目：面
ISBN 957-05-0580-X（平裝）

1. 日本 - 歷史 - 現代（1868-　）

731.27　　81004711

讀者回函卡

感謝您對本館的支持，為加強對您的服務，請填妥此卡，免付郵資寄回，可隨時收到本館最新出版訊息，及享受各種優惠。

姓名：________________________ 性別：□男 □女

出生日期：_____年_____月_____日

職業：□學生 □公務（含軍警） □家管 □服務 □金融 □製造
□資訊 □大眾傳播 □自由業 □農漁牧 □退休 □其他

學歷：□高中以下（含高中） □大專 □研究所（含以上）

地址：□□□ ____

____

電話：（H）________________（O）________________

E-mail: ____

購買書名：____

您從何處得知本書？

□書店 □報紙廣告 □報紙專欄 □雜誌廣告 □DM廣告
□傳單 □親友介紹 □電視廣播 □其他

您對本書的意見？（A/滿意 B/尚可 C/需改進）

內容_______ 編輯_______ 校對_______ 翻譯_______
封面設計_______ 價格_______ 其他________________

您的建議：____

____

____

臺灣商務印書館

台北市重慶南路一段三十七號 電話：（02）23116118・23115538
讀者服務專線：0800056196 傳真：（02）23710274・23701091
郵撥：0000165-1號 E-mail：cptw@ms12.hinet.net
網址：www.commercialpress.com.tw